십만왕국

THE HUNDRED THOUSAND KINGDOMS:
Book One of the Inheritance Trilogy
by N. K. Jemisin

십만 왕국

유산 시리즈 I

N. K. 제미신

박슬라 옮김

THE HUNDRED THOUSAND KINGDOMS

황금가지

십만왕국 **차례**

1장

할아버지

나는 한때 나였던 자가 아니다. 그들이 나를 이렇게 만들었다. 나를 가르고 열어 심장을 잡아 뜯었다. 나는 더 이상 내가 누군지 모른다.

하지만 기억해 내려 노력해야 한다.

＊

사람들은 내가 태어난 밤에 대해 말하곤 했다. 어머니는 산통 중에도 두 다리를 엇갈려 붙이며 내가 세상에 나오지 못하게 막으려고 안간힘을 썼다고 한다. 그럼에도 나는 태어났다. 당연하지. 자연의 이치를 거스를 수는 없는 법이니까. 하지만 내 어머니가 그랬다는 게 별로 놀랍지는 않다.

어머니는 아라메리 가문의 후계자였다. 약 십 년에 한 번, 하위 귀족들을 위한 무도회가 열린다. 그들의 자존심을 달래 주는 일종의 작은 뇌물 같은 것이었다. 아버지는 대담하게도 어머니에게 춤을 청했고 황송하게도 승낙을 얻었다. 나는 아버지가 그날 밤 어떻게, 무슨 말을 했기에 어머니가 그토록 열렬한 사랑에 빠졌는지 궁금했다. 왜냐하면 어머니는 아버지 때문에 아라메리 가문의 후계자라는 지위를 포기했으니까. 엄청난 러브스토리가 아닌가? 정말 낭만적이다. 이런 이야기는 보통 그 뒤로 두 사람이 오래오래 행복하게 살았다는 맺음으로 끝난다. 그 과정에서 세계에서 가장 막강한 권력을 지닌 가문의 심기를 거슬렀을 때 무슨 일이 일어나는지는 알려 주지 않는다.

하지만 나는 내가 누군지 잊었다. 내가 누구였더라? 아, 맞아.

내 이름은 예이네. 우리 식으로 말하면 예이네 다우 쉬 키네스 타이 워 소멤 카나 다레. '나는 키네스의 딸이요, 내가 속한 부족은 다르의 소멤이다.'라는 뜻이다. 사실 요즘엔 우리에게도 부족은 별 의미가 없다. 신들의 전쟁 때는 훨씬 중요했다지만.

나는 열아홉 살이다. 또한 우리 동포들의 지도자다. 아니, 지도자였다. 우리말로는 에누라고 한다. 아라메리식으로, 그러니까 그들의 조상인 아믄식으로 부르자면 나는 예이네 다르 공작이다.

어머니가 돌아가시고 한 달 뒤, 나는 할아버지인 데카르타 아라메리로부터 전갈을 받았다. 가문의 영지로 초청한다는 내용이었다. 아라메리 가문의 초청을 거절할 수는 없는 일이라, 나는 길을 떠났다. 하이노스 대륙에서 회개의 바다를 건너 세믄 대륙까지 가는 데 거의 3개월이나 걸렸다. 다르는 매우 가난한 국가지만 나는 꽤 편안한 여행을 누릴 수 있었다. 처음에는 1인승 가마와 선박을 탔고 나중에는 마부가 딸린 마차를 이용했다. 내 선택은 아니었다. 나를 통해 아라메리의 호의를 얻을 수 있길 간절히 바란 다르 전사의회에서 이런 사치스러운 허세가 도움이 되리라 생각했기 때문이다. 아믄인이 부(富)의 과시를 좋게 여긴다는 사실은 잘 알려져 있으니까.

그래서 예정대로 나는 동짓날에 딱 맞춰 목적지에 도착했다. 도시에 도착하기 전, 마부는 외곽에 있는 언덕에 마차를 세웠다. 명목상으로는 말에게 물을 주기 위한 것이라지만 실은 그가 이곳 출신이고 외지인들이 눈앞 풍경에 넋을 잃고 멍하니 쳐다보는 모습을 구경하는 걸 좋아하기 때문일 것이다. 어쨌든 그때 나는 처음으로 십만왕국의 심장부를 엿볼 수 있었다.

하이노스에는 제단자락 장미라는 유명한 장미가 있다.(이건 쓸데없는 잡담이 아니다.) 진줏빛 광택이 있는 하얀 꽃잎을 가진 장미인데, 종종 줄기 아래쪽에 불완전한 보조 꽃이 핀다. 제단자락 장미는 겹겹으로 피어난 커다란 꽃잎이 땅바닥을 덮을 정도로 풍성하게 펼쳐져 있을 때 가장 아름답고 귀한 평가를 받는다. 두 개의 꽃

송이가 동시에 피어나, 씨앗을 품은 머리와 꽃잎 자락이 위아래로 찬란함을 뽐내는 것이다.

그것이 바로 '하늘'이었다. 작은 산 또는 커다란 언덕이라고 해야 할 곳에 원형으로 두른 높은 벽과 태산 같은 건물이 층층이 솟아 있는 도시. 아라메리의 법령에 따라 모든 것이 하얀색으로 밝게 빛난다. 그리고 하늘도시 위에는 크기는 더 작지만 더 밝고 때로는 지나가는 구름 조각에 가리는 이 도시의 정수, 똑같이 '하늘'이라고 불리는 궁전이 떠 있었다. 아마 저 궁전이야말로 도시보다 더 '하늘'이라는 이름에 어울리는 존재일 것이다. 나는 궁전 아래에 기둥이 떠받치고 있다는 것을 알고 있었다. 저토록 거대한 구조물을 지탱하기에는 불가능할 정도로 가느다란 기둥이라 지금처럼 먼 거리에서는 눈에 보이지도 않았다. 지상과 상공에서 서로 연결된 도시와 궁전. 둘 다 비현실적으로 느껴질 만큼 아름다워 숨이 막힐 것만 같았다.

제단자락 장미가 귀한 취급을 받는 이유는 재배하기가 무척 까다롭기 때문이다. 가장 유명한 품종은 주로 근친 교배를 통해 재배되는데, 처음에 육종 전문가들이 눈여겨본 기형 꽃이 그 조상이다. 우리가 달콤하다고 느끼는 중심 꽃의 향기가 곤충들에게는 불쾌한지 이 장미는 사람의 손으로 직접 수분을 해 줘야 한다. 또 보조 꽃이 번식에 필요한 중요한 영양분을 흡수해 버려 씨앗이 맺히는 경우가 드물다. 완벽한 제단자락 장미꽃 한 송이를 피우려면 비루하고 흉물스러워진 나머지 열 송이를 전부 솎아 내야 한다.

＊

나는 하늘(궁전 쪽)의 문 앞에서 출입을 거절당했다. 내가 예상한 이유 때문은 아니었다. 공교롭게도 지금은 할아버지가 자리를 비웠지만 내가 올 경우에 대비해 따로 지시를 내려 두었다고 한다.

하늘궁은 아라메리 일족이 거주하는 곳이다. 한마디로 여기서는 일을 하지 않는다는 뜻이다. 어쨌든 그들은 공식적으로는 이 세상을 다스리고 있지 않기 때문이다. 세계를 통치하는 건 자애로운 이템파스 교단의 조력을 뒤에 업은 귀족 연합이다. 귀족 연합, 즉 컨소시엄은 살롱에서 회의를 하는데, 당연히 흰색인 이 크고 장엄한 건물은 하늘궁 아래에 있는 여러 관청 건물들 사이에 있다. 아주 인상적인 건축물이다. 하늘궁의 우아한 그림자 바로 밑에 있지 않았더라면 더욱 그러했을 것이다.

나는 살롱에 들어가 컨소시엄 관리들에게 이름을 밝혔다. 그들은 무척 놀란 것 같았지만 그 와중에도 깍듯하게 행동했다. 하급 보좌관으로 보이는 이가 한창 회의가 진행 중인 중앙 회의장으로 나를 안내하는 임무를 맡았다.

하급 귀족인 나는 언제든 컨소시엄 회의에 참석할 수 있지만 이제까지는 그럴 이유를 찾지 못했다. 더구나 여기까지 오는 데 드는 비용과 몇 개월에 달하는 시간까지 고려하면 다르는 그저 너무 작고, 가난하고, 아무 영향력도 행사할 수 없는 나라다. 내 어머니가 아라메리의 지위를 내려놓는 바람에 우리의 평판에 흠집을 더해 주지 않았더라도 그랬을 것이다. 하이노스 대륙의 대부분

지역은 야만적이고 낙후한 곳으로 간주되며, 그나마 동료 귀족들 사이에서 목소리를 낼 수 있는 명성과 재력을 지닌 곳은 대륙에서 크기로 손꼽는 몇몇 국가뿐이다. 그래서 나는 원래 내게 배정된 기둥 뒤의 잘 보이지도 않는 자리를 세늠 대륙 국가의 어느 남아도는 대표 하나가 차지하고 있는 걸 보고도 별로 놀라지 않았다. 나이도 많고 무릎도 좋지 않은 그를 쫓아내는 건 무척 무례한 일이라며, 보좌관이 걱정스럽게 더듬거리며 말했다. 서 계셔도 괜찮으실까요? 방금 전까지 마차 안에 너무 오래 갇혀 있었기 때문에 나는 흔쾌히 괜찮다고 대답했다.

그래서 보좌관은 나를 회의실 벽 옆으로 안내했고, 덕분에 여기서 벌어지는 일을 훨씬 더 잘 관찰할 수 있었다. 컨소시엄의 대회의실은 흰 대리석과, 지금보다 더 좋았던 시절에 다르의 숲에서 공수해 왔을 아름다운 검은 목재로 화려한 모습을 하고 있다. 삼백 명 정도 되어 보이는 귀족들은 회의실 바닥에 배치된 편안한 의자나 층층이 설치된 계단식 의석에 앉아 있었다. 내 주위는 언제든 지시만 떨어지면 서류를 전달하거나 심부름할 준비가 되어 있는 보좌관과 시종, 서기관 들이 점령하고 있었고 방 앞쪽에 세워져 있는 정교한 단상 위에서는 컨소시엄 감독관이 발언권을 요청하는 의원들을 손가락으로 가리켜 지명하고 있었다. 지금은 어느 사막의 수리권(水利權)을 둘러싸고 논쟁을 하고 있는 듯했다. 다섯 국가가 관련되어 있었는데, 논쟁 중인데도 아무도 남의 말을 가로채지 않았다. 발끈하며 이성을 잃지도 않고 상대방을 은근히 비꼬거나 모욕하지도 않았다. 이렇게 많은 사람이 한데 모여 있는 데다 참석자 대부분이 제 나라에서는 원하는 대로 행동하는데 익숙할 텐데도 다들 규칙에 충실하고 예의를 지켰다.

신기할 정도로 모두의 행동거지가 얌전한 이유 중 하나가 감독관이 선 단상 뒤 대좌(臺座)에 놓여 있었다. 그분의 유명한 자세 중하나인 '필멸자의 이성을 향한 호소'를 취하고 있는 실물 크기의 하늘아버지 동상이었다. 그 준엄한 시선 아래에서 경솔하게 행동하기란 어려울 것이다. 그러나 그보다 더 큰 억제력을 발휘하고 있는 것은 감독관 뒤 높은 박스석에서 내려다보고 있는 남자의 엄중한 시선이었다. 내가 있는 곳에서는 잘 보이지 않았지만 나이가 지긋하고 부유하게 차려입은 남자였는데 옆에 더 젊은 금발 남자와 검은 머리 여자, 그리고 몇몇 가신을 거느리고 있었다.

왕관을 쓰지도 않았고, 눈에 띄는 경호원도 없고, 그와 수행원들 모두 회의 내내 한마디도 하지 않았으나 그가 누구인지 추측하는 것은 그리 어렵지 않았다.

"안녕, 할아버지." 혼잣말로 중얼거린 나는 그쪽에서는 내가 보이지 않는다는 걸 알면서도 방 건너편에 있는 할아버지를 향해 싱긋 웃어 보였다. 옆에 선 시종과 서기관 들이 남은 오후 내내 이상한 표정으로 나를 힐끔거렸다.

*

나는 할아버지 앞에 무릎을 꿇고 고개를 숙였다. 키득거리는 웃음소리가 들렸다.

아니지, 잠깐만.

*

일찍이 세 신이 있었다.

오직 셋뿐이었다. 지금은 수십, 수백에 달하지만. 신들은 토끼처럼 새끼를 친다. 하지만 한때는 오직 셋만이 존재했다. 가장 강대하고 가장 영광스러운 이들. 낮의 신, 밤의 신, 그리고 황혼과 여명의 신. 또는 빛과 어둠, 그리고 그 사이의 어스름. 아니면 질서와 혼돈, 그리고 균형. 뭐가 뭔지는 중요하지 않다. 왜냐하면 그들 중 하나는 죽었고, 다른 하나 역시 죽은 것이나 마찬가지니까. 오직 하나만이 살아남았으며 오로지 그만이 중요할 뿐이다.

아라메리는 이 하나 남은 신에게서 권위를 부여받았다. 그분의 이름은 하늘아버지, 광명(光明)의 이템파스이며 아라메리의 조상은 그를 경배하는 가장 독실한 사제들이었다. 그렇기에 이템파스는 아라메리에게 어떤 군대도 대적할 수 없는 강력한 무기를 상으로 내려 주었고 그들은 이 무기, 그래, 진짜 무기를 사용하여 세계의 통치자가 되었다.

잘된 일이지. 어쨌든 지금은.

*

나는 할아버지 앞에 무릎을 꿇고 고개를 숙였다. 칼은 바닥에 내려놓았다.

우리는 회의가 끝난 뒤 마법으로 움직이는 수직이동 게이트로 이곳 하늘궁에 왔다. 도착하자마자 나는 할아버지의 접견실로 불려갔다. 접견실이라기보다는 왕좌가 놓여 있는 알현실에 가까웠다. 방은 대체로 원형이었는데, 이템파스에게 원은 신성한 상징이기 때문이다. 아치형 천장 덕분에 이곳 사람들이 더 커 보였다. 쓸데없는 짓이다. 아믄인은 어차피 우리네 사람들에 비해 대체로 체격이 큰 편이니까. 그들은 키가 크고 피부가 희며, 한없이 침착한 인종이라 피와 살로 이뤄진 진짜 사람이라기보다는 인간의 모습을 한 조각상 같았다.

"지고하신 아라메리 대군주시여, 이렇게 뵙게 되어 영광입니다."

나는 알현실에 처음 발을 디뎠을 때 키득대는 웃음소리를 들었다. 이번에도 똑같았다. 손바닥과 손수건과 부채로 가린 숨죽인 조소(嘲笑). 나무 꼭대기 둥지에서 찌르륵거리는 새 떼가 생각났다.

내 앞에 데카르타 아라메리가 앉아 있었다. 머리에 왕관만 얹지 않았을 뿐, 명실상부 이 세계의 제왕이었다. 그는 늙었다. 이제껏 내가 본 노인 중에서 가장 나이가 많았다. 아믄인은 보통 우리보다 더 오래 사니 별로 이상한 일은 아니다. 숱이 적은 머리칼은 새하얗고 몸뚱이는 너무 구부정하고 수척해서 앉아 있는 높은 돌의자, 아무도 절대로 왕좌라고 부르지는 않는 그 의자가 그를 통째로 삼킨 것처럼 보였다.

"손녀딸아." 데카르타의 말에 웃음소리가 멈췄다. 손으로 움켜 쥘 수도 있을 만큼 묵직한 정적이 내려앉았다. 데카르타는 아라메리 가문의 수장이었고 그의 말은 곧 법이었다. 데카르타가 나를 친족으로 인정하리라고는 아무도 예상하지 못한 것 같았다. 적어도 나는 그랬다.

"일어서라. 좀 자세히 보자꾸나."

나는 그 말을 따랐다. 아무도 가져가지 않았기에 칼도 집어 들었다. 한층 더 고요한 적막이 흘렀다. 나는 사람들의 관심을 끌 만한 얼굴이 아니다. 두 인종의 특성을 조금 더 조화롭게 물려받았더라면 그랬을지도 모른다. 가령 아픈인의 큰 키와 다르인의 풍만한 몸매, 아니면 다르인의 굵고 강한 직모에 아픈인의 옅은 색이 조합되었다면 말이다. 나는 아픈인의 눈을 가졌다. 탁한 녹색 눈. 예쁘다고 하기엔 좀 애매하다. 키는 작고 몸매는 납작하며 피부는 숲의 나무 같은 갈색이고 머리칼은 대책이 없을 만큼 곱슬곱슬하다. 도저히 감당할 수가 없어 늘 짧게 자르고 다니는데 그래서 가끔 남자아이로 오해받곤 한다.

침묵이 계속되자 데카르타가 미간을 찌푸렸다. 그의 이마에 이상한 표식이 있는 게 보였다. 새까맣게 칠해진 완벽한 원. 마치 동전을 먹에 적신 다음 살갗에 눌러 찍은 것 같았다. 그리고 그 양옆에는 두꺼운 V자 문양이 옆으로 누워 원을 감싸고 있었다.

"그 애와는 전혀 안 닮았군." 마침내 데카르타가 말했다. "하지만 그편이 낫겠지. 비레인?"

마지막 말은 왕좌에 가까이 서 있는 신하 중 한 명을 향한 것이었다. 순간적으로 그도 노인인 줄 알았는데, 금방 착각이었다는 것을 깨달았다. 머리는 하얗게 셌지만 얼굴을 보니 사십 대 정도에 불과했다. 그의 이마에도 표식이 새겨져 있었다. 데카르타의 것보다는 덜 복잡했다. 달랑 검은색 원뿐이었다.

"절망적은 아니군요." 남자가 팔짱을 끼며 말했다. "외모는 어찌할 도리가 없겠습니다. 화장이 도움이 되는지도 의심스럽고요. 하지만 문명인다운 옷을 입히면 적어도…… 귀족으로는 보이겠군요." 남자의 눈이 가늘어지더니 나를 낱낱이 해부하기 시작했다. 내가 지금 입고 있는 옷은 다르에서는 최고급이었다. 사향고양이 모피로 만든 길고 하얀 조끼와 종아리까지 오는 딱 달라붙는 바지. 남자의 한숨 소리가 들렸다.(살롱에서 사람들이 내 옷을 이상한 표정으로 쳐다보긴 했지만 이 정도로 형편없는 취급을 받을지는 몰랐다.) 내 얼굴을 어찌나 오래 들여다보는지 입을 벌려 이빨이라도 보여 줘야 하나 고민이 됐다.

하지만 종내 이를 드러내며 미소 지은 것은 그 사람이었다. "그래도 모친한테 훈련을 잘 받은 것 같습니다. 지금도 두려움이나 화난 기색을 전혀 드러내지 않는 걸 보면요."

"그렇다면 이 애면 되겠군."

"뭐가 말이지요, 조부님?" 예상대로 방 안의 분위기가 한층 더 무거워졌다. 데카르타가 손녀딸이라고 부르긴 했지만 내가 그를 똑같이 허물없는 호칭으로 부르려면 약간의 위험을 무릅써야 했다. 힘 있는 자들은 그런 것에 예민하다. 하지만 내 어머니는 나를 정말 잘 훈련시켰고, 이곳 궁정인들 앞에서 내 입지를 확고하게 세우려면 그 정도 위험은 감수할 가치가 있다.

데카르타 아라메리의 얼굴에는 아무 변화도 일지 않았다. 표정을 읽을 수가 없었다. "내 후계자 말이다, 손녀야. 오늘 너를 내 후계로 공표하려 한다."

방을 가득 메운 침묵이 조부가 앉아 있는 돌의자만큼이나 딱딱하게 굳었다.

그가 우스갯소리를 했다고 생각했으나, 아무도 웃지 않았다. 그제야 조부가 진심임을 깨달았다. 주군을 바라보는 신하들의 얼굴에 순수한 공포와 경악의 감정이 떠올랐다. 비레인이라는 사람만 예외였다. 그는 여전히 나를 주시하고 있었다.

내가 어떻게 반응할지 두고 보고 있다는 직감이 들었다.

"후계자는 이미 있는 걸로 알고 있는데요."

"외교적 수완은 한참 부족하군요." 비레인이 건조한 어조로 말했다.

데카르타는 그 말을 무시했다. "그건 맞다. 후보가 둘 더 있지. 내 조카 시미나와 릴래드다. 너와는 오촌이 되겠구나."

그 두 사람에 대해선 나도 들어서 안다. 세상 사람 모두가 그렇다. 둘 중 하나가 가문의 후계자로 지명되었다는 풍문이 끊임없이 들려오긴 했지만 둘 중 누구인지는 아무도 확신하지 못했다. 둘 다라는 생각은 해 보지도 못했다.

"조부님, 제가 이런 말씀을 올려도 될지 모르겠지만." 나는 조심스럽게 말을 꺼냈다. 이런 대화에서 필요한 만큼 충분히 조심스럽기란 불가능한 일일 것이다. "이미 후계자가 둘이나 있는데 셋은 너무 많지 않을까요?"

훨씬 나중에야 깨달았지만 데카르타를 늙어 보이게 하는 것은 바로 눈이었다. 나이 때문에 색이 바래고 흰색에 가까운 뿌연 막이 끼어 있어 원래 무슨 색이었는지도 모르겠는 그 눈. 데카르타의 눈에는 그가 살아온 온 생애가 담겨 있었으나, 그중에 행복이란 없었다.

"그렇지. 하지만 아주 흥미로운 경쟁이 될 것 같지 않으냐."

"전 이해가 안 됩니다, 조부님."

데카르타가 손을 쓱 들어 올렸다. 한때는 우아했을 동작이지만 지금 그의 손은 심하게 떨리고 있었다. "간단한 얘기다. 난 내 후계로 너희 셋을 지명했고, 너희 중 하나가 내 뒤를 이을 것이다. 나머지 둘은 서로를 죽이거나 승자에게 살해되겠지. 누가 살고 누가 죽을지는……" 그가 어깨를 으쓱했다. "너희가 결정할 일이다."

어머니는 내게 절대로 두려움을 드러내선 안 된다고 가르치셨지만 감정이란 쉽게 숨길 수 있는 게 아니다. 식은땀이 흐르기 시작했다. 난 평생 딱 한 번 암살 시도의 표적이 된 적이 있다. 작고 가난한 나라의 계승자가 되면서 딸려 온 혜택이었다. 딱히 내 자리를 원하는 사람이 있었던 것도 아니다. 하지만 지금은 그런 자가 둘이나 있다. 릴래드 경과 레이디 시미나는 내가 상상할 수 있는 것 이상으로 부유하고, 큰 권력을 지녔고, 세계의 통치자가 된다는 목표를 놓고 지금껏 서로 싸우고 경쟁해 왔다. 그런데 명성도 재산도 친구도 없는 내가 갑자기 전투에 끼어들게 된 것이다.

"결정 같은 건 없을 겁니다." 목소리가 떨리지 않아 얼마나 다행인지. "경쟁도 없겠지요. 두 친척이 즉시 날 죽이고 서로에게 집중할 테니까요."

"그럴 수도 있지." 조부가 말했다.

뭐라고 말해야 내 목숨을 구할 수 있을지, 아무 생각도 떠오르지 않았다. 이자는 미쳤다. 그것만은 확실했다. 그게 아니라면 어째서 전 세계를 호령할 막강한 권력을 무슨 경연 대회에 내거는 상품처럼 취급한단 말인가. 데카르타가 내일 당장 죽기라도 하면 릴래드와 시미나는 세상을 두 쪽 낼 것이다. 어쩌면 수십 년간 학살이 이어질지도 모른다. 그리고 데카르타가 아는 한 나는 멍청이다. 정말로 만에 하나 불가능한 확률을 극복하고 왕좌를 차지하더라도 나는 십만왕국을 실정(失政)과 고통의 소용돌이에 빠트릴 수 있다. 그도 분명 알고 있을 것이다.

미친 사람과 논쟁을 하는 것은 불가능하다. 하지만 때로 운과 하늘아버지의 축복이 함께한다면 이해는 할 수 있을지도 모른다. "왜죠?"

데카르타는 내 질문을 예상하기라도 한 듯 고개를 주억거렸다. "네 어미가 가문을 떠나면서 내게서 후계를 빼앗아 갔으니까. 넌 그 아이가 진 빚을 갚아야 한다."

"어머니가 땅속에 누운 지 벌써 넉 달이나 됐습니다." 나는 재빨리 대꾸했다. "진정 죽은 사람에게 복수라도 하고 싶으신 건가요?"

"복수하고는 아무 상관도 없다, 손녀야. 이건 의무의 문제다." 데카르타가 왼손을 흔들자 모여 있던 궁정인 사이에서 한 명이 앞으로 걸어 나왔다. 처음 입을 열었던 남자와 지금 내 눈에 보이는 대부분의 사람과는 달리 그의 이마에 있는 표식은 아래쪽으로 엎어진 반달 모양이었다. 과장스럽게 찌푸린 얼굴처럼 보이기도

했다. 그는 데카르타의 왕좌가 놓인 대좌 앞에 무릎을 꿇더니 허리까지 오도록 땋은 긴 붉은 머리채를 한쪽 어깨 위로 늘어뜨리며 몸이 바닥에 닿도록 옹그렸다.

"네 어미가 너에게 의무를 가르쳤을 거라곤 기대하지 않는다." 남자의 등 너머에서 데카르타가 내게 말했다. "달콤한 혀를 지닌 야만인 놈과 농탕질을 하느라 제 의무를 저버린 아이니까. 하지만 그 방종을 허용해 준 것도 나였으니, 참으로 많이 후회했지. 그러니 너를 제자리로 데려와 그 회한을 달랠 것이다, 손녀야. 네가 죽든 말든 그건 상관없어. 너는 아라메리이고, 그러니 우리 모두와 마찬가지로 쓰임을 다 해야 한다."

그러고는 붉은 머리 남자에게 손짓했다. "최선을 다해 이 애를 준비시켜라."

그게 끝이었다. 붉은 머리 남자가 바닥에서 일어나 다가오더니 따라오라고 중얼거렸다. 그래서 나는 그렇게 했다. 그렇게 내 조부와의 첫 만남이 끝나고 아라메리에서의 첫날이 시작되었다. 하지만 이조차 앞으로 내가 겪을 일 중 최악은 아니었다.

2장

또 하나의 하늘

내 나라의 수도는 아레바이아라고 한다. 오래 묵은 암석의 땅으로, 벽은 무성한 덩굴로 덮여 있고 존재하지 않는 짐승들이 그곳을 수호한다. 정확히 언제 세워졌는지는 기억 속에서 잊혔지만 아레바이아는 적어도 이천 년이 넘는 세월 동안 우리의 수도였다. 그곳에서 사람들은 과거에 앞서 걸었던 이들을 존중하는 마음으로, 또는 단지 소란스럽게 구는 걸 싫어하기 때문에 천천히 걷고 조용히 말한다.

하늘(도시)은 겨우 오백 년밖에 되지 않았다. 과거 아라메리의 땅에 재앙이 닥친 이후에 새로 건설된 곳이기 때문이다. 그래서 이 도시는 사춘기 청소년이나 다름없다. 그만큼 무례하고 볼썽사납다. 마차를 타고 도심을 지나오는데 다른 마차들이 바퀴와 말굽 소리를 시끄럽게 뿌리며 우리를 지나쳐 갔다. 가는 길마다 사람들이 가득했고, 서로 부딪고 밀치고 분주히 움직이면서도 말을 섞지 않았다. 다들 굉장히 서두르고 있는 것 같았다. 공기 중에는 말[馬]과 고인 물처럼 익숙한 냄새가 짙게 풍겼고, 뭐라 형용할 수 없는 향기도 났는데 어떤 것은 매캐하고 또 어떤 것은 역겨울 정도로 달착지근했다. 주변에 녹색 식물이라곤 찾아볼 수도 없었다.

＊

내가 무슨 이야기를 하고 있었더라……?

아, 그래. 신들.

천상에 남은 신들, 광명의 이템파스에게 충정을 바친 신들을 말하는 게 아니다. 그에게 충성하지 않는 이들도 있다. 그들을 신이라고 부르면 안 될지도 모르지. 이제는 아무도 그들을 경배하지 않으니까.("신"의 정의(定義)는 무엇일까?) 더 알맞은 명칭이 있을 거다. 전쟁 포로? 노예? 내가 전에 그들을 뭐라고 불렀지? 무기?

그래. 무기.

하늘궁 어딘가에 그들이 있다고 한다. 유형(有形)의 그릇에 갇혀 자물쇠와 열쇠, 그리고 마법 사슬에 구속되어 있는 네 명의 신. 어쩌면 평소에는 투명한 상자 안에 잠들어 있다가 가끔씩 깨워져 손질과 기름칠을 받는지도 모른다. 어쩌면 귀한 손님들의 구경거리로 사용될지도 모르고.

하지만 때때로, 아주 때때로 그들은 주인에게 불려 간다. 그럴 때면 세상에 기이하고도 새로운 형태의 재앙이 발생한다. 하룻밤새 한 도시에 사는 모든 인구가 통째로 사라진다. 얼마 전까지 산이 있던 자리에 가장자리가 들쑥날쑥하고 새하얀 증기를 모락모락 내뿜는 거대한 구덩이가 생긴다.

아라메리를 증오하는 것은 위험하다. 그래서 우리는 그 대신 그들의 무기를 증오한다. 왜냐하면 무기는 우리의 감정에 개의치 않으므로.

*

내 보필을 맡은 사람은 티브릴, 궁내 집사라고 했다. 이름을 듣자마자 어디 혈통인지 대충 짐작이 갔지만 그는 아랑곳하지 않고 말을 이었다. 티브릴은 나와 같은 혼혈로 절반은 아믄인이고 절반은 켄인이었다. 켄인은 멀리 동쪽에 있는 섬에 거주하는 민족인데 뛰어난 항해술로 이름 높다. 티브릴의 특이한 붉은색 머리도 그들에게서 물려받은 것이었다.

"데카르타 님의 총애를 받던 부인 이그레스 님은 안타깝게도 사십여 년 전 젊은 나이에 돌아가셨습니다." 하늘궁의 하얀 복도를 걷으며 설명하는 티브릴의 목소리는 활기찼고 오래전에 죽은 숙녀의 비극에 그리 슬퍼하는 것 같지 않았다. "그때 키네스는 아직 어렸지만 응당 적법한 후계자가 될 예정이었기에 데카르타 님도 재혼을 할 필요를 느끼지 못했습니다. 키네스가, 어, 가문을 떠나자 데카르타 님은 죽은 동생의 자식들에게 관심을 돌렸지요. 원래는 네 명이었습니다. 릴래드와 시미나가 막내고요. 쌍둥이는…… 집안 내력이지요. 두 사람의 손윗누이는 불행한 사고로 세상을 뗐습니다. 적어도 공식적으로는 그렇습니다."

나는 잠자코 설명을 들었다. 섬뜩한 내용이긴 해도 새로운 친척들에 대한 유용한 정보였고, 아마 그래서 티브릴도 내게 말해 주는 것일 테다. 그는 또 내게 주어진 새로운 칭호와 의무, 특권도 간략히 일러 주었다. 나는 더 이상 예이네 다르가 아니라 예이네 아라메리였다. 나는 앞으로 책임지고 감독할 영토와 상상을 초월하는 부를 갖게 될 것이다. 컨소시엄 회의에 정기적으로 참석해야 하며 그때마다 아라메리 가문의 전용석에 앉아야 한다. 나는 또한 모계 친척들의 환영을 받으며 하늘에 영구적으로 거주할 수 있고, 다시는 고향 땅을 밟지 못할 것이다.

마지막 부분을 곱씹지 않을 수 없었다. 티브릴이 말을 이었다.

"그들 쌍둥이의 형님이 내 아버지입니다. 지금은 돌아가셨는데 자업자득이었죠. 그분은 젊은 여자를 좋아했어요. 그러니까 아주 아주 어린 여자애들 말입니다." 그러면서 티브릴이 인상을 찌푸렸는데, 나는 그가 이제는 신경도 안 쓰일 정도로 이 이야기를 자주 했다는 느낌을 받았다. "그분에겐 안타까운 일이지만 내 어머니는 아이를 가질 수 있는 나이였습니다. 어머니의 가족이 항의해서 데카르타 님이 그분을 처형했지요." 티브릴이 한숨을 쉬며 어깨를 으쓱했다. "우리 높은피는 아주 많은 것을 무마하거나 피해 갈 수 있지만…… 그래도 규칙이라는 게 있죠. 어쨌든 성관계를 할 수 있는 합법적 나이에 관한 법률을 만든 게 우리니까요. 우리 스스로 만든 법을 무시하는 건 하늘아버지에 대한 모독이 아니겠습니까."

어차피 광명의 이템파스는 아라메리가 저지르는 다른 일에는 전혀 관심도 없는데 그런 게 왜 중요하냐고 묻고 싶었지만, 조용히 입을 다물었다. 티브릴의 말투에서 적나라한 빈정거림이 느껴졌기 때문이다. 내가 굳이 대꾸할 필요는 없었다.

티브릴은 군더더기를 싫어하는 내 할머니가 부러워할 만큼 딱 부러지는 효율성을 발휘해 단 한 시간 만에 내게 새 옷을 짓기 위한 치수를 재게 하고, 미용사를 만나게 하고, 내가 살 거처를 배정해 주었다. 그다음은 간단한 투어였다. 하얀 운모인지 자개인지 몰라도 반짝이는 물질로 만들어진 끝없는 복도를 걷는 동안 티브릴은 한없이 재잘거렸다.

이쯤에서 나는 더 이상 그의 이야기에 귀를 기울이지 않았다. 주의 깊게 들었다면 이곳의 위계 체계에서 중요한 인물들과 권력 다툼, 흥미진진한 소문 같은 귀중한 정보를 모을 수도 있었을 것이다. 하지만 나는 데카르타의 선언으로 받은 충격이 아직 가시지 않은 상태였고, 너무도 많은 새로운 것을 한꺼번에 받아들이느라 고전하고 있었다. 그에 비하면 티브릴은 별로 중요하지 않았기 때문에 나는 귀를 닫았다.

티브릴도 눈치는 챘지만 별로 신경 쓰는 것 같지는 않았다. 드디어 내가 머무를 거처에 도착했다. 천장에서 바닥까지 내려오는 커다란 창문이 한쪽 벽 전체를 차지하고 있어 궁전 아래 펼쳐진 도시와 교외 지역의 근사한 경치가 한눈에 내다보였다. 나는 어머니가 살아 계셨다면 꾸지람을 들었을 표정으로 입을 쩍 벌린 채 그 광경을 바라보았다. 얼마나 높은지 밑에 있는 사람이 까마득해 보여 구분하기도 어려울 지경이었다.

티브릴이 뭔가 말했다가 내가 들은 것 같지 않자 재차 말했다. 이번에는 나도 그에게로 관심을 돌렸다. "이거요." 그가 자신의 이마를 가리켰다. 누운 반달 문양.

"네?"

티브릴이 세 번째로 같은 말을 되풀이했다. 화를 낼 법도 했지만 그런 기색을 전혀 내비치지 않았다. "비레인을 찾아가야 합니다. 그래야 당신 이마에 혈인(血印)을 그릴 수 있으니까요. 지금쯤은 그도 업무를 마쳤을 겁니다. 혈인을 받고 나면 오늘 밤은 편히 쉬셔도 됩니다."

"왜요?"

티브릴은 나를 잠시 빤히 바라보았다. "어머님이 말씀 안 하셨나요?"

"뭘요?"

"에네파데 말입니다."

"에네…… 뭐요?"

측은함과 당혹감의 중간쯤에 해당하는 표정이 티브릴의 얼굴 위로 스쳐 갔다. "레이디 키네스는 당신을 전혀 대비시키지 않았군요." 대꾸할 말을 미처 떠올리기도 전에 그가 말을 이었다. "에네파데는 우리가 혈인을 그리는 이유입니다, 레이디 예이네. 혈인이 없으면 하늘궁에서 밤을 보낼 수 없습니다. 안전하지 않거든요."

나는 새로운 호칭으로 불린 낯설고 어색한 느낌을 애써 떨쳐 냈다. "왜 안전하지 않지요, 티브릴 경?"

그가 움찔했다. "그냥 티브릴이면 됩니다. 말씀 놓으시죠. 데카르타 님께서 당신께 순혈 인장을 찍도록 명하셨습니다. 당신은 이제 본계(本繼)의 일원입니다. 전 반혈(半血)일 뿐이고요."

내가 중요한 정보를 놓친 건지 아니면 그가 말로 설명하지 않은 게 있는지 알 수가 없었다. 아마도 꽤 많은 것을. "티브릴, 당신이 하는 말들이 나한텐 전혀 이해가 안 된다는 걸 알아줘요."

"그렇겠죠." 티브릴이 손가락으로 머리카락을 빗었다. 그가 처음으로 보인 불편하다는 신호였다. "하지만 설명하려면 너무 오래 걸립니다. 해가 질 때까지는 한 시간도 안 남았고요."

아라메리 가문에서 엄격하게 지키는 규칙인가 싶었지만 그 이유는 알 수가 없었다. "좋아. 하지만……." 나는 얼굴을 찌푸렸다. "내 마부는 어쩌지? 아직도 전정광장(前庭廣場)에서 날 기다리고 있을 텐데."

"기다려요?"

"여기 머무를 거라곤 생각 못 했으니까."

티브릴의 턱 근육이 꿈틀거렸다. 그러더니 속으로는 얼마나 솔직하게 투덜거리고 싶었는지 몰라도 아무튼 겉으로는 이렇게 말했다. "사람을 보내 치하하고 보상을 준 다음 돌려보내겠습니다. 이제 그 사람은 필요 없을 겁니다. 여기에도 하인은 많으니까요."

나도 궁 안을 안내받는 내내 그들을 봤다. 조용하고 능률적으로 궁내를 분주히 돌아다니던 사람들. 모두 흰 옷을 입고 있었다. 청소가 주요 업무인 사람들에게 실용적이지 못한 복장이라는 생각이 들었지만 어차피 여길 운영하는 건 내가 아니니까.

"그 마부는 나와 함께 대륙을 횡단했어." 나는 약간 짜증이 났지만 내색하지 않으려 애썼다. "사람도 말도 피곤할 거야. 하룻밤만 묵을 방을 내주면 안 돼? 표식을 찍은 다음 내일 아침에 내보내면 되잖아. 그 정도 대접은 해 줘도 될 텐데."

"오직 아라메리 혈족만 혈인을 받을 수 있습니다. 영구적인 표식이니까요."

"오직……" 순간 깨달음이 머리를 강타했다. "그럼 여기 하인들도 다 우리 혈육이란 뜻이야?"

티브릴이 내게 던진 눈빛은 그리 침통해 보이지 않았지만, 그래야 마땅할 터였다. 생각해 보면 그는 이미 충분한 단서를 던져 주었다. 방황하던 부친, 집사라는 그의 지위. 고위직이긴 해도 하인은 하인이다. 그는 나처럼 아라메리 혈족이었지만 그의 부모는 결혼하지 않았다. 신실한 이템파스 신도들은 서출을 못마땅하게 여겼다. 그리고 그의 아버지는 데카르타의 총애를 얻지 못했다.

마치 내 생각을 읽은 것처럼 티브릴이 말했다. "레이디 예이네, 데카르타 님께서 말씀하신 것처럼 샤하르 아라메리의 후손은 쓰임을 다해야 합니다. 어떤 식으로든지요."

그 말에는 너무도 많은 무언(無言)의 의미가 숨어 있었다. 얼마나 많은 우리 핏줄이 고향 땅에서 억지로 끌려와야 했을까? 여기 와서 바닥을 닦거나 야채 껍질을 벗기지만 않았다면 그들에게는 어떤 미래와 가능성이 있었을까? 얼마나 많은 이가 이곳에서 태어나고 또 영원히 벗어날 수 없었을까? 탈출을 시도한 이들은 어떻게 되었을까?

나도 그들 중 하나가 되는 걸까? 티브릴처럼?

아니야. 티브릴은 중요한 인물이 아니다. 그는 가문의 권력을 물려받을 자들에게 위협이 되지 않는다. 나는 그렇게 운이 좋지 않을 것이다.

티브릴이 내 손을 건드렸다. 연민에서 우러나온 행동이면 좋겠다. "별로 멀지 않습니다."

✳

하늘궁의 높은 층에는 사방에 창문이 있는 것 같았다. 심지어 어떤 복도는 천장이 투명한 크리스털인지 유리였는데, 그 너머로 보이는 것이라고는 하늘과 궁전의 수많은 둥근 첨탑뿐이었다. 해는 아직 지지 않았다. 지난 몇 분 사이 둥근 태양의 불룩한 배 부근이 지평선에 닿았을 뿐이다. 그러나 티브릴은 아까보다 훨씬 빠른 걸음으로 걷고 있었다. 나는 옆을 지나는 하인들을 유심히 살펴보며 같은 피를 나눈 친척으로서 작은 공통점이 있는지 찾아보았다. 몇 가지가 눈에 띄었다. 녹색 눈, (아버지를 닮은 내게는 전혀 없는) 특정한 얼굴 생김새 같은 것들. 그리고 약간의 냉소주의. 이건 내 상상일지도 모르겠지만. 그런 것만 빼면 그들은 나와 티브릴만큼이나 각자 달라 보였고 대부분은 아믄인이나 세늠 대륙 인종처럼 보였다. 그리고 한 사람도 빠짐없이 이마에 표식을 달고 있었다. 전에도 본 적이 있지만 그때는 여기서 유행하는 일종의 패션인 줄만 알았다. 삼각형이나 다이아몬드 문양을 가진 사람도 있었으나 대부분은 단순한 검은 막대기 문양이었다.

그들이 나를 쳐다보는 모습이 마음에 들지 않았다. 힐끔거리다가 언제 그랬냐는 양 금세 딴 곳으로 시선을 돌리는 모양새가.

"레이디 에이네." 내가 뒤처져 있다는 것을 알아차린 티브릴이 몇 걸음 앞에서 발을 멈췄다. 그는 아튼인의 긴 다리를 물려받았지만 나는 아니다. 게다가 오늘은 하루 종일 뭔가를 따라잡느라 힘들었다. "서두르세요. 시간이 없습니다."

"알았어. 알았다고요." 너무 피곤해서 깍듯한 예의를 차릴 기운도 없었다. 그러나 티브릴은 다시 걸음을 떼지 않았다. 그는 온몸을 굳힌 채 우리가 가야 할 방향을 뚫어져라 응시하고 있었다.

어떤 사람이 우리를 내려다보고 있었다.

그때를 돌이켜보며, 나는 지금 그 남자를 '사람'이라 부른다. 왜냐하면 그때는 그렇게 보였으니까. 그는 아치형 천장에 완벽하게 둘러싸인 채로 우리가 걷고 있는 복도가 환히 내려다보이는 발코니에 서 있었다. 거기 있는 수직 통로를 지나고 있었던 것 같은데, 몸은 아직 가던 방향 그대로 꼼짝 않고 멈춰 있고 머리만 돌려 우리를 보고 있었다. 그림자의 장난 때문에 얼굴은 잘 보이지 않았지만 무겁게 내리누르는 시선이 느껴졌다.

남자는 천천히, 그러나 명백히 의도적인 동작으로 발코니 난간에 손을 얹었다.

"왜 그러니, 나하?" 여자의 목소리가 복도를 따라 희미하게 메아리쳤다. 잠시 후 그녀가 모습을 드러냈다. 남자와 달리 여자의 모습은 뚜렷하게 눈에 들어왔다. 검고 반지르르한 머리칼, 귀족적

용모, 우아함과 위엄이 넘치는 호리호리한 몸매의 아름다운 아른인 여성이었다. 머리칼 덕분에 살롱에서 데카르타의 옆자리에 앉아 있던 여성이라는 걸 알 수 있었다. 그녀는 아른인 여성만이 소화할 드레스를 입고 있었다. 피처럼 깊고 짙은 붉은색에 직선으로 길게 떨어지는 원통형 드레스였다.

"뭘 보는 거니?" 남자에게 던진 질문이었지만 여자의 시선은 내게 고정되어 있었다. 여자가 손을 들어 올리더니 손가락으로 잡고 있는 뭔가를 빙글빙글 돌리기 시작했다. 정교한 은색 사슬이었다. 손가락 사이로 늘어진 사슬이 둥근 원을 그리며 움직였고, 나는 그 끝이 남자와 이어져 있다는 것을 알아차렸다.

"고모님." 티브릴의 의미심장한 말투 덕분에 이 여자가 누군지 바로 알아차릴 수 있었다. 레이디 시미나. 내 오촌이모이자 경쟁자. "오늘 무척 아름다우십니다."

"고맙구나, 티브릴." 여자는 여전히 내 얼굴에서 시선을 떼지 않은 채 대답했다. "그 애는 누구니?"

찰나의 망설임이 있었다. 티브릴의 굳은 표정을 보아하니 대답할 말을 주의 깊게 고르는 중인 것 같았다. 내 나라에서는 약한 여성만 남성의 보호를 받기에, 나는 제 버릇을 버리지 못하고 앞으로 한 발짝 나서 고개를 숙였다. "예이네 다르입니다."

시미나의 미소를 보건대 이미 짐작하고 있었던 게 틀림없다. 게다가 이 궁에 다르인이 많을 리도 없다. "아, 그래. 오늘 알현이 끝난 뒤에 누군가 네 이야기를 하더군. 키네스의 딸이지?"

"네." 여기가 다르였다면 나는 즉시 칼을 뽑아 그녀의 상냥하고 가식적인 말투에 담긴 지독한 악의를 향해 휘둘렀을 것이다. 하지만 여기는 하늘이다. 광명의 이템파스, 질서와 평화의 군주의 축복을 받은 궁전. 여기서는 그런 식으로 행동하지 않는다. 나는 소개해 달라는 의미로 티브릴을 쳐다보았다.

"레이디 시미나 아라메리입니다." 마른침을 꼴깍 삼키지도, 눈에 띄게 조바심을 드러내지도 않는 행동거지가 훌륭했지만 티브릴은 나와 오촌이모, 그리고 여전히 꼼짝도 않는 남자를 초조하게 번갈아 쳐다보고 있다. 나는 티브릴이 다음으로 남자를 소개해 주기를 기다렸지만 그는 더 이상 아무 말도 하지 않았다.

"아, 그래요?" 나는 구태여 시미나의 어조를 흉내 내려 들지 않았다. 어머니는 상대방에게 호감이 없을 때도 호의적으로 들리게끔 말하는 화법을 내게 가르치려고 여러 차례 시도했지만 나는 천생 너무도 다르인이었다. "안녕하세요, 이모님."

"죄송합니다만." 내 말이 끝나자마자 티브릴이 시미나에게 말했다. "레이디 예이네에게 궁을 안내해 드리던 중……"

바로 그때, 시미나 옆에 있던 남자가 갑자기 몸을 떨며 날카롭게 숨을 들이켰다. 길고, 검고, 다른 남자들의 질투심을 부를 만큼 풍성한 머리카락이 얼굴을 가리며 흘러내렸다. 남자의 손이 난간을 굳게 움켜쥐었다.

"잠깐만 기다리렴, 티브릴." 시미나가 남자를 면밀히 살펴더니, 커튼처럼 드리운 머리카락에 가려진 뺨을 손바닥으로 감싸 쥐려는 듯 손을 들어 올렸다. 딸깍하는 소리와 함께 목에 채워진 은빛 구속구의 섬세하고 교묘한 이음매가 열렸다.

"죄송합니다, 고모님." 티브릴은 더 이상 두려움을 숨기지 않았다. 그가 내 손을 세게 쥐었다. "비레인이 기다리고 있습니다. 그 사람이 기다리는 걸 얼마나 싫어하는지 아시지……"

"기다리라고 했지." 돌연 선뜩한 목소리로 시미나가 말했다. "네가 요즘 얼마나 유용한지 내가 잊어버릴지도 모르잖니, 티브릴. 우리 착하고 순종적인 하인아." 시미나가 검은 머리 남자를 힐끗 쳐다보더니 너그럽게 웃음 지었다. "하늘에는 착하고 순종적인 하인이 참 많아. 그렇지 않니, 나하도스?" 그렇다면 나하도스는 저 검은 머리 남자의 이름이리라. 이상하게 익숙한 느낌을 건드리는 이름이었지만 어디서 들었는지는 기억나지 않았다.

"이러지 마십시오, 시미나." 티브릴이 말했다.

"저 애에겐 표식이 없구나. 너도 규칙을 알고 있겠지."

"이건 규칙과 아무 상관도 없습니다. 아시잖아요!" 티브릴이 약간 발끈했다. 하지만 시미나는 그를 무시했다.

그 순간, 나는 느꼈다. 검은 머리 남자가 헛숨을 들이켰을 때부터 느끼고 있었던 것 같다. 공기가 진동하고 있었다. 옆에 놓인 꽃병이 덜그럭거렸다. 딱히 그 원인을 찾을 수는 없었지만 신기하게도 나는 알 수 있었다. 어디선가, 눈에 보이지 않는 차원에서 현실의 일부가 움직이고 있다. 새로운 것을 위한 공간을 만들려고.

흑발의 남자가 고개를 들어 나를 똑바로 응시했다. 그는 웃고 있었다. 이제야 그 얼굴이, 광기가 넘실대는 눈동자가 눈에 들어왔다. 불현듯 나는 그가 누군지 깨달았다. 그가 무엇인지 깨달았다.

"내 말 잘 들어요." 티브릴의 잔뜩 굳은 목소리가 귓가에 속삭였다. 나는 검은 머리 짐승의 눈에서 시선을 뗄 수가 없었다. "비레인에게 가야 합니다. 저자에게 명령할 수 있는 건 순혈뿐이고, 오직 비레인만이…… 제기랄, 날 봐요!"

티브릴이 내 눈앞으로 몸을 들이밀며 광기 어린 눈동자로부터 나를 가렸다. 시미나가 나지막하게 중얼거리는 목소리가 들렸다. 누군가에게 지시를 내리는 것 같았는데 내 앞에서 티브릴도 똑같은 행동을 하고 있다 보니 묘한 대조를 이뤘다. 두 목소리 모두 뭐라고 하는지 잘 모르겠다. 너무 춥다.

"비레인의 연구실은 두 층 위에 있습니다. 복도에 세 번째 교차점마다 승강기가 있어요. 꽃병들 사이에 움푹 들어가 있는 벽감을 찾으십시오. 그냥, 그냥 그 안에 들어가 위로 올라간다는 생각을 해요. 내려서 앞으로 쭉 가면 문이 있을 겁니다. 하늘에 아직 빛이 있는 동안엔 기회가 있어요. 가요! 어서!"

티브릴이 세게 떠미는 바람에 몸이 휘청거렸다. 등 뒤에서 인간의 것이라 할 수 없는 무시무시한 울부짖음이 들려왔다. 늑대 백 마리와 재규어 백 마리, 그리고 백 개의 겨울바람이 내 피와 살을 갈구하며 포효하고 있는 것 같았다. 그러고는 다음 순간, 정적이 찾아왔다. 그게 가장 섬뜩했다.

나는 달렸다. 달렸다. 달렸다.

3장

어둠

여기서 잠시 설명하는 시간을 가져야 할까? 좋은 이야기꾼이라면 이래서는 안 되겠지만. 그러나 제정신을 유지하려면 나는 모든 것을 기억하고, 기억하고, 기억하고, 또 기억해야 한다. 벌써 내 많은 부분이 사라져 버렸는걸.

그래서.

한때 셋이 있었다. 중요한 하나가 중요하지 않은 하나를 죽이고 남은 하나를 지옥 같은 감옥에 처넣었다. 감옥의 벽은 피와 뼈요, 창살로 막힌 창(窓)은 눈[目]이었다. 그가 받은 형벌은 수면과 통증과 굶주림, 그리고 필멸의 육신이 지닌 끊임없는 욕구였다. 그런 다음 이 물리적 그릇에 갇힌 그와 신성(神性)을 지닌 세 자식은 아라메리의 손에 맡겨졌다. 육화(肉化)라는 끔찍한 공포를 겪었으매, 그 뒤에 노예로 전락했다고 해서 뭐가 그리 다르겠는가?

어릴 적에 나는 광명의 이템파스 사제로부터 이 타락한 신이 순수악(純粹惡)이라고 배웠다. 셋의 시대에 타락신의 경배자들은 난폭하고 향락적인 밤의 축제를 벌이고 광기를 성스러운 것이라 추앙하는 사악하고 야만적인 광신도 집단이었다. 만일 그자가 신들의 전쟁에서 승리했다면 필멸자들은 지금 존재하지도 못했을 거라고, 사제들은 음산한 어조로 읊조리곤 했다.

"그러니 착하게 굴어야 한다." 그러고 나서 사제들은 이렇게 덧붙였다. "그렇지 않으면 밤의 군주가 널 잡아갈 게야."

*

나는 밤의 군주를 피해 밝게 빛나는 복도를 따라 도망쳤다. 해가 진 지금, 하늘궁을 구성하는 물질이 희고 부드러운 빛을 발하고 있었다. 스무 걸음 뒤에서 어둠과 혼돈의 신이 나를 향해 미친 듯이 질주해 왔다. 도망치던 와중에 딱 한 번, 위험을 무릅쓰고 뒤를 돌아보았을 때 나는 복도를 밝히는 은은한 불빛이 검은 목구멍 속으로 빨려 들어가는 것을 보았다. 눈이 아플 정도로 깊고 끝없는 무저갱 속으로. 나는 다시는 뒤돌아보지 않았다.

일직선으로 달려서는 안 됐다. 이제껏 내가 목숨을 부지하고 있는 이유는 한 걸음 앞서 출발한 데다 나를 쫓아오는 저 괴물이 필멸자보다 더 빨리 움직이지 못한다는 사실 덕분이었다. 아마 신은 저 어둠 속에서도 여전히 인간의 육신을 유지하고 있을 것이다. 그러나 그는 나보다 다리가 길다.

그래서 나는 모퉁이를 만날 때마다 방향을 틀고, 벽에 몸을 부딪쳐 속도를 조절하고, 그때마다 벽을 힘껏 떠밀어 순간적인 추진력을 얻었다. 이렇게 말하니 내가 의도적으로 벽에 부딪친 것처럼 들리는데, 실은 그렇지 않다. 참담한 공포에 사로잡힌 와중에도 이성적으로 사고했다면 내가 어디로 가고 있는지 대략 감이라도 잡을 수 있었을지 모른다. 하지만 나는 그런 상태가 아니었고, 그래서 대책 없이 길을 잃었다.

다행히도 이성이 실패하자 극심한 공황이 힘을 발휘했다.

곁눈질로 티브릴이 말한 벽감을 발견하자마자 나는 그 움푹한 공간으로 몸을 던졌고, 뒷벽에 세게 부딪쳤다. 그는 머릿속으로 위로 올라간다는 생각을 하면 승강기가 저절로 위층으로 올라갈 거라고 말했다. 하지만 나는 무작정 **멀리 멀리 멀리**를 떠올렸고, 마법이 그 명령을 그대로 수행하리라고는 생각하지 못했다.

살롱에서 하늘궁까지 마차를 타고 올 때 나는 내내 커튼을 친 채로 두었다. 마부가 지정된 장소에 마차를 세우자 피부가 따끔거리는 느낌이 들더니 잠시 후 그가 문을 열어 주었고 우리는 어느새 하늘궁에 와 있었다. 그때는 마법이 눈 깜짝할 사이에 800미터 거리의 물질을 통과해 나를 여기로 데려왔다는 생각은 하지도 못했다.

이번에도 똑같은 일이 일어났다. 밤의 군주가 접근하면서 점점 어두워지던 작은 벽감이 별안간 길게 늘어나는가 싶더니 내가 얼결에 얼어 있는 사이 입구가 말도 안 될 만큼 멀어졌다. 꼼짝없이 숨만 헐떡이는 긴장 어린 짧은 순간이 지난 뒤, 나는 쏜살같이 앞으로 뛰쳐나갔다. 벽이 내 얼굴을 향해 날아왔다. 나는 비명을 지르며 두 팔로 얼굴을 가렸다. 다음 순간, 모든 것이 정지했다.

나는 천천히 팔을 내렸다. 온전한 정신을 그러모아 여기가 내가 있던 벽감인지 아니면 다른 곳인지 궁금해하기도 전에, 한 꼬마가 입구 틈새로 얼굴을 들이밀고 두리번거리다가 나를 발견했다.

"빨리! 서두르지 않으면 그에게 잡힐 거야."

✳

아라메리의 마법은 나를 하늘궁 본채에 있는 엄청나게 크고 넓게 트인 공간으로 데려왔다. 나는 어리둥절한 채로 꼬마의 뒤를 황급히 따라가며 이 단조롭고 삭막한 공간을 두리번거렸다. "격투장이야." 앞서가던 소년이 말했다. "높은피 중에 전사인 척 구는 걸 좋아하는 놈들이 있거든. 이쪽이야."

나는 밤의 군주가 쫓아오지 못하게 막을 방도가 있는 건지 궁금해하며 벽감 쪽을 힐끗 쳐다보았다.

"아니, 저걸로는 안 돼." 내 눈짓을 본 소년이 말했다. "하지만 이런 밤에는 궁전 자체가 그의 힘을 억누르고 있어서 널 쫓아오려면 순수하게 신체적 감각에만 의존해야 해." (그럼 다른 힘도 있단 말이야? 궁금증이 들었다.) "달 없는 밤이었다면 큰일이었겠지만 오늘 밤은 그냥 사람일 뿐이야."

"그건 사람이 아니었어." 내 목소리는 격앙되고, 떨리고 있었다.

"사람이 아니었다면 아무리 빨리 뛰어 봤자 지금 살아 있지 못했을걸." 그리고 확실히, 나는 충분히 빨리 뛰지 못했다. 소년이 내 손을 잡고 끌어당기며 재촉했다. 아이가 나를 돌아보자 좀 더 나이 들면 미남이 될 광대뼈가 높고 이목구비가 뚜렷한 얼굴이 언뜻 눈에 들어왔다.

"날 어디로 데려가는 거야?" 드디어 이성적인 사고가 더디게나마 돌아오고 있었다. "비레인한테?"

아이가 비웃듯이 코웃음 쳤다. 우리는 격투장을 지나 미로처럼 보이는 하얀 복도로 들어선 참이었다. "멍청하게 굴지 마. 당연히 숨어야지."

"하지만 그 사람……" *나하도스.* 이제야 그 이름을 어디서 들었는지 기억났다. 아동용 동화에서 읽었다. *어둠 속에서 그의 이름을 속삭이지 마라. 그가 대답할 테니까.*

"아, 이젠 사람으로 봐 주는 거야? 어쨌든 우리가 그보다 앞설 수만 있으면 다 잘될 거야." 소년은 나보다 날렵한 동작으로 모퉁이를 돌았고, 나는 비틀거리며 따라갔다. 아이는 통로를 두리번거리며 뭔가를 찾고 있었다. "걱정 마. 난 그를 따돌리는 데에는 선수거든."

별로 좋은 생각 같지 않았다. "나, 난 비레인한테 가야 해." 위엄 있게 말하고 싶었지만 난 아직 너무 겁에 질려 있었고, 이젠 숨도 가빴다.

소년의 대응은 걸음을 멈추는 것이었다. 하지만 나 때문은 아니었다. "여기!" 진줏빛 광택이 나는 벽의 한 지점에 그가 손을 가져다 댔다. "아타디!"

벽이 열렸다.

마치 수면에 잔물결이 이는 걸 보는 것 같았다. 벽을 이루고 있는 진주 같은 물질이 그의 손이 닿은 곳에서부터 파도치듯 일렁이더니 구멍이, 문이 생겼다. 벽 뒤에는 특이한 모양의 좁다란 방이 있었는데, 방이라기보다는 남는 공간 같았다. 우리 둘 다 들어갈 수 있을 만큼 문이 열리자 아이가 나를 안으로 끌어당겼다.

"이게 뭐야?"

"궁 안에 있는 쓸모없는 죽은 공간. 모든 굽은 복도와 둥근 방 사이사이에는 이 궁의 다른 반쪽이 있지. 아무도 사용하지 않아. 나만 빼고 말이야." 소년이 내 쪽으로 돌아서더니 못된 짓을 할 때처럼 씨익 웃었다. "여기서 잠시 쉬면 돼."

조금씩 호흡이 돌아오기 시작했다. 급격히 분출된 아드레날린의 후유증 때문에 온몸에서 힘이 빠지는 것 같았다. 등 뒤에서 벽이 또다시 물결치듯 움직이더니 아무 일도 없었던 것처럼 굳게 닫혔다. 처음엔 조심스럽게 벽에 기댔다가 이내 안심하며 힘을 뺐다. 그러고는 나를 구해 준 소년을 살펴보았다.

나와 크게 차이 나지 않는 체구였다. 아홉 살 정도로 보였는데, 호리호리한 몸매로 보아 금세 자랄 것 같았다. 아픈인은 아니다. 하지만 나만큼 피부색이 짙지도 않고 테마 사람들처럼 눈 안쪽에 특유의 구석주름이 있었다. 눈 색깔은 나와 내 어머니처럼 흐릿한 녹색이었다. 아마 또 다른 방황하는 아라메리 일족을 아버지로 두고 있을 테지.

소년도 나를 찬찬히 훑어보고 있었다. 잠시 후 아이의 미소가 커다래졌다. "난 시에야."

두 음절. "시에 아라메리?"

"그냥 시에." 소년은 어린아이 특유의 우아한 유연함을 발휘해 두 팔을 머리 위로 쭉 뻗었다. "너도 아라메리로는 안 보이는데."

너무 지친 나머지 기분이 상할 여유도 없었다. "그편이 좋아. 사람들이 나를 과소평가하니까."

"맞아. 그건 항상 좋은 전략이지." 소년이 갑자기 자세를 고쳐 앉더니 심각한 어조로 말했다. "계속 움직이지 않으면 발각될 거야. 엔!"

나는 고함에 놀라 흠칫했다. 하지만 시에는 위쪽을 올려다보고 있었다. 잠시 후, 아이들이 차고 노는 것 같은 노란색 공이 소년의 손바닥 위로 떨어졌다.

나는 의아해하며 시선을 쳐들고 두리번거렸다. 이 죽은 공간은 여러 층에 걸쳐져 있었고 별 특색 없는 삼각형 모양의 수직통로 였다. 공이 들어올 만한 구멍은 없었다. 소년에게 공을 던져 줄 사람도 없었다.

나는 소년을 멍하니 쳐다보았다. 불현듯 떠오른 생각에 등골이 오싹해졌다.

시에가 내 얼굴을 보고 웃더니 바닥에 공을 내려놓았다. 그러고 는 그 위에 책상다리를 하고 앉았다. 공은 그 애가 편안하게 자리 잡을 때까지 꼼짝도 하지 않다가 잠시 후 공중으로 떠올랐다. 바닥에서 1미터쯤 떠오르더니 그 자리에 멈춰 가만히 있었다. 소년 아닌 소년이 내게 손을 내밀었다.

"해칠 생각은 없어. 지금도 도와주고 있잖아."

나는 그 손을 물끄러미 바라보며 벽에 등을 기댔다.

"빙빙 돌아서 그에게 데려갈 수도 있었는데, 안 그랬잖아."

그 말이 결정적이었다. 잠시 후 나는 시에의 손을 잡았다. 아귀 힘을 느끼자 더는 의심할 여지가 없었다. 이건 어린아이의 힘이 아니다.

"조금만 가면 돼." 시에가 말했다. 덫에 걸린 토끼처럼 나를 매 달고, 공이 수직통로 위로 상승했다.

*

어린 시절에 대해 기억나는 게 또 하나 있다. 노래다. 어떤 노래 냐면…… 어떤 거였지? 아, 맞아. "트릭스터, 트릭스터 / 장난으로 태양을 훔쳤네 / 그걸 타고 다닐 거야? / 어디다 숨길 거야? / 저 기 저 강둑 아래!"

말해 두자면, 그건 우리의 태양은 아니었다.

*

시에는 천장 두 개와 벽 하나를 잇달아 열었고, 마침내 데카르타 할아버지의 알현실만큼이나 널따란 죽은 공간에 나를 내려놓았 다. 하지만 내 입을 벌어지게 한 것은 공간의 넓이가 아니었다.

수십 개의 구체(球體)가 방 안에 둥둥 떠다니고 있었다. 크기와 색깔, 모양이 놀랍도록 다양한 것들이 공중에서 천천히 회전하며 이동하고 있었다. 얼핏 보기엔 어린애들이 갖고 노는 장난감 같았지만 하나를 자세히 들여다보니 표면에 하얀 구름이 소용돌이치고 있는 게 보였다.

시에가 공중에 떠 있는 동안 나는 그의 장난감 사이를 정신없이 돌아다녔다. 그는 조바심과 자부심의 중간쯤 되는 표정을 짓고 있었다. 시에의 노란색 공이 방 한가운데에서 멈추자 다른 공들은 그 주위를 돌았다.

"예쁘지?" 시에가 내게 말했다. 나는 붉은색 대리석으로 된 조그만 공을 보고 있었다. 폭풍우일까? 거대한 구름 덩어리가 이쪽 반구를 뒤덮고 있었다. 나는 구체에서 눈을 떼고 시에를 쳐다보았다. 그는 내 대답을 기다리며 안달이 난다는 듯 발끝으로 통통거리며 몸을 들썩였다. "근사한 수집품이지."

트릭스터, 트릭스터, 장난으로 태양을 훔쳤네. 틀림없이 보기에 예뻐서 그랬을 거다. 세 주신은 사이가 틀어지기 전에 많은 자식을 낳았다. 시에는 헤아릴 수 없을 만큼 오랜 세월을 살았고 아라메리 가문의 또 다른 치명적인 무기였지만, 나는 그의 눈에 드러난 수줍은 희망에 감히 찬물을 끼얹을 수가 없었다.

"정말 아름다워." 나는 맞장구를 쳤다. 사실이 그랬으니까.

시에가 활짝 웃으며 다시 내 손을 잡았다. 이번에는 잡아끄는 게 아니라 그냥 친근감을 표시하는 행동이었다. "다른 애들도 널 좋아할 거야. 나하도 진정되고 나면 그럴걸. 우리를 믿는 필멸자와 대화하는 건 정말 오랜만이거든."

아무 의미도 없이 단어만 엮어 놓은 뜻 모를 소리였다. 다른 애들? 나하? 진정된다고?

시에가 다시 웃어 보였다. "특히 네 얼굴이 마음에 들어. 감정을 많이 드러내진 않네. 그건 다르인이라서야, 아니면 네 어머니가 그렇게 훈련해서 그런 거야? 그치만 일단 드러내면 온 세상 사람들이 다 읽을 수 있을 것 같아."

어머니도 오래전 똑같은 경고를 한 적이 있다. "시에……" 물어볼 게 너무 많아서 어디서부터 시작해야 할지 모르겠다. 양쪽 극점에 밝은 흰색 점이 찍혀 있는 단조로운 녹색 공 하나가 빙글빙글 회전하며 우리 둘 사이를 빠르게 지나갔다. 그때는 대수롭지 않게 넘겼는데 그걸 본 시에가 몸을 바짝 긴장시켰다. 내 본능이 뒤늦은 경고를 보내왔다.

나는 뒤를 돌아보았다. 나하도스가 우리 뒤에 서 있었다.

그는 내가 몸도 마음도 꼼짝없이 얼어붙은 순간을 틈타 나를 덮칠 수도 있었다. 우리 사이의 거리는 겨우 몇 걸음에 불과했으니까. 그러나 그는 움직이지도 입을 열지도 않았고, 우리는 서로를 빤히 응시했다. 달처럼 창백하고 왠지 모르게 동요하고 있는 듯한 얼굴. 이제야 그의 얼굴이 또렷하게 보였지만 믿기지 않을 만큼 아름답다는 것 외에는 아무 생각도 나지 않았다. 검고 긴 머리카락이 검은 연기처럼, 마치 자유의지를 가진 촉수처럼 그의 몸을 둘러싼 채 너울거렸다. 어쩌면 역시 머리카락일지도 모를 망토는 나한테는 느껴지지 않는 바람이라도 부는 양 가볍게 나부꼈다. 발코니에서도 망토를 두르고 있었던가? 기억나지 않았다.

나하도스의 얼굴에는 여전히 광기가 도사리고 있었지만 아까

봤던 미쳐 날뛰는 야수의 것이 아니라 보다 차분하고 가라앉은 광기였다. 그리고 그 아래에는, 인간성이라고는 할 수 없는 뭔가 다른 것이 희미하게 번득이고 있었다.

시에가 내 앞을 가로막지 않으려 조심하며 앞으로 한 발짝 나섰다. "이제 정신이 좀 들어, 나하?"

나하도스는 대답하지 않았다. 시에가 눈에 들어오는 것 같지도 않았다. 그가 가까워지자 시야 한구석에서 둥둥 떠다니던 시에의 장난감들이 갑자기 격렬하게 움직였다. 느긋하고 우아한 궤도를 그리던 공들이 변했다. 어떤 것은 움직이던 방향을 바꿨고, 어떤 것은 제자리에 멈춰 섰으며, 또 어떤 것들은 갑자기 속도를 냈다. 하나는 아예 절반으로 쪼개져 바닥으로 추락했다. 나하도스가 한 발짝 앞으로 내딛자 더 많은 색깔 공들이 걷잡을 수 없이 빠른 속도로 회전하기 시작했다.

그 한 걸음은 나를 마비 상태에서 깨어나게 하기에 충분했다. 나는 비틀거리며 뒷걸음질 쳤다. 벽을 여는 법을 알았다면 비명을 지르며 도망쳤을 것이다.

"뛰지 마!" 시에의 목소리가 채찍처럼 날카롭게 나를 내리쳤다. 나는 멈췄다.

나하도스가 다시 다가왔다. 그의 몸이 떨리는 것이 눈에 보일 만큼 우리 사이의 거리가 좁혀졌다. 그의 손이 움찔거렸다. 그가 입술을 달싹였다. 잠시 허덕인 끝에 드디어 목소리가 흘러나왔다. "너, 너무 뻔한 전략이었다, 시에." 낮고 묵직했지만 충격적일 만큼 인간적인 목소리였다. 나는 그가 짐승처럼 으르렁거릴 줄 알았다.

시에가 토라진 어린아이로 돌아가 어깨를 늘어뜨렸다. "그렇게 빨리 따라잡힐 줄은 몰랐지." 시에가 머리를 한쪽으로 기울이더니 나하도스의 얼굴을 조심스레 살피며 바보에게 설명하듯이 천천히 말했다. "당신 여기 있는 거지, 그렇지?"

"내게는 보인다." 밤의 군주가 속삭였다. 시선은 내 얼굴에 못 박혀 있었다.

놀랍게도 시에는 그 엉뚱한 말이 무슨 뜻인지 안다는 듯 고개를 주억거렸다. "나도 기대하진 않았더랬어." 그렇게 조용히 말했다. "하지만 기억나지? 우린 얘가 필요해. 기억해?" 시에가 다시 앞으로 다가가며 나하도스의 손을 잡으려는 듯 팔을 뻗었다.

나는 나하도스의 손이 움직이는 것을 보지 못했다. 그의 얼굴을 보고 있었으니까. 내가 본 것은 나하도스의 얼굴 위로 섬광처럼 지나간 살기 어린 분노였고, 다음 순간 그의 손이 시에의 목을 움켜쥐고 있었다. 놀란 시에가 미처 소리치기도 전에 몸뚱이가 바닥에서 들어 올려졌다. 두 발이 공중에서 버둥거렸다.

나는 너무 놀라 몸이 움직이지도 않았다.

그러고는 이내, 화가 치밀었다.

분노가 뜨거운 불길처럼 타올랐다. 그리고 광기도. 그게 아니라면 다음에 내가 한 행동을 설명할 길이 없었다. 나는 칼을 빼 들며 소리쳤다. "당장 놔!"

마치 토끼가 늑대를 위협하듯이. 하지만 놀랍게도 밤의 군주가 나를 쳐다보았다. 시에를 내려놓지는 않았지만 두 눈을 깜박였다. 그가 내뿜던 광기가 순식간에 사라지더니 새로 떠오른 충격과 경탄이 그 자리를 대신했다. 쓰레기 더미에서 보물을 발견한 사람의 표정이었다. 하지만 손은 여전히 시에의 목을 조르고 있었다.

"그 애를 놔줘!" 나는 다르인 할머니한테 배운 대로 몸을 낮추며 공격 태세에 들어갔다. 손이 덜덜 떨렸다. 두려움 때문이 아니다. 격렬하고 무분별한, 매우 정당한 노여움 때문이었다. 시에는 어린애였다. "그만하란 말이야!"

나하도스가 빙그레 웃었다.

나는 달려들었다. 칼이 그의 가슴을 깊숙이 찔렀고, 칼날이 뼈대에 박히는 순간 느껴진 갑작스러운 충격에 나는 손에서 칼자루를 놓치고 말았다. 하지만 바로 그의 가슴을 떠밀며 뒤로 물러서 거리를 벌리려 했다. 나는 그가 꿈틀거리는 권능에 둘러싸여 있는데도 단단하고 따뜻한 피와 살을 지니고 있다는 데 깜짝 놀랐다. 그의 다른 쪽 손이 내 손목을 쥠쇠처럼 꽉 움켜쥐었을 때는 더 크게 놀랐다. 심장에 칼이 꽂혀 있는데 어떻게 이렇게 빠른 거지?

내 손목을 부러뜨릴 수도 있건만, 나하도스는 그저 나를 계속 붙잡고만 있었다. 그의 몸에서 흘러나오는 피가 내 분노보다도 더 뜨겁게 내 손을 적셨다. 나는 고개를 들었다. 그의 눈은 따뜻하고 다정하고 간절했다. 인간적이었다.

"너를 오랫동안 기다렸다." 신이 속삭이더니 이윽고 내게 입을 맞췄다.

그러고는 바닥으로 허물어졌다.

4장

마법사

밤의 군주는 바닥에 쓰러지면서 시에를 떨어뜨렸다. 하마터면 나도 같이 넘어질 뻔했다. 내가 어떻게 아직 살아 있는지 이해할 수가 없었다. 아라메리의 무기에 관해서 전해 내려오는 이야기들은 군대를 통째로 학살한 내용으로 가득하다. 정신 나간 야만족 여자애가 저항하는 이야기 따윈 없다.

다행히도 시에는 바닥을 팔꿈치로 짚으며 바로 몸을 일으켰다. 다친 곳은 없어 보였지만 나하도스가 쓰러져 미동도 하지 않는 모습을 보고는 두 눈이 휘둥그레졌다. "무슨 짓을 한 거야!"

"나……난……." 온몸이 바들바들 떨렸다. 목소리가 나오지 않았다. "이러려고 한 건…… 널 죽이려고 했단 말이야. 그래서 난……." 나는 침을 꿀꺽 삼켰다. "가만히 있을 수는 없었어."

"나하도스는 시에를 죽이지 않았을 거다." 뒤에서 낯선 목소리가 말했다. 나는 소스라치게 놀라 등 뒤 칼집에 꽂혀 있지도 않은 칼을 쥐려 팔을 뻗었다. 공중에서 조용히 표류하고 있는 시에의 장난감 사이로 한 여자가 나타났다. 내가 가장 먼저 알아차린 것은 여자의 덩치가 엄청나게 크다는 것이다. 마치 켄의 거대한 해양 선박처럼. 풍채도 그 선박과 비슷했다. 강하고 떡 벌어졌으며, 동시에 놀랍도록 우아했다. 하나도 뚱뚱하지 않았다. 어떤 민족인지 짐작도 가지 않는 생김새였다. 내가 아는 한 어떤 민족의 여성도 이 정도로 크지는 않다.

여자가 바닥에 무릎을 대고는 시에를 도와 일으켜 세웠다. 시에는 떨고 있지만 겁을 먹었다기보다는 흥분한 것 같았다. "얘가 어떻게 했는지 봤어?" 시에가 여자에게 물었다. 나하도스를 가리키는 그의 얼굴은 웃고 있었다.

"그래, 봤다." 여자는 시에를 똑바로 서게 한 다음, 고개를 돌려 잠시 나를 응시했다. 무릎을 꿇고 있는데도 서 있는 시에보다 컸다. 입고 있는 옷은 단순했다. 회색 튜닉과 바지. 머리카락을 가린 회색 스카프. 새까만 밤의 군주를 만난 뒤라 회색이 다소 부드럽게 느껴지는 것인지도 모르지만 여자가 나를 대하는 태도는 왠지 조심스러웠다.

"자식을 보호하는 어머니보다 더 위대한 전사는 없다고 하지. 하지만 시에는 당신보다 약하지 않다, 레이디 예이네."

나는 천천히 고개를 끄덕이며 바보가 된 것 같은 기분을 부인하려 애썼다. 내가 방금 한 일은 이성적인 행동과는 거리가 멀었다.

시에가 다가와 내 손을 잡고 수줍게 말했다. "어쨌든 고마워." 지금 이 순간에도 그의 목둘레에 새겨진 흉한 보랏빛 손자국이 점차 희미해지고 있었다.

우리는 조용히 나하도스를 내려다보았다. 그는 바닥에 무릎을 꿇어 털썩 주저앉은 채였고, 가슴에는 칼이 박혀 있었다. 머리는 힘없이 늘어져 있었다. 회색의 여자가 나직한 한숨과 함께 가슴에서 칼을 뽑아 들었다. 분명히 칼날이 뼈에 닿는 걸 내가 직접 느꼈는데도 여자는 힘 하나 들이지 않고 칼을 빼냈다. 무기를 찬찬히 살펴보며 고개를 가로젓더니 칼을 돌려 칼자루를 내게 내밀었다.

나는 그것을 받았다. 손에 신의 피가 더 많이 묻었다. 내 손이 너무 심하게 떨려서 여자가 필요 이상으로 칼을 꽉 쥐고 있는 걸까 하는 생각이 들었다. 하지만 내가 손잡이를 굳게 붙잡은 뒤에도 여자의 손가락은 칼날 가장자리를 덧그리고 있었다. 나는 칼을 들어 올려 살펴보고는 핏자국이 깨끗이 닦인 건 물론이요, 칼의 형태가 완전히 달라져 있음을 깨달았다. 내 무기는 이제 구부러진 곡선을 그렸고 날은 예리하게 세워졌다.

"이게 더 잘 어울린다." 내 시선을 느낀 여자가 엄숙하게 고개를 끄덕이며 말했다. 나는 무심결에 등 뒤에 매단 칼집에 칼을 찔러 넣었다. 그런데 생각해 보니 모양새가 바뀐 칼이 전에 쓰던 칼집에 맞을 리가 없었다. 하지만 칼은 무리 없이 들어갔다. 칼집도 바뀐 것이다.

"자카, 너도 이 애가 마음에 든 거지?" 시에가 내게 기대더니 두 팔로 내 허리를 감싸고 가슴에 머리를 얹었다. 불멸의 존재든 아니든 순진한 어린애 같은 행동에 차마 밀어낼 수가 없었다. 내가 반사적으로 마주 껴안자 시에가 깊고 만족스러운 한숨을 뱉었다.

"그래." 여자가 주저 없이 말했다. 그러고는 몸을 숙이고 나하도스의 얼굴을 들여다보았다. "아버지?"

나는 흠칫 튀어 오르지 않았다. 시에가 내게 기대 있어서 어차피 그럴 수도 없었다. 하지만 시에는 내 몸이 뻣뻣하게 경직되는 것을 느꼈다. "쉬이이." 시에가 내 등을 부드럽게 쓸었다. 하지만 어린애답지 않은 그 손길은 내 마음을 진정시키지 못했다. 잠시 후, 나하도스가 몸을 뒤척였다.

"돌아왔구나." 시에가 허리를 세우고 활짝 웃으며 말했다. 나는 이때를 틈타 나하도스와 거리를 벌리려고 했지만 시에가 재빨리, 진심 어린 손길로 내 손을 붙잡았다. "괜찮아, 예이네. 지금은 달라. 넌 안전해."

"그 아이는 널 믿지 않을 거다." 나하도스의 말투는 깊은 잠에서 막 깨어난 사람 같았다. "이젠 우리를 믿지 않겠지."

"아버지 잘못이 아냐." 시에가 부루퉁하게 말했다. "설명만 잘하면 이해할 거야."

나하도스가 나를 쳐다보았다. 이번에도 놀라 몸이 움찔거렸지만 이제 정말 광기는 사라지고 없는 것 같았다. 그리고 그 눈빛도 보이지 않았다. 자신의 심장에서 흘러나온 피로 뒤덮인 내 손을 붙잡고 그리움을 속삭이던 때의 눈빛. 그리고 키스는…… 아니야. 그건 내 착각일 거다. 지금 내 앞에 앉아 있는 밤의 군주는 아무런 감정도 없어 보였고, 무릎을 꿇고 있는데도 제왕처럼 고고하고 오만했다. 기분 나쁘게도 데카르타가 생각났다.

"이해해 줄 테냐?" 그가 내게 물었다.

내가 할 수 있는 대답은 한 발짝 뒤로 물러서는 것뿐이었다. 나하도스가 고개를 저으며 일어나, 시에가 자카라고 부른 여자에게 우아한 동작으로 고개를 까딱였다. 눈높이는 자카가 나하도스보다 더 높았지만 누가 진정 위에 있는 자이고 아래에 있는 자인지는 의문의 여지가 없었다.

"이럴 시간이 없다. 비레인이 이 아이를 찾고 있을 거다. 표식을 남기고 끝내." 나하도스의 말에 자카가 고개를 끄덕이더니 내게 다가왔다. 나는 그녀의 눈빛에 담긴 의도에 불안감을 느끼며 세 번째로 뒷걸음질 쳤다.

시에가 내 손을 놓더니 우리 사이를 가로막고 섰다. 꼭 벼룩이 개에게 반항하는 것 같았다. 그의 키는 자카의 허리 부근에 겨우 미칠 정도였으니까. "이런 식으로 하려는 게 아니었잖아. 원랜 설득하기로 했잖아."

"이제 그건 불가능하다." 나하도스가 말했다.

"그럼 어떻게 방금 있었던 일을 예이네가 비레인에게 말 못 하게 막을 건데?" 시에가 허리춤에 손을 얹으며 말했다. 자카는 옆에 가만히 선 채 둘 사이의 분쟁이 해결되기를 참을성 있게 기다렸다. 모두 내가 여기 있다는 걸 잊어버린 듯했다. 내가 전혀 중요하지 않은 사람인 것처럼. 아마 사실이 그럴 거다. 지금 내가 세 신 사이에 서 있다는 사실을 감안하면 말이다. *한때 신이었던*이라는 표현은 맞지 않을 것 같다.

나하도스의 얼굴에 미소라고 하기에는 미묘한 표정이 떠올랐다. 그가 나를 힐끗 쳐다보았다. "비레인에게 말하면 죽여 버리겠다." 그러더니 다시 시에에게 시선을 돌렸다. "만족하느냐?"

내가 아주 많이 피곤했던 모양이다. 그날 저녁 워낙 많은 위협을 겪은 터라 나는 눈 하나 깜짝하지 않았다.

시에는 인상을 쓰며 도리질을 했지만 더는 자카의 앞을 가로막지 않고 비켜서서 삐쭉거리며 말했다. "원래 계획은 이런 게 아니었단 말이야."

"계획이란 늘 변경되는 법이지." 자카가 내 앞에 섰다.

"뭘 하려는 거죠?" 자카의 어마어마한 덩치에도 불구하고 이상하게 그녀는 나하도스만큼 무섭지는 않았다.

"이마에 인(印)을 찍을 거다. 이 인은 눈에 보이지 않아. 그리고 비레인이 당신에게 찍을 인의 힘을 교란할 거다. 겉으로는 그들의 일원처럼 보여도 실제로는 자유롭지."

"그 사람들은……." 이마에 표식이 있는 아라메리 일족. 그들을 말하는 건가? "자유롭지 않나요?"

"우리만큼이나. 그들 자신은 그렇게 생각하지 않겠지만." 나하도스가 대답했다. 그 짧은 찰나, 전에 엿봤던 다정함이 새어 나왔다. 그가 고개를 돌렸다. "빨리 해라."

자카가 고개를 끄덕이더니 손가락 끝으로 내 이마를 지그시 눌렀다. 자카의 주먹은 저녁 만찬 접시만큼이나 커다랬고, 그녀의 손가락이 닿은 순간 나는 인두로 지지는 듯한 고통을 느꼈다. 놀라 꽥 소리 지르며 손가락을 쳐내려 했지만 그 전에 자카가 손을 뗐다. 그걸로 끝이었다.

자기가 토라졌다는 것도 잊은 시에가 내 이마를 살피며 점잖게 고개를 끄덕였다. "이거면 될 거야."

"이제 비레인에게 데려가." 자카가 말하더니 내게 고개 숙여 정중히 작별을 고한 다음, 나하도스를 향해 몸을 돌렸다.

시에가 내 손을 잡았다. 나는 너무 얼떨떨한 나머지 시에가 나를 죽은 공간이 있는 벽으로 이끌었을 때에도 반항하지 않았다. 하지만 딱 한 번, 어깨 너머로 돌아봤을 때 나는 밤의 군주가 떠나가는 모습을 보았다.

*

내 어머니는 세상에서 제일 아름다운 여인이었다. 내가 딸이라서 이런 말을 하는 게 아니다. 그분이 키가 크고 우아했으며 구름 낀 하늘의 햇살 같은 머리칼을 지녀서도 아니다. 그건 바로 어머니가 강했기 때문이다. 내가 다르인의 풍습에 익숙해서겠지만 내게 강함이란 언제나 미(美)의 표상이었다.

동포들은 어머니를 좋게 생각하지 않았다. 감히 아버지 앞에서 그렇게 말하는 사람은 없었지만 가끔 우리가 아레바이아를 걸을 때면 뒤에서 속닥이는 소리가 들렸다. 아믄 창녀. 희멀건 쌍년. 어머니가 지나가면 그들은 땅바닥에 침을 뱉어 아라메리의 발에 더럽혀진 거리를 씻어 내곤 했다. 어머니는 이런 일을 겪으면서도 늘 품위를 지켰고 예의를 갖추지 않은 이들에게도 정중한 태도를 잃지 않았다. 아버지에 대한 몇 안 되는 또렷한 기억 속에서, 아버지는 그래서 어머니가 그들보다 더 나은 사람이라고 말했다.

왜 지금 이런 게 기억나는지 모르겠지만 어쨌든 이게 중요하다는 것만은 확실하다.

✳

죽은 공간에서 나오자 시에는 내게 뛰라고 말했다. 비레인의 연구실에 도착했을 때 숨을 헐떡이도록 말이다.

시에가 다급하게 문을 세 번 두드리자 비레인이 문을 열었다. 데카르타의 알현실에서 나를 보고 "절망적이지는 않다"고 평가한 사내였다.

"시에? 대체 무슨…… 아." 나를 본 비레인이 눈썹을 추켜세웠다. "어쩐지 티브릴이 너무 늦는다 했습니다. 해가 진 지 거의 한 시간이나 됐는데."

"시미나가 나하를 시켜 공격하게 했어." 시에가 그렇게 말하고는 나를 올려다보았다. "하지만 여기까지만 오면 게임 끝이잖아? 넌 이제 안전해."

그게 내가 할 변명이로군. "티브릴이 그렇게 말했어요." 나는 아직도 겁에 질린 것처럼 복도를 흘긋거렸다.

"시미나가 쫓아갈 범위를 지정해 줬을 겁니다." 나를 안심시키려 하는 말 같았다. "시미나는 그가 이런 상태에서 어떤지 아니까. 들어오시죠, 레이디 예이네."

비레인이 옆으로 비켜서자 나는 방으로 들어갔다. 지금처럼 뼛속까지 지치지 않았더라도 나는 눈앞의 광경을 처음 접한 순간 우뚝 멈춰 섰을 것이다. 이런 방은 처음 봤다. 길쭉한 타원형 공간인데, 긴 쪽의 양 벽은 바닥에서 천장까지 커다란 창문이 차지하고 있었다. 그 옆면에는 작업대가 두 줄로 배치되어 있었는데 각각 책과 플라스크, 용도를 알 수 없는 기묘한 장치로 가득했다. 맞은편 벽에 있는 동물 우리에는 토끼들과 새들이 띄엄띄엄 갇혀 있고 방 중앙에는 낮은 받침대 위에 거대한 흰색 구체가 놓여 있었다. 내 키와 맞먹을 만큼 커다랬고, 완전히 불투명했다.

"이리로." 비레인이 작업대를 향해 움직이며 말했다. 그 앞에 의자 두 개가 놓여 있었다. 그가 하나에 앉더니 내게 앉으라며 남은 의자를 가볍게 두드렸다. 나는 그의 뒤를 따라갔지만 앉지 않고 잠시 서서 망설였다.

"아무래도 그쪽이 나보다 더 유리한 입장에 있는 것 같은데요, 경(卿)."

비레인이 살짝 놀라더니 이내 미소를 지었다. 그러더니 조롱한다기보다는 장난스럽게 허리를 반쯤 숙여 놀리듯이 절을 했다. "아, 예를 갖춰야겠지요. 나는 궁정 필경사(筆經士) 비레인입니다. 당신 친척이기도 하지요. 촌수가 멀고 복잡하게 얽혀 있긴 하지만 데카르타 님께선 나를 본계로 받아들이기에 적합하다고 판단하셨지요." 비레인이 이마에 새겨진 검은 동그라미를 톡톡 두드렸다.

필경사는 신의 문자 언어를 연구하는 아픈 학자다. 이 필경사는 내가 막연히 상상하던 냉철하고 금욕적인 수도사와는 달랐다. 일례로 그는 젊었다. 내 어머니보다 몇 살 어린 것 같았다. 확실히 이렇게 머리가 하얗게 셀 정도로 나이가 많지는 않다. 어쩌면 티브릴과 나처럼 아믄인과 다른 인종의 혼혈일지도 모른다.

"만나서 반가워. 하지만 이곳에 필경사가 왜 필요한지 궁금하지 않을 수가 없네. 진짜 신이 있는데 신의 힘을 연구할 필요가 뭐가 있지?"

비레인은 내 질문이 반가운 것 같았다. 그의 직업에 대해 궁금해하는 사람이 거의 없기 때문일 것이다. "글쎄요, 우선 그들은 전능하지도 않고 편재(遍在)하지도 않습니다. 이 궁전만 해도 날마다 수백 명이 사소한 마법을 사용하고 있는데 뭔가 필요할 때마다 일을 하다 말고 에네파데를 불러야 한다면 일이 제대로 돌아가지 않겠지요. 예를 들어 당신을 이곳까지 데려다준 승강기가 있습니다. 그리고 이 궁처럼 지상에서 아주 높은 곳에서는 공기가 차고 희박해서 숨쉬기가 힘들어요. 하지만 이 궁 안에서는 마법 덕분에 편안하게 호흡할 수 있지요."

나는 의자에 조심스럽게 걸터앉으며 옆에 놓인 작업대를 살펴보았다. 물건들이 가지런히 정돈되어 있었다. 다양한 종류의 세필 붓, 먹물 종지, 그리고 이상하고 복잡한 뾰족무늬와 소용돌이 글자가 새겨진 작고 반질거리는 네모난 돌덩어리. 너무 낯설고 이질적인 글자라 눈에 거슬려 오랫동안 쳐다볼 수가 없었다. 시선을 돌리고 싶게끔 하는 것이야말로 그것의 속성 중 하나였다. 왜냐하면 그건 신들의 글자, 인(印)이었으니까.

비레인이 내 맞은편에 앉았다. 시에는 들어오라는 말이 없었는데도 작업대 맞은편을 차지하고 앉아 포갠 팔 위에 턱을 얹었다.

"또 다른 이유로는 에네파데조차 시전할 수 없는 마법이 있기 때문이지요. 신은, 말하자면 그들이 힘을 발휘할 수 있는 영역에서는 엄청나게 강하지만 그 밖의 다른 영역에서는 한계가 있는 독특한 존재죠. 나하도스는 낮에는 무력합니다. 시에는 뭔가 꿍꿍이가 있을 때가 아니면 절대로 조용하거나 얌전하게 굴 수가 없고." 비레인이 시에를 쳐다보자 그가 무슨 소린지 모르겠다는 듯이 천진한 미소를 지어 보였다. "따라서 여러 면에서 우리 인간이 더…… 다재다능한 존재지요. 이렇게밖에는 표현할 수가 없군요. 더 완전하다고 해야 할까요. 예를 들어 신은 생명을 새로 창조하거나 연장할 수 없습니다. 아이를 낳는다는 단순한 행위, 즉 운 없는 술집 여급이나 경솔한 군인이 하룻밤에 쉽게 저지를 수 있는 일도 신들은 수천 년 동안 그 능력을 상실했지요."

시야 구석진 곳에서 시에의 미소가 잦아드는 것이 보였다.

"생명을 연장해?" 나는 필경사들이 그들의 힘으로 무슨 짓을 하는지 소문을 들은 적이 있다. 끔찍하고 더러운 소문들. 문득 내 조부가 아주아주 늙었다는 생각이 떠올랐다.

비레인이 고개를 끄덕였다. 내 떨떠름한 말투를 감지했는지 눈이 반짝였다. "우리 필경사들이 탐구하고 있는 위대한 사명 중 하나랍니다. 언젠가는 정말로 불멸을 이룩해 낼지도 모르죠……." 비레인이 내 얼굴에 떠오른 질색한 표정을 읽고는 씨익 웃었다. "물론 그에 대한 논란이 없는 건 아니지만."

할머니는 늘 아든인이 자연의 뜻을 거스르는 자들이라고 했다. 나는 시선을 딴 곳으로 돌렸다. "티브릴이 말하길 당신이 나한테 표식을 찍어 줄 거라던데."

이제 그는 노골적으로 즐거움을 드러내며 히죽 웃었다. 고상한 척하는 야만인을 비웃는 웃음이었다. "흐음."

"무슨 표식이지?"

"무엇보다 에네파데가 당신을 죽이지 못하게 하죠. 그들이 어떤지는 봐서 알 텐데요."

나는 마른 입술을 핥았다. "아. 그래. 난…… 몰랐어. 그들이……." 어떻게 해야 시에의 기분을 상하지 않고 의미를 전달할 수 있을지 몰라 애매하게 손짓했다.

"고삐 풀린 채로 싸다닌다고?" 시에가 해맑게 물었다. 눈이 짓궂게 빛났다. 그는 내 불편한 기색을 즐기고 있었다.

나는 움찔했다. "응."

"필멸의 육신이 곧 그들의 감옥입니다." 비레인이 시에를 무시하며 말했다. "그리고 하늘궁에 있는 모든 이가 그들의 간수고요. 광명의 이템파스를 모셨던 가장 위대한 사제 샤하르 아라메리의 후손들을 섬기는 것이 그들이 진 속박인데, 샤하르의 자손이 지금은 수천에 달하는지라……." 비레인이 창문을 향해 손짓했다. 마치 온 세상이 하나의 씨족이라도 되는 양, 아니면 그에게 유일하게 중요한 세계인 하늘을 의미하는 것일지도 모른다. "우리 조상들이 보다 질서정연한 체제를 확립하기로 결정한 겁니다. 이 표식은 에네파데에게 당신이 아라메리 혈족임을 확인시켜 줍니다. 이게 없다면 그들은 당신에게 복종하지 않지요. 또 가문 내 지위를 의미하기도 합니다. 직계 혈통에 얼마나 가까운지, 그래서 그들에게 얼마나 강한 지배권을 행사할 수 있는지 말이지요."

비레인은 붓을 집어 들었지만 먹을 묻히지는 않았다. 대신 내 얼굴을 향해 손을 뻗더니 머리카락을 이마 뒤로 쓸어 넘겼다. 그가 내 이마를 살펴보자 가슴이 철렁 내려앉았다. 비레인은 전문가였다. 자카가 남긴 표식이 정말 들키지 않을까? 순간 나는 들켰다고 생각했다. 왜냐하면 그의 눈동자가 스르륵 움직여 잠깐 동안 나와 시선이 마주쳤기 때문이다. 하지만 신들의 솜씨는 확실히 좋은 것 같았다. 잠시 후 비레인이 내 앞머리를 내려놓고 먹물을 붓으로 젓기 시작했다.

"티브릴이 그러는데 한번 인을 찍으면 영구적이라면서." 긴장감을 누그러뜨리려고 일부러 입을 열었다. 검은색 액체는 평범한 필기용 먹물처럼 보였지만 인이 그려져 있는 돌덩이는 분명 평범한 벼루는 아니었다.

"데카르타께서 지우라는 명령을 내리지 않는 한은 그렇습니다. 고통은 없지만 문신과 비슷하죠. 금방 익숙해질 겁니다."

몸에 영구적인 표식을 새긴다는 것 자체가 마음에 들지 않았지만 거부하지 않을 만큼의 주변머리는 있었다. 나는 생각을 딴 곳으로 돌리려 이렇게 물었다. "왜 그들을 에네파데라고 부르지?"

비레인의 얼굴 위로 표정이 스친 것은 고작 찰나에 불과했지만 본능적으로 알아차릴 수 있었다. 그는 지금 머리를 굴리고 있다. 나는 방금 놀라울 정도의 무지를 드러냈고, 그는 그것을 이용하고 싶어 한다.

비레인이 작업대에 놓인 물건들을 은근슬쩍 훔쳐보고 있는 시에를 엄지손가락으로 가리켰다. "저들이 스스로를 그렇게 부르니까요. 우리도 그게 편했고."

"그럼 왜 차라리……?"

"우린 그들을 신이라고 부르지 않습니다." 비레인이 옅게 미소 지었다. "우리가 섬기는 유일하고도 진정한 주님인 하늘아버지와 그분을 따르는 자식들을 모독하는 일이 될 테니까요. 하지만 그렇다고 노예라고 부를 수도 없죠. 우리 손으로 노예제를 수백 년 전에 폐지했으니."

이것이 바로 사람들이 아라메리를 증오하는 이유 중 하나다. 그들의 권력이나 권력을 휘두르는 행위에 분개하는 것을 넘어 진심으로 증오하는 이유 말이다. 그들은 자신들이 한 일들에 거짓을 두르는 수많은 방법을 발명했다. 그것은 희생자의 고통을 조롱하는 행위였다.

"있는 그대로 부르면 되잖아? 무기라고." 내가 말했다.

시에가 힐끗 나를 쳐다보았다. 어린아이라고 하기에는 지나치게 무감한 눈빛이었다.

비레인이 미세하게 흠칫했다. "야만인다운 말이군요." 얼굴에 떠 있는 미소도 그의 무례한 언동을 완화하는 데는 아무 도움도 되지 않았다. "레이디 예이네, 당신이 이해해야 할 건, 조상님 샤하르를 본받아 우리 아라메리가 무엇보다 우선시해야 할 것은 우리가 하늘아버지 이템파스의 종복이라는 사실입니다. 우리는 그분의 이름으로 이 세상에 광명의 시대를 가져왔지요. 평화, 질서, 계몽." 그가 두 팔을 넓게 펼쳤다. "이템파스의 종복은 무기를 사용하지도 않고 필요로 하지도 않습니다. 반면에 도구는……."

이 정도면 충분히 들었다. 지위상 내가 그보다 얼마나 높은지는 몰라도 지금은 너무 피곤하고 혼란스럽고 집에서 너무 멀리 와 있다. 야만인다운 언행이 오늘을 버티는 데 도움이 된다면 기꺼이 이용할 것이다.

"그럼 '에네파데'는 '도구'라는 뜻인가? 아니면 다른 언어로 '노예'라는 뜻?"

"'에네파를 기억하는 우리'라는 뜻이야." 시에는 주먹 쥔 손에 턱을 괴고 있었다. 비레인의 작업대에 놓여 있는 물건들은 한 치의 어긋남도 없었지만 나는 시에가 거기에 무슨 짓을 했다고 확신했다. "에네파는 오래전에 이템파스에게 살해됐지. 우린 복수를 위해 그와 전쟁을 벌였고."

에네파. 사제들은 그녀의 이름을 입 밖에 내지 않는다. "배신자." 나는 무심코 중얼거렸다.

"에네파는 아무도 배신하지 않았어." 시에가 쏘아붙였다.

시에를 내려다보는 비레인의 눈길은 무거웠고 감정을 읽을 수가 없었다. "그렇겠지. 창녀가 한 짓을 배신이라고 할 순 없으니까."

시에가 위협적으로 숨을 쉭쉭 내뱉었다. 일순 그의 얼굴에 뭔가 비인간적인, 날카롭고 잔인한 것이 드러났다가 다음 순간 다시 어린 소년으로 돌아왔다. 시에가 의자에서 미끄러지듯이 내려오더니 분노로 몸을 파들거렸다. 순간적으로 그가 혓바닥을 내밀지도 모른다는 생각이 들었지만, 그 눈에 담긴 증오는 그런 행동을 하기엔 너무 나이가 많은 이의 것이었다.

"네가 죽으면 나는 크게 웃을 것이다." 시에가 부드럽게 속닥였다. 목덜미의 털이 곤두서는 것 같았다. 그의 목소리는 성인의 것이었고 적개심으로 가득했다. "네 심장을 장난감 삼아 백 년간 발로 차고 돌아다니마. 마침내 내가 자유를 얻는 날, 나는 네 자손을 하나도 남김없이 사냥하여 그것들을 나처럼 만들 것이다."

그 말과 함께 시에의 모습이 훌쩍 사라졌다. 나는 눈을 깜박였다. 비레인이 한숨을 내쉬었다.

"이게 바로 우리가 혈인을 사용하는 이유입니다, 레이디 예이네. 날 위협한 건 어리석은 짓이었지만, 한마디 한마디가 전부 진심이었을 겁니다. 혈인은 아까 시에가 말한 짓을 하지 못하게 막아 주지만 이런 보호 조치에도 한계가 있어요. 더 높은 지위에 있는 아라메리가 명령을 내리거나, 아니면 당신 같은 경우 어리석은 짓을 하면 언제든 위험해질 수 있습니다."

나는 티브릴이 빨리 비레인에게 가라고 다그치던 순간을 떠올리며 얼굴을 찡그렸다. 그에게 명령할 수 있는 건 순혈뿐이라고 했던가? 그리고 티브릴은…… 뭐라고 했더라? 반혈이었다.

"당신 같은 경우 어리석은 짓?"

비레인이 나를 냉랭한 표정으로 쳐다보았다. "그들은 당신이 명령형으로 말하는 모든 문장에 복종합니다. 평소에 우리가 문장이 어떤 식으로 해석될 수 있을지 생각하지도 않고 얼마나 자주 부주의하게, 또는 비유적인 명령어를 내뱉는지 생각해 보십시오." 내가 미간을 찌푸리며 생각에 잠기자 그가 눈동자를 굴렸다. "서민들은 욕설이랍시고 '나랑 같이 지옥에나 가라.' 같은 말을 하죠. 화가 났을 때 그런 말을 해 본 적이 있나요?" 내가 천천히 고개를 끄덕이자 그가 몸을 바짝 기울였다. "실제로 이 문장이 의미하는 바는 함축적입니다. 원래 의도한 뜻은 '네놈은 지옥에나 가라.'이 지만, 어떻게 보면 '내가 지옥에 가고 싶으니 네가 나를 거기로 데려가라.'라는 의미로 해석될 수도 있어요."

비레인은 내가 이해할 수 있도록 잠시 말을 멈추고 기다렸다. 나는 이해했다. 몸을 부르르 떨자 그가 고개를 끄덕이며 뒤로 기대앉았다.

"꼭 필요한 경우가 아니면 그들에게 말을 걸지 마십시오. 자, 그럼 이제……" 비레인이 먹물이 담긴 종지를 향해 손을 뻗었다. 하지만 손가락이 닿자마자 종지가 엎어졌고, 그가 욕을 내뱉었다. 시에가 그릇 아래 붓을 끼워 넣어 기우뚱거리게 해 놓았던 것이다. 탁자 위로 먹물이 쏟아졌다. 마치

마치

비레인이 내 손을 건드렸다. "레이디 예이네, 괜찮습니까?"

✳

그래, 그때 처음으로 그 일이 일어났다.

✳

나는 눈을 깜박였다. "응?"
비레인이 다시 다 안다는 투로 웃었다. "힘든 하루였지요? 오래

안 걸릴 겁니다." 테이블에 쏟아진 먹물을 닦아 낸 후에도 표식을 그리기에 충분한 양이 아직 종지에 남아 있었다. "잠시만 머리카락을 잡고 있어 주면……."

나는 움직이지 않았다. "조부님은 왜 그런 거지, 필경사 비레인? 왜 나를 여기로 부른 거지?"

비레인은 내가 그런 걸 묻는 것 자체가 놀랍다는 듯이 눈썹을 치켜올렸다.

"난 그분의 생각에 관여하지 않습니다. 전혀 모르겠군요."

"노망이라도 든 건가?"

그가 신음했다. "정말 야만족답군요. 아니요, 데카르타는 노망들지 않았습니다."

"그럼 왜?"

"내가 방금……"

"날 죽이고 싶었다면 그냥 죽이면 되잖아. 핑계야 만들어 내면 되는 거고. 물론 그것조차 귀찮을 수도 있지만. 아니면 어머니한테 한 짓을 똑같이 할 수도 있지. 암살자를 보내 잠들어 있을 때 독살하는 거야."

드디어 그를 놀라게 하는 데 성공했다. 비레인이 몸을 굳히더니 나와 눈이 마주치자 시선을 피했다. "내가 당신이라면 증거가 있다 해도 데카르타에게 맞서지 않을 겁니다."

적어도 그는 부정하려 들지는 않았다.

"증거 같은 건 필요 없어. 건강한 사십 대 여성은 자다가 급사하지 않으니까. 그래서 의사를 불러 어머니의 시신을 검사했는데 이마에 아주 작게 뭔가에 찔린 자국이 있더군. 여기……." 나는 말을 멈췄다. 살면서 단 한 번도 의아하게 여긴 적이 없던 것이 불현듯 이해됐다. "어머니에게 있던 흉터 위에, 바로 여기." 나는 내 이마를 어루만졌다. 아라메리의 표식이 있어야 할 자리였다.

비레인은 이제 나를 똑바로 응시하고 있었다. 그는 차분했고 진지했다. "아라메리 암살자가 누구나 볼 수 있는 흔적을 남겼고 그것을 발견했다면, 당신은 누구보다 더 데카르타의 의도를 이해하고 있을 겁니다. 당신은 왜 그가 당신을 여기로 불러들였다고 생각합니까?"

나는 천천히 고개를 저었다. 하늘궁으로 오는 내내 의구심이 들었다. 데카르타는 내 어머니에게 화가 났고 아버지를 미워했다. 그런 그가 나를 초청했으니 좋은 의도가 있을 리 없다. 솔직히 나는 잘해야 사형 선고를 받을 거라고 생각했고, 아마도 먼저 고문을 받은 다음 살롱 계단에서 처형될 거라고 짐작했다. 할머니도 나를 걱정하셨다. 도망칠 수 있다는 희망만 있었다면 내게 도망치라고 권했을 것이다. 그러나 아라메리를 피해 달아날 수 있는 사람은 없다.

그리고 다르 여자는 결코 복수할 기회를 버리고 도망치지 않는다.

"이 표식, 내가 여기서 살아남는 데 도움이 될까?"

"그럼요. 당신이 어리석은 짓을 하지 않는 한 에네파데는 당신을 해치지 못합니다. 반면에 시미나와 릴래드를 비롯해 다른 위험한 것들은……" 비레인이 어깨를 으쓱했다. "마법도 도움이 안 될 테죠."

나는 눈을 감고 기억 속에 새겨진 어머니의 얼굴을 십만 번째 떠올렸다. 어머니는 뺨에 눈물 자국을 남긴 채 돌아가셨다. 내가 무슨 일을 겪게 될지 알고 계셨던 모양이다.

"시작해."

5장

혼돈

그날 밤, 나는 그의 꿈을 꾸었다.

✳

두터운 먹구름으로 뒤덮인 음산한 밤이다.

새벽이 다가오며 구름 위 하늘이 점차 밝아 오고 있다. 그러나 구름 아래 전장(戰場)에는 아직 아무 변화도 없다. 천 개의 횃불이 십만 병사들 사이에서 눈부시게 타오르며 빛을 뿌린다. 저기 보이는 수도(首都)는 온화하게 빛나고 있다.

(이곳은 내가 아는 하늘도시가 아니다. 이 도시는 언덕이 아니라 충적평야 위에 있고, 궁전도 머리 위에 떠 있는 게 아니라 평원 한복판에 자리 잡고 있다. 나는 내가 아니다.)

"상당한 규모의 군대다." 내 옆에서 자카가 말한다. 자카른. 나는 이제 그녀가 누구인지 안다. 전투와 유혈의 여신. 그녀는 평소처럼 머리에 스카프를 두른 게 아니라 꼭 맞는 투구를 쓰고 있다. 반짝반짝한 은빛 갑옷에는 불에 달궈진 것처럼 붉게 빛나는 알 수 없는 문양과 아름답고 장엄한 인이 새겨져 있다. 거기에 적힌 것은 신의 언어다. 내게 있을 리 없는 기억에 담긴 의미가 나를 간질이지만, 끝내 닿지 못한다.

"그렇군." 내 목소리는 남성이지만 높고 비음이 많이 섞여 있다. 나는 내가 아라메리라는 것을 안다. 나는 강하고 높은 권위를 지녔다. 나는 가문의 수장이다.

"병력이 이보다 한 명만 더 적었어도 굴욕적이었을 거다."

"굴욕적이 아니니 그들과 협상을 할 수도 있겠군." 내 옆에서 한 여자가 말한다. 매우 아름다운 여자다. 머리칼은 청동빛이고 등 뒤에는 금과 은, 백금 깃털이 달린 거대한 한 쌍의 날개가 접혀 있다. 지혜의 여신 쿠루에.

나는 오만하다. "협상? 저것들은 그럴 시간도 아까워."

(나는 이 내가 마음에 들지 않는다.)

"그럼?"

나는 뒤를 돌아본다. 공중에 떠 있는 노란색 공 위에 시에가 책상다리를 하고 앉아 있다. 지루한지 주먹 위에 턱을 괸 자세다. 시에의 뒤에는 검은 연기를 너울거리는, 통제되고 억눌린 존재가 도사리고 있다. 방금 전까지 기척도 느끼지 못했다. 그는 내가 죽는 모습을 상상하고 있는 듯한 살벌한 눈빛으로 나를 노려본다.

그 때문에 조마조마한 심경을 숨기기 위해서 나는 애써 미소 짓는다. "흠, 나하도스? 네가 재미를 본 지 얼마나 됐지?"

내 말에 그가 놀란다. 내가 그를 놀라게 할 수 있다는 걸 알고 나니

흐뭇하다. 그의 얼굴에 드러난 갈망이 섬뜩하지만, 내가 명하지 않았기에 그는 기다린다.

다른 이들 역시 놀란다. 다만 덜 긍정적인 방식으로. 시에가 허리를 곧추세우고 나를 노려본다. "너 미쳤어?"

쿠루에는 그보다 더 외교적인 수사를 사용한다. "불필요한 일이다, 헤이커 경. 자카른이나 내가 해결할 수 있어."

"아니면 나도." 시에가 말했다.

나는 나하도스를 쳐다보며 감히 내게 도전한 자들에게 밤의 군주를 풀었다는 소문이 퍼지면 무슨 일이 생길지 가늠해 본다. 그는 내게 있는 것 중 가장 강력한 무기지만 막상 그가 완전한 능력을 발휘하는 모습은 나도 아직 본 적이 없다. 너무도 궁금하다.

"나하도스." 나는 말한다. 그의 침묵, 그리고 그를 멋대로 쥐고 흔들 수 있는 이 권력은 정말로 짜릿하다. 그러나 냉정을 유지해야 한다는 것을 안다. 나는 선대로부터 전해 내려오는 수많은 이야기를 들었다. 올바른 명령을 내리는 것이 중요하다. 그는 말에 담긴 허점을 찾아낼 수 있다.

"전장으로 나아가 저 군대를 처리해라. 놈들이 이곳이나 하늘도시로 진군하지 못하게 막아라. 생존자들이 달아나는 것을 절대로 허용하지 마라." 그러고는 거의 잊어버릴 뻔했지만 재빨리 덧붙인다. "그리고 그 과정에서 나를 죽게 하지 마라."

"그게 전부인가?"

"그래."

그가 미소 짓는다. "분부대로."

"멍청한 자식." 쿠루에가 깍듯한 태도를 집어치운다. 나는 그녀의 말을 못 들은 척한다.

"그를 안전하게 지켜라." 자식들에게 그렇게 말한 나하도스가 웃는 얼굴로 전장을 향해 걸어 나간다.

적군이 너무 많아 끝이 보이지 않을 정도다. 최전선을 향해 나아가는 나하도스의 뒷모습이 초라해 보인다. 무력한 한 명의 인간처럼. 드넓은 평야 위로 적병들의 웃음소리가 울려 퍼진다. 최전방 중앙에 있는 지휘관들은 조용하다. 그들은 그가 무엇인지 안다.

나하도스가 양쪽 옆구리에 붙인 두 손을 바깥쪽으로 펼쳐 벌리자 손바닥 위에 거대한 곡도(曲刀)가 솟아난다. 그가 쏜살같은 속도로 검은 줄기를 그리며 적진으로 돌진해 방어선을 뚫는다. 방패가 쪼개지고 갑옷과 검이 박살 난다. 동강 난 사지가 공중을 날아다닌다. 적군이 수십 명씩 한꺼번에 쓰러진다. 나는 손뼉 치며 웃는다. "정말 장관이구나!"

내 옆에서 다른 에네파데들은 겁에 질려 굳어 있다.

나하도스가 죽음의 낫처럼 적군을 휩쓸며 진영의 중앙에 도달한다. 그에게 대적할 수 있는 자는 아무도 없다. 마침내 멈춰 선 그의 주위에는 시체로 이뤄진 죽음의 원이 빙 둘러져 있다. 혼비백산한 적 병사들이 도망치다 제 발에 걸려 넘어진다. 여기서는 나하도스의 모습이 잘 보이지 않는다. 그를 둘러싼 검은 오라가 시시각각 크고 험악하게 피어오르고 있는 것 같다.

"태양이 뜬다." 자카른이 말한다.

"이미 늦었어." 쿠루에가 말한다.

적진의 중앙에서 소리가 솟아오른다. 아니, 이것은 소리도 진동도 아니다. 지축을 뒤흔들고 있다는 점만 빼면 규칙적인 파동에 가깝다.

다음 순간, 적 진영의 중심에서 새까만 별이 번쩍인다. 이렇게 말고는 달리 표현할 말이 없다. 어둠이 한 점으로 응축되어 검은빛을 발하는 듯 보이는 암흑 구체. 상상도 못 할 가공할 중력에 짓눌려 대지가 신음하며 무너지기 시작한다. 땅이 함몰되어 구덩이가 생기고, 깊은 균열이 뻗어 나간다. 적군이 허우적거리며 구덩이 속으로 떨어진다. 흑색별이 모든 소리를 빨아들여 심지어 사람들의 비명조차 들리지 않는다. 암흑의 구(球)가 그들의 몸뚱이를 빨아들인다. 모든 것을 빨아들인다.

땅이 너무 심하게 요동쳐서, 나는 바닥에 손과 무릎을 짚으며 쓰러진다. 미친 듯이 날뛰는 바람의 노호(怒號)가 온 사방에 울려 퍼진다. 고개를 든 나는 주변의 대기가 소용돌이치며 구덩이 속으로 빨려 들어가는 것을, 걸신과 탐욕의 공포 그 자체로 화한 나하도스에게 빨려 들어가는 것을 본다. 쿠루에와 다른 자들은 내 옆에서 바람과 그들의 아버지가 방출한 무시무시한 힘을 가라앉히기 위해 그들 언어로 뭔가를 읊고 있다. 덕분에 우리가 있는 곳은 고요한 거품 속에 갇혀 안전하지만 우리를 제외한 다른 것들은 그렇지 못하다. 머리 위에서 구름이 굽어 휘어지며 검은 별 속으로 흘러 들어간다. 이제 적군은 형체도 없이 사라졌다. 지금 남아 있는 것은 우리가 선 땅과 그 주변의 대륙, 그리고 그 아래 있는 행성뿐이다.

그제야 나는 실수를 깨닫는다. 나하도스의 자식들이 나를 보호하는 한, 그는 이 세상 모든 것을 삼킬 수 있었다.

온 힘을 다해 당장이라도 숨이 멎을 것 같은 공포심을 떨쳐 낸다.

"그, 그만! '나하도스, 멈춰라!'" 울부짖는 바람이 내 목소리를 삼킨다. 자신보다 더 강력한 마법에 묶여 있는 그는 내 명령에 따라야 하지만, 그건 내 말을 들을 수 있을 때나 가능한 일이다. 그는 내 명령을 듣지 않을 작정이거나 아니면 자신의 방대한 힘에 심취하여 본성인 혼돈을 만끽하고 있는지도 모른다.

나하도스가 녹은 암석을 후려치자 발밑에서 구덩이가 분출한다. 화염과도 같은 용암이 솟구쳐 어둠을 휘감고 소용돌이치다 곧 다른 것과 마찬가지로 암흑 속으로 삼켜진다. 위에는 회오리바람이, 밑에는 화산이, 그리고 그 가운데에서는 암흑의 별이 점점 부풀어 오르고 있다.

그것은 이제껏 내가 본 중에서 가장 끔찍하고도 아름다운 광경이다.

우리를 구원한 것은 하늘아버지이시다. 구름이 갈라져 열리자 밝은 하늘이 드러나고, 그러자 내 손바닥 아래 눌린 자갈들이 금세라도 날아오를 듯 덜그럭거리는 것이 느껴진다. 지평선 위로 태양이 머리를 내민다.

암흑의 별이 사라진다.

시커멓고, 가련하고, 몸이라고 하기엔 인간의 형태가 아닌 무언가가 별이 있던 자리에 잠시 머물다가 용암 구덩이를 향해 추락하기 시작한다. 시에가 욕설을 내뱉더니 보호막을 깨트리며 노란 공을 황급히 발진시킨다. 하지만 이제 보호막은 필요하지 않다. 공기가 뜨겁고 희박해 숨쉬기가 힘들다. 저 멀리에서 형성된 폭풍 구름이 대기의 빈자리를 메우기 위해 이쪽으로 몰려오는 게 보인다.

수도는…… 아. 아! 안 돼.

몇몇 건물은 껍데기만 남았다. 나머지는 삼켜져 버렸다. 일부 지대는 붉은 용암 구덩이 속으로 무너져 내렸다. 원래 그 자리에는 내 궁전이 있었다.

내 아내. 내 아들.

자카른이 나를 본다. 나를 경멸하고 있다는 건 알지만 그녀는 감정을 드러내기엔 너무도 바른 군인이다. 쿠루에가 나를 부축해 일으켜 세운다. 나를 보는 쿠루에의 얼굴에도 표정이 없다. 그녀의 눈이 말한다. **네가 한 짓이야.**

나 역시 떠난 자들을 애도하며 평생 동안 그리 곱씹을 것이다.

"시에가 그를 확보했다." 자카른이 말한다. "회복하려면 몇 년은 걸릴 거다."

"지금까지는 저 정도까지 힘을 발휘할 일이 없었으니까." 쿠루에가 쏘아붙인다. "인간의 육체로는 말이지."

"상관없어." 이번만큼은 내 말이 옳다.

땅울림이 멎지 않는다. 나하도스가 땅속 깊은 곳에 있는 무언가를 무너뜨린 탓이다. 한때는 아름다운 나라였고, 세계 제국의 수도가 되기에 완벽했던 곳이었다. 그러나 지금은 폐허에 불과하다.

"날 다른 곳으로 데려가 줘." 나는 속삭인다.

"어디로?" 자카른이 묻는다. 이제 내 집은 없다.

하마터면 어디든 좋다고 말할 뻔했지만 나는 그 정도로 대책 없는 바보는 아니다. 이 존재들은 나하도스처럼 변덕스럽지도 않고 증오에 충만해 있지도 않지만 친구도 아니다. 어리석은 짓은 하루 한 번이면 족하다.

"세늠으로. 아믄의 고향, 거기서 재건할 것이다."

그래서 그들은 나를 그곳으로 데려간다. 내 뒤에서는 대륙이 며칠에 걸쳐 쪼개져 결국 바닷속으로 가라앉는다.

6장

동맹

"예이네." 질투심 때문에 살해된 어머니가 내 손을 잡는다. 나는 내 가슴에 박힌 단검 자루를 쥐고 있다. 분노보다도 더 뜨거운 피가 손을 적시고 어머니가 몸을 기울여 내게 입을 맞춘다. "넌 죽었어."

거짓말. 아픈 창녀, 희멀건 쌍년. 거짓으로 점철된 네 종족이 세상에서 가장 어둡고 깊은 심연에 갇혀 추락하는 모습을 내 눈으로 똑똑히 보고야 말 것이다. 바로

나 자신의 심연 속에

＊

다음 날 아침, 또다시 컨소시엄 회의가 열렸다. 일 년 중 안건이 가장 많은 시기라 겨울의 긴 휴지기에 들어가기 전에 세제(稅制) 문제를 해결하기 위해 몇 주간 매일같이 회의를 거듭하고 있었다.

아침 일찍 티브릴이 나를 깨우러 왔는데 일어나기 위해 상당한 노력이 필요했다. 발은 욱신거리고 나하도스에게서 도망칠 때 생긴 멍도 아팠다. 정신적으로나 육체적으로나 너무 피곤해서 간밤엔 정말 죽은 듯이 잠을 잤다.

"데카르타 님은 건강이 허락하는 한 거의 모든 회의에 참석하십니다." 티브릴이 말하는 동안 나는 옆방에서 옷을 갈아입었다. 재단사는 하룻밤 만에 나 같은 신분의 여성에게 적절한 의상을 완벽하게 준비하는 기적을 만들어 냈다. 훌륭한 솜씨였다. 아른식으로 긴 옷을 단순히 수선만 한 게 아니라 내 작은 키를 보완할 치마와 예복을 신경 써서 골라 주었다. 나한테 익숙한 옷들보다 장식이 많고 실용성은 덜했으며 온갖 신체 부위를 꽉 졸라매는 것이 여간 불편하지 않았다. 이런 옷을 입고 있는 내가 한심하게 느껴질 지경이었다. 하지만 아라메리 가문의 승계 후보자가 야만인처럼 보일 수는 없기에(설령 그게 사실일지라도) 티브릴에게 재단사의 노고에 감사한다는 말을 전해 달라고 부탁했다.

낯설고 이국적인 옷과 이마에 그려진 새까만 원 때문에 거울에 비친 모습을 봐도 나 같지가 않았다.

"릴래드와 시미나는 회의에 참석할 필요가 없고, 실제로도 자주 참석하지 않습니다." 티브릴이 방에 들어오더니 거울 앞에 서 있는 나를 기민하게 훑어보았다. 만족스러운 끄덕임으로 보아 합격점인 것 같았다. "하지만 두 사람이 누군지는 모두가 아는 반면 당신은 전혀 알려져 있지 않지요. 데카르타 님은 당신이 오늘 회의에 참석해 모두에게 가문의 새 후계자를 보여 주길 바라십니다."

그건 나에게 선택의 여지가 없다는 뜻이었다. 나는 한숨을 쉬며 고개를 끄덕였다. "과연 귀족들이 기뻐할지 모르겠네. 이 사달이 나기 전만 해도 난 그 사람들에게 신경 쓸 가치도 없는 신통찮은 신분이었으니까. 이제 와서 나한테 잘해 줘야 한다면 아니꼬워할 것 같아."

"아마 그렇겠죠." 티브릴이 관심 없다는 듯 가볍게 대꾸했다. 나는 거울을 쳐다보며 여전히 구제불능인 머리카락을 만지작거렸다. 머리카락은 나한테 항상 콤플렉스였다. 어떻게 해도 보기 좋게 만들 수가 없었다.

"데카르타 님은 정치에 시간을 낭비하지 않습니다. 그보다는 본계의 일원들을 훨씬 중요히 여기죠. 그래서 원하는 게 있는 귀족들은 릴레드나 시미나에게 접근하곤 합니다. 이젠 당신도 접근 대상이 될 거고요."

끝내주네. 나는 한숨을 쉬며 티브릴을 향해 몸을 돌렸다. "내가 한두 번쯤 추문에 휘말려도 의절당할 가능성이 없단 얘기지? 북방 오지로 추방된다거나."

"내 아버지처럼 되겠죠." 티브릴이 어깨를 으쓱했다. "그게 보통 가문에서 골칫거리를 처리할 때 쓰는 방식이니까요."

"아." 비극적인 사건을 떠올리게 해서 잠시 미안한 마음이 들었지만 곧 그가 신경도 쓰지 않는다는 것을 깨달았다.

"어쨌든 데카르타 님은 당신을 여기에 두기로 한 것 같습니다. 큰 말썽만 자주 부리지 않으면 적절한 시기에 당신을 꽁꽁 묶어 계승식에 집어 던질 겁니다. 어쨌든 내가 아는 한에는 그런 식으로 치러진다더군요."

나는 그 말에 놀랐다. "당신도 몰라?"

"계승식 말입니까?" 티브릴이 고개를 가로저었다 "계승 의식에는 본계만 참석할 수 있습니다. 데카르타 님이 가문을 이어받은 후 사십 년간 열린 적이 없기도 하고요."

"그렇군." 나는 나중에 자세히 생각해 보기로 하고 일단 이 정보는 옆으로 밀쳐 놓았다. "좋아. 그럼 살롱에 내가 조심해야 할 귀족들이 있을까?" 티브릴이 뻐딱한 표정으로 나를 쳐다보는 바람에 서둘러 말을 고쳤다. "각별히 조심해야 할 사람들 말이야."

"나보다 먼저 알게 될 겁니다. 당신의 동맹도 적도 꽤 빨리 속내를 드러낼 테니까요. 솔직히 지금부턴 모든 게 다 빠르게 돌아가겠죠. 자, 준비되셨나요?"

아니, 전혀. 그가 마지막으로 한 말이 무슨 뜻인지 궁금해 죽을 지경이었다. 일이 지금보다 더 빨리 진행될 거라니, 그게 가능하긴 한가?

하지만 질문을 던지는 것은 나중을 기약해야 할 것이다. "준비됐어."

티브릴은 나를 문밖으로 데리고 나와 하얀 복도를 따라 안내했다. 내 거처는 대부분의 순혈들이 사는 곳처럼 하늘궁 본채의 꼭대기 층에 있었지만, 내가 알기로는 첨탑에도 주거지와 방이 있었다. 이 층에는 보다 작은 수직이동 게이트가 있었는데 순혈만 사용할 수 있었다. 티브릴은 이 게이트는 전정광장에 있는 것과 달리 하나 이상의 장소로 이동할 수 있다고 설명했다. 저 아래 하늘도시에 있는 여러 집무실로 이어져 있는 게 분명했다. 순혈은 비나 눈을 맞을 필요 없이, 또는 내키지 않으면 다른 사람들에게 모습을 드러내지 않고도 가문의 일을 수행할 수 있었다.

아무도 보이지 않았다. "할아버지는 벌써 내려가신 건가?" 나는 게이트 가장자리에 멈춰 서서 물었다. 주(主) 게이트와 궁에 있는 승강기처럼 이곳 바닥도 검은 타일을 사용해 신의 인을 모자이크로 그려 놓았다. 마치 바닥에 거대한 거미줄 모양의 금이 나 있는 것처럼 보였다. 그 모습을 연상하자 마음이 불편해져 황급히 시선을 돌려 버렸다.

"아마도요. 그분은 일찌감치 착석해 있는 걸 좋아하니까요. 자, 레이디 예이네. 지금부터 이 점을 명심하십시오. 컨소시엄 회의에서는 절대로 말을 해서는 안 됩니다. 아라메리 가문은 귀족들에게 조언을 제공할 뿐이고, 조언할 권리를 가진 건 데카르타 님뿐입니다. 그분조차도 자주 하지 않고요. 거기 있는 동안엔 데카르타 님께 말을 걸지도 마십시오. 당신이 할 일은 관찰하고, 또 관찰당하는 것뿐입니다."

"소개는…… 안 해?"

"정식으로 말입니까? 아뇨, 그건 나중에 이뤄질 겁니다. 하지만 다른 사람들은 당신이 누군지 금방 알아볼 테니 걱정하지 마세요. 데카르타 님이 굳이 말할 필요도 없을 겁니다."

티브릴은 이렇게 말한 뒤 고개를 끄덕였고, 나는 모자이크 위에 올라섰다.

순간 주변이 흐릿해지면서 공간 이동이 일어났다. 내게는 아직도 낯선 경험이었다. 나는 이제 아름다운 대리석 방에 있는 흑단목 모자이크 위에 서 있었다. 지난번만큼 어리지도 않고 놀라지도 않은 컨소시엄 보좌관 세 명이 나를 맞이하러 기다리고 있었다. 나는 그들을 따라 그늘진 회랑을 지나, 카펫이 깔린 경사로를 올라, 아라메리 가문의 전용 박스석으로 향했다.

데카르타는 늘 그렇듯이 자기 자리에 앉아 있었다. 내가 도착했는데 눈길 한 번 주지도 않았다. 그의 오른쪽에는 시미나가 앉아 있었다. 그녀는 주위를 둘러보더니 내게 미소를 지어 보였다. 나는 걸음을 멈추고 그녀를 노려보지 않는 데 용케 성공했지만, 그러기 위해서는 상당한 노력이 필요했다. 하지만 나는 많은 귀족이 회의가 시작되길 기다리며 살롱 안을 돌아다니고 있다는 사실을 의식하고 있었다. 이쪽을 힐끔거리는 눈길을 눈치챈 것도 여러 번이었다. 모두가 우리를 주시하고 있었다.

그래서 나는 고개를 숙여 시미나에게 인사로 답했지만 차마 미소까지 되갚아 줄 수는 없었다.

데카르타의 왼쪽에 빈 의자가 두 개 있었다. 그의 바로 옆자리는 아마 내가 아직 만나지 못한 오촌 릴래드를 위한 것일 테다. 그래서 나는 더 멀리 있는 의자를 향해 움직이기 시작했다. 그때 데카르타의 손짓이 보였다. 그가 나를 쳐다보지도 않은 채 가까이 오라고 손짓하고 있었다. 그래서 나는 그의 바로 옆에 앉았다. 때마침 감독관이 개정을 알렸다.

이번에는 조금 더 주의 깊게 회의에 관심을 기울였다. 오늘의 회의는 세늠 대륙 국가들에서 시작해 지역별로 순차적으로 진행

되었다. 각 지역에는 대표자가 있고, 컨소시엄에서 임명한 이 귀족들은 고향 국가와 이웃 국가를 대변했다. 그러나 이 대표들이 과연 지역별로 공정히 배분되어 있는지는 상당히 의문스러웠다. 나로서는 그 기준을 전혀 이해할 수가 없었기 때문이다. 예를 들어 하늘도시만 해도 독자적인 대표가 있었지만 하이노스는 대륙 전체에 단둘뿐이었다. 후자의 경우 별로 놀랍지는 않았다. 하이노스 대륙은 이제껏 한 번도 중요한 지역으로 간주된 적이 없으므로. 하지만 전자의 경우는 상당히 놀라웠는데, 세상 그 어떤 도시도 단독적으로 대표를 내세운 곳은 없었기 때문이다. 하늘도시가 그 정도로 중요할 리는 없다.

그러나 회의가 진행되면서 나는 큰 착각을 하고 있었음을 알게 되었다. 하늘도시의 대표가 발의하거나 지지하는 칙령을 유심히 들어 보니 그는 하늘도시뿐만 아니라 하늘궁까지 대표하고 있었다. 그렇다면 불공평한 일이긴 해도 이해가 된다. 데카르타는 이미 전 세계를 다스리고 있다. 컨소시엄 연합은 아라메리가 신경 쓰기엔 너무 하찮고 지저분한 행정 문제를 처리하는 존재일 따름이었다. 어차피 모두가 아는 사실이다. 애초에 꼭두각시에 불과한 통치 기구인데 저기에 대표를 세운다고 해서 무슨 의미가 있지?

하지만 어쩌면 이것이야말로 권력을 과시하는 방법일지 모른다. 그런 건 아무리 해도 과하지 않으니까.

내 눈에는 하이노스 대표들이 더 흥미로웠다. 두 사람 다 처음 보는 인물이었지만 다르 전사의회에서 그들에 대한 불평을 들은 적이 있다. 첫 번째 인물인 워히 우븜은(내 기억에 우븜은 이름이 아니라 일종의 칭호다.) 하이노스에서 가장 큰 국가인 루에 출신이었다. 따분한 농업 국가인 루에는 내 부모님이 혼인하기 전만 해도 다르의 가장 가까운 동맹국 중 하나였다. 하지만 두 분의 결합 후 우리가 루에에 보낸 서신은 하나같이 개봉도 되지 않은 채 회송되었다. 어쨌든 워히 우븜이 우리를 대변하지 않았다는 사실만은 확실하다. 회의가 진행되는 동안 그녀가 이따금 나를 힐끔거리는 게 느껴졌다. 극도로 불편한 모양새였다. 내가 조금만 더 옹졸한 사람이었다면 그 초조한 모습을 보고 고소하게 여겼을지 모른다.

또 다른 하이노스인은 라스 온치로, 동쪽 왕국과 주변 섬나라들을 대변하는 존경받는 장로였다. 그녀는 말이 별로 없었고, 은퇴할 나이가 한참 지났으며, 소문대로 총기(聰氣)가 약간 떨어진 것 같았다. 하지만 회의 내내 나를 똑바로 응시한 몇 안 되는 귀족 중 한 명이었다. 그쪽 사람들은 우리 다르와 풍습이 비슷하기 때문에 나도 존중의 의미로 그녀와 눈을 맞췄다. 라스 온치는 내 행동에 흡족해하는 것 같았다. 데카르타가 잠시 다른 쪽을 봤을 때, 눈에 띄지 않는 작은 동작으로 내게 고개를 한 번 끄덕여 보였기 때문이다. 내 행동 하나하나를 날카롭게 주시하고 있는 수많은 눈 때문에 똑같이 응대해 주지는 못했지만 덕분에 그녀에게 강한 흥미가 솟았다.

회의가 끝나자 감독관이 오늘 하루 회의가 종결되었음을 알리는 종을 울렸다. 나는 최대한 눈에 띄지 않게 안도의 한숨을 내쉬었다. 쉬는 시간 하나 없이 자그마치 네 시간 동안 지속된 회의였다. 배도 고팠고, 화장실도 절실했고, 빨리 앉은 자리에서 일어나

팔다리를 움직이고 싶었다. 하지만 나는 데카르타와 시미나를 따라 그들이 일어난 후에야 자리에서 일어났고, 그들처럼 절대 서두르지 않는 동작으로 박스석을 벗어났으며, 보좌관들이 우리를 도우러 내려왔을 때는 고개를 절도 있게 끄덕여 보였다.

모자이크가 있는 방으로 다 같이 걸어가는데 시미나가 말했다. "삼촌, 예이네가 살롱을 구경하고 싶지는 않을까요? 지금까지 그럴 기회가 없었을 테니까요."

선심 쓰는 말투로 그런 제안을 하면 내가 당연히 감사히 응낙할 거라고 생각하나 보지. 나는 억지로 웃으며 대답했다. "아뇨, 괜찮아요. 하지만 여자 화장실이 어디 있는지 알고 싶군요."

"이쪽입니다, 레이디 예이네." 보좌관 한 명이 옆으로 비켜서며 내게 앞서가라고 손짓했다.

나는 주저하며 멈춰 섰다. 데카르타가 나나 시미나의 말을 듣지 못했는지 계속 발걸음을 옮기고 있었기 때문이다. 그래서 그다음 일어난 일은 이렇다. 내가 시미나를 쳐다보자 시미나도 발을 멈췄다. "절 기다리실 필요는 없어요."

"뜻대로 하렴." 시미나가 대답하더니 우아하게 몸을 돌려 데카르타의 뒤를 따랐다.

나는 보좌관의 안내를 받아 이 도시에서 가장 긴 복도를 따라 걸었다. 아니면 그냥 기분 탓인지도 모른다. 어서 빨리 방광을 비우고 싶다는 생각뿐이었으니까. 마침내 작은 방 앞에 도착했다. 문에 세늄어로 개인 전용이라고 적혀 있었는데, 내 생각에는 "살롱 고위 내빈 전용"이라는 의미인 것 같았다. 나는 품위고 뭐고 문

안으로 뛰쳐 들어가지 않으려고 젖 먹던 힘까지 짜내야 했다.

화장실은 넓고 깨끗했다. 볼일을 마치고 아른 의복 내의를 재조립하는 복잡한 과정을 거치고 있는데 화장실 바깥쪽 문이 열리는 소리가 들렸다. *시미나겠지.* 나는 생각했다. 짜증과 약간의 불안감 때문에 숨이 턱 막히는 것 같았다.

하지만 칸막이에서 나와 보니 놀랍게도 세면대 옆에는 라스 온치가 서 있었다. 나를 기다리고 있었던 게 틀림없다.

당혹감을 드러낼까 생각했다가 이내 그 안은 기각했다. 대신 고개를 숙이며 아라메리가 전 세계에 세늠어를 강요하기 훨씬 전부터 북쪽에서 공용으로 사용해 온 니르바어로 말했다. "안녕하세요, 이모님."

라스는 이가 거의 다 빠진 입을 벌리며 웃었다. 하지만 그녀가 운을 떼자, 무엇 하나 모자람 없는 음성이 흘러나왔다. "네게도 인사를 보내마." 그녀가 나와 같은 언어로 대답했다. "하지만 난 네이모가 아니야. 넌 아라메리고 난 아무것도 아니니까."

미처 인식하기도 전에 몸이 움찔했다. 저 말에 뭐라고 대답해야 할까? 아라메리라면 어떻게 응수할까? 알고 싶지 않았다. 나는 어색한 분위기를 깨트리기 위해 그녀를 지나쳐 세면대에서 손을 씻기 시작했다.

라스가 거울 속에서 나를 바라보았다. "어머니와는 많이 안 닮았구나."

나는 미간을 찌푸렸다. *무슨 속셈이지?* "그렇다고 들었어요."

"우리는 네 어머니랑 너희 사람들과는 말도 섞지 말 것을 명령받았지." 조용한 어조였다. "워히와 나, 그리고 워히의 전임자 말이다. 그 말을 전한 건 컨소시엄 감독관이었지만, 실제로는 누구의 의향이었을까?" 라스가 미소 지었다. "그런 걸 누가 알겠니? 그저 네가 알고 싶어 할 것 같아서 말해 주는 거다."

순식간에 완전히 다른 대화가 시작되었다는 느낌이 들었다. 나는 손을 씻고 수건을 집어 든 다음, 그녀를 향해 돌아섰다. "제게 하실 말씀이 있나요, 이모님?"

라스가 어깨를 으쓱하더니 문 쪽으로 고개를 돌렸다. 순간 그녀의 목에서 반짝이는 것이 눈에 띄었다. 금으로 만든 작은 펜던트였는데 나무 열매나 버찌 씨앗처럼 보였다. 방금 전까진 그런 게 있다는 것도 알아채지 못했다. 목걸이 줄이 목선 아래로 길게 늘어져 있어 반쯤 숨어 있었기 때문이다. 하지만 사슬의 고리가 옷깃에 걸리는 바람에 드러난 것 같았다. 이상하게도 그녀가 아니라 펜던트에서 눈을 뗄 수가 없었다.

"네가 아직 모르는 것을 말해 줄 수는 없다." 라스가 등을 돌리고 자리를 뜨며 말했다. "네가 아라메리라면 말이야."

나는 그녀를 노려보았다. "아라메리가 아니라면요?"

라스 온치가 화장실 문 앞에서 멈춰 서더니 나를 돌아보며 약삭빠른 시선을 보냈다. 나는 무심코 허리를 곧게 폈다. 그녀에게 더 좋은 인상을 줄 수 있도록. 그녀를 봤을 때 나도 그랬으니까.

잠시 후 라스가 입을 열었다. "만일 네가 아라메리가 아니라면, 그때 다시 이야기하자꾸나." 그녀는 그렇게 떠났다.

나는 혼자 하늘궁으로 돌아갔다. 그 어느 때보다도 내가 있을 곳이 아님을 실감하며.

*

그날 오후 티브릴이 아라메리의 삶에 대한 교육을 재개하기 위
해 찾아왔을 때, 나는 앞으로 내가 관리할 세 나라를 받았다.

세 나라 모두 내 조국인 다르보다 컸다. 또 각 나라마다 완벽하
게 유능한 통치자가 다스리고 있었는데, 그건 즉 국가의 운영과
관련해서는 내가 할 일이 거의 없다는 의미였다. 또 그들은 그들
국가를 감독하는 특권의 대가로 내게 정기적으로 수당을 지급했
다. 틀림없이 속으로 울분을 삼키고 있을 것이다. 하지만 그 덕분
에 나는 일평생 최고로 부유해졌다.

마법 도구도 받았다. 명령만 하면 원하는 사람의 얼굴을 보여
주는 은색 구체였다. 이 마법구를 정해진 방식으로 두드리면 상대
방도 마치 목 잘린 영혼처럼 허공에 둥둥 떠다니는 내 얼굴을 볼
수 있었다. 전에 이것과 비슷한 메시지를 받은 적이 있다. 데카르
타 할아버지에게서 초청장을 받았을 때다. 솔직히 보기에 소름 끼
친다는 생각이 들었지만 어쨌든 이걸 사용하면 내가 감독하는 국
가의 통치자들과 언제든 소통할 수 있었다.

"가능한 한 빨리 오촌인 릴래드 경을 만나 보고 싶어." 티브릴에
게서 통신구의 사용법을 들은 뒤 내가 말했다. "시미나보다 더 우
호적일지는 미지수지만 적어도 아직 날 죽이려 하지 않은 걸 보
니 조금은 희망이 있어 보여서."

"잠깐만요." 티브릴이 중얼거렸다.

가능성은 낮다. 하지만 내 머릿속에는 반쯤 짜인 전략이 있었고 그걸 밀고 나가고 싶었다. 문제는 내가 아라메리 가문의 계승 규칙을 모른다는 것이었다. 데카르타가 계승자를 몸소 선택하는 게 아니라면 어떻게 "이길" 수 있지? 릴레드가 이 질문의 대답을 안다면 과연 나에게 알려 줄까? 나는 그 보답으로 줄 수 있는 게 아무것도 없는데도?

"어쨌든 내 말을 전해 줘. 그리고 그동안 궁에서 영향력 있는 사람들을 만나 보는 게 좋겠어. 추천할 사람이 있어?"

티브릴이 잠깐 생각에 잠기더니 두 손을 옆으로 펼쳤다. "이미 중요한 사람은 다 만나셨습니다. 릴레드만 빼고요."

나는 그를 빤히 쳐다봤다. "말도 안 돼."

티브릴의 미소에는 전혀 웃음기가 없었다. "하늘은 굉장히 넓으면서도 동시에 아주 좁은 곳입니다, 레이디 예이네. 순혈이야 많지만 대부분은 온갖 쓸데없는 것들에 빠져 시간을 허비하고 있죠." 그는 무표정한 얼굴을 유지했고, 나는 시미나가 나하도스의 목에 채워 둔 은빛 사슬과 구속구를 떠올렸다. 그녀에게 변태적인 성향이 있다는 건 그다지 놀랍지 않았다. 하늘궁의 벽 안에서 벌어지는 일들에 대해 그보다 훨씬 나쁜 소문도 들은 적이 있으니까. 내가 놀란 부분은 그녀가 감히 그 괴물과 게임을 하고 있다는 것이었다.

"조금이라도 진짜 일을 하고 있는 소수의 순혈과 반혈, 그리고 사분혈은 궁 밖에서 보내는 시간이 많습니다. 그들은 가문의 사업을 관리하고, 대다수는 데카르타 님의 환심을 살 가능성이 없습니다. 그분이 남동생의 자식들을 잠재적인 후계로 지명했을 때도 그 점을 확실히 강조하셨고요. 나머지는 조신들인데, 대부분 탁상공론밖에 모르는 현학자나 아첨꾼이고 직함은 거창해 보여도 실질적인 권력은 없습니다. 데카르타 님은 그들을 경멸하니 될 수 있으면 피해 다니십시오. 그러고 나면 남는 건 하인들뿐이죠."

나는 티브릴을 쳐다봤다. "어떤 하인들은 알아 두면 유용하지."

티브릴은 무심결에 빙긋 웃었다. "레이디 예이네, 아까도 말했지만, 중요한 인물은 이미 다 만나셨습니다. 하지만 원하시는 분이 있다면 기꺼이 만남을 주선해 드리지요."

나는 기지개를 켜며 몸을 죽 늘렸다. 살롱에서 한 자세로 너무 오래 앉아 있었더니 아직도 몸이 뻐근했다. 몸을 움직이자 타박상을 입은 곳이 지끈거리며 앞으로 세속적인 문제 외에도 훨씬 많은 것들을 걱정해야 한다는 사실을 상기시켜 주었다.

"내 목숨을 구해 줘서 고마워."

내 말에 티브릴은 약간의 조소를 담아 피식 웃었지만 조금 뿌듯해하는 것 같기도 했다. "글쎄요. 말씀대로…… 어떤 사분혈들에게 영향력을 행사할 수 있다면 유용할 수도 있죠."

나는 그에게 빚을 졌음을 시인하며 고개를 살짝 숙였다. "내가 어떤 식으로든 도움이 될 일이 생기면 언제든 부탁하도록 해."

"분부대로 하겠습니다, 레이디 예이네."

"그냥 예이네면 돼."

티브릴은 잠시 머뭇거리다가 말했다. "사촌." 그는 내 거처를 나가며 미소 띤 얼굴로 나를 흘깃 돌아보았다. 정말로 교섭과 협상에 능한 사람이다. 그런 위치에 있다 보면 어쩔 수 없었겠지만.

나는 침실로 향했다. 그러고는 놀라서 멈춰 섰다. "어휴, 오늘 안에 안 갈 줄 알았지 뭐야." 내 침대 한가운데 앉아 있던 시에가 씩 웃으며 말했다.

나는 천천히 호흡을 가다듬었다. "안녕하세요, 시에 님."

시에가 입을 삐죽거리더니 앞으로 벌렁 몸을 내던져 배를 깔고 엎드려 턱 밑에 팔을 포개 괸 채 나를 쳐다보았다. "내가 반갑지도 않나 봐."

"제가 무슨 일을 했기에 장난과 속임수의 신의 관심을 받게 됐는지 궁금해하는 중인데요."

"난 신이 아니야, 기억 안 나?" 그가 얼굴을 찌푸렸다. "무기일 뿐이지. 사실 그건 네 생각보다도 훨씬 정확한 표현이었어, 예이네. 그 말을 들은 다른 아라메리들이 얼마나 발끈할지 궁금하네. 그들이 널 야만인이라고 부를 만도 해."

나는 침대 옆에 놓인 독서용 의자에 앉았다. "어머니도 내가 말을 너무 직설적으로 내뱉는다고 자주 말씀하셨지. 무슨 일이야?"

"이유가 필요해? 그냥 너랑 같이 있는 게 좋을 수도 있잖아."

"그게 사실이라면 영광인걸."

시에가 큰 소리로 웃어 젖혔다. "믿든 말든 그게 사실인걸." 시에가 몸을 일으키더니 침대 위에서 폴짝폴짝 뛰기 시작했다. 벌을 준답시고 그의 엉덩이를 찰싹 때려 주려고 한 사람은 없었을지 무척 궁금해졌다.

"하지만?" 분명히 뒤에 하지만이 따라붙을 텐데.

세 번째로 뛰어올랐던 시에가 침대에 착지하더니 슬그머니 나를 돌아보았다. 얼굴에 음흉한 미소가 떠올랐다. "하지만 널 찾아온 이유가 그게 다는 아니야. 다른 이들이 날 보냈어."

"무엇 때문에?"

시에가 침대에서 폴짝 뛰어내려 다가오더니 내 무릎 위에 손을 얹고 몸을 기댔다. 여전히 웃고 있었지만 그 미소에는 딱히 이름 붙일 수 없는 무언가가 서려 있었다. 전혀 어린애 같지 않았다. 조금도.

"릴래드는 너와 손잡지 않을 거야."

가슴이 철렁 내려앉았다. 내가 티브릴과 말하는 걸 들은 걸까? 아니면 내 생존 전략이 그렇게 환히 들여다보일 정도로 뻔했나? "그걸 어떻게 알아?"

시에가 어깨를 으쓱했다. "뭐 하러 그러겠어? 넌 릴래드에게 쓸모가 없어. 릴래드는 시미나를 상대하는 데만도 정신이 없어서 딴 데 신경 쓸 여유가 없을걸. 시간, 그러니까 승계까지 남은 시간이 너무 촉박하기도 하고."

나도 같은 생각을 했었다. 그래서 날 하늘궁으로 불러온 것이다. 필경사가 상주하는 이유도 만에 하나 데카르타가 예기치 않게 급사하는 경우에 대비하기 위한 것일 테다. 이십 년 동안 자유를 누렸던 내 어머니가 갑자기 살해된 것도 어쩌면 그 때문일 수 있다. 데카르타는 떠나기 전에 모든 일을 깔끔히 마무리 지을 시간이 그다지 많지 않았다.

시에가 갑자기 의자 위로 올라오더니 내 허벅지 옆으로 양 무릎을 벌려 내 다리 위에 걸터앉았다. 나는 놀라서 움찔했고, 그가 스르륵 허물어지며 내 어깨에 머리를 기댔을 때도 또다시 움찔했다.

"뭐 하는……?"

"제발, 예이네." 시에가 소곤거렸다. 내 상의 옆구리를 움켜쥐는 손이 느껴졌다. 너무도 간절하게 위안을 갈구하는 어린애의 몸짓이라서 밀어낼 수가 없었다. 나는 몸에서 힘을 뺐다. 시에가 한숨을 쉬더니 무언의 허락에 기뻐하며 더 바짝 몸을 붙였다. "잠깐만 이대로 있게 해 줘."

그래서 나는 그대로 가만히 있었다. 머릿속으로 수많은 의문을 떠올리며.

이대로 잠들었나 생각할 무렵, 마침내 시에가 입을 열었다. "쿠루에가 널 만나길 원해. 내 누이이자 우리의 지휘관이라고 할 수 있는 에네파데지."

"왜?"

"손잡을 동맹 세력을 찾고 있지?"

나는 그를 밀쳤다. 시에가 다시 내 무릎 위에 똑바로 앉았다. "무슨 소릴 하는 거야? 지금 나한테 동맹을 제안하는 거야?"

"어쩌면." 교활한 표정이 돌아왔다. "알고 싶으면 우릴 만나야 할 거야."

나는 최대한 위협적으로 보이길 바라며 눈을 가늘게 좁혔다. "왜? 네 말대로 난 쓸모가 없어. 나와 동맹을 맺어서 너희들이 얻는 게 뭔데?"

"넌 우리에게 아주 중요한 걸 갖고 있거든." 시에가 진지하게 말했다. "억지로 빼앗을 수도 있지만 그렇게 하고 싶진 않아. 우린 아라메리가 아니니까. 넌 존중받을 자격이 있다는 걸 입증했고, 그러니 우린 그걸 자발적으로 달라고 네게 부탁할 거야."

나는 그들이 원하는 게 뭔지 묻지 않았다. 그건 그들의 협상 카드였다. 내가 그들의 요청에 응한다면 그게 뭔지 말해 줄 것이다. 하지만 나는 미친 듯이 궁금했고 다른 한편으로는 가슴이 설레기도 했다. 왜냐하면 시에의 말이 옳았으니까. 비록 발이 묶여 있긴 해도 에네파데는 매우 현명하고 강력한 동맹이 되어 줄 것이다. 그러나 내가 얼마나 간절한지 보란 듯이 드러낼 수는 없다. 시에는 겉으로 보이는 것처럼 어린애도, 중립적인 것도 아니다.

"너희의 요청을 진지하게 고려해 보지." 나는 내가 낼 수 있는 가장 위엄 있는 목소리로 말했다. "사흘 내에 답변드리겠다고 레이디 쿠루에에게 전해 줘."

시에가 웃으며 내 무릎에서 뛰어내려 침대로 돌아갔다. 그는 침대 한복판에서 몸을 말고는 내게 히죽 웃어 보였다. "쿠루에가 널 미워할 거야. 네가 좋다구나 달려들 줄 알았는데 도리어 자기를 기다리게 하니까 말이야!"

"두려움이나 성급한 마음에 쫓겨 맺는 동맹은 오래가지 않아. 내 입지를 강화하거나 약화시킬 행동을 하기 전에 지금 내 상황부터 제대로 이해하는 게 우선이지. 에네파데도 그 정도는 알아 둬야 할걸."

"난 알아. 그치만 쿠루에는 현명해도 난 아니니까. 쿠루에는 똑똑한 일을 하지. 난 재미있는 걸 하고." 시에가 어깨를 으쓱하고는 하품을 했다. "나 가끔 여기 와서 너랑 같이 자도 돼?"

나는 놀라 입을 벌렸다가, 퍼뜩 정신을 차렸다. 시에가 너무 순진한 어린애처럼 구는 바람에 하마터면 나도 모르게 승낙할 뻔했다.

이윽고 내가 대답했다. "그래도 될지 모르겠는데. 넌 나보다 훨씬 나이가 많지만 동시에 어린애잖아. 어느 쪽으로 보든 추문감이야."

시에의 눈썹이 거의 이마 선에 닿을 만큼 높이 솟아올랐다. 그러더니 이내 침대 위를 데굴데굴 구르며 배를 붙잡고 폭소했다. 한참이 지나도 웃음이 멈추지 않았다. 나중에는 약간 짜증이 나서 의자에서 일어나 문가로 가서 하인에게 점심 식사를 주문했다. 신이 무엇을 먹는지, 아니면 정말로 먹을 필요가 있는 건지도 잘 모르지만 어쨌든 예의상 2인분으로.

내가 주문을 마치고 돌아와 보니 시에가 드디어 웃음을 멈추고 침대 가장자리에 앉아 있었다. 그가 생각에 잠긴 눈빛으로 나를 지그시 바라보았다.

"더 나이 든 모습도 할 수 있어." 부드러운 말투였다. "그러니까, 네가 그쪽을 더 좋아한다면 말이야. 꼭 아이의 모습을 하고 있을 필요는 없거든."

나는 시에를 빤히 응시했다. 가엾게 느껴야 할지 아니면 역겹다고 느껴야 할지, 아니면 양쪽 모두를 느껴야 할지 알 수가 없었다.

"난 네가 항상 너 자신이었으면 좋겠어."

내 말에 시에의 표정이 차분하게 가라앉았다. "그건 불가능해. 적어도 이 감옥에 갇힌 동안에는." 그가 가슴에 손을 얹으며 말했다.

"혹시······" 나는 그들을 가족이라고 부르고 싶지 않았다. "다른 사람들이 너한테 어른으로 변하라고 명령하니?"

시에가 웃었다. 정말 끔찍하게도, 진짜 어린애처럼 보였다. "보통은 어려 보이는 걸 더 좋아하지."

역겨움이 이겼다. 나는 손으로 입을 틀어막고 고개를 돌렸다. 라스 온치가 뭐라고 생각하든 상관없다. 나는 절대로 나 자신을 아라메리로 여기지 않을 것이다. 절대로.

시에가 한숨을 쉬고는 뒤에서 다가와 나를 껴안고 어깨에 머리를 얹었다. 왜 쉴 새 없이 나를 만지고 싶어 하는지 모르겠다. 싫은 건 아니지만 내가 없을 땐 누구를 껴안는지 궁금하다. 그리고 그 대가로 사람들이 그에게 무엇을 요구하는지도.

"예이네. 난 네 종족이 처음 말을 하고 불을 사용하기 시작했을 때보다도 더 나이가 많아. 이런 사소한 고통쯤은 아무것도 아냐."

"그런 건 중요하지 않아. 지금 넌······." 나는 머뭇거리며 적당한 표현을 뒤적였다. 인간이라는 말은 모욕으로 받아들일지도 모른다.

시에가 도리질했다. "날 아프게 한 건 오직 에네파의 죽음뿐이었고, 그건 필멸자가 한 일이 아니었어."

바로 그때, 하늘궁 전체가 낮게 우르릉거리며 부르르 떨었다. 살갗에 소름이 돋았다. 욕실에서 뭔가 덜거덕거리다가 조용해졌다.

"일몰이다." 기쁜 목소리였다. 시에가 허리를 펴더니 창가로 달려갔다. 서쪽 하늘에 다채로운 색채로 물든 구름이 층층이 쌓여 있었다. "아버지가 돌아왔어."

돌아오다니, 어디 갔다 오기라도 한 거야? 문득 궁금증이 일었지만 뒤이어 떠오른 다른 생각에 묻혀 버렸다. 악몽 같던 그 괴물, 수많은 벽을 넘어 나를 죽이려 쫓아왔던 그 짐승은 시에에게 아버지였다.

"그는 어제 널 죽이려고 했어."

시에가 아니라는 듯이 고개를 가로저었다. 그러고는 갑자기 박수를 치듯 손바닥을 찰싹 마주 치는 바람에 나는 흠칫 놀랐다. "엔. 나이아수와메히카흐."

무슨 뜻인지 알아들을 수는 없었지만 노래하는 것처럼 빠르고 경쾌한 어조였다. 시에의 음성이 공기 중에 맴돌자 내 인식에 변화가 이는 것이 느껴졌다. 각각의 음절이 벽에 부딪혀 반사되며 생겨난 희미한 메아리가 서로 겹치고 섞였다. 소리가 공기 위로 파문을 일으키며 퍼져 나갔다. 바닥에서 벽으로, 벽을 거쳐 하늘궁을 지탱하는 기둥으로. 그리고 그 기둥을 타고 땅속으로.

소리는 마치 졸음에 겨운 어린아이처럼 대지 위로 천천히 굴러갔다. 마치 우리가 태양의 주위를 돌며 계절의 순환을 반복하듯이. 우리를 둘러싼 별들이 우아한 수레바퀴처럼 끝없이 회전하듯이.

나는 눈을 깜박였다. 문득 내가 지금 방 안에 있다는 사실을 깨닫고는 흠칫 놀랐다. 하지만 곧 이해했다. 필경학의 초기 역사는 학자들의 죽음으로 얼룩져 있다. 그들은 신의 언어를 오직 문자 형태로만 연구하도록 철저하게 선을 그은 다음에야 그러한 비극에서 벗어날 수 있었다. 애초에 그들이 시도를 했다는 사실이 놀라울 따름이다. 그들은 어떻게 문법과 발음, 그 어조뿐만 아니라 발화하는 순간에 우주에서의 위치에 따라 의미가 달라지는 언어를 감히 배우고 통달할 수 있다고 생각한 걸까? 그것은 필멸자가 손댈 수 있는 종류의 것이 아니다.

시에의 노란 공이 느닷없이 그의 손 위에 나타나더니 공중에서 통통 뛰었다. "가서 보고 와. 그런 다음 내게 돌아와." 시에가 명령을 내리고 내던지자 공이 벽면에 한 번 부딪혀 튕겼다가 다시 사라졌다.

"쿠루에에게 네 말을 전할게." 시에가 침대 옆에 있는 벽을 향해 걸어가며 말했다. "우리 제안을 잘 생각해 봐, 예이네. 하지만 서두르는 게 좋을 거야. 너희 종족한테는 시간이 너무 빨리 가거든. 자칫했다간 데카르타가 죽어 버릴 거야."

시에가 벽에 대고 뭔가를 중얼거리자 벽이 열렸다. 좁다란 죽은 공간이 드러났다. 벽이 닫힐 때 내가 마지막으로 본 것은 시에의 웃는 얼굴이었다.

7장

사랑

정말 이상하지. 이제야 이 모든 일이 두 가족 간에 벌어진 시시한 다툼에 불과하다는 것을 깨닫게 되었으니.

*

하늘궁에 있는 내 방 창문에서는 십만왕국 전체가 내려다보이는 것 같았다. 그럴 수 없다는 건 안다. 세상이 둥글다는 사실을 필경학이 입증한 바 있으니까. 하지만 그렇게 상상하는 건 별로 어렵지 않았다. 헤아릴 수 없이 무수한 저 반짝이는 불빛들. 마치 지상 위에 흩뿌린 별처럼.

과거에 내 조상들은 대담한 건설자였다. 우리는 산비탈을 깎아 도시를 만들고 사원을 짓고 별자리 달력을 만들었다. 그럼에도 하늘도시와 같은 것은 만들어 내지 못했다. 물론 아픈인도 포로가 된 신들의 도움 없이는 이런 위업을 달성하지 못했을 것이다. 하지만 다르인의 눈에 하늘궁이 심각하게 잘못된 곳으로 비치는 가장 큰 이유는 그게 아니다. 스스로를 지상과 분리하고 다른 모든 것을 신처럼 굽어보는 것은 신에 대한 지독한 모독이자 불경이다. 그것은 위험하다. 우리는 결코 신이 될 수 없지만 인간보다 못한 존재가 되기란 놀랍도록 쉽다.

그럼에도…… 나는 저 광경을 가슴 깊이 들이마시지 않을 수가 없다. 비록 사악한 것일지라도 거기 담긴 아름다움을 감상하고 그 진가를 아는 것은 매우 중요하다.

나는 무척 피곤했다. 하늘궁에 온 지 고작 하루밖에 안 되었는데 인생의 너무 많은 부분이 바뀌었다. 나는 이제 다르에서 실질적으로 죽은 사람이다. 후계도 남기지 않았으니 다르 전사의회에서는 다른 혈족 출신의 젊은 여성을 에누로 세울 것이다. 할머니는 무척 낙담하실 테지만 어차피 그분이 줄곧 두려워하셨던 일이다. 나는 죽지는 않았으나 아라메리가 되었고, 그건 죽은 것만큼이나 나쁘다.

아라메리 가문의 한 사람으로서 나는 내 조국을 편애하지 않고 모든 국가의 요구를 동등하게 취급해야 했다. 하지만 내가 그럴 리가. 티브릴과 시에가 떠나자마자 내가 가장 먼저 한 일은 내 감독하에 있는 국가들에 연락하는 것이었다. 나는 아라메리 가문의 후계자가 하는 제안은 사실 제안이 아님을 알면서도 다르와 무역을 재개하는 것을 고려해 보라고 말했다. 실제로 다르에 대해 공식적으로 금수 조치가 내려진 적은 없으나 어머니가 아라메리를 버린 후 다르는 힘든 시기를 겪어야 했다. 우리는 무역 금지 조치에 대해 컨소시엄에 항의하거나 정책을 우회할 방법을 찾을 수도 있었다. 그러나 최고 통치자의 비위를 맞추고 싶었던 국가들은 그저 다르의 존재 자체를 무시하기로 결정했다. 계약이 무효화되고, 금전적 채무는 지워졌으며, 소송은 기각되었다. 밀수꾼들조차 우리를 피했다. 우리는 접근 자체가 금기인 최하층으로 전락했다.

그래서 원하지는 않았으나 손에 쥐어진 아라메리의 권력으로 내가 할 수 있는 최소한은 애초에 여기 온 목적의 일부나마 달성하는 것이었다.

그리고 나머지 목적은…… 글쎄. 하늘궁의 벽 안은 비어 있고 복도는 미로였다. 그건 어머니의 죽음에 관한 비밀이 숨은 장소가 많다는 뜻이기도 하다.

나는 그것들을 파헤칠 것이다. 아주 낱낱이.

＊

하늘궁에서 보낸 첫날 밤에는 아주 푹 잤다. 큰 충격을 받은 데다 사력을 다해 뛰어다닌 까닭에 침대에 누운 기억도 안 날 정도였다.

두 번째 날 밤, 잠은 나를 찾아오기를 완강히 거부했다. 나는 지나치게 크고 푹신한 침대에 누워 대낮처럼 밝은 빛을 내고 있는 천장과 벽을 멍하니 바라보았다. 하늘궁은 '광명'을 구현하는 곳이었다. 아라메리는 이곳에 어둠을 용인하지 않았다. 밝고 지고하신 우리 가족들께서는 밤에 대체 어떻게 잠을 자는 걸까?

몇 시간 동안 뒤척인 끝에 드디어 반쯤 꾸벅꾸벅 조는 상태에 이르렀지만 그래도 마음은 평온해지지 않았다. 나는 적막 속에서 지난 며칠간 겪은 일을 되새기고, 다르에 있는 가족과 친구들의 안위를 궁금해하고, 이 '대혼돈'의 소용돌이 속에서 과연 살아남을 수 있을지 걱정했다.

그러다 누군가 나를 지켜보고 있다는 느낌이 들었다.

할머니는 나를 아주 잘 훈련시켰다. 나는 잠에서 완전히 깼다. 하지만 눈을 뜨거나 움직이고 싶다는 충동을 아직 잘 참고 있을 때, 깊게 울리는 낮은 목소리가 말했다. "깨어 있군."

나는 눈을 뜨고 일어나 앉았다. 열 걸음도 안 되는 곳에 밤의 군주가 서 있는 것을 발견했을 때에는 아까와는 전혀 다른 충동을 억눌러야 했다.

도망치려 해 봤자 아무 소용도 없을 것이다. 그래서 나는 말했다. "안녕하세요, 나하도스 님." 목소리가 떨리지 않는 게 자랑스러웠다.

그는 고개를 약간 까딱였을 뿐, 가만히 서 있었다. 내 침대 발치에 섬뜩한 모습으로, 온몸에서 검은 기운을 내뿜으면서. 신의 시간 감각이 인간과는 무척 다를지도 모른다는 생각에 과감하게 말을 걸어 보았다. "어떤 연유로 이런 영예로운 발걸음을 하셨나요?"

"너를 보고 싶었다."

"왜요?"

그는 대답하지 않았다. 그러나 이윽고 몸을 움직여 창가로 걸어

가더니 나를 등지고 섰다. 야경이 배경으로 펼쳐지니 모습을 분간하기가 더욱 힘들었다. 망토? 머리칼? 몸 주위에서 끊임없이 스멀스멀 움직이고 있는 검은 기운이 별이 총총한 검은 하늘과 뒤섞여 어우러졌다.

이건 나를 뒤쫓던 난폭한 괴물도 아니요, 나를 죽이겠다고 위협한 냉철하고 우월한 존재도 아니었다. 속을 읽을 수는 없어도 지금의 나하도스에게는 전에 스치듯이 잠깐 봤던 부드러움이 있었다. 피를 철철 흘리면서도 내 손을 잡고 입맞춤의 영광을 베풀었던 그때처럼.

그 일에 대해 묻고 싶었지만 너무도 많은 기억 때문에 마음이 혼란스러웠다. 그래서 대신에 이렇게 물었다. "어제 왜 날 죽이려고 했죠?"

"죽이지는 않았을 거다. 시미나가 너를 살려 두라고 명령했으니까."

호기심이 일었고, 불안감은 그보다도 더 깊어졌다. "왜요?"

"네가 죽는 걸 원치 않았기 때문이겠지."

위험하게도 슬슬 짜증이 밀려왔다. "죽이는 게 아니면 날 잡아서 어떻게 했을 건데요?"

"아프게 했겠지."

이번만큼은 애매모호한 대답이 달가웠다.

나는 마른침을 삼켰다. "시에를 아프게 한 것처럼?"

나하도스가 잠시 멈칫하더니 고개를 돌려 나를 바라보았다. 창문 너머 반쯤 차오른 달이 그를 내리비추고 있었다. 얼굴이 달처럼 희미하고 창백하게 빛났다. 그는 아무 말도 하지 않았지만 나는 눈치챘다. 나하도스는 시에를 다치게 한 것을 기억하지 못했다.

"그러니까 당신은 정말로 다른 존재인 거군요." 나는 양팔로 내 몸을 감싸 안았다. 방은 쌀쌀했고 나는 잠옷 대용으로 얇은 셔츠와 속바지만 걸치고 있었다. "시에가 그걸 암시하는 말을 한 적이 있어요. 티브릴도 그랬고. '하늘에 아직 빛이 있는 동안에는…….'"

"나는 낮에는 인간이다. 밤에는…… 진정한 나 자신에 더 가까워지지." 밤의 군주가 두 손을 펼쳤다. "일몰과 새벽은 전환이 일어나는 시기고."

"그때가 되면 당신은…… 그게 되는 거고요." 나는 괴물이라고 말하지 않았다.

"신의 권능과 지식을 잠시라도 머금은 필멸자의 정신은 잘 작동하지 않는다."

"하지만 시미나는 그 광기를 이용해 명령을 내릴 수 있고요?"

나하도스가 고개를 끄덕였다. "이템파스의 강제는 모든 것을 압도한다." 잠시 말을 멈춘 그의 눈이 일순 매우 선명하게 보였다. 냉랭하고, 단호하고, 하늘처럼 검은 눈. "내가 여기 있는 게 싫다면 나가라고 명령해라."

✳

이렇게 생각해 보렴. 너는 엄청나게 강한 존재에게 명령할 수 있다. 그는 네가 어떤 변덕을 부리든 무조건 복종해야 하지. 그렇다면 그를 깎아내리고, 멸시하고, 그럼으로써 너 자신이 더 강하고 우월하다고 느끼고 싶은 유혹을 거부하기는 거의 불가능하지 않을까?

나는 그렇다고 생각한다.

그래, 틀림없이 그럴 거다.

※

"그보단 왜 날 찾아왔는지 알고 싶어요. 하지만 강요하진 않을게요."

"왜?" 그 음성에는 어딘가 위험한 기색이 어려 있었다. 왜 화를 내는 걸까? 내가 그를 지배할 힘을 가졌으면서도 사용하지 않아서? 내가 그럴까 봐 걱정했던 걸까?

머릿속에 곧장 대답이 떠올랐다. 왜냐하면 그건 잘못된 일이니까. 하지만 나는 그 대답을 내놓기를 망설였다. 심지어 그건 정답도 아니었다. 그는 양해도 구하지 않고 멋대로 내 방에 침입했고 그건 어떤 문화권에서도 잘못된 행동이다. 그가 인간이었다면 주저하지 않고 내쫓았을 것이다.

아니, 인간일 필요도 없었다. 그가 자유롭기만 했다면.

그러나 그는 자유롭지 못하다. 비레인이 요전 날 내 이마에 인을 그리며 더 자세히 설명해 주었다. 에네파데에게 명령을 내릴 때는 단순하고 명확하게 말해야 했다. 은유나 구어적 표현은 피하고, 무엇보다 의도치 않은 결과를 초래하지 않도록 모든 측면을 고려해 명령어를 구사해야 한다. 만일 내가 "나하도스, 나가."라고 명령한다면 그는 내 방뿐만 아니라 아예 하늘궁 자체를 자유롭게 떠날 수도 있었다. 그러면 무슨 일이 벌어졌는지 하늘아버지가 깨닫게 되고 데카르타만이 그를 다시 소환할 수 있다. 또는 내가 "나하도스, 조용히 해."라고 명령하면 그는 나나 다른 순혈 아라메리가 그 명령을 철회할 때까지 입도 벙긋하지 못할 것이다.

그리고 만약에, 내가 너무도 경솔하게 "나하도스, 네가 원하는 대로 해."라고 말한다면 그는 나를 죽일 것이다. 그는 모든 아라메리를 죽이고 싶어 하니까. 비레인의 말에 따르면 지난 수 세기 동안 벌써 여러 번이나 그런 일이 있었다고 한다.(그는 그것을 '서비스'라고 불렀다. 아라메리 중에서 특히 멍청한 자들이 후손을 남기거나 가문의 이름을 더럽히기 전에 제거해 주었기 때문이다.)

"레이디 쿠루에가 동맹을 제안했고, 그 제안을 고려 중이기 때문이죠." 마침내 내가 대답했다. "동맹은 상호 존중을 바탕으로 하잖아요."

"존중은 필요하지 않다. 나는 네 노예다."

그 말에 움찔하지 않을 수가 없었다. "나도 여기 포로인 건 마찬가지예요."

"내가 반드시 복종해야 하는 명령을 내릴 수 있는 포로지. 내가 너를 가엾게 여기지 않아도 이해해 줬으면 좋겠군."

나하도스의 말은 내 죄책감을 자극했고 나는 그게 마음에 들지 않았다. 어쩌면 그래서 나도 모르게 평소 성미가 튀어나온 건지도 모르겠다. "당신은 신이잖아요." 나는 쏘아붙였다. "당신은 목줄에 매인 눈먼 짐승이고 나를 공격한 적도 있어요. 내가 명령을 내릴 수 있다고 해도 그걸로 진짜 안전해질 수 있다고 믿는다면 바보죠. 차라리 원하는 걸 정중하게 부탁하고 협조를 바라는 게 낫지."

"부탁해라. 그런 다음 명령해라."

"부탁했는데 싫다고 하면 그냥 납득하라고요. 그게 서로를 존중하는 태도니까."

그는 한참 동안 침묵했다. 정적 속에서 나는 방금 한 말을 머릿속으로 되짚어 보며 그가 악용할 여지가 없기를 애써 빌었다.

"잠을 못 자는군."

무슨 소린지 이해가 안 돼 눈을 깜박이다가 내게 하는 질문이라는 것을 깨달았다. "그래요. 침대랑…… 조명 때문에."

나하도스가 고개를 끄덕였다. 돌연 벽이 어두워지며 빛이 사그라들기 시작했다. 그림자가 방 안을 뒤덮었다. 이제 남은 빛이라고는 달과 별, 그리고 도시에서 흘러나오는 불빛뿐이었다. 밤의 군주는 창문에 새겨진 더 짙고 어두운 그림자가 되었고 심지어 그의 창백한 얼굴마저 깜깜해졌다.

"나를 존중하겠다고 했지. 그렇다면 그 보답으로 네게 협력을 제안한다."

흑색 별에 대한 꿈이 떠오르면서 마른침이 절로 넘어갔다. 만일 그게 실제 있었던 일이라면(진짜처럼 느껴지긴 했다. 하지만 꿈 이야기를 할 순 없잖아?) 나하도스는 약해 빠진 상태에서도 세상을 파괴할 능력이 있었다. 그러나 내가 진정 감탄한 것은 그가 간단한 동작만으로 온 빛을 꺼트렸다는 사실이었다. 나는 너무 피곤했고, 지금은 그게 세상 전체보다 더 중요하게 느껴졌다.

"고맙습니다." 나는 간신히 대답했다. "그리고……" 이 말을 돌려 말할 방법은 없었다. "그만 나가 주실래요? 부탁이에요."

나하도스의 형체는 이제 어두운 윤곽선에 불과했다. "나는 어둠 속에서 일어나는 모든 일을 볼 수 있다. 어둠 속의 모든 속삭임도, 한숨도 들을 수 있지. 내가 이 자리를 떠나도 내 일부는 남아 있을 거다. 그건 어쩔 수 없다."

언젠가는 그 말을 떠올리며 불안해하겠지만 지금은 그저 고마울 따름이었다. "그걸로 충분해요. 고마워요."

그는 고개를 까딱한 후 사라졌다. 시에처럼 눈 깜짝할 사이에 사라진 게 아니라 몇 번의 호흡이 지나는 동안 조금씩 희미해졌다. 더는 형체가 보이지 않게 된 후에도 존재감은 여전히 남아 있었으나 결국엔 그마저 사라졌다. 이래도 되는 건지 모르겠지만, 갑자기 쓸쓸한 기분이 들었다.

나는 다시 침대로 올라가 몇 분도 안 돼 잠들었다.

＊

사제들이 들려줘도 된다고 허락한 밤의 군주에 관한 이야기가 하나 있다.

옛날 옛적 신들의 전쟁이 일어나기 전에 밤의 군주가 유희를 즐기러 지상에 내려왔다. 그는 탑에 사는 한 여성을 발견했다. 그녀는 어느 통치자의 아내였고, 세상과 단절되어 있었으며, 무척 외로웠다. 그녀를 유혹하기란 그리 어렵지 않았다. 얼마 후 여자는 아이를 낳았다. 남편의 자식이 아니었다. 인간도 아니었다. 아이는 바로 대악마 중 첫째였고, 뒤이어 그와 비슷한 아이들이 태어나자 신들은 끔찍한 실수를 저질렀음을 깨달았다. 그래서 그들은 자신들의 자손을 찾아내 살해했다. 갓난아기도 예외는 아니었다. 남편에게 쫓겨나고 자식까지 빼앗긴 여자는 눈 덮인 숲에서 홀로 얼어 죽었다.

할머니는 이것과 약간 다른 이야기를 해 주었다. 악마 자녀들이 죽고 살해된 후, 밤의 군주가 다시 여자를 찾아와 용서를 구했다. 그는 속죄를 위해 여자에게 다른 탑을 세워 주고 앞으로 편안하게 살 수 있도록 재물을 안겨 주었다. 그리고 잘 살고 있는지 확인하기 위해 그 뒤로도 자주 그녀를 찾아갔다. 그러나 연인은 결코 그를 용서하지 않았고, 결국 슬픔에 못 이겨 스스로 목숨을 끊었다.

사제들은 이 이야기의 교훈을 이렇게 말했다. '밤의 군주를 조심하라, 그의 기쁨은 곧 필멸자의 파멸이니.' 그러나 내 할머니의 교훈은 잘못된 사람과 사랑에 빠지지 말라는 것이었다.

8장

친척

다음 날 아침, 하녀가 들러 몸단장을 도와주었다. 이상한 기분이었다. 어쨌든 아라메리처럼 행동하는 게 나을 것 같아서 그녀가 나를 붙잡고 야단법석을 떠는 동안 참견하지 않으려고 혀를 깨물어야 했다. 하녀는 내 옷의 단추를 채우고, 더 우아한 느낌을 주도록 옷매무새를 꼼꼼하게 정돈한 다음, 내 짧은 머리를 빗고 화장을 도와주었다. 마지막의 경우엔 확실히 도움이 필요하긴 했다. 다르 여자들은 화장을 하지 않기 때문이다. 그녀가 거울을 돌려 분칠된 얼굴을 보여 주었을 때는 질겁하지 않을 수가 없었다. 보기에 나쁘지는 않았다. 그저…… 이상했을 뿐이다.

내가 눈살을 너무 심하게 찌푸렸나 보다. 하녀가 안절부절못하더니 자신이 가져온 커다란 가방을 뒤적이기 시작했다. "딱 알맞은 게 있어요." 그녀가 뭔가를 들어 올려 보여 주었다. 처음에는 연회용 가면인 줄 알았다. 공단으로 둘둘 만 막대기 끝에 철사로 만든 눈 모양의 틀이 붙어 있는 모습이 꼭 가면 같았기 때문이다. 하지만 이 눈 가면은 무척 특이했는데, 마치 공작새의 꼬리 깃털처럼 살랑거리는 밝은 파란색 깃털에 한 쌍의 눈이 붙어 있었다.

그때, 눈이 깜박였다. 나는 소스라치게 놀랐다. 자세히 들여다보니 그것은 깃털이 아니었다.

"높은피 여성분들은 모두 이걸 사용하신답니다. 요즘 굉장히 유행하고 있거든요. 이거 보세요." 열띠게 말한 하녀가 꽤 예쁘장한 회색 눈 위에 파란 눈이 겹쳐지도록 눈 가면을 얼굴 위에 댔다가 눈을 한번 깜박인 다음 다시 손을 내렸다. 그러자 그녀의 눈이 짙고 이국적이고 풍성한 검은 속눈썹으로 둘러싸인 밝은 푸른색 눈으로 변해 있었다. 나는 그 눈을 멀거니 바라보았다. 그런 다음 눈 가면 속에서 평범한 속눈썹에 둘러싸여 초점 없이 멍하게 뜨여 있는 하녀의 평범한 회색 눈을 쳐다보았다. 그녀가 다시 눈 틀을 얼굴에 갖다 대니 원래의 회색 눈이 돌아왔다.

"보셨죠?" 하녀가 내게 막대기를 내밀었다. 막대기를 따라 눈에 잘 보이지도 않을 만큼 조그마한 검은색 인이 줄지어 새겨져 있는 것이 보였다. "이 드레스에는 파란색이 잘 어울릴 거예요."

나는 멈칫거리며 어깨를 움츠렸다. 오싹한 느낌을 꾹 눌러 참고 목소리를 내는 데에는 몇 초가 더 걸렸다. "이, 이것들은 누구 눈이지?"

"네?"

"눈, 이 눈 말이야. 어디서 난 거냐고."

하녀는 마치 내가 달이 어디에서 왔냐고 묻기라도 한 것처럼 멍하게 쳐다봤다. "모르겠습니다, 레이디." 말문이 막혀 허둥거리다 잠시 후에 덧붙였다. "원하신다면 가서 알아 오겠습니다."

"아니." 나는 거의 속삭이듯이 말했다. "그럴 필요 없어."

나는 그녀의 도움에 감사를 표하고 솜씨를 칭찬한 다음, 하늘궁에 있는 동안 다시는 옷 단장을 도와줄 하인이 필요하지 않다고 일렀다.

✳

얼마 후, 다른 하인이 티브릴의 전갈을 가지고 도착했다. 예상했던 대로 릴래드는 내 요청을 거절했다. 쉬는 날이라 컨소시엄 회의도 열리지 않았기 때문에 아침 식사와 내가 감독하는 국가들의 최신 재무보고서를 요청했다.

날생선과 익힌 과일에 대한 보고서를 들여다보던 참이었다. 아픈 음식을 싫어하지는 않지만 이 사람들은 뭘 요리해 먹고 뭘 날로 먹어야 하는지 전혀 모르는 것 같다고 생각하고 있는데, 비레인이 내 거처에 들렀다. 말로는 내가 어떻게 지내고 있는지 보러 왔다고 하지만 예전에 그가 나한테 바라는 게 있다는 느낌을 받은 기억이 난다. 내 방 안에서 할 일 없이 왔다 갔다 하는 모습을 보고 있으니 그 예감이 더욱 짙어졌다.

"통치에 적극적인 관심을 품다니 흥미롭군요." 내가 서류 뭉치를 옆으로 치우자 비레인이 말했다. "대부분의 아라메리는 기본적인 경제 사항에도 관심이 없는데 말이지요."

"난 가난한 나라를 다스리, 아니 다스렸으니까." 나는 먹고 남은 아침 식사 위에 천을 덮으며 말했다. "이런 사치는 누려 본 적이 없어."

"아, 예. 하지만 그 가난을 구제하기 위해 조치를 취했잖습니까. 그렇지요? 오늘 아침 데카르타께서 말씀하시는 걸 들었습니다. 휘하의 왕국들에 다르와의 무역을 재개하라고 명령했다면서요."

나는 차를 마시다 멈칫했다. "할아버지가 내가 뭘 하는지 감시하고 있어?"

"그분은 모든 후계자를 지켜보고 있지요, 레이디 예이네. 요즘엔 그것 말고 즐거움을 얻을 게 없으니까요."

지난밤 내 관할국에 연락할 때 사용한 마법구가 떠올랐다. 당사자에게 들키지 않고도 오가는 통신 내용을 엿들을 수 있는 구슬을 만드는 게 얼마나 어려울지 궁금했다.

"벌써 숨겨야 할 비밀이 있습니까?" 내 침묵이 재미있다는 듯 비레인이 눈썹을 치켜올렸다. "한밤의 방문객, 은밀한 만남, 진행 중인 공모 같은 게 있나요?"

나는 거짓말에는 재능이 없다. 다행히도 어머니는 그 사실을 알았을 때 내게 대안으로 사용할 수 있는 전술을 가르쳐 주셨다. "어차피 여기서는 모든 게 다 그렇게 돌아가잖아? 그나마 난 아직 아무도 죽이진 않았어. 적어도 개인적인 즐거움을 얻으려고 모든 문명 세계의 미래를 건 건 내가 아니야."

"그런 사소한 것에 연연하면 여기서 오래 못 버틸 겁니다." 비레인이 맞은편 의자에 앉아 두 손을 세워 끝을 맞대며 말했다. "조언이 필요한가요? 당신처럼 이곳을 처음 경험한 적이 있는 사람에게서?"

"기꺼이 당신 조언을 듣지, 필경사 비레인."

"에네파데와 엮이지 마십시오."

나는 그를 빤히 쳐다볼지, 아니면 아무것도 모르는 척 그게 무슨 뜻이냐고 물어볼지 고민했다. 나는 쳐다보는 쪽을 선택했다.

"시에가 당신을 마음에 들어 하는 것 같더군요. 가끔 그럴 때가 있지요. 진짜 어린애처럼 말입니다. 그리고 진짜 어린애처럼 정이 많고, 재미있고, 사람을 짜증 나게 합니다. 시에는 참 사랑하기 쉬운 존재예요. 그러니 사랑하지 마십시오."

"진짜 어린애가 아니라는 것쯤은 나도 알아."

"그가 나하도스만큼 사람을 많이 죽인 건 알고 있습니까?"

나는 움찔하지 않을 수 없었다. 비레인이 빙그레 웃었다.

"시에는 실제로 어린아이입니다. 나이를 말하는 게 아니라 본성이 그래요. 그는 충동적입니다. 아이들 특유의 창의력이 있고……아이들 특유의 잔인함도 있지요. 그리고 철저하게 나하도스에게 충성합니다. 몸도 영혼도 모두. 그러니 잘 생각하십시오, 레이디. 밤의 군주는 광명을 섬기는 우리가 두려워하고 경멸하는 모든 것의 살아 있는 화신입니다. 시에는 그의 맏아들이고요."

그래서 그의 말대로 잘 생각해 봤다. 하지만 이상하게도 내게 가장 선명하게 떠오르는 이미지는 첫날 밤 껴안았을 때 시에가 내비친 완벽한 만족감이었다. 나는 나중이 되어서야 그때부터 이미 시에를 사랑하기 시작했다는 사실을 깨달을 것이다. 하지만 마음속 한구석으로는 비레인의 말에 동의했다. 그런 존재를 사랑한다는 것은 어리석은 것을 넘어 자살행위에 가까웠다. 그럼에도 나는 시에를 사랑할 수밖에 없었다.

비레인은 내가 몸을 떠는 것을 보고는 완벽한 배려심이 담긴 몸짓으로 내 어깨에 손을 얹었다. "당신 주위에 적만 있는 건 아닙니다." 다정한 목소리였다. 나는 너무도 혼란스러웠고, 그래서 그때만큼은 그의 말에서 위안을 얻었다. "티브릴도 당신을 좋아하더군요. 그의 이력을 생각하면 별로 놀라울 일도 아니지요. 그리고 내가 있습니다, 예이네. 당신 어머니가 하늘궁을 떠나기 전에 난 그녀의 친구였어요. 그러니 당신의 친구도 될 수 있겠지요."

만일 비레인이 마지막 문장을 말하지 않았다면 나는 정말로 그를 친구로 여겼을 것이다.

"고마워, 필경사 비레인." 이번만큼은 신께 감사하게도, 내 다른 본성이 튀어나오지 않았다. 나는 진심인 척 보이려고 노력했다. 반감과 의심을 드러내지 않기 위해 애썼다. 비레인의 흡족한 표정으로 보아 성공한 것 같았다.

비레인이 떠난 뒤 나는 의자에 앉은 채로 오래도록 생각에 잠겼다.

✳

잠시 후에 나는 비레인이 시에에 대해 경고했을 뿐 나하도스에 대해서는 한마디도 하지 않았다는 사실을 깨달았다.

✳

어머니에 대해 더 자세히 알아야 한다.

비레인은 자신이 어머니의 친구였다고 했다. 내가 어머니에 대해 아는 모든 지식은 그게 거짓이라고 말한다. 비레인의 태도에는 세심함과 냉담함, 무심한 도움의 손길과 거짓 위로가 교묘하게 섞여 있었다. 아니야. 어머니는 언제나 상대방을 솔직하게 대하는 사람을 높이 평가했다. 어머니가 비레인 같은 사람에게 친절했다거나, 나아가 가까운 사이였으리라고는 상상도 되지 않는다.

하지만 어떻게 해야 어머니에 대해 알아낼 수 있을지 알 수가 없었다. 가장 확실한 정보를 얻을 수 있는 인물은 데카르타였지만 살롱의 수많은 눈 앞에서 어머니의 과거에 관한 자세하고 긴밀한 정보를 물을 수는 없다. 하지만 따로 만날 수만 있다면…… 그래. 그러면 될 것이다.

하지만 아직은 아니다. 그가 왜 나를 이곳에 불렀는지 알게 될 때까지는 안 된다.

그렇다면 남은 것은 다른 본계 사람들이다. 그중 몇몇은 나이가 지긋해 어머니가 후계자였던 시절을 기억하고 있을 것이다. 하지만 내 머릿속에는 티브릴의 경고가 떠돌고 있었다. 어머니와 진짜 가까운 사이였던 본계 사람들은 전부 가문의 일을 처리하기 위해 이곳을 떠났고, 그건 아마 하늘궁이라는 독사 구덩이를 버리고 안전한 삶을 확보하기 위해서일 것이다. 그리고 여기 남아 있는 이들은 절대로 사실을 털어놓지 않을 것이다. 그들은 데카르타의 사람들, 또는 시미나나 릴래드의 사람들이었다.

아, 하지만 좋은 생각이 있다. 릴래드.

그는 만나자는 내 요청을 거절했다. 의례적으로 따지면 그에게 다시 만남을 요청할 수는 없지만, 의례는 어차피 그냥 의례일 뿐 절대적인 규칙이 아니라 참고 지침에 불과하다. 게다가 가족 간의 의례란 서로 마음에 드는 형식을 취하면 그만이다. 시미나 같은 인간을 자주 겪어 온 사람이라면 솔직하고 직설적인 접근 방식을 선호할 것이다. 그래서 나는 티브릴을 찾으러 갔다.

그를 찾아낸 곳은 낮은 층에 있는 깔끔한 작은 사무실이었다. 밖이 화창한 낮인데도 이곳의 벽은 여전히 빛을 발하고 있었다. 하늘궁의 저층은 궁 본채의 가장 넓은 부분 아래에 위치해 있어 언제나 그늘져 있기 때문이다. 나는 이 층에 하인들밖에 없다는 사실을 알아차렸다. 대부분 단순한 검은 막대처럼 생긴 혈인을 갖고 있었다. 먼 친척들. 나는 이제 비레인의 설명 덕분에 이들이 누군지 안다. 이들은 본계에서 6세대 이상 떨어져 있는 친척들이다.

내가 도착했을 때 티브릴은 한 무리의 하인들에게 지시를 내리고 있었다. 나는 왔다고 알리거나 그의 일을 방해하지 않고 그저 열린 문 밖에 가만히 서서 그의 말에 귀를 기울였다. 티브릴이 한 젊은 여자에게 말했다. "아니, 다른 경고 신호는 없다. 신호가 오면 기회는 한 번뿐이야. 그때도 기둥 근처에 있었다간……." 그는 더는 말을 잇지 않았다.

끝나지 않은 말 뒤로 내려앉은 음울한 침묵에 나도 흥미가 솟았다. 단순히 방을 청소하라거나 음식을 더 빨리 내가라는 평범한 지시보다 훨씬 심각한 이야기처럼 들렸기 때문이다. 더 자세히 들으려고 문 쪽으로 다가갔는데 티브릴이 부리는 사람 중 하나가 나를 발견했다. 그가 티브릴에게 일종의 신호를 보낸 게 분명하다. 왜냐하면 그 즉시 티브릴이 내 쪽을 쳐다봤기 때문이다. 나를 빤히 응시한 티브릴은 한 호흡이 채 지나기도 전에 고개를 돌리고 사람들에게 말했다. "고마워. 이걸로 끝내지."

나는 하인들이 문을 통해 나갈 수 있게 옆으로 비켜섰다. 그들은 딱히 수다를 떨지도 않고 사무적이고 효율적인 동작으로 신속하게 흩어졌다. 별로 놀랍지는 않았다. 평소에도 티브릴은 꽤나 엄격한 타입으로 보였기 때문이다. 방이 텅 비자 티브릴이 고개를 숙이며 나를 맞았고, 내 계급이 나누는 대화를 존중하는 의미로 등 뒤에서 문이 닫혔다.

"무엇을 도와 드릴까요, 사촌?"

나는 그 기둥이 뭔지, 무슨 신호를 말하는 건지, 그리고 왜 하인들이 방금 사형 선고를 받기라도 한 것처럼 구는지 묻고 싶었다. 하지만 티브릴이 그에 대해 말하고 싶어 하지 않는다는 건 명백해 보였다. 책상 앞에 놓인 의자를 손짓하며 와인을 권하는 티브릴의 태도에 마지못한 기색이 역력했다. 와인을 붓는 손이 떨리는 게 보였다. 내가 그의 손을 보고 있다는 것을 깨닫자 티브릴이 와인병을 내려놓았다.

그가 내 목숨을 구해 줬으니 나도 그에게 예를 갖춰야 할 것이다. 그래서 물었다. "릴래드 경이 지금 어디 있을 것 같아?"

티브릴은 대답하러 입을 벌렸다가 미간을 찌푸리며 머뭇거렸다. 하지만 나를 만류하고 싶었더라도 결국 다른 결정을 내린 모양이다. 그가 입을 다물더니 다시 말했다. "아마 일광욕실에 있을 겁니다. 대부분의 여가 시간을 거기서 보내니까요."

어제 티브릴이 하늘궁의 이곳저곳을 안내해 주다가 들른 곳 중에는 일광욕실도 있었다. 하늘의 최상층은 여러 개의 노대(露臺)와 하늘 높이 솟은 첨탑으로 절정을 이루었는데, 그중 대부분이 순혈의 거주지와 여흥거리로 구성되어 있었다. 일광욕실은 여흥거리 중 하나였다. 유리천장 아래 열대 식물이 그득하게 채워진 널따란 공간에 예술적인 소파와 작은 방, 그리고 목욕이나…… 다른 일을 할 수 있는 욕탕들이 산재했다. 일광욕실 안쪽까지 들어가지는 않았지만 잎사귀 사이로 언뜻언뜻 보이는 움직임과 교성은 달리 착각하려야 착각할 수가 없었다. 그때는 더 자세히 보고 싶다고 티브릴을 조르지 않았지만 이제는 선택의 여지가 없을 것 같았다.

"고마워." 나는 자리에서 일어났다.

"잠깐만요." 그러더니 티브릴이 책상 뒤편으로 돌아갔다. 잠깐 서랍 안쪽을 뒤지다가 다시 몸을 세웠다. 손에 작고 아름다운 색깔의 도자기 병이 들려 있었다. 티브릴이 내게 그것을 건넸다.

"이게 도움이 될지 모릅니다. 원한다면 궤짝째도 살 수 있는 사람이지만 뇌물 받는 걸 좋아하거든요."

나는 주머니에 병을 넣은 다음 이 정보를 단단히 기억해 두었다. 하지만 티브릴의 말은 새로운 의문점을 낳았다. "왜 나를 돕는 거야, 티브릴?"

"나도 알았으면 좋겠군요." 그가 피곤한 어조로 대답했다. "확실히 나한텐 손해니까요. 그 술병 하나만 해도 내 한 달 월급이거든요. 언젠가 릴래드에게 호의를 부탁해야 할 때를 대비해 준비해 둔 겁니다."

나는 이제 부자였다. 나중에 티브릴에게 똑같은 걸로 세 병을 갚아 줘야겠다고 속으로 다짐했다. "그럼 이유가 뭐야?"

티브릴이 스스로 대답을 찾듯이 나를 한참 동안 응시했다. 그러더니 결국 한숨을 내쉬며 대답했다. "어쩌면 그들이 당신한테 하는 짓이 마음에 안 들어서일지도요. 당신은 나와 비슷하니까. 정말로 모르겠습니다."

그와 비슷하다니. 이곳에 진정으로 속해 있는 게 아니라는 뜻일까? 티브릴은 하늘궁에서 자랐고 나처럼 본계와 가까운 피를 지녔지만 데카르타의 눈에는 진정한 아라메리가 아니었다. 아니면 내가 하늘궁에서 유일하게 진실되고 품위 있게 행동하는 사람이라는 뜻? 만일 그게 사실이라면.

"내 어머니를 알아?"

티브릴은 내 질문에 놀란 듯 보였다. "레이디 키네스요? 그분이 당신 아버지와 여길 떠났을 때 난 어린아이였습니다. 잘 기억나지 않아요."

"뭐가 기억나는데?"

티브릴이 책상에 기대서더니 팔짱을 끼고 생각에 잠겼다. 벽에서 뿜어 나오는 밝은 빛에 그의 땋은 머리채가 마치 구리 밧줄처럼 붉게 빛났다. 얼마 전까지만 해도 이상해 보이던 색깔이었다. 하지만 나는 지금 아라메리 사람들과 함께 살고 신들과 어울린다.

내 기준은 이제 전과 다르다.

"아름다운 분이었습니다. 하긴 본계 분들은 모두 아름답죠. 태어날 때는 안 그랬더라도 마법의 도움을 받을 수 있으니까요. 하지만 그분은 단순히 아름답기만 한 게 아니었어요." 티브릴이 미간을 찌푸렸다. "이상하게도 그분은 항상 슬퍼 보였습니다. 웃는 걸 본 적이 없어요."

나는 어머니의 미소를 기억한다. 아버지가 살아 계실 때는 더 자주 웃으셨고 때로는 내게도 미소를 지어 주셨다. 나는 목구멍에서 뜨겁게 치미는 것을 애써 삼키며 아닌 척 일부러 헛기침을 했다. "당신한테 잘해 주셨나 봐. 어머니는 언제나 애들을 좋아하셨지."

"아뇨." 티브릴의 표정은 차분했다. 그는 내가 순간적으로 감상에 젖었다는 사실을 눈치챘지만 고맙게도 그런 걸 입 밖에 내기엔 정치적 수완이 탁월했다. "예의 바르게 대해 주시긴 했지만 난 하인들 손에 자란 반혈 꼬마였을 뿐입니다. 오히려 그분이 친절했거나 우리한테 관심을 보이기라도 했다면 그게 더 이상한 일이었을 겁니다."

나는 저도 모르게 얼굴을 찡그렸다. 다르에서 어머니는 하인의 자식한테까지 일일이 생일 선물을 챙겨 주고 축하 파티를 열어 주던 분이었다. 무더운 여름에는 하인들이 비교적 시원한 정원에서 휴식을 취할 수 있게 해 주었고 집사는 거의 가족처럼 대했다.

"난 그때 어렸습니다." 티브릴이 다시 말했다. "그분에 대해 자세히 알고 싶으면 나이 많은 하인에게 물어보셔야 할 겁니다."

"누가 좋을지 아는 사람이라도 있어?"

"당신이 물어보면 누구든 말해 줄 테지만 당신 어머니를 가장 잘 기억하고 있을 사람이라면…… 나도 모르겠군요." 티브릴이 어깨를 으쓱했다.

내가 바라던 대답은 아니었지만 나중에 더 깊이 파헤쳐 봐야 할 일인 건 분명했다. "고마워, 티브릴." 그러고 나서 나는 릴래드를 찾으러 갔다.

∗

아이의 눈에 어머니는 여신이다. 어머니는 재미있고 유쾌할 수도 있고, 무시무시할 수도 있다. 자애로울 수도, 노여움으로 가득할 수도 있다. 그러나 어찌 됐든 어머니는 양쪽 모두의 방식으로 사랑을 구사한다. 나는 사랑이야말로 세상에서 가장 강하고 위대한 힘이라고 생각한다.

내 어머니는 ─

아니야, 아직은 안 돼.

∗

일광욕실은 따뜻하고, 눅눅했고, 꽃향기가 났다. 나무 꼭대기 위로 하늘궁의 첨탑 하나가 우뚝 솟아 있는 게 보였다. 중앙에 위치한 제일 높은 첨탑인데, 저 구불구불한 길 어딘가에 입구가 있을 것이다. 다른 첨탑과 달리 이 첨탑은 꼭대기 지름이 고작 몇 미터에 불과해 거주지나 넓은 방이 있기에는 너무 좁고 공간이 넉넉지 않다. 어쩌면 순전히 장식용인지도 모르겠다.

눈을 반쯤 내리깔아 시야를 흐릿하게 하면 첨탑의 존재를 무시하고 지금 다르에 와 있다고 상상해도 될 것 같았다. 나무가 다르기는 했다. 너무 높고, 너무 가늘고, 심어진 간격이 너무 멀었으니까. 내 고향 땅의 숲은 나무가 무성하고 습하고 미스터리처럼 어둡고 복잡하게 뒤얽힌 덩굴과 모습을 숨기고 돌아다니는 작은 동물들 천지다. 하지만 이곳의 소리와 냄새는 내 향수병을 누그러뜨릴 만큼 상당히 유사했다. 한참 동안 그렇게 서 있다가 가까이에서 들려온 목소리에 퍼뜩 정신이 들었다.

신경을 날카롭게 자극하는 음성이었다. 그리고 목소리의 주인 중 하나는 시미나였다.

뭐라고 하는지 알아들을 수는 없었지만 아주 가까운 곳에서 들려오고 있었다. 저 앞쪽에 있는, 잡목림 뒤에 숨겨진 작은 공간 중 하나 같았다. 지금 밟고 있는 하얀 자갈길이 그쪽으로 이어져 있었는데 사방이 트여 있어 갈림길에 이를 즈음이면 내가 접근하고 있다는 걸 누구든 뚜렷하게 볼 수 있을 거다.

지옥에서도 알아볼 수 있을 만큼. 나는 속으로 생각했다.

내 아버지는 돌아가시기 전까지 위대한 사냥꾼이었다. 그분은 내게 발바닥을 둥글게 말아 낙엽 숲에서도 최소한의 소리를 내며 걷는 방법을 가르쳐 주었다. 몸은 낮게 수그려야 한다. 인간은 본능적으로 눈높이에서 발생하는 움직임에 반응하고 그보다 높거나 낮은 곳에서 일어나는 일은 잘 알아차리지 못하기 때문이다.

여기가 다른 숲이었다면 가장 가까이 있는 나무에 올라갔을 테지만 이렇게 가늘고 헐벗은 나무는 타기가 어렵다. 그러니 자세를 낮추는 편이 낫다.

나는 그들의 말은 엿들을 수 있어도 내 모습은 들키지 않을 만큼 가까이 접근한 다음 나무 밑동 옆에 쭈그려 앉아 귀를 기울였다.

"그러지 마라, 동생아. 별로 무리한 부탁도 아니잖니?" 시미나의 목소리는 다정하고 사근사근했다. 그걸 들으니 그때의 공포와 분노가 떠오르며 몸이 저절로 떨려 왔다. 그녀는 신을 시켜 나를 공격했다. 잘 훈련된 사냥개에게 명령하듯이. 그저 순수하게 재미를 위해서. 누군가에게 이렇게까지 격렬한 증오를 느낀 것은 참으로 오랜만이었다.

"넌 항상 무리한 걸 바라지." 처음 듣는 목소리였다. 남자. 낮은 목소리에 언짢은 기색이 묻어 나왔다. 릴래드일까? "이제 꺼져. 생각해 볼 테니까."

"어둠의 족속이 어떤지 알잖니, 동생아. 참을성도 없고 고차원적인 사고도 할 줄 모르지. 수 세대 전에 있었던 일을 가지고 아직도 트집을 잡고 말이야……." 뒷부분은 잘 알아들을 수가 없었다. 가끔 발소리가 들렸는데, 그건 시미나가 왔다 갔다 하고 있어서 내 쪽으로 가까워졌다가 다시 멀어지고 있다는 의미였다. 그녀가 멀어질 때마다 목소리가 작아져 잘 들리지 않았다. "네 밑에 있는 애들한테 공급계약서에 서명하라고 하기만 하면 돼. 너한테도 그 애들에게도 이득이 될 거야."

"아, 사랑스러운 누이. 새빨간 거짓말. 네가 나한테 이득만 될 일을 들이밀 리가 없잖아." 피곤한 한숨과 알아들을 수 없는 중얼거림. "꺼지라고 했지. 머리가 다 아프네."

"그렇게 방만하게 살고 있으니 당연하지." 시미나의 음성이 돌변했다. 여전히 교양 넘치고 밝고 가벼웠지만 따뜻한 온기는 릴래드가 부탁을 거절한 순간 온데간데없이 사라졌다. 이런 미묘한 변화만으로도 완전히 다른 사람처럼 될 수 있다는 게 놀라웠다. "어쩔 수 없지. 네 기분이 나아졌을 때 다시 들르마. 그건 그렇고 새로 온 우리 조카는 만나 봤니?"

나는 숨을 죽였다.

"이리 와." 릴래드였는데, 다른 사람에게 한 말이었다. 아마 하인일 것이다. 시미나에게 그렇게 고압적으로 말할 수 있을 것 같지는 않으니까. "아니. 하지만 네가 그 애를 죽이려 했다는 건 들었지. 그게 과연 현명한 행동이었을까?"

"장난 좀 친 것뿐이야. 근질거려서 참을 수가 없더라고. 조그마한 게 아주 진지하더라. 그거 알아? 그 애는 진심으로 자기가 삼촌의 자리를 놓고 우리와 경쟁하고 있다고 믿고 있단다."

나는 몸을 굳혔다. 릴래드도 그런 것 같았다. 뒤이어 시미나가 이렇게 말했기 때문이다. "아, 몰랐구나?"

"너도 확신할 수는 없을 텐데. 노친네는 키네스를 정말로 사랑했어. 그리고 그 계집앤 우리한텐 별것도 아니야."

"넌 정말 우리 가문의 역사에 대해 더 많이 읽어 봐야겠다, 동생아. 그 패턴이……." 그때 시미나의 발걸음이 멀어졌다. 짜증이 확실었다. 하지만 그렇다고 더 가까이 접근할 엄두도 나지 않았다.

이 정도 거리라면 그들이 조금만 신중하게 굴었다가는 내 숨소리도 들을 수 있을 것이다. 내가 바랄 수 있는 건 둘의 대화에 내 소리가 묻히는 것뿐이다.

쌍둥이는 몇 차례 더 말을 주고받았지만 대부분은 알아들을 수가 없었다. 그때 시미나가 한숨을 내뱉었다. "어쨌든 네가 하고 싶은 대로 하렴, 동생아. 나도 그럴 테니까. 항상 그렇듯이 말이야."

"행운을 빌어." 진심 어린 소망일까, 아니면 비아냥일까? 후자일 거라는 생각이 들었지만 왠지 전자를 암시하는 기미도 섞여 있었다. 눈으로 직접 확인하지 않으면 알 수 없다.

"너도." 시미나의 또각거리는 신발 소리가 자갈길을 따라 순식간에 희미해졌다.

나는 날카로워진 신경이 가라앉기를 기다리며 한참 동안 나무에 기대앉아 있었다. 방금 엿들은 내용 때문에 머릿속에서 소용돌이치는 생각들이 가라앉는 데에는 그보다 더 오래 걸렸다. 그 애는 진심으로 자기가 삼촌의 자리를 놓고 우리와 경쟁하고 있다고 믿고 있단다. 그렇다면 실제로는 그렇지 않다는 뜻인가? 릴래드는 확실히 나를 경쟁자라고 생각하는 것 같았지만 그런 그조차도 궁금해하고 있었다. 데카르타는 왜 나를 하늘궁에 들인 걸까?

어쨌든 이 의문도 나중에. 지금은 해야 할 일이 있었다. 나는 바닥에서 일어나 조심스러운 동작으로 잡목림 사이로 물러나려 했다. 하지만 바로 그때, 1.5미터도 채 떨어지지 않은 곳에서 나뭇가지가 흔들리더니 한 남자가 비틀거리며 나타났다. 금발에 키가 크고 화려한 차림새에 이마에는 순혈 인을 달고 있었다. 릴래드. 나는 얼어붙었지만 이미 늦었다. 나는 지금 환히 보이는 곳에서 살금살금 걷는 수상한 자세로 굳어 있었다. 그러나 놀랍게도, 릴래드는 나를 보지 못했다. 나무 하나를 향해 걸어가더니, 허리춤을 풀고 많은 한숨과 신음을 배출하며 방광을 비우기 시작했다.

나는 우두커니 그를 바라보았다. 뭐가 더 구역질 나는 일인지 알 수가 없었다. 앞으로 며칠 동안 사람들이 악취를 맡든 말든 공공장소에서 거리낌 없이 소변을 보는 그의 행동인지, 주변에 전혀 신경 쓰지 않는 무심한 태도인지, 아니면 나 자신의 부주의함인지.

하지만 어쨌든 아직 들키지는 않았다. 다시 몸을 최대한 낮추고 나무 뒤로 숨는다면 위기를 모면할 수 있을 것이다. 하지만 어쩌면 제 발로 굴러 들어온 기회일지도 모른다는 생각이 들었다. 시미나의 쌍둥이 동생은 새 경쟁자가 얼마나 대범한지 똑똑히 인지하게 될 것이다.

그래서 나는 그가 볼일을 마치고 옷을 추스를 때까지 기다렸다. 릴래드가 몸을 돌렸다. 내가 그때를 골라 일부러 헛기침을 하지 않았다면 나를 못 보고 지나쳤을 것이다.

릴래드가 깜짝 놀라 고개를 들더니 나를 응시하며 게슴츠레하게 뜬 눈을 깜박였다. 어느 쪽도 입을 열지 않은 채로 세 번의 숨소리가 흘렀다.

"삼촌." 이윽고 내가 말했다.

릴래드가 의미를 해석하기 힘든 한숨을 길게 내쉬었다. 화가 난 걸까? 체념? 어쩌면 양쪽 모두일지도. "알겠다. 다 들었겠군."

"네."

"네가 살던 정글에선 그런 걸 가르친 모양이지?"

"다른 것도 많지만 특히 이런 걸 배웠지요. 아라메리는 어떤 식으로 행동하는지 아무도 가르쳐 주지 않아서 내게 익숙한 방식을 활용하기로 했어요. 사실 그 점에서 삼촌의 도움을 받을 수 있길 바랐답니다."

"내 도움……" 릴래드가 웃음을 터트리더니 고개를 흔들었다. "그럼 이쪽으로 와라. 너는 야만인일지 몰라도 난 문명인답게 앉아서 대화하는 걸 좋아하니까."

긍정적인 신호였다. 릴래드는 누나보다는 조금이나마 제정신으로 보였다. 하긴 그렇지 않기가 더 어려운 일일 것이다. 나는 안도하며 그를 따라갔다. 잡목림을 가로지르자 공터가 나타났다. 아름답고 쾌적한 작은 공간이었다. 세심하게 조경되어 불가능할 만큼 완벽하다는 점만 제외하면 거의 천연적으로까지 느껴지는 곳이었다. 안락의자로 쓰기에 완벽한 형태로 다듬어진 커다란 바위가 한쪽 공간을 넓게 차지하고 있었다. 애초에 안정적이라고 할 수 없는 걸음새로 걷던 릴래드가 무거운 한숨과 함께 그 위에 풀썩 주저앉았다.

바위 의자 맞은편에는 욕탕이 있었는데, 너무 작아서 두 사람이 들어가면 꽉 찰 정도였다. 그 안에는 한 젊은 여성이 앉아 있었다. 아름답고, 나신이었으며, 이마에는 검은 막대기가 그려져 있다. 그렇다면 하인이다. 여자는 나와 눈이 마주치더니 우아하리만큼 무표정한 얼굴로 시선을 돌렸다. 나체나 다름없을 정도로 속이 다 비치는 실내복을 입은 또 다른 젊은 여성이 릴래드가 앉은 소파 옆에 쪼그리고 앉아 컵과 술병이 든 쟁반을 들고 있었다. 그걸 보니 왜 릴래드가 화장실에 가야 했는지 알 수 있었다. 술병은 그다지 작지도 않았는데 벌써 거의 비어 있었다. 그가 아직 똑바로 걸을 수 있다는 게 놀라울 지경이었다.

앉을 자리가 없어 두 손을 등 뒤로 돌려 맞잡은 채 서서 조용히 침묵을 지켰다.

"좋아, 그럼." 릴래드가 빈 잔을 들어 올리더니 깨끗한지 확인하는 것처럼 눈을 좁히고 들여다보았다. 이미 사용했던 잔이 분명했다. "빌어먹을, 도대체 나한테 원하는 게 뭐야?"

"방금 말했듯이, 도와주세요."

"내가 왜 널 도와야 하지?"

"어쩌면 서로를 도울 수도 있겠지요. 전 할아버지 뒤를 잇는 데에는 별로 관심이 없어요. 하지만 상황만 적절하다면 다른 후보를 기꺼이 지지할 겁니다."

릴래드는 술병을 들어 잔에 따르려 했지만 손이 너무 심하게 떨려 거의 3분의 1을 쏟아 버렸다. 너무 아까웠다. 그의 손에서 병을 빼앗아 직접 따라 주고 싶은 충동과 싸워야 했다.

"넌 나한테 전혀 쓸모가 없어." 이윽고 그가 말했다. "방해만 될 거다. 그게 아니면 그녀가 날 공격하기 쉽게 만들거나." 그녀가 누구인지는 우리 둘 다 말을 꺼낼 필요가 없었다.

"이모님은 원래 다른 이야기를 하러 삼촌을 찾아왔죠. 그 과정에서 절 언급한 게 정말 우연일까요? 여자들은 경쟁자에 대해 다른 경쟁자와 의논하지 않아요. 그 둘이 서로 대립하길 원하는 게 아니라면 모를까. 아마 우리 둘을 모두 위협으로 인식하고 있을걸요."

"위협?" 릴래드가 웃더니 잔에 담긴 것을 단번에 입속에 털어 넣었다. 그렇게 빨리 마시면 맛을 제대로 느끼지도 못할 텐데. "신이여, 넌 못생긴 만큼이나 어리석구나. 그 노친네는 진심으로 네가 그 애의 적수가 될 거라고 생각한다더냐? 믿을 수가 없군."

나는 순간 발끈했지만, 이보다 훨씬 모욕적인 소리도 들어 본 적이 있었다. 나는 애써 화를 가라앉혔다. "이모님과 싸우는 데는 관심 없어요." 의도했던 것보다 말이 더 뾰족하게 나갔지만 릴래드는 별로 개의치 않는 것 같았다. "내가 원하는 건 이 저주받은 곳에서 살아 나가는 거니까."

릴래드가 내게 던진 눈빛은 묘하게 기분이 나빴다. 냉소도 아니고 조소하는 것도 아닌, 그저 끔찍할 정도로 객관적인 눈빛이었다. 넌 여기서 살아 나가지 못해. 생기 없는 눈과 지친 미소가 이렇게 말하고 있었다. 절대로.

하지만 릴래드는 그걸 소리 내어 말하지 않았다. 대신 비웃음보다 더 나를 불안하게 하는 온화한 투로 말했다. "난 널 도울 수 없다, 조카야. 하지만 들을 마음이 있다면 충고 하나 하마."

"기꺼이 듣겠어요."

"내 누이가 가장 좋아하는 무기는 사랑이란다. 사랑하는 게 있다면 사람이든 뭐든 조심하도록 해라. 누이는 그걸 공격할 테니까."

나는 당혹감에 눈살을 찌푸렸다. 나는 다르에 깊은 관계의 연인도 없고 자녀도 없다. 부모님은 이미 두 분 모두 돌아가셨다. 물론 할머니와 삼촌, 사촌과 몇몇 사랑하는 친구들이 있긴 하지만 도대체 어떻게 —

아. 생각해 보니 뻔한 일이었다. 내 조국 다르. 시미나가 관할하는 국가는 아니지만 그녀는 아라메리였다. 그녀의 손이 닿지 않는 곳은 없다. 나는 우리 동포를 보호할 방법을 찾아야 할 것이다.

릴래드가 내 마음을 읽은 듯 고개를 절레절레 저었다. "네가 사랑하는 것을 보호할 방법은 없다, 조카야. 적어도 영원히 보호할 수는 없지. 네가 할 수 있는 유일한 대책은 애당초 사랑하지 않는 거란다."

나는 얼굴을 찌푸렸다. "그런 건 불가능해요." 어떤 인간이 그렇게 살 수 있단 말인가?

릴래드가 미소 지었다. 나를 부르르 떨게 하는 미소였다. "그렇다면 행운을 빌어 주지."

그가 여자들에게 손짓했다. 두 여자가 자리에서 일어나서 그에게 다가와 다음 명령을 기다렸다. 나는 그제야 알아차렸다. 두 여자는 모두 키가 크고 귀족적이었으며, 아믄인 특유의 늘씬한 아름다움을 지니고 있었다. 그리고 검은 머리였다. 시미나와 많이 닮지는 않았지만 부인할 수 없는 유사성이 있었다.

릴래드가 씁쓸한 눈빛으로 그들을 바라보자 한순간 연민의 감정이 들었다. 그가 누구를 사랑하다 잃었는지 궁금했다. 그리고 그가 내게 그러했듯이, 내가 어느 시점에 그가 쓸모없다고 판단했는지도 궁금해졌다. 이런 빈껍데기에게 의존하느니 혼자 싸우는 게 낫다.

"고마워요, 삼촌." 나는 고개를 숙였다. 그러고는 릴래드가 홀로 그만의 환상을 즐길 수 있게 내버려 두고 자리를 떴다.

숙소로 돌아오는 길에 티브릴의 사무실에 들러 술병을 돌려주었다. 티브릴은 아무 말 없이 그것을 받았다.

9장

기억

'걸어 다니는 죽음'이라는 병이 있다. 이 질병은 경련과 지독한 고열, 의식불명을 수반하며 말기에는 독특한 조증을 유발한다. 환자는 자신의 의지와 상관없이 병상에서 일어나 걸어 다닌다. 방안을 서성이는 한이 있더라도 무조건 걷는다. 열이 너무 심해 피부가 터지고 피가 흘러도 걷고 또 걷는다. 뇌가 죽어 가는 동안에도 걷는다. 그런 후에도 한참 동안 더 걷는다.

이 질병은 지난 수 세기 동안 여러 차례 발발했다. 처음 이 병이 나타났을 때는 어떻게 전파되는지 아무도 알지 못했기에 수천 명이 목숨을 잃었다. 원인은 짐작하다시피 환자의 걷는 행위에 있었다. 감염자는 언제나 아무 방해도 받지 않고 건강한 사람들이 있는 곳으로 걸어갔다. 환자가 피를 흘리며 거기서 사망하면 병은 건강한 사람에게 전염되었다. 이제 우리는 그때보다 조금 더 현명해졌다. 이 '죽음'의 손길이 닿은 곳이 있으면 무조건 벽을 쌓아

격리하고 그 안에 갇힌 건강한 사람들이 무어라 절규하든 귀와 마음을 닫는다. 몇 주일 뒤에도 그들이 아직 살아 있다면 우리는 그들을 내보낸다. 산 자들이 없지는 않다. 우리는 그 정도로 잔인하지는 않다.

'죽음'이 노동 계급만을 덮친다는 사실을 눈치채지 못한 사람은 없었다. 성직자, 귀족, 학자, 부유한 상인…… 그들이 스스로를 격리할 수 있는 성채와 사원, 경비병과 자원을 보유하고 있다는 것만으로는 설명되지 않는다. 초기에는 격리 정책이 없었는데도 그들은 죽지 않았다. 하층 계급에서 출세한 지 얼마 되지 않은 경우만 아니라면 부유하고 힘 있는 자들은 이 질병에 면역이 있다.

그렇다면 당연히 이 역병은 자연적으로 발생한 게 아닐 것이다.

내가 태어나기 얼마 전 다르에 '죽음'이 찾아왔을 때, 아버지가 그 병에 걸릴 것이라고는 아무도 예상하지 못했다. 우리는 비록 하급 귀족이긴 해도 귀족이었으니까. 그러나 다르인의 기억에 의하면 내 부계 쪽 할아버지는 할머니의 눈길을 사로잡은 잘생긴 평민 출신 사냥꾼이었다. '죽음'에게는 그 정도로도 충분했나 보다.

그럼에도…… 내 아버지는 살아남았다.

이것이 왜 중요한지는 나중에야 기억하게 될 것이다.

＊

그날 밤 잠자리에 들기 위해 목욕을 마치고 나오자 시에가 내 저녁 식사를 먹으며 다르에서 가져온 책 중 한 권을 읽고 있었다.

저녁밥은 상관없었다. 하지만 책은 다른 문제였다.

"나 이거 마음에 들어." 시에가 내게 인사 겸 애매한 손짓을 보내며 말했다. 책에서 눈을 떼지도 않았다. "다르 시(詩)는 처음 읽어 보는데, 특이하네. 특히 너랑 얘기해 봐서 다르인은 전부 직설적으로 말하는 줄 알았거든. 하지만 이건, 행마다 아까랑 딴소리만 가득하잖아. 이걸 쓴 사람은 생각을 빙빙 돌려서 하나 봐."

나는 침대에 앉아 머리를 빗었다. "남의 사생활을 침해할 때는 먼저 물어보는 게 예의 아니야?"

시에는 책장을 탁 덮었지만 책을 내려놓지는 않았다. "내가 기분 나쁘게 했구나." 곰곰이 생각하는 표정이었다. "내가 뭘 했는데?"

"그걸 쓴 사람이 내 아버지거든."

시에는 놀란 기색이 역력했다. "네 아버지는 훌륭한 시인이야. 다른 사람이 그의 작품을 읽는다고 왜 네 기분이 상하는데?"

"그건 내 거니까." 남자들의 흔한 사인(死因)인 사냥 사고로 아버지가 돌아가신 지 십 년이 지났지만 그분을 생각하면 아직도 마음이 아팠다. 나는 머리를 빗던 손을 내리고 솔빗에 붙은 짙은 색의 곱슬곱슬한 머리털을 바라보았다. 아픈인의 곱슬머리. 내 아픈인 눈처럼. 나는 가끔 아버지가 나를 못생겼다고 여겼을지 궁금했다. 많은 다르인이 그렇게 생각한다. 만일 아버지도 그렇게 생각했다면, 내가 아픈인의 특징을 갖고 있기 때문일까 아니면 어머니처럼 충분히 아픈인으로 보이지 않기 때문이었을까?

시에는 한참 동안 나를 응시했다. "악의는 없었어." 그러더니 일어나 작은 책꽂이에 책을 꽂았다.

마음속에서 무언가 누그러졌다. 나는 그것을 숨기려 다시 빗질을 시작했다. "네가 그런 것에 신경 쓴다니 놀랐어. 필멸자들은 항상 죽잖아. 우리가 슬퍼하는 것도 지겹도록 봤을 텐데."

시에가 웃었다. "우리 어머니도 죽었어."

아무도 배신하지 않은 배신자. 나는 그녀가 누군가의 어머니라는 생각을 한 번도 해 본 적이 없었다.

"게다가 넌 날 위해 나하도스를 죽이려 했잖아. 그것만으로도 추가 점수를 받을 만하지." 시에는 엉덩이로 몇 안 되는 내 화장품을 옆으로 밀어내며 화장대 위에 앉았다. 추가 점수라는 것도 그리 대단하지는 않은 모양이다. "그래서 원하는 게 뭐야?"

나는 흠칫 놀랐다. 시에가 씩 웃었다.

"내가 책을 읽는 걸 보기 전까진 반가워했잖아."

"아."

"그러니까 뭔데?"

"혹시……." 갑자기 바보가 된 기분이었다. 난 지금 해결해야 할 문제가 산더미처럼 많다. 그런데 왜 죽은 사람에게 집착하고 있는 거지?

시에는 허리를 세우고 다리를 접은 채 기다리고 있었다. 나는 한숨을 쉬었다.

"혹시 아는 게 있는지 궁금해서. 내…… 어머니에 대해 말이야."

"데카르타도 시미나도 릴래드도 아니고, 심지어 내 가족도 아니라 네 어머니?" 시에가 고개를 갸웃거렸다. 순식간에 그의 동공이 두 배로 커졌다. 나는 순간 넋을 잃고 그 모습을 바라보았다. "흥미롭네. 뭣 때문에 그런 생각을 한 거야?"

"오늘 릴래드를 만났어." 나는 더 정확히 설명할 말을 찾아 머릿속을 뒤졌다.

"재미있는 한 쌍이지? 릴래드와 시미나 말이야. 걔네 둘 사이에 있었던 작은 전쟁에 대해 말해 줄까?"

"내가 알고 싶은 건 그게 아니야." 내가 들어도 너무 날 선 말투였다. 나는 릴래드와의 만남이 얼마나 착잡했지 알려 주고 싶지 않았다. 제2의 시미나를 기대했건만 술과 쓰라린 현실에 취해 있는 릴래드는 그보다 훨씬 나빴다. 빠른 시일 내에 하늘궁에서 탈출하지 않는다면 나도 릴래드처럼 되는 건 아닐까?

내 얼굴에서 생각을 읽었는지 시에는 아무 말도 하지 않았다. 그래서 그의 눈에 약삭빠르고 계산적인 눈빛이 떠올랐을 때, 나는 별로 놀라지 않았다. 시에가 나른하고 짓궂은 미소를 띠었다.

"내가 말할 수 있는 건 전부 다 말해 줄게. 대신에 넌 나한테 뭘 해 줄 건데?"

"뭘 원해?"

시에의 미소가 사그라들고 진지한 표정이 그 자리를 채웠다. "전에 말했잖아. 너랑 같이 자게 해 줘."

나는 그를 빤히 응시했다. 시에가 재빨리 고개를 저었다.

"여자랑 남자랑 자는 거 말고." 실제로 그는 그런 생각만으로도 몸서리를 치는 것 같았다. "난 어린애란 말이야, 잊었어?"

"넌 어린애가 아냐."

"신의 관점에선 어린애 맞아. 나하도스는 시간이 존재하기도 전에 태어났지. 나와 형제자매들을 전부 다 합쳐도 그에겐 어린애나 마찬가지야." 시에가 무릎을 팔로 감싸며 움직거렸다. 엄청나게 어리고 엄청나게 연약해 보였다. 그러나 나는 바보가 아니었다.

"왜?"

시에가 작게 한숨을 쉬었다. "그냥 네가 좋아, 예이네. 모든 것에 이유가 있어야 해?"

"너랑 얘기하고 있으면 그래야 할 것 같아."

시에가 얼굴을 찡그렸다. "그런 건 없어. 말했잖아. 난 내가 좋아하는 일을 한다고. 애들처럼 말이야. 거기에 이유나 논리 같은 건 없어. 믿든 말든 네 마음대로 해." 그는 한쪽 무릎에 턱을 올리고는 내가 평생 본 중 가장 완벽하게 부루퉁한 얼굴을 하고는 고개를 픽 돌려 버렸다.

나는 한숨을 쉬었다. 괜찮다고 허락했다가 에네파데의 계략이나 아라메리의 음모에 말려드는 건 아닌지 잠깐 고민했다. 하지만 곧 깨달았다. 그런 건 중요하지 않았다.

"칭찬으로 여겨야 하는 거겠지?" 나는 한숨을 내쉬었다.

시에의 얼굴이 단숨에 환해지더니 내 침대로 폴짝 뛰어 들어왔다. 이불을 젖히고는 옆자리를 토닥였다. "내가 머리 빗겨 줘도 돼?"

그 말에 웃음이 터져 나왔다. "넌 진짜진짜 이상한 애야."

"불멸이 된다는 건 진짜진짜 지루하거든. 살면서 겪는 소소하고 일상적인 일들이 몇천 년이 지난 뒤에 보면 얼마나 흥미로운지 알면 놀랄걸."

나는 침대로 다가가 앉은 다음 그에게 솔빗을 내밀었다. 시에가 만족스럽다는 듯이 가르랑거리며 그것을 받았지만, 나는 손을 놓지 않았다.

시에가 씩 웃었다. "왠지 거래를 해야 할 것 같은 예감이 드네."

"그건 아냐. 하지만 트릭스터와 협상할 때는 먼저 거래 조건을 듣는 게 현명하지." 시에가 웃더니 솔빗을 놓고 자기 다리를 찰싹 때렸다. "넌 정말 재미있어. 난 아라메리 애들을 전부 다 합친 것보다 네가 훨씬 더 좋아."

시에가 나를 아라메리로 여긴다는 게 싫었다. 하지만……. "내 어머니보다도?"

시에가 사뭇 진지해지더니 내 등에 몸을 기댔다. "난 키네스를 좋아했어. 우리한테 자주 명령하지 않았거든. 꼭 해야 할 때만 하고, 나머지 시간에는 우리가 뭘 하든 내버려 뒀지. 원래 똑똑한 사람들은 그래. 시미나 같은 예외가 있긴 하지만. 무기랑 개인적으로 친해진다는 게 사실 말도 안 되는 거잖아."

시에가 어머니의 의도를 그런 식으로 단순하게 뭉개 버리는 게 싫었다. "어머니는 그냥 원칙을 지킨 것뿐이야. 아라메리 사람들은 너희에 대한 지배권을 너무 남용해. 그건 옳지 않아."

시에가 내 어깨에서 머리를 들어 올리더니 재미있다는 표정으로 나를 쳐다보았다. 그러더니 잠시 후 다시 고개를 뉘었다. "그럴 수도 있겠네."

"하지만 넌 그렇게 생각 안 하는구나."

"진실을 원해, 예이네? 아니면 그냥 마음의 평온을 얻고 싶은 거야? 아니, 나는 키네스가 원칙을 지키려고 우리에게 관심을 안

줬다고는 생각 안 해. 그보단 다른 것에 정신이 팔려서 그랬다고 생각하지. 키네스의 눈을 보면 알 수 있었어. 결의에 차 있었지."

나는 미간을 좁히며 기억을 떠올렸다. 그래, 어머니의 눈빛은 항상 결의에 차 있었다. 세상 무엇에도 굽히지 않는 단호한 마음가짐. 특히 아무도 보고 있지 않다고 생각할 때면 다른 것이 새어 나오기도 했다. 갈망. 회한.

나는 가끔 어머니가 나를 보며 그런 표정을 지을 때 무슨 생각을 했을지 상상하곤 했다. 너를 내 도구, 내 수단으로 만들어 그들에게 반격할 것이다였을까? 그게 얼마나 가망 없는 일인지는 나보다 더 잘 아셨겠지만. 아니면 드디어 내게도 세상을 바꿀 기회가 생겼구나, 설령 그게 어린애의 세상일지라도였을지도 모른다. 하늘과 아라메리의 실체를 본 지금, 새로운 후보도 생겼다. 널 반드시 제정신으로 키워 주마.

하지만 내가 태어나기도 훨씬 전에 어머니가 하늘궁에서부터 그런 눈빛을 했다면 그건 나와는 아무 상관도 없는 것일 테다.

"어머니한테는 경쟁 상대가 없었지? 유일한 후계자였다고 들었어."

"그래. 그래서 키네스가 다음번 수장이 되리라는 데에는 의심의 여지가 없었지. 그 자리를 포기하겠다고 키네스가 선언하기 전까지는 말이야." 시에가 어깨를 으쓱했다. "데카르타는 그 후에도 한동안 딸이 마음을 바꿀 거라고 믿었어. 한데 그러다 뭔가 갑자기 바뀐 거야. 공기의 맛이 바뀐 게 혀끝에 느껴질 정도였다니까. 그날은 여름이었는데, 데카르타의 분노는 마치 금속 위에 낀 서릿

발처럼 차가웠지."

"그날?"

시에는 잠시 동안 입을 다물고 있었다. 문득 내가 어떻게 알았는지는 몰라도 그가 거짓말을 하리라는 게 본능적으로 느껴졌다. 아니면 적어도 진실의 일부를 숨기려 하거나.

하지만 그래도 괜찮았다. 그는 트릭스터였고, 신이었으며, 뭐니 뭐니 해도 나는 수 세기 동안 그를 속박하고 부려 온 혈족의 일원이었다. 시에가 나를 완전히 신뢰할 거라고 생각해선 안 된다. 그러니 얻을 수 있는 것만 얻어 낼 것이다.

"키네스가 궁을 방문한 날." 드디어 시에가 입을 열었다. 평소보다 느릿한 말투였다. 단어 하나하나를 신중하게 고르고 있는 기색이 역력했다. "네 아버지와 결혼한 지 일 년쯤 지나서였지. 데카르타는 키네스가 도착하면 홀을 비우고 아무도 얼씬하지 말라고 명령했어. 키네스가 체면을 세울 수 있게 말이야. 그러니까 데카르타는 그때까지도 키네스를 무척 아꼈단 말이야. 어쨌든 그래서 그는 키네스를 혼자 맞이했고 그래서 둘 사이에 무슨 말이 오갔는지는 아무도 몰라. 하지만 데카르타가 뭘 기대하고 있었는지 모르는 사람은 없었을 거야."

"어머니가 돌아오길 바랐겠지." 다행히도 어머니는 그러지 않았다. 만일 그랬다면 나는 태어나지 못했을 거다.

그렇다면 어머니는 왜 하늘궁을 방문했던 걸까?

그것에 대해선 이제부터 알아봐야겠다.

나는 시에에게 솔빗을 건네주었다. 그는 빗을 받아 무릎을 꿇고 앉더니 부드러운 손길로 내 머리를 조심스럽게 빗기 시작했다.

✳

시에는 커다란 침대 위에서 팔다리를 큰 대자로 활짝 벌린 채 널찍한 공간을 독차지하고 잠들어 있었다. 껴안고 엉겨 붙을 줄 알았는데 신체 일부를 나와 접촉하는 것만으로 만족하는 것 같았다. 시에의 한쪽 다리와 손이 각각 내 다리와 배 위에 놓여 있었다. 그의 고약한 자세도, 희미한 코골이 소리도 별로 신경 쓰이지 않았다. 내 신경에 거슬리는 것은 지금도 낮처럼 환하게 빛나고 있는 벽이었다.

하지만 그럼에도 어느새 꾸벅꾸벅 졸기 시작했다. 피곤했나 보다. 한참 후 비몽사몽 간에 무심코 눈을 떴다. 방은 어두웠다. 밤이 깜깜한 것은 당연하기에 나는 아무 생각 없이 다시 잠 속으로 표류했다. 하지만 아침이 되었을 때 나는 기억하게 될 것이다. 시에의 말을 빌자면 주변 공기의 맛이 변해 있었다. 직접 경험해 본 적은 거의 없어도 나는 그 맛을 알았다. 갓난아기가 사랑을 알듯이, 혹은 야생동물이 공포를 알듯이. 아버지와 아들 사이에도 질투는 자연스러운 일이다.

그날 아침 눈을 뜨고 고개를 돌려 보니 시에가 잠에서 깨어나 있었다. 녹색 눈이 후회로 침전해 있었다. 그는 말없이 몸을 일으켜 내게 미소를 지어 보이고는 다음 순간 자취를 감췄다. 그는 다시는 내 옆에서 자지 않을 것이다.

10장

가족

시에가 떠난 후, 나는 이른 시간에 일어났다. 그날 살롱에 가기 전에 티브릴을 만나고 싶었기 때문이다. 그는 내가 중요한 사람들을 이미 전부 만났다고 말했지만 이건 가문의 후계가 걸린 일이었다. 그리고 어머니가 계승권을 포기한 그날 밤에 대해서도 더 자세히 알아보고 싶었다.

하지만 나는 오른쪽으로 돌아야 하는 곳에서 왼쪽으로 돌았고 승강기도 내가 원했던 것만큼 아래층까지 내려가지 않았다. 그래서 나는 티브릴의 사무실이 아니라 하늘궁 입구에 와 있었다. 내 인생에서 가장 불쾌한 일대기가 시작된 궁전 앞 전정광장(前庭廣場)에.

데카르타가 거기에 있었다.

*

　나는 대여섯 살 즈음 이템파스교 교사들에게서 세계에 대해 배
웠다. 그들은 "신들이 우주를 다스린다."라고 말했다. "광명의 이
템파스는 그중에서 최고신입니다. 그리고 우리가 사는 이 세계는
아라메리 가문의 인도하에 귀족 컨소시엄의 통치를 받고 있습니
다. 아라메리 가문에서 가장 높은 사람은 데카르타 아라메리 군주
입니다."

　나는 나중에 어머니에게 그 아라메리 군주라는 사람이 아주 훌
륭한 분일 거라고 말했다.

　"그렇단다." 대화는 그걸로 끝이었다.

　그때 내가 깊은 인상을 받은 건 어머니의 대답이 아니라 그렇게
말하는 그분의 말투였다.

*

　하늘궁의 전정광장은 이곳을 찾아오는 방문객들이 가장 먼저
마주치는 장소이기에 깊은 인상을 주도록 신중하게 설계되었다.
수직이동 게이트와 궁의 입구(동심원 아치로 구성된 동굴 형태의 통로인데,
그 주위로 거대하고 위압적인 하늘궁 본채가 보인다.) 외에도 십만정원과 부
두가 있다. 광장에서 800미터가량 길게 튀어나와 있는 잔교(棧橋)
에는, 당연하겠지만 아무것도 정박할 수가 없다. 가장자리에는 허
리 높이의 가늘고 우아한 난간이 둘러져 있는데 자살하려는 사람

을 막는 데에는 아무 도움이 되지 않아도 다른 사람들에게는 안정감을 주는 것 같다.

데카르타가 비레인을 비롯한 몇몇 사람과 함께 잔교 기슭에 서 있었다. 거리가 좀 있다 보니 그들은 아직 나를 발견하지 못했다. 데카르타와 비레인의 옆에 서 있는 이를 알아보지 못했다면 나는 지체없이 몸을 돌려 궁 안으로 피신했을 것이다. 그러나 거기 서 있는 것은 자카른, 전쟁의 여신이었다.

그래서 나는 멈춰 섰다. 나머지는 데카르타의 신하들이었다. 그중 몇 명은 어렴풋이 첫날에 본 기억이 났다. 그리고 한 남자. 다른 사람들과 달리 수수한 옷을 입은 남자가 잔교 위에 몇 걸음 나아간 곳에 서 있었다. 마치 풍경을 감상하기라도 하는 것처럼⋯⋯ 그러나 그는 덜덜 떨고 있었다. 내가 있는 곳에서도 알 수 있을 정도로.

데카르타가 뭔가 말하자 자카른이 손을 들어 올리더니 반짝이는 은빛 창을 손안에 소환했다. 창으로 혼자 서 있는 남자를 겨냥하며 세 발짝 앞으로 나아갔다. 바람이 부는데도 창끝은 바위처럼 꿈쩍도 하지 않았고, 남자의 등에서 10센티미터 정도밖에 떨어져 있지 않았다.

남자가 한 발짝 앞으로 내딛더니 뒤를 돌아보았다. 세찬 바람에 머리 주위에 성긴 구름처럼 덮인 머리카락이 나부꼈다. 그는 아믄인, 아니면 적어도 자매 민족인 것 같았다. 그러나 거칠고 반항적인 눈빛과 태도는 그가 누군지 명백히 말해 주고 있었다. 이단자. 광명이신 분을 거스르는 자. 한때는 이런 이들이 수없이 많았으나 지금은 오직 소수만이 남아 고립된 지역에 숨어 비밀리에 그들의 타락한 신을 숭배한다. 이자는 방심했다가 실수를 저질러 들킨 게 틀림없다.

"그들을 영원히 사슬에 매어 둘 수는 없어." 남자의 말을 실은 바람이 내게 날아와 귀를 간질이고는 다시 멀어졌다. 하늘궁의 공기를 따뜻하고 잔잔하게 유지하는 보호 마법이 부두에서는 작동하지 않나 보다. "하늘아버지도 무류(無謬)의 존재는 아냐!"

데카르타는 그 말에 아무 대꾸도 하지 않았다. 하지만 몸을 기울여 자카른에게 뭔가를 속삭였다. 잔교 위의 남자가 흠칫 몸을 굳혔다. "안 돼! 안 돼! 그럴 순 없어!" 그는 몸을 돌려 자카른과 그녀의 손에 들린 창을 향해 걷기 시작했다. 시선은 데카르타에게 붙박여 있었다.

자카른은 그저 창끝을 조금 움직였을 뿐이다. 다음 순간 남자의 몸뚱이는 창날에 꿰어 있었다.

나는 깜짝 놀라 두 손으로 입을 덮으며 비명을 질렀다. 하늘궁의 구조는 소리를 증폭시켰다. 데카르타와 비레인이 나를 돌아보았다. 하지만 내 목소리는 이내 남자의 울부짖음에 묻혀 버렸다.

처절한 비명이 자카른의 창날처럼 나를 찔렀다. 등을 구부린 채 손으로 창대를 움켜쥔 남자의 몸이 아까보다 더 심하게 떨리고 있었다. 나는 그제야 그의 고통스러운 절규 말고도 또 다른 힘이 그를 뒤흔들고 있음을 깨달았다. 창날에 찔린 가슴 부위가 뜨겁게 달아오르기 시작했다. 소매와 옷깃, 입과 코에서 연기가 피어올랐다. 최악은 눈이었다. 왜냐하면 그가 알고 있었기 때문이다. 자신이 어떻게 될지 알고 있었기 때문이다. 그는 알고 있었고, 그래서 절망했다. 이 또한 그에게 주어진 고난 중 하나였다.

나는 도망쳤다. 하늘아버지시여, 부디 자비를. 견딜 수가 없었다. 나는 궁 안으로 뛰어 들어가 황급히 외진 구석을 찾은 다음 주저앉아 몸을 둥글게 움츠렸다. 그러나 그조차 아무런 도움이 되지 않았다. 남자가 내지르는 비명이, 비명이, 비명이 계속해서 들려왔기 때문이다. 그의 몸이 안에서부터 불타오르고 있었다. 끊임없이 계속, 계속, 계속, 이러다 미쳐서 앞으로 평생 남자의 비명 말고는 다른 어떤 소리도 들리지 않을 거라는 생각이 들 때까지 소리가 이어졌다.

오, 신들이시여, 감사합니다. 심지어 나하도스에게도 감사할 지경이었다. 소리가 드디어 멎었다.

얼마나 오랫동안 귀를 막고 웅크려 있었는지 모른다. 한참 후 나는 혼자가 아님을 깨닫고 고개를 들었다. 데카르타가 다르의 숲에서 가져왔을 나무로 만든 짙고 윤기 나는 지팡이에 체중을 실은 채 나를 지켜보고 있었다. 그 옆에는 비레인이 서 있고 다른 신하들은 복도 여기저기에 흩어져 있었다. 자카른은 어디에도 보이지 않았다.

조소가 그득 담긴 목소리로 데카르타가 말했다. "흠, 이제야 확실히 알겠군. 이 애의 핏줄에 강하게 흐르는 건 아라메리의 담대함이 아니라 제 아비의 소심함이야."

그 말을 듣자 방금까지 나를 장악하고 있던 충격이 분노로 돌변했다. 나는 쪼그려 앉은 자리에서 벌떡 일어났다.

"다르는 한때 이름 높은 전사들이었지요." 비레인이 말했다. 빌어먹을, 내가 입을 열기도 전이었다. 데카르타와 달리 그의 표정은 덤덤했다. "하지만 오랜 세월에 걸친 하늘아버지의 평화로운 통치 아래 지금은 가장 야만적인 민족도 문명화된 지 오래입니다. 그러니 이걸로 그녀를 비난할 수는 없겠지요. 지금껏 사람이 죽는 걸 본 적이 있는지도 의심스럽습니다."

"우리 집안 사람이라면 그보다 더 강해야 해. 그게 우리가 힘을 유지하기 위해 치러야 할 대가니까. 우리는 목숨을 부지하려고 자신들이 믿는 신마저 팔아넘긴 어둠의 족속들처럼 되어서는 안 된다. 비록 잘못된 길에 들어서긴 했어도 방금 그 남자처럼 되어야지." 데카르타가 잔교를 향해, 더 정확히 말하자면 이단자의 주검이 누워 있을 곳을 가리켰다. "샤하르처럼 말이다. 우리는 우리 주(主) 이템파스를 위해서라면 기꺼이 죽거나 죽일 각오가 되어 있어야 한다." 데카르타가 싱긋 웃었다. 오싹 소름이 돋았다. "다음에 비슷한 일이 생기면 너에게 처분을 맡겨야겠구나, 손녀야."

너무도 불쾌하고 너무도 화가 나서, 증오를 숨길 생각도 들지 않았다. "무장하지 않은 사람을 죽이는 게 뭐가 그리 어렵다고요? 다른 사람한테 죽이라고 명령하는 건 또 어떻고요? 그리고 그런 건……" 나는 고개를 마구 내저었다. 아직도 남자의 고통스러운 비명이 귓전을 맴돌았다. "그런 건 처벌이 아니라 그냥 잔인한 거라고요!"

"그러냐?" 놀랍게도 데카르타는 내 말을 진지하게 받아들이는 것 같았다. "이 세계는 하늘아버지의 것이다. 명백한 사실이지. 한

데 저 남자는 그런 현실을 부정하는 금서를 배포하다 잡혔다. 그 책을 읽은 모든 이, 신성모독을 보고도 고발하지 않은 모든 선량한 시민도 그의 망상에 물든 셈이지. 그자들은 전부 범죄자다. 황금을 훔치지도 않았고 남의 생명을 빼앗지도 않았지만 우리의 마음을 파괴했기 때문이야. 우리의 생각과 사고, 온전한 정신과 평화를 말이다." 데카르타가 한숨을 쉬었다. "진정한 정의를 행한다면 저 나라 전체를 정화해야 할 것이다. 감염된 부위가 더 크게 번지기 전에 불로 지져 소작해야지. 하지만 나는 대신에 저자의 일당과 그들의 배우자, 그리고 자식들만 죽이라고 명했다. 구원이 불가능한 사람들만 말이다."

그 끔찍한 말에 나는 할 말을 잃고 멍하니 데카르타를 쳐다보았다. 이제야 왜 남자가 돌아서서 창에 몸을 던졌는지 알겠다. 자카른이 지금 어디에 있는지도 알겠다.

"데카르타 님은 그에게 선택권을 줬습니다." 비레인이 옆에서 덧붙였다. "아래로 뛰어내렸다면 더 쉽게 죽음을 맞을 수 있었을 겁니다. 이곳 바람은 궁의 지지기둥 쪽으로 불기 때문에 땅에 부딪칠 필요도 없이 꽤…… 빨리 끝났을 겁니다."

"당신들……." 다시 양손으로 귀를 틀어막고 싶어졌다. "그러면서 자칭 이템파스의 종복이라고 부르는 거야? 당신들은 정신 나간 괴물들이야. 악마라고!"

데카르타가 고개를 저었다. "네게서 그 애와 닮은 점을 찾으려했던 내가 어리석었다." 그러고는 몸을 돌려 복도를 따라 걸었다. 지팡이를 짚고 있는데도 느릿한 동작이었다. 데카르타가 비틀거리기라도 하면 도와줄 요량인지 비레인이 그 옆을 지켰다. 그는 나를 한 번 돌아보았다. 데카르타는 돌아보지 않았다.

나는 벽을 밀며 몸을 일으켜 세웠다. "어머니는 당신보다 훨씬 더 신실하게 광명이신 분을 섬겼어!"

데카르타가 발을 멈췄다. 나는 선을 넘었다는 생각에 일순 겁을 집어먹었다. 그러나 그는 여전히 돌아보지 않았다.

"그건 사실이다." 데카르타가 몹시 부드러운 어조로 말했다. "네 어미라면 자비를 베풀지 않았을 테지."

그는 다시 걷기 시작했다. 나는 벽에 등을 기댔다. 몸의 떨림은 그 뒤로도 한참 동안 멎지 않았다.

✳

나는 그날 살롱에 참석하지 않았다. 아직도 마음속에서 이단자의 비명이 울리고 있는데 아무렇지도 않은 척 데카르타 옆에 앉아 있을 자신이 없었기 때문이다. 나는 아라메리가 아니며, 결코 아라메리가 될 수 없을 것이다. 그러니 아라메리처럼 행동할 필요가 뭐가 있겠는가? 그리고 내게는 다른 고민거리가 있었다.

내가 티브릴의 사무실을 찾아갔을 때 그는 서류를 작성 중이었다. 티브릴이 나를 보고 의자에서 일어나기도 전에 책상을 손으로 짚으며 선수를 쳤다. "내 어머니 유품. 다 어딨어?"

그는 입을 다물었다가 잠시 후에 열었다. "그분의 처소는 7번 탑에 있습니다."

이번에는 내가 놀라서 말을 잃을 차례였다. "아직도 그대로 있다고?"

"데카르타께서 그분이 떠난 그대로 남겨 놓으라고 명하셨으니까요. 어머님이 돌아오지 않을 게 분명해진 뒤에는……." 티브릴이 손을 양옆으로 펼쳤다. "내 전임자는 감히 그곳을 처분하자는 말을 올리기에는 자기 목숨을 꽤 아끼는 사람이었고, 나도 그랬지요."

그러고는 그 어느 때보다도 뛰어난 외교적 수완을 발휘해 이렇게 덧붙였다. "안내할 사람을 붙여 드리지요."

＊

어머니의 방.

하인은 내 무언의 명령을 받들어 나를 혼자 남겨 두고 나갔다. 문이 닫히자 정적이 내려앉았다. 둥근 햇빛이 바닥에 겹겹으로 비쳐 들어오고 있었다. 커튼은 무거웠고 내가 집 안에 들어갔을 때조차도 흔들림 하나 없었다. 티브릴의 지시를 받은 하인들이 이곳을 항상 깔끔하게 유지했기 때문에 햇빛 속에서 춤추는 먼지 한 톨도 없었다. 숨만 참는다면 내가 여기 실제로 서 있는 게 아니라 그림 속에 들어와 있다고 해도 믿을 지경이었다.

나는 발을 앞으로 내디뎠다. 이곳은 응접실이었다. 책상, 소파, 차를 마시거나 업무를 볼 때 사용하는 탁자. 이곳저곳에 사사로운 개성이 묻어났다. 벽에 걸린 그림들, 작은 선반 위 조각품, 세늠 스타일로 아름답게 새겨진 제단, 전부 굉장히 우아했다.

그 어떤 것도 어머니답지 않았다.

나는 어머니가 살던 곳을 꼼꼼하게 살펴보았다. 욕실은 왼쪽에 있었다. 지금 내가 쓰는 곳보다 넓었다. 어머니는 항상 목욕을 좋아하셨다. 어머니와 함께 풍성한 거품 속에 앉아 키득대던 게 기억난다. 어머니는 긴 머리카락을 머리 꼭대기에 둘둘 말아 올리고는 우스꽝스러운 표정을 지어 보였고 —

아냐. 하지 말자. 이러다간 나도 곧 쓸모없어질 거다.

침실. 타원형 침대는 내 것보다 두 배나 컸고 흰색이었으며, 베개가 여러 개 쌓여 있었다. 옷장, 화장대, 벽난로와 그 위 선반. 하늘궁에서는 불을 피울 필요가 없기 때문에 벽난로는 장식용에 불과했다. 그리고 또 다른 탁자 하나. 여기서도 개인적인 흔적을 엿볼 수 있었다. 어머니는 화장대에 병들을 가지런히 정돈하곤 했고, 제일 앞줄에는 어머니가 가장 좋아하는 것들을 놓아두었다. 오래 세월이 지난 지금까지 푸릇한 식물이 자라고 있는 커다란 화분 몇 개. 벽에 걸린 초상화들.

그림은 내 시선을 사로잡았다. 그중에서 가장 큰 그림이 궁금해 벽난로 선반 가까이 다가가 보았다. 아름답고 멋진 금발 아른 여성의 초상화였다. 옷차림은 화려했고 나보다 훨씬 세련된 교육을 받은 분위기를 물씬 풍겼지만, 왠지 그 표정이 내 흥미를 자극했다. 그녀의 미소는 입술 끄트머리를 미세하게 끌어올린 것에 불과했는데, 시선은 보는 사람을 마주하고 있으면서도 이상하게 초점이 맞지 않아 모호했다. 공상 중일까? 아니면 뭔가를 걱정하는 중? 그런 것마저 포착해 낸 화가의 솜씨가 훌륭했다.

여자는 신기할 정도로 어머니와 닮아 있었다. 그렇다면 내 할머니일 것이다. 비극적으로 세상을 떠난 데카르타의 아내. 이 집 식구와 결혼을 했으니 걱정거리가 많은 것도 당연하다.

나는 몸을 빙그르르 돌려 방 전체를 눈에 담았다. "여기서 어떻게 지낸 거예요, 어머니?" 나는 소리 내어 속삭였다. 하지만 내 음성은 방 안 가득 담긴 적막을 깨트리지 못했다. 여기, 꽁꽁 닫히고 시간조차 얼어붙은 방에서 나는 그저 관찰자일 뿐이었다. "내가 아는 엄마였나요, 아니면 아라메리였나요?"

이건 어머니의 죽음과는 아무 관련도 없다. 그저 내가 알아야 하는 것일 뿐이다.

나는 집 안을 수색하기 시작했다. 샅샅이 뒤집어엎을 수는 없기에 일은 아주 천천히 진행되었다. 그랬다간 하인들을 모욕하는 셈일뿐더러 왠지 어머니에게도 결례라는 생각이 들었다. 어머니는 항상 깔끔한 걸 좋아하셨다.

해가 질 무렵이 되어서야 침대 머리판에 있는 보관장에서 작은 상자를 발견했다. 원래는 머리판에 그런 공간이 있다는 것도 몰랐는데 무심코 가장자리에 손을 짚었다가 틈새를 발견한 덕분이다. 비밀 공간인 걸까? 상자는 잠겨 있지 않았고 접거나 말린 종이로 만든 꽃다발로 채워져 있었다. 상자를 꺼내려고 손을 내밀었을 때 한 두루마리에 아버지의 손글씨가 적혀 있는 것이 언뜻 눈에 들어왔다.

비밀 공간에서 상자를 꺼내는데 손이 떨렸다. 상자를 들어내고 나자 두터운 먼지층 위에 사각형의 또렷한 자국이 남아 있었다.

하인들도 이 공간은 청소하지 않은 것이다. 어쩌면 그들도 나처럼 이곳이 열린다는 사실을 몰랐을 수도 있다. 나는 맨 위에 놓인 종이에서 먼지를 털어낸 다음, 접혀 있는 종이를 집어 들었다.

그것은 아버지가 어머니에게 보낸 연서(戀書)였다.

나는 상자 안에서 종이를 한 장씩 꺼내 살펴보며 날짜순으로 정리했다. 편지는 전부 부모님 사이에 오고 간 연애편지였다. 약 일년에 걸친 기간 동안 아버지가 어머니에게, 그리고 다시 어머니가 아버지에게. 속에서 뜨거운 것이 울컥 올라오는 것을 느끼며 마음을 다잡고 편지를 읽기 시작했다.

한 시간가량 지났을 즈음 나는 읽기를 멈췄다. 그러고는 침대에 드러누워 흐느끼다가 잠들었다.

내가 일어났을 때 방은 어두웠다.

＊

그리고 나는 두렵지 않았다. 불길한 징조였다.

＊

"궁 안을 혼자 돌아다니면 안 된다." 밤의 군주가 말했다.

나는 일어나 앉았다. 그는 침대 위 내 옆에 앉아 창밖을 바라보고 있었다. 성기게 낀 구름 사이로 보이는 달이 밝고 높은 걸로 보아 꽤 오랫동안 잠들었던 것 같다. 나는 얼굴을 문지르며 과감하게 말했다. "우리 지난번에 합의를 봤던 거 아니었나요, 나하도스 님."

내가 보상으로 얻은 것은 그의 미소였다. 그러나 그는 여전히 나를 쳐다보지 않았다. "서로 존중하자고 했지. 그래. 하지만 하늘궁에는 나 말고도 위험한 게 많다."

"어떤 건 위험을 감수할 가치가 있죠." 나는 침대 위를 바라보았다. 편지 더미는 아직 거기 있었다. 내가 상자에서 꺼낸 다른 소소한 것들도 있었다. 말린 꽃 한 봉지. 아버지 것일 곧은 흑발 몇 가닥. 시(詩)가 적힌 쪽지. 몇몇 대목에는 밑줄이 그어져 있었는데 어머니가 표시해 둔 게 분명했다. 그리고 얇은 가죽끈에 달린 작은 은 펜던트. 사랑에 빠진 여자의 보물들. 펜던트를 집어 든 나는 이게 대체 무슨 모양인지 또다시 궁리해 봤지만 이번에도 성공하지 못했다. 그것은 약간 납작하고 울퉁불퉁한, 양쪽 끝이 뾰족한 타원형 덩어리였다. 그 모습이 묘하게 눈에 익었다.

"과실의 씨핵이다." 이제 나하도스는 곁눈으로 나를 지켜보고 있다.

그래. 정말 그렇게 생겼다. 살구 아니면 은행의 씨앗. 문득 라스 온치의 목걸이에서 금으로 된 비슷한 것을 본 기억이 났다. "왜……?"

"과실은 죽어도 그 안에는 항상 새로운 생명의 불꽃이 있지. 에네파는 삶과 죽음을 관장했다."

나는 의아한 생각에 눈가를 찌푸렸다. 은으로 된 과일씨핵은 이템파스의 백옥반지처럼 에네파의 상징일 것이다. 그렇다면 어머니는 왜 에네파의 상징을 갖고 있었던 걸까? 그게 아니라면, 아버지는 왜 그걸 어머니에게 주었을까?

"그녀는 우리 중에 제일 강했지." 나하도스가 중얼거렸다. 다시 밤하늘을 응시하고 있었지만 생각은 완전히 딴 곳에 가 있는 것 같았다. "이템파스가 독을 사용하지만 않았더라면 결코 그녀를 완전히 죽이지 못했을 거다. 하지만 그녀는 그를 믿었지. 사랑했고."

나하도스가 시선을 내리깔며 부드럽고 애처로운 미소를 지었다. "하지만, 그건 나도 마찬가지였다."

나는 하마터면 펜던트를 떨어뜨릴 뻔했다.

*

사제들이 가르친 이야기는 이러했다

옛날 옛적 위대한 세 신이 있었다. 광명의 이템파스, 즉 낮의 군주는 숙명적으로, 또는 대혼돈에 의해, 또는 이해할 수 없는 어떤 계획에 따라 우주를 다스릴 운명을 타고난 신이었으매 모든 것이 순조로웠다. 그분의 건방진 누이인 에네파가 광명의 이템파스를 밀어내고 우주를 지배하겠다는 삿된 마음을 품기 전까지는 말이다. 에네파는 또 다른 형제인 나하도스를 설득해 자신의 편에 서게 했고, 그들의 자식인 소격신(小格神)들과 함께 반정을 시도했다. 자신의 형제와 자매를 합친 것보다 더 강했던 이템파스는 그들을 물리치고 완전한 승리를 거두었다. 그분은 에네파를 죽이고, 나하도스와 반란군을 벌하고, 더 큰 평화를 이룩하셨다. 어두운 형제와 자유분방한 자매가 사라졌기에, 그분은 모든 피조물에 참된 광명과 질서를 가져올 수 있었다.

하지만 —

＊

"도, 독이요?"

나하도스가 한숨을 내쉬었다. 그의 등 뒤에서 머리카락이 밤바람에 흔들리는 커튼처럼 쉴 새 없이 나부꼈다. "우리는 인간과 희롱하다 무기를 창조했으나, 한동안은 그 사실을 깨닫지 못했다."

밤의 군주가 유희를 즐기기 위해 지상에 내려왔다 —

"악마들 말이군요." 내가 속삭였다.

"인간은 그 단어를 욕설로 쓰기 시작했지. 악마는 우리 자식들인 소격신처럼 아름답고 완벽했지만, 필멸자였다. 그 아이들의 피가 우리 몸에 주입되면 우리의 육신은 죽는 법을 배우게 된다. 그건 우리를 해칠 수 있는 유일한 독이지."

그러나 밤의 군주의 연인은 결코 그를 용서하지 않았고 —

"그래서 그들을 죽였군요."

"우리는 그들이 필멸자들과 섞여 후손에게 그 해악을 물려줄까 두려웠다. 그렇게 되면 언젠가는 인류 전체가 우리를 죽일 수 있게 될 테니까. 하지만 이템파스가 몰래 한 명을 살려 두었던 거다."

자기 자식을 죽인다는 건…… 나는 전율했다. 결국 사제들의 이야기는 사실이었던 것이다. 하지만 나는 나하도스의 수치심과 오랜 고통을 느낄 수 있었다. 그건 즉 할머니가 들려준 이야기가 사실이라는 것을 뜻했다.

"그래서 이템파스 님이…… 에네파가 그분을 공격했을 때 그…… 독을 사용한 거군요."

"에네파는 그를 공격한 적이 없다."

속이 울렁거렸다. 마음속에서 온 세상이 기우뚱 기울어지고 있었다. "그럼…… 왜……?"

나하도스가 눈을 내리깔았다. 머리카락이 앞으로 쏟아지며 얼굴을 가렸고, 다음 순간 나는 사흘 전 우리의 첫 만남 속으로 내동댕이쳐졌다. 미소 띤 휘어진 입술에 광기는 없었지만 그 직전의 비통함이 담겨 있었다.

"둘이 다퉜거든. 나를 두고."

＊

그 순간, 내 안의 무언가가 변했다. 나는 나하도스를 바라보았다. 내 눈에 비친 그는 더 이상 강력하고 예측이 불가한 위험한 존재가 아니었다.

나는 그를 원했다. 유혹하고 싶었다. 지배하고 싶었다. 나는 푸른 풀밭에 나신으로 누워 있는 나를 보았다. 내 팔과 다리가 나하도스를 옭아매었고 그는 내 육신의 쾌락에 사로잡혀 내 위에서 속수무책으로 떨었다. 나의 것. 나는 한밤중처럼 새까만 그의 머리카락을 애무하는 나를, 내 눈을 똑바로 응시하며 오만하고 흡족하게 소유욕으로 그득한 미소를 짓는 나 자신을 보았다.

나는 머릿속에 그 이미지가 떠오르자마자 그것을, 그 느낌을 즉각적으로 거부했다. 하지만 그것은 또 다른 경고였다.

*

"우리를 낳은 대혼돈은 매우 느렸다." 내 갑작스런 동요를 알아차렸는지는 몰라도 나하도스는 내색하지 않았다. "내가 가장 먼저 태어났고 그다음으로 이템파스가 태어났지. 헤아릴 수 없는 억겁의 시간 동안 우주에는 그와 나, 단둘뿐이었다. 처음에는 서로 적대했으나 나중에는 서로를 사랑했다. 그는 그 상태를 좋아했지."

나는 사제들이 해 준 이야기를 떠올리지 않으려고 안간힘을 썼다. 나하도스가 거짓말을 하는 건 아닌지 의심하지 않으려고 온 힘을 다해 노력했다. 그의 말에는 거의 본능적인 수준으로 내 심금을 울리는 진실됨이 있었다. 세 주신(主神)은 단순한 형제자매 이상이었다. 그들은 대자연의 힘이며, 서로 상반되는 불가분의 존재다. 외동딸이고 연인조차 가져 본 적 없는 평범한 인간인 나로서는 그들의 관계를 이해하기가 어려웠다. 하지만 이해하려고 노력해야 한다는 직감이 들었다.

"에네파가 탄생했을 때…… 이템파스 님은 그녀를 훼방꾼으로 여겼나요?"

"그래. 하지만 그녀가 왔을 때, 우리는 우리의 불완전함을 알았다. 우리는 둘이 아니라 셋이어야만 했다. 이템파스는 그 사실에 매우 분노했지."

그러더니 나하도스가 내게 흘깃 곁눈질을 보냈다. 바로 그때, 내 그림자 속에서 끊임없이 빠르게 변화하던 그의 얼굴이, 순간 숨 막힐 듯 완벽하게 아름다운 하나의 선과 형태로 고정됐다. 그토록 아름다운 것은 내 평생 한 번도 본 적이 없었다. 아, 나는 왜 이템파스가 그를 갖기 위해 에네파를 죽였는지 이해할 수 있었다.

"우리가 인간처럼 이기적이고 교만할 수 있다는 것을 알게 되어 기쁘냐?" 나하도스의 음성에 날이 서 있었다. 하지만 나는 거의 알아차리지도 못했다. 그의 얼굴에서 눈을 뗄 수가 없었다. "우리는 너희를 우리의 모습대로 빚었다. 우리의 모든 결함은 곧 너희의 것이지."

"아뇨. 어, 제가 놀란 건…… 이제까지 제가 알던 게 거짓말이기 때문이에요."

"다르라면 진실을 보전하는 과업을 더 잘 실천할 줄 알았다만." 나하도스가 천천히, 가까이, 교묘하게 내 쪽으로 몸을 기울였다. 그의 눈빛은 먹잇감을 노리는 포식동물의 것과 같았고, 나는 거기에 매료된 손쉬운 먹잇감이었다. "모든 민족이 선택에 따라 이템파스를 숭배하는 건 아니니까. 그들의 에누라면 적어도 옛 방식을 알리라고 생각했다."

나도 그런 줄 알았지. 나는 은으로 만들어진 씨핵을 손바닥 안에 꼭 쥐었다. 혼란스러웠다. 나는 동포들이 한때 이단자였다는 것을 안다. 그래서 아믄인이 우리와 같은 민족을 어둠의 족속이라고 부르는 것이다. 아라메리 가문이 우리를 멸망시키겠다고 위협했을 때, 우리는 목숨을 건지기 위해 빛의 군주를 받아들였다. 그러나 나하도스가 넌지시 암시한 것처럼 동포 중 일부는 줄곧 신들의 전쟁이 발발한 진짜 이유를 알고 있었고 그것을 내게 숨겨 왔다. 아니야. 그것만은 믿을 수 없고, 믿고 싶지도 않다.

그들은 항상 날 두고 수군거렸다. 의심. 회의. 아른인 같은 내 머리, 아른인 같은 내 눈. 아른인인 내 어머니. 그들은 어머니가 내게 아라메리식 사고방식을 주입시켰을 것이라고 의심했다. 나는 동포들의 존경을 받기 위해 열심히 분투했다. 성공했다고 생각했다.

나는 중얼거렸다. "아냐, 그랬다면 틀림없이 할머니가 내게 말……."

정말로?

"네 주위엔 너무도 많은 비밀이 있지. 너무도 많은 거짓말이 베일처럼 드리워져 있어. 내가 벗겨 주랴? 너를 위해?" 속삭인 밤의 군주의 손이 내 엉덩이에 닿았다. 나는 흠칫 튀어 올랐다. 그의 코가 내 코를 스치고, 그의 숨결이 내 입술을 간질였다. "넌 나를 원해."

언제부터였는지는 몰라도 나는 지금 확실하게 떨고 있었다. "아, 아니야."

"너무도 많은 거짓말." 마지막 말과 함께 그의 혀가 내 입술을 핥았다. 온몸의 근육이 팽팽하게 긴장하는 게 느껴졌다. 신음을 흘리지 않을 수가 없었다. 또다시 푸른 잔디밭에서 그의 밑에 깔린 내가 눈앞에 어른거렸다. 지금 앉아 있는 이 침대에서 뒹구는 내 모습이, 어머니의 침대에서 나를 취하는 그가, 그 야성적인 얼굴과 난폭한 움직임이 보였다. 나는 그를 소유하지도 통제하지도 못한다. 감히 어떻게 그런 상상을 할 수가 있지? 그는 나를 유린

했고, 무력한 나는 고통과 열망을 부르짖었다. 나는 그의 것이었고, 그는 나를 집어삼켰으며, 내 정신을 찢고 벌려 거기서 흘러나오는 덩어리를 흡족하게 빨아 삼켰다. 그는 나를 파괴할 것이고 나는 그 모든 순간에 열광할 것이다.

"아, 신이여……" 나는 그 말이 얼마나 아이러니한지도 깨닫지 못했다. 그의 검은 오라 속으로 손을 뻗어 힘껏 떠밀었다. 시원한 밤공기가 느껴졌다. 그곳에 있는 것은 허공뿐, 막힘없이 앞으로 나갈 것이라 생각했지만 실제로 내 손에 닿은 것은 단단한 몸과 따뜻한 살결, 그리고 옷가지였다. 나는 옷자락을 움켜잡고 이것이 현실임을, 내가 얼마나 큰 위험에 처해 있는지를 상기했다. 그를 가까이 끌어당기지 않기란 너무도 어려웠다. "제발 그만해요, 제발. 오, 신이여, 제발. 안 돼."

나하도스는 여전히 내 위에서 가까이 굽어보고 있었다. 그의 입술이 아직도 내 입술에 닿아 있어 그의 미소를 느낄 수 있었다. "그건 명령인가?"

나는 두려움과, 욕망과, 그것을 억누르기 위한 노력으로 떨고 있었다. 그리고 그 노력에 대한 결실로 간신히 고개를 돌릴 수 있었다. 서늘한 숨결이 내 목을 간질였다. 간지러우면서도 오싹한 기분이 온몸을 따라 점점 밑으로 번져 내려가는 게 느껴졌다. 그것은 가장 친밀한 형태의 애무였다. 내 평생 이렇게 남자를 갈망해 본 적이 없다. 이렇게 두려워해 본 적이 없다.

"제발." 나는 거듭 말했다.

그가 내 목에 가볍게 입을 맞췄다. 신음하지 않으려 애썼지만 비참하게 실패했다. 그를 너무도 갖고 싶어 고통스러울 지경이었다. 하지만 그때, 나하도스가 한숨을 쉬더니 침대에서 일어나 창가로 걸어갔다. 검은 기운이 그 뒤로도 한참 동안 내 주변을 감돌았다. 나는 거의 그의 어둠 속에 파묻혀 있었다. 하지만 그가 점점 멀어지자 너울거리는 검은 기운은 마지못해 나를 놓아주었고, 평소처럼 항상 그를 감싼 오라와 하나가 되었다.

나는 두 팔로 몸을 감쌌다. 이 떨림이 언젠가 멈추기는 할 건지 궁금했다.

"네 어머니는 진정한 아라메리였다."

아직도 욕망에서 헤어나지 못하고 있던 내게, 그 말은 뺨을 후려치는 것과 같은 충격을 안겨 주었다.

"키네스는 데카르타가 원했던 모든 것이자 그 이상이었지. 둘의 목표는 전혀 달랐지만 그녀는 모든 면에서 아버지보다 뛰어났다. 데카르타는 아직도 제 딸을 사랑한다."

나는 마른침을 삼켰다. 다리가 후들거려서 일어날 수는 없었지만 무의식적으로 떠오른 직감에 허리를 곧추세웠다. "그럼 왜 어머니를 죽인 거죠?"

"데카르타가 죽였다고 생각하느냐?"

나는 더 자세하게 설명해 달라고 말하려 입을 열었다. 하지만 막상 말을 꺼내기도 전에 나하도스가 나를 향해 돌아섰다. 창문에서 비쳐 들어오는 불빛 때문에 그의 몸은 검은색 덩어리로만 보였다. 오직 눈만 제외하고. 나는 그 눈을 뚜렷이 볼 수 있었다. 흑요석처럼 검고 이 세상 것이 아닌 섬뜩함과 악의가 번득이는 눈동자.

"안 되지, 작은 졸(卒)아." 밤의 군주가 말했다. "작은 도구야. 더 이상 비밀을 말해 줄 수는 없다. 적어도 동맹을 맺기 전에는 말이 야. 그건 네 안전뿐만 아니라 우리를 위한 것이기도 하다. 조건을 말해 줄까?" 이상하게도 그가 웃고 있다는 것을 알 수 있었다. "그 래, 그래야 할 것 같구나. 우리는 네 목숨을 원한다, 귀여운 예이 네. 그걸 우리에게 바치면 알고 싶어 하는 걸 전부 말해 주마. 뿐 만 아니라 복수의 기회도 얻을 수 있을 거다. 그게 네가 진짜로 바 라는 것이지, 안 그러냐?" 부드럽고 잔인한 웃음소리. "너는 데카 르타가 생각하는 것보다 훨씬 아라메리다워."

내 몸이 다시 떨렸다. 이번에는 두려움 때문이 아니었다.

전에 그랬듯이 나하도스는 순식간에 사라져 버렸고, 그의 모습 이 사라진 뒤에도 존재감은 한참 뒤까지 남아 있었다. 더 이상 그 가 느껴지지 않을 즈음에야 여기 있었다는 걸 들키지 않으려고 어머니의 소지품을 치우고 방을 정돈했다. 은 펜던트도 가져가고 싶었지만 수십 년 동안 들키지 않았던 곳만큼 숨겨 놓기에 안전 한 장소는 없는 것 같았다. 그래서 펜던트와 편지를 원래 있던 자 리에 되돌려 놓았다.

그리고 모든 일을 마친 뒤에야 내 방으로 돌아갔다. 가는 길에 황급하게 뛰지 않기 위해 내게 있는 모든 의지를 짜내야 했다.

11장

어머니

티브릴은 하늘궁이 가끔 사람을 잡아먹는다고 했다. 어쨌든 이 곳을 지은 것은 에네파데고, 성난 신이 지은 집에 산다는 것은 필연적으로 위험을 수반할 수밖에 없다. 달이 검고 별들이 구름 뒤에 숨은 밤이면 이곳의 벽은 빛나지 않는다. 그때가 되면 이템파스조차 무력하다. 어둠은 길어야 몇 시간밖에 머물지 않지만 그동안 대부분의 아라메리는 방 밖에 나오지 않고 말소리도 죽인다. 회랑을 거쳐 갈 일이 있다면 발걸음을 조심하며 빠르고 은밀하게 움직인다. 알다시피 이 시기에는 무작위로 궁의 바닥이 열려 부주의한 사람들을 삼켜 버리기 때문이다. 그 아래 죽은 공간을 수색해 봐도 시신은 발견되지 않는다.

나는 이제 이것이 사실임을 안다. 하지만 더 중요한 것은 ──

나는 실종된 이들이 어디 갔는지 안다.

＊

"내 어머니에 대해 말해 줘."

비레인은 만지작거리던 기계장치에서 눈을 떼고 나를 올려다 보았다. 거미처럼 관절 마디가 있는, 금속과 가죽으로 만들어진 장치였다. 어디에 쓰는 물건인지 짐작도 가지 않았다. "티브릴이 어젯밤 그녀의 방을 알려 줬다고 하더니." 그가 의자를 옮겨 나를 마주하며 말했다. 표정이 진중했다. "뭘 찾고 있는 겁니까?"

나는 티브릴을 완전히 신뢰해서는 안 된다는 사실을 속으로 되새겼다. 하지만 별로 놀라운 사실도 아니다. 티브릴에게도 치열하게 싸워야 할 그만의 전장이 있을 테니까. "진실."

"데카르타를 못 믿습니까?"

"당신이라면 그러겠어?"

비레인이 끌끌 웃었다. "그렇다면 날 믿을 이유도 없을 텐데요."

"이 더러운 아믄 소굴에서는 아무도 믿을 수 없지. 하지만 여길 떠날 수도 없으니 진창 속을 기어서라도 나아갈 수밖에."

"아, 방금은 정말 당신 어머니 같았습니다." 놀랍게도 그는 내 건방진 응수를 기꺼워하는 것 같았다. 심지어 내려다보는 느낌이 약간 섞여 있긴 해도 진심 어린 미소를 지었다. "하지만 아직 미숙하군요. 세련되지 못하고 너무 직설적이에요. 키네스는 사람을 모욕하는 솜씨가 얼마나 절묘했는지 한참이 지난 뒤까지 그녀가 상대를 쓰레기라고 했다는 걸 깨닫지 못할 정도였으니까."

"어머니는 정당한 이유가 있지 않은 한 절대로 남을 욕하거나 창피 주지 않았어. 도대체 뭘 어떻게 했길래 어머니한테 그런 말을 들은 거지?"

비레인은 순간 멈칫했다. 찰나에 불과했지만 그의 미소가 사라지는 것을 보니 만족감이 들었다.

"뭘 알고 싶은 겁니까?"

"데카르타는 왜 내 어머니를 죽였지?"

"그 질문에 답할 수 있는 건 데카르타뿐입니다. 그와 대화할 생각인가요?"

결국엔 그렇게 해야 할 것이다. 그러나 질문에 질문으로 대답하는 게임이라면 나도 할 수 있다. "그날 밤 어머니는 왜 하늘궁에 왔지? 어머니가 다시는 여기 돌아오지 않으리라는 걸 데카르타가 알게 된 그날 말이야."

비레인이 놀라리라는 것쯤은 예상했다. 내가 예상하지 못한 건 바로 그 뒤에 딸려온 차가운 분노였다.

"누가 얘기한 겁니까? 하인들? 시에?"

때로 진실은 사람을 불시에 흔들 수 있다. "나하도스가."

비레인이 움찔하더니 눈을 가늘게 좁혔다. "그렇군요. 그는 당신을 죽일 겁니다. 알고 있죠? 그가 가장 좋아하는 취미죠. 자기를 길들일 수 있다고 생각하는 아라메리를 갖고 노는 것 말입니다."

"시미나는……"

"그녀는 그를 길들일 생각이 없습니다. 그가 괴물이 될수록 오히려 더 좋아하죠. 지난번에 나하도스와 사랑에 빠졌던 멍청이는 온몸이 갈가리 찢겨서 중앙정원에 뿌려졌다고 하더군요."

내 목에 닿던 나하도스의 입술을 떠올리자 몸이 절로 떨려왔다. 참아 보려 애썼지만 절반 정도밖에 성공하지 못했다. 신과 한 침대에 누운 대가로 죽음을 맞이할 수 있다는 건 상상조차 못 해 봤지만, 별로 놀랍지도 않았다. 인간 남자에게는 한계가 있다. 인간 남자는 사정을 하고 나면 잠들 것이다. 좋은 연인이 될 수는 있겠지만 아무리 최고의 기술을 지녔다고 한들 본인 생각에 불과하다. 기분 좋은 애무로 여자를 몽글몽글한 구름 속으로 올려 보내려 애써도 여자는 결국 열 번 중 아홉 번은 지상으로 내려오게 될 것이다.

나하도스는 나를 저 높은 구름 속으로 데려가 언제까지고 거기 머물게 하리라. 그러고는 더 깊고 깊은 곳으로 끌고 갈 것이다. 숨도 쉴 수 없는 차가운 어둠 속으로. 그의 진정한 영역으로. 그리고 설령 거기서 숨 막혀 죽거나, 내 육신이 터지거나, 정신이 붕괴하더라도…… 그래, 비레인이 옳다. 그때조차 나는 나 자신을 탓할 것이다.

내가 진짜 두려워하는 게 뭔지 비레인에게 숨기기 위해 일부러 애처로운 미소를 지었다. "그래. 나하도스는 날 죽이겠지. 당신들 아라메리가 막지 않는다면 말이야. 그게 마음에 걸린다면, 내 질문에 답해 주면 큰 도움이 될 거야."

비레인은 오래도록 침묵했다. 가면 같은 얼굴 뒤에서 무슨 생각을 하는지 읽을 수가 없었다. 그러더니 갑자기 벌떡 일어나 커다란 창문 앞으로 걸어갔다. 거기서는 하늘도시 전체의 풍광과 그 너머의 산맥을 환히 내다볼 수 있었다.

"그날 밤 일이 자세히 기억난다고는 말 못 하겠군요. 벌써 이십 년 전이니까. 나도 필경 대학에서 파견되어 하늘궁에 온 지 얼마 안 되었을 때였죠."

"기억나는 게 있으면 전부 말해 줘."

＊

필경사는 신의 언어를 배우기 전, 어렸을 때부터 필멸자들의 여러 언어를 배운다. 각각의 언어에는 타 언어로는 비슷하게 표현할 수 없는 수많은 개념이 있어, 신어(神語)의 유연성과 그 안에 담긴 사고를 이해하는 데 도움이 되기 때문이다. 신의 언어란 무엇인가? 그것은 불가능한 것을 개념화한다. 그리고 바로 그렇기 때문에 최고의 필경사는 결코 신뢰해서는 안 된다.

＊

"그날 밤에는 비가 왔습니다. 하늘궁에는 비가 자주 오지 않기 때문에 기억하고 있지요. 무거운 비구름은 보통 하늘궁 아래 있으니까. 하지만 그날 키네스는 마차에서 내려 궁 입구까지 오는 동안 흠뻑 젖었지요. 키네스가 지난 복도마다 그녀의 걸음을 따라 물 자국이 남았습니다."

그 말은 비레인이 어머니가 걸어가는 모습을 지켜보았다는 뜻이다. 어머니가 걸었던 복도 옆에 숨어 있었다거나, 아니면 물이

마르기도 전에 몰래 그 뒤를 따라갔다거나. 시에가 그날 밤 데카르타가 다른 이들은 복도에 얼씬도 못 하도록 명했다고 하지 않았던가? 비레인이 명령을 어긴 게 틀림없었다.

"그녀가 왜 찾아왔는지 모두가 알고 있었습니다. 적어도 안다고 생각했죠. 아무도 그 혼인이 지속될 거라곤 믿지 않았으니까. 그토록 강인하고, 한평생 통치자가 되도록 교육받은 여성이 별것도 아닌 것을 위해 모든 것을 헛되이 포기한다는 건 상상할 수도 없었습니다." 유리에 비친 비레인이 고개를 돌려 나를 쳐다보았다. "기분 나쁘라고 한 말은 아닙니다."

아라메리라는 점을 감안하면 거의 정중하다고도 할 수 있는 변명이었다. "전혀."

비레인이 엷게 웃었다. "하지만 그날 키네스가 혼자 이곳을 찾아온 건 그 사람 때문이었습니다. 그녀의 남편, 당신 아버지 말입니다. 키네스는 자기 지위를 되찾기 위해서가 아니라 남편이 '걸어 다니는 죽음'에 걸렸기 때문에 데카르타를 찾아온 거였죠. 남편을 살려 달라고 부탁하려고요."

나는 따귀를 맞은 기분으로 멍하니 비레인을 쳐다보았다.

"심지어 그를 여기 데려왔더군요. 전정광장에서 일하던 하인 중 하나가 마차 안을 슬쩍 들여다봤는데 그가 열에 들떠 식은땀을 흘리고 있더랍니다. 그 정도면 3기였겠죠. 여기까지 오는데 신체적 부담이 커서 병의 진행 속도가 더 빨라졌을 테고요. 키네스는 데카르타의 도움에 모든 걸 건 겁니다."

나는 마른침을 꿀꺽 삼켰다. 아버지가 언젠가 죽음의 병에 걸렸다는 것은 알고 있었다. 권력의 최정점에 서 있던 어머니가 하늘 궁에서 도망쳤고 자신보다 낮은 자를 사랑한 죄 때문에 추방되었다는 것도 알고 있었다. 하지만 두 사건이 연결되어 있을 줄은 ——

"그럼 어머니의 도박이 성공한 거군."

"아뇨, 키네스는 엄청나게 화를 내며 다르로 돌아갔습니다. 데카르타도 전무후무할 정도로 무시무시하게 격노해 있었고요. 난 누군가 죽을 줄만 알았습니다. 하지만 데카르타는 그저 키네스의 이름을 명부에서 지워 없애라고만 명했지요. 후계자로서뿐만 아니라…… 그 문제는 이미 처리되었으니까요, 아라메리 가문에서 완전히 지워 버리라고 말입니다. 그러고는 내게 그녀의 혈인을 없애라고 했고 난 명령에 따랐습니다. 그건 멀리 떨어진 곳에서도 가능하니까요. 그리고 그 사실을 공식적으로 선포했습니다. 한동안 사교계에서도 온통 이 이야기뿐이었지요. 순혈이 의절당한 건 수백 년 만에 처음 있는 일이었으니까."

나는 천천히 고개를 저었다. "내 아버지는?"

"내가 아는 한 키네스가 이곳을 떠났을 때까지도 여전히 병을 앓고 있었습니다."

하지만 아버지는 '걸어 다니는 죽음'에서 살아남았다. 그 병에서 살아난 사람이 없는 건 아니지만 매우 드물었고 특히 3기에 이른 환자의 경우에는 더욱 그랬다.

데카르타가 마음을 바꾼 걸까? 그가 명령했다면 궁의들이 마차를 쫓아가 아버지를 다시 데려왔을 수도 있다. 아니면 데카르타가 에네파데에게 명령해서 ——

잠깐.

잠깐만.

"그게 키네스가 그날 여기 온 이유입니다." 비레인이 차분한 표정의 얼굴을 돌려 나를 바라보았다. "남편을 위해서 말이죠. 거창한 음모도 수수께끼 같은 것도 없어요. 여기 오래 있었던 하인이라면 누구나 얘기해 줬을 겁니다. 그런데 왜 하필 나한테 물어본 겁니까?"

"당신이라면 하인보다 더 많은 걸 알려 주리라고 생각했으니까." 방금 떠오른 의혹을 들키지 않으려고 애써 무덤덤한 목소리를 냈다. "충분한 동기만 있다면 말이야."

"그래서 날 자극한 겁니까?" 비레인이 고개를 저으며 한숨을 내쉬었다. "흠, 아라메리 가문의 자질을 물려받긴 한 것 같아 다행이군요."

"여기선 그편이 유용할 것 같아서."

비레인이 가소롭다는 듯이 고개를 살짝 숙였다. "또 있습니까?"

알고 싶은 게 더 많았지만 비레인에게 물을 것은 아니다. 하지만 조급한 것처럼 보여서는 안 된다.

"당신도 데카르타와 같은 생각이야?" 그저 대화를 이어 나가기 위한 질문이었다. "어머니라면 이단자를 더 가혹하게 처분했을까?"

"아, 그럼요." 나는 깜짝 놀라 눈을 깜박였고, 비레인은 미소 지었다. "키네스는 데카르타처럼 이템파스 님이 우리에게 맡긴 책무를 진지하게 여기는 몇 안 되는 아라메리 중 한 명이었습니다. 그녀는 불신자를 몹시 싫어했고, 굉장히 단호했습니다. 엄밀히 말하자면 평화를 위협하거나 그녀의 권력에 위협이 되는 사람이라면 누구에게나 그랬죠." 비레인이 고개를 살래살래 저었다. 이제 그의 미소는 그리운 과거를 회상하고 있었다. "시미나가 나쁘다고 생각합니까? 시미나는 미래에 대한 비전이 없죠. 하지만 당신 어머니는 그야말로 목표의 화신이었습니다."

그는 내 얼굴에 마치 혈인처럼 뚜렷이 새겨진 당혹한 기색을 읽으며 즐거워하고 있었다. 어쩌면 나는 아직도 어머니를 어린애 특유의 숭배의 눈길로 바라볼 만큼 덜 자란 것일지도 모른다. 하지만 하늘궁 사람들이 어머니에 대해 이야기하는 것들은 내 기억과 맞지 않았다. 나는 짓궂고 장난기 넘치는 재치로 가득한 따뜻하고 상냥한 여성을 기억한다. 물론 어머니도 가끔은 무자비하게 굴 수 있었다. 당연히 그렇고말고. 통치자의 아내답게, 특히 다르가 처한 상황에 걸맞게 말이다. 하지만 시미나보다 어머니가 더 뛰어났다는 말이나 데카르타의 칭찬을 들어 보면…… 그건 나를 키운 사람이 아니었다. 어머니와 같은 이름과 배경을 갖고 있을 뿐 완전히 다른 영혼을 가진 다른 사람이었다.

비레인은 영혼에 영향을 미치는 마법을 다룬다. 당신, 혹시 우리 엄마한테 무슨 짓을 한 거야? 나는 묻고 싶었다. 하지만 그건 지나치게, 지나치게 단순한 결론일 것이다.

"당신은 시간을 낭비하고 있습니다." 부드러운 말투였지만 내가 한참 동안 대꾸하지 않자 비레인의 미소가 차츰 사라져 갔다. "당신 어머니는 돌아가셨습니다. 당신은 아직 살아 있고요. 그러니 현 상태를 유지하는 데 더 많은 시간을 쓰도록 해요. 어머니처럼 되려고 하지 말고."

그게 지금 내가 하고 있는 일일까?

"좋은 하루 보내길, 필경사 비레인." 나는 이렇게 말하고 자리를
떴다.

＊

나는 비유적으로, 그리고 문자 그대로 길을 잃었다.

하늘궁은 보통 쉽게 길을 잃는 곳이 아니다. 그래, 복도가 전부
똑같아 보이는 건 사실이다. 승강기는 때때로 혼동해서 사람들이
가야 할 곳이 아니라 가고 싶은 곳에 데려다준다.(특히 사랑에 빠진 사
람들에게 골칫거리라고 들었다.) 그러나 대부분의 경우 복도는 순혈인을
달고 있는 이들을 기꺼이 도와주려는 하인들로 넘쳐난다.

나는 도움을 구하지 않았다. 바보 같은 짓이라는 건 알지만 왠
지 마음 한구석으로 내가 지금 어디로 가고 있는지 알고 싶지 않
았기 때문이다. 비레인의 말은 내게 깊은 상처를 주었고, 나는 복
도를 걸으며 그 상처를 치유할 해답을 고민했다.

어머니에 대해 파헤치는 데 정신이 팔려 후계 경쟁에 소홀해진
건 사실이었다. 진실을 알게 된다고 해서 죽은 사람이 다시 살아
나지는 않지만 그러다 내가 죽을 수도 있다. 비레인의 말이 옳을
지도 모른다. 요즘 내가 하는 일은 어느 정도 자살행위나 다름없
었다. 어머니가 돌아가신 후로 아직 계절도 채 바뀌지 않았다. 다
르에서라면 내가 올바르게 애도할 수 있도록 도와줄 가족도, 시간

도 있었을 것이다. 하지만 데카르타가 여기로 부르는 바람에 그 시간은 단축되었고, 이곳 하늘궁에서 나는 슬픔을 숨겨야 했다. 그렇다고 해서 내가 덜 슬프다는 의미는 아니다.

한참 동안 이런 생각을 하다가 문득 정신을 차리고 보니 어느새 궁내 도서관 앞에 와 있었다.

하늘궁에 온 첫날 티브릴이 이곳을 안내해 준 적이 있다. 평소 같으면 지극히 감탄했을 것이다. 도서관은 내 모국에 있는 사르에나넴 사원보다도 더 넓은 공간을 차지하고 있었다. 하늘궁 도서관에는 내가 평생 본 것보다도 더 많은 책과 두루마리, 석판, 마법구가 있었다. 하지만 나는 하늘궁에 발을 들인 뒤로 아주 특이한 종류의 지식이 필요했고, 오랫동안 축적된 십만왕국에 대한 전승 지식은 그다지 도움이 되지 않았다.

그럼에도…… 나는 왠지 이곳에 이끌림을 느꼈다.

도서관 입구를 지나 천천히 안에 들어서자 희미하게 메아리치는 내 발소리만이 나를 맞아 주었다. 이곳 천장은 성인 남성 키의 세 배에 달했고 웅장한 원형 기둥과 바닥에서 지붕까지 이어진 책장의 미로가 떠받치고 있었다. 책장과 기둥은 모두 서적과 두루마리가 그득하게 들어찬 선반들로 층층이 채워져 있었으며 어떤 것들은 구석에 놓인 사다리로만 접근할 수 있었다. 곳곳에 탁자와 의자가 배치되어 있어 몇 시간이고 느긋하게 책을 읽을 수 있었다.

하지만 이상하게도 도서관 안에는 아무도 보이지 않았다. 아라메리 가문은 사치스러운 생활에 너무 익숙한 나머지 이런 보고(寶庫)마저 당연하게 여기는 걸까? 나는 내 머리통만큼이나 두꺼운

학술서적으로 채워진 벽을 기웃거리다 거기 적힌 글자를 하나도 읽을 수 없다는 것을 깨달았다. 아믄인이 사용하는 세늠어는 아라메리 가문이 권력을 잡은 뒤 공용어가 되었지만 아직도 대부분의 국가에서는 세늠어를 같이 교육하는 한 그들 고유의 언어를 사용할 수 있었다. 이건 테마어 같았다. 나는 옆에 있는 벽을 확인해 보았다. 이번에는 켄어였다. 어딘가에 다르어 책으로 채워진 곳도 있을 테지만 어디서부터 찾아야 할지 알 수가 없었다.

"길을 잃은 건가?"

나는 화들짝 놀랐다. 키가 작고 통통한 나이 많은 아믄인 여성이 조금 떨어진 곳에 있는 곡선 기둥 너머에서 나를 바라보고 있었다. 방금 전까지도 전혀 존재를 눈치채지 못했다. 언짢은 표정을 보아하니 그녀도 도서관에 혼자 있다고 생각한 것 같았다.

"난……" 무슨 말을 해야 할지 몰라 머뭇거렸다. 나는 무슨 목적이 있어 여기 온 게 아니다. 그래서 시간을 끌기 위해 물었다. "다르어 구획도 있나요? 아니면 적어도 세늠어 책은요?"

나이 든 여성은 말없이 내 뒤를 가리켰다. 뒤를 돌아보니 책꽂이 세 칸에 걸쳐 다르어 책이 꽂혀 있었다. "세늠어 책은 저쪽 구석에서부터야."

나는 머저리가 된 기분으로 고맙다고 고개를 끄덕이고는 다르어 칸을 살펴보았다. 한참 동안 뒤지다가 절반은 시집이고 절반은 어릴 적부터 들어 익숙한 민담 모음집이라는 것을 깨달았다. 아무 쓸모도 없었다.

"특별히 찾는 게 있나?" 여자는 어느새 내 옆에 서 있었다. 기척을 듣지 못했기에 나는 약간 움찔했다.

하지만 그 질문을 들으니 실제로 도서관에서 구할 수 있는 정보가 있다는 사실이 퍼뜩 떠올랐다. "신들의 전쟁에 관한 정보가 필요해요."

"종교 문헌은 이곳이 아니라 예배당에 있다." 나이 든 여자는 아까보다도 더 못마땅한 기색이었다. 아마 사서인 것 같은데, 나 때문에 마음이 상한 것인지도 모른다. 어쨌든 이 도서관은 다른 곳으로 착각하지 않는 한 사람들이 자주 오지 않는 곳임이 확실해 보였다.

"내가 원하는 건 종교적인 문헌이 아니에요." 나는 여자의 언짢은 기분을 달래려 재빨리 말했다. "내가 원하는 건…… 역사 자료예요. 사망 기록이나 개인의 일기, 서신, 학술 해석 같은…… 그 당시에 쓰인 모든 기록들이요."

노인은 눈을 가늘게 뜨고 나를 한참 동안 빤히 바라보았다. 그녀는 내가 하늘궁에서 본 사람들 중 나보다 키가 작은 유일한 성인이었는데 그래서 지금 느껴지는 노골적인 적개심만 없었다면 조금이나마 호감이 갔을지도 모른다. 그녀가 드러내는 감정이 특히 놀라웠던 건, 대부분의 하인과 똑같은 단조로운 흰색 제복을 입고 있었기 때문이다. 보통은 내 이마에 있는 순혈 표식을 보기만 해도 아첨에 가까울 정도로 사근사근하게 구는데 말이다.

"그런 게 있긴 하지. 하지만 전쟁에 관한 완전한 자료는 전부 사제들의 검열을 거쳤어. 개인 소장품 중에는 손대지 않은 자료가 몇 가지 남아 있을 수도 있지. 데카르타가 그중 가장 귀한 것을 거처에 보관하고 있다고 들었다."

그 생각을 했어야 했는데. "그럼 일단 여기 있는 것부터 전부 보고 싶군요." 나하도스 덕분에 호기심이 일었다. 나는 사제들이 말해 준 것 말고는 신들의 전쟁에 대해 아무것도 몰랐다. 사료를 직접 읽어 보면 거짓과 진실을 가려낼 수 있을 것이다.

노인은 입술을 오므리고 한참 생각하더니 나더러 따라오라고 퉁명스레 손짓했다. "이리로."

나는 그녀의 뒤를 따라 구불구불한 통로를 지났다. 보면 볼수록 이곳이 얼마나 넓은지 경탄스러웠다. "이 도서관에는 전 세계의 모든 지식이 있을 것 같네요."

내 동행이 뾰로퉁하게 코웃음 쳤다. "전 인류 중에서도 몇 안 되는 소수의 인간이 창출해 낸 수천 년가량의 지식. 그게 전부다. 그마저 권력자들의 입맛에 맞게 골라내고 분류하고 다듬고 왜곡된 것이고."

"더럽혀진 지식에도 진실은 숨어 있기 마련이죠. 주의 깊게 읽는다면 발견할 수 있고."

"그것도 애초에 그 지식이 훼손되어 있음을 알고 있을 때나 가능한 일이지." 노인이 다시 모퉁이를 돌았다가, 멈춰 섰다. 우리는, 음, 일종의 미로의 한가운데에 와 있었다. 우리 눈앞에 있는 것은 여러 개의 책장을 서로 등을 맞대어 만든 거대한 육면체 기둥이었다. 각각의 책장은 너비가 2.5미터는 되어 보였고 6미터, 아니 그보다 훨씬 높아 보이는 저 까마득한 천장을 지탱할 수도 있을 만큼 높고 견고했다. 마치 수백 년 묵은 아름드리나무를 보는 것 같았다. "네가 원하는 건 저기에 있다."

나는 책장 기둥을 향해 한 발짝 내디뎠다가 불현듯 엄습한 불안감에 머뭇거렸다. 고개를 돌리자 여자가 당혹스러울 만큼 강렬한 시선으로 나를 바라보고 있었다. 그녀의 눈은 싸구려 백랍(白蠟)색이었다.

나는 본능적으로 말했다. "미안하지만 너무 많은데, 어디서부터 시작하는 게 좋을까요?"

노인이 얼굴을 확 찌푸리더니 "그걸 내가 어떻게 알아?"라고 쏘아붙이고는 몸을 획 돌려 버렸다. 지나치게 무례한 반응으로 인한 충격에서 내가 벗어나기도 전에 그녀는 책장의 숲 속으로 사라져 버렸다.

하지만 지금은 괴팍한 사서보다 더 중요한 문제가 있다. 나는 책장 기둥으로 다시 관심을 돌렸다. 내키는 대로 선반을 하나 고른 다음, 책등에 적힌 제목을 훑으며 사냥에 착수했다.

두 시간 후. 나는 그동안 바닥에 주저앉아 책과 두루마리를 주위에 아무렇게나 널어 놓고 있었다. 짜증이 밀려왔다. 신음하며 바닥에 깔린 책들 위로 풀썩 드러누웠다. 내가 책을 이렇게 깔아뭉개고 있는 걸 본다면 사서가 질겁할지도 모르겠다. 처음 노인의 말을 들었을 때는 신들의 전쟁에 관한 언급을 거의 찾아보기 힘들 거라고 생각했는데, 실상은 전혀 그렇지 않았다. 전쟁을 목격한 이들이 남긴 완벽한 기록이 있었다. 기록에 대한 기록, 1차 사료에 대한 설명과 비판적 분석도 있었다. 사실은 정보가 너무 많아 지금부터 쉴 새 없이 읽어도 다 읽는 데만 몇 달이 걸릴 정도였다.

그리고 아무리 노력해도 내가 읽은 것 중 무엇이 진실인지 가려 낼 수가 없었다. 모든 기록이 일련의 동일한 사건에 대해 언급하고 있었다. 가장 먼저 이 세계의 약화. 나무숲과 강인한 젊은이에 이르기까지 모든 살아 있는 것들이 병들고 죽어 가기 시작했다. 그 다음에 찾아온 것은 사흘간의 폭풍우였다. 태양이 산산이 부서졌다가 다시 형성되었다. 사흘째 되는 날 하늘이 고요해졌고, 이템파스가 강림하여 그분의 새로운 질서가 시작되었음을 선포했다.

중간에 누락된 게 있다면 아마 전쟁에 이르게 된 계기일 것이다. 여기서 나는 성직자들이 얼마나 바빴는지 알 수 있었다. 전쟁이 일어나기 전에 세 주신의 관계가 어떠했는지 아무 곳에서도 설명을 찾아볼 수가 없었다. 셋의 시대에 관한 풍습이나 신앙에 대해서 역시 단 한마디도 없었다. 이 주제를 다룬 몇 안 되는 문헌은 그저 광명의 이템파스가 최초의 아라메리에게 한 말을 인용하고 있었다. 에네파는 선동가이자 악당이었고, 나하도스는 자발적으로 도운 공범이었으며, 영웅인 이템파스는 그들에게 배신당했으나 결국 승리를 거뒀다고 말이다. 시간 낭비만 한 셈이었다.

피곤한 눈을 비비며 내일 다시 올지 아니면 여기서 포기할지 고민했다. 하지만 힘겹게 몸을 일으켜 세워 앉았을 때, 뭔가가 눈에 띄었다. 위쪽에. 지금 이 자리에서 보니 기둥을 이룬 책장 두 개가 맞붙어 있는 지점이 보였다. 사실 책장은 딱 달라붙어 있는 게 아니라 사이에 대략 15센티미터가량의 빈틈이 있었다. 나는 허리를 펴고 기둥을 더 면밀히 살펴보았다. 책장 기둥은 처음부터 항상 그랬던 것처럼 크고, 무겁고, 서책으로 가득한 여러 개의 책장이 서로 등을 맞댄 채 원형에 가까운 형태로 빈틈없이 맞춰져 있는 것처럼 보였다.

하늘궁의 또 다른 비밀인 걸까? 나는 벌떡 일어섰다.

자세히 뜯어보니 놀랍도록 간단한 속임수였다. 책장은 무겁고 단단한 검은 목재로 만들어져 있었는데, 뒤늦게 다르산일 거라는 생각이 들었다. 오래전 다르는 이 흑목의 원산지로 무척 유명했다. 틈새 사이로 맞은편 책장의 뒷면이 보였는데 역시 검은 나무로 만들어져 있었다. 틈새 가장자리도 검은색이고 책장 뒷면도 검은색이라 겨우 몇 걸음 떨어진 곳에서도 틈새가 잘 보이지 않았던 것이다. 하지만 거기 공간이 있다는 걸 아는 사람이라면······.

가장 가까이 있는 틈새 안을 들여다보니 책장으로 둘러싸인 희고 넓은 바닥 공간이 있었다. 저곳을 숨기려고 한 걸까? 하지만 도무지 이해가 안 된다. 이건 너무도 간단한 속임수라 누구라도, 어쩌면 벌써 많은 사람이 저 안쪽 공간을 발견했을 것이다. 다시 말해 저 공간을 완전히 은폐하는 게 목적이 아니라 단순히 위장하는 것, 즉 평범하게 책을 찾는 사람들이나 지나가는 이들의 눈으로부터 감추는 게 목적이라는 의미다. 이곳에 착시를 이용한 숨은 공간이 있다는 걸 아는 사람, 또는 필요한 정보를 찾으려고 많은 시간을 보낸 사람들만이 저곳을 발견할 수 있을 것이다.

방금 만난 노인의 말이 떠올랐다. 애초에 그 지식이 훼손되어 있음을 알 때나 가능한 일이지······. 그래. 저기 뭔가 있다는 것을 안다면 신기할 정도로 쉽게 발견할 수 있다.

틈새는 비좁았다. 이번만큼은 내가 남자애처럼 밋밋한 몸매라는 게 고마울 지경이었다. 덕분에 책장 사이를 굼실굼실 빠져나갈 수 있었다. 하지만 기둥 내부에 들어간 순간, 나는 발을 헛디뎌 넘어질 뻔했다. 거기에 진정으로 숨겨져 있는 것을 보았기에.

＊

그때 나는 목소리를 들었다. 다만 그것은 음성이 아니었다. 그가 물었다. "나를 사랑하니?"

그래서 나는 팔을 활짝 벌리며 말했다. "이리 와, 보여 줄게." 그가 다가와 나를 힘껏 끌어당겼기에, 나는 그의 손에 들린 칼을 보지 못했다. 아니, 아니야. 칼은 없었다. 우리한테는 그런 것이 필요하지 않으니까. 아니야, 하지만 나중에는 칼이 있었고, 입안에서 낯설고 선명한 피 맛이 느껴져 고개를 쳐들자 끔찍하고도 끔찍한 그의 시선과 마주쳤고⋯⋯

하지만 그 전에 그가 나와 사랑을 나눈 건 무슨 의미였을까?

＊

나는 비틀거리며 맞은편 벽에 몸을 기대 숨을 헐떡였다. 눈부시게 타오르는 공포와 이유를 알 수 없는 욕지기, 그리고 머리를 부여잡고 비명을 지르고 싶은 충동이 밀려왔다.

＊

그래, 이게 마지막 경고였다. 난 원래 우둔한 편은 아니지만 이
해해 주렴. 이건 내가 감당하기엔 너무 벅찬 일이었으니까.

＊

"도움이 필요해?"

나는 물에 빠진 사람처럼 무작정 늙은 사서의 목소리를 붙잡고
매달렸다. 빠르게 뒤돌아 그녀를 마주 본 내 모습은 참으로 꼴불
견이었을 것이다. 나는 온몸을 좌우로 세게 흔들며, 바보처럼 입
을 헤벌린 채, 갈고리처럼 굽은 손가락을 간절하게 내뻗었다.

책장과 책장 사이에 서 있는 늙은 여인이 무표정한 얼굴로 나를
응시했다.

나는 간신히 입을 다물고, 손을 내리고, 반쯤 굽어 있던 기괴한
자세에서 몸을 똑바로 세웠다. 내적으로는 아직도 벌벌 떨고 있었
지만, 외관상으로는 인간으로서의 존엄성이 약간이나마 돌아오
고 있었다.

"나, 나는…… 아니." 시간이 좀 지나서야 나는 간신히 입을 열
었다. "아니, 괜찮아요."

사서는 아무 말 없이 계속 나를 바라볼 뿐이었다. 신경 쓰지 말
고 가라고 말하고 싶었지만 방금 내가 경악한 원인을 향해 시선
이 저절로 움직이는 것을 막을 수가 없었다.

맞은편에 있는 책장 뒷면에서 빛과 질서의 군주가 나를 노려보고 있었다. 진짜가 아니라 예술 작품이었다. 하얀 대리석 판에 끌로 새긴 다음 금박을 겹겹이 입힌 아믄 양식의 부조. 그러나 이 예술가는 실물 크기의 이템파스를 거의 살아 있는 것처럼 보일 정도로 세밀하게 표현해 냈다. 이템파스는 위풍당당한 전사의 자세로 서 있었다. 건장한 몸에 근육은 두툼했으며, 손은 곧고 커다란 칼자루에 얹혀 있었다. 근엄한 얼굴 한가운데 등불처럼 빛나는 눈동자가 나를 꼼짝 못 하게 쏘아보고 있었다. 나도 사제들의 책에서 이템파스에 대한 묘사를 읽은 적이 있지만, 거기서는 절대로 이렇지 않았다. 책에서는 그분을 마르고 늘씬한 모습으로 묘사했다. 아믄인처럼 말이다. 그리고 언제나 미소 띤 얼굴로 그렸지, 절대 이렇게 차가운 표정으로 그리지 않았다.

나는 등 뒤에 있는 벽을 손으로 밀며 몸을 일으켰다. 손가락 끝에 대리석이 느껴졌다. 이번에 돌아봤을 때는 아까처럼 크게 충격받지 않았다. 어느 정도 예상을 하고 있었던 덕분이다. 흑요석에 새겨진 상감과 그 위에 별처럼 흩뿌려진 수많은 다이아몬드가 나긋하고 관능적인 형체를 구성하고 있었다. 몸 양쪽으로 넓게 펼쳐진 그의 손은 망토처럼 나부끼는 머리칼과 너울거리는 기운 속에 거의 가려져 있었다. 얼굴은 잘 보이지 않았다. 기뻐하는 건가? 아니면 비명을 지르는 걸까? 얼굴이 위쪽을 향한 데다 크게 벌린 입이 얼굴의 거의 대부분을 차지하고 있어 알 수가 없었다. 어쨌든 나는 그가 누군지 알고 있었다.

다만…… 나는 혼란스러운 마음에 얼굴을 찡그리며 손을 내밀어 둥글게 뭉쳐진 옷, 아니면 둥글게 부푼 가슴을 만져 보았다.

"이템파스는 그를 하나의 형상으로 강제했지." 노인이 가라앉은 음성으로 말했다. "자유로웠을 때 그는 이 세상에 존재하는 모든 아름답고도 끔찍한 것이었다." 나는 그보다 더 적절한 표현을 들은 적이 없었다.

그리고 내 오른쪽에는 세 번째 석판이 있었다. 시야 가장자리에, 기둥 속에 들어온 순간부터 줄곧 거기 있었지만 나는 이제껏 그것을 똑바로 보기를 거부하고 있었다. 이성적인 나와는 상관없지만 지금의 나와는 얽혀 있는 온갖 이유들 때문에. 이성적으로는 설명할 수 없는, 마음속 깊은 곳에서 치밀어 오르는 의구심 때문에.

그러나 나는 결국 고개를 돌려 세 번째 석판을 바라보았다. 노인은 여전히 내게서 시선을 떼지 않았다.

에네파의 형상은 남자 형제들에 비해 온화했다. 유달리 극적인 표현도 없었다. 회색 대리석에 옆모습으로 새겨진 그녀는 간소한 슬립 드레스를 입고 고개를 숙인 채 앉아 있었다. 자세히 살펴보지 않으면 세밀한 묘사를 알아보기가 힘들었다. 손에는 시에의 태양계 모형을 본 적이 있다면 누구나 알아차릴 작은 구체가 들려 있고(시에가 어째서 그 수집품을 지극히 아끼는지 이제야 알겠다.), 금방이라도 뛰어오를 것 같은 격렬한 기운을 억누르고 있는 자세는 앉아 있다기보다는 웅크린 것에 가까웠다. 고개를 숙이고 있지만 시선은 위쪽을 향했고 그녀를 보는 이들에게 곁눈질로 시선을 보내고 있었다. 그리고 그 눈빛은…… 묘한 부분이 있었다. 보는 이를 유혹하고 있는 건 아니다. 그러기엔 너무 솔직했다. 경계심이 있는 것도 아니다. 그보다는…… 평가하는 느낌이었다. 그래. 그녀는 나를 꿰뚫어 보았고, 자신이 보는 모든 것을 가늠했다.

나는 떨리는 손을 뻗어 그녀의 얼굴을 만져 보았다. 나보다 더 동그랗고 예뻤지만 내가 날마다 거울 속에서 보는 얼굴과 똑같았다. 머리카락은 더 길었지만 곱슬거리는 모양새가 똑같았다. 조각가는 옅은 색의 녹옥으로 에네파의 홍채를 장식했다. 만일 피부가 대리석이 아니라 갈색이었다면…… 나는 아까보다 더 심하게 떨며 마른침을 삼켰다.

"우린 네게 아직 밝힐 생각이 아니었다." 노인은 어느새 내 등 뒤에 서 있었다. 책장 사이로 들어오기엔 너무 통통했는데. 어쨌든 그녀가 인간이었다면 그랬다. "네가 도서관에 온 건 순전히 우연이었어. 다른 곳으로 유인할 수도 있었지만……." 나는 그녀가 어깨를 으쓱하는 것을 들었다. "어쨌든 언젠가는 알게 되었겠지."

나는 바닥에 주저앉았다. 이템파스가 나를 보호해 줄 것처럼 그가 새겨진 벽에 몸을 웅크리고 기댔다. 체온이 차게 식고, 머릿속에서는 온갖 생각들이 비명을 지르며 두서없이 날아다녔다. 모든 사실들이 하나로 연결되자 깨달음이 나를 강타했고 그 뒤로는 아무것도 생각할 수가 없었다.

이게 사람이 미친다는 거구나. 나는 이해했다.

"날 죽일 건가요?" 나는 노인에게 속삭였다. 그녀의 이마에는 아무 표식도 없었다. 그걸 이제야 알아채다니. 나는 아직도 혈인이라는 것에 익숙하지 않았다. 그게 없어도 이상한 걸 깨닫지 못했다. 진즉에 알았어야 했는데……. 꿈속에서는 지금과 다른 모습을 하고 있었지만 나는 그녀가 누군지 알 수 있었다. 지혜의 여신 쿠루에. 에네파데의 지도자.

"내가 왜 그래야 하지? 너를 만들기 위해 얼마나 극진한 노력을 기울였는데." 내 어깨 위에 손이 놓였다. 나는 움찔했다. "하지만 미쳐 버리면 아무 쓸모도 없지."

그래서 어둠이 다가오는 것을 느꼈을 때도 크게 놀라지 않았다. 나는 긴장을 풀고, 기꺼이 그것을 받아들였다.

12장

제정신

옛날 옛적에

옛날 옛적에

옛날 옛적에……

그만해. 채신머리 없게시리.

✳

옛날 옛적에, 손위 형제 둘을 둔 어린 소녀가 있었다. 맏오라버니는 어둡고 야성적이고 아름답고 장엄했다. 둘째 오라버니는 이 세상에 존재하는 모든 태양을 합친 것과 같은 눈부신 밝음으로 채워져 있었으며, 고결하고 엄격했다. 그들은 소녀보다 나이가 훨씬 많았고 과거에는 심하게 다툰 적도 있었지만 매우 가까운 사이였다. 어린 소녀가 옛날에 있었던 일에 관해 물어볼 때마다 둘째는 이렇게 말하곤 했다. "그때 우리는 어리고 어리석었지."

첫째는 이렇게 말했다. "섹스가 훨씬 더 재미있었거든."

첫째의 대꾸는 둘째를 무척 화나게 했고, 첫째가 그렇게 말한 이유는 당연히 둘째가 화를 내길 바랐기 때문이었다. 그렇게 어린 소녀는 두 형제를 알고, 사랑하게 되었다.

＊

이건 그냥 대략 비유적으로 설명하는 것뿐이야. 필멸자인 네가 이해할 수 있도록.

＊

소녀의 어린 시절은 그렇게 흘러갔다. 그들 셋에게는 부모가 없었고 그래서 아이는 스스로 성장해야 했다. 소녀는 목이 마르면 반짝이는 것을 마셨고 피곤하면 푹신한 곳에 누웠다. 배가 고플 때면 첫째가 적합한 에너지원에서 자양물을 이끌어 내는 법을 알려 주었고, 지루해지면 둘째가 세상에 존재하는 모든 지식과 이야기를 가르쳐 주었다. 그렇게 소녀는 처음으로 이름에 대해 알게 되었다. 그들이 사는 곳은 **존재**라고 불렸다. 그들이 탄생한 곳은 무시무시한 소리를 내지르는 무(無)의 소용돌이인 **대혼돈**이었다. 소녀가 만들어 낸 장난감과 음식은 **가능성**이었는데, 그것들은 정말 재미있고 즐거운 물질이었다! 소녀는 그것을 이용해 필요한 것을 무엇이든 만들 수 있었고, 심지어 **존재**의 본질마저 바꿀 수 있었다. 하지만 곧 소녀는 그렇게 하기 전에 반드시 물어봐야 한다는 사실을 배우게 되었다. 왜냐하면 둘째가 정성 들여 정렬해 놓은 규칙과 절차를 소녀가 바꾸자 그가 엄청나게 화를 냈기 때문이다. 첫째는 별로 개의치 않았다.

시간이 흐르면서 소녀는 둘째보다 첫째와 더 많은 시간을 보내게 되었다. 둘째가 그녀를 별로 좋아하는 것 같지 않았기 때문이다. "그 애한텐 어려운 일일 거야." 소녀가 불평하자 첫째가 말했다. "우리는 아주 오랫동안 둘만 있었거든. 네가 여기 있는 것만으로도 모든 게 바뀌었지. 그리고 그는 변화를 좋아하지 않아."

소녀는 이미 그 사실을 알고 있었다. 게다가 그것은 그녀의 형제들이 자주 다투는 이유이기도 했다. 왜냐하면 첫째는 변화를 좋아했기 때문이다. 종종 첫째는 **존재**가 지겨워지면 그것을 변형하거나 안팎을 뒤집어 다른 측면을 살펴보곤 했다. 그런 일이 있을 때마다 둘째는 첫째에게 화를 냈고, 첫째는 그의 노여움을 비웃었고, 그러면 소녀가 눈을 깜박이기도 전에 둘은 서로에게 달려들어 상처를 내고 찢어발겼다. 그러다 문득 무언가 변하면, 그들은 서로를 움켜쥐고 매달리고 헐떡거렸다. 그런 일이 생길 때마다 소녀는 그들이 일을 마칠 때까지 참을성 있게 기다렸다. 형제들이 소녀와 다시 놀 수 있도록.

시간이 흘러 소녀는 여자가 되었다. 그녀는 두 형제와 함께 살아가는 각각의 방식을 배웠다. 첫째와 격렬한 춤을 췄고, 둘째의 엄격한 규율에 점차 익숙해졌다. 그리고 이제는 손위 형제들의 특질을 넘어 자신만의 길을 개척하기 시작했다. 그녀는 두 형제가 싸울 때면 중간에 끼어들어 함께 다투며 자신의 힘을 가늠했고, 다툼이 즐거움으로 바뀌었을 때에는 그들을 사랑했다. 때로는 형제들 몰래 그녀만의 **존재**를 창조하기 위해 홀쩍 떠나기도 했는데, 그럴 때면 가끔 자신에게 형제가 없는 척하기도 했다. 새로운 곳에서 그녀는 **가능성**을 새로 배열해 두 형제 중 누구도 창조할 수 없을 새로운 형태와 의미를 빚어냈다. 시간이 흐를수록 여자는 능숙해졌고, 자신의 피조물에서 기쁨을 느꼈기에 형제들이 사는 영역으로 그것들을 데려오기 시작했다. 처음에는 아주 교묘하고 조심스럽게, 둘째의 기분이 상하지 않도록 둘째가 만든 질서정연한 우주와 잘 어울리도록 세심한 주의를 기울였다.

첫째는 늘 그렇듯이 새로운 것을 보고 기뻐하며 더 많은 것을 시도해 보라고 부추겼다. 그러나 여자는 자신이 둘째의 질서정연함을 좋아한다는 사실을 깨달았다. 그녀는 첫째의 제안을 받아들였지만 서서히, 그리고 의도적으로 매 순간의 변화가 어떻게 다른 새로운 변화를 자극하는지 관찰했고, 때로는 놀랍고도 예상치 못한 방식으로 성장이 이뤄진다는 사실을 알게 되었다. 때로 변화가 모든 것을 파괴해 처음부터 전부 다시 시작해야 하는 경우도 있었다. 그녀는 자신이 아끼는 장난감을, 보물을 잃은 것에 슬퍼하면서도 항상 처음부터 다시 시작했다. 첫째의 어둠과 둘째의 빛처럼 이 특별한 재능은 오직 그녀만의 것이었다. 그렇게 해야 한다는 강박은 그녀에게 숨을 쉬는 것만큼이나 당연한 것이었고 자신의 영혼만큼이나 그녀의 일부분이었다.

둘째는 셋째의 어설픈 시도에 짜증을 내는 단계에서 벗어나자 그것에 대해 물어보았다. "이건 '생명'이라고 해." 그녀는 그 단어의 울림이 좋았다. 둘째는 미소 지으며 기뻐했다. 무언가에 이름을 붙인다는 것은 곧 목적과 질서를 부여하는 행위이기 때문이다. 그는 그녀가 그를 존중하는 의미로 그리 했음을 알고 있었다.

그러나 여자가 가장 야심 차고 대담한 실험을 하기 위해 도움을 청한 상대는 첫째였다. 그녀의 생각대로 첫째는 기꺼이 돕겠다고 답했으나 놀랍게도 엄중한 경고를 던졌다. "이것이 성공한다면 많은 것이 변할 거다. 너도 알지? 우리의 삶도 결코 예전 같지 않을 거야." 첫째는 그녀가 그 말을 이해할 수 있도록 잠시 시간을 주었다. 그녀는 이해했다. 둘째는 변화를 좋아하지 않았다.

"영원히 변하지 않는 것은 없어." 그녀가 말했다. "우리는 정체되도록 만들어지지 않았고, 그도 그 사실을 알아야 해."

첫째는 한숨을 내쉴 뿐, 더는 아무 말도 하지 않았다.

실험은 성공적이었다. 새롭게 태어난 생명은 가냘픈 소리로 빽빽거리고, 떨고, 맹렬하게 반항했고, 더없이 아름다웠다. 여자는 자신이 시작한 일이 옳고 바르다는 것을 알았다. 그녀는 그 생명의 이름을 '시에'라고 지었다. 바람이 내는 소리를 따서. 그리고 그와 같은 종류의 것들을 "아이"라고 불렀다. 장차 그들과 같은 존재로 성장할 잠재력을 지녔다는 뜻이었다. 또한 앞으로 이런 것들을 더 많이 창조할 수 있다는 의미이기도 했다.

그리고 생명이란 것이 항상 그렇듯, 이 작은 변화는 다른 무수한 변화를 촉발했다. 그중 가장 심오한 변화는 그녀조차 미처 예상하지 못한 것이었다. 그들은 가족이 되었다. 한동안 그들 모두는 이 사실에 만족했다. 심지어 둘째까지도.

그러나 모든 가족이 변함없이 유지되는 것은 아니다.

*

그래서, 한때는 사랑이었다.

사랑보다 더한 것이었다. 그리고 이제는 증오보다 더한 것이다. 필멸자에게는 우리 신들의 감정을 표현할 언어가 없다. 그리고 신들에게는 그런 것을 표현할 언어가 없다.

그러나 그런 깊은 사랑은 절대로 그냥 사라지지 않는다. 아무리 강력한 증오를 덧씌우더라도 그 기저에는 항상 약간의 사랑이 남아 있기에.

그래. 끔찍하지. 안 그러니?

*

인간의 신체는 공격을 받으면 종종 발열 증상으로 대응한다. 몸이 아닌 정신을 공격받았을 때도 비슷한 현상이 일어날 수 있다. 그래서 나는 거의 사흘 동안 오한으로 덜덜 떨며 거의 혼수상태로 꼼짝없이 드러누워 있었다.

그때 목격했던 몇몇 순간은 아직도 내 기억 속에 정물화처럼 박제되어 담겨 있다. 어떤 장면은 찬란한 천연색으로, 또 어떤 것들은 단순한 흑백으로. 내 침실 창문 옆에 경계 태세로 우뚝하게 서 있는 거대한 형체. 자카른. 눈을 깜박이면 같은 장면이 흑백으로 변한다. 빛을 발하는 하얀 벽과 사각형 속 어두운 밤에 둘러싸인 똑같은 신형(身形). 눈을 깜박이니 또 다른 장면이 펼쳐진다. 도서관에서 만난 노파가 머리맡에 서서 내 눈을 면밀히 들여다보고 있다. 자카른은 뒤에서 우리 둘을 지켜보는 중이다. 그러고는 어떤 장면과도 맞지 않는 대화 타래.

"그녀가 죽는다면……"

"다시 시작해야지. 그래 봤자 몇십 년 정도일 거야."

"나하도스가 좋아하지 않을 거다."

씁쓸하고 거북한 웃음. "넌 뭔가를 온건하게 표현하는 데 엄청난 재능이 있구나, 자매여."

"시에도 마찬가지일 테고."

"그건 시에 잘못이지. 애착을 느끼지 말라고 그렇게나 당부했건만, 그 바보가."

무언의 질책이 담긴 긴 침묵. "희망을 품는 것을 어리석다고 말할 수는 없다."

또 한 번의 침묵. 이번에는 희미한 수치심이 느껴졌다.

그리고 머릿속에 담긴 것 중 다른 것들과 다른 장면이 하나 있다. 똑같이 어두운 배경. 그러나 이번에는 벽도 어둡다. 이 장면에는 불길하고 무거운 압박감과 낮게 깔린 분노가 스멀스멀 모여드는 느낌이 있다. 자카른은 창가가 아닌 벽 옆에 서 있다.

그녀는 경의의 표시로 고개를 숙이고 있고, 그 앞에 선 나하도스는 묵묵히 나를 내려다보고 있다. 그의 얼굴은 이번에도 다른 모습으로 변해 있다. 나는 이제 그것이 이템파스의 통제력이 완전하지 못하기 때문이라는 것을 안다. 나하도스는 변화해야 한다. 그는 곧 '변화'다. 그는 자신이 얼마나 분노하고 있는지 드러낼 수도 있다. 이미 주변 공기가 나를 무겁게 짓누르고 피부가 따끔거린다. 그러나 그의 표정은 무감하다. 피부색은 따뜻한 갈색이고 눈은 다양한 색조를 지닌 검은색이며, 입술은 말랑하고 잘 익은 과일을 갈구하게 한다. 외로운 다르 소녀를 유혹하기에 완벽한 얼굴이다. 여기에 다정한 눈빛만 더해진다면 완벽할 텐데.

내 기억 속에서 그는 아무 말도 하지 않는다. 드디어 열이 내리고 내가 정신을 차렸을 때, 그는 이미 사라졌고 노여움이 발하는 압박감 또한 희미해졌다. 완전히 사라지지는 않았지만. 이 또한 광명의 이템파스가 통제할 수 없는 것이다.

＊

새벽.

나는 멍하고 뻐근한 기분으로 일어나 앉았다. 내내 창가에 서 있던 자카른이 어깨 너머로 나를 돌아보았다.

"깼네." 고개를 돌려보니 시에가 침대 옆 의자에 웅크려 앉아 있었다. 그가 느른한 동작으로 몸을 일으키더니 다가와서 내 이마를 짚어 본다. "열은 내렸어. 기분은 어때?"

나는 머릿속에 제일 먼저 떠오른 조리 있는 문장으로 응수했다.

"난 뭐지?"

시에가 시선을 내리깔았다. "난…… 말해 줄 수 없어."

나는 이불을 들추며 상체를 세웠다. 순간적으로 머리에 피가 몰려 잠시 어지러웠지만 금세 지나갔다. 비틀거리며 욕실로 향했다.

"내가 다시 돌아왔을 때는 너희 둘 다 여기 없길 바라." 나는 어깨 너머로 말했다.

시에도 자카른도 대답하지 않았다. 세면대 앞에서 토할지 말지 고민하며 몇 번의 고통스러운 순간을 경험했지만, 결국 텅 빈 위장이 알아서 해결해 주었다. 목욕을 하고 물기를 닦는데 손이 덜덜 떨렸다. 수도꼭지에 입을 대고 물을 마셨다. 알몸으로 욕실을 나왔지만 에네파데가 아직 있는 걸 보고도 별로 놀라지 않았다. 시에는 침대 위에서 무릎을 껴안은 채 앉아 있었고, 오늘따라 유독 어리고 심란해 보였다. 자카른은 창가에서 꼼짝도 하지 않았다.

"정말로 우리가 여기서 나가기를 원한다면 명령형으로 말해야 한다."

"너희가 뭘 하든 난 상관 안 해." 나는 속옷을 찾아 입었다. 그러고는 옷장에서 가장 먼저 눈에 들어온 옷을 꺼내 들었다. 내 밋밋한 몸매를 숨길 목적의 패턴 무늬가 있는 아문 스타일의 우아한 일자형 드레스였다. 드레스와는 전혀 어울리지 않는 부츠를 고른 다음 앉아서 발을 집어넣기 시작했다.

"어디 가는 거야?" 시에가 안절부절못한 표정으로 내 팔에 손을 얹었다. 내가 벌레를 쫓듯이 팔을 휘젓자 그가 뒤로 물러났다. "너도 모르는 거지? 예이네……"

"도서관에 갈 거야." 실은 시에의 짐작이 옳았기에 아무 곳이나 골라 내뱉었다. 여기만 아니면 어디든 좋았다.

"예이네, 화난 거 알아……"

"난 *뭐지?*"

나는 한쪽 신발만 신은 채로 벌떡 일어나 그를 노려보았다. 시에가 움찔했다. 아마 내가 몸을 굽혀 그의 얼굴에 대고 거의 고함을 지르듯이 소리쳤기 때문일 것이다. "*뭐야? 뭐야? 내가 대체 뭐냐고, 이 저주받을 신들아, 도대체 내가……*"

"네 육신은 인간이다." 자카른이 끼어들었다. 이번에는 내가 움찔할 차례였다. 자카른은 침대 옆에 서서 평소처럼 무표정한 얼굴로 나를 응시하고 있었지만 시에의 등 뒤에 버티고 선 모습이 은연중에 그를 보호하는 것 같았다. "네 정신도 인간이다. 다만 영혼만이 다를 뿐."

"그게 무슨 뜻인데?"

"그건 네가 지금까지랑 똑같은 그냥 사람이란 뜻이야." 시에는 차분하면서도 동시에 시무룩해 보였다. "평범한 필멸자 여자 말이야."

"난 그녀와 똑같이 생겼어."

자카른이 고개를 끄덕였다. 그러고는 마치 날씨 보고를 하는 것처럼 감정 없는 목소리로 말했다. "네 몸에 깃든 에네파의 영혼이 영향을 미쳤기 때문이다."

나는 몸서리쳤다. 또다시 속이 울렁거렸다. 내 안에 내가 아닌 다른 뭔가 있다고? 손톱을 세워 피부를 긁어내리고 싶은 충동을 억누르며 팔을 문질렀다. "꺼낼 수 있어?"

자카른이 눈을 깜박였다. 내가 처음으로 그녀를 놀라게 한 데 성공한 것이다. "그래. 하지만 네 몸은 이미 두 개의 영혼에 익숙해져 있다. 하나만 남으면 살아남을 수 없을지도 모른다."

두 개의 영혼. 왠지 이쪽이 더 나았다. 내가 불가해한 힘으로 살아 움직이는 텅 빈 껍데기가 아니라는 뜻이니까. 적어도 내 안에 있는 것 중 하나는 여전히 나였다. "해 볼 수는 있고?"

"예이네." 시에가 내 손을 잡으려고 손을 뻗었지만, 내가 파드득 뒤로 물러나자 실수했다는 생각이 들었는지 손을 거뒀다. "영혼을 빼내면 어떻게 될지는 우리도 몰라. 처음엔 그녀의 영혼이 네 영혼을 잠식할 줄 알았는데, 그게 아니더라고."

내가 이해하지 못해 어리둥절한 표정을 지은 모양이다.

"네가 아직 제정신이니까." 자카른이 말했다.

내 안에 있는 무언가가 나를 잡아먹고 있다. 나는 침대 위로 몸을 반쯤 접고는 비생산적인 토악질을 거듭했다. 그러고는 다시 몸을 일으켜 부츠를 한 짝만 신은 발로 절뚝거리며 방 안을 이리저리 서성였다. 도저히 진정할 수가 없었다. 나는 관자놀이를 문지르고, 머리카락을 잡아당기고, 이런 사실을 알고도 얼마나 오랫동안 제정신을 유지할 수 있을지 생각했다.

"그리고 넌 여전히 너야." 시에가 내 뒤를 쫓아오듯이 발맞춰 걸으며 다급하게 말했다. "넌 원래 태어나야 했을 키네스의 딸이 맞아. 에네파의 성격도, 기억도 없고 그녀처럼 생각하지도 않아. 그건 네가 강하다는 뜻이야, 예이네. 너는 너지 그녀가 아냐."

나는 미친 듯이 폭소했다. 거의 오열하는 듯한 소리가 났다. "네가 그걸 어떻게 알아?"

시에가 발을 멈췄다. 그의 눈빛은 부드럽고 애처로웠다. "네가 그녀라면 날 사랑할 테니까."

나는 멈춰 섰다. 숨 쉬는 것도 멈췄다.

"그리고 나도." 자카른이 말했다. "그리고 쿠루에도. 에네파는 그녀의 모든 자식을 사랑했고 심지어 자기를 배신한 자식들까지 사랑했다."

나는 자카른이나 쿠루에를 사랑하지 않았다. 나는 참았던 숨을 내뱉었다.

하지만 또다시 떨렸다. 어느 정도는 배가 고파서 그런 것 같긴 하지만. 시에의 손이 거의 느껴지지도 않을 정도로 내 손을 살짝 스쳤다. 내가 내치지 않자 그가 한숨을 쉬더니 내 손을 붙잡고 침대로 데려와 앉혔다.

"넌 평생 모르고 살 수도 있었어." 시에가 내 머리를 쓰다듬으며 말했다. "나이를 먹고, 필멸자를 사랑하고, 필멸자 아이를 낳고, 가족들을 사랑하고, 이빨 빠진 호호할머니가 되어 잠자다 조용히 숨을 거둘 수도 있었지. 그게 우리가 바라던 거였어, 예이네. 데카르타가 너를 여기로 불러오지 않았다면 그렇게 될 수도 있었지. 하지만 그래서 우리도 어쩔 수가 없었어."

나는 시에를 돌아보았다. 이렇게 가까이 붙어 있으니 더는 충동에 저항할 수가 없다. 나는 그의 뺨을 손바닥으로 감싸 쥐고 몸을 기울여 이마에 입을 맞췄다. 시에는 깜짝 놀랐지만 곧 수줍게 미소 지었다. 내 손바닥 아래의 뺨이 달아오르는 것이 느껴졌다. 나는 그에게 웃어 주었다. 비레인이 옳았다. 시에는 너무도 사랑하기 쉬운 존재였다.

"나한테 전부 털어놔." 나는 속삭였다.

시에는 한 대 맞은 것처럼 흠칫했다. 아라메리의 명령에 복종하도록 하는 마법은 어쩌면 물리적으로도 영향을 미치는지 모른다. 정말로 아프게 하는 건지도 모른다. 하지만 어느 쪽이 됐든, 내가 고의로 명령을 내렸다는 사실을 깨달은 시에의 눈에 또 다른 종류의 고통이 자리하고 있었다.

그러나 나는 구체적으로 명령하지 않았다. 그는 내게 무엇이든 말할 수 있었다. 우주가 잉태된 이후의 모든 역사, 무지개 색깔의 수, 필멸자의 육체를 돌처럼 깨부술 수 있는 말까지도. 나는 그에게 그런 자유를 주었다.

하지만 시에는 내게 진실을 말해 주었다.

13장
몸값

잠깐. 그 전에 다른 일이 있었다. 헷갈리게 할 생각은 없는데. 미안, 생각하기가 힘들어서 그렇다. 은으로 된 씨핵을 발견한 다음 날 아침이었다. 그러니까, 사흘 전. 맞지? 내가 비레인을 찾아가기 전이었다. 그래, 나는 그날 아침 일어나 살롱에 갈 준비를 하고 있었다. 그런데

＊

현관문을 여니 하인이 나를 기다리고 있었다.

"전갈이 와 있습니다, 레이디." 나를 본 그가 안도하며 말했다. 그가 거기 얼마나 오랫동안 서 있었는지 모른다. 하늘궁의 하인들은 아주 급한 때가 아니면 문을 두드리지 않았다.

"뭔데?"

"데카르타 님이 오늘 몸이 좋지 않으십니다. 그래서 오늘은 컨소시엄 회의에 참석하지 않으실 겁니다. 혹시 레이디께서 참석할 예정이시라면요."

데카르타의 건강이 그의 컨소시엄 참석 여부를 결정짓는 중요한 요소 중 하나라고 티브릴이 넌지시 알려 주긴 했지만, 이 소식은 꽤 놀라웠다. 그 전날만 해도 데카르타는 매우 정정해 보였으니까. 그리고 일부러 내게 전갈을 보냈다는 사실도 놀라웠다. 하지만 나는 마지막 말에 담긴 의미를 놓치지 않았다. 전날 회의에 참석하지 않은 데 대한 은근한 질책이었다. 나는 짜증을 억누르며 대답했다. "전해 줘서 고마워. 할아버님의 쾌유를 기원한다고 답해 줘."

"네." 하인은 절을 한 다음 떠났다.

나는 순혈 전용 게이트를 이용해 살롱으로 내려갔다. 예상했던 대로 릴래드는 보이지 않았다. 그리고 우려한 대로 시미나는 오늘도 있었다. 그녀가 내게 미소를 지어 보였고 나는 고개를 끄덕였다. 우리는 그 뒤로 두 시간 동안 한마디도 나누지 않은 채 나란히 앉아 있었다.

그날 회의는 평소보다 더 짧았다. 의제가 하나뿐이었기 때문이다. 우서라는 상대적으로 큰 섬나라 왕국이 보다 작은 섬나라 이어트를 합병한 건에 관한 것이었다. 이어트의 전 통치자인 아처린은 티브릴을 어렴풋이 연상시키는 건장한 붉은 머리 남성이었는데, 직접 컨소시엄에 항의를 제기하러 왔다. 우서의 왕은 권위에 대한 도전에 전혀 개의치 않은 듯 대리인을 보냈는데, 시에와 별로 나이 차도 나 보이지 않는 붉은 머리 소년이었다. 이어트인과 우서인은 모두 켄족의 후손이었지만 이는 두 국가 사이에 우호적인 관계를 조성하는 데에는 별 도움이 안 되는 것 같았다.

아처린이 제기한 항변의 핵심은 우서가 전쟁을 일으키기 전에 전쟁 청원서를 올리지 않았다는 것이었다. 광명의 이템파스는 전쟁이 발생시키는 혼돈을 몹시 싫어했고, 따라서 아라메리 가문은 이를 엄격하게 제한했다. 전쟁 청원이 없었다는 것은 이어트가 이웃 국가의 침공 의도를 알 수가 없었고, 그에 맞서 무장할 시간도 없었으며, 따라서 상대의 죽음을 초래할 수 있는 방식으로 방어할 권리가 없었음을 시사했다. 전쟁 청원이 승인되지 않은 상태에서 적군 병사를 죽이면 살인으로 취급되어 이템파스 교단의 법집행부에 의해 기소된다. 물론 우서의 군대도 합법적으로 살인을 할 수 없었다. 그래서 그들은 하지 않았다. 우서군은 그저 압도적인 규모의 대군을 이끌고 이어트의 수도로 진군하여 문자 그대로 수비군을 무릎 꿇린 다음 아처린을 길거리로 내쫓았다.

내 마음은 이어트 쪽으로 기울었지만 그들의 탄원이 통과할 가능성이 없음은 자명해 보였다. 우서의 소년은 제 나라의 침략을 옹호했다. "그들은 자기 땅을 지키기 위해 우리에게 대항할 만큼 강하지 못했습니다. 이제 그 땅은 우리 것입니다. 약한 통치차보다 강한 통치자가 나라를 다스리는 게 낫지 않나요?"

그리고 그 말이 이 모든 상황을 요약하고 있었다. 순리는 옳음보다 더 중요했고, 우서는 피 한 방울 흘리지 않고 이어트를 집어삼켰다는 단순한 사실을 통해 모든 것을 질서 있게 유지할 수 있는 역량을 입증했다. 아라메리도 이템파스 교단도 그렇게 생각할 터였다. 그렇다면 귀족 컨소시엄이 거기에 대해 감히 반대할 것이라고는 상상조차 할 수 없었다.

결국 예상했던 대로 그들은 반대하지 않았다. 이어트의 항소는 기각되었다. 우서에 제재를 가해야 한다는 제의도 없었다. 우서는 훔쳐 간 것을 계속 간직할 것이다. 돌려주는 것은 너무 귀찮고 지저분한 일이기에.

최종 투표 결과가 낭독되었을 때 나는 얼굴을 찌푸리지 않을 수가 없었다. 시미나가 나를 힐끗 쳐다보더니 작게 콧방귀를 뀌었다. 덕분에 나는 지금 내가 어디 있는지 떠올리고 재빨리 무표정으로 돌아갔다.

회의가 끝난 뒤 시미나와 계단을 내려올 때 나는 그녀를 보고 싶지 않아 시선을 전방에만 고정하며 함께 하늘궁으로 돌아가지 않으려고 화장실 쪽으로 몸을 돌렸다. 하지만 그때 시미나가 "조카야." 하고 말을 걸었다. 나는 동작을 멈추고 그녀가 도대체 저주받을 악마의 이름으로 나한테 뭘 원하는지 알아볼 수밖에 없었다.

"궁에 돌아가서 시간이 있으면 나와 점심을 함께 들지 않겠니?" 시미나가 빙그레 웃었다. "서로에 대해 잘 알 수 있게 말이야."

나는 조심스럽게 운을 뗐다. "실례가 아니라면 거절하고 싶군요."

시미나가 아름답게 웃었다. "비레인이 너에 대해 한 말이 무슨 뜻인지 알겠다! 흠, 그래. 정중한 초대로 안 된다면 호기심을 자극해야겠지. 네 조국에 관한 소식이 있단다. 네가 큰 관심을 가질 만한 소식이지." 시미나가 몸을 돌려 게이트를 향해 걷기 시작했다.

"한 시간 뒤에 보자꾸나."

"무슨 소식이요?" 나는 황급히 그녀에게 물었지만 시미나는 발을 멈추지도, 뒤를 돌아보지도 않았다.

나는 화장실에 도착할 때까지도 두 주먹을 굳게 움켜쥐고 있었고, 그래서 화장실 안에 설치된 고급의자에 앉아 있는 라스 온치를 발견하자 평소보다 더 격렬하게 반응할 수밖에 없었다. 나는 발을 멈추고는 평소라면 등 뒤에 있어야 할 칼을 향해 반사적으로 손을 뻗었다. 하지만 지금 그 칼은 긴 치마 아래 감춰진 내 종아리에 매어져 있었다. 공공장소에서 무장을 하는 건 아라메리의 방식이 아니기 때문이다.

"아라메리라면 알아야 할 것을 아직 배우지 못했니?" 내가 마음을 추스르기도 전에 라스가 말했다.

움찔한 나는 등 뒤로 화장실 문을 굳게 닫고는 마침내 입을 열었다. "아직요, 이모님. 겉으로는 어떻게 보일지 몰라도 전 진짜 아라메리가 아니라서요. 애매모호한 말만 하지 말고 그냥 대놓고 말해 주지 그래요?"

라스가 웃었다. "너는 진정 다르인이구나. 성미는 급하고 혀는 날카롭지. 네 아버지가 자랑스러워할 거다."

나는 당황해서 얼굴을 붉혔다. 왜냐하면 그건 정말 칭찬처럼 들렸기 때문이다. 혹시 이게 자신이 내 편이라는 걸 알려 주는 라스만의 방식인 걸까? 라스는 목에 에네파의 상징물을 걸고 있다……. "그건 아니에요." 나는 천천히 대답했다. "아버지는 냉철하고 인내심이 강한 분이셨죠. 제 성격은 어머니를 닮은 거예요."

"아, 그렇다면 새집에서 지내는 데 큰 도움이 되겠구나."

"어디서나 도움이 되죠. 이제 제발 무슨 일인지 말씀해 주시겠어요?"

라스가 한숨을 내쉬었다. 그녀의 미소가 희미해졌다. "그래. 시간이 얼마 없으니. 양해해 주시지요, 레이디." 그녀가 무릎에서 딱소리를 내며(나는 동정심에 약간 주춤했다.) 의자에서 일어났다. 여기 얼마나 오랫동안 앉아 있었던 걸까? 혹시 회의가 있을 때마다 날 기다렸던 건 아닐까? 어제 여기 오지 않은 게 새삼 후회스러웠다.

"우서가 왜 전쟁 청원을 내지 않았는지 압니까?"

"그럴 필요가 없었기 때문이겠죠." 나는 그게 대체 무슨 상관인지 의아해하며 대답했다. "청원을 승인받는 건 거의 불가능에 가까우니까요. 아라메리는 거의 백 년 넘게 전쟁을 허용하지 않았어요. 그래서 우서는 피를 흘리지 않고 이어트를 정복한다는 도박을 했고, 다행히도 성공했죠."

"그래요." 라스가 얼굴을 찡그렸다. "그리고 이제 우서가 방법이 있다는 걸 세계에 보여 주었으니 앞으로 더 많은 '합병'이 일어나겠지요. '무엇보다 평화가 으뜸이니 이것이 광명이신 주의 방식이도다.'"

나는 그녀의 쓸쓸한 어조에 깜짝 놀랐다. 사제가 라스의 말을 들었다면 이단으로 체포했을지도 모른다. 만일 다른 아라메리가 들었다면…… 나는 라스가 깡마른 등에 자카른의 창이 박힌 채 잔교 끝으로 걸어 나가는 모습을 떠올리며 부르르 몸서리쳤다.

"조심하세요, 이모님." 나는 나지막하게 말했다. "그런 말을 함부로 입 밖에 내면 오래 살기 힘들 테니까."

라스가 조용히 웃었다. "그건 사실이지요. 앞으로는 조심하도록 하지요." 그러더니 갑자기 진지해졌다. "하지만 이 점을 생각해 보시지요, 아라메리 아닌 레이디. 우서가 청원을 제출하지 않은 건 다른 청원이 이미 승인되었다는 사실을 알았기 때문일 수 있어요. 소리소문 없이, 컨소시엄이 몇 달 전에 통과시킨 다른 칙령에 섞여서 말이지요."

나는 몸을 굳히며 이맛살을 찌푸렸다. "다른 청원이요?"

라스가 고개를 끄덕였다. "레이디의 말대로 한 세기가 넘도록 청원이 승인된 적이 없기에, 두 개의 청원이 잇달아 승인될 리는 더더욱 없었을 겁니다. 그리고 아마 우서는 다른 청원이 통과할 가능성이 더 높다는 걸 알았을 거예요. 왜냐하면 그건 어느 엄청난 권력을 가진 사람이 목적을 이루기 위한 거였으니까. 어떤 전쟁은 결국, 죽음 없이는 쓸모가 없지요."

나는 라스를 빤히 바라보았다. 혼란, 어쩌면 충격을 감추기 위해서였다. 전쟁 청원이 승인되었다면 귀족들 사이에서 큰 화제가 되었을 것이다. 컨소시엄에서 논의하는 데만 수 주일은 걸렸을 테니 하물며 승인은 말할 것도 없다. 전 세계의 절반도 듣지 못한 청원을 어떻게, 누가 통과시킬 수 있었던 걸까?

"누구죠?" 하지만 이미 의심 가는 사람이 있었다.

"청원의 발기인이 누군지는 아무도 모른답니다, 레이디. 어떤 국가들이 관련돼 있는지, 누가 침략국이고 누가 피침국인지 아는 사람도 없지요. 하지만 우서는 동쪽에 있는 테마와 국경을 접하고 있어요. 지금은 전보다 커졌어도 우서는 작아요. 그곳의 통치자 가문과 테마의 삼위회는 수 세대 동안 혼인과 우정으로 묶인 밀접한 관계를 유지하고 있죠."

그제야 나는 깨달았다. 등줄기가 오싹해졌다. 테마는 시미나에게 종속된 나라 중 하나였다.

그렇다면 전쟁 청원을 발의한 사람은 시미나일 것이다. 그리고 아주 조용히 승인을 처리했을 것이다. 물론 그 과정에서 매우 교묘하고 뛰어난 정치적 책략이 필요했을 테고 어쩌면 그 일환으로 우서가 이어트를 정복하도록 도왔을지도 모른다. 만일 그렇다면 아주 중요한 두 가지 의문이 남는다. 시미나는 왜 그런 짓을 했는가? 그리고 머지않아 공격의 희생양이 될 왕국은 어디인가?

릴래드는 내게 경고했었다. *사랑하는 게 있다면, 사람이든 뭐든, 조심하도록 해라.*

입안과 손바닥이 바짝바짝 말랐다. 나는 이제 너무도 절실하게 시미나를 만나러 가고 싶었다.

"말해 줘서 고마워요." 내 목소리는 평소보다 높았고, 달음박질치는 마음은 벌써 딴 곳에 가 있었다. "정보는 유용하게 사용토록 하지요."

라스가 고개를 끄덕이더니 내 팔을 다독인 다음, 절뚝이며 문밖으로 향했다. 나는 생각에 몰두한 나머지 잘 가라는 인사를 하는 것도 잊었다. 하지만 문득 정신을 차리고 라스가 막 문을 여는 순간 그녀를 불렀다.

"아라메리가 알아야 하는 게 뭐죠, 이모님?" 그녀를 처음 만났을 때부터 줄곧 궁금했던 것이었다.

라스가 발을 멈추고 나를 돌아보았다. "잔인해지는 법이지요." 대답하는 어조가 매우 부드러웠다. "사람 목숨을 화폐처럼 사용하고 죽음 그 자체를 무기처럼 휘두르는 법 말입니다." 그녀가 시선을 낮췄다. "언젠가 당신 어머니가 내게 그렇게 말한 적이 있답니다. 그 뒤로 그 말을 잊은 적이 없지요."

나는 멍하니 그녀를 바라보았다. 입안이 마르는 게 느껴졌다.

라스 온치가 내게 격식을 갖춰 절했다. "부디 당신은 배우지 않기를 기원합니다, 레이디."

*

다시 하늘로.

나는 평정심을 거의 회복한 상태로 시미나의 거처를 찾아갔다. 그녀의 집은 내가 머무르는 곳과 그리 멀지 않았다. 하늘궁의 순혈들은 모두 궁의 최상층에 살고 있다. 그녀는 거기서 한층 더 나아가 하늘궁에서 가장 높은 첨탑 중 하나를 자기 영역으로 선포했는데, 그건 즉 승강기가 별 도움이 되지 않는다는 의미였다. 지나가는 하인의 도움을 받아 첨탑으로 이어진 카펫 깔린 계단을 겨우 발견했다. 별로 높지는 않았다. 한 3층 정도? 계단을 다 올랐을 즈음에는 허벅지가 땅겨서 아플 지경이었다. 왜 하필 이런 곳에 살고 있는지 궁금증이 일었다. 몸 좋은 높은피들이야 별문제 없을 테고 하인들은 선택의 여지가 없을 테지만 신체적으로 허약한 사람, 가령 데카르타 같은 사람들은 여기까지 올라오지 못할 것이다. 어쩌면 그게 이유일지도.

노크를 하자 문이 활짝 열렸다. 둥근 천장 아래 복도가 펼쳐져 있고 양옆으로 조각상과 창문, 꽃 같은 게 담긴 화병이 놓여 있었다. 조각상 중에 내가 아는 인물은 없었다. 그저 아름다운 용모의 남녀들이 알몸으로 기교 넘치는 포즈를 취하고 있을 뿐이다. 복도 끝에는 낮은 탁자와 방석이 놓인 둥근 방이 있었다. 의자는 없었다. 시미나의 손님은 반드시 서 있거나 바닥에 앉아야 했다.

둥근 방 중앙에는 높은 단이 있고 그 위에는 소파 하나가 놓여 있었다. 시미나가 일부러 데카르타의 알현실과 비슷한 모습으로 방을 꾸며 놓은 건 아닌지 의심스러웠다.

시미나는 보이지 않았지만 단 뒤로 다른 복도가 보였다. 아마 보다 사적인 장소로 이어져 있을 것이다. 그녀는 나를 기다리게 할 작정이었다. 나는 한숨을 내쉬고는 방석에 앉아 주위를 돌아보았다. 남자를 발견한 건 그때였다.

그는 넓은 창문 중 하나에 등을 기댄 채 앉아 있었다. 자세는 편안한 것을 넘어 거의 방만했는데, 한쪽 다리를 세운 채 머리를 한쪽으로 힘없이 늘어뜨리고 있었다. 그가 완전히 벌거벗고 있다는 사실을 깨닫기까지는 시간이 좀 걸렸다. 머리카락이 너무 길어 어깨와 상반신 대부분을 덮고 있었기 때문이다. 그러고는 조금 시간이 지나서야 나는 소름이 오싹 돋는 기분과 함께 그 사람이 나하도스라는 사실을 깨달았다.

아니면 적어도, 나하도스라고 생각했다. 얼굴은 평소처럼 아름다웠지만 왠지 이상해 보였다. 조금 뒤에야 그의 얼굴이 하나로 고정되어 있는 것을 처음 봤기 때문이라는 사실을 깨달았다. 하나로 고정된 얼굴. 하나로 고정된 몸. 평소에 보던 끊임없이 변화하는 온갖 것들의 혼합물이 아니었다. 눈동자는 내가 기억하는 것처럼 끝없이 빨려들 듯한 검은 심연이 아니라 평범한 갈색이었다. 피부색은 옅었지만 아픈인처럼 평범한 인간처럼 옅은 색이지 달빛이나 별빛처럼 빛나지도 않았다. 그는 나른한 눈빛으로 나를 바라보았다. 눈을 깜박이고 있는 것만 빼면 손가락 하나 꼼짝하지 않은 채. 내 취향에 비하면 너무 가늘고 그저 짙은 그림자로만 보이는 입술에는 아주 희미한 미소가 새겨져 있었다.

"안녕. 오랜만이군."

어젯밤에 만났는데.

"안녕하세요, 나하도스 님." 나는 당혹감을 숨기기 위해 일부러 깍듯하게 대답했다. "어…… 괜찮으신가요?"

그가 몸을 약간 움직였다. 목에 감겨 있는 가느다란 은 구속구와 거기 연결되어 달랑거리는 사슬이 눈에 들어올 정도로만. 불현듯, 나는 이해했다. 나하도스는 낮에 자신이 인간이라고 말했다. 밤에는 이템파스를 제외한 그 누구도 밤의 군주를 구속할 수 없지만 낮이 되면 그는 약해졌다. 그리고…… 달랐다. 나는 그의 얼굴을 자세히 뜯어보았다. 하늘궁에 온 첫날에 봤던 광기는 한 톨도 남아 있지 않았다. 그 대신 내가 본 것은 계산적으로 머리를 굴리는 영악함이었다.

"아주 좋아." 두 입술 사이로 혀끝이 삐쳐 나왔다. 그 모습이 고개를 쳐들고 혓바닥을 날름거리는 뱀을 연상케했다. "시미나와 오후 시간을 함께 보내는 건 대개 즐겁거든. 다만 쉽게 지루해지지." 그가 숨을 잠깐 멈칫하더니, 말을 이었다. "다양성이 가미되면 좀 낫지만."

그게 무슨 의미인지 착각할 여지는 없었다. 그의 눈빛이 이미 내 옷을 벗기고 있었기 때문이다. 나를 불안하게 하려고 일부러 그런 말을 한 것 같았지만 이상하게도 오히려 머리가 맑아지는 기분이었다.

"왜 당신한테 사슬을 채운 거죠? 당신이 무력하다는 걸 상기시키려고?"

나하도스의 눈썹이 힐끗 추켜 올라갔다. 그러나 그의 표정에 진짜 충격은 없었다. 그저 순간적으로 흥미를 느낀 것뿐이었다. "이게 신경 쓰이나?"

"아뇨." 하지만 나하도스의 눈빛이 날카로워지는 순간, 그가 내 거짓말을 눈치챘음을 바로 깨달았다.

나하도스가 허리를 세워 앉자 사슬이 희미하게 달그락거렸다. 마치 멀리서 들려오는 종소리처럼. 그의 눈. 인간적이고 갈급하고 아주아주 잔인한 눈빛이 또다시 나를 발가벗기고 있었다. 그러나 이번에는 성적인 의미가 아니었다. "그와 사랑에 빠지진 않았군." 생각에 잠긴 말투였다. "그 정도로 멍청하진 않아. 하지만 그를 원하는군."

지금 상황이 마음에 안 들지만 그 사실을 시인할 생각은 없다. 이 나하도스는 왠지 나를 괴롭히는 걸 좋아하는 것 같았고 그런 사람 앞에서는 약점을 드러내면 안 된다.

하지만 뭐라 대답해야 할지 망설이는 사이, 그의 미소가 더욱 커졌다.

"원한다면 날 가질 수 있다."

순간 나도 모르게 그 말에 넘어갈까 봐 두려움이 일었다. 하지만 걱정할 필요는 없었다. 내가 느낀 것은 극도의 불쾌감이었다. "고맙지만 거절하지요."

그가 멋쩍은 감정을 흉내 내며 시선을 내리깔았다. "이해한다. 난 그저 필멸자 껍데기일 뿐이고, 너는 그보다 더 많은 것을 바라니까. 비난하진 않아. 하지만……." 그러더니 긴 속눈썹 사이로 나를 올려다보았다. 아니, 심술궂은 괴롭힘 따위가 아니다. 그의 얼굴에 도사리고 있는 것은 순수하고 노골적인 *사악함*이었다. 첫날밤, 내 두려움과 공포를 기꺼워하던 가학적인 미소가 여기 있었다. 왠지 그때보다도 더 두렵고 혼란스러웠다. 왜냐하면 그는 지금 제정신이었으니까. 지금 이 형태의 나하도스는 사제들이 들려준 옛이야기와 어둠을 무서워하는 어린애들에게 충분한 근거를 부여해 주고 있었다.

그리고 나는 그와 단둘이 있는 게 싫었다. 정말로 싫었다.

"너도 알고 있겠지." 그가 느릿하게 말했다. "그를 절대로 가질 수 없다는 것을. 그런 식으론 안 돼. 네 연약한 필멸자의 정신과 육신은 그의 권능 아래 달걀껍질처럼 으스러질 거다. 다르에 있는 네 고향집에 보낼 부스러기 하나 남지 않겠지."

나는 팔짱을 낀 채 시미나의 왕좌 아닌 소파 뒤에 있는 복도를 뚫어져라 노려보았다. 조금이라도 더 기다리게 한다면 그냥 가 버릴 작정이었다.

"하지만 나는……." 갑자기 그가 벌떡 일어나더니 어느새 내 앞에 와 있었다. 너무 가까웠다. 너무 놀란 나머지 관심 없는 척하는 것마저 깜박 잊고 그를 올려다보며 동시에 뒷걸음질 치려 했다. 하지만 나는 너무 느렸다. 그가 내 팔을 붙잡았다. 나는 그때까지도 그가 얼마나 큰지 실감하지 못하고 있었다. 그는 나보다 머리 하나는 더 컸고, 몸은 근육질이었다. 그가 밤의 모습을 하고 있을 때는 그의 몸을 거의 인식하지 않았다. 하지만 지금은 너무도, 너무도 잘 인식할 수 있었고 얼마나 위험할지도 절감할 수 있었다.

그는 나를 빙글 돌려세워 뒤에서 꼼짝 못 하게 붙드는 것으로 그 사실을 입증했다. 나는 몸을 뒤틀며 반항했지만 그의 손가락이 팔을 억세게 죄자 통증 때문에 비명을 지르고 말았다. 눈에 눈물이 차올랐다. 몸부림치는 것을 멈추자 그의 아귀힘도 누그러졌다.

"그를 맛보게 해 줄 수 있다." 내 귓가에 속삭임이 닿았다. 목덜미에도 뜨거운 숨결이 느껴졌다. 온몸에 소름이 돋았다. "하루가 다 가도록 네 위에서……."

"당장 놔." 나는 꽉 문 잇새로 명령을 뱉었다. 제발 효과가 있기를.

그의 손이 나를 놓아주었다. 그러나 그 이상으로 움직이지는 않았다. 나는 후다닥 몸을 뗐고, 그의 미소를 봤을 때는 방금 한 행동을 후회했다. 미소는 아주 차가웠다. 그래서 더 안 좋았다. 그는 나를 원했다. 그래, 이제는 확실하게 알 것 같았다. 그러나 중요한 것은 섹스가 아니었다. 그에게 만족감을 선사하는 것은 내가 내뿜는 두려움과 혐오감이었고, 그가 내 팔에 남긴 멍 자국이 가하는 고통이었다.

무엇보다 최악은, 내가 그것이 거짓말이 아님을 알았다는 데 그가 더 큰 즐거움을 느꼈다는 것이다. 잊고 있었다. 밤은 은밀한 유혹을 뿌리는 자들뿐만 아니라 강간범의 시간이다. 열정뿐만이 아니라 폭력의 시간이다. 이자는 내 취향의 밤의 군주였다. 아, 광명의 이템파스여, 부디 내가 이 이상을 바랄 만큼 미치지 않게 막아주시길.

"나하." 시미나의 목소리가 들려오자 나는 깜짝 놀라 돌아보았다. 그녀가 소파 옆에 서서 한 손을 허리에 얹은 채 미소 띤 얼굴로 나를 바라보고 있었다. 거기서 얼마나 오랫동안 우리를 지켜보고 있었던 걸까? "내 손님한테 너무 무례하구나. 미안하다, 조카야. 목줄을 더 짧게 해 놨어야 했는데."

내가 지금 어떤 심정이든, 고마운 것과는 거리가 멀었다. "난 이런 게임에 어울려 줄 만큼 참을성이 많지 않아요, 시미나." 너무 화가 치밀어서, 그리고 기지를 발휘하기엔 너무 겁이 나서 딱딱한 말투로 응수했다. "용건을 말해요. 빨리 해치우고 싶으니까."

시미나는 내 무례한 태도가 재미있는지 눈썹을 치켜세웠다. 그녀가 미소 띤 얼굴로 나하도스, 아니 나하에게 시선을 옮겼다. 그래, 저 짐승에게 신의 이름은 어울리지 않는다. 그가 시미나를 향해 천천히 걸어가더니 나를 등진 채 그녀 옆에 섰다. 시미나가 그의 팔을 손등으로 쓸어내리며 싱긋 웃었다. "가슴이 두근거리지 않니? 우리 나하는 아직 경험이 부족한 애들한테 그런 영향을 끼

친단다. 원한다면 그를 빌려가도 좋아. 너도 알겠지만, 나하는 몹시 자극적이거든."

나는 그 말을 못 들은 척했다. 하지만 나하가 시미나의 시선이 닿지 않는 곳에서 그녀를 어떤 눈으로 쳐다보고 있는지 알아차리지 않을 수가 없었다. 저런 걸 침대에 들이다니 저 여자는 멍청이다.

그리고 자리를 뜨지 않고 계속 머무르고 있는 나도 머저리였다. "좋은 하루 보내시길, 시미나 이모님."

"내가 들은 소문에 너도 흥미가 있을 줄 알았는데." 시미나가 내 등 뒤에 대고 말했다. "네 고향 땅과 관련이 있는 얘기야."

나는 발을 멈췄다. 라스 온치의 경고가 머릿속에서 시끄럽게 울려 댔다.

"네가 정치적으로 부상한 까닭에 네 나라에 새로운 적이 생겼단다, 조카야. 다르의 이웃 국가들이 네가 나나 릴래드보다 더 위험하다는 사실을 깨달았거든. 그럴 만도 해. 우린 여기서 태어났고, 민족이나 국가에 연연하는 구닥다리 버릇이 없으니까."

나는 천천히 몸을 돌렸다. "당신은 아믄인이잖아요."

"그래. 하지만 아믄족의 우월성은 온 세계가 인정하고 있단다. 우리는 뭘 해도 당연한 사람들이야. 하지만 넌, 우리가 얼마나 예쁘게 치장시키든 오랫동안 야만족으로 치부되던 민족이지."

그녀에게 전쟁 청원에 대해 대놓고 물어볼 수는 없었다. 하지만 어쩌면 ─

"무슨 말을 하고 싶은 거죠? 내가 아라메리가 됐다는 이유로 누군가 다르를 침공할 거라고요?"

"아니. 난 네가 아라메리의 권력을 행사할 수 있는데도 여전히 다르인처럼 *생각하기* 때문에 누군가 다르를 침공할 수 있다고 말하는 거란다."

내 휘하의 국가들에 내린 명령. 그러니까 그게 그녀의 핑계였다. 나는 그들에게 다르와의 무역을 재개하라고 압박했다. 물론 그건 편애처럼 보일 수 있고, 실제로 그 생각이 옳다. 새로운 부와 권력을 손에 넣었는데 어떻게 동포들을 돕지 않을 수 있겠어? 오직 내 생각만 한다면 내가 어떤 사람이 되겠어?

아라메리 사람. 마음 한 켠에서 추악한 목소리가 자그맣게 속삭였다.

나하가 몸을 움직이더니 시미나를 뒤에서 껴안았다. 사랑스러운 연인의 모습이었다. 시미나가 무심히 그의 팔을 쓰다듬는 동안 그는 사람을 죽일 수도 있을 것 같은 눈빛으로 그녀의 뒤통수를 쏘아보고 있었다.

"기분 나쁘게 여기지 말렴, 조카야. 네가 어떻게 행동하든 사실 별 상관은 없었을 거야. 어떤 사람들은 그저 그들이 생각하는 통치자의 이미지와 안 어울린다는 이유만으로 널 싫어할 거란다. 네가 키네스를 닮지 않아 유감이야. 그 눈만 빼고 말이지." 시미나가 눈을 사르르 감고 나하에게 몸을 기댔다. "물론 네가 다르인이라는 것도 별 도움이 되지 않을 테지. 너도 전사가 되기 위한 통과의례라는 걸 거쳤니? 어머니가 다르인이 아니었는데, 그럼 네 대모는 누구였니?"

"할머니." 나는 조용히 대답했다. 시미나가 다르 문화에 대해 그토록 많이 알고 있다는 건 그다지 놀랍지 않았다. 책만 펼치면 누구나 배울 수 있으니까.

시미나가 한숨을 내쉬며 나하를 돌아보았다. 놀랍게도 그는 표정을 갈아 끼우지 않았다. 더욱 놀라운 건 시미나가 그 눈에 담긴 순수한 증오를 보고도 미소 지었다는 것이다.

"다르인의 의식이 어떻게 이뤄지는지 아니?" 시미나가 대화를 하듯 나하에게 물었다. "다르인은 한때 대단히 강인한 전사들이었지. 그리고 모계사회란다. 우린 그들이 이웃 나라를 정복하고 그곳 사람들을 노예처럼 부리는 걸 금지해야 했어. 하지만 어둠의 족속들이 대개 그러듯이 아직도 남몰래 자기네 전통을 고집하고 있지."

"그들이 예전에 무엇을 했는지 안다." 나하가 말했다. "적 부족의 어린애를 사로잡아 할례를 한 다음 건강을 회복시켜 유희용으로 이용했지."

나는 얼굴에 감정을 드러내지 않는 법을 훈련받았다. 시미나가 그 말에 웃더니 나하의 머리칼을 붙잡아 입술에 가져다 댔다. 그러나 그녀의 눈은 나를 보고 있었다.

"세상이 변했고, 이제 다르인은 사내애를 납치하거나 신체를 훼손할 수 없어. 그래서 요즘 다르 여자아이들은 한 달 동안 숲에서 혼자 생존한 다음 집으로 돌아와서는 대모가 선택한 남자와 동침해야 하지. 여전히 야만적인 풍습이고, 그런 이야기를 들을 때마다 막으려고 애쓰고 있지만 지금도 계속되고 있지. 특히 상류층 여성들 사이에서 말이야. 아, 그들이 우리에게 잘 숨기고 있다고 생각하고 있는 부분은 바로 이거야. 다르 여자아이는 사람들 앞에서 공개적으로 남자와 결투를 벌여야 해. 이기면 폭력적인 갈등을 다루는 법을 배우게 되고, 질 경우에는 적에게 굴복한다는 게 어떤 건지 배우게 되지."

"그건 마음에 드는군." 나하가 속삭였다. 시미나가 소리 내어 웃으며 그의 팔을 장난스럽게 찰싹 때렸다.

"뻔하기는. 이제 조용히 해." 시미나의 눈동자가 나를 향했다. "원칙적으로는 예전과 똑같아 보여도 실은 많은 게 변했지. 이제 다르의 남성들은 여성을 두려워하지 않아. 존경하지도 않고."

그것은 질문이 아니라 서술이었다. 당연하지만, 나는 대답하지 않았다.

"생각해 보면 과거의 통과의례 쪽이 더 문명적이었어. 그건 어린 전사들에게 생존하는 방법뿐만 아니라 적을 어떻게 다루고 존중해야 하는지를 가르쳤거든. 많은 여성이 나중에 자기 포로와 결혼을 했지. 그렇지 않니? 그러니까 심지어 사랑하는 법까지도 배웠던 거야. 하지만 지금은…… 글쎄. 그게 뭘 *가르쳐* 주긴 하니? 항상 궁금하더구나."

✳

원하는 걸 얻으려면 필요한 건 뭐든 해야 한다는 걸 가르쳐 주지, 이 썩을 년아.

*

나는 아무 말도 하지 않았다. 이윽고 시미나가 한숨을 내쉬었다.

"그래. 다르의 국경 지대에서 새로운 동맹 관계가 형성되고 있단다. 다르가 새로 얻은 힘에 대항하기 위해서 말이야. 하지만 사실 다르는 새로운 힘을 얻은 적이 없고, 그건 즉 그 지역 전체의 상황이 불안정해지고 있다는 뜻이야. 그런 상황에서 무슨 일이 일어날지 누가 알겠니."

뾰족하게 벼린 돌멩이를 찾고 싶어 손가락이 움찔거린다. "그건 협박인가요?"

"그러지 말렴, 조카야. 난 그저 정보를 알려 주는 것뿐이야. 우리 아라메리 사람들은 서로를 돌봐줘야 하거든."

"걱정해 주셔서 감사합니다."

여기서 더 발끈하기 전에 떠나려고 몸을 돌렸다. 하지만 이번에 나를 붙들어 세운 것은 나하의 목소리였다.

"이겼느냐? 전사 의례 말이다. 이겼느냐, 아니면 남자가 구경꾼들 앞에서 너를 강간했느냐?"

대답할 가치도 없는 질문이었다. 정말 그랬다. 하지만 난 대답했다. "내가 이겼어요." 그러고는 덧붙였다. "어느 정도는."

"그래?"

눈을 감으면 아직도 볼 수 있다. 그날 밤 이후 육 년이나 지났지만 모닥불 냄새, 오래 묵은 털가죽과 피 냄새, 그리고 한 달 동안 야생에서 구른 내 몸에서 나는 악취가 여전히 생생하게 느껴졌다.

"대모는 대개 전투 실력이 별로인 상대를 선택하죠." 나는 나직하게 말했다. "어린애에서 갓 벗어난 여자아이가 이길 수 있도록. 하지만 나는 에누가 될 아이였고, 사람들은 나를 못미더워했어요. 아믄인 혼혈이었으니까. 아라메리의 피가 절반 흐르고 있었으니까. 그래서 할머니는 우리 남성 전사 중에서 가장 강한 자를 골랐죠."

사람들은 내가 이기리라고 기대하지 않았다. 버텨 내기만 해도 충분히 전사로 인정받았을 것이다. 시미나의 말처럼 우리도 많은 면에서 변했으므로. 그러나 버티는 것만으로는 에누가 되기에 충분치 않았다. 남자가 남들 앞에서 나를 깔아 눕힌 뒤 온 마을을 돌아다니며 으스댄다면 아무도 나를 따르지 않을 것이다. 나는 이겨야 했다.

"남자가 이겼군." 나하가 내 고통을 갈구하며 숨을 내뱉었다.

나는 그를 쳐다보았다. 그가 눈을 깜박였다. 그가 내 눈에서 무엇을 봤을지 궁금하다.

"볼거리는 충분히 제공해 줬죠. 의식의 요건을 만족시킬 만큼. 그런 다음 소매 안에 숨겨 뒀던 돌칼로 그 자식 머리를 찔렀어요."

전사의회는 매우 화를 냈다. 특히 내가 임신하지 않았다는 사실이 확실해지자 더욱 그랬다. 남자를 죽인 것만으로도 나쁜데, 미래의 딸들에게 물려줄 강한 씨와 힘마저 잃게 하다니! 한동안 이 승리는 나에게 불리하게 작용했다. 저 애는 진정한 다르가 아니야. 수군거림이 퍼져 나갔다. 저 아이에게는 죽음이 너무 많아.

그 남자를 죽이려고 한 건 아니었다. 정말이다. 하지만 어쨌든 우리는 전사의 민족이고, 내가 가진 아라메리 살인자의 기질을 더 높이 평가하는 이들이 내 능력을 의심하는 자들을 수적으로 능가했다. 이 년 뒤 나는 에누로 임명되었다.

시미나는 뭔가를 가늠하는 듯 생각에 잠겨 있었다. 그러나 나하는 냉랭했다. 그의 눈은 뭐라 불러야 할지 모를 어두운 감정을 드러내고 있었다. 굳이 말하자면 냉소에 가까울지도 모른다. 하지만 별로 놀라운 일은 아니었다. 안 그래? 나는 생각보다 더 다르인보다 아라메리에 가까운 것 같으니까. 예전부터 늘 내가 싫어하던 부분이었다.

"그가 네게 하나의 얼굴만 보여 주기 시작했지?" 나는 단번에 "그"가 누구를 뜻하는지 알아차렸다. "그게 시작이지. 목소리는 점점 낮아지고 입술은 더 도톰해질 거다. 눈 모양도 바뀌겠지. 그러고는 네가 상상하는 가장 달콤한 꿈에서 튀어나온 듯한 모습으로 마음에 드는 말만을 해 주고, 마음에 드는 곳만을 건드리겠지." 나하는 마치 위안을 구하듯 시미나의 머리칼에 얼굴을 묻었다. "그러고 나면 시간문제일 뿐이야."

나는 두려움과 죄책감, 그리고 내가 아무리 아라메리에 가까운들 이곳에서 살아남는 데는 전혀 도움이 되지 않는 오싹한 증오심에 떠밀려 자리를 떴다. 나는 아직 아라메리가 되기엔 부족했다. 그래서 나는 비레인을 찾아갔고, 그래서 도서관으로 향하게 되었으며, 내 안에 있는 두 영혼의 비밀을 알게 되었던 것이다. 그리고 그것이 바로, 내가 죽게 된 이유였다.

14장

걸어 다니는 죽음

"우린 네 아버지를 치료했어." 시에가 말했다. "그게 네 어머니
가 받은 대가야. 그 보답으로 그녀는 아직 태어나지 않은 자식을
에네파의 영혼을 담을 그릇으로 내놓았고."

나는 두 눈을 질끈 감았다.

내 침묵 속에서, 시에가 가슴 가득 숨을 들이삼켰다. "우리의 영
혼도 너희와 크게 다르지 않아. 우리는 에네파가 죽은 뒤에 다음
단계로 갔을 줄만 알았어. 원래 그래야 하거든. 하지만 이템파스
가…… 이템파스가 에네파를 살해한 뒤에 그녀의 일부분을 가져
갔지. 그녀의 한 조각을 말이야." 금방 눈치채지는 못했지만 시에
는 평소보다 말을 다소 빨리 하고 있었다. 진정시켜 줘야 할까 하
는 생각이 들었다. "그게 없다면 이 우주의 모든 생명이 죽을 테
니까. 에네파가 창조한 모든 것들, 나하도스와 이템파스를 제외한
모든 게 말이야. 그건 그녀의 힘이 담긴 마지막 흔적이었어. 필멸

자들은 그걸 대지의 돌이라고 불렀지."

꼭 감은 눈꺼풀 뒤로 이미지가 떠올랐다. 멍든 피부색의 작고 못생긴 덩어리. 과일씨핵. 어머니의 은목걸이.

"그 돌이 이 세계에 있는 한 그녀의 영혼도 여기 잡혀 있게 돼. 육신이 없으니 영혼은 끊임없이 방황하고 표류했지. 우리는 수 세기가 지난 뒤에야 무슨 일이 있었는지 알게 됐어. 그 사실을 알게 되었을 즈음에 에네파의 영혼은 폭풍우를 뚫고 지나온 배의 돛처럼 너덜너덜해져 있었고. 다시 육신 안에 집어넣는 것만이 영혼을 복원할 유일한 방법이었지." 시에가 한숨을 푹 쉬었다. "에네파의 영혼을 아라메리 혈족의 몸 안에 넣어 보호한다는 게 여러 가지 면에서 매혹적이었다는 사실은 부인하지 않을게."

나는 고개를 끄덕였다. 그것만큼은 나도 이해할 수 있었다.

"에네파의 영혼을 건강하게 회복시킬 수만 있으면 그걸 사용해 우리도 자유를 얻을 수 있어. 이 세계에서 우리를 제압하고 육신 속에 가둬 놓고 아라메리에게 종속시키고 있는 게 바로 대지의 돌이니까. 이템파스는 살아 있는 것들을 유지하기 위해서가 아니라 에네파의 힘을 나하도스한테 사용하려고 그 돌을 가져간 거야. 셋 중 둘이 힘을 합치면 하나를 누를 수 있으니까. 하지만 스스로 그 돌을 사용할 수는 없었지. 세 신은 서로 너무너무 달랐거든. 오직 에네파의 자식들만이 에네파의 힘을 사용할 수 있어. 나 같은 소격신이나 필멸자 말이야. 실제로 전쟁 중에 돌을 사용한 것도 그 둘이고. 내 형제자매 몇몇과 이템파스의 한 사제였지."

"샤하르 아라메리구나."

시에가 고개를 끄덕이자 침대가 살짝 요동쳤다. 자카른은 우리를 지켜보고 있을 뿐 아무 말도 하지 않았다. 나는 마음속으로 자카른의 얼굴을 도서관에서 본 얼굴과 비교해 보았다. 자카른의 얼굴은 에네파와 닮았다. 똑같이 날카로운 턱과 높은 광대뼈. 생각해 보면 세 소격신 모두가 그랬다. 얼핏 보기에는 한 동기간이나심지어 같은 인종으로도 보이지 않는데도 에네파의 모든 아이들은 에네파와 외모가 닮았다. 어머니에 대한 일종의 찬사의 의미였다. 쿠루에는 모친과 똑같이 솔직하고 상대를 꿰뚫어보는 눈빛을지녔고 시에는 똑같은 옥색 눈이다.

나처럼.

"그래, 샤하르 아라메리." 시에가 탄식을 내뱉었다. "그녀는 필멸자였기 때문에 대지의 돌이 지닌 힘의 아주 작은 일부분밖에사용하지 못했지. 하지만 그녀야말로 결정타를 날린 장본인이야.샤하르 아라메리만 없었다면 나하도스는 그날 에네파의 죽음에대해 복수할 수 있었을 거야."

"나하도스는 너희가 내 목숨을 원한다던데."

자카른의 목소리에는 약간의 짜증이 묻어 있었다. "그걸 네게말했다고?"

시에의 목소리에도 똑같이 짜증이 담겨 있었지만 그건 자카른을 향한 것이었다. "그 정도면 본성을 꽤 오래 거스른 거지."

"사실이야?" 내가 물었다.

시에가 너무 오래 말이 없어서, 나는 눈을 떴다. 그가 내 표정을보고 얼굴을 찡그렸다. 상관없었다. 더 이상은 얼버무리기도, 불가해한 비밀도 안 된다. 나는 에네파가 아니었다. 나는 그를 사랑할 필요가 없었다.

자카른이 팔짱을 풀었다. 은근한 협박이 담긴 동작이었다. "넌 우리와 동맹을 맺는 데 아직 동의하지 않았다. 그러니 데카르타에게 이 정보를 전할 수도 있겠지."

나는 시에에게 보낸 것과 똑같은 눈빛을 그녀에게 돌려주었다. 단어 하나하나를 신중하게 강조하며 말했다. "어째서 내가 그를 위해 당신들을 배신할 거라고 생각하지?"

자카른의 눈동자가 파드득 시에를 향했다. 시에가 웃음기가 전혀 없는 미소를 지었다. "안 그래도 다른 애들한테 너라면 그렇게 말할 거라고 했어. 우리 중에 적어도 한 명은 네 편이야, 예이네. 네가 믿든 말든 상관없이."

나는 아무 말도 하지 않았다. 자카른은 여전히 나를 노려보고 있었고, 나도 그녀의 도발을 피해서는 안 된다는 것쯤은 알았다. 어차피 양쪽 모두에게 무의미한 도발이었다. 내가 명령을 내린다면 그녀는 전부 털어놓을 수밖에 없고, 내가 아무리 굳게 약속해도 나는 그녀의 신뢰를 얻지 못할 것이다. 그러나 내 세계는 이미 산산조각 났으며 필요한 것을 알아낼 다른 방법도 없었다.

"내 어머니가 나를 당신들에게 팔았지." 주로 자카른을 겨냥한 말이었다. "어머니는 절박했고, 똑같은 처지였다면 나도 같은 선택을 했을지 몰라. 하지만 어쨌든 어머니는 결정을 내렸고 지금 나는 어떤 아라메리에게도 좋은 마음이 없어. 당신과 당신 동료들은 신이지. 그러니 니킴 게임을 하듯 필멸자의 목숨을 갖고 논다

226

고 해도 별로 놀랍지 않아. 하지만 난 인간은 그보다 더 나을 거라고 믿어."

"너희는 우리의 상(像)을 따서 만들어진 거다." 자카른이 차갑게 내뱉었다.

불쾌하리만큼 예리한 지적이었다.

싸워야 할 때가 있고 후퇴해야 할 때가 있다. 내 안에 담긴 에네파의 영혼이 모든 것을 바꿔 놓았다. 에네파는 이템파스의 적이고 아라메리는 이템파스의 종복이기에, 이제 아라메리 가문은 훨씬 근본적인 의미로 내 적이 되었다. 그러나 그렇다고 해서 에네파데가 자동적으로 나와 같은 편이 되는 것은 아니다. 엄밀히 말하면 나는 에네파가 아니니까.

정적을 깨트린 것은 시에의 한숨 소리였다. "넌 뭘 좀 먹어야 해." 시에가 이렇게 말하며 일어나더니 침실에서 나갔다. 현관문이 열렸다가 닫히는 소리가 들렸다.

나는 거의 사흘 동안 내리 잠만 잤다. 울컥하는 마음에 방에서 나갈 거라고 한 선언은 허세에 불과했다. 손은 덜덜 떨렸고, 설사 시도한다고 해도 내 발로 멀리까지 갈 수 있을 것 같지 않았다. 나는 떨리는 손을 내려다보며 에네파데가 여신의 영혼으로 나를 오염시킬 거였으면 적어도 강인한 육신도 같이 주면 어디가 덧나느냐고 불퉁하게 생각했다.

"시에는 널 사랑한다." 자카른이 말했다.

나는 손이 더 이상 떨리지 않게 침대 위에 내려놓았다. "알아."

"아니, 넌 몰라." 날카로운 대꾸에 나는 시선을 들었다. 자카른은 여전히 화가 나 있었고, 나는 그게 우리의 동맹과는 전혀 상관없는 일이라는 것을 깨달았다. 그녀는 내가 시에를 대하는 태도에 화가 나 있었다.

"당신이 나라면 어떻게 할 건데? 주변은 온통 비밀뿐이고, 그 대답에 당신 목숨이 달려 있다면?"

"너처럼 행동했겠지." 그 대답은 나를 놀라게 했다. "가능한 많은 정보를 수집하기 위해 내가 가진 모든 것을 활용할 것이고, 그에 대해 사과하지도 않을 것이다. 하지만 나는 시에가 오랫동안 그리워했던 어머니가 아니지."

앞으로 사사건건 여신과 비교되는 데 아주아주 진절머리가 나리라는 걸 벌써부터 알 수 있었다.

"나도 아냐." 나는 재빨리 쏘아붙였다.

"시에도 안다. 하지만 그럼에도 그는 너를 사랑하지." 자카른이 한숨을 내쉬었다. "어린애거든."

"시에가 당신보다 더 나이가 많지 않아?"

"우리에게 나이는 중요하지 않다. 중요한 건 본성을 유지하는 것이지. 시에는 철저하게 어린 시절의 본성을 유지하고 있고, 그건 아주 어려운 일이야."

상상이야 할 수 있지만 이해가 되지 않았다. 에네파의 영혼이 깃들어 있다고 해서 신성의 고난에 대한 특별한 통찰력이 절로 생기는 건 아닌 모양이었다.

"내가 어떻게 하길 바라?" 배가 고파서일지도 모르지만 나는 피곤했다. "품에 안고 모든 게 다 잘될 거라고 다독여 줘야 하는 거야? 당신에게도 똑같이 해 줘?"

"시에에게 다시 상처 주지 마라." 그 말과 함께 자카른은 사라져 버렸다.

나는 그녀가 서 있던 자리를 한참 동안 응시했다. 시에가 돌아 왔을 때도 계속 그 자리를 보고 있었다. 그가 내 앞에 쟁반을 내려 놓았다.

"이곳 하인들은 질문을 하지 않아. 그편이 안전하거든. 그래서 티브릴도 내가 가서 먹을 것을 달라고 할 때까지 네가 아팠다는 것도 모르고 있더라. 지금 네 담당 하인들을 사정없이 박살 내는 중이야."

쟁반에는 다르식 연회가 펼쳐져 있었다. 칼레나 잎으로 싼 생선 살과 마아쉬 페이스트, 거기에 불에 구운 노란색 피망이 곁들여져 있었다. 얇고 바삭하게 구워 말은 풍미 가득한 고기요리. 다르였 다면 특정 종의 나무늘보 심장을 썼을 테지만 이건 쇠고기일 것 이다. 그리고 진짜 보물은 통째로 구운 커다란 바나나였다. 내가 제일 좋아하는 디저트였다. 티브릴은 어떻게 이런 걸 알고 있는 걸까.

나는 칼레나 잎말이를 집었다. 배가 너무 고파 손이 떨리고 있 었다.

"데카르타는 네가 후계 경쟁에서 이기길 바라는 게 아니야." 시에 가 조용한 어조로 말했다. "널 여기 데려온 건 그래서가 아니야. 그 는 네가 릴래드와 시미나 중 한 명을 선택하길 바라는 거야."

나는 고개를 번쩍 들어 그를 쳐다보았다. 일광욕실에서 엿들었던 릴래드와 시미나의 대화가 떠올랐다. 시미나가 말한 게 그걸까? "둘 중 하나를 선택한다고?"

"아라메리 가문의 계승 의식이지. 가문의 새로운 수장이 되려면 후계자 중 한 명이 데카르타의 이마에서 지배인(支配印)을 새로운 사람에게 옮겨야 해. 지배인은 다른 모든 인을 능가하는 영향력을 행사해. 그걸 가진 사람은 우리와 아라메리 일족, 그리고 이 세계에 절대적인 권력을 가지게 되지."

"아라메리 일족?" 나는 인상을 찌푸렸다. 신들이 전에 내 이마의 인을 바꿔치기할 때 비슷한 말을 암시한 적이 있다. "그거였군. 그럼 혈인이 진짜로 하는 일이 뭐야? 데카르타가 우리 생각을 읽을 수라도 있나? 우리가 복종하길 거부하면 뇌를 태워 버리기라도 해?"

"아니, 그렇게 거창한 건 아니야. 높은피를 암살자라든가 뭐 그런 것에서 보호하기 위한 보호 주문이 내재되어 있긴 하지만 가문 사람들에게는 그저 충성을 강요할 뿐이야. 이마에 인을 가진 이들은 수장의 이익에 반하는 행동을 할 수 없어. 이런 조치를 취하지 않았다면 이미 오래전에 시미나가 데카르타를 무너뜨리거나 죽일 방법을 찾았을걸."

잎말이 냄새가 너무 좋았다. 나는 시에의 말을 곰곰이 생각하면서 잎말이를 한입 베어 물고 천천히 씹었다. 특이한 생선이었다. 이 지역에서 나는 종류인 것 같은데, 흔히 사용되는 반점무늬가 있는 우이와 비슷하지만 같지는 않았다. 그래도 맛은 좋았다. 배가 몹시 고팠지만 며칠간 굶은 후 갑자기 배에 음식을 마구 집어

넣으면 안 된다는 것쯤은 나도 안다.

"그리고 대지의 돌이 계승 의식에 사용돼. 이템파스의 명에 따라 아라메리 중 한 명이 돌의 힘을 사용해 지배인을 이전하지."

"아라메리 중 한 명." 또 다른 퍼즐 조각 하나가 맞춰진 기분이었다. "하늘궁에 사는 사람이라면 누구나 된다는 뜻이야? 가장 지위가 낮은 하인까지 전부 다?"

시에가 천천히 고개를 끄덕였다. 나는 그가 꿍꿍이가 있을 때면 눈을 깜박이지 않는다는 것을 알아차렸다. 시에의 작은 약점이었다.

"어떤 아라메리든 할 수 있어. 하지만 되도록 본계와 멀어야지. 왜냐하면 그 사람은 돌을 사용하는 순간만큼은 세 주신 중 하나가 되거든."

시에의 말에 모든 것이 담겨 있었다. 그 사람. 사용하는 순간만큼은.

그건 마치 성냥불을 긋는 것과도 비슷할 것이다. 필멸자의 육신에 그토록 강력한 힘을 품는다는 것. 눈부시게 타오르는 불꽃. 찰나의 순간 밝고 화려하게 타오르지만 그다음엔······

"죽는 거구나."

시에가 아이답지 않은 미소를 지어 보였다. "그래."

영리하다. 참으로 영리하다, 내 아라메리 조상들은. 그들은 아무리 옅은 피를 가지고 있다 한들 모든 혈족을 하늘궁에서 일하게 함으로써 대지의 돌의 제물로 이용할 수 있는 실질적인 군대를 만든 것이다. 이들 모두가 단 한 번씩만 대지의 돌을 사용해도 아라메리 가문(짙은 피를 가진 아라메리, 적어도 가장 마지막에 죽을 자)은 상당히 오랜 시간 동안 여신의 힘에 근접한 권능을 발휘할 수 있다.

"그러니까 데카르타는 내가 그 사람이 되길 바라는 거군. 왜?"

"이 가문의 수장은 사랑하는 사람조차 제 손으로 죽일 수 있어야 하니까." 시에가 어깨를 으쓱했다. "하인에게 사형 선고를 내리는 건 쉬워. 하지만 친구는 어떨까? 남편은?"

"데카르타가 날 부르기 전까지 릴래드와 시미나는 내가 존재한다는 것도 몰랐어. 왜 나를 선택한 거지?"

"그건 데카르타만 알겠지."

다시 울분이 치솟았다. 답답하고 좌절감으로 가득한, 어디로 터트려야 할지 몰라 길 잃은 분노였다. 나는 에네파데가 모든 해답을 갖고 있다고 생각했다. 하지만 물론 일이 그렇게 쉬울 리가 없다.

"대혼돈의 이름으로, 도대체 너희는 왜 하필 나를 이용하기로 한 거야?" 나는 신경질을 냈다. "할 수만 있으면 에네파의 영혼을 가장 파괴하고 싶어 하는 무리 한복판에 던져 둔 꼴이잖아?"

시에가 갑자기 멋쩍은 표정으로 코를 문질렀다. "어…… 그건…… 내 생각이었어. 원래 등잔 밑이 제일 어둡다고 하잖아. 그리고 데카르타가 키네스를 사랑한다는 건 유명하니까, 네가 안전할 줄만 알았지. 설마 키네스를 죽일 거라곤 생각도 못 했어. 어쨌든 적어도 이십 년 전에는. 우리도 당황했다고."

나는 잎말이를 한입 더 베어 물고는 향긋한 잎사귀를 천천히 씹었다. 실제로 어머니가 돌아가시리라고는 아무도 예상하지 못했다. 하지만 그럼에도 내 마음, 아직껏 슬퍼하고 분노하고 있는 한

구석에서는 그 정도는 당연히 짐작해야 하는 게 아니냐고 힐난하고 있었다. 그들은 어머니에게 경고했어야 했다. 어머니의 죽음을 막아야 했다.

"있잖아." 시에가 몸을 기울였다. "대지의 돌은 지상에 남아 있는 에네파의 몸이야. 그리고 네겐 에네파의 영혼이 있지. 그러니까 넌 에네파 말고는 누구도 할 수 없는 방식으로 돌의 힘을 사용할 수 있어. 만약에 네가 대지의 돌을 손에 쥔다면, 예이네, 넌 우주의 형상을 바꿀 수도 있을 거야. 그냥 이렇게만 해도 우리를 자유롭게 풀어 줄 수 있어." 시에가 손가락을 딱 하고 튕겼다.

"그런 다음 죽겠지."

시에가 시선을 떨궜다. 그의 흥분이 잦아들었다. "원래 그럴 계획은 아니었어. 하지만, 응, 그래."

나는 잎말이 하나를 해치운 다음 쟁반 위에 남아 있는 음식을 아무 감흥 없이 내려다보았다. 식욕이 싹 사라졌다. 하지만 조금씩 쌓여 가는 분노가, 어머니의 살해범을 향한 원한 못지않게 뜨거운 분노가 그 자리를 메우고 있었다.

"너도 내가 승계 다툼에서 지길 원했다는 뜻이구나." 내가 차분한 목소리로 말했다.

"음…… 그래."

"만약에 내가 너희의 동맹 제의를 받아들인다면 그 대가로 뭘 제시할 생각이었어?"

시에는 아주 조용해졌다. "우리가 자유의 몸이 된 뒤에 일어날 전쟁에서 네 나라를 보호해 주겠다고 하려고 했어. 우리가 승리하고 나면 언제까지고 축복을 베풀 거고. 우리는 맹세를 치켜, 예이네. 믿어 줘."

나는 그를 믿었다. 게다가 네 신이 내리는 영원한 축복이란 실로 매우 유혹적이었다. 그것은 다르의 안전과 번영을 보장해 줄 것이다. 지금 눈앞에 닥친 시련을 버텨 낼 수만 있다면 말이다. 에네파데는 내 마음을 아주 잘 이해하고 있었다.

하지만 그들은 내가 어떤 영혼을 갖고 있는지도 잘 안다고 생각했지.

"그것 말고도 원하는 게 하나 더 있어. 너희가 원하는 대로 해줄게, 시에. 설령 내가 죽는다고 해도 말이야. 어머니를 죽인 살인자에게 복수할 수만 있다면 난 그걸로 족하니까 돌의 힘을 사용해 너희를 자유롭게 풀어 주고 기꺼이 죽어 줄게. 하지만 난 절대로 초라하게 패배한 제물이 되지는 않을 거야." 나는 그를 똑바로 응시했다. "난 후계 경쟁에서 이기길 원해."

시에의 사랑스러운 녹색 눈이 휘둥그레졌다.

"예이네. 그건 불가능해. 데카르타와 릴래드와 시미나는…… 모두 너를 적대시해. 네가 이길 가능성은 없어."

"이 모든 계획을 짠 건 너잖아, 맞지? 장난의 신이라면 방법을 찾아내고도 남아야지."

"난 장난의 신이지, 정치의 신이 아니라고!"

"가서 다른 신들에게 내 조건을 전해 줘." 나는 포크를 집어 들고 채소절임을 먹기 시작했다.

시에가 나를 멍하니 쳐다보더니 이윽고 허탈한 웃음을 지었다.

"믿을 수가 없다. 넌 나하보다도 더 미쳤구나." 그는 자리에서 일어나 한 손으로 머리를 문질렀다. "너…… 하, 신이여." 자기가 얼마나 이상한 욕설을 했는지도 알아차리지 못한 것 같았다. "그렇게 전할게."

나는 격식을 차려 깍듯한 동작으로 고개를 숙였다. "그쪽의 답변을 기다리지."

시에는 이상한 언어로 둥근 공을 불러내고는 침실 벽을 통해 떠났다.

물론 그들은 내 제안을 받아들일 것이다. 내가 이기든 지든 그들은 그토록 원하는 자유를 얻어 낼 것이다. 물론 내가 그들을 풀어 주어야 가능한 일이지만. 그러니 그들은 무슨 짓을 해서든 내 비위를 맞춰 주려 할 것이다.

또다시 잎말이를 집어 들며, 나는 음식을 천천히 씹는 데만 온전히 신경을 집중했다. 혹사당한 위장이 반항하지 않도록. 빨리 회복하는 것은 중요했다. 곧 힘이 필요해질 테니까.

15장

증오

저 아래 고향 땅이 보인다. 마치 내가 하늘을 날고 있는 양 휙휙 빠르게 지나간다. 높은 능선과 자욱한 안개, 복잡하게 엉킨 계곡. 간간이 보이는 들판과 그보다 더 드문드문한 마을과 도시. 다르는 무척 푸른 곳이다. 하늘궁으로 가는 길에 하이노스와 세늠을 횡단하며 많은 곳을 보았지만 아름다운 내 조국 다르만큼 푸르른 곳은 어디에도 없었다. 나는 이제 그 이유를 안다.

✳

나는 다시 잠들었다. 눈을 떴을 때도 시에는 아직 돌아오지 않았다. 벌써 밤이었다. 어차피 답변을 금방 들으리라고는 기대하지 않았다. 내가 순순히 죽기를 거부했으니 에네파데는 아마 화가 잔뜩 났을 것이다. 나라도 한동안 기다리게 했을 것이다.

잠에서 깨자마자 거의 바로 현관문을 두드리는 소리가 났다. 문을 열자 앙상한 얼굴의 하인이 꼿꼿한 자세로 서서 진저리가 쳐질 만큼 깍듯한 말투로 말했다. "레이디 예이네, 전갈을 가져왔습니다."

나는 눈을 비비며 계속 말하라고 고개를 끄덕였다. 그러자 그가 말했다. "조부님께서 레이디의 방문을 요청하셨습니다."

정신이 번쩍 들었다.

＊

알현실은 비어 있었다. 나와 데카르타뿐이었다. 나는 첫 만남 때처럼 무릎을 꿇고 관례대로 바닥에 칼을 내려놓았다. 스스로 놀랄 정도로, 나는 데카르타를 죽이는 데 그것을 사용할 생각이 없었다. 나는 데카르타를 증오했지만 내가 원하는 것은 그의 피가 아니었다.

"그래." 데카르타가 왕좌에 앉아 말했다. 전에 없이 다정한 목소리였다. 하지만 내 귀에만 그렇게 들리는 건지도 모른다. "아라메리의 일원으로 지낸 일주일은 즐거웠느냐, 손녀야?"

벌써 일주일이나 됐다고?

"아뇨, 할아버지. 즐겁지 않았습니다."

데카르타가 짧게 웃었다. "하지만 이제는 우리를 더 잘 이해할 수 있게 됐겠지. 그래, 어떻게 생각하느냐?"

이런 건 예상하지 못했다. 대체 무슨 속셈인지 속으로 의아해하며 무릎을 꿇은 상태에서 고개를 들어 올려다보았다.

나는 천천히 입을 열었다. "제 생각은 여기 오기 전과 변함이 없습니다. 아라메리는 사악합니다. 그때와 변한 게 있다면 이곳 사람들의 대다수가 미쳤다는 게 추가된 정도일까요."

데카르타가 군데군데 이가 없는 잇몸을 드러내며 활짝 웃었다. "언젠가 키네스도 비슷한 말을 한 적이 있지. 하지만 그 애는 거기에 자기 자신도 포함시켰단다."

나는 그 말을 부정하고 싶은 충동에 애써 저항했다. "어쩌면 그래서 어머니가 이곳을 떠난 것일지도 모르죠. 저도 여기 오래 머무른다면 다른 사람들처럼 미치고 사악해질지도 모르고요."

"어쩌면." 묘하게 상냥한 어조라 당혹스러웠다. 표정을 전혀 읽을 수도 없었다. 데카르타의 얼굴에는 주름이 너무 많았다.

고요한 적막 속에서 몇 번의 숨소리가 지나갔다. 침묵이 점차 고조되고, 팽팽하게 당겨지다, 결국 깨졌다.

"왜 내 어머니를 죽였는지 말해 봐요."

데카르타의 미소가 희미해졌다. "나는 에네파데가 아니다, 손녀야. 넌 내게 대답을 명할 수 없어."

온몸에 천불이 확 치솟더니 다음 순간 싸늘하게 식었다. 나는 천천히 바닥에서 일어났다. "어머니를 사랑했잖아요. 그분을 미워하거나 두려워했다면 이해라도 했을 거예요. 하지만 사랑했잖아요."

데카르타가 고개를 끄덕였다. "사랑했지."

"어머니는 돌아가실 때 울고 계셨지요. 눈을 뜨게 하기 위해 눈꺼풀에 물을 묻혀야 했……"

"닥쳐라."

텅 빈 방 안에 그의 음성이 메아리쳤다. 거기 담긴 날카로움이 무딘 칼날처럼 내 분노를 자극했다.

"그리고 지금도 사랑하잖아, 이 멍청하고 가증스러운 개자식 아." 나는 그를 향해 뚜벅뚜벅 다가가기 시작했다. 칼은 여전히 바닥에 놓여 있었다. 내가 그것을 정말로 사용하지 않을지 더는 나 자신을 신뢰할 수 없었다. 나는 할아버지가 앉아 있는 높다란 왕좌를 향해 걸음을 옮겼고, 그는 의자에서 몸을 들썩였다. 노여움 때문에, 아니면 두려움 때문인지도 모른다. "당신은 어머니를 사랑했고 그분의 죽음을 슬퍼하지. 전부 다 자기가 한 짓이면서 슬퍼하고 또 어머니가 다시 돌아오길 바라. 이템파스께서 지금 이걸 듣고 계신다면, 질서와 의로움, 아니면 사제들이 맨날 늘어놓는 것들에 조금이라도 관심을 갖고 계신다면, 그럼 나는 그분께 당신이 어머니를 계속 사랑하게 해 달라고 빌겠어. 그래야 어머니를 잃은 나와 똑같은 심정을 느낄 수 있을 테니까. 죽을 때까지 괴로워하면 몸부림치길. 부디 앞으로 오래오래 그 고통 속에서 허우적대길 빕니다, 할아버지!"

이제 나는 데카르타의 눈앞에 와 있었다. 나는 몸을 기울여 그가 앉아 있는 왕좌의 양쪽 팔걸이에 손을 얹었다. 눈동자 색깔이 보일 정도로 가까운 거리였다. 아무 색도 없는 것처럼 옅디옅게 바랜 푸른색. 전성기 때야 어땠든 지금 데카르타는 초라하고 나약한 사내일 뿐이었다. 지금 주먹을 세게 날리면 뼈를 부러뜨릴 수도 있었다.

그러나 나는 데카르타에게 손대지 않았다. 쉽고 빠른 죽음은 물론이요, 단순한 육체적 고통으로는 결코 충분하지 않다.

"이런 강렬한 증오라니." 데카르타가 속삭였다. 그러고는 놀랍게도, 히죽 웃었다. 죽은 자의 미소처럼 일그러진 웃음이었다. "내 생각보다 더 그 애와 닮은 건지도 모르겠구나."

나는 허리를 곧추세웠다. 그러고는 절대로 물러서지 않겠다고 속으로 다짐했다.

"좋다." 마치 지금까지 우리가 하하호호 한담이라도 나눴다는 듯한 어조였다. "본론으로 들어가자꾸나. 이레 뒤인 십사일 밤에 여기 하늘궁에서 무도회를 열 것이다. 네가 후계자로 승격한 것을 축하하기 위한 자리지. 그리고 전 세계에서 가장 저명한 시민들이 초청객으로 참석할 거다. 특별히 초대하고 싶은 사람이 있느냐?"

나는 데카르타를 빤히 응시했다. 머릿속으로 나는 전혀 다른 내용을 듣고 있었다. 이레 뒤, 전 세계에서 가장 저명한 사람들이 모여 네가 죽는 모습을 지켜볼 것이다. 온몸의 세포 하나하나, 모든 직감이 말해 주고 있었다. 계승식이 열릴 것이다.

데카르타의 질문이 대답을 얻지 못한 채 공중을 맴돌았다.

"아뇨." 나는 차분하게 대답했다. "아무도 없어요."

데카르타가 고개를 까딱였다. "그렇다면 손녀야, 이제 그만 가 보거라."

나는 한참 동안 그를 바라보았다. 어쩌면 다시는 이렇게 데카르타와 사적으로 만나 대화를 나눌 기회가 없을지도 모른다. 왜 어머니를 죽였는지는 말해 주지 않았지만 그 밖의 다른 비밀은 기꺼이 누설해 줄지도 모른다. 어쩌면 심지어 내 목숨을 구할 비밀을 알고 있을지도 모른다.

그러나 기나긴 침묵 속에서 나는 그에게 물을 질문도, 비밀을 캐물을 방법도 생각나지 않았다. 그래서 바닥에서 칼을 집어 든 다음 알현실에서 걸어 나왔다. 근위병이 내 뒤에서 문을 굳게 닫았을 때, 나는 수치심을 떨치기 위해 몸부림쳐야 했다.

✳

불운한 밤들의 시작이었다.

✳

내 거처로 돌아가니 손님이 와 있었다.

쿠루에가 손가락 끝을 뾰족하게 맞대 세운 채 의자에 앉아 있었다. 그녀의 눈빛은 차고 단호했다. 시에는 거실 소파 끄트머리에 걸터앉아 있었는데, 무릎을 세우고 시선은 아래로 떨군 채였다. 자카른은 여느 때처럼 무표정한 얼굴로 창가에서 경계를 서고 있었다. 그리고 나하도스는 —

등 뒤에 서 있는 그의 존재를 느낀 순간, 그의 손이 내 가슴을 꿰뚫었다.

그가 내 귀에 대고 속삭였다. "내가 너를 죽이지 말아야 하는 이유를 말해 봐라."

나는 내 가슴을 관통한 손을 내려다보았다. 피는 흐르지 않았다. 상처도 보이지 않았다. 나하도스의 손을 더듬더듬 만져 보고 나서야 실은 그것이 그림자처럼 실체가 없음을 깨달았다. 내 손가락이 그의 손을 통과했다. 나는 반투명해 보이는 그의 주먹 안에서 손가락을 움직여 보았다. 정확히 말해 아프지는 않았지만 차가운 물줄기 속에 손을 담근 것과 비슷한 느낌이었다. 가슴 깊숙한 곳에서 시리듯이 아픈 냉기가 느껴졌다.

나하도스는 지금 내 심장을 뽑아낼 수도 있을 것이다. 손을 빼내지 않고 이대로 물질화한다면 나는 뼈와 살점이 부서져 죽을 것이다.

"나하도스." 쿠루에가 경고를 담아 말했다.

소스라치게 놀란 시에가 내 옆으로 달려왔다. 그가 겁에 질려 커다래진 눈으로 말했다. "죽이지 마, 제발."

"이 여자도 그것들 중 하나다." 나하도스가 내 귓가에서 잇새로 거칠게 속삭였다. 차가운 숨결이 닿은 목에 소름이 우두두 돋았다. "자기가 우월하다고 믿는 아라메리일 뿐이야. 우리가 이 여자를 만들었다, 시에. 그런데 감히 우리에게 명령을 해? 이 여자는 내 여동생의 영혼을 갖고 있을 권리가 없다." 그의 손이 짐승 발톱처럼 오그라들었다. 그 순간 나는 그가 해치고자 하는 것이 내 육신이 아님을 깨달았다.

자카른은 말했다. 네 몸은 이미 두 개의 영혼에 익숙해져 있다고. 하나만 남으면 살아남을 수 없을지도 모른다고.

하지만 그 사실을 깨달은 순간 나도 모르게 웃음이 터져 나왔다.

"해 봐." 나는 웃느라 숨을 쉴 수가 없었다. 어쩌면 나하도스의 손 때문인지도 모르지만. "어차피 바란 적도 없어. 가져가고 싶으면 마음대로 해!"

"예이네!" 시에가 내 팔에 매달렸다. "죽을 수도 있어!"

"그래 봤자 뭐가 달라지는데? 너희는 날 죽이고 싶어 하잖아. 데카르타도 마찬가지야. 벌써 계획도 다 세워 놨더라. 이레 뒤야. 지금 내가 선택할 수 있는 건 어떻게 죽을지 그 방법뿐이라고. 이것도 나쁘지 않네."

"그렇다면 어디 알아볼까?" 나하도스가 말했다.

쿠루에가 몸을 앞으로 기울였다. "잠깐. 방금 뭐……"

나하도스가 손을 뒤로 잡아 빼기 시작했다. 꽤나 힘이 많이 들어가는 일인 것 같았다. 내 몸속에서 천천히 팔이 움직이는 게 느껴졌다. 마치 걸쭉한 진흙을 휘젓는 것처럼. 하지만 그 이상은 잘 모르겠다. 왜냐하면 나는 허파가 터져라 비명을 지르느라 바빴으니까. 나는 고통에서 벗어나려 본능적으로 몸을 앞으로 기울였고, 돌이켜보면 그게 상황을 더 악화시켰던 것 같다. 하지만 그때는 아무 생각도 할 수가 없었다. 고통이 이성을 집어삼키고 있었기 때문이다. 몸이 찢어지는 것만 같았다. 실제로도 그랬다.

*

머리 위에, 악몽과도 같은 끔찍한 하늘이 있었다. 낮인지 밤인지 분간이 가지 않았다. 해와 달이 동시에 떠 있었지만 어느 쪽이 어느 쪽인지 알 수가 없었다. 달은 크고 악성 종양처럼 누리끼리했다. 태양은 핏빛이었고 아무리 봐도 둥그렇다고 할 수 없을 만큼 일그러져 있다. 하늘에는 구름 한 점이 떠 있었는데, 검은색이었다. 비를 머금은 짙은 회색이 아니라 하늘에 구멍이라도 뚫려 있는 듯이 새까만 색이었다. 그때 나는 그것이 진짜 구멍이라는 것을 깨달았다. 왜냐하면 거기서 뭔가가 떨어져 내렸 —

몸부림치는 작은 형체들. 하나는 하얗고 밝게 타오르고 있고 다른 하나는 검고 연기를 내뿜고 있다. 두 형체 주위로 뜨거운 화염과 부서지고 쪼개지는 소리가 우레처럼 울려 퍼졌다. 그들은 추락하고 계속해서 추락해, 마침내 땅에 충돌했다. 지축이 요동치고 그 충격으로 무시무시한 파편들과 먼지구름이 피어올랐다. 어떤 인간도 저기서 살아남을 수는 없다. 하지만 나는 알고 있었다. 그들은 인간이 아니라 —

나는 달렸다. 사방에 몸뚱이들이 널려 있었다. 아직 죽지는 않았다. 꿈을 꿀 때면 으레 알 수 있듯이 나는 그들이 죽은 게 아니라 죽어 가고 있음을 알았다. 풀은 바짝 말라 건조했고 내 발바닥 밑에서 바스러졌다. 에네파가 죽었다. 모든 것이 죽어 가고 있었다. 나뭇잎이 폭설처럼 떨어져 내렸다. 저 앞쪽, 숲에서는 —

"이게 네가 원하는 건가? 그래?" 인간의 것이라고는 믿기지 않을 만큼 격노한 목소리가 어두운 숲 그림자 사이로 울려 퍼진다. 그 뒤에 이어지는 것은 상상조차 못 할 고통으로 가득한 비명 소리 —

244

나는 나무 사이로 달리고 또 달려가다가 이윽고 거대한 구멍 가장자리에 멈춰 서서 —

오, 여신이여.

나는 봤다 —

✳

"예이네." 손이 내 뺨을 가볍게 찰싹 때렸다. "예이네!"

나는 눈을 떴다. 안구가 너무 건조해서 몇 번 깜박였다. 나는 바닥에 무릎을 꿇고 있었다. 시에가 내 옆에 쪼그리고 앉아 걱정스러운 표정으로 눈을 크게 뜨고 보고 있었다. 쿠루에와 자카른도 나를 관찰하고 있다. 쿠루에는 당혹한 표정이었고 자카른은 군인다운 냉정함을 유지 중이다.

나는 생각하지 않았다. 그저 몸을 돌려 나하도스를 마주 보았다. 그는 아직도 한 손, 내 몸에 쑤셔 박았던 그 손을 공중에 치켜든 채 서 있었다. 그가 나를 내려다보았다. 그는 내가 무엇을 봤는지 알고 있었다.

"이해할 수가 없어." 쿠루에가 의자에서 벌떡 일어났다. 등받이를 움켜쥔 손에 힘이 들어가는 게 보였다. "이십 년이나 지났어. 지금쯤이면 영혼을 육신 밖으로 빼내도 살 수 있어야 한다고."

"신의 영혼을 필멸자의 몸에 넣은 건 처음이다." 자카른이 말했다. "위험하다는 건 이미 알고 있었지 않나."

"이런 건 아니었지!" 쿠루에가 나를 비난하듯이 삿대질을 해 댔다. "저 영혼을 다시 쓸 수는 있는 걸까? 저 더러운 필멸자에게 이미 오염됐는데?"

"조용히 해!" 시에가 일갈하며 그녀를 노려보았다. 돌연 그의 목소리가 낮아졌다. 사춘기에 접어든 청년의 목소리. "어떻게 감히 그런 말을 하는 거지? 내가 여러 차례 말했지. 필멸자도 우리처럼 에네파의 피조물이라고."

"찌꺼기지." 쿠루에가 오만하게 응수했다. "너무도 나약하고 비겁하고 어리석어서, 자기 자신이 아닌 것에 대해서는 오 분도 생각하지 못하는 것들. 하지만 너와 나하는 계속 그들을 믿어야 한다고 고집했지."

시에가 눈동자를 굴렸다. "오, 제발. 어디 말해 봐, 쿠루에. 신들만 할 수 있는 너무나도 자랑스러운 네 계획이 어떻게 우리를 해방시켜 줬는데?"

쿠루에는 분개하며 입을 꼭 다문 채 고개를 픽 돌려 버렸다.

그러나 나는 이 모든 것을 거의 보지 못했다. 나와 나하도스는 아직도 손가락 하나 꼼짝하지 않고 서로를 응시하고 있었다.

"예이네." 시에의 작고 부드러운 손이 내 뺨을 감싸더니 고개를 천천히 돌려 그를 쳐다보게 했다. 음성은 어린애 같은 가늘고 높은 목소리로 돌아와 있었다. "괜찮아?"

"어떻게 된 거야?"

"우리도 모르겠어."

나는 한숨을 내쉬고는 일어나려 했다. 내 몸 안에 들어 있던 것을 전부 끄집어낸 다음 솜으로 채운 것 같은 느낌이 들었다. 자세가 흐트러지면서 다시 바닥에 무릎을 짚으며 쓰러졌다. 나는 욕설을 내뱉었다.

"예이네……"

"또 거짓말할 거면 관둬."

시에의 턱 근육이 꿈틀거렸다. 그가 형제자매들을 돌아보았다. "정말이야, 예이네. 우리도 잘 모르겠어. 하지만…… 이유가 뭐가 됐든 간에…… 네 몸에 넣은 에네파의 영혼이 우리가 기대했던 만큼 치유되지 못한 것 같아. 완전해지긴 했지만." 여기서 그는 의미심장한 눈빛으로 쿠루에를 바라보았다. "우리의 목적을 이룰 수 있을 만큼 완전하긴 하지만, 아주 약해. 너무 약해서 다치지 않고서는 꺼낼 수가 없어."

그녀의 영혼이 다치지 않게. 내가 아니라. 그런 의미였다. 나는 고개를 흔들었다. 웃음도 나오지 않을 만큼 너무 지쳤다.

"얼마나 손상됐는지도 알 수가 없고." 쿠루에가 중얼거리며 좁은 방을 따라 왔다 갔다 서성거리기 시작했다.

"팔다리도 사용하지 않으면 쇠약해진다." 자카른이 부드럽게 말했다. "예이네에게는 자기 영혼이 있었으니, 다른 영혼이 필요 없었던 거야."

애초에 내가 항의라도 할 수 있었으면 말해 주지 않았을까? 나는 속으로 비아냥거렸다.

하지만 대혼돈이여, 이게 나에게 무슨 의미지? 에네파데가 더는 내 몸에서 그녀의 영혼을 빼내려 하지 않을 거라는 뜻일까? 잘된 일이다. 왜냐하면 다시는 그런 끔찍한 고통을 경험하고 싶지 않으니까. 하지만 이건 그들이 이제부터는 애초의 계획에 매달릴 거라는 의미이기도 했다. 그녀의 영혼을 내게서 빼낼 방법이 없으니까.

그렇다면 내가 이상한 꿈과 환영을 본 것도 그 때문일까? 내 안에서 여신의 영혼이 부식되고 있어서?

악마와 어둠. 나는 북쪽을 가리키는 나침반처럼 몸을 돌려 나하도스를 향했다. 그는 고개를 돌리며 나를 외면했다.

"아까 뭐라고 했지?" 갑자기 쿠루에가 말했다. "데카르타에 대해서 말이야."

갑자기 데카르타와 관련된 일이 수백만 년은 떨어져 있는 것처럼 느껴졌다. 여기, 이 시간대로 돌아와 눈앞의 일에 집중하려면 안간힘을 써야 했다. 끔찍하고 무서운 하늘과 내 육신을 쥐고 비틀던 빛나는 손에 대한 이미지를 애써 머릿속에서 밀쳐냈다.

"데카르타가 나를 위한 무도회를 연다고 했어. 내가 계승자 후보가 된 것을 축하하기 위해서, 일주일 뒤에." 나는 고개를 가로저었다. "알 수 없지. 어쩌면 정말로 그냥 무도회일지도."

에네파데들이 눈짓을 교환했다.

"너무 이른데." 시에가 미간을 찌푸리며 중얼거렸다. "이렇게 일찍 할 줄은 몰랐어."

쿠루에가 고개를 끄덕였다. "약삭빠른 자식. 그다음 날 새벽에 계승식을 하겠지."

"우리가 한 일을 눈치챈 건가?" 자카른이 물었다.

"아니." 쿠루에가 나를 바라보며 말했다. "그랬다면 이 여자는 벌써 한참 전에 죽어서 영혼이 이템파스의 손에 들어갔겠지."

나는 그 생각에 몸서리를 쳤다. 마침내 바닥에서 일어나는 데 성공했다. 그러고는 다시는 나하도스를 돌아보지 않았다.

"나한테 화내는 건 끝났어?" 나는 치마를 쓰다듬어 주름을 펴며 말했다. "우리 아직 할 일이 남은 것 같은데."

16장

사르에나넴

사제들도 때때로 신들의 전쟁에 관한 이야기를 할 때가 있다. 대부분은 이단에 대해 경고하기 위해서다. 그들은 말한다. 에네파 때문이었다고. 그 배신자 때문에 인간과 동물 모두 무기력하게 쓰러져 사흘 동안 숨을 헐떡였고, 심장이 서서히 멎고 내장은 기능을 잃어 배가 불룩하게 부풀어 올랐다. 식물을 몇 시간도 안 돼 말라 죽었다. 광활하고 비옥한 평야는 회색의 사막으로 변했다. 지금 우리가 '회개'라고 부르는 바다가 끓어오르고 높은 산들이 두 쪽으로 갈라졌다. 사제들은 그게 다 소격신들의 짓이라고 말했다. 에네파의 불멸의 자식들. 그들은 각자 주신의 편에 서서 대지 위에서 싸웠고, 그들의 아버지인 천상의 군주들은 주로 그 위쪽을 전장으로 삼았다.

사제들은 말한다. 전부 에네파 때문이었다고. 그들은 말하지 않는다. 실은 이템파스가 에네파를 살해했기 때문이라고.

마침내 전쟁이 끝났을 때는 세상의 거의 대부분이 죽어 있었다. 살아남은 것들은 영원히 변했다. 내 고향 땅의 사냥꾼들은 더 이상 존재하지 않는 동물들의 전설을 입에서 입으로 전한다. 곡물을 찬미하는 수확의 노래는 잊힌 지 오래다. 사제들은 조심스럽게 말한다. 최초의 아라메리가 생존자들을 위해 아주 많은 일을 했다고. 그들은 전쟁 포로가 된 신들의 마법을 이용해 바다를 메우고 산을 봉합하고 땅을 치유했다. 이미 죽은 자들에게 해 줄 수 있는 일은 없었지만 최대한 많은 생존자를 구해 냈다.

대가를 치름으로써.

사제들은 그것 역시 이야기해 주지 않는다.

＊

사실 의논할 건덕지도 없었다. 계승식이 머지않았다는 점을 고려하면 에네파데는 내 협조가 절실했고, 그래서 명백한 신경질과 함께 쿠루에는 내가 내건 조건에 동의했다. 내가 데카르타의 후계자가 될 가능성이 거의 없다는 것은 우리 모두 알고 있었다. 모두들 에네파데가 단순히 내 기분을 맞춰 주고 있다는 것을 알았다. 그리고 나는 너무 깊이 생각하지 않는 이상 그것으로 만족했다.

신들이 차례대로 자리를 뜬 후 남은 것은 나와 나하도스뿐이었다. 쿠루에가 몇 시간 남지 않은 오늘 밤중에 나를 다르에 데려갔다가 다시 데려올 수 있는 건 나하도스뿐이라고 했기 때문이다. 그래서 나는 사방이 고요한 적막 속에서 밤의 군주를 마주했다.

"어떻게?" 내가 봤던, 그가 패배한 환영을 말하는 것이다.

"나도 몰라요. 하지만 전에도 이런 일이 있었어요. 꿈을 꿨었죠. 옛 하늘궁에 대한 꿈이요. 당신이 그걸 파괴하는 걸 봤어요." 나는 오싹한 한기를 느끼며 침을 삼켰다. "그땐 그냥 꿈이라고 생각했는데 만약에 방금 본 게 진짜 일어난 일이라면……." 기억. 나는 에네파의 기억을 경험하고 있었다. 자애로운 하늘아버지시여, 그게 무슨 뜻인지는 생가하고 싶지 않았다.

나하도스가 눈을 가늘게 좁혔다. 그는 다시 그 얼굴을 하고 있었다. 내가 가장 두려워하는 얼굴. 그 얼굴을 보면 그를 원하지 않을 수가 없으니까. 나는 나하도스의 어깨 위 한 점에 시선을 고정한 채 눈을 떼지 않았다.

"실제로 있었던 일이다." 그가 천천히 말했다. "하지만 그때 에네파는 죽어 있었어. 그녀는 그가 내게 한 짓을 본 적이 없다."

나도 그랬다면 좋았을 텐데. 하지만 내가 입을 열기도 전에 나하도스가 한 발짝 가까이 다가왔다. 나는 재빨리 뒤로 물러났다. 그가 멈춰 섰다.

"이제 와서 날 두려워한다고?"

"방금 내 영혼을 떼어 내려 했잖아요."

"하지만 그래도 여전히 날 원하는군."

나는 얼어붙었다. 그래, 당연히 알고 있겠지. 나는 아무 말도 하지 않았다. 약점을 인정하고 싶지 않았다.

나하도스가 나를 지나쳐 창가로 향했다. 그가 내 옆을 스치자 몸이 절로 떨려 왔다. 냉기를 흘리는 망토 자락이 순간적으로 내

종아리를 쓸었다. 그가 이걸 알지 궁금했다.

"다르에 가서 뭘 하고 싶은 거지?"

드디어 화제가 바뀌었다는 게 기꺼워 침을 꿀꺽 삼켰다. "할머니와 얘기를 해 보려고요. 통신구를 사용할까도 생각해 봤지만 그런 도구를 잘 몰라서요. 우리 대화를 누가 엿들을 수도 있고."

"가능하지."

내 짐작이 옳았다는 뜻이지만 기쁘지는 않았다. "그렇다면 직접 가서 물어봐야겠군요."

"무엇을?"

"라스 온치와 시미나의 말이 사실인지, 다르의 이웃 국가들이 전쟁을 준비 중인지. 지금 상황이 어떤지 할머니의 의견을 듣고 싶어요. 그리고……" 이상하게 다소 민망한 기분이 들었다. "어머니에 대해서도 알고 싶어요. 어머니가 정말로 다른 아라메리와 똑같았는지 물어볼 거예요."

"내가 이미 알려 주지 않았나? 전형적인 아라메리였다."

"제가 당신 말을 믿지 못하더라도 부디 용서하시죠, 나하도스님."

나하도스가 몸을 살짝 돌린 덕분에 미소가 살짝 엿보였다. "사실이다." 그가 다시 말했다. "그리고 너도 그렇고."

싸늘한 목소리가 마치 따귀를 때리듯이 나를 강타했다.

"그녀도 똑같았다. 네 나이 정도였는데, 더 어렸을지도 모르겠군. 우리에게 질문을 하기 시작했다. 꼬리에 꼬리를 무는 수많은 질문을 던져 댔지. 그러더니 고상한 방식으로는 대답을 얻지 못하자 명령을 내리기 시작했다. 네가 그랬던 것처럼. 어린 나이에도 어마어마한 증오를 품고 있었다. 꼭 너처럼."

나는 마른침을 꿀떡이고 싶은 충동과 치열하게 싸워야 했다. 그러면 그가 눈치챌 테니까.

"어떤 질문들이요?"

"아라메리의 역사. 나와 내 형제자매 사이의 전쟁. 많은 것에 대해서."

"왜요?"

"나도 모른다."

"안 물어봤어요?"

"관심 없었으니까."

나는 심호흡을 한 다음, 주먹을 쥐고 있던 손을 풀었다. 식은땀으로 축축해져 있었다. 이게 그의 방식이야. 나는 속으로 되뇌었다. 나하도스는 내게 어머니에 대해 말해 줄 필요가 없다. 그저 그러면 나를 동요시킬 수 있다는 것을 알고 있을 뿐이다. 이미 경고를 전해 듣지 않았던가. 나하도스는 공공연히 죽이는 것을 좋아하지 않는다. 그는 상대가 자제심을 잃고, 위험성을 잊고, 그에게 자발적으로 목숨을 갖다 바칠 때까지 건드리고 찌르며 갖고 노는 것을 좋아한다. 그는 상대가 스스로 재앙을 불러오게 한다.

여러 번의 호흡이 지나도록 내가 아무 말도 하지 않자 나하도스가 나를 바라보았다. "밤이 절반 넘게 지났다. 다르에 가고 싶다면 지금 떠나야 한다."

"아, 네." 나는 침을 꿀꺽 삼키며 방 안 이곳저곳을 둘러보았다. 오직 그만 빼고. "어떻게 가죠?" 나하도스가 대답 대신 손을 내밀었다.

나는 치맛자락에 손을 한 번 문지른 다음, 그 손을 잡았다.

나하도스를 감싼 어둠이 날개를 펼치듯이 급격히 솟구치더니 아치형 천장에 이르기까지 방 전체를 집어삼켰다. 나는 놀라 숨을 들이켜며 주춤 뒷걸음질했지만 나하도스의 손이 죔쇠처럼 내 손을 굳게 움켜쥐고 있었다. 고개를 들어 그의 얼굴을 보자 뱃속이 덜컹 내려앉았다. 눈이 변해 있었다. 온통 검은색이었다. 홍채도, 흰자위도 전부 검은색. 그보다 더 나쁜 건 그의 몸을 에워싸고 있는 검은 그림자가 더 깊고 어두워졌고 이제 그의 손 말고는 아무것도 보이지 않는다는 것이다.

나는 그의 심연을 보고 있었다. 가까이 다가갈 엄두도 나지 않았다.

"내가 널 죽일 작정이었다면." 목소리도 변했다. 방 안 가득 공기를 울리는 그늘진 목소리. "이미 늦었을 거다."

그건 그랬다. 그래서 나는 그 끔찍한 눈을 들여다보며 용기를 냈다. "다르의 아레바이아에 날 데려다줘요. 사르에나넴 사원에."

그의 중심부에 도사리고 있던 암흑이 순식간에 부풀어 나를 휘감는 바람에 소리를 지를 틈도 없었다. 무시무시한 냉기와 압박감이 밀려왔다. 너무나도 거대해서 거기에 깔려 짜부라질 것만 같았다. 그러나 고통은 찰나였다. 다음 순간에는 그 냉기마저 사라지고 없었다. 나는 눈을 떴지만 아무것도 보이지 않았다. 손을 한껏 뻗었다. 그가 잡고 있는 손까지 전부. 하지만 아무것도 느껴지지 않았다. 비명을 질렀지만 들리는 것이라곤 정적뿐이었다.

다음 순간, 나는 돌바닥 위에서 익숙한 냄새를 풍기는 공기를 들이마시고 있었다. 피부에 따스한 습기가 느껴졌다. 등 뒤로 아레바이아의 돌길과 성벽이 지금 우리가 서 있는 고원 가득 펼쳐져 있었다. 하늘궁에 있었을 때보다 더 늦은 시간인 게 틀림없었다. 거리가 텅 비어 있었기 때문이다. 앞쪽에는 돌계단이 있고 양쪽으로 등불이 늘어서 있었다. 저 계단 꼭대기에 사르에나넴으로 이어지는 문이 있다.

나는 고개를 돌려 나하도스를 쳐다보았다. 그는 평소처럼 인간에 가까운 모습으로 돌아가 있었다.

"어, 우리 가족의 집에 온 걸 환영합니다." 나는 아직도 방금 경험한 여행 방식 때문에 떨고 있었다.

"나도 안다." 나하도스가 계단을 성큼성큼 오르기 시작했다. 당황한 나는 그가 계단 열 칸을 오를 때까지 멍하니 보다가 뒤늦게 정신을 차리고는 서둘러 그 뒤를 쫓았다.

사르에나넴의 문은 나무와 금속으로 만들어진 무겁고 보기 흉한 물건으로, 고대에 사용하던 돌문을 후대에 보강한 것이다. 문을 여는 장치를 작동시키는 데에는 최소 네 명의 여인이 필요했는데, 그나마 성문이 돌이라 스무 명이 필요하던 시절에 비하면 크게 개선된 것이었다. 예고도 없이 새벽에 도착했기에 위병들을 자극하리라는 것은 알고 있었다. 다르는 수백 년 동안 공격을 받은 적이 없지만 그럼에도 우리는 늘 경계를 게을리하지 않는다는 사실을 자랑스럽게 여긴다.

"우릴 들여보내 주지 않을지도 몰라요." 나는 밤의 군주 옆에서 중얼거렸다. 걸음을 따라잡기가 무척 힘들었다. 그는 한 번에 계단을 두 칸씩 올라가고 있었다.

나하도스는 대답하지도 않았고 걸음을 늦추지도 않았다. 묵직한 빗장을 들어 올리는 소리가 커다랗게 울리더니 성문이 절로 활짝 열렸다. 나는 그가 한 짓을 깨닫고 신음했다. 당연하지만, 우리가 성문 안으로 들어가자 고함 소리와 서둘러 달려오는 발소리가 시끄럽게 들렸다. 사르에나넴의 전정광장에 해당하는 잔디밭에 발을 디뎠을 즈음에는 유서 깊은 대전당에서 두 무리의 위병들이 우르르 달려 나왔다. 그중 하나는 성문을 지키는 중대였는데, 그저 힘만 세면 되는 낮은 지위의 부대이기에 남자로만 구성되어 있었다.

다른 하나는 여성들과 자격을 획득한 소수의 남성으로 구성된 영내 위병으로, 갑옷 아래 하얀 실크 튜닉을 입고 있어 쉽게 구분할 수 있었다. 내게 익숙한 얼굴이 그들을 이끌고 있었다. 이먄. 나와 같은 소멤 부족 출신이었다. 그녀가 전정광장에 도달해 내 나라 말로 소리치자 부대가 신속하게 갈라져 우리를 에워쌌다. 눈 깜짝할 사이에 우리는 우리의 심장을 겨누는 창과 화살의 원에 둘러싸여 있었다.

아니, 내 심장을 겨누고 있었다. 나하도스를 겨냥한 이는 아무도 없었다.

나는 군대의 일을 수월하게 해 주기 위해, 그리고 호의를 보여 주기 위해 나하도스의 앞을 가로막고 섰다. 너무 오랜만이라 우리 말을 사용하는 게 조금 낯설게 느껴졌다. "반가워, 이먄 대장."

"난 널 몰라." 그녀가 퉁명스럽게 대꾸했다. 하마터면 미소를 지을 뻔했다. 어릴 적 우리는 온갖 말썽을 부리며 돌아다녔는데 이제는 그녀도 나도 의무를 다하는 충실한 어른이 되어 있었다.

"처음 만났을 때 날 보고 웃었잖아. 어머니를 닮고 싶어서 머리를 기르고 있었는데, 넌 그게 구불구불한 나무이끼 같다고 했지."

이먄의 눈이 가늘어졌다. 다르인답게 곧고 아름다운 그녀의 긴 머리카락은 머리 뒤쪽에서 매우 효율적으로 땋아 매듭지어져 있었다. "네가 진짜 예이네 에누라면 지금 여기서 뭐 하는 건데?"

"내가 이젠 에누가 아니라는 거 알잖아. 이템파스 사제들이 일주일 내내 마법과 소문으로 퍼트렸는데 아무리 하이노스라도 지금쯤은 알고 있어야지."

이먄의 화살이 약간 길게 흔들리는가 하더니 천천히 아래로 향했다. 그녀의 뒤를 따라 다른 위병들도 무기를 내려놓았다. 이먄의 시선이 나하도스를 향했다가 다시 내게 돌아왔다. 처음으로 그녀의 태도에 긴장감이 어렸다. "이쪽은?"

"너는 나를 안다." 나하도스가 우리말로 말했다.

아무도 그의 음성에 움찔하지 않았다. 그러기에 다르의 위병들은 너무 잘 훈련되어 있다. 하지만 나는 적지 않은 사람들이 불안한 눈빛을 주고받는 것을 볼 수 있었다. 그제야 나는 나하도스의 얼굴이 횃불이 만든 그림자처럼, 물결 위에 맺힌 상처럼 흔들흔들 끊임없이 바뀌며 변화하고 있음을 알아차렸다. 여기엔 유혹해야 할 새로운 필멸자가 너무 많았다.

가장 먼저 정신을 차린 것은 이먄이었다. "나하도스 님." 마침내 그녀가 입을 열었다. "돌아오신 걸 환영합니다."

돌아와? 나는 그녀를, 그리고 나하도스를 쳐다보았다. 하지만 그때 친숙한 목소리가 인사를 건넸고 나는 그제야 있는지도 몰랐던 긴장감을 내려놓으며 안도의 숨을 내뱉었다.

"진심으로 환영합니다." 그렇게 말한 할머니가 사르에나넴의 거주 구역과 이어져 있는 짧은 계단을 내려왔다. 위병들이 양쪽으로 갈라지며 길을 내주었다. 평균보다 키가 작고 아직도 잠옷을 걸치고 있는(하지만 칼을 차는 것만은 잊지 않은) 늙은 여인이었다. 할머니는 몸집은 작았지만(불행히도 나는 그분의 체격을 물려받았다.) 거의 만질 수도 있을 것 같은 확고한 힘과 권위를 풍겼다.

할머니가 다가오며 내게 고개를 까딱여 보였다. "네가 그립긴 했지만 이렇게 빨리 돌아올 거라곤 예상하지 못했다, 예이네." 그러고는 나하도스를 힐끗 쳐다보더니 내게 말했다. "따라와라."

그 말이 다였다. 할머니는 기둥이 떠받치고 있는 입구로 향했고, 나는 그 뒤를 따라갔다. 아니, 그러려고 했다. 나하도스가 입을 열지만 않았다면.

"이곳, 이 지역에는 새벽이 가까이 다가와 있다. 한 시간 주마."

나는 여러모로 깜짝 놀라 획 돌아봤다. "안 올 거예요?"

"그래." 그러더니 나하도스가 광장의 옆쪽으로 걸어가기 시작했다. 위병들이 다른 상황에서라면 우스꽝스러웠을 민첩함을 발휘해 그의 앞에서 황급히 비켜섰다.

나는 잠깐 동안 그를 쳐다보다가 할머니를 따라 움직이기 시작했다.

＊

어린 시절에 들었던 또 다른 이야기가 생각난다.

밤의 군주는 울 수가 없다고 한다. 그 이유는 아무도 모르지만 대혼돈이 가장 어두운 자식에게 준 수많은 힘과 능력 중에서 울음은 그중 하나가 아니었다.

광명의 이템파스는 울 수 있다. 전설에 따르면 가끔 햇빛이 비칠 때 내리는 비가 그의 눈물이라고 한다.(나는 이 전설을 믿지 않는다. 그렇다면 이템파스는 너무 자주 우는 셈이니까.)

땅의 에네파 역시 울 수 있다. 그녀의 눈물은 화산이 폭발한 후에 세상에 내리는 노란색의 불타는 비라고 한다. 이 비는 요즘에도 내린다. 농작물을 죽이고 물을 오염시킨다. 하지만 이제 그건 아무 의미도 없다.

밤의 군주 나하도스는 셋 중에 맏이였다. 다른 신들이 태어나기 전 그는 유일하게 살아 있는 것으로서 홀로 영겁의 시간을 보냈다. 어쩌면 그래서 울지 못하는 것일지도 모른다. 어쩌면 지독히도 외로웠기 때문에 눈물을 흘려 봤자 아무런 소용도 없었을지 모른다.

＊

사르에나넴은 과거에 사원이었다. 입구에 들어서자마자 마주치는 둥근 천장이 있는 거대한 홀은 우리 조상들이 필경술이나 시계장치 같은 아믄인의 혁신에 대해 알기도 전에 땅에 박힌 채로 통째로 깎아 세운 나무 기둥으로 지탱되고 있다. 그때 우리에게는 고유의 기술이 있었고, 우리가 신을 기리기 위해 세운 것들은 아름답고 웅장했다.

신들의 전쟁이 끝난 뒤에 우리 조상들은 해야 하는 일을 했다. 한때 그 아름다움으로 유명했던 사르에나넴의 황혼의 창(窓)과 달의 창은 벽돌로 메워졌다. 이제 남은 것은 '태양'의 창뿐이다. 그런 다음 조금 남쪽에 오직 이템파스만을 추앙하고 그의 형제자매에 대한 경배에 더렵혀지지 않은 새로운 사원을 세웠다. 이제는 그곳이 이 도시의 종교적 중심지다. 사르에나넴은 사원이 아니라 정부의 행정 건물에 불과하며 전사의회가 법령을 의결하면 에누인 내가 그것을 시행하던 곳이다. 신성함은 사라진 지 오래다.

늦은 시간이기에 홀은 텅 비어 있었다. 할머니는 나를 조금 높게 솟아 있는 대좌 위로 데려갔다. 낮 동안에 전사의회 구성원들이 두꺼운 양탄자 위에 둥글게 원을 그리며 앉는 곳이다. 할머니가 자리에 앉았다. 나는 반대편에 앉았다.

"실패했느냐?"

"아직은 아니에요. 하지만 시간문제겠지요."

"설명해 봐라." 그래서 나는 그렇게 했다. 약간 각색을 거치긴 했다. 어머니의 방에서 내가 울었다는 것은 말하지 않았다. 나하도스에게 품고 있는 위험한 생각에 대해서도 언급하지 않았다. 그리고 내 안에 담긴 두 개의 영혼에 대해서는 입도 뻥긋하지 않았다.

내 이야기가 끝나자 할머니가 한숨을 쉬었다. 걱정스러운 마음을 엿볼 수 있는 유일한 단서였다. "키네스는 늘 데카르타가 자신에게 품은 애정이 너를 보호해 줄 거라고 믿었다. 내가 그 애를 좋아했다고는 못하겠다만, 그래도 오랫동안 같이 지내며 그 애의 판단력은 신뢰하게 되었지. 키네스가 어쩌다 그런 착각을 하게 됐는지 모르겠구나."

"어머니의 판단이 정말 틀린 건지는 확실치 않아요." 내가 부드럽게 말했다. 나는 데카르타와, 나하도스가 어머니의 살인에 대해 한 말을 떠올렸다. 데카르타가 죽였다고 생각하느냐?

그 뒤로 데카르타와 말을 섞었다. 그가 내 어머니에 대해 말할 때 그의 눈빛을 봤다. 데카르타 같은 남자가 정말로 자신이 그토록 사랑한 사람을 죽일 수 있을까?

"어머니가 뭐라고 했어요, 베바? 왜 아라메리를 버리고 나왔다고 했어요?"

할머니는 내가 갑자기 격식을 버리고 친근하게 굴자 당황해서 이맛살을 찌푸렸다. 우리는 가까웠던 적이 없다. 할머니의 어머니가 돌아가셨을 때 할머니는 에누가 되기에 너무 나이가 많았고 자식 중에 딸이 없었다. 비록 아버지가 역경과 고난을 이겨 내고 우리 역사상 단 세 명밖에 없는 남자 에누가 되긴 했지만 나는 할머니가 가질 수 있는 딸에 가장 가까운 존재였다. 나, 그녀의 아들이 저지른 가장 큰 실수인 반쪽짜리 아픈 혼혈. 나는 할머니의 사랑을 얻으려고 애쓰기를 이미 오래전에 단념했다.

베바가 천천히 입을 열었다. "그 애는 그런 얘기는 잘 하지 않았다. 그저 내 아들을 사랑한다고만 했지."

"그것만으로 납득하셨을 리가 없잖아요." 나는 조용히 말했다.

할머니의 눈빛이 차게 굳었다. "네 아버지가 그걸로 충분하도록 만들었다."

그제야 이해할 수 있었다. 할머니는 내 어머니를 믿은 적이 없다. "그럼 베바는 그 이유가 뭐라고 생각하셨는데요?"

"네 어미는 분노로 가득 차 있었다. 누군가를 상처 주고 싶어 했고, 내 아들과 함께하면 목적을 이룰 수 있었지."

"하늘궁에 있는 사람이었나요?"

"나는 모른다. 왜 그런 데 관심을 갖는 거냐, 예이네? 중요한 건 지금이지 이십 년 전이 아니야."

"그때 일이 지금 일어나는 일과 관련이 있는 것 같으니까요." 나는 내 대답에 스스로 놀랐다. 하지만 사실이었다. 이제는 나도 안다. 어쩌면 전부터 줄곧 알고 있었는지도 모른다. 하지만 그 말을 필두로 나는 다음 공격을 개시했다. "나하도스가 전에 여기 온 적이 있군요."

할머니의 얼굴이 평소의 엄격하게 찌푸린 표정으로 돌아갔다. "나하도스 님이다. 예이네. 우린 아믄인이 아니야. 우리의 창조주를 존중해야지."

"위병들이 그에게 접근하는 방법을 훈련받았다는 걸 알겠어요. 한데 나는 거기서 빠져 있었다는 게 아쉽네요. 하늘에 가기 전에 나도 훈련을 받았다면 좋았을 텐데. 그가 마지막으로 여기 찾아온 게 언제죠, 베바?"

"네가 태어나기 전이다. 키네스를 만나러 왔었지. 예이네, 이건……"

"아버지가 '걸어 다니는 죽음'에서 회복된 후에요?" 나는 아주
차분하게 물었다. 하지만 귓가에서는 심장박동 소리가 미친 듯이
쿵쿵 울리고 있었다. 손을 내밀어 할머니를 붙잡고 마구 흔들어
대고 싶었다. 하지만 나는 자제심을 발휘했다. "그들이 나한테 그
짓을 한 날 밤에?"

베바의 찌푸린 표정은 더욱 깊어졌고, 당혹감은 경악으로 변했
다. "너……에게? 무슨 소리를 하는 거냐? 넌 그때 태어나지도 않
았어. 키네스가 임신을 했는지도 확실하지 않은 때였고. 뭘 말하
는……."

할머니의 목소리가 점점 기어 들어갔다. 나는 그녀의 눈 뒤에서
생각이 달음박질치는 것을, 나를 응시하는 눈이 휘둥그레지는 것
을 지켜보았다. 그 눈에서 읽은 할머니의 깨달음을 그분 대신 소
리 내어 말해 주었다.

"내가 태어났을 때 어머니는 날 죽이려 했죠." 나는 이제 그 이
유를 안다. 하지만 여기에는 아직 더 많은 진실이 숨어 있다. 내가
아직 알아내지 못한 진실들. 느낄 수 있다. "몇 달간 어머니는 나
와 단둘이 있는 것도 허락받지 못했고요. 기억하시죠?"

"그래." 할머니가 속삭이듯 대답했다.

"어머니가 날 사랑한 건 알아요. 여자들이 가끔 애를 낳고 약간
정신이 나간다는 것도 알고요. 그때 어머니가 무슨 이유로 날 두
려워했든 간에……" 머리가 아찔한 느낌에 숨이 막혀 왔다. 나는
늘 거짓말에 서툴렀다. "……점점 나아졌고, 그 뒤로는 좋은 엄마

가 되었죠. 하지만 베바는 궁금했을 거예요. 어머니가 뭘 그렇게 두려워했는지. 또 아버지도 궁금했겠죠. 도대체 어떻게……."

번개 같은 깨달음이 강타했고, 나는 말끝을 얼버무렸다. 여기, 내가 생각지도 못했던 진실이 있었다.

"아무도 궁금해하지 않았다."

나는 깜짝 놀라 돌아보았다. 나하도스가 15미터 떨어진 곳에서, 사르에나넴의 삼각형 입구에 둘러싸여 서 있었다. 뒤에서 비치는 달빛 때문에 형체는 윤곽선으로만 보였지만 언제나 그렇듯 나는 그의 눈을 볼 수 있었다.

"그날 밤 나와 키네스가 함께 있는 걸 본 사람은 전부 죽였으니까." 바로 등 뒤에 서 있는 것처럼 그의 음성이 선명하고 또렷하게 들렸다. "키네스의 하녀, 우리에게 와인을 대접한 아이, 네 아버지가 병에서 회복할 때 옆을 지키던 남자. 전부 다 죽였다. 이 노인의 명으로 우리 이야기를 엿들으려 했던 세 위병도 죽였지." 나하도스가 베바를 향해 고개를 까딱이자 그녀가 흠칫 몸을 굳혔다. "그러고 나니 아무도 너에 대해 궁금해하지 않더군."

나는 그에게 이렇게 물을 수도 있었다. 그래서 직접 말해 주기로 한 건가요? 하지만 그때, 놀랍게도 할머니가 전혀 예상치 못한 짓을 저질렀다. 어이가 없을 정도로 너무 멍청한 짓이라 말도 안 나온다. 앉은 자리에서 갑자기 벌떡 일어나더니 번개 같은 속도로 내 앞을 지나 칼을 휘두르며 그에게 덤벼든 것이다.

"예이네에게 무슨 짓을 한 거야?" 베바가 울부짖었다. 그렇게 격노한 모습을 본 건 내 생전 처음이었다. "더러운 아라메리 자식들이 당신한테 뭘 시켰지? 이 애는 내 핏줄이야. 우리 사람이야. 당신은 아무 권리도 없어!"

나하도스가 짧게 웃었다. 채찍을 후려치듯 거세게 몰아치는 분노에 등골이 오싹해졌다. 내가 이제껏 그를 적개심에 물든 노예, 비탄에 잠긴 불쌍한 존재라고 생각했던가? 나는 머저리였다.

"이 사원이 너를 보호해 줄 것이라고 생각하느냐?" 나하도스가 음산하게 속삭였다. 그제야 나는 그가 안에 들어오지 않고 문지방 앞에 서 있다는 사실을 깨달았다. "네 민족이 한때는 여기서 나도 경배했다는 사실을 잊은 모양이지?"

나하도스가 사르에나넴 안쪽으로 발을 내디뎠다.

내 무릎 밑에 있던 깔개가 사라졌다. 나무 널빤지로 만든 바닥이 허물어졌다. 마룻바닥 밑에는 반짝이는 준보석 타일을 짜 맞춘, 금색 사각형과 온갖 색상의 돌들이 흩뿌려진 모자이크가 있었다. 나는 기둥이 들썩이고 벽돌이 터져 나가 가루가 되는 광경을 보며 헛숨을 삼켰다. 불현듯 세 개의 창이 내 눈에 들어왔다. 태양의 창뿐만 아니라 달과 황혼의 창까지. 저 세 개의 창문이 원래 동시에 보도록 만들어져 있다는 사실을 처음 알았다. 아, 우리는 너무도 많은 것을 잃었다. 주변에는 너무도 완벽하고, 낯설고, 그러면서도 동시에 너무도 익숙한 동상들이 서 있고, 갑자기 나는 시에의 형제자매, 에네파의 충성스러운 자식들을 위해 울고 싶어졌다. 어머니를 살해한 자에게 복수하려다 개죽음을 당한 이들. 그래, 난 너희 모두를 가슴 깊이 이해한다 ──

별안간 횃불이 꺼졌다. 공기가 신음했다. 고개를 돌려 보니 나하도스가 또다시 변해 있었다. 밤의 어둠이 사르에나넴을 완전히 집어삼켰지만 내가 하늘궁에서 첫날밤에 겪은 것과는 달랐다. 지금 이곳에서 그는 그를 경배하던 고대 신앙의 잔재에 힘입어 한때 자신에게 있었던 모든 것을 펼쳐 보여 주고 있었다. 최초의 신, 달콤한 꿈과 악몽의 화신, 이 세상 모든 아름답고 끔찍한 것. 검푸른 암흑의 소용돌이 속에서 나는 달빛처럼 하얀 피부와 머나먼 별처럼 반짝이는 눈을 보았다. 그러더니 돌연 전혀 예상치도, 상상치도 못할 것으로 변하며 뒤틀리고 일그러졌고 한순간 내 뇌는 그것을 해석하기를 거부했다. 하지만 도서관에서 봤던 부조가 이미 경고하지 않았던가? 어둠 속에서 나를 바라보던 여성의 얼굴. 참으로 오만하고도 강인하고 숨 멎도록 아름다워 나는 그를 갈망하는 것만큼이나 그녀를 갈망했고, 그건 전혀 이상한 일이 아니었다. 그의 얼굴이 또다시 인간과 전혀 닮지 않은 무언가로 변했다. 촉수와 이빨을 가진 끔찍한 존재. 나는 비명을 질렀다. 얼굴이 있어야 하는 곳에 보이는 건 오직 어둠뿐, 그것만큼 이 세상에서 더 무섭고 끔찍한 것은 없었다.

　그가 또다시 한 발짝 앞으로 다가왔다. 나는 느낄 수 있었다. 불가능하리만큼 방대하고 보이지 않는 무언가가 그와 함께 움직이고 있었다. 나는 사르에나넴의 벽이 신음하는 소리를 들었다. 저 광활한 힘을 담기엔 너무도 얄팍하고 엉성했기에. 이 세상 전체도 저 힘을 다 담을 수는 없을 것이다. 다르의 하늘에서 천둥이 우르릉거리는 소리가 들렸다. 발아래 지축이 요동쳤다. 컴컴한 어둠 속에서 늑대처럼 날카로운 이빨이 희게 빛났다. 나는 지금 당장 행동해야 한다는 것을 깨달았다. 그렇지 않으면 밤의 군주가 내 눈앞에서 할머니를 죽일 테니까.

바로 내 눈앞에서 —

*

내 눈앞에 그녀가 피투성이 알몸으로 누워 있다

사실 저것은 육신이 아니나 이러한 방식만이 네가 이해할 수 있는

그러나 그 의미는 육신과 같으니 그녀는 죽었고, 유린당했고, 그녀의 완벽한 형상은 불가능한 방식으로, **그래서는 안 되는** 방식으로 갈가리 잡아 찢겼다. 누구 짓이지? 도대체 누가 이런 짓을

그가 칼로 찌르기 전에 나와 사랑을 나눈 건 무슨 의미였을까?

깨달음이 강타한다. 이건 배신이다. 나는 그가 분노했다는 것을 알았지만 상상도 못 했다…… 꿈도 꾸지 못했다……. 나는 그녀의 두려움을 일축했다. 그를 안다고 생각했다. 나는 그녀의 몸뚱이를 그러모아 나와 합친 다음, 그녀의 모든 피조물을 동원해 다시 살려낼 것이다. 우리는 죽는 존재가 아니다. 그러나 아무것도 변화하지 않고, **그 무엇도 변화하지 않고** 오래전에 내가 창조한 지옥이 있으니 그곳은 모든 것이 변함없이 영원히 지속되는 곳이다. 왜냐하면 그것이야말로 내가 상상할 수 있는 가장 끔찍한 것이기에. 그리고 지금 나는 그곳에 있다.

다른 이들이 다가온다, 우리의 자식들, 그리고 모두가 똑같은 공포로 반응하니

아이의 눈에 어머니는 여신이다

그러나 나는 나 자신의 검은 기운에 가려 그들의 슬픔을 볼 수 없다. 그녀의 시신을 눕히는 내 손이 그녀의 피로, 우리의 피로 덮여 있다. 누이 연인 제자 스승 친구 그리고 또 다른 나. 고개 들어 맹렬하고 광폭한 분노를 소리 높여 포효하자 수백만 개의 별이 검게 변하며 죽는다. 볼 수 있는 자는 아무도 없을망정, 그것이 내 눈물이다.

＊

나는 눈을 깜박였다.

사르에나넴은 언제나 그렇듯이 그늘지고 고요했다. 화려함은 벽돌과 먼지투성이 널빤지, 낡은 양탄자 아래로 다시 숨어들었다. 나는 자리에서 일어나지도, 움직인 기억도 없지만 어느새 할머니 앞에 서 있었다. 얼굴에는 인간 가면이 돌아오고 오라도 평소처럼 차분하게 일렁이는 나하도스가 나를 물끄러미 응시하고 있었다.

나는 한 손으로 눈을 가렸다. "더는 못 참겠어."

"예……예이네?" 할머니. 베바가 내 어깨에 손을 얹었지만 나는 알아차리지도 못했다.

"그거죠?" 나는 나하도스를 올려다보았다. "당신이 기다렸던 일이 일어나고 있는 거야. 그녀의 영혼이 내 영혼을 잠식하고 있어."

"아니." 매우 조용한 어조였다. "난 이게 뭔지 모른다."

나는 그를 빤히 쳐다보았다. 견딜 수가 없다. 요 며칠간 느꼈던 모든 충격과 공포와 분노가 부글부글 끓어올랐고, 결국 나는 웃음을 터트렸다. 한참 동안 이어진 광소에 할머니는 내가 미친 건 아닌지 의심하는 눈길로 나를 걱정스레 바라보았다. 아마 미친 게 맞을 거다. 왜냐하면 별안간 내 웃음소리가 비명으로 바뀌고, 들떠 오른 환희 역시 새하얀 분노로 이글이글 타올랐기 때문이다.

"어떻게 모를 수가 있어?" 나는 나하도스를 향해 비명을 지르듯 악을 썼다. 세늠어가 저절로 튀어나왔다. "당신은 신이잖아! 어떻게 모를 수가 있냐고!"

그의 차분한 대도는 내 격분을 한층 더 부추겼다. "나는 이 우주에 불확실성을 부여했고, 에네파는 모든 생명체에 그것을 불어넣었다. 우리 신들조차 이해할 수 없는 신비가 언제나 존재……"

나는 그에게 달려들었다. 내 광기 어린 분노가 폭발한 억겁과도 같은 찰나, 다가오는 주먹을 본 그의 눈이 놀란 듯이 커다래지는 것이 보였다. 그는 충분히 피하거나 막을 수 있었다. 그가 그러지 않았다는 게 충격적이다.

나하도스의 얼굴에 내 주먹이 부딪치는 소리와, 할머니가 놀라 숨을 들이켜는 소리가 커다랗게 울려 퍼졌다.

뒤이어 찾아온 정적 속에서 나는 허무함을 느꼈다. 분노는 사라졌다. 공포와 전율은 아직 찾아오기 전이었다. 나는 손을 내렸다. 손가락 관절이 욱신거렸다.

내가 지른 타격에 나하도스의 머리가 반대쪽으로 돌아갔다. 그가 손을 들어 피가 흐르는 입술을 만져 보고는 한숨을 쉬었다.

"네 옆에 있을 때는 성질을 돋우지 않게 노력해야겠군. 도저히 잊을 수 없는 방식으로 벌을 주니 말이다."

그가 시선을 들었다. 그제야 그가 내 칼에 찔렸던 때를 기억한다는 것을 깨달았다. 너를 오랫동안 기다렸다. 그때 그는 그렇게 말했다. 하지만 이번에는 입을 맞추는 대신 손을 내밀어 내 입술을 부드럽게 쓸었다. 따뜻하고 축축한 것이 느껴져 반사적으로 핥으니, 서늘한 피부와 금속성의 짭짤한 피 맛이 느껴졌다.

그가 미소 지었다. 거의 다정하다시피 한 표정이었다. "맛은 마음에 드느냐?"

*

아니, 당신 피 맛은 아니야.
하지만 당신의 손가락은 다르지.

*

"예이네." 할머니의 목소리에 머릿속 이미지가 산산이 깨졌다. 나는 심호흡을 하고 정신을 가다듬은 다음, 할머니를 돌아보았다. "이웃 왕국들이 동맹을 맺고 있어요? 무장을 하고 전쟁을 일으킬 준비를 하고 있나요?"

할머니는 침을 한번 삼키고는 고개를 끄덕였다. "공식 포고를 들은 건 이번 주지만 그 전부터 조짐이 있었다. 우리 상인과 외교관이 두 달 전 멘체이에서 추방됐어. 겜드 노친네가 징병법을 통과시켜 장교를 늘리고 일반 병사 훈련도 강화 중이라더군. 의회에서는 일주일 안에 쳐들어올 것으로 예상하고 있다. 그보다 더 빠를 수도 있고."

두 달 전. 내가 하늘궁에 불려간 직후다. 시미나는 데카르타가
나를 부르자마자 내 용도를 눈치챈 것이다.

그리고 멘체이를 이용해 행동에 나선 것은 합리적인 판단이었
다. 멘체이는 다르의 가장 크고 강력한 이웃이고 한때는 우리의
가장 큰 적이었다. 신들의 전쟁 이후에는 멘체이와 평화롭게 지냈
지만 그건 아라메리가 어느 쪽이든 상대국을 절멸시키는 것을 허
용하지 않았기 때문이다. 하지만 라스 온치의 경고대로 이제는 상
황이 바뀌었다.

당연히 그들은 전쟁 청원을 공식적으로 제출했을 것이다. 그들
은 우리의 피를 흘릴 권리를 원한다.

"그렇다면 우리도 군대를 소집했길 바라야겠군요." 나는 더 이
상 다르에 명령을 내릴 권한이 없다. 내가 할 수 있는 것은 제안뿐
이다.

할머니가 한숨을 내쉬었다. "노력은 했다. 다만 재정이 고갈되
어 병사들을 먹일 여유가 거의 없어. 하물며 훈련과 무기는 말할
것도 없지. 아무도 우리에게 자금을 빌려주지 않을 거다. 그러니
자원병에 의존할 수밖에 없고. 말과 무기를 가진 여자들 말이야.
아직 아버지가 아닌 남자들도."

남자들까지 모집하기로 했다면 상황이 정말로 나쁘다는 의미
다. 전통적으로 남자들은 우리의 마지막 방어선이고 그들의 신체
적 능력은 가정과 아이들을 보호한다는 유일하고도 가장 중요한
의무를 위한 것이다. 그들을 동원한다는 것은 전사의회가 우리의

유일한 방어책이 적을 물리치는 것이라고 판단했음을 의미했다. 그렇게 하지 못한다면 다르의 미래는 멸망뿐이다.

"제가 최대한 지원할게요. 데카르타가 감시하고 있긴 하지만 전 이제 돈이 많아요. 그리고……"

"안 된다." 베바가 다시 내 어깨를 건드렸다. 할머니가 딱히 아무 이유 없이 내 몸을 건드린 게 언제였더라. 하지만 그렇게 따지자면 나를 보호하려고 몸을 날리는 할머니를 본 기억도 없었다. 할머니의 진심을 알지도 못한 채 세상을 떠야 한다는 사실이 가슴 아팠다.

"네 생각을 먼저 하렴. 다르는 더 이상 네가 상관할 문제가 아니야."

나는 미간을 찌푸렸다. "하지만 다르는 내게 항상……"

"네 입으로 그들이 우리를 이용해 너를 해칠 거라고 했지 않느냐. 교역을 재개하려다 무슨 일이 일어났는지 봐라."

그거야 핑곗거리에 불과하다고 할머니에게 반박하려 입을 연 순간, 나하도스의 머리가 동쪽으로 날카롭게 돌아갔다.

"해가 뜬다." 그가 말했다. 사르에나넴의 아치문 너머로 하늘이 흰색을 띠고 있었다. 밤이 빠르게 바래 가고 있다.

나는 나직하게 욕설을 내뱉었다. "제가 할 수 있는 일을 할 거예요." 그런 다음 충동적으로 할머니를 두 팔로 꼭 껴안았다. 내 평생 이런 행동을 한 것은 처음이었다. 할머니가 몸을 흠칫 굳히더니 이내 한숨을 쉬며 내 등에 손을 얹었다.

"네 아버지와 정말 많이 닮았구나." 할머니가 속삭였다. 그러고는 나를 조심스럽게 밀어냈다.

나하도스의 팔이 놀랄 만큼 상냥하게 나를 감쌌다. 그의 그림자 안에 있는 단단한 인간의 육체가 내 등을 누르는 것이 느껴졌다. 다음 순간 그 몸이 사라지고, 사르에나넴도 사라지고, 모든 것이 차가운 어둠에 휩싸였다.

나는 하늘궁에 있는 내 방 창가에 서 있었다. 저 멀리 지평선 너머로 밝은 기운이 조금씩 떠오르고 있었지만 대체로 아직은 어두웠다. 방 안에 나 혼자뿐이라 신기하면서도 동시에 안심이 됐다. 길고 힘든 하루였다. 나는 옷을 벗지도 않고 침대에 누웠다. 잠이 오지 않았다. 한참 동안 깨어 있는 채로 새벽의 고요함을 만끽하며 편안한 시간을 보냈다. 잔잔한 물속에서 떠오르는 거품처럼, 두 가지 생각이 조용히 표면으로 부상했다.

어머니는 에네파데와의 거래를 후회했다. 나를 그들에게 팔았지만 양심의 가책을 느꼈다. 내가 태어났을 때 어머니가 나를 죽이려 했다는 사실이 내게는 이상하게도 위안처럼 느껴졌다. 혈육을 더럽히느니 차라리 파괴하기를 선택하는 것이 역시 어머니다웠기 때문이다. 아마도 어머니는 나중에 본인의 방식대로 나를 받아들이기로 결심했을 것이다. 새로 얻은 모성애 때문에 감정에 눈이 멀어 성급하게 결정한 것이 아니라 내 눈을 들여다보고 그 안에 담긴 영혼 중 하나가 진짜 나라는 사실을 알게 되었을 때 말이다.

다른 한 가지 생각은 그보다 더 단순했지만 더 꺼림칙했다.

아버지는 알았을까?

17장

위안

그 밤들, 그 꿈들 속에서 나는 천 개의 눈을 통해 보았다. 제빵사, 대장장이, 학자와 왕, 평범하고 비범한 사람들. 나는 매일 밤 그들의 삶을 살았다. 하지만 모든 꿈이 그렇듯이 내 기억에 남은 것은 그중에서도 가장 특별한 꿈이다.

한 꿈속에서, 나는 어둡고 텅 빈 방을 본다. 가구는 거의 없다. 낡은 탁자 하나. 한쪽 구석에 쌓인 반쯤 해진 지저분한 침구. 그 옆에 놓여 있는 구슬. 아니야, 구슬이 아니다. 작고 대체로 푸른색을 띤 작은 구체다. 이쪽을 향한 표면에 갈색과 흰색이 뒤섞인 부분이 보인다. 나는 이 방이 누구의 것인지 안다. "쉿." 새로운 목소리가 들린다. 갑자기 방 안에 사람들이 있다. 조그마한 형체가 그보다 더 크고 어두운 사람의 무릎 위에서 반쯤 가려져 있다. "쉬이이. 이야기 하나 해 줄까?"

"으음." 조그마한 형체가 말한다. 어린아이이다. "응. 더 아름다운 거짓말이요, 아빠."

"저런. 어린애는 이렇게 냉소적이지 않다. 올바른 어린아이가
되렴. 그러지 않으면 나처럼 크고 강해지지 못할 거다."

"난 절대로 아빠처럼 되지 않을 거야. 그건 아빠가 제일 좋아하
는 거짓말 중 하나잖아."

나는 헝클어진 갈색 머리카락을 본다. 손이 머리카락을 쓰다듬
는다. 길고 우아한 손가락이다. 아버지라고? "난 아주 오랫동안
네가 자라는 것을 지켜봤다. 일만 년, 십만 년 동안……."

"내가 아주 위대하게 자라면 태양처럼 찬란한 아버지가 두 팔
벌려 나를 맞이하고 그분 곁에 둘까?"

한숨. "아주 많이 외롭다면 그럴지도."

"난 그를 원하지 않아!" 아이가 갑자기 발작을 일으키듯이 머리카
락을 쓰다듬던 손을 뿌리치고는 올려다본다. 그의 눈이 야행성 맹
수처럼 번득인다. "난 절대로 아빠를 배신하지 않을 거야, 절대로!"

"쉬이이……" 아버지가 고개를 숙여 아이의 이마에 다정하게
입을 맞춘다. "나도 안다."

아이가 앞으로 몸을 던지며 온화한 어둠 속에 얼굴을 묻고 훌쩍
인다. 아버지는 아이를 안고 몸을 부드럽게 앞뒤로 흔들며 노래를
부른다. 나는 그 목소리에서 한밤중에 자식을 위로하는 모든 어
머니와 아기의 귀에 희망을 속삭여 주는 모든 아버지의 메아리를
듣는다. 두 사람을 사슬처럼 휘감고 있는 저 고통과 괴로움을 이
해할 수는 없지만 그들이 사랑으로 그것에 대항하고 있다는 것을
알 수 있다.

이것은 매우 은밀하고 사적인 순간이다. 나는 이를 침범하고 있다. 나는 보이지 않는 손가락에 힘을 빼고 늘어뜨려 그 틈새로 꿈을 흘려보낸다.

※

잠을 잘 수가 없어 다음 날까지 거의 뜬눈으로 지새웠다. 머릿속에 진흙이 잔뜩 엉겨 붙어 들어차 있는 것 같았다. 나는 침대에 걸터앉아 무릎을 세워 껴안은 채 창밖으로 밝은 정오 하늘을 바라보며 생각했다. 난 죽을 거야.

난 **죽을** 거야.

이레 뒤에, 아니 이젠 엿새 남았지.

죽을 거야.

한참 동안이나 이런 생각을 되풀이하고 있었다는 사실을 인정하기가 좀 부끄럽다. 이제까지는 내가 얼마나 심각한 상황에 처해 있는지 잘 실감할 수 없었다. 다르가 처한 위기와 천상에서 벌어지고 있는 음모에 비하면 내 죽음이 임박해 있다는 사실은 크게 중요하지 않게 느껴졌으니까. 하지만 지금은 내 영혼을 몸에서 끄집어내려 해서 내 관심을 딴 곳으로 돌려 줄 사람이 없다. 지금 머릿속은 온통 죽음에 대한 생각뿐이다. 나는 아직 스무 살도 안 됐다. 사랑에 빠져 본 적도 없다. 아홉 가지 검식도 다 익히지 못했다. 나는 이제껏 한 번도⋯⋯ 오, 신이여. 난 이제껏 진정으로 삶을 살아 본 적이 없다. 부모님이 남겨 준 유산인 '에누'와 '아라메리'로 살아왔을 뿐. 내가 곧 죽을 운명이라는 걸 도무지 납득할 수가 없었지만 어쨌든 이게 현실이었다.

왜냐하면 설령 내가 아라메리에게 죽지 않더라도, 에네파데에 대한 헛된 환상 따위는 없기 때문이다. 나는 그들이 이템파스에게 휘두를 검의 칼집이고 그들의 유일한 탈출 수단이다. 계승식이 연기되거나 혹은 기적적으로 내가 데카르타의 후계자가 되는 데 성공한다면 에네파데는 나를 죽일 것이다. 다른 아라메리와 달리 나는 그들에게서 나 자신을 보호할 수단이 없다. 애초에 내가 혈인을 받지 못하게 한 것도 이 때문일 테지. 그리고 날 죽이면 최소한의 피해로 에네파의 영혼을 해방시킬 수 있을지 모른다. 시에라면 내가 죽음을 피할 수 없다는 사실에 슬퍼할지 몰라도 하늘궁의 다른 이들은 아무도 슬퍼하지 않을 것이다.

그래서 나는 침대에 누워 몸을 흔들며 흐느꼈다. 누군가 문을 두드리지 않았다면 남은 인생의 6분의 1을 그렇게 흘려보냈을 것이다.

노크 소리는 나를 약간이나마 현실로 돌아오게 했다. 나는 전날 입은 옷을 걸치고 있었고 머리는 부스스했다. 얼굴은 부어 있고 눈은 울어서 벌겠다. 목욕을 하지도 않았다. 현관문을 살짝 열자, 당혹스럽게도 티브릴이 한 손에 음식이 담긴 쟁반을 들고 서 있었다.

"오랜만입니다, 사촌." 그가 입을 다물더니 내 얼굴을 보고는 미간을 찌푸렸다. "대체 무슨 일이 있었던 겁니까?"

"아, 아무것도 아냐." 나는 중얼거리며 문을 닫으려 했다. 하지만 그가 쟁반을 들지 않은 손으로 문을 세게 밀치더니 뒷걸음치는 나를 따라 방 안으로 들어왔다. 왜 이러느냐고 따지려 했지만 티브릴이 내 할머니가 자랑스러워할 눈빛으로 나를 위아래로 훑어보는 바람에 항의의 말이 목구멍에서 나오다 말고 시들어 버렸다.

"그들이 이기게 할 겁니까?"

나도 모르게 입이 떡 벌어졌던 모양이다. 티브릴이 한숨을 쉬었다. "앉아요."

나는 입을 다물었다. "어떻게……"

"난 여기서 일어나는 일이라면 거의 다 압니다, 예이네. 예를 들어 곧 있을 무도회 같은 것 말이죠. 보통 반혈들에게는 그런 걸 말해 주지 않지만 나한테는 연줄이 있죠." 그가 살며시 내 어깨를 잡았다. "당신도 알았나 보군요. 그래서 여기 틀어박혀 있는 것일 테고."

다른 상황이었다면 티브릴이 드디어 내 이름을 불러 줬다는 데 기뻐했을 테지만 지금은 말없이 고개만 내저으며 지긋지긋한 두통이 가라앉도록 관자놀이를 문질렀다. "티브릴, 당신은……"

"앉아요, 이 머저리 같으니. 그러다 쓰러집니다. 그러면 난 비레인을 불러야 하고 그건 당신도 원하지 않을 거잖아요. 그의 치료는 효과적이지만 매우 불쾌하죠." 티브릴이 내 손을 붙들고 탁자 옆으로 데려갔다.

"아침 식사도 점심도 요청하지 않았다길래 와 봤습니다. 배가 고플 것 같아서요." 티브릴은 나를 의자에 앉히고, 탁자에 쟁반을 내려놓고, 자른 과일이 담겨 있는 접시를 집어 들어 한 조각을 포크로 찌른 다음, 내 얼굴 앞에 들이밀었다. 나는 그것을 받아먹었다. "처음 왔을 때만 해도 꽤 똑똑해 보이더니, 이곳이 사람을 망가뜨리는 곳이라는 건 알지만 이렇게 쉽게 굴복할 줄은 몰랐습니다. 전사라든가 뭐 그런 거 아니었어요? 소문에 따르면 반쯤 벌거벗고 창을 휘두르며 나무를 타던데."

나는 아직 정신을 못 차린 와중에도 그를 노려보았다. "당신이 이제껏 나한테 한 말 중에 제일 멍청한 소리네."

"그러니까, 아직 안 죽었군요. 다행이네요." 티브릴이 손가락으로 내 턱을 잡고 들어 올리더니 내 눈을 똑바로 마주쳤다. "그리고 당신은 아직 패배하지 않았어요. 내 말 이해합니까?"

나는 치미는 화를 참지 못하고 그에게 잡힌 턱을 홱 빼냈다. 똑같이 쓸모없긴 해도 절망보다는 분노가 낫다. "지금 무슨 말을 하고 있지도 모르면서. 내 동포들…… 난 내 사람들을 도우려 여기 온 거야. 하지만 도리어 나 때문에 그들이 위험해졌다고."

"네, 그렇다고 들었습니다. 하지만 릴래드와 시미나 둘 다 아주 뛰어난 거짓말쟁이인 건 알죠? 당신이 뭔가를 했기 때문에 이렇게 된 게 아닙니다. 시미나는 당신이 하늘궁에 도착하기 훨씬 전부터 계획을 실행하고 있었으니까요. 그게 이 가문의 방식이거든요." 그가 내 입가로 치즈 한 조각을 내밀었다. 나는 그의 손을 치우기 위해서라도 치즈를 베어 물고, 씹고, 삼켜야 했다.

"만약에 그게……" 티브릴이 이번에는 과일 조각을 내밀었다. 내가 손으로 포크를 후려치자 끝에 찍혀 있던 과일이 책장 근처 어딘가로 날아갔다. "그게 사실이면 내가 할 수 있는 일이 없다는 것도 알잖아! 다르의 적들이 내 조국을 공격할 준비를 하고 있어.

내 나라는 약해. 지금 몰려들고 있는 연합군은커녕 한 나라의 군대도 물리칠 힘이 없다고!"

티브릴이 고개를 끄덕이더니 진지한 표정으로 다시 과일 조각을 내밀었다. "그건 릴래드가 할 만한 짓처럼 들리는군요. 시미나는 보통 그보다 더 교묘한 방법을 사용하죠. 하지만 둘 중 누구든 가능합니다. 데카르타는 둘에게 시간을 별로 주지 않았고, 둘 다 압박감에는 약하거든요."

과일은 입안에서 짠맛이 났다. "그럼 말해 봐." 나는 눈을 깜박이며 최대한 눈물을 참았다. "내가 어떻게 해야 해, 티브릴? 당신은 내가 그들이 이기게 내버려 둔다고 타박하지만 내가 도대체 뭘 할 수 있는데?"

티브릴이 접시를 내려놓고 몸을 앞으로 기울이며 내 손을 잡았다. 문득 그의 눈이 내 눈보다 색이 더 짙긴 하지만 같은 녹색이라는 걸 깨달았다. 나는 여태껏 우리가 친척이라는 생각을 해 본 적이 없었다. 아라메리 일족은 가족은커녕 같은 인간이라는 느낌이 드는 사람도 거의 없었으니까.

"싸워야죠." 낮고 확고한 목소리였다. 티브릴의 손이 내 손을 아프게 움켜쥐었다. "모든 방법을 동원해서 맞서 싸워요."

그의 악력 때문인지 아니면 목소리에서 느껴지는 절박감 때문인지 모르지만 그때 나는 깨달았다. "당신, 후계자가 되고 싶구나?"

티브릴이 깜짝 놀라 눈을 깜박였다. 이내 쓸쓸한 미소가 얼굴에 스쳤다. "아뇨. 그런 건 아닙니다. 이런 상황에서 후계자가 되길 원할 사람은 없을 겁니다. 그런 점에서 당신이 부럽진 않아요. 하지만……." 그는 창가로 시선을 돌렸다. 그제야 나는 그의 눈 속에서 그것을 보았다. 평생 동안 그의 내면에서 타올랐을 끔찍한 좌절감. 그가 릴래드와 시미나에게 결코 뒤처지지 않을 만큼 똑똑하고, 강하고, 권력을 쥘 자격이 있고, 유능한 지도자가 될 수 있다는 분명한 사실.

그리고 만약 기회만 주어진다면 그는 그 기회를 지키기 위해 싸울 것이다. 사용하기 위해 싸울 것이다. 성공을 거둘 가능성이 없어도 싸울 것이다. 그렇지 않으면 순혈에게만 기회를 주는 저 어리석고도 독단적인 행위가 합리적이라고 인정하는 것이기에. 아믄족이 진정으로 다른 모든 인종보다 우월하며 그는 하인에 불과할 수밖에 없다는 사실을 인정하는 것이기에.

내가 한낱 체스판의 졸에서 벗어날 수 없는 것처럼. 나는 얼굴을 찡그렸다.

티브릴도 알아차렸다. "훨씬 낫네요." 그는 내 손에 과일 접시를 들려 주고 일어났다. "일단 먹어요. 옷도 갈아입고. 보여 줄 게 있습니다."

✳

나는 그날이 휴일이라는 것을 몰랐다. '불의 날'이라고 한단다. 들어 본 적은 있지만 딱히 관심을 가져 본 적은 없는 아믄 축일이었다. 티브릴이 나를 방에서 데리고 나오자 즐거운 웃음소리와 세늠 음악이 복도를 타고 떠돌고 있었다. 이곳 음악은 처음 들어 봤다. 엇박자에 우울한 단조로 가득해 이상한 느낌이 들었다. 취향이 세련된 사람들이나 이해하거나 즐길 수 있는 종류의 음악이었다.

음악 소리가 나는 쪽으로 가는 줄 알고 한숨을 지었는데, 티브릴이 그쪽을 향해 싫은 표정을 지으며 고개를 가로저었다. "아뇨. 저 행사엔 별로 가고 싶지 않을 겁니다, 사촌."

"왜?"

"저건 높은피들을 위한 모임이거든요. 당신이라면 환영받을 테고 반혈인 나도 갈 수는 있습니다. 하지만 진짜 축제를 즐기고 싶다면 우리 순혈 친척들과 함께하는 사교 행사는 피하라고 조언하고 싶군요. 그들은…… 재미라는 것에 대해 이상한 개념을 갖고 있죠." 그의 어두운 표정이 더 이상 캐묻지 말라고 경고하고 있었다. "이쪽입니다."

티브릴은 나를 반대 방향으로 이끌었다. 여러 층을 내려가 하늘 궁의 심장부로. 복도는 분주했지만, 나는 걷는 동안 하인들밖에 보지 못했다. 모두들 티브릴에게 고개를 끄덕여 인사할 여유도 없을 만큼 발걸음을 서두르고 있었다. 나를 알아보기나 하는 건지 의심스러웠다.

"다들 어디 가는 거지?"

티브릴은 기분이 좋아 보였다. "일하러 갑니다. 일부러 근무 시간을 짧게 짜서 돌리고 있거든요. 재미를 놓치고 싶지 않아서 마지막 순간까지 버티다가 가는 거예요."

"재미?"

"예에." 모퉁이를 돌자 눈앞에 널찍한 반투명한 문이 서 있었다. "다 왔습니다. 여긴 중앙정원이에요. 당신은 시에와 친하니까 마법이 통할 겁니다. 하지만 만약에 안 될지도 모르니까 내가 갑자기 사라지면 홀로 돌아가서 기다리세요. 데리러 갈 테니."

"뭐?" 바보가 되는 기분에 점점 익숙해지는 것 같다.

"좀 있으면 알게 돼요." 티브릴이 문을 밀어 열었다.

그 너머에 있는 광경은 거의 목가적이었다. 내가 지상에서 600미터 높이에 떠 있는 궁전의 한복판에 있다는 사실을 몰랐다면 정말로 그랬다. 우리는 하늘궁 중앙에 위치한 일종의 거대한 아트리움을 보고 있었다. 긴 자갈길을 따라 작은 시골집이 줄지어 서 있었다. 하늘궁의 다른 부분처럼 신비한 빛을 뿜는 재질이 아니라 평범한 돌과 나무와 벽돌로 만들어진 집이었다. 날카로운 예각과 직선이 많은 건축 양식도 하늘궁과 많이 다르고 또 집집마다 다양했는데, 톡과 메카티, 그리고 다른 지역까지 전부 이국적이었다. 특히 두드러지게 눈에 띄는 밝은 금색 지붕의 건물은 이어트식 양식인 것 같았다. 위를 올려다보니 이 중앙 뜰이 거대한 원통 공간 안에 있다는 것을 알 수 있었다. 머리 위 둥글게 트인 구멍 위로 구름 하나 없이 맑은 푸른 하늘이 보였다.

하지만 모든 것이 고요하고 조용했다. 집 주위에는 아무도 없고 심지어 바람 한 점 불지 않았다.

티브릴이 내 손을 잡고 문지방 앞쪽으로 나를 끌어당겼다. 정적이 깨지는 순간, 나는 놀라 숨을 들이켰다. 눈을 한번 깜박였을 뿐인데 갑자기 수많은 사람들이 우리를 둘러싸고 있었다. 여기저기

무리 지어 깔깔거리며, 아무것도 없던 공간에서 불쑥 튀어나오지
만 않았다면 나도 별로 놀라지 않았을 법한 기쁨과 환희로 가득
한 불협화음을 만들고 있었다. 음악 소리도 들렸다. 세늬 음악보
다는 신나고 경쾌했지만 내게는 익숙지 않은 선율이었다. 음악이
흘러나오고 있는 곳은 훨씬 가까운 곳, 저 집들 사이였다. 플루트
와 드럼 소리에 다양한 언어까지 뒤섞여 왁자지껄했다. 그중에서
내가 구분할 수 있는 건 켄어뿐이었다. 그때 누군가 내 팔을 붙잡
더니 빙글 돌려세웠다.

"새즈! 왔구나! 그런 줄도 모르고⋯⋯" 내 손을 붙잡은 아믄인
남성이 내 얼굴을 보고는 안 그래도 하얀 얼굴이 더욱 창백하게
질렸다. "세상에, 악마여."

"괜찮아." 나는 재빨리 말했다. "그냥 실수로 그런 거니까." 뒤에
서 보면 나는 테마, 나쉬, 혹은 다른 북방민족의 거의 절반에 해당
하는 인종으로 착각하기 쉬웠다. 게다가 그는 나를 남자 이름으로
불렀다. 하지만 남자가 겁에 질린 것은 그런 이유 때문이 아니었다.
그의 시선이 내 이마와 거기 있는 순혈의 문양에 못 박혀 있었다.

"괜찮아, 테르." 티브릴이 옆으로 다가와 내 어깨에 손을 얹었
다. "새로 온 분이야."

마음이 놓였는지 남자의 안색이 원래대로 돌아왔다. "죄송합니
다, 아가씨." 그가 고개를 꾸벅하며 내게 인사했다. "전 그냥⋯⋯
그게." 그가 겸연쩍게 웃었다. "이해하시죠?"

완전히 이해하지는 못했지만 나는 그를 거듭 안심시켰고, 남자
는 티브릴와 나만 남겨 두고 가 버렸다. 물론 우리가 이미 커다란

인파 속에 있다는 점을 감안하고라도 말이다. 나는 여기 있는 모두가 낮은피의 인을 달고 있다는 사실을 깨달았다. 이들은 전부 하인이었다. 중앙 뜰의 이 널찍한 공간에 거의 천 명이 넘는 사람이 모여 있었다. 티브릴이 평소에 하인들의 존재감을 지우는 데 얼마나 유능했는지, 나는 하늘궁에 이렇게 많은 하인이 있다는 사실을 처음 알았다. 적어도 높은피보다는 더 많다는 정도는 당연히 알았어야 했는데.

"테르 잘못이 아닙니다. 오늘은 우리가 계급을 잊고 자유롭게 보낼 수 있는 몇 안 되는 날이니까요. 여기서 그걸 보리라곤 짐작도 못 했겠죠." 티브릴이 내 이마를 향해 고개를 까딱했다.

"이게 뭐야, 티브릴? 이 사람들은 대체 어디서……?"

"에네파데의 작은 호의지요." 티브릴이 우리가 방금 지나온 입구와 머리 위쪽을 차례대로 손짓했다. 이제야 알아챘는데 중앙정원 주위로 유리처럼 보이는 희미한 막이 둘러져 있었다. 말하자면 우리는 커다랗고 투명한 거품 안에 들어와 있었다. 정확하게 뭔지는 몰라도 마법이 틀림없었다.

"사분혈보다 높은 혈인을 가진 사람은 이 장벽을 통과해도 아무것도 안 보입니다. 나는 예외지만요. 그리고 방금 봤듯이 원하면 다른 사람을 데려올 수도 있고요. 다시 말해 높은피들이 우리의 '색다르고 진기한 서민들 풍습'을 마치 동물원 우리에 갇힌 동물들을 보듯 구경할 일 없이 마음 편하게 축제를 즐길 수 있다는 뜻이기도 하죠."

그제야 이해가 갔다. 나는 싱긋 웃었다. 이건 아마도 낮은피 하인들이 높은피 친족들에게 대항해 조용히 수면 아래에서 일으키는 수많은 자잘한 반란 중 하나일 것이다. 만일 내가 하늘궁에 오래 있는다면 아마 다른 것들도 볼 수……

하지만 물론 나는 그때까지 살 수 없을 것이다.

그 생각을 하자 사방을 둘러싼 음악과 흥겨운 소란에도 불구하고 단숨에 정신이 번쩍 들었다. 티브릴이 내게 활짝 웃어 보이더니 잡고 있던 손을 놓았다. "자, 여기까지 왔으니 잠깐이라도 즐겨 보세요. 알았죠?" 그가 나를 놓은 순간, 옆에 있던 한 여자가 그를 낚아채더니 인파 속으로 끌고 사라졌다. 무수한 머리통 사이에서 그의 붉은 머리가 잠깐 움직이는가 싶다가 다음 순간 사라졌다.

나는 묘한 상실감에 빠져 한참 동안 그 자리에 우두커니 서 있었다. 주변에는 축제를 만끽하는 하인들이 가득했지만 나는 그들과 함께 즐길 수가 없었다. 아무리 분위기가 흥겨운들 이렇게 시끄러운 소음과 혼란 속에서는 편하게 마음을 놓을 수도 없었다. 이들은 다르인이 아니었다. 내일모레 죽을 운명에 처해 있지도 않았다. 억지로 신의 영혼을 욱여넣은 육신을 갖고 있어 사고와 감정이 오염되어 있지도 않았다.

하지만 티브릴은 나를 위로하고 기분을 북돋아 주고자 여기에 데려왔다. 그런 마음과 정성을 무시하고 자리를 뜨는 건 무례하고 버릇없는 행동일 터였다. 그래서 나는 혼자 조용히 있을 장소를 찾아 두리번거렸다. 그때 익숙한 얼굴이 눈에 들어왔다. 아니, 어쨌든 첫인상이 익숙하게 느껴졌다. 시골집 현관 앞 계단에 앉아 있던 한 젊은 남자가 나를 보고 있었다. 마치 나를 아는 양 얼굴에

미소를 띠고 있었는데, 나보다 나이가 약간 많고 예쁘장한 얼굴에
몸은 말랐다. 테마인처럼 생겼지만 흐릿한 녹색 눈이 전혀 테마인
같지 않 —

나는 순간 헉 숨을 들이켜며 그에게 다가갔다. "시에?"

그가 씩 웃었다. "밖에 나온 걸 보니 좋네."

"너……." 잠시 멀거니 입을 벌리고 있다가 다물었다. 에네파데
중에서 겉모습을 바꿀 수 있는 게 나하도스뿐만이 아니라는 건
나도 알고 있었다. "그럼 이게 다 네가 한 거야?" 나는 돔처럼 우
리를 덮고 있는 투명한 막을 향해 손짓했다.

시에가 어깨를 으쓱했다. "티브릴네 사람들은 일 년 내내 우리
를 보살펴 주니까, 우리도 보답을 해 줘야지. 우리 노예들은 다 같
이 뭉쳐야 해."

이제껏 들어 본 적 없는 씁쓸한 어조였다. 지금 내가 경험하고
있는 이 비참한 심정에 묘하게 위안이 되는 느낌이라, 그 옆에 앉
았다. 우리는 축제를 즐기는 사람들을 묵묵히 바라보았다. 그러다
잠시 후, 그의 손이 내 머리카락을 쓰다듬는 게 느껴졌다. 그리고
그건 이상하게도 내게 커다란 위안이 되었다. 어떤 모습을 하고
있든 그는 똑같은 시에였다.

"인간은 정말 빨리 성장하고 변해." 시에가 음악을 연주하는 이
들 옆에서 춤추는 한 무리의 사람들을 보며 말했다. "가끔은 그것
때문에 저들이 싫어."

나는 깜짝 놀라 그를 올려다보았다. 확실히 지금의 시에는 평소
와 다른 낯선 분위기를 풍기고 있었다. "우리를 이렇게 만든 건 너

희 신들이잖아?"

시에가 나를 힐끗 쳐다보았다. 그 어색하고도 괴로운 순간에, 나는 시에의 얼굴에 당혹감이 떠오른 것을 보았다. 에네파. 그는 방금 내가 에네파인 것처럼 말을 걸었다.

난감한 순간이 지나고 시에가 내게 어렴풋이 애달픈 미소를 지어 보였다. "미안."

그의 서글픈 표정을 보니 야속하게 여길 수도 없었다. "내가 많이 닮긴 했지."

"그게 아냐." 시에가 한숨을 쉬었다. "그게, 그냥 가끔…… 그녀가 어제 죽은 기분이 들거든."

신들의 전쟁은 이천 년 전에 일어났다. 적어도 대다수 학자의 의견은 그렇다. 나는 시에에게서 고개를 돌리고 우리 사이에 놓인 무궁한 격차를 실감하며 한숨을 내쉬었다.

"넌 그녀와 달라, 아주 많이."

에네파에 대해 이야기하는 게 싫었지만 아무 말도 하지 않았다. 무릎을 세워 접고 그 위에 턱을 얹었다. 시에가 다시 고양이를 쓰다듬듯 내 머리를 쓸기 시작했다.

"에네파도 너처럼 속내를 잘 드러내지 않았지만 닮은 점은 그것뿐이야. 너보다 훨씬…… 멋있었거든. 화도 잘 안 냈고. 너와 기질은 비슷했는데 어쩌다 화를 터트릴 땐 정말 무서웠어. 그래서 우린 되도록 그녀의 화를 부르지 않으려고 애썼지."

"꼭 그녀를 두려워한 것처럼 말하네."

"당연하지. 어떻게 안 그럴 수가 있겠어?"

나는 어리둥절하여 미간을 찌푸렸다. "네 어머니잖아."

시에가 머뭇거렸고, 나는 또다시 우리 사이에 존재하는 거대한 간극의 메아리를 들었다. "그건⋯⋯ 설명하기가 어려워."

나는 그 간극이 싫었다. 깨트려 버리고 싶었지만 그게 과연 가능한지도 알 수 없었다. 그래서 이렇게 말했다. "노력해 봐."

시에의 손이 내 머리 위에서 멈칫했다. 그러더니 이내 다정하게 웃었다. "네가 내 신도가 아니라 다행이야. 네 요구를 들어주려면 아주 미쳐 버릴 테니까."

"내 기도에 응답하긴 할 거야?" 나는 그 생각에 미소를 띠지 않을 수 없었다.

"당연하지. 하지만 복수한다고 네 침대에 도마뱀을 넣어 둘지도 몰라."

나는 무심코 웃음을 터트렸다. 그러고는 깜짝 놀랐다. 오늘 하루 처음으로 다시 사람이 된 기분이었다. 짧은 웃음이었지만 기분은 훨씬 나아졌다. 나는 충동적으로 그의 다리에 몸을 기대고 무릎 위에 머리를 얹었다. 그의 손은 내내 내 머리칼을 쓰다듬고 있었다.

"난 태어났을 때 엄마 젖을 먹을 필요가 없었어." 시에가 천천히 말했다. 이번에는 그의 말에서 거짓이 느껴지지 않았다. 아마 적절한 단어를 찾지 못한 것뿐이라는 생각이 들었다. "위험에서 보호받을 필요도, 자장가를 들을 필요도 없었지. 난 별들의 노래를 들을 수 있었고, 내가 방문한 세계가 나한테 할 수 있는 것보다 나 자신이 그들한테 훨씬 더 위험했으니까. 하지만 세 주신에 비하면 아주 약했어. 그들과 많은 면에서 비슷하지만 확실히 그들보다는 떨어졌지. 내가 무엇이 될지 살려 두자고 에네파를 설득한 건 나 하도스였어."

나는 얼굴을 찡그렸다. "에네파가…… 너를 죽이려고 했어?"

"그래." 시에는 내가 충격을 받은 것을 보고는 키득거렸다. "에네파는 항상 뭔가를 죽였어, 예이네. 그녀는 생명이자 죽음이었고, 새벽과 황혼이었지. 다들 그걸 쉽게 잊어버리지만."

내가 고개를 들어 그를 응시하자 시에의 손이 내 머리에서 떨어졌다. 내키지 않아 머뭇거리는, 신에게는 어울리지 않는 그의 몸짓에는 갑자기 울컥 화가 치밀게 하는 뭔가가 있었다. 그가 한 말도 마찬가지였다. 아무리 필멸자에게 신들의 관계가 이해하기 어려운들 그는 어린아이였고 에네파는 그의 어머니였다. 그는 모든 아이들이 그렇듯이 어머니를 사랑했다. 하지만 그녀는 그를 죽이려 했다. 사육사가 결함이 있는 망아지를 버리듯이.

모친이 위험을 내포한 갓난아기의 목을 조르듯이.

아냐. 그건 전혀 다르다.

"에네파가 싫어지네."

시에가 놀라 내 얼굴을 쳐다보더니 웃음을 터트렸다. 왠진 몰라도 그 웃음에는 전염성이 있었다. 고통에서 비롯된 장난기. 나도 빙긋 웃었다.

"고마워." 시에가 여전히 키득거리며 말했다. "난 이 모습이 싫어. 감상적이 되거든."

"그럼 다시 어린애로 변해." 나도 그편이 좋았다.

"안 돼." 시에가 장벽을 손짓했다. "저걸 유지하려면 힘이 많이 들거든."

"아." 갑자기 시에의 원래 모습이 궁금해졌다. 어린아이일까? 아니면 방심할 때마다 나타나는 세상만사에 지친 듯한 어른? 아니면 이도 저도 아닌 완전히 다른 모습인 걸까? 하지만 너무 친밀한 질문인 데다 어쩌면 괴로운 상처를 생각나게 할지도 몰라서 일부러 묻지 않았다. 우리는 춤에 푹 빠진 하인들을 바라보며 다시 침묵에 잠겼다.

"어떻게 할 거야?"

나는 그의 무릎에 머리를 기댄 채 아무 말도 하지 않았다.

시에가 한숨을 내쉬었다. "도와줄 방법만 있다면 난 당연히 널 도울 거야. 알지?"

그 말은 생각보다 더 내 마음을 따스하게 데워 주었다. 나는 웃음 지었다. "그래. 하지만 그래도 이해한다는 말은 못 하겠어, 시에. 나도 다른 사람들처럼 필멸자일 뿐이니까."

"다른 사람들하곤 다르지."

"그래." 나는 시에를 바라보았다. "하지만…… 다르긴 해도 난……." 그 말을 소리 내어 말하고 싶지는 않았다. 우리 대화를 엿들을 사람은 없지만 그렇다고 위험을 무릅쓰는 건 바보 같은 짓이다. "네 입으로 그랬잖아. 내가 백 살까지 살더라도 너한테는 눈 깜박할 사이에 불과하다고. 난 너한테 아무것도 아니야. 저 사람들처럼." 나는 축제를 즐기는 군중을 고갯짓으로 가리켰다.

시에가 부드럽게 웃었다. 또다시 씁쓸한 미소였다. "아, 예이네.

년 정말 이해를 못 하는구나. 필멸자들이 정말로 우리에게 아무것
도 아니었다면 우리 삶은 훨씬 쉬워졌을 거야. 네 삶도 그렇고."

나는 아무 말도 할 수가 없었다. 그래서 나는 입을 다물었고, 시
에도 그랬다. 하인들은 우리 주위에서 계속해서 흥겨운 시간을 보
냈다.

*

나는 자정이 다 되어서야 중앙정원에서 빠져나왔다. 아직 파티
가 한창이었지만 그래도 티브릴은 나를 거처까지 데려다주었다.
그도 술을 마시긴 했으나 내가 목격한 몇몇 사람들만큼 잔뜩 마
시지는 않았다. 내가 그렇게 말하자 티브릴이 대답했다. "그 사람
들과는 다르게 난 내일 아침에 멀쩡하게 일어나야 하거든요."

나는 들어가기 전에 문 앞에서 멈춰 섰다. "고마워." 진심을 담
아 말했다.

"별로 즐거워하는 거 같지도 않던데요. 다 봤습니다. 춤도 한 번
안 추던데요. 와인을 마시기는 했어요?"

"아니. 하지만 정말 큰 도움이 됐어." 나는 적절한 단어를 고르
느라 고심했다. "마음 한구석으론 내 남은 인생의 6분의 1을 낭비
하는 중이라고 생각한 걸 부인하진 않을게." 나는 살짝 웃어 보였
다. 티브릴이 인상을 찌푸렸다. "하지만 그렇게 흥겨운 분위기 속
에 있으니…… 기분이 나아지긴 하더라."

티브릴의 눈빛에 연민이 가득했다. 불현듯 그가 왜 나를 도와주

는지 궁금해졌다. 일종의 동료 의식이 느껴져서, 어쩌면 심지어 내가 마음에 들어서 그런지도 몰랐다. 그렇게 생각하니 왠지 감정이 북받쳐 올랐고, 어쩌면 그래서 손을 뻗어 그의 뺨을 어루만졌는지 모른다. 티브릴은 놀라 눈을 깜박였지만 내 손길을 피하지는 않았다. 나는 그 반응이 만족스러웠고 그래서 충동에 굴복했다.

"당신 기준에 난 별로 안 예쁠지도 모르지만." 나는 과감하게 제안했다. 손가락에 닿는 티브릴의 뺨은 약간 거칠었다. 섬나라 남자들한테 수염을 기르는 풍습이 있다는 사실이 떠올랐다. 이국적이면서도 매력적이라는 생각이 들었다.

짧은 호흡이 지나는 동안 티브릴의 얼굴 위로 오만가지 생각이 스쳐 지나가는 게 보였다. 그러더니 마침내, 천천히 떠오르는 미소가 자리 잡았다. "당신 기준으로 보면 나도 마찬가지죠. 다르에서 진짜 남자라고 부르는 작자들을 본 적이 있거든요."

나는 소리 내어 웃었다. 그러다 갑자기 불안감이 엄습했다. "그리고, 음, 우리가 친척이긴 하지만……."

"여긴 하늘이랍니다, 사촌." 그 말로 모든 것을 설명할 수 있다는 게 얼마나 신기한지.

나는 현관문을 연 다음, 그의 손을 잡고 안으로 끌어당겼다.

티브릴은 신기할 정도로 다정하고 조심스러웠다. 아니면 내가 달리 비교할 만한 경험이 거의 없어서 그렇게 느꼈는지도 모른다. 옷 아래 덮인 그의 피부는 유독 희었고, 어깨에는 작고 희미한 점들이 흩뿌려져 있었다. 꼭 표범 같았다. 하지만 크기도 훨씬 작고 아무 패턴도 없었다. 그는 내게 충분히 평범하게 느껴졌다. 늘씬하지만 탄탄했고, 강인했다. 나는 그가 내는 소리가 마음에 들었다. 그는 내게도 쾌락을 선사하려 노력했지만 내가 너무 긴장한 데다 외로움과 두려움이라는 지금의 심정에 지나치게 빠져 있어 쾌락의 폭풍 따위는 밀려들지 않았다. 하지만 상관없었다.

잠자리에 사람을 들이는 데 익숙하지 않아 일을 마친 후에도 잠을 제대로 이룰 수가 없었다. 결국 새벽 무렵에 침대에서 일어나 목욕을 하면 잠이 올지도 모른다는 생각에 욕실로 향했다. 욕조에 물을 채우는 동안 세면대에서 세수를 하고 거울 속에 비친 내 얼굴을 마주 보았다. 긴장감 때문에 눈가에 주름이 잡혀 평소보다 나이 들어 보았다. 나는 입가를 만져 보았다. 불과 몇 달 전까지 나였던 아이가 갑자기 가엾어져서 울적해졌다. 그 아이는 절대로 순진하지 않았다. 우리 동포들에게 순진한 지도자는 필요 없으니까. 하지만 그래도 그 애는 행복했었다. 내가 마지막으로 행복한 기분을 느낀 게 언제였더라? 기억나지도 않는다.

별안간 티브릴에게 짜증이 일었다. 성적인 만족감이라도 느꼈다면 적어도 긴장도 풀리고 어쩌면 우울감에서도 빠져나올 수 있었을지 모르는데. 하지만 한편으로는 실망스러운 경험이었다는 게 속상했다. 왜냐하면 나는 티브릴을 좋아했고, 그건 티브릴 못지않게 내 잘못이었기 때문이다.

그러나 뒤이어 찾아온 생각은 내 마음을 더욱 어지럽혔다. 오싹하지만 동시에 가슴 설레는 금지된 황홀감과 미신적인 두려움 사이에서 오랫동안 저항해 온 생각.

나는 내가 왜 티브릴에게서 만족을 느끼지 못했는지 안다.

어둠 속에서 그의 이름을 속삭이지 마라.

안 돼. 그건 멍청한 짓이다. 안 돼, 안 돼, 안 돼.

그가 대답할 테니까.

끔찍하고도 무모한 광기가 내 안에 있었다. 머릿속에서 어지럽게 빙빙 돌며 서로 부딪치고 추락해, 생각이라고도 부를 수 없는 불협화음을 만들었다. 거울을 들여다보자 그것이 뚜렷한 형체를 드러냈다. 내 눈이 나를 똑바로 마주 본다. 크게 뜨인 눈동자. 커다래진 동공. 나는 입술을 핥았다. 일순 그것은 나의 눈이 아니었다. 다른 여자의 것, 나보다 훨씬 용감하고 멍청한 다른 여자의 눈이었다.

벽에서 나오는 빛 덕분에 욕실은 어둡지 않았다. 하지만 어둠에는 여러 가지 형태가 있다. 나는 눈을 감고 눈꺼풀 아래 존재하는 어둠을 향해 말했다.

"나하도스."

입술을 거의 달싹이지도 않았다. 겨우 내 귀에나 들릴 만큼, 숨소리처럼 조그맣게 속닥였을 뿐. 정말 단지 그뿐이었다. 수도꼭지에서 떨어지는 물소리도 내 심장 소리도, 아무것도 들리지 않았다. 그러나 나는 기다렸다. 숨 한 번. 두 번.

아무 일도 일어나지 않았다.

나는 전혀 이성적이지 못한 실망감을 느꼈다. 하지만 곧이어 안도감과 나 자신에 대한 분노가 밀려왔다. 대혼돈이여, 도대체 나는 뭐가 문제지? 태어나서 이렇게 어리석은 짓을 하는 건 처음이다. 정말로 미쳐 버린 게 틀림없다.

내가 거울에서 시선을 뗀 순간, 빛을 발하던 벽이 삽시간에 새까맣게 변했다.

"무슨……" 입을 열자마자 누군가의 입술이 내 입술을 덮쳤다.

누구인지 이성이 말해 줄 필요 없이 키스만으로 충분했다. 그의 입술에서는 아무 맛도 나지 않았다. 그저 축축한 느낌과 강한 힘, 그리고 뱀처럼 내 혀를 휘어 감는 유려하고 갈급한 혀뿐이었다. 그 입은 티브릴의 것보다 시원했다. 하지만 이내 다른 종류의 열기가 내 온몸을 장악했고, 손이 내 몸을 더듬기 시작했을 때에는 나도 모르게 들썩이며 반기지 않을 수가 없었다. 마침내 그 입이 내 입술을 놓아주고 목선을 따라 아래로 내려가기 시작했을 때에는 가쁜 숨을 헐떡였다.

거부해야 한다는 것은 알고 있었다. 이것이 그가 가장 좋아하는 살해 방식이라는 것도 알고 있었다. 그러나 보이지 않는 밧줄이 나를 바닥에서 들어 올려 벽에 밀어붙이고, 허벅지 사이로 미끄러져 들어온 손가락이 섬세한 운율을 연주하기 시작하자 더는 아무것도 생각할 수가 없었다. 그 입술, 어디에나 그의 입술이 있었다. 수십 개도 넘는 것 같았다. 내가 신음을 흘리거나 교성을 지를 때마다 그는 내게 입을 맞추며 그 소리를 포도주처럼 들이켰다. 내가 범람하려는 감정을 애써 자제할 때면 내 머리카락에 얼굴을 묻었다. 귓가에서 빠르고 가벼운 숨결이 느껴졌다. 팔을 뻗어 끌어안으려 했지만 거기에는 아무도 없었다. 그리고 바로 그때 그의 손가락이 참신한 방법으로 꿈틀거렸고, 나는 참지 못하고 비명을 질렀다. 가슴이 터지도록 아주 높다랗게. 하지만 그가 또다시 내 입술을 틀어막았다. 그러자 아무 소리도, 빛도, 움직임도 없이 모든 게 사라졌다. 그저 쾌락만이 존재할 뿐. 영원토록 이어질 것만 같은 쾌락. 만일 그가 그 자리에서 나를 죽였더라면 나는 만족스레 숨을 거두었을 것이다.

그러고는 다음 순간, 모든 것이 사라졌다.

나는 눈을 떴다.

욕실 바닥에 털썩 주저앉았다. 팔다리가 후들거렸다. 벽이 다시금 빛을 내고 있었다. 옆에 있는 욕조에는 김이 모락모락 피어오르는 온수가 채워져 있고 수도꼭지는 잠겨 있었다. 나는 혼자였다.

나는 몸을 일으켜 목욕을 한 다음 침대로 돌아갔다. 티브릴이 잠꼬대를 하더니 나를 팔로 감싸 안았다. 나는 그날 밤 내내 그의 품 안에 파고들어 그저 두려워서 떠는 것일 뿐이라고 끊임없이 되뇌었다. 그저 그뿐이라고.

18장

토옥

나는 이제 전에는 몰랐던 것들을 안다.

가령 이런 것들. 광명의 이템파스는 태어나자마자 밤의 군주를 공격했다. 그들은 너무도 대조적인 본성을 지니고 있었기에 처음에 그것은 숙명이며 불가피한 일처럼 느껴졌다. 둘은 억겁의 시간 동안 전투를 벌였고, 때로는 승리를 거두기도 하고 나중에는 승패가 뒤집히기도 했다. 시간이 지나면서 그들은 이러한 다툼이 무의미하다는 사실을 이해하게 되었다. 광대한 관점에서 볼 때, 그들은 영원한 교착 상태에 있었다.

그러나 그 과정에서 둘은 순전히 우연에 힘입어 많은 것을 창조했다. 나하도스가 형태 없는 공허를 만들어 내자 이템파스는 거기에 중력과 움직임, 작용과 시간을 더했다. 두 신의 다툼 사이에서 죽어 간 무수한 위대한 별들을 위해 그들은 타고 남은 재를 이용해 새로운 것을 창조했다. 더 많은 별과 행성, 반짝반짝한 색구름,

소용돌이치며 맥동하는 경이로운 것들. 둘 사이에 우주가 형성되기 시작했다. 그리고 그들의 전투로 인한 먼지구름이 걷혔을 때, 두 신은 그들이 만들어 낸 것을 보고 심히 기뻐하였다.

둘 중 누가 먼저 평화를 제안했을까? 처음에는 실수와 잘못도 있었을 것이다. 휴전 협정이 깨지거나 하는 일들. 서로에 대한 증오가 관용으로, 뒤이어 신뢰와 존중으로, 그러고는 그 이상의 것으로 변하기까지 얼마나 걸렸을까? 그리고 마침내 그 단계에 도달했을 때, 그들은 전쟁을 벌였을 때와 마찬가지로 얼마나 열정적으로 사랑에 임했을까?

여기 전설적인 로맨스가 있다. 그리고 나에게 가장 매혹적이면서도 두려운 사실은 그것이 아직 *끝나지 않았다*는 것이다.

*

티브릴은 일 때문에 새벽에 일찍 떠났다. 우리는 몇 마디 말과 무언의 이해를 주고받았다. 간밤의 일은 친구들끼리 위안을 얻으려 한 행동일 뿐이었다. 생각보다 그리 어색하지는 않았다. 나는 티브릴이 어차피 아무것도 더 기대하지 않는다는 느낌을 받았다. 하늘궁에서의 삶은 그 이상의 것을 장려하지 않는다.

나는 조금 더 잠을 잤고, 잠에서 깬 후에는 침대에 누워 생각에 잠겼다.

할머니는 멘체이 군대가 곧 다르를 침공할 것이라고 말했다. 시간이 너무 촉박해서 다르를 구명하는 데 실질적으로 도움이 될 전략이 전혀 떠오르지 않았다. 내가 할 수 있는 최선의 방책은 침공을 늦추는 것뿐이다. 하지만 어떻게? 컨소시엄에서 내게 협력해 줄 사람을 찾을 수 있을까? 라스 온치는 하이노스 대륙의 절반을 대표한다. 어쩌면 그녀가…… 아니야. 나는 부모님과 다르 전사의회가 동맹국을 찾는 데 오랜 시간을 허비하는 것을 옆에서 지켜보았다. 우리에게 친구가 있었다면 이미 오래전에 앞으로 나섰을 것이다. 최선의 방법은 라스처럼 개인적인 동조자를 찾아내는 것뿐이다. 하지만 있으면 좋긴 해도 궁극적으로는 쓸모가 없다.

그러니 다른 방도를 찾아봐야 한다. 딱 며칠만 늦출 수 있으면 충분하다. 계승식 이후로 늦출 수만 있다면 에네파데와의 거래가 효력을 발휘할 테고 다르는 넷이나 되는 신들의 가호를 받게 될 것이다.

그들이 이길 경우에 말이지만.

그러니까 결국 모 아니면 도라는 얘기다. 하지만 손 놓고 아무것도 안 하느니보다는 위험을 무릅쓰는 편이 낫다. 그러니 내가 가진 모든 수단을 동원해 방법을 찾을 것이다. 나는 침대에서 일어나 비레인을 찾으러 갔다.

그는 연구실에 없었다. 날씬한 젊은 하녀가 청소를 하고 있었다. "그분은 토옥(土獄)에 계세요." 그게 뭔지, 또는 어디 있는지 전혀 알 수가 없어서 하녀에게 길을 물어보았다. 나는 하늘궁의 최하층을 찾아 나섰다. 그리고는 복도를 걸으며 하녀의 얼굴에 비쳤던 혐오감 어린 표정을 떠올렸다.

승강장에서 내리니 이상하게 어둡고 침침한 복도가 나를 맞이했다. 벽에서 나는 빛도 묘하게 약하고 풀죽은 느낌이 났다. 이제는 나도 익숙해진 환한 빛이 아니라 왠지 밋밋하고 흐릿했다. 창문도 없었고, 가장 신기한 건 문도 없다는 점이었다. 이런 깊은 지하층에는 하인들도 살지 않는 게 분명했다. 발걸음을 뗄 때마다 내 발소리가 복도 반대편에서 울려 나왔다. 그래서 복도 끝에 큼지막한 공간이 나타났을 때도 별로 놀라지 않았다. 꽤 넓은 직사각형 공간이었는데, 바닥이 살짝 기울어 있고 그 끝에는 지름이 1미터 남짓한 금속 창살 구멍이 있었다. 나는 쇠창살 옆에 비레인이 서 있는 것을 보고도 놀라지 않았다. 내가 여기 들어선 순간부터 그는 나를 물끄러미 바라보고 있었다. 아마 내가 승강기에서 나오는 소리를 들었을 것이다.

"레이디 예이네." 비레인이 고개를 숙이며 말했다. 그의 얼굴에 웃음기가 없는 건 처음 봤다. "살롱에 참석했어야 하지 않나요?"

나는 살롱에 벌써 며칠이나 가지 않았고 휘하 국가들의 기록을 들춰 보지도 않았다. 지금 내 처지를 생각하면 그런 업무까지 일일이 신경 쓰기가 힘들었다. "내가 없어도 세상은 잘 돌아갈 테니까. 지금이든 아니면 적어도 닷새 동안은."

"알겠습니다. 여긴 왜 온 겁니까?"

"당신을 찾고 있었어." 내 시선이 바닥에 있는 격자창살로 향했다. 화려하게 장식한 하수구 창살처럼 보였는데 그 아래 일종의 방이 있는 것 같았다. 아래에서 새어 나오는 빛은 비레인과 내가 서 있는 방을 밝히는 빛보다 훨씬 밝았다. 하지만 묘하게 밋밋하고 생기 없는 회색 색조 때문인지 더 이상하게 느껴졌다. 광원이 비레인의 얼굴 밑에서 비추고 있으니 그의 표정이 더 날카로워 보여야 하는데 이상하게도 오히려 그런 느낌이 벗겨진 것처럼 보였다.

"여긴 뭐 하는 데지?"

"우리는 지금 하늘궁의 본채 아래, 정확히 말해 우리를 도시 위로 받치고 있는 기둥 안에 있습니다."

"기둥이 비어 있어?"

"아뇨. 가장 꼭대기인 여기만 그렇습니다." 그는 나를 면밀히 살펴보고 있었다. 나로서는 짐작할 수 없는 무언가를 가늠하는 것처럼. "어제 축제에 오지 않았더군요."

높은피가 하인들의 축제를 알고도 모른 척하는 건지 아니면 정말로 모르는 건지 분간할 수가 없었다. 혹시나 후자일지도 모른다는 생각에 이렇게 대답했다. "뭘 축하할 기분이 아니어서."

"어제 왔다면 이걸 보고도 별로 놀라지 않았을 겁니다." 비레인이 발밑에 있는 창살을 향해 손짓했다.

나는 불현듯 밀려온 두려움에 몸을 굳혔다. "무슨 소리를 하는 거야?"

비레인이 한숨을 내쉬었고, 나는 그의 심기가 불편한 상태라는 것을 깨달았다. "불의 날 축제의 하이라이트 중 하나죠. 나는 종종 여흥거리를 내놓으라는 요청을 받습니다. 마술이나 묘기 같은 거요."

"묘기?" 나는 얼굴을 찡그렸다. 내가 알기로 필경술은 묘기 같은 걸 부리기엔 너무 강하고 위험했다. 획 하나만 잘못 그어도 어떤 사태가 벌어질지 아무도 알 수 없으니까.

"그래요. 보통 인간 '자원자'를 필요로 하는 종류의 것들 말입니다." 내 턱이 바닥으로 떨어질 듯 추락하자 비레인이 희미하게 미소 지었다. "높은피를 즐겁게 하기란 무척 어렵답니다. 당신은 당연히 예외겠지만. 하지만 나머지는⋯⋯." 그가 어깨를 으쓱했다. "한평생 온갖 특이한 것들을 탐닉하다 보면 여흥의 기준이 높아지게 되죠. 아니면 낮아지거나."

그의 발치에 있는 창살, 그리고 그 너머에 있는 공간에서 영혼의 심장마저 싸늘하게 굳힐 텅 빈 신음 소리가 새어 나왔다.

"신이여, 대체 무슨 짓을 한 거야?" 나는 속삭였다.

"신은 아무 관계도 없답니다, 레이디." 비레인이 한숨을 쉬며 구덩이를 내려다보았다. "나는 왜 찾고 있었던 거지요?"

간신히 눈과 마음을 쇠창살에서 떼어 냈다. "나⋯⋯난 하늘궁에서 다른 곳에 있는 사람에게 전갈을 보낼 방법을 찾고 있어. 아무도 모르게 몰래."

다른 상황이었다면 비레인이 내게 보내는 눈빛을 마주하는 것만으로도 주눅이 들었을 테지만 저 토옥에 갇혀 있는 게 누구인지는 몰라도 평소 비레인의 냉소적인 태도에서 예리함을 도려내 갔다는 사실만은 알 수 있었다. "그런 통신 내용을 염탐하는 게 내 평소 업무 중 하나라는 건 알고 있겠지요?"

나는 고개를 숙였다. "그럴 것 같았어. 그래서 당신한테 부탁하는 거야. 만약에 방법이 있다면 당신은 알고 있겠지." 나는 무의식중에 침을 꿀떡 삼켰고, 초조함을 적나라하게 드러냈다며 속으로 자책했다. "수고한 데 보상을 줄 각오도 되어 있고."

기묘한 회색빛 밑에서는 비레인의 놀란 표정마저 누그러져 보였다. "저런." 그의 얼굴에 피곤한 미소가 번져 나갔다. "레이디 예이네, 당신은 정말 아라메리로군요."

"필요한 일을 할 뿐이야." 나는 딱 잘라 말했다. "내가 이보다 더 교묘하게 굴 시간이 없다는 건 당신도 잘 알 텐데."

그러자 그의 미소가 사라졌다. "압니다."

"그럼 도와줘."

"어떤 메시지를 보내고 싶은 겁니까? 누구에게요?"

"내가 그걸 모두에게 들으라는 듯이 알려 줄 거였으면 아무도 모르게 보내고 싶다는 말을 안 꺼냈겠지."

"내가 묻는 이유는 그런 전갈을 보내려면 나를 통하는 수밖에 없기 때문입니다."

나는 그제야 놀라서 입을 다물었다. 하지만 이해할 수 있었다. 통신구가 정확히 어떻게 작동하는지는 몰라도, 인을 이용한 모든 마법이 그렇듯 평소 필경사가 하는 일을 모방하는 것일 테다.

하지만 나는 비레인을 좋아하지 않았다. 그 이유는 나도 잘 설명할 수가 없다. 나는 그의 눈빛에서 애통함을 보았고, 때때로 데카르타나 다른 높은피에 대해 말할 때 목소리에 담긴 경멸감을 읽었다. 그는 에네파데처럼 일종의 무기였으며 어쩌면 거의 노예에 가까울 것이다. 그러나 비레인에게는 왠지 모르게 꺼림칙한 부분이 있다. 아마도 그가 충정과는 거리가 먼 사람처럼 보이기 때문일 것이다. 비레인은 누구의 편도 아니었다. 오직 자기 자신의 편일 뿐. 그건 다시 말해 그에게 합당한 이유만 제공해 준다면 내 비밀을 지켜 줄 것이라는 의미였다. 하지만 반대로 내 비밀을 데 카르타에게 밀고하는 게 그에게 더 이득이라면? 아니면 최악의 경우 릴래드나 시미나를 찾아간다면? 누구도 충심으로 섬기지 않는 자는 누구에게서도 신뢰를 얻을 수 없는 법이다.

비례인은 내가 머리를 굴리는 걸 보며 히죽 웃었다. "물론 시에에게 전갈을 들려 보낼 수도 있겠지요. 나하도스도 가능하고. 동기만 충분하다면 그도 해 줄 겁니다."

"그래, 그러겠지." 나는 쌀쌀맞게 대답했다.

∗

다르어에는 위험한 것에 매혹되는 감정을 뜻하는 에수이라는 단어가 있다. 전사들이 승리할 가능성이 없는 전투에 뛰어들어 웃으며 죽는 것은 에수이 때문이다. 또 에수이는 여자들이 도움이 되지 않는 나쁜 연인, 즉 나쁜 아버지가 될 남자나 적 여성에게 마음을 빼앗기는 원인이기도 하다. 세늠어로 가장 유사한 단어를 찾자면 '열망' 정도가 될 것이다. '삶에 대한 열망'이라든가 '피에 굶주린 욕구' 같은 것들도 여기 속한다. 하지만 이런 단어들은 에수이의 복잡한 층위를 제대로 표현하지 못한다. 그것은 영예롭고 또한 어리석은 것이다. 합리적이지 못하고 이성적이지 못하고 안전하지 않은 모든 것이다. 그러나 에수이가 없는 삶은 아무 의미도 없을 것이다.

내가 나하도스에게 끌리는 건 에수이 때문이다. 어쩌면 그가 내게 끌리는 것도 에수이 때문일 것이다.

어쨌든 상관없는 이야기다.

＊

"······하지만 다른 높은피가 내 메시지를 뱉어 내라고 그에게 명령하면 끝이지."

"정말로 내가 당신 계획에 끼어들 거라고 생각합니까? 릴래드 와 시미나 사이에서 이십 년을 살았는데?" 비레인이 눈동자를 굴 렸다. "당신들 중 누가 데카르타의 뒤를 잇든 난 관심 없습니다."

"새 가주는 당신 삶을 더 쉽게 만들어 줄 수 있어. 아니면 더 어 렵게 만들 수도 있고." 나는 담담한 어조로 말했다. 내 말을 미래의 약속으로 듣든 협박으로 듣든 그건 그의 선택이다. "내 생각엔 저 돌의자에 누가 앉게 될지 온 세상이 관심을 가져야 할 것 같은데."

"심지어 데카르타도 더 높은 곳의 부름에 답해야 합니다." 지금 이 대화의 맥락에서 그게 무슨 의미인지 궁금했지만 비레인은 계 속 쇠창살만 내려다보고 있을 뿐이었다. 그의 눈동자에 창백한 빛 이 반사돼 번득였다. 비레인의 표정이 미묘하게 바뀌자 내 내면에 서 경계심이 불쑥 고개를 쳐들었다. "이리 와요." 비레인이 창살 쪽으로 손짓하며 말했다. "와서 보십시오."

나는 얼굴을 찌푸렸다. "왜?"

"궁금한 게 있어서요."

"뭔데?"

비레인은 아무 말 없이 그저 기다렸다. 결국 나는 한숨을 내쉬며 창살 근처로 다가갔다.

처음에는 아무것도 보이지 않았다. 그러다 또다시 미약한 신음 소리가 들리더니 시야에 뭔가 움직이는 게 들어왔다. 다음 순간 나는 토하거나 도망치지 않으려고 안간힘을 써야 했다.

어떤 사람이 있다고 하자. 마치 점토를 갖고 놀 듯이 그의 사지를 꼬고 비틀고 잡아당겨 늘여 보자. 거기에다 오직 신만이 그 용도를 알 법한 사지를 새로 갖다 붙인다. 내장의 일부를 몸 바깥으로 끄집어 빼 놓되 계속 기능하게 놔둬라. 그런 다음 입을 봉하고…… 오, 하늘아버지, 신중에 신이시여.

그중에서도 최악은 저 일그러진 눈 안에 아직도 의식과 지성이 남아 있다는 것이다. 그들은 그가 정신을 놓고 미칠 수 있는 자비조차 허용하지 않았다.

나는 육체적인 반응을 철저히 숨기는 데 실패했다. 이마와 윗입술이 미세한 땀방울로 번들거렸다. 고개를 들자 비레인이 나를 뚫어져라 바라보고 있었다.

"그래서?" 말을 하기 전에 마른침을 삼켜야 했다. "궁금한 건 풀렸어?"

그의 시선은 나를 불안하게 했다. 비레인이 지금 그의 힘과 능력을 입증하는 고문당하고 훼손된 증거 위에 서 있지 않더라도 그랬을 것이다. 그의 눈에는 욕정을 제외한 다른 모든 것을 관통하는 열망이 깃들어 있었고…… 그래, 대체 저게 뭘까? 짐작도 가지 않았지만, 왠지 기분 나쁘게 인간 형태의 나하도스가 떠올랐다. 그를 만났을 때와 똑같이 내 손가락이 칼을 찾아 움찔거렸다.

"그렇습니다." 비레인이 나지막이 말했다. 미소는 띠지 않았지만 그의 눈에서는 득의에 찬 만족감이 번득이고 있었다.

"그래서…… 판결은?" 하지만 나는 이미 답을 알고 있다.

비레인이 구덩이를 손짓했다. "키네스라면 저걸 보고도 속눈썹 하나 까딱하지 않았을 겁니다. 오히려 제 손으로 직접 다루면서 즐거워했을……"

"거짓말!"

"아니면 적어도 겉으로 즐기는 척하면서도 남에게 들키지 않았겠지요. 그녀는 데카르타를 패퇴시키는 데 필요한 모든 걸 갖추고 있었어요. 한데 당신은 아니죠."

"그럴지도." 나는 쏘아붙였다. "하지만 적어도 나한텐 영혼이라는 게 있어. 당신은 그걸 뭐랑 바꾼 건데?"

놀랍게도, 비레인의 미소가 사라졌다. 그는 구덩이를 내려다보았다. 회색빛을 받은 눈동자가 데카르타보다 더 나이 들고 창백해 보였다.

"충분한 대가는 아니었죠." 비레인은 그렇게 말하고는 걸어가 버렸다. 나를 지나쳐 복도로, 그리고 승강기를 향해.

나는 비레인의 뒤를 따라가지 않았다. 대신 공간 안쪽으로 더 깊숙이 들어가 벽에 기대앉아 기다렸다. 구덩이에 갇혀 있는 저 가엾은 영혼의 희미하고 고통스러운 신음 소리에 간간이 깨지는 것만 빼면 영원과도 같은 회색빛 침묵이 흐른 뒤, 하늘궁의 기저에서부터 울려 퍼지는 익숙한 떨림과 파문이 느껴졌다. 나는 시간을 재며 조금 더 기다렸다. 그러고는 마침내 일몰 빛이 저녁 하늘에서 충분히 가셨다고 판단했다. 그제야 바닥에서 일어나 토옥을 등진 채 복도로 나갔다. 회색빛이 내 그림자를 바닥에 가늘고 길쭉한 선으로 빚었다. 나는 내 얼굴이 그림자에 덮일 때까지 기다린 다음, 입을 열었다. "나하도스."

고개를 돌리기도 전에 벽이 침침해졌다. 하지만 이상하게도 그 어느 때보다도 밝아 보였다. 토옥에서 흘러나오는 빛 때문이었다. 이유는 모르겠지만 나하도스의 어둠은 그 빛에 아무런 영향도 끼치지 못했다.

나하도스가 알 수 없는 표정으로 나를 응시하고 있었다. 무채색의 빛 속에서 그의 얼굴은 비인간적일 정도로 더욱 완벽해 보였다.

"여기." 나는 그를 지나쳐 다시 토옥으로 걸어갔다. 지하감옥에 갇혀있던 수감자가 나를 올려다보았다. 아마 내 의도를 알아차린 것일 테다. 이번에는 처음만큼 그를 보기가 힘들지 않았다. 나는 구덩이 안을 가리켰다.

"저 사람을 치료해요."

나는 그가 화를 낼 것이라고 생각했다. 혹은 재미있어하거나. 아니면 의기양양해하거나. 내가 내리는 첫 명령에 밤의 군주가 어떻게 반응할지 짐작도 가지 않았다. 하지만 내가 정말로 예상하지 못한 건 그의 대답이었다.

"못 한다."

나는 이맛살을 찌푸리며 그를 바라보았다. 나하도스는 무감한 표정으로 토옥을 내려다보고 있었다. "무슨 뜻이죠?"

"이 상황을 근본적으로 초래한 것이 데카르타의 명령이니까."

그리고 데카르타의 지배인 때문에 나는 그가 내린 명령을 되돌리거나 철회할 수 없다. 나는 두 눈을 질끈 감고 부디 용서해 달라는 짧은 기도를 올렸다. 누구든 좋으니 내 기도를 듣고 있을 신에게.

"알았어요, 그럼." 널따란 공간 안에서 내 목소리는 아주 작게 들렸다. 나는 숨을 깊이 들이마셨다. "저 사람을 죽여요."

"그것도 못 한다."

그 말은 내게 큰 충격을 주었다. "대혼돈이여, 도대체 왜요?"

나하도스가 빙그레 웃었다. 거기에는 뭔가 이상한 것이, 평소보다 나를 훨씬 더 불안하게 하는 무언가가 있었다. 하지만 지금은 거기에 대해 생각할 틈이 없었다. "나흘 후면 승계가 이뤄질 거다. 그러기 위해서는 누군가 대지의 돌을 의식이 열리는 방으로 보내야 하지. 이건 전통이야."

"뭐요? 그게 무슨……"

나하도스가 구덩이 안쪽을 가리켰다. 고통에 신음하고 있는 가엾은 사람이 아니라 약간 빗나간 지점이었다. 나는 나하도스의 손가락을 따라 시선을 옮겼고, 이제껏 알아차리지 못한 것을 발견했다. 토옥 바닥은 하늘궁의 벽과는 매우 다른 이상한 회색빛을 발했다. 나하도스가 가리킨 곳은 유독 그 빛이 집중적으로 빛나고 있었다. 하지만 더 밝은 게 아니라 더 회색이었다. 나는 뚫어져라 그것을 바라보았다. 벽을 이루고 있는 저 반투명한 재질 속에 얼핏 어두운 그림자가 보인다는 생각이 들었다. 뭔가 작은 것.

그것은 지금까지 줄곧 내 발밑에 있었다. 대지의 돌.

"하늘궁은 저것의 힘을 억제하고 통제하기 위한 것이지만 여기, 아주 작은 곳에 틈이 있어 항상 힘이 새어 나오고 있지." 나하도스의 손가락이 살짝 움직였다. "저 힘이 그를 살려 두고 있는 거다."

입안이 바싹 말랐다. "그럼…… 그럼 그건 무슨 뜻이죠……? 돌을 의식이 열리는 방으로 보낸다는 거요."

나하도스가 이번에는 위쪽을 가리켰다. 토옥의 천장 중앙에 작은 굴뚝처럼 좁고 둥근 구멍이 뚫려 있는 것이 보였다. 그 좁은 터널은 위쪽으로 곧게 뻗어 있었다. 어디서 끝나는지 눈에 보이지 않을 만큼 멀리까지.

"어떤 마법도 대지의 돌에는 직접적으로 작용하지 않는다. 어떤 살아 있는 것도 부작용으로 고통받지 않고서는 가까이 접근할 수 없지. 그래서 돌을 저 위에 있는 방으로 옮기는 간단한 일을 하기 위해 에네파의 아이 중 하나가 돌을 저곳으로 보내고 싶다는 소원을 빌고 제 목숨을 바쳐야 하지."

마침내, 나는 이해할 수 있었다. 아, 신이여. 이건 너무도 잔혹하고 악랄한 짓이다. 이 구덩이 속 이름 모를 사내에게 죽음은 곧 구원이나, 대지의 돌이 그것을 가로막고 있다. 저 뒤틀린 육신의 감옥에서 해방되려면 사내는 제 자신의 죽음에 협조해야 한다.

"저건 누구죠?" 내가 물었다. 아래쪽 공간에서 사내는 마침내 똑바로 앉는 데 성공했다. 그럼에도 확연히 불편해 보였지만. 나는 그가 조용히 오열하는 것을 들었다.

"끌어 내려진 신에게 기도하다 붙잡힌 멍청이다. 희박하긴 해도 아라메리의 피가 흘러. 이 일족은 가문에 새로운 피를 유입시키기 위해 몇몇은 자유롭게 풀어 주거든. 어쨌든 그래서 두 배로 망한 셈이지."

"저, 저 사람이……" 머리가 돌아가지 않는다. 잔혹하고 악랄한. "돌을 딴 곳으로 보낼 수도 있잖아요. 뜨거운 화산이나 꽁꽁 얼은 허허벌판 같은 곳으로요."

"그러면 우리가 가서 찾아오면 그만이지. 하지만 저 인간은 데 카르타에게 반항하지 않을 거다. 대지의 돌을 정해진 위치로 정확 하게 이동시키지 않으면 연인이 똑같은 운명을 맞이할 테니까."

그 말에 구덩이 속에서 남자가 큰 소리로 신음했다. 그의 삐뚤 어진 입이 감당할 수 있는 수준으로는 통곡에 가까웠다. 내 눈에 도 눈물이 차올라 방 안을 채운 회색빛이 가물가물해졌다.

"쉬이이이." 나하도스가 말했다. 나는 놀라 그를 쳐다봤지만 그 는 구덩이 안을 들여다보고 있었다. "쉬이이이. 오래 걸리지 않을 거다. 미안하구나."

그는 내 어리둥절한 표정을 보고는 또다시 이해할 수 없는, 아 니 이해하고 싶지 않은 묘한 미소를 지어 보였다. 하지만 그건 내 가 무지했기 때문이다. 나는 지금껏 내가 그를 안다고 생각했다.

"나는 항상 저들의 기도를 듣는다." 밤의 군주가 말했다. "내가 응답하는 것이 허락되지 않을 때조차."

*

우리는 잔교 기슭에 서서 600미터 아래 있는 도시를 내려다보고 있었다.

"협박하고 싶은 사람이 있어요."

나는 토옥에서 나온 뒤로 지금껏 한마디도 하지 않았더랬다. 나하도스는 비틀거리며 걷는 내 뒤를 곱게 따르며 부두에 이를 때까지 옆을 지켰다.(하인들도 높은피들도 우리 둘만의 공간을 넉넉하게 누릴 수 있게 해 주었다.) 그는 아무 말도 하지 않았지만 내 옆에 있다는 것만큼은 확실하게 느낄 수 있었다.

"멘체이 총리인 겜드라는 남자예요. 다르 침략을 계획 중인 동맹군을 이끌고 있고요."

"누군가를 협박하려면 위해를 가할 수 있는 힘을 갖고 있어야하지."

나는 어깨를 으쓱했다. "난 이제 아라메리예요. 겜드는 이미 나한테 그런 힘이 있다고 생각할걸요."

"너는 하늘궁 밖에서는 내게 명령할 권리가 없다. 데카르타는 자신을 모욕하지 않은 국가를 건드리게 허락하지 않을 거다."

나는 아무 말도 하지 않았다.

나하도스가 나를 흘낏 쳐다보더니 재미있다는 표정을 지었다. "알겠군. 하지만 허세를 부려 봤자 오래가지 못할 텐데."

"그럴 필요가 없죠." 나는 손으로 난간을 밀며 몸을 돌려 그를 마주 보았다. "나흘 정도만 진군을 막을 수 있으면 돼요. 그리고 난 당신 힘을 하늘궁 밖에서도 사용할 수 있어요…… 당신이 허락하기만 하면요. 그래 줄 건가요?"

나하도스가 나처럼 허리를 세우더니 놀랍게도 내 얼굴을 향해 손을 뻗었다. 손바닥으로 내 뺨을 감싸고 엄지손가락으로 도톰한 내 아랫입술을 쓸었다. 거짓말은 하지 않겠다. 머릿속에 아주 위험한 생각이 떠올랐다.

"너는 오늘 밤 내게 사람을 죽이라고 명했다."

나는 침을 삼켰다. "자비를 베풀기 위해서였어요."

"그래." 왠지 마음을 불편하게 만드는 이질적인 눈빛이 다시 돌아왔다. 나는 마침내 거기에 이름을 붙일 수 있게 되었다. 그것은 이해였다. 거의 인간적인 연민이었다. 정말로 그가 우리 필멸자처럼 느끼고 생각하기라도 하는 것처럼.

"너는 절대로 에네파가 될 수 없다. 하지만 그녀의 장점을 일부 가지고 있지. 그러니 비교한다고 해서 마음 상해하지 말아라, 작은 도구야." 나는 깜짝 놀랐다. 혹시 내 마음을 읽을 수 있기라도 한 거야? "나는 그걸 가볍게 여기지 않는다."

그러더니 나하도스가 한 발짝 뒤로 물러났다. 그가 두 팔을 활짝 벌리자 검은 공허가 드러났다. 그는 기다렸다.

그의 안에 들어서자 어둠이 나를 감싸 안았다. 내 상상인지는 몰라도, 왠지 이번에는 전보다 더 따스하게 느껴졌다.

19장

다이아몬드

너는 중요하지 않다. 특별하지도 않고 독특하지도 않은 무수한 이들 중 하나에 불과하지. 나는 이런 모욕을 바라지 않았고 그래서 비교당할 때마다 화가 난다.

괜찮아. 나도 너를 좋아하지 않으니까.

＊

우리가 다시 나타난 곳은 샹들리에 아래, 좁은 직사각형 창문이 늘어서 있고 흰색과 회색 대리석으로 장식된 밝고 장엄한 홀이었다.(내가 하늘궁에 가 본 적이 없었다면 상당한 감명을 받았을 것이다.) 홀의 양쪽 끝에는 반질반질한 검은 나무로 만들어진 더블도어가 있었다. 아주 적절한 무대라는 생각이 들었다. 열린 창문 너머로 상인들이 물건을 홍보하는 소리, 갓난아이의 칭얼거림, 여자들의 웃음소리가 들렸다. 도시의 삶이었다.

이른 저녁인데도 주변에는 아무도 없었다. 나는 이제 나하도스에 대해 충분히 알고 있었기에 이것이 의도적인 선택임을 짐작할 수 있었다.

나는 문을 향해 고개를 까딱였다. "겜드 혼자 있어요?"

"아니. 상당한 수의 호위병과 동료, 그리고 고문 들과 함께 있다."

당연히 그렇겠지. 전쟁을 준비하려면 팀워크가 필수적이다. 나는 얼굴을 찌푸렸다가 이내 마음을 진정시켰다. 화가 난 상태로는 아무것도 할 수가 없다. 내 목표는 시간을 버는 것이다. 가능한 오래 평화를 유지하는 것. 분노는 아무 도움도 되지 않는다.

"제발 아무도 죽이지 마요." 나는 문 쪽으로 걸어가며 중얼거렸다. 나하도스는 대답하지 않았다. 하지만 홀은 점차 어두워졌고, 깜박이는 횃불 그림자는 면도날처럼 예리하고 선명해졌다. 공기가 무겁게 느껴졌다.

내 아라메리 조상들은 그들의 피와 영혼을 희생한 끝에 진리를 깨달았다. 밤의 군주를 통제하는 것은 불가능하다. 그는 그저 속박에서 잠시 풀려날 뿐이다. 만일 겜드 때문에 나하도스의 힘을 빌려야 한다면 ─

그럴 일이 없기만을 바라는 수밖에 없다.

나는 똑바로 걸었다.

내가 다가가자 문이 저절로 활짝 열리더니 능력만 된다면 이곳 경비병의 절반이 당장 몰려올 만큼 엄청나게 커다란 소리를 내며 반대쪽 벽에 쾅 하고 부딪쳤다. 덕분에 나는 꽤나 극적인 등장을 할 수 있었다. 성큼성큼 방 안으로 걸어 들어가자 놀란 고함 소리와 욕설의 합창이 나를 맞아 주었다. 종잇장이 어지럽게 널린 커다란 탁자 주위에 앉아 있던 사내들이 허둥지둥 일어서고 있었다. 몇몇은 무기를 더듬거렸고 어떤 이들은 멍청한 얼굴로 나를 빤히 쳐다보았다. 짙은 빨간색 망토를 입고 있는 사내가 둘 있었는데, 내가 알기로 그건 톡의 전사 복장이었다. 그렇다면 톡도 멘체이와 손잡은 거군. 탁자의 최상석에는 예순 살가량 되어 보이는 남자가 앉아 있었다. 값지고 화려한 옷을 입고 머리는 희끗희끗했으며, 부싯돌과 강철처럼 강하고 단단한 얼굴을 하고 있었다. 왠지 모르게 데카르타를 연상시켰지만 둘의 닮은 점이라고는 그뿐이었다. 멘체이는 하이노스 종족이고 아른인보다는 다르인과 더 많이 닮았다. 남자는 반쯤 일어난 자세로 주춤거리고 있었다. 놀랐다기보다는 화가 난 것 같았다.

나는 그에게 시선을 고정했다. 멘체이도 다르와 마찬가지로 지도자의 권위보다도 의회의 입김이 더 세다. 많은 면에서 그와 나, 우리는 명목상의 최고 지도자일 뿐이었다. 그러나 이런 대치 상황에서는 결국 그가 협상의 열쇠가 될 것이다.

"총리." 나는 세늬어로 말했다. "반갑군."

남자의 눈이 가늘어졌다. "그 다르 년이군."

"수많은 다르 년 중 하나지."

젬드가 부하를 향해 고개를 돌리고 뭐라 중얼거리자 명을 받은 사내가 황급히 자리를 떴다. 위병들에게 명령을 내리고 내가 어떻게 여기까지 들어왔는지 알아내려는 것이겠지. 겜드가 다시 내게로 관심을 돌렸다. 상황을 가늠하는 얼굴에는 뚜렷한 경계심이 어려 있었다.

"하지만 지금 네 옆엔 아무도 없는데." 그가 느릿한 말투로 말했다. "아니면 그렇지 않을지도 모르겠군. 여기 혼자 행차할 정도로 어리석진 않을 테니."

무심코 주위를 둘러보려다 직전에 간신히 참아 냈다. 나하도스라면 당연히 나타나지 않는 편을 선호할 것이다. 그가 나를 도와주겠다고 약속하긴 했지만 옆에 밤의 군주를 커다란 그림자처럼 달고 있으면 지금 저자의 눈에 담긴 내 작은 권위마저 추락할 것이다.

하지만 나하도스는 여기 있었다. 느낄 수 있었다.

"어쨌든 왔잖아. 완전히 혼자는 아니지만. 하지만 생각해 보면 어떤 아라메리도 완전히 혼자일 수는 없지, 안 그래?"

겜드만큼이나 화려하게 차려입은 한 부하가 눈가를 가늘게 좁히며 말했다. "너는 아라메리가 아니야. 몇 달 전까지만 해도 가문에서 인정받지 못한 주제에."

"그래서 이런 동맹을 구성하기로 한 건가?" 나는 앞으로 한 발짝 나서며 물었다. 몇 명이 흠칫 긴장하는 게 느껴졌지만 나머지는 그렇지 않았다. 나는 별로 위협적이지 않았다. "어떻게 돌아가는 논리인지 이해가 안 가네. 내가 아라메리 가문에서 중요한 존재가 아니라면 다르도 위협이 안 될 텐데."

"다르는 항상 위협적인 존재지." 다른 사내가 으르렁거렸다.

"남자 잡아먹는 창녀들 주제에……"

"그만." 젬드가 호통치자 사내가 입을 다물었다.

잘됐다. 그러니까 젬드가 완전히 꼭두각시 우두머리는 아니란 얘기군.

"그럼 이게 다 내가 아라메리에 들어가서 생긴 일이 아니라고?" 나는 젬드가 입을 다물게 한 사내를 바라보았다. "아, 알겠어. 그러니까 오래 묵은 원한 때문이군. 우리가 너희와 치른 마지막 전쟁은 기억도 안 날 만큼 여러 세대 전이었어. 멘체이인은 뒤끝이 그렇게 긴가 보지?"

"다르는 그 전쟁으로 아티르 고원을 차지했다." 젬드가 차분하게 말했다. "우리가 그걸 되찾고 싶어 한다는 걸 알 텐데."

그래, 알고 있다. 그리고 난 그게 전쟁을 일으키기에는 너무도 멍청하고 바보 같은 이유라는 것도 안다. 아티르에 거주하는 이들은 이제 멘체이어를 사용하지도 않는다. 전부 다 말도 안 되는 짓거리고, 내가 울화통을 터트리게 하는 데 충분했다.

"누구야? 내 친척 중에 누가 너희를 조종하고 있는 건데? 릴래드? 시미나? 아니면 그들의 아첨꾼 중 하나? 젬드 당신은 누구한테 꼬리를 치고 있는 거지? 그들에게 알랑거리는 대가로 얼마를 받아먹었어?"

젬드의 턱 근육이 불뚝였지만 그는 아무 말도 하지 않았다. 그러나 그의 부하들은 그만큼 잘 훈련되어 있지 않았다. 놈들이 이를 갈며 나를 노려보았다. 하지만 모두가 그런 것은 아니다. 나는 누가 유독 불쾌한 기색을 드러내는지 눈여겨보았다. 그들이야말로 시미나나 다른 아라메리로부터 지령을 받고 있는 자들이니까.

"당신은 불청객이오, 예이네 에누. 아니면 레이디 예이네라고 불러야 할지도 모르겠군. 당신은 내 일을 방해하고 있으니 할 말이 있으면 하고 그만 떠나시오, 레이디."

나는 고개를 까딱했다. "다르를 공격할 계획을 취소해."

젬드는 잠시 기다렸다. "그러지 않으면?"

나는 고개를 저었다. "다른 대안은 없어, 총리. 난 지난 며칠간 내 아라메리 친척들에게서 많은 걸 배웠거든. 그중에는 절대적인 힘을 휘두르는 방법도 포함되어 있고. 우리는 최후통첩 따위는 하지 않는다. 명령을 내리면 상대가 복종할 뿐."

사내들이 웅성거리며 시선을 교환했다. 분노에서 불신에 이르기까지 표정이 아주 다양했다. 반면에 두 명은 끝까지 무표정을 유지했다. 젬드와 그 옆에 선 잘 차려입은 남자. 나는 그들의 눈빛에서 영악한 계산을 읽었다.

"당신은 절대적인 힘 같은 건 갖고 있지 않아." 젬드 옆에 있던 남자가 말했다. 감정이 실려 있지 않은 목소리는 본인 스스로도 그리 확신하지 못하고 있다는 의미였다. "후계자로 결정되지도 않았으면서."

"맞아. 오직 데카르타 님만이 십만왕국에 완전한 권능을 휘두를 수 있지. 그들이 번창하도록. 휘청이도록. 혹은 멸절되어 잊히도록." 그 대답에 젬드의 미간이 좁혀졌지만 표정은 일그러지지 않았다. "그 힘을 소유한 건 내 조부님이지만 우리 하늘궁에 사는 친족들 중 총애하는 사람에게 힘을 위임할 수도 있거든."

나는 그들이 내가 그런 총애를 받고 있는지 아닌지 의심하게 내버려 두었다. 하늘궁에 불려가 순혈로 인정받은 것은 총애를 받고 있다는 신호로 보일 것이다.

젬드가 옆에 선 남자를 힐끗 쳐다보더니 말했다. "레이디 예이네. 일단 계획이 정해지면 실행을 멈추기 어렵다는 사실을 알아야 하오. 일단 당신의…… 명령에 대해 논의할 시간이 필요하오."

"물론. 십 분 주지. 난 여기서 기다리겠다."

"이런 씨……" 그건 내가 아라메리의 앞잡이가 틀림없다고 점찍은, 젊고 덩치 큰 다른 남자의 입에서 나온 말이었다. 그는 내가 신발 바닥에 붙은 똥 덩어리라도 되는 양 나를 노려보았다. "총리님, 저 터무니없는 요구를 진지하게 고려하실 생각은 아니겠지요!"

젬드가 그를 노려보았다. 그러나 그 무언의 질책은 아무 효과도 발휘하지 못했다. 젊은 사내가 탁자를 돌아 내 쪽으로 다가오기 시작했다. 온몸에서 위협적인 기세가 뿜어 나왔다. 모든 다르 여성은 남자들의 저런 행동에 대처하는 법을 배운다. 저것은 사내들이 사용하는 동물적 수법이다. 개들이 으르렁거리며 등 털을 곧추세우는 것처럼. 그 이면에 실제로 공격적인 위협이 있는 경우는 극히 드물며, 여자의 강점은 그런 위협이 진짜인지 아니면 허세에 불과한지 구분하는 데 있다. 지금은 진짜가 아니지만 사내들이란 언제든 바뀔 수 있는 법이다.

남자가 내 앞에 멈춰 서더니 내게 삿대질을 하며 동료들을 돌아보았다. "이 여자 생긴 걸 봐! 필경사를 불러서 이게 그 아라메리 창년 가랑이에서 나온 게 맞는지 확인해야 했을걸……"

"리쉬!" 젬드는 격노한 것처럼 보였다. "앉아라."

리쉬라는 남자는 젬드의 명령을 무시하고 나를 돌아보았고 그의 허세는 돌연 진짜 위협으로 변모했다. 몸을 낮게 숙이며 오른손을 내 오른쪽으로 움직인 것이다. 그는 지금 손등으로 내 얼굴을 후려치려 하고 있었다. 피할 것인지 아니면 칼을 뽑아 들어야할지 지금 선택해야 ─

그리고 그 찰나의 순간, 내 주위에 힘이 모여드는 것이 느껴졌다. 악의처럼 단단하고 수정처럼 날카로운 힘이.

*

이런 비유가 떠올랐다는 것 자체가 일종의 경고였다.

*

리쉬가 손을 휘둘렀다. 나는 몸을 굳힌 채 타격이 날아오길 기다리며 서 있었다. 리쉬의 주먹은 내 얼굴에서 불과 10센티미터도 떨어지지 않은 곳에서 빗나갔다. 아무도 그 광경을 목격하지는 못했지만 바위에 부딪친 것처럼 퍽 하고 커다란 소리가 방 안 가득 울려 퍼졌다.

리쉬는 내가 바닥에 쓰러지지 않은 것을 보고 어리둥절해하며 손을 거둬들였다. 그는 자신의 주먹을 들어 살펴보았다. 손가락 관절 곳곳에 반짝이는 검은 반점이 생겨나고 있었다. 나는 리쉬와 아주 가까이 있었기에, 그 검은 부위 주변으로 고기를 불에 구울 때처럼 보글보글 수포가 부풀어 오르는 것을 볼 수 있었다. 다만 그것은 끓는 것이 아니라 얼어붙고 있었고 차가운 기운이 나한테까지 느껴졌다. 하지만 효과는 별반 다르지 않았다. 살이 오그라들고 까맣게 탄 것처럼 바삭해졌을 때, 그 아래 나타난 것은 생살이 아니라 돌이었다.

리쉬가 비명을 지를 때까지 그토록 오래 걸렸다는 게 놀라울 따름이다.

리쉬의 비명에 방 안에 있던 모든 남자들이 움직이기 시작했다. 한 명은 서 있는 자리에서 비틀거리며 뒷걸음치다 의자를 넘어뜨릴 뻔했다. 두 남자가 리쉬를 돕기 위해 달려갔다. 겜드도 몸을 일으켰지만, 옆에 있던 잘 차려입은 남자는 아주 강한 자기보호 본능이 있었던 게 틀림없다. 겜드의 어깨를 움켜잡아 그를 멈춰 세웠기 때문이다. 대단히 현명한 행동이었다. 왜냐하면 리쉬에게 가장 먼저 달려간 사람(톡인 중 하나)이 어떻게 된 건지 알아보려 리쉬의 손목을 잡았기 때문이다.

검은 반점은 빠른 속도로 퍼져 나갔다. 이제는 거의 손 전체가 주먹 모양의 반짝이는 검은 수정 덩어리가 되어 있었다. 남은 살은 손가락 끝 정도였고, 그마저 내가 지켜보는 사이 점점 검은색에 잠식되고 있었다. 고통에 미쳐 날뛰던 리쉬가 톡 남자를 밀치자 그가 리쉬를 진정시키려 그의 주먹을 붙잡았다. 그러고는 돌이 너무 차갑다는 듯 화들짝 놀라 손을 떼고는 자기 손을 응시했다. 그곳에도 검은 반점이 퍼져 나가고 있었다.

평범한 석영이 아냐. 나는 아직 공포에 물들지 않은 마음속 한 구석으로 깨달았다. 저 검은 물질은 수정이라고 하기엔 너무 아름다웠고, 흠잡을 데 없이 매끈하고 또렷한 결정을 이루고 있었다. 마치 다이아몬드처럼 반짝거렸다. 왜냐하면 그건 정말로 다이아몬드였으니까. 블랙 다이아몬드. 다이아몬드 중에서도 가장 귀하고 값진 것.

톡인이 비명을 지르기 시작했다. 방 안에 있는 몇몇 남자도 마찬가지였다.

나는 그 광경을 무표정한 얼굴로 묵묵히 지켜보았다.

＊

그는 내게 폭력을 휘두르려 하지 말았어야 했다. 그러니 그런 벌을 받아 마땅했다. 그는 내게 폭력을 휘두르려 하지 말았어야 했다.

하지만 그를 도우려 했던 사람들은? 그들도 벌을 받아 마땅한 짓을 한 걸까?

그들은 모두 내 적이고, 내 조국의 적이다. 그들은 그러지 말았어야 했다…… 그러지 말았어야…… 오, 신이여. 신들이여.

밤의 군주를 통제하는 것은 불가능하단다, 아이야. 그는 그저 속박에서 잠시 풀려나는 것뿐이야. 그리고 너는 그에게 그냥 죽이지 말라고만 말했지.

내 나약함을 드러낼 수는 없었다.

그래서 두 남자가 거의 발악하듯 뒤치며 비명을 지르는 사이, 나는 그들 옆을 돌아 탁자로 다가갔다. 젬드가 불신과 혐오감으로 입을 일그러뜨리고 나를 쳐다보았다.

"필요한 만큼 시간을 들여 내 명령에 대해 논의하도록 해." 그런 다음 나는 자리를 뜨기 위해 돌아섰다.

"자, 잠깐만." 젬드가 말했다. 나는 두 사내에게는 눈길도 주지 않고 멈춰 섰다. 리쉬의 몸뚱이는 이제 거의 반절이 다이아몬드로 변해 있었다. 지금도 팔과 가슴, 한쪽 다리와 목을 따라 석질이 번져 나가고 있다. 낮고 고통스러운 소리를 구슬프게 내뱉고 있었지만 더는 비명도 지르지 않고 바닥에 누워 있었다. 어쩌면 목구멍마저 벌써 다이아몬드로 변했을지 모른다. 다른 사내는 자기 팔을 자를 수 있게 칼을 달라며 동료들에게 애원하고 있었다. 생김새로 보아 젬드의 후계 중 한 명인 듯 보이는 젊은 사내가 칼을 빼 들고 가까이 다가갔으나, 다른 남자가 황급히 그를 붙잡아 뒤로 끌어당겼다. 현명한 판단이었다. 돌로 변하고 있는 두 사내의 주변에 모래알처럼 미세한 검은 조각들이 바닥에서 반짝이고 있었기 때문이다. 리쉬가 어찌나 격렬하게 몸부림을 쳤는지 돌로 변한 살점 조각들이 벗겨져 떨어진 것이었다. 툭 남자가 바닥을 손으로 짚으며 쓰러졌다. 그의 엄지손가락이 바닥에 깔려 있던 검은 조각에 닿자 그곳 역시 변이하기 시작했다.

"이걸 멈추시오." 젬드가 중얼거렸다.

"내가 시작한 게 아냐."

그가 자기네 말로 빠르게 욕설을 퍼부었다. "그만해! 이 저주받을 것아! 네놈은 도대체 어떤 괴물인 거냐!"

나는 웃지 않을 수가 없었다. 거기에 웃음기라고는 전혀 없고 실은 자기혐오밖에 없다는 사실을, 그들은 알 수 없을 것이다.

"난 아라메리야."

우리 뒤에서 몸부림치던 남자 중 하나가 갑자기 조용해졌다. 나는 돌아보았다. 톡인은 아니었다. 그 사람은 아직도 비명을 지르고 있었고 검은 물질이 그의 등골을 따라 계속해서 아래로 번지고 있었으니까. 다이아몬드가 리쉬의 입을 잠식해 얼굴의 아랫부분을 완전히 집어삼켰다. 몸통 부분의 진행은 멈춘 것 같았지만 하나 남아 있는 다리가 먹혀들어 가고 있었다. 아무래도 인간의 몸에서 가장 치명적인 부분이 변하고 나면 진행이 멈추는 것 같았다. 팔다리를 잃고 어쩌면 제정신도 잃을지 모르지만 그래도 목숨만은 건질 수 있도록. 어쨌든 내가 나하도스에게 사람을 죽이지 말라고 했으니까.

나는 속을 게워 내지 않기 위해 억지로 시선을 돌렸다.

"이것만은 알아 둬." 가슴속 두려움이 내 목소리에 스며들어 전보다 더 깊은 음색과 울림을 발했다. "저들이 죽어 내 국민을 구할 수 있다면 저들은 죽을 거다." 나는 손으로 탁자를 짚으며 몸을 앞으로 기울였다. "젬드, 만일 이 방에 있는 모든 이들과 이 궁에 있는 모든 사람을 죽여 내 동포들을 구할 수 있다면, 나는 그렇게 할 거다. 당신이 나라도 그럴 테지."

겜드는 리쉬를 뚫어져라 바라보고 있었다. 한순간 그의 눈동자가 내 쪽을 향했을 때, 나는 그 속에서 깨달음과 혐오감이 번득이는 것을 보았다. 저 증오 속에 있는 건 자기혐오인가? 내가 당신도 그럴 테지라고 말했을 때, 그는 내 말을 믿었을까? 왜냐하면 그러면 정말로 그럴 테니까. 누구든 그럴 것이다. 이제 나는 안다. 사랑하는 이들을 지키기 위해서라면 우리 필멸자들이 하지 못할 일은 없다.

앞으로 남은 평생 동안 나는 나 자신에게 그렇게 속삭일 것이다.

"그만." 겜드의 목소리는 비명 소리에 거의 묻힐 뻔했지만 그의 입술이 움직이는 것이 보였다. "그만하시오. 공격을 취소하겠소."

"동맹도 해산하고?"

"나는 멘체이를 대표할 뿐이오." 겜드의 어조에는 어딘가 불안해하는 기색이 있었다. 그는 나와 눈을 마주치려 하지 않았다. "다른 나라는 계획대로 진행하는 걸 선택할 수도 있지."

"그럼 그들에게 경고해, 겜드 총리. 다음에 내가 또다시 이런 일을 한다면 두 명이 아니라 이백 명이 고통받게 될 거야. 계속 고집한다면 이천 명으로 늘어날 테고. 전쟁을 선택한 건 내가 아니라 당신들이야. 그러니 난 공정하게 싸우지 않겠어."

겜드가 증오를 내뿜는 침묵 속에서 나를 매섭게 쏘아보았다. 나는 한동안 그의 시선을 받아 주다가 두 남자를 돌아보았다. 하나는 바닥에 쓰러져 끙끙대며 떨고 있었다. 다른 한 명인 리쉬는 정신을 잃은 듯 보였다. 나는 그들을 향해 걸어갔다. 반짝이는 치명적인 검은 조각들이 내 발밑에서 아작거리며 부서졌지만 내게는 아무런 영향도 미치지 못했다.

나하도스는 마법을 멈출 수 있다. 나는 확신했다. 심지어 저 남자들을 예전처럼 되돌려 놓을 수도 있을 것이다. 그러나 겜드의 심장에 공포심을 불어넣는 능력에 내 조국 다르의 안전이 달려 있다.

"끝내." 나는 작게 속삭였다.

별안간 검은 기운이 맹렬히 쇄도하더니 남자들을 삼켜 버렸다. 부연 냉기가 소용돌이치며 그들의 마지막 비명이 살이 터지고 뼈가 부러지는 소리와 뒤섞였고, 다음 순간 모든 것이 고요해졌다. 남자들이 있던 자리에 놓인 것은 웅크린 형상의 거대한 보석 덩어리 두 개였다. 아름다웠다. 그리고 값도 꽤 나갈 것이다. 별다른 일이 없다면 저들의 유족은 앞으로 풍족하게 살 수 있으리라. 사랑하는 이의 유해를 팔기로 선택하기만 한다면 말이다.

나는 두 덩어리의 다이아몬드 사이로 천천히 걸어 나갔다. 중간에 달려왔던 경비병들이 내 앞을 터 주었다. 개중에는 겁먹고 주춤주춤 물러나다가 발을 헛디뎌 넘어진 이들도 있었다. 등 뒤에서 문이 닫혔다. 이번에는 조용히. 문이 닫히고 나자 나는 발을 멈췄다.

"집에 데려다줄까?" 나하도스가 물었다. 그는 내 뒤에 있었다.

"무슨 집?"

"하늘궁."

아, 그래. 아라메리의 집.

"그래요."

어둠이 나를 감쌌다. 그리고 어둠이 사라졌을 때, 우리는 하늘궁 앞에 와 있었다. 하지만 이번에는 부두가 아니라 십만왕국 정원이었다. 가지런히 정돈된 화단 사이로 반짝반짝 잘 닦인 자갈길이 나 있고, 화단에는 다양한 종류의 이국적인 나무들이 높다랗게 서 있었다. 나뭇잎 사이로 별이 가득한 하늘과 그와 맞닿은 산맥이 보였다.

나는 정원을 거닐다 마침내 작은 새틴벨 나무 아래 시야가 탁 트인 전망 좋은 장소를 발견했다. 머릿속에서 잡다한 생각들이 느릿한 소용돌이를 그렸다. 등 뒤에서 나하도스가 풍기는 한기에도 점점 익숙해지고 있다.

"당신은 내 무기예요."

"그리고 너는 내 것이지."

나는 고개를 끄덕이며 새틴벨 잎사귀를 흔들고 내 머리카락을 들추는 산들바람 속으로 한숨을 불어넣었다. 나하도스를 향해 고개를 쳐들었을 때, 하늘 위를 흐르던 구름 한 조각이 초승달 앞을 가리었다. 순간적으로 침침해진 주변을 그의 망토가 들이마시는가 싶더니 불가능할 정도로 부풀어 올라 마치 검은 물결이 궁 전체를 집어삼키는 것처럼 보였다. 그러나 구름이 지나가고 나자 그것은 그저 망토일 뿐이었다.

갑자기 내가 그 망토가 된 것 같은 기분이 들었다. 격정적이고, 통제 불능이고, 아찔할 정도로 생기 넘치는. 또다시 바람이 불어왔을 때 나는 팔을 들어 올리고 눈을 감았다. 기분이 좋았다.

"날 수 있으면 좋겠다." 나는 중얼거렸다.

"그런 마법이라면 선사해 줄 수 있다. 얼마 동안은."

나는 고개를 저었다. 눈을 감고 바람결에 흔들리며 말했다. "마법은 안 좋은 거예요." 나는 이제 알았다. 아, 너무도 잘 알고 있었다.

나하도스는 아무 대꾸도 하지 않았다. 솔직히 약간 놀라웠지만 조금 더 곰곰이 생각해 보니 생각이 바뀌었다. 그토록 오래 아라메리의 위선을 목격했으니 이제는 불평을 할 필요조차 못 느끼는 것일 테다.

나에 대해 생각하는 걸 그만두는 건 너무도 매혹적이었다. 어머니, 다르, 계승 의식. 그게 다 무슨 소용이란 말인가. 나는 이 모든 것들을 너무도 쉽게 머릿속에서 지워 버릴 수 있었다. 내 인생에 남은 마지막 나흘 동안 쾌락을 탐닉하며 보낼 수도 있었다.

어떤 쾌락이든. 하나만 빼고.

"어젯밤." 나는 팔을 내리며 물었다. "왜 날 죽이지 않았죠?"

"살아 있는 편이 더 유용하니까."

나는 웃음을 터트렸다. 머리가 가벼워졌다. 될 대로 되라는 기분이 들었다. "그 말은 내가 하늘궁에서 당신을 두려워할 필요 없는 유일한 사람이란 뜻인가요?" 말을 끝마치기도 전에 그게 얼마나 어리석은 질문인지 깨달았지만 어차피 지금 내가 제정신은 아닌 것 같다.

다행히도 밤의 군주는 내 멍청하고도 위험한 질문에 대답하지 않았다. 그의 얼굴을 뜯어보며 지금 어떤 기분에 있는지 가늠해 보려 했지만 문득 그가 걸친 밤의 망토가 또다시 변해 있다는 걸 깨달았다. 망토에서 가늘고 길게 돌출해 나온 어둠의 기운이 마치 모닥불 연기처럼 휘휘 돌며 정원 위에 떠돌고 있었다. 내게 가까이 다가온 검은 가닥이 돌돌 말려들더니 나를 포위하듯 에워쌌다. 이빨이나 끈적끈적한 덩굴손으로 곤충을 덫에 빠뜨려 잡아먹는 고향 땅의 식충식물이 떠올랐다.

그리고 그 어둡고 검은 꽃의 중앙에 나를 유혹하는 미끼가 있다. 어둠 속에서 빛나는 얼굴. 그리고 빛 한 점 없는 눈동자. 나는 조금씩 그의 그림자를 향해, 그에게 가까이 다가갔고 그러자 그가 미소 지었다.

"당신은 날 죽일 필요가 없을 거예요." 나는 속삭이듯 말했다. 고개를 숙인 채 속눈썹 사이로 슬며시 올려다보며 말이 필요 없는 유혹의 몸짓을 보냈다. 나보다 예쁜 여자들이 이런 짓을 하는 걸 평생 봐 왔지만 내가 직접 해 본 적은 없었다. 나는 손을 들어 그의 가슴을 향해 뻗었다. 실체 없는 어둠이 손을 삼키리라 생각했지만 놀랍게도 그의 그림자 속에는 육신이 있었다. 그 단단한 실체에 손이 닿은 순간 나는 깜짝 놀랐다. 눈에 보이지도 않고 그의 몸에 닿아 있는 내 손도 보이지 않았지만 어쨌든 진짜 피부가, 매끄럽고 서늘한 피부가 거기 있었다.

그의 맨살이. 오, 신이여.

나는 입술을 핥으며 나하도스의 눈을 들여다보았다. "당신이라면 내…… 쓸모를 훼손하지 않고도 많은 걸 할 수 있을 테니까."

그의 얼굴에서 뭔가가 변했다. 마치 구름이 달을 가렸을 때처럼. 포식자의 그림자. 그가 입을 열자 유독 날카롭게 보이는 송곳니가 눈에 들어왔다. "나도 안다."

내 안의 무언가도 바뀌었다. 격정이 잦아들었다. 그의 얼굴에 비친 표정. 내 마음속 일부는 바로 그걸 기다리고 있었다.

"죽여 줄 건가요?" 갑자기 목구멍이 꽉 조여드는 느낌이 들어 다시 입술을 축였다. "만약에 내가…… 부탁한다면, 날 죽여 줄 거예요?"

정적이 흘렀다.

밤의 군주가 손을 들어 올려 내 얼굴을 만졌을 때, 그의 손끝이 내 턱선을 덧그렸을 때, 나는 전부 다 내 상상인 줄만 알았다. 나하도스의 몸짓에 도저히 착각할 수 없는 다정함이 어려 있었기에. 하지만 바로 그때, 손이 점점 더 아래로 조금씩 부드럽게 미끄러져 내려오더니 손가락이 내 목 주위를 휘감았다. 그가 몸을 바짝 기울였고 나는 눈을 감았다.

"부탁하는 건가?" 귓가에 그의 입술이 스쳤다.

나는 입을 달싹였지만 말을 할 수가 없었다. 갑자기 온몸에 전율이 일었다. 눈에 눈물이 고이고 내 얼굴을 따라 그의 손목 위로 흘러내렸다. 나는 말하고 싶었다. 애원하고 싶었다. 하지만 그저 그렇게 서 있었을 뿐이다. 울면서, 떨면서, 귓가에 스치는 그의 숨결을 느끼며. 들이마시고 내쉬고. 한 번, 두 번, 세 번.

나하도스가 내 목을 놓아주었다. 무릎이 후들거렸다. 나는 앞쪽으로 쓰러졌고, 부드럽고 차가운 어둠 속에 뒤덮였다. 나는 눈에 보이지 않는 가슴팍에 얼굴을 묻은 채 흐느끼기 시작했다. 잠시 후, 방금 나를 죽일 뻔한 손이 내 뒷목을 감싸 받쳤다. 그 뒤로 거의 한 시간을 울었던 것 같다. 실제로는 더 짧았겠지만 알 수 없다. 그동안 나하도스는 내내 나를 굳게 껴안아 주었다.

20장

격투장

신들의 전쟁 이전 시대의 것들 중 남아 있는 것이라곤 은밀한 속삭임을 통해 전해 내려오는 신화와 반쯤 잊힌 전설이다. 이런 이야기를 하다가 들키면 사제들의 즉결 처분을 받는다. 그들은 이 템파스 이전에는 아무것도 존재하지 않았다고 가르치기 때문이 다. 심지어 셋의 시대에조차 이템파스야말로 최초의 신이자 가장 위대한 신이었기 때문이다. 그러나 전설은 결코 사라지지 않으며 계속해서 전해 내려온다.

예를 들어 한때 인간들은 세 주신에게 산 제물을 바쳤다고 한 다. 그들은 방 하나를 자원자로 채웠다. 젊은이, 늙은이, 여성, 남 성, 가난한 자와 부유한 자, 건강한 자와 병자. 온갖 다채로운 인 간들. 시간이 지나며 잊힌 부분이지만 때로 이는 셋 모두를 경배 하기 위한 것이었고, 인간들은 자신들이 바치는 연회에 와 달라고 신들에게 간청했다.

전설에 따르면 에네파는 나이 든 자들과 병든 자들을 원했다고 한다. 필멸을 상징하는 자들. 그녀는 그들에게 선택권을 주었다. 치유받을 것인가, 온유하고 평화로운 죽음을 선택할 것인가. 설화에 따르면 후자를 선택한 이들이 적지 않았다고 한다. 나는 그 이유를 모르겠다.

이템파스는 지금까지도 그가 즐겨 취하는 이들을 데려갔다. 가장 원숙하고 고귀한 자들, 가장 총명하고 재능 있는 자들. 이들은 그의 사제가 되어 의무와 올바름을 중시하고 이템파스를 사랑하고 모든 일에서 그에게 복종하였다.

나하도스는 젊고 어린 자들을 좋아했다. 자유분방하고 낙천적인 이들. 특이하고 별난 성인(成人)도 그의 몫이었다. 주어진 매 순간에 굴복하는 자들. 그는 그들을 유혹했고, 그들에게 유혹받았다. 그는 그들에게 금기가 없음을 기뻐하였고 자신의 모든 것을 기꺼이 내주었다.

이템파스 신도들은 사람들이 그 시대를 회상하다 보면 과거를 갈망하고 이단으로 전향할지 모른다고 두려워한다. 내 생각에 그들은 위험을 과대평가하고 있다. 나는 아무리 노력해도 그런 세상에 산다는 것을 상상할 수 없고, 그때로 돌아가고 싶지도 않기 때문이다. 신이 하나뿐인 지금도 문제가 수두룩한데 도대체 왜 셋이나 되는 신들의 다스림을 받고 싶겠는가?

*

　다음 날, 나는 남은 인생의 4분의 1을 허비했다. 원래 그럴 의도
는 없었다. 하지만 나는 새벽이 다 되어서야 방으로 돌아왔고, 벌
써 이틀째 잠을 제대로 자지 못한 까닭에 내 몸은 그에 대한 보상
으로 정오가 넘은 시간까지 곯아떨어질 것을 요망했다. 나는 꿈속
에서 수백만 명을 대변하는 천 개의 얼굴을 보았다. 고통과 공포,
절망으로 일그러진 얼굴들. 나는 피 냄새와 살이 타는 냄새를 맡
았다. 말라 죽은 나무들이 어지럽게 쓰러져 있는 사막을 보았다.
왜냐하면 한 때 그곳은 숲이었으므로. 나는 울면서 잠에서 깨어났
다. 내 죄책감도 함께 깨어났다.

　그날 오후 늦게 현관문을 두드리는 소리가 났다. 나는 외롭고
버림받은 기분으로(심지어 시에도 나를 찾아오지 않았다.) 부디 친구이길
바라며 문으로 향했다.

　거기 서 있는 건 릴래드였다.

　"쓸모없는 모든 신의 이름으로, 대체 무슨 짓을 한 거냐?" 릴래
드가 다짜고짜 물었다.

*

　격투장. 릴래드가 말해 주었다. 높은피들이 전쟁놀이를 하는 곳.

　시미나가 거기 있었다. 어떤 술수를 쓴 건지 내가 그녀의 계략
에 대항하려 한 일을 알아차린 것이다. 릴래드가 늘어놓는 욕설

과 내 열등한 잡종 피에 대한 비속어 사이에서 간신히 정보를 낚아 어쨌든 필요한 만큼은 이해할 수 있었다. 시미나가 무엇을 알게 되었는지는 릴래드도 모르는 것 같아 약간의 희망이 생겼지만…… 그다지 크지는 않았다.

북적이는 인파를 헤치고 승강기에서 나왔을 때 나는 긴장감에 떨고 있었다. 승강장에 가까이 서 있던 사람들이 새로 도착한 사람들에 떠밀려 약간의 공간을 만들어 주었으나 그 너머에도 또다시 구경꾼으로 만들어진 견고한 장벽이 세워져 있었다. 대부분은 흰옷을 입은 하인들이었고 몇몇은 사분혈이나 팔분혈 인을 가진 조금 더 잘 차려입은 친척들이었다. 나는 예의 차리기를 포기하고는 양단이나 실크 옷자락에 몸을 비비며 무작정 앞으로 밀고 나가기 시작했다. 쉽지 않았다. 대부분의 사람이 내 머리 위로 높이 솟아 있었고, 방 중앙에서 벌어지고 있는 일에 정신이 팔려 있었기 때문이다.

비명 소리가 들렸다.

누군가 무심코 뒤를 돌아봤다가 옆 사람에게 뭐라 중얼거리지 않았다면 나는 결코 그곳을 뚫고 나가지 못했을 것이다. 웅성거림이 군중 사이로 파문처럼 번져 나갔고, 하고 싶은 말을 억누른 수십 개의 조용한 시선들이 한순간에 내게 쏟아졌다. 당황해서 주춤거리자 갑자기 사람들이 뒤로 물러나 길을 터 주었다. 나는 서둘러 앞으로 나아갔다가 눈앞의 광경에 충격을 받아 우뚝 멈췄다.

깡마른 노인이 알몸으로 피웅덩이 속에 무릎을 꿇고 있었다. 하얗게 센 길고 곧은 머리카락이 얼굴 위로 드리워져 가리고 있었는데, 그 사이로 노인이 숨을 힘겹게 헐떡거리고 있는 게 보였다. 피부에는 가늘게 찢긴 상처가 거미줄처럼 얽혀 있었다. 등짝만 그 랬다면 채찍질을 당한 거라고 여겼겠지만 팔과 다리, 뺨, 턱도 마 찬가지였다. 무릎을 꿇고 있는 발바닥에도 베인 상처가 보였다. 그가 손목의 옆부분으로 바닥을 짚으며 어색한 동작으로 상체를 바로 세웠다. 손목 뒤쪽에 나 있는 붉은 구멍에 뼈와 힘줄이 선명 하게 드러나 있었다.

이단자인가? 나는 의아했고, 당혹스러웠다.

"네가 오기 전에 얼마나 많은 피를 봐야 할지 궁금했단다." 갑자 기 옆에서 차가운 음성이 들렸다. 고개를 돌린 순간, 뭔가가 얼굴 을 향해 날아왔다. 본능적으로 손을 들어 올려 막자 손바닥에 가 느다란 열선이 스치는 게 느껴졌다. 뭔가 내게 상처를 입혔다.

나는 피해를 가늠할 만큼 오래 망설이지 않았다. 즉시 뒤로 펄 쩍 물러나며 칼을 뽑아 들었다. 손바닥에 흐르는 피 때문에 칼자 루가 미끄러웠지만 움직이는 데에는 별 무리가 없었다. 나는 방어 자세로 칼을 치켜들고 몸을 낮게 숙여 전투 자세를 취했다.

내 맞은편에 광택이 흐르는 녹색 새틴 드레스를 입은 시미나가 서 있었다. 녹색 드레스에 점점이 박힌 핏자국이 꼭 루비처럼 보 였다.(얼굴에도 피가 튀어 있었지만 그건 그냥 피처럼 보였다.) 손에 무언가 들고 있었는데 처음에는 그게 무기라는 것을 깨닫지 못했다. 길이 가 1미터쯤 되어 보이는 긴 은색 지팡이로, 화려하게 장식되어 있 었다. 하지만 끝부분에 외과 의사가 사용하는 유리 메스처럼 예리 하고 짧은 양날 검이 붙어 있었다. 창이라기엔 너무 짧고 이상하게 무거워 보였는데 정교한 만년필 같은 느낌이었다. 아믄인의 무기일까?

시미나는 내가 칼을 뽑아 든 것을 보고 피식 웃더니 무기를 휘두르는 대신 사람들이 노인을 중심으로 둥글게 에워싸고 있는 원안을 여유로운 걸음걸이로 서성이기 시작했다. "어쩜 이리도 야만적인지. 나한테 칼을 쓸 수는 없단다, 조카야. 금방 산산조각 날거야. 우리의 혈인은 생명을 위협하는 공격을 막아 주거든. 정말이지 넌 아는 게 하나도 없구나. 대체 널 어떻게 하면 좋을까?"

나는 자세를 낮게 유지한 채 그녀의 움직임을 따라 조심스럽게 방향을 틀며 돌았다. 그러다 보니 군중 속에서 아는 얼굴이 몇 개 눈에 띄었다. 불의 날 축제에서 봤던 하인들. 데카르타의 신하 두어 명. 입술에 핏기를 잃고 잔뜩 긴장한 티브릴. 그는 나를 직시하며 경고에 가까운 눈빛을 보내고 있었다. 비레인은 구경꾼 중에서도 가장 앞줄에 서 있었는데 가슴 앞쪽에 팔짱을 낀 채 지겹다는 표정으로 중간 지점을 바라보고 있다.

그리고 자카른과 쿠루에. 저들은 왜 여기 와 있는 거지? 그들도 나를 보고 있다. 자카른의 표정은 딱딱하고 차가웠다. 그녀가 이렇게 노골적으로 분노를 드러낸 건 처음 봤다. 쿠루에도 격분해 있었다. 콧구멍이 벌름거리고 옆으로 늘어뜨린 손은 주먹을 말아 쥐고 있다. 만약 눈빛으로 채찍질을 할 수 있다면 그녀는 진즉 나한테 그렇게 하고도 남았을 것이다. 하지만 이미 시미나가 다른 누군가를 매질하고 있었기 때문에 지금은 당장 직면하고 있는 가장 큰 위협에 집중하기로 했다.

"똑바로 앉아!" 시미나가 고함을 지르자 노인이 마치 실로 조종되는 것처럼 상체를 곧추세웠다. 몸통에는 베인 상처가 상대적으로 적었지만 시미나가 그 옆을 지나며 지팡이를 휘두르자 길고 깊은 상처가 노인의 복부에 새겨졌다. 그가 비명을 질렀다. 목소리는 쉬어 있고 감겨 있던 눈이 고통 때문에 크게 뜨였다. 나는 숨을 들이켰다. 노인의 눈은 녹색이었고 눈구석주름이 있었다. 나는 그제야 그 얼굴이 어딘가 익숙하다는 것을 깨달았다. 그가 육십 년만 더 어렸다면, 오, 신이여, 하늘아버지여. 저건 시에였다.

"아." 내 놀란 숨소리를 알아차린 시미나가 말했다. "덕분에 시간을 절약하겠구나. 네 말이 맞았어, 티브릴. 저 애는 정말로 저걸 좋아하는구나. 네 부하한테 저 애를 불러오라고 했니? 그 멍청이한테 다음번엔 더 빠릿하게 움직이라고 해."

나는 티브릴을 노려보았다. 그가 내게 사람을 보내지 않은 건 확실하다. 티브릴은 평소보다 더 창백한 낯빛을 하고 있었지만 눈빛에는 여전히 이상한 경고가 담겨 있었다. 상황을 이해할 수 없어 무심코 얼굴을 찡그릴 뻔했다가 독수리처럼 내 얼굴 위를 떠돌며 내가 어떤 감정을 드러내는지 감시하는 시미나의 시선을 느꼈다.

그래서 어머니에게 배운 대로 일단 마음을 차분하게 가라앉혔다. 손에 쥔 칼을 칼집에 집어넣지 않고 옆으로 내린 채 몸을 똑바로 세웠다. 시미나는 모르겠지만 이건 다르인들 사이에서는 무례한 행동이다. 내가 시미나가 진정한 여자처럼 행동할 것이라 믿지 않는다는 의미다.

"이렇게 왔잖아." 나는 그녀에게 말했다. "목적을 말해."

시미나가 걸음을 멈추지 않은 채 짧고 날카로운 웃음을 내뱉었다. "목적을 말하라고? 어쩜 이리도 군대식일까. 안 그래?" 그녀가 모여 있는 군중을 둘러보았다. 아무도 대답하지 않았다. "참으로 강하구나. 조그맣고, 교양머리 없고, 가엾은 것 같으니. 내 목적이 뭐라고 생각하는 거니, 이 멍청아?" 시미나가 던진 마지막 말은 나를 향한 것이었다. 움켜쥔 주먹 안에서 이상하게 생긴 지팡이-무기가 떨리고 있었다. 여느 때처럼 머리두건으로 아름답고 섬세하게 둘러 올린 머리카락이 반쯤 풀려 흐트러져 있었다. 완전히 정신 나간 사람처럼 보였다.

"당신이 데카르타의 후계자가 되길 원한다고 생각해." 나는 부드럽게 말했다. "그리고 만약 그렇게 된다면, 이 세계에 신의 가호가 있길 바랄 뿐이야."

다음 순간, 시미나는 고래고래 소리 지르던 미친 여자에서 은근한 미소를 띤 매력적인 여자로 변신했다. "맞아. 그래서 난 네 나라부터 시작하려고 했단다. 자근자근 짓밟아서 지상에서 존재 자체를 지워 버리려고 말이야. 실은 진즉에 시작됐어야 했어. 내가 그 지역에 심혈을 기울여 결성해 놓은 동맹이 무너지지만 않았다면 말이야." 시미나가 다시 원 안의 빈 공간을 서성이기 시작했다. 지팡이를 손안에서 우아하게 돌리며 어깨 너머로 나를 힐끔 돌아보았다. "처음엔 네가 살롱에서 만난 그 하이노스 늙은이가 문제라고 생각했지. 하지만 자세히 알아보니 그 여자는 너한테 정보만 알려 줬을 뿐이고 그마저 대부분은 쓸모없는 것이더군. 그러니 네가 뭔가 다른 짓을 한 게 분명해. 어디, 설명 좀 해 보련?"

온몸의 피가 싸늘하게 식었다. 시미나가 라스 온치에게 무슨 짓을 했을까? 나는 시에를 쳐다보았다. 아까보다는 조금 회복된 것 같았지만 여전히 통증 때문에 기운이 없고 멍해 보였다. 상처가 치유되지 않고 있었다. 이해가 안 된다. 내가 나하도스의 심장을 찔렀을 때 그는 간지러워하지도 않는 것처럼 보였다. 하지만 상처 자체가 치유되는 데에는 시간이 조금 걸리긴 했지. 그 생각을 떠올리자 모골이 송연해졌다. 어쩌면, 혹시 시에도 시간만 조금 벌어 준다면 똑같이 나을 수 있지 않을까. 다만…… 이템파스가 에네파데를 필멸자와 똑같은 공포와 두려움을 겪게 하려고 육신 속에 가둔 게 아니라면 말이다. 신들은 불멸이고 강력했지만 상처를 입지 않는 건 아니다. 필멸자들이 두려워하는 공포 중에 죽음도 포함되나? 손에 난 상처에 땀이 들어가 쓰라렸다. 세상에는 내가 아직 견딜 준비가 되지 않은 일들이 있다.

하지만 그때, 하늘궁 전체가 흔들리기 시작했다. 순간적으로 나는 이 진동이 새로운 위험을 의미하는 것일지도 모른다고 생각했다. 그러고는 이내 기억해 냈다. 해가 지고 있었다.

"오, 악마여." 죽은 듯한 적막 속에서 비레인이 중얼거렸다. 잠시 후 어디선가 불어오는 무시무시한 돌풍과 살을 벨 듯이 날카로운 냉기가 나와 방 안에 있던 모든 이들을 덮쳐 바닥에 나동그라지게 했다.

버둥거리며 몸을 세워 일어나는 데 잠시 시간이 걸렸다. 그러고 나니 내 칼이 보이지 않았다. 주위에서는 대혼란이 일어나고 있었다. 고통스러운 신음과 욕설, 경악에 찬 고함 소리가 들렸다. 승강기 쪽을 보니 거대한 인파가 앞다투어 승강기 안으로 들어가려고 입구에서 아우성치고 있었다. 하지만 방의 중앙을 바라본 순간, 머릿속 모든 것이 하얗게 사라졌다.

나하도스의 얼굴은 잘 보이지 않았다. 그는 고개를 숙인 채 시에 옆에 웅크리고 앉아 있었다. 검은 오라가 내가 하늘궁에 온 첫날 본 것처럼 너무도 어둡고 컴컴해 가슴이 지끈거렸다. 나는 바닥을 응시했다. 시에를 비끄러매고 있던 쇠사슬이 끊어져 있고 그 끝부분이 하얗게 반짝이는 서리로 덮여 있었다. 시에의 모습은 잘 보이지 않았다. 그나마 보였던 축 늘어진 한쪽 손마저 나하도스의 망토 속에 삼켜져 있었다.

"시미나." 낮고 깊게 울리는 나하도스의 목소리. 거기 있는 건 광기인가? 아니, 지금은 응당하고 순수한 분노일 뿐이다.

그러나 다른 사람들과 함께 바닥에 나동그라졌던 시미나는 그새 정신을 추스르고 굽 높은 신발을 신고도 꼿꼿이 일어나 있었다. 그녀는 내가 예상했던 것보다 더 침착하게 대답했다. "나하도스." 손에 쥐고 있던 무기는 사라졌지만 그녀는 진정 신의 분노도 두려워하지 않는 아라메리였다. "이 자리에 함께 참석하기로 했다니 기쁘구나. 그를 내려놔."

나하도스는 가만히 선 채 망토를 뒤로 휙 넘겼다. 어느새 젊은 이의 모습을 하고 옷까지 걸친 시에가 그 옆에 서서 시미나를 도전적인 눈빛으로 노려보고 있었다. 뱃속 깊은 곳에서 긴장으로 똘똘 뭉쳐 있던 덩어리가 조금이나마 풀어지는 것 같았다.

"우리는 합의를 했다." 나하도스가 금세라도 사람을 죽일 법한 목소리로 말했다.

"그랬지." 지금 나를 두렵게 만드는 것은 바로 그 미소였다. "너도 시에만큼이나 내 목적에 부합한단다. 꿇어." 시미나가 피투성이 바닥과 아무것도 달려 있지 않은 사슬 끝을 가리켰다.

무시무시한 중압감이 방 안을 가득 채우며 고막을 짓눌렀다. 벽이 삐걱거렸다. 이렇게 끝나는가 싶어 몸서리가 쳐졌다. 드디어 시미나가 실수를 저질렀고, 잘못 해석할 여지가 있는 명령을 내렸고, 이제 나하도스는 우리를 벌레처럼 짓밟아 죽여 버릴 것이다.

하지만 다음 순간, 까무라칠 정도로 놀랍게도, 나하도스가 시에를 놔두고 방 가운데로 걸어갔다. 그가 무릎을 꿇었다.

시미나가 나를 쳐다보았다. 나는 아직도 반쯤 바닥에 누워 있었다. 창피한 마음에 벌떡 일어났다. 수가 많지는 않았지만 아직도 주변에 구경꾼이 남아 있는 걸 보고 놀랐다. 티브릴과 비레인, 한 줌의 하인들, 그리고 스무 명쯤 되어 보이는 높은피들. 시미나의 거침없는 태도를 보고 고무된 것 같았다.

"너한테 아주 좋은 교육이 될 거다, 조카야." 시미나가 이젠 진저리가 나는 상냥하고도 고상한 어조로 말했다. 그녀는 거의 탐욕스러운 눈길로 나하도스를 바라보며 다시 서성거리기 시작했다. "네가 이곳 하늘궁에서 자랐다면, 아니면 적어도 네 어머니에게서 제대로 된 교육을 받았다면 알았을 텐데……. 하지만 내가 설명해 주마. 에네파데에게 상처를 입히는 건 어렵단다. 그들의 신체는 끊임없이, 그리고 신속하게 회복되거든. 우리의 자비로우신 아버지 이템파스 님 덕분에 말이야. 하지만 이들에게도 약점이 있고, 우린 반드시 이걸 알아 둬야 하지. 비레인?"

비레인도 일어나 있었다. 비록 왼쪽 손목의 도움을 받고 있긴 했지만. 그가 시미나에게 조심스러운 눈길을 보냈다. "이 일에 대해 책임지고 데카르타께 말할 겁니까?"

시미나가 비레인을 번개처럼 내려쳤다. 만약 그녀의 손에 지팡이가 들려 있었다면 비레인은 치명상을 입었을 것이다. "데카르타는 어차피 며칠 뒤에 죽을 거야, 비레인. 지금 네가 두려워할 사람은 그가 아닐 텐데."

하지만 비레인은 물러나지 않았다. "난 할 일을 할 뿐입니다, 시미나. 그리고 그 결과에 대해 조언하는 거고요. 그가 다시 유용해지려면 몇 주일이 걸릴 수도……"

시미나가 지겹다는 듯이 노골적으로 신음을 내뱉었다. *"내가 그 따위 것에 신경 쓸 것 같아?"*

두 사람이 서로를 응시하는 동안, 팽팽한 긴장감이 흘렀다. 사실 나는 비레인에게도 가능성이 있다고 생각했다. 두 사람은 모두 순혈이었으니까. 그러나 비레인에게는 승계 자격이 없었고 시미나는 승계 후보자였다. 그러니 따지고 보면 시미나가 옳았다. 데카르타의 의향은 더 이상 중요하지 않았다.

나는 시에를 바라보았다. 그는 평소보다 훨씬 더 나이 든 얼굴로 읽을 수 없는 표정을 띤 채 나하도스를 보고 있었다. 그들은 지상의 그 어떤 생명체보다 오래된 신들이었다. 그들이 얼마나 오랫동안 존재해 왔는지 나는 감히 상상조차 할 수가 없다. 이런 잠깐의 고통은 그들에게 아무것도 아닐 것이다⋯⋯. 하지만 나는 아니다.

"그만." 나는 조용히 말했다. 아치형 천장을 따라 내 목소리가 떠돌았다. 깜짝 놀란 비레인과 시미나가 나를 돌아보았다. 시에도 고개를 돌려 얼떨떨한 표정으로 나를 쳐다보았다. 그리고 나하도스는⋯⋯ 아니야, 나는 차마 그를 볼 수가 없었다. 그는 이 일로 나를 나약하다 여길 것이다.

약한 게 아니야. 나는 스스로에게 상기시켰다. *인간적인 거지. 적어도 난 아직 인간이야.*

"그만." 나는 재차 말하며 남아 있는 자존심을 긁어모아 고개를 빳빳하게 쳐들었다. "그만해. 알고 싶은 게 있으면 전부 말해 줄 테니까."

"예이네." 시에가 충격 받은 목소리로 말했다.

시미나가 피식 웃었다. "네가 제물이 아니었더라도 넌 삼촌의 후계가 될 수 없었을 거다, 조카야."

나는 그녀를 노려보았다. "당신이 내가 본보기 삼아야 할 사람이라면, 차라리 그걸 칭찬으로 듣겠어."

시미나의 표정이 흠칫 굳었다. 나는 순간 그녀가 내게 침을 뱉을 거라고 생각했다. 하지만 그녀는 몸을 돌리더니 다시 나하도스의 주위를 천천히 돌기 시작했다. 전보다 더 느릿한 걸음걸이였다. "동맹군 중 누구한테 접근한 거지?"

"멘체이의 겜드 총리."

"겜드?" 시미나가 얼굴을 찌푸렸다. "어떻게 설득한 거야? 이번

계획을 제일 열렬하게 반기던 작자인데."

나는 숨을 깊이 들이마셨다. "나하도스를 데려갔지. 그의 설득력은…… 엄청나니까. 당신도 알 텐데."

시미나가 큰 소리로 웃음을 터트렸다. 하지만 무언가를 곰곰이 생각하는 눈빛으로 나를, 그리고 나하도스를 번갈아 바라보았다. 나하도스는 무릎을 꿇은 채 허공을 응시하고 있었다. 아마 필멸자의 이해를 벗어난 일이나 아니면 티브릴의 바지 색깔을 생각하는 중일 테다.

"재밌네. 삼촌이 에네파데에게 널 위해 움직이라고 명령하진 않았을 테니 밤의 군주가 너를 자발적으로 돕기로 결정했다는 뜻인데, 뭘 어떻게 한 거지?"

나는 어깨를 으쓱했다. 하지만 지금 내 심경은 느긋한 것과는 한참 거리가 멀었다. 이런 머저리. 바보 머저리. 질문이 꼬리를 물고 이어질 때부터 위험을 감지했어야지. "재미있어하는 것 같았어. 몇 명이…… 죽기도 했고." 나는 불편한 기색을 드러내려 노력했고, 그건 별로 어렵지 않았다. "내가 의도한 건 아니었지만 효과적이었지."

"그렇군." 시미나가 발걸음을 멈추고는 팔짱을 끼고 손가락을 초조하게 두드렸다. 나하도스를 지그시 바라보는 눈빛이 마음에 들지 않았다. "그 밖에 또 뭘 했지?"

"그 밖에?" 나는 얼굴을 찡그렸다.

"우리는 에네파데의 목줄을 아주 바짝 쥐고 있단다, 조카야. 그 중에서도 나하도스의 목줄은 가장 짧지. 그가 궁을 떠나면 비레인이 알게 되어 있다. 그리고 비레인의 말에 따르면 나하도스는 두 번, 이틀 밤이나 하늘궁을 나갔다고 하더군."

악마여. 빌어먹을 에네파데는 왜 나한테 이런 걸 말해 주지 않은 거야? 비밀 따위 저주나 받으라지 —

"다르에 할머니를 보러 갔었어."

"뭐 하러?"

어머니가 왜 나를 에네파데에게 팔아넘겼는지 물어보러 —

나는 재빨리 생각을 떨쳐 버리고는 팔짱을 꼈다. "보고 싶었으니까. 당신이 그런 걸 이해하리라곤 생각 안 해."

시미나가 몸을 돌려 나를 응시했다. 서서히, 여유로운 미소가 그녀의 입술에 떠오른 순간 나는 실수를 저질렀음을 눈치챘다. 하지만 뭐지? 내 비아냥이 그렇게까지 기분 나쁠 정도는 아닐 텐데. 아니야, 뭔가 다른 것이다.

"그 늙다리와 수다를 떨고 싶어서 밤의 군주를 데려갈 정도로 정신이 나갔을 리는 없고. 거기에 간 진짜 이유를 말해."

"다르를 노린 전쟁 청원과 동맹군의 존재를 확인하고 싶었어."

"그리고 또? 그게 다야?"

나는 잽싸게 머리를 굴렸지만 충분히 빠르지 못했다. 아니면 내 굳은 표정이 그녀의 경계심을 자극한 것인지도 모른다. 시미나가 못마땅하다는 듯이 혀를 쯧 찼기 때문이다. "나한테 말하지 않은 게 있구나, 조카야. 난 그걸 알아야겠다. 비레인!"

비레인이 한숨을 쉬며 나하도스를 마주했다. 기묘한 표정, 거의 수심에 잠긴 듯한 표정이 비레인의 얼굴에 스쳤다. "이건 내가 선택할 수 있는 일이 아닙니다." 그가 부드럽게 말했다.

나하도스의 시선이 반짝 움직이더니 잠깐 동안 그에게 머물렀다. 약간 놀란 기색이었다. "네 주인이 시키는 대로 해야겠지." 데카르타가 아니다. 이템파스를 말하는 거다.

"이건 그분이 하시는 일이 아닙니다." 비레인이 이맛살을 찌푸렸다. 그러더니 곧 평소의 모습으로 돌아와 마지막으로 시미나에게 눈길을 힐끔 던지고 고개를 가로저었다. "어쩔 수 없군요."

비레인이 망토 주머니에 손을 넣었다가 나하도스 옆에 쪼그려 앉아 그의 허벅지에 작은 사각형 종이를 올려놓았다. 종이에는 가늘고 긴 서체로 흘려 쓴 신의 인이 적혀 있었다. 어떻게 이런 일이 가능한지는 생각하고 싶지도 않지만 이상하게도 나는 그 글자에 획 하나가 비어 있다는 걸 알 수 있었다. 비레인이 뚜껑 덮인 붓을 꺼내 들었다.

속이 울렁거렸다. 비레인을 말리러 피 묻은 손을 들어 올리며 앞으로 나섰다. 하지만 나하도스와 눈이 마주친 순간, 나는 멈춰 설 수밖에 없었다. 그의 표정은 무감했고, 눈빛은 나른하고 냉담했다. 왠지 입안이 바짝 마르는 것 같았다. 그는 앞으로 무슨 일이 벌어질지 나보다 더 잘 알고 있었다. 내가 막을 수 있다는 것도 알고 있었다. 그러나 그러기 위해 내가 할 수 있는 것이라곤 에네파의 영혼과 관련된 비밀을 밝히는 것뿐이다.

아니면 그 대신……

우리가 시선을 교환하는 것을 지켜보던 시미나가 웃음을 터트렸다. 그러더니 다가와 내 어깨를 기분 나쁘게 쥐었다. "조카야,

네 취향을 칭찬해 줘야겠다. 저이는 정말 대단하지 않니? 나도 가끔 방법이 없을까 궁금해하곤 했단다…… 하지만 물론, 그런 방법은 없지."

시미나는 비레인이 시에의 피가 묻지 않은 얼마 안 되는 바닥에 네모난 종잇조각을 내려놓는 것을 바라보았다. 비레인이 붓의 뚜껑을 열고 종이 위로 몸을 숙이더니 조심스럽게 한 획을 그었다.

한낮에 커다란 창문을 활짝 열어 젖힌 것처럼 갑자기 천장에서 환한 빛이 내리쬐었다. 그러나 이곳 천장에 구멍 같은 것은 없다. 이건 필멸계의 물리적 법칙을 무시하고 무에서 유를 창조하는 신의 권능이다. 하늘궁의 벽이 발하는 부드럽고 온화한 빛에 비하면 너무나도 밝고 눈부셨다. 나는 손을 들어 눈물이 글썽거리는 눈을 가렸다. 주변에서 사람들이 불안하게 웅성거리는 소리가 들렸다.

나하도스는 그 빛기둥 한가운데 무릎을 꿇고 앉아 있었다. 사슬과 피웅덩이 위로 그의 그림자가 선명하게 비쳤다. 처음에는 아무런 피해도 없는 것 같았지만 다음 순간 나는 무엇이 변했는지 깨달았다. 나는 지금껏 그의 그림자를 본 적이 없었다. 왜냐하면 그가 언제나 두르고 있는 살아 있는 검은 기운이 그런 걸 허락하지 않았으니까. 끊임없이 구불구불 꿈틀거리며 휘돌던 것. 주변 환경과 뚜렷한 대비를 이루는 것은 그의 본성이 아니다. 그는 늘 섞여들었다. 그러나 지금 그 검은 기운은 그의 등에 드리워진 긴 검은 머리카락일 뿐이었다. 어깨를 덮은 풍성한 망토 자락일 뿐이었다. 몸은 꼼짝도 하지 않았다.

그때 나하도스가 딱히 신음이라고도 할 수도 없는 작은 소리를 내뱉었다. 머리카락과 망토가 지글지글 끓기 시작했다.

"잘 보렴." 시미나가 내 귀에 대고 속삭였다. 그녀는 마치 애정 어린 파트너처럼 뒤에서 내 어깨에 기대고 있었다. 입맛 다시며 음미하는 목소리였다. "네 신들이 무얼로 만들어져 있는지 봐."

시미나가 내 뒤에 있다는 걸 알았기에, 나는 고개 돌리지 않았다. 나하도스의 등에서 거품이 끓어올라 뜨거운 타르처럼 끈적하게 흘러내렸다. 꿈틀거리는 검은 기운이 쉭쉭거리는 소리를 내며 그의 몸 위로 증기처럼 증발했다. 나는 아무런 반응도 하지 않았다. 마치 그 빛이 우리 눈에는 보이지 않는 중압감으로 짓누르는 것처럼 나하도스가 천천히 앞으로 쓰러졌다. 그의 손이 시에의 피가 고인 붉은 웅덩이를 짚었을 때, 나는 그 손마저 끓어오르고 있음을 보았다. 부자연스러우리만큼 하얀 피부에 주름이 일고 창백한 색의 진균성 덩굴처럼 흐물거리며 어지럽게 출렁이는 것을 보았다.(어디선가 구경꾼 중 하나가 구역질하는 소리가 들렸다.) 얼굴은 늘어져 녹아내리는 긴 머리칼에 가려 보이지 않았다. 하지만 과연 내가 지금 그의 얼굴을 보고 싶을까? 나하도스는 고정된 형상을 갖고 있지 않다. 내가 그에게서 본 모든 것은 그저 껍데기일 뿐이다. 아, 그러나 위대하신 아버지여, 나는 그 껍데기를 좋아하고 아름답다고 생각했다. 그것이 망가지는 모습을 도저히 참고 볼 수가 없었다.

그때 그의 어깨에 드러나 있는 하얀 것이 보였다. 처음에는 뼈라고 생각했지만 이내 속이 뒤틀리고 목구멍이 뜨거워졌다. 그건 뼈가 아니었다. 피부였다. 티브릴처럼 흰 피부. 다만 티브릴 같은 반점이 없을 뿐. 녹아내리는 검은 것들 사이로 솟아오르는 그건.

그리고 나는 보았다 —

*

그리고 나는 보지 못했다.

(내 마음이 보지 않을) 빛나는 형상이 (내 마음이 볼 수 없는) 형체 없는 검은 덩어리 위에 서서 그 속에 손을 집어넣어 무자비하게 헤집고 있었다. 몇 번이고, 몇 번이고 거듭해서. 단순히 가르고 찢는 게 아니었다. 때리고 두들겨 폭력적이고 잔혹하게 형체를 빚고 있었다. 덩어리는 절규했다. 필사적으로 몸부림쳤다. 그러나 빛나는 손에는 자비가 없었다. 팔을 덩어리 깊숙이 쑤셔 박았다가 빼냈다. 형태 없는 어둠을 뭉개고 쭈그러뜨려 다리를 만들어 냈다. 한가운데를 찔러 몸통을 끄집어내고, 복부 중앙에 손목까지 집어넣더니 주물거리며 척추를 세웠다. 마지막은 찢어 구멍을 내어 머리를 뽑아내는 것이었다. 전혀 인간처럼 보이지 않는 머리카락도 없고 아무 특징도 없는 얼굴. 커다랗게 벌린 입에서 비명이 쏟아져 나오고 있었다. 그 눈은 어떤 필멸자도 견딜 수 없는 극한의 고통으로 미쳐 있었다. 하지만 물론, 이건 필멸자가 아니다.

이게 네가 원하는 거야. 빛나는 자가 으르렁거리며 내뱉는다. 사납고 흉포한 목소리. 그러나 그것은 언어가 아니었고, 나는 귀로 듣고 있지 않았다. 이것은 앎이다. 내 머릿속에서 울리는 것이다. **그녀가 만들어 낸 이 혐오스러운 것. 날 버리고 그녀를 선택할 거냐? 그렇다면 그**

녀의 "선물"을 가져가라. 가져가. 가져가. 그리고 절대로 잊지 마라.
네가 — 이것을 — 선택 —

이토록 잔혹한 짓을 가하면서, 빛나는 자의 얼굴에는 눈물이 흐르고 있었다.

내 안 어디선가, 누군가 비명을 질렀으나 그건 내가 아니었다. 그러나 나도 비명을 지르고 있었다. 그리고 우리 둘 모두 저 바닥에 새로이 창조된 피조물의 비명을 듣지 못했다. 이제야 막 고통이 시작된 —

✳

익은 고기가 터지는 소리와 함께 나하도스의 몸뚱이에서 팔이 빠져나왔다. 질척하고 바람 빠지는, 관절을 잡아 뽑을 때 나는 소리와 똑같았다. 바닥에 손과 무릎을 짚고 반쯤 쓰러져 있던 나하도스는 새로 생긴 팔이 허공에서 버둥거리는 것을 느끼며 온몸을 떨었고, 잠시 후 바닥에 놓여 있는 새로운 것을 발견했다. 희끄무레했지만 내게 익숙한 달빛 같은 흰색은 아니었다. 그보다는 인간의 피부 같은 평범한 흰색이었다. 그것은 낮 동안의 나하도스였다. 인간 나하도스가 밤에 그가 두르는 신의 허물을 뚫고 밖으로 튀어나오고 있었다. 마치 생명의 탄생을 연상케 하는 소름 끼치는 모습으로.

나하도스는 비명을 지르지 않았다. 그는 또 다른 몸뚱이가 자신의 육신을 뚫고 나오는데도 처음에 냈던 숨죽인 신음 말고는 아무 소리도 내지 않았다. 그래서 더 끔찍하게 느껴졌다. 그의 고통

이 너무도 생생하게 느껴져서. 차라리 비명을 질렀다면 그의 고통
은 몰라도 적어도 내 공포심은 거기 묻혔을 것이다.

나하도스의 옆에 서 있는 비레인이 한참 동안 그 모습을 바라보
다가 눈을 감으며 탄식했다.

"끝나려면 몇 시간은 걸릴 거야. 진짜 햇빛이었다면 시간이 절
약됐을 텐데. 하지만 그건 오직 하늘아버지만이 하명할 수 있으시
지. 이건 하찮은 흉내일 뿐이고." 시미나가 비레인을 업신여기는
눈초리로 쏘아보았다. "하지만 보다시피, 내 목적을 위해선 이것
만으로도 충분하겠구나."

나는 입을 꾹 다물고 턱에 힘을 주었다. 저 반대쪽, 빛기둥과 나
하도스의 육신에서 피어오르는 뜨거운 아지랑이 사이로 쿠루에
가 보였다. 그녀는 매서운 눈초리로 나를 노려보다가 고개를 획
돌려 버렸다. 자카른은 나하도스를 뚫어져라 바라보고 있었다. 그
것은 고통이라는 것이 무엇인지 알기에 이를 존중하는 전사의 방
식이었다. 그녀는 절대로 외면하거나 눈 돌리지 않았다. 나 또한
그럴 것이다. 아, 하지만 신이시여, 신들이시여.

그때 빛의 웅덩이를 향해 걸어가는 시에가 눈에 들어왔다. 빛은
그에게 해를 끼치지 않았다. 그것은 그의 약점이 아니었으니까.
나하도스의 옆에 무릎을 꿇은 시에는 무너져 흘러내리는 머리를
가슴에 끌어안고 들썩이는 세 어깨 모두를 품에 감싸 안았다. 그
러고는 남들이 증오로 해석할 만한 표정으로 나를 노려보았다. 하
지만 나는 진실을 알고 있다.

잘 봐. 저 녹색 눈. 내 것과 꼭 닮았지만 훨씬 원숙하고 나이 든

눈이 속삭이고 있었다. *우리가 무엇을 감내하고 있는지 잘 봐. 그러니 우리를 자유롭게 해 줘.*

그럴게. 나는 대답했다. *내 영혼과 에네파의 영혼을 걸고, 기필코.*

＊

나는 몰랐다. 어떤 일이 있어도 이템파스는 나하를 사랑했다. 그게 증오로 바뀔 것이라고는 상상도 못 했다.

대체 무슨 정신머리로 그걸 증오라고 생각하는 거야?

＊

나는 시미나를 쳐다보고는 한숨을 쉬었다.

"나를 토악질하게 만들어서 대답을 토해 내게 하려는 거야? 안 그래도 이미 더러운데 바닥을 더 엉망으로 만들려고? 이런 웃기는 짓거리를 해 봤자 얻을 거라곤 그게 다일 텐데."

시미나가 눈썹을 추켜세우며 내게서 떨어지려는 듯 몸을 뒤로 젖혔다. "너와 손잡은 자에게 동정심도 없나 보군?"

"나는 밤의 군주와 손잡지 않았어." 나는 날카롭게 응수했다. "이 악몽 같은 소굴에 사는 모든 사람이 끊임없이 경고한 것처럼, 저자는 괴물이지. 하지만 내가 죽길 바라는 다른 이들과 어차피 다를 바가 없으니까 이왕이면 그 힘을 이용해 내 동포들을 돕자고 생각한 것뿐이야."

시미나가 미심쩍은 표정을 지었다. "그래서 그가 어떤 도움을 줬지? 멘체이에서는 네가 애썼다고 치고 말이야."

"아무것도. 새벽이 너무 빨리 왔거든. 하지만……." 나는 할머니의 품과 다르의 축축한 밤 냄새를 떠올리며 약간 머뭇거렸다. 나는 정말로 할머니가 그리웠고, 다르가 그리웠고, 그곳의 모든 평화가 그리웠다. 하늘궁에 오기 전에. 어머니가 돌아가시기 전에.

나는 시선을 내리깔며 괴로운 심정을 노골적으로 드러냈다. 그것만이 시미나를 만족시킬 수 있을 것이다.

"어머니 이야기를 나눴어." 나는 아주 조용한 어조로 말했다. "다른 얘기도 했고. 개인적인 얘기 말이야. 당신한테는 전혀 안 중요하겠지만." 이렇게 말하며 고개를 들어 시미나를 정면으로 마주 보았다. "그리고 당신이 그를 밤새도록 굽고 태워도 내가 뭘 했는지 말해 줄 일은 없을 거야."

시미나는 한참 동안 나를 면밀히 뜯어보았다. 입가의 미소는 사라졌고 날카로운 시선이 내 표정을 낱낱이 해부했다. 우리 사이에, 그리고 우리 뒤에서 드디어 나하도스가 잇새로 소리를 뱉었다. 짐승 같은 으르렁거림이었다. 살점이 찢어지는 섬뜩한 소리도 함께 들렸다. 하지만 시미나에 대한 증오심에 힘입어 나는 일말의 관심도 내비치지 않았다.

마침내 시미나가 한숨을 쉬며 내게서 물러났다. "알겠다. 하지만 형편없는 시도였단다. 어차피 성공할 가능성이 없다는 건 너도 알겠지. 난 겜드에게 연락해 공격을 재개하라고 할 거야. 그들은 네 나라의 수도를 점령하고 모든 저항을 짓밟겠지. 그렇지만 난 네 백성들을 필요 이상으로 학살하는 건 조금 미루라고 말해 둘 거란다."

아, 그거였군. 속이 환히 들여다보이는 계획이다. 내가 시키는 대로 하지 않으면 시미나는 멘체이에게 우리 동포들을 말살하라 명할 것이다. 나는 미간을 찌푸렸다. "나중에도 안 죽일 거라는 보장은 있고?"

"없지. 이런 한심한 일을 겪고 나니 짜증이 나서 그냥 다 쓸어버리고 싶구나. 하지만 지금 생각해 보니, 다르를 살려 두는 게 나을 것 같기도 해. 대신에 그들의 삶은 전혀 행복하지 않을 거야. 노예가 된다는 게 그렇지. 물론 요즘에는 그런 이름으로 부르지 않지만 말이야." 시미나가 재미있다는 듯 나하도스를 흘깃 쳐다보았다. "어쨌든 살려 두긴 할 거란다, 조카야. 그리고 살아 있다 보면 희망도 가질 수 있지. 그 정도로도 네겐 의미가 있지 않겠니? 어쩌면 온 세계와 맞먹을 만큼 말이야."

뱃속이 뒤틀리는 것 같았지만 천천히 고개를 끄덕였다. 나는 비굴하게 굽실거리지는 않을 것이다. "지금으로선 충분해."

"지금?" 시미나가 의아한 표정으로 나를 바라보더니 웃음을 터트렸다. "아, 조카야. 가끔은 네 어머니가 살아 있었다면 얼마나 좋을까 생각한단다. 그 애라면 적어도 좋은 적수가 되었을 테니까."

칼을 잃어버리긴 했지만 나는 여전히 다르인이다. 나는 번개처럼 손을 크게 휘둘렀고 다음 순간 시미나는 바닥에 쓰러져 있었다. 한쪽 신발이 벗겨져 바닥을 나뒹굴었다.

"어쩌면 그럴지도." 경악한 시미나가 멍하니 눈을 깜박였다. 뇌

진탕에나 걸렸으면 좋겠다. "하지만 내 어머니는 너무 교양 있는
분이셔서."

　나는 옆구리가 욱신거릴 정도로 굳게 주먹을 쥐고는 몸을 돌려
그곳을 빠져나왔다.

21장

첫사랑

거의 잊고 있었다. 내가 하늘궁에 처음 도착했을 때, 티브릴은 높은피들이 가끔 호화로운 홀에 모여 저녁 만찬을 즐긴다고 말해 주었다. 내가 거기 머무르는 동안 딱 한 번 그런 일이 있었지만 나는 참석하지 않았다. 세상에는 하늘에 대한 온갖 소문이 떠돈다. 개중에는 과장된 것도 있지만 상당수가 사실이다. 적어도 내가 알게 된 바에 따르면 그랬다. 하지만 내가 절대로 진실의 유무를 확인하고 싶지 않은 소문이 하나 있다.

소문에 의하면 아믄인이 항상 문명적이었던 건 아니라고 한다. 한때는 세늠도 하이노스처럼 야만의 땅이었고 아믄인은 그중에서 가장 출세한 민족이었다. 신들의 전쟁이 끝난 뒤, 그들은 자신들만의 야만적인 방식을 세계에 강요했고 그들의 것을 얼마나 충실히 따르는가로 우리를 판단했다. 그러나 그들조차 모든 풍습을 수출하지는 않았다. 모든 문화에는 추악한 비밀이 있다. 그리고

359

소문에 따르면 한때 아믄의 상류층은 어떤 산해진미보다도 인간의 고기를 최고급으로 여겼다고 한다.

때때로 나는 내 육신에 담긴 영혼보다 내 핏줄에 흐르는 피가 더 무섭다.

＊

나하도스의 고문이 끝났을 무렵, 구름이 밤하늘을 가로질러 다시 움직이기 시작했다. 한동안 구름은 나약하고 병든 무지개 색깔의 둥근 고리에 둘려 있는 달을 가린 채 꼼짝도 하지 않고 있었다. 그리고 마침내 구름이 움직이기 시작했을 즈음에야 내 안의 무언가도 누그러졌다.

누군가 내 현관문을 두드렸을 때 나는 사실 반쯤 기다리던 상태였고, 그래서 들어오라고 말했다. 유리창에 반사된 상을 통해 티브릴이 문간에서 어정쩡하게 머뭇거리고 있는 모습이 보였다.

"예이네." 그가 그러더니 멈칫하며 입을 다물었다.

나는 그가 한동안 생각에 잠겨 있도록 내버려 두었다가 말했다. "들어와."

티브릴이 집 안으로 들어왔다. 등 뒤로 겨우 문을 닫을 수 있을 정도로만. 그러고는 아무 말 없이 나를 쳐다보기만 했다. 내가 먼저 입을 열기를 기다리는 모양새였다. 하지만 나는 그에게 할 말이 없었고 결국 먼저 한숨을 내쉰 건 티브릴이었다.

"에네파데는 고통을 견딜 수 있습니다. 이보다 더한 것도 수백 년간 견뎌 왔으니까요. 내 말 믿어요. 내가 장담할 수 없었던 건 당신이 견딜 수 있느냐는 거였어요."

"알아서 판단해 줬다니 참 고맙네."

내 말투에 티브릴이 움찔했다. "난 당신이 시에를 아낀다는 걸 알았습니다. 그래서 시미나가 시에에게 손대기 시작했을 때 난⋯⋯." 티브릴이 시선을 회피하며 어쩔 수 없다는 듯 두 손을 벌렸다. "당신이 보지 않는 게 나을 거라고 생각했습니다."

"왜냐하면 내가 너무 의지박약에 감상적이라 시에를 구하려고 내 비밀을 전부 떠벌릴까 봐?"

티브릴이 눈시울을 찡그렸다. "왜냐하면 당신은 우리와 다르니까. 난 당신이 고통받는 친구를 구하기 위해서라면 뭐든 할 거라고 생각했어요. 그래요. 그래서 그걸 피하게 해 주고 싶었습니다. 원한다면 날 미워해도 좋아요."

나는 티브릴을 바라보았다. 솔직히 약간 우스웠다. 그는 나를 여전히 순진하고 정의롭고 하늘궁에 도착한 첫날 그가 베풀어 준 친절에 감사해하는 고결한 어린 소녀로 생각하고 있었다. 그게 몇 백 년 전 일이더라? 맞다. 두 주밖에 안 됐지.

"난 당신 안 미워해."

티브릴이 숨을 크게 내뱉더니 창가에 서 있는 내 곁으로 다가왔다. "그게⋯⋯ 당신이 가 버린 뒤에 시미나가 엄청나게 화를 냈습니다. 짐작했겠지만요."

나는 고개를 끄덕였다. "나하도스는 어때? 시에는?"

"자카른과 쿠루에가 데려갔습니다. 시미나도 우리한테 관심을 잃고 얼마 안 돼 자리를 떴고요."

"'우리'?"

티브릴이 입을 다물었다. 그가 워낙 작은 소리로 욕을 뱉어서 하마터면 놓칠 뻔했다. 이윽고 그가 말했다. "원래 시미나는 그 작은 게임에 우리 하인들을 쓰려고 했었죠."

"아, 그래." 다시금 화가 치밀었다. "그래서 당신이 시에를 대신 쓰자고 제안했고?"

티브릴이 굳은 목소리로 대답했다. "방금도 말했지만, 예이네. 에네파데는 시미나의 유희거리가 되고도 살아남을 수 있습니다. 하지만 평범한 필멸자는 다르죠. 내가 보호해야 할 사람들은 당신만이 아닙니다."

그렇다고 그가 한 일을 정당화할 수는 없지만 최소한 이해는 갔다. 하늘궁에서 일어나는 다른 수많은 일처럼 잘못되긴 했지만 이해할 수는 있었다. 나는 한숨을 내쉬었다.

"처음엔 내가 하겠다고 했어요."

나는 소스라치게 놀랐다. 티브릴은 쓸쓸한 미소를 띤 채 창밖을 응시하고 있었다. "레이디 예이네의 친구로서 하겠다고 말했죠. 혹시 주제넘은 말이었다면 죄송합니다. 하지만 시미나는 내가 다른 하인들과 다를 바가 없다고 하더군요." 티브릴의 미소가 희미해졌다. 그의 턱 근육이 불뚝거렸다.

무시당한 거야. 나는 깨달았다. 티브릴의 고통도 본계한테는 아무것도 아닌 거지. 하지만 그는 불평조차 할 수 없었다. 그가 별볼일 없는 존재라는 사실이 끔찍한 고통을 겪지 않게 구해 주었으니까.

"가 봐야겠습니다." 티브릴이 손을 쳐들었다가 잠깐 머뭇거리
더니 내 어깨에 얹었다. 그 몸짓과 거기에 담긴 망설임이 시에를
생각나게 했다. 나는 그의 손등에 내 손을 얹었다. 티브릴이 그리
울 것이다. 아이러니한 일이다. 곧 죽을 사람은 나인데.

"당연히 당신은 내 친구야." 나는 속삭였다. 티브릴은 내 손을
한번 힘주어 쥐고는 문으로 향했다.

하지만 문을 나서기 직전 놀란 듯한 그의 목소리가 들렸다. 거
기 대답한 것 역시 익숙한 음성이었다. 내가 몸을 돌렸을 때, 티브
릴이 나가는 것과 동시에 비레인이 집 안으로 들어왔다.

"미안합니다. 들어가도 될까요?" 그는 내가 안 된다고 할까 봐
현관문을 아직 닫지 않았다.

나는 그 뻔뻔스러움에 놀라 빤히 바라보았다. 시미나가 시에를
고문할 수 있었던 것도 비레인이 마법으로 도와준 덕분이었을 것
이다. 나하도스한테 그랬던 것처럼. 나는 이제야 그게 비레인의
진짜 역할이라는 것을 깨달았다. 그는 우리 가문이 생각해 낸 모
든 악행, 특히 신과 관련된 악행을 가능케 해 주는 자였다. 그는
에네파데의 감시자이자 몰이꾼이었고, 아라메리의 채찍을 실제
로 휘두르는 자였다.

그러나 노예가 비참한 삶을 사는 데 대한 책임이 전부 노예 감
독관에게 있는 것은 아니다. 나는 한숨만 내쉬었을 뿐 아무 말도
하지 않았다. 그것을 긍정의 대답으로 받아들였는지 그제야 비레
인이 문을 닫고 다가왔다. 티브릴과 달리 그의 얼굴에는 사과의

기색이 전혀 담겨 있지 않았다. 평소처럼 아라메리다운 경계심 가득한 냉정함뿐이었다.

"멘체이에 관여한 건 매우 현명하지 못한 행동이었습니다."

"그런 것 같더군."

"당신이 날 믿었더라면……"

나는 기가 막혀 입을 헤벌렸다.

"날 믿었더라면." 비레이이 다시 고집스럽게 말했다. "도와줬을 텐데 말입니다."

하마터면 웃음을 터트릴 뻔했다. "그 대가는 뭐고?"

비레인이 잠시 침묵을 지키더니 내 옆에 다가와 섰다. 방금까지 티브릴이 있던 바로 그 자리였다. 하지만 그의 존재는 무척 다르게 느껴졌다. 가장 두드러진 점은 더 따뜻하다는 것이었다. 거의 30센티미터나 떨어져 있는데도 체온이 느껴질 정도였다.

"무도회에 동반할 파트너는 선택했습니까?"

"파트너?" 그 질문은 나를 당황하게 했다. "아니. 무도회에 대해선 생각도 못 했어. 참석 안 할 수도 있고."

"반드시 참석해야 합니다. 자발적으로 가지 않으면 데카르타가 마법을 써서라도 강제로 참석시킬 테니까." 그러겠지. 그리고 그걸 강제할 사람은 비레인이 될 것이다. 나는 한숨을 쉬며 고개를 흔들었다. "알았어, 그럼. 할아버지가 날 모욕할 작정이라면 참는 것 말고는 방법이 없겠지. 하지만 내 파트너에게 똑같은 고통을 겪게 할 이유는 없어."

비레인이 천천히 고개를 끄덕였다. 거기서 알아차렸어야 했다.

이제껏 비레인은 긴장이 풀렸을 때조차도 활기 있게 군 적이 없으니까.

"내가 따라가면 당신도 조금은 즐거운 밤을 보낼 수 있을 겁니다." 내가 너무 오랫동안 말이 없자 비레인이 고개를 들어 내 눈빛을 보고는 웃음을 터트렸다. "남성의 구애를 받는 데 익숙하지 않은 모양이군요?"

"나한테 별 관심이 없는 사람한테는 그렇지."

"내가 관심이 없다는 걸 어떻게 압니까?"

"당신이 왜 그러겠어?"

"이유가 필요한가요?"

나는 팔짱을 끼었다. "그래."

비레인이 눈썹을 치켜올렸다. "그렇다면 다시 한번 사과해야겠군요. 지난 몇 주일간 내가 그렇게 나쁜 인상만 심어 준 줄은 몰랐습니다."

"비레인." 나는 눈을 비볐다. 피곤했다. 신체적으로라기보다는 감정적으로. 그리고 그편이 더 나빴다. "당신이 협조적으로 군 건 사실이지만 그걸 친절이라고 할 순 없어. 가끔은 당신이 제정신인지도 의심스러웠고. 그렇다고 다른 아라메리와 차이가 있었던 것도 아니고."

"부인 못 하겠군요." 비레인이 다시 웃었다. 그것 역시 잘못된 느낌이었다. 그는 지나치게 노력 중이었다. 본인도 알아차렸는지 갑자기 태도가 진지해졌다.

"당신 어머니는…… 내 첫 연인이었습니다."

내 손이 움찔거리며 칼을 찾았다. 그것은 비레인의 뒤쪽에 있었고 그는 아직 눈치채지 못하고 있었다.

내가 딱히 반응하지 않자 비레인은 다소 긴장이 풀린 것 같았다. 그가 시선을 내리깔며 저 아래 펼쳐진 도시의 불빛을 바라보았다. "나는 대부분의 아라메리 사람처럼 여기서 태어났지만 네 살이 됐을 때 리타리아, 그러니까 필경학을 연구하는 대학으로 보내졌습니다. 여기로 돌아왔을 때는 스무 살이었고 대학의 승인을 받은 최연소 마스터였죠. 매우 뛰어났지만 너무 젊었습니다. 어린 애나 마찬가지였죠."

나도 아직 스무 살이 안 됐지만 야만인은 문명인보다 훨씬 성숙하다. 나는 아무 말도 하지 않았다.

"아버지는 돌아가신 뒤였고, 어머니는……" 비레인이 어깨를 으쓱했다. "어느 날 밤에 실종되셨지요. 여기서는 이런 일이 자주 일어납니다. 내 어머니에게 일어난 일도 그런 일이었죠. 나는 대학에서 돌아왔을 때 순혈의 지위를 받았지만 어머니는 낮은피였으니까요. 그분이 살아 있었대도 나는 더 이상 그분의 아들이 아니었을 겁니다." 비레인이 나를 직시하며 말을 멈췄다. "당신한텐 무정하게 들리겠지만."

나는 천천히 고개를 가로저었다. "나도 하늘궁에 충분히 오래 있었어."

비레인이 탄성과 냉소의 중간쯤 될 법한 자그마한 소리를 냈다. "난 여기 적응하는 데 당신보다 더 힘든 시간을 보냈습니다. 당신 어머니가 많이 도와주었죠. 그녀는…… 여러 가지 면에서 당신과 비슷한 점이 있었어요. 겉으로 보기엔 온화해도 그 밑엔 전혀 다른 게 숨어 있었죠."

나는 그 묘사에 놀라 그를 빤히 바라보았다.

"당연히 나는 그녀에게 푹 빠졌습니다. 그녀의 미모, 재치, 그리고 그 권력⋯⋯." 비레인이 어깨를 으쓱했다. "하지만 멀리서 흠모하는 데 만족했습니다. 그렇게까진 어리지 않았으니까. 그래서 그녀가 그 이상의 관계를 제안했을 때 실제로 나보다 더 놀란 사람도 없을 겁니다."

"어머니가 그랬을 리가 없어."

비레인은 잠시 나를 응시했고, 나는 그를 맹렬히 쏘아보았다.

"짧은 시간이었습니다. 몇 주일에 불과했어요. 그녀가 당신 아버지를 만나는 바람에 내게 흥미를 잃었죠." 비레인이 엷게 웃었다. "그 점에 대해 내가 기뻐했다고는 말 못 하겠군요."

"다시 한번 말하는데⋯⋯" 나는 발끈해 입을 열었다.

"당신은 키네스를 모릅니다." 비레인의 조용한 목소리에 담긴 다정함에 놀라, 나는 입을 다물었다. "어떤 아이도 자기 부모에 대해선 잘 모르지요."

"당신도 모르긴 마찬가지야." 그게 얼마나 유치하게 들릴지는 생각하지 않기로 했다.

순간 비레인의 얼굴에 슬픈 감정이 떠올랐다. 고통도 함께 새겨져 있었기에 나는 그가 진실을 말하고 있다는 것을 알 수 있었다. 그는 어머니를 사랑했다. 그는 어머니의 연인이었다. 어머니는 내 아버지와 혼인해 하늘궁을 떠났고 비레인에게는 추억과 그리움

만이 남았다. 그리고 내 영혼은 이제 새로운 비애로 타오르고 있
었다. 왜냐하면 그가 옳았으니까. 나는 내 어머니를 알지 못했다.
어머니가 이런 짓을 할 수 있으리라고는 상상도 못 했다.

비레인이 시선을 돌렸다. "내가 왜 당신이랑 무도회에 가고 싶
어 하는지 물었지요? 당신이 키네스를 애도하는 유일한 사람이기
때문입니다." 그가 숨을 깊이 들이켰다. "마음이 바뀌면 알려 주
십시오." 살짝 고개를 숙여 보인 비레인은 문 쪽으로 발을 옮겼다.

"잠깐." 내 말에 비레인이 멈춰 섰다. "전에도 말했지. 내 어머니
는 아무 이유 없이 뭘 하실 분이 아니라고. 대체 왜 어머니가 당신
에게 관심을 가진 거지?"

"내가 어떻게 압니까?"

"당신은 뭐라고 생각하는데?"

비레인은 한참 동안 생각에 잠겼다가 고개를 저었다. 입가에 무
기력한 미소가 다시 돌아왔다. "별로 알고 싶지 않군요. 당신도 마
찬가지일 테고."

그런 다음 비레인은 떠났다. 나는 아주 오랫동안 닫힌 문을 노
려보았다.

나는 해답을 찾아 나섰다.

＊

가장 먼저 어머니의 방을 찾아가 침대 머리판 뒤에서 편지 상자
를 꺼내 들었다. 상자를 들고 무심결에 뒤를 돌아보니 이름도 모

르는 어머니 쪽 할머니가 초상화 속에서 나를 물끄러미 응시하고 있었다. "죄송해요." 나는 중얼거리고는 자리를 떴다.

찾고 있던 복도를 발견하는 것은 어렵지 않았다. 그저 내 의식을 간질이는 익숙한 힘이 느껴질 때까지 무작정 돌아다녔을 뿐이다. 그 느낌을 따라다니다 보니 아무 특징 없는 밋밋한 벽 앞에 서게 되었고, 드디어 찾았다는 것을 알 수 있었다.

신들의 언어는 원래 인간의 입으로 말하기 위한 것이 아니다. 하지만 나는 여신의 영혼을 갖고 있다. 그러니 어딘가에는 쓸모가 있을 것이다.

"아타디." 내가 속삭이자 벽이 열렸다.

두 개의 죽은 공간을 지나 시에의 태양계 모형이 있는 곳에 도착했다. 등 뒤에서 벽이 닫히는 것을 느끼며 주변을 둘러보니 지난번에 왔을 때보다 훨씬 황량한 모습이었다. 색색의 구체 수십 개가 바닥에 흩어져 뒹굴고 있었다. 다들 움직이지도 않고, 몇 개는 금이 가거나 군데군데 커다란 덩어리가 떨어져 나간 것도 있었다. 전처럼 공중에 떠 있는 것은 몇 개에 불과했다. 노란색 공은 어디에도 보이지 않았다.

구체들 너머, 바닥에서 완만하게 솟은 곳에 시에가 누워 있었다. 자카른이 그 옆에 몸을 낮추고 앉아 있었다. 시에는 격투장에서 본 것보다는 어렸지만 평소보다는 나이 든 모습이었다. 긴 다리와 비쩍 마른 몸매. 늦은 청소년기에 가까워 보였다. 놀랍게도 자카른은 머릿수건을 벗은 채였다. 그녀의 머리카락은 두피에 바짝 붙어 납작하고 촘촘한 고리 모양으로 돌돌 말려 있었는데, 은

청색이라는 점만 빼면 내 머리와도 비슷해 보였다.

두 사람 모두 나를 쳐다보고 있었다. 나는 시에 옆에 앉아 상자를 내려놓았다. "몸은 괜찮아?" 나는 시에에게 물었다.

시에가 용을 쓰며 일어나 앉으려 했지만 그 덕에 오히려 그가 얼마나 약해졌는지 알 수 있었다. 도우려고 손을 내밀었는데 자카른이 먼저 커다란 손으로 시에의 등을 받쳐 세워 주었다. "굉장한데, 예이네." 시에가 말했다. "벽을 혼자 연 거야? 이거 감동적인걸."

"내가 도울 수 있는 건 없어? 뭐든 좋으니까."

"나랑 놀아 줘."

"놀아……?" 자카른이 나를 험악한 눈길로 쏘아보는 바람에 말끝을 흐릴 수밖에 없었다. 나는 잠시 생각하다가 손바닥을 위로 한 채 양손을 내밀었다. "여기 손 올려 봐."

시에는 내 말대로 했다. 그 손은 나보다 컸고 마치 노인의 것처럼 파들파들 떨리고 있었다. 너무도 많은 게 잘못되었다. 하지만 그는 씨익 웃었다. "네가 나보다 빠를 수 있을 것 같아?"

나는 그의 손을 내리쳤고, 점수를 땄다. 시에는 내가 시를 읊을 수도 있을 만큼 느려 터졌기 때문이다. "당연하지."

"초심자의 행운이야. 다시 해 봐." 나는 또다시 시에의 손을 때렸다. 그의 움직임이 아까보다 빨라서 하마터면 질 뻔했다. "하! 삼세번 할 거야?" 나는 다시 손바닥을 움직였지만 이번에는 허공을 치고 말았다.

나는 깜짝 놀라 시에를 쳐다봤다. 그가 활짝 웃었다. 눈에 띄게 젊어진 모습이었지만 아직 많이 어려진 건 아니다. 한 일 년 정도? "봤지? 내가 그랬잖아. 넌 느려."

그의 대꾸에 웃지 않을 수가 없었다. "술래잡기 할 수 있겠어?"

벌써 자정이었다. 내 몸은 이런 어린애 놀이가 아닌 잠을 원했고 그래서 마음먹은 대로 민첩하게 움직일 수가 없었다. 이런 조건은 시에에게 유리하게 작용했는데, 특히 몸이 회복되어 점차 빨리 뛸 수 있게 된 이후로는 더욱 그랬다. 시에는 온 방 안을 누비며 나를 쫓아다녔다. 내가 전심전력을 다하지 않은 까닭에 더 실컷 즐길 수 있었다. 어린애 놀이는 시에에게 커다란 도움이 되었다. 종국에 시에가 그만이라고 외쳤을 때에야 우리는 바닥에 털썩 주저앉아 씨근덕대며 숨을 골랐다. 드디어 시에의 외형이 정상으로 돌아왔다. 아홉 살이나 열 살쯤 되어 보이는 늘씬한 소년. 아름답고, 근심걱정 하나 없는 낙천적인 꼬마아이였다. 나는 더 이상 그를 왜 사랑하는지 의아해하지 않는다.

"아, 재미있었다." 시에가 허리를 세우고 기지개를 켜더니 죽어 있는 구체들을 불러들이기 시작했다. 공들이 데굴데굴 굴러오자 그는 그것들을 집어 들어 다정하게 쓰다듬었다. 그런 다음 공중으로 띄워 연습 삼아 한 번씩 회전시켜 보고는 다시 멀리 날려 보냈다. "그 상자엔 뭐가 들었어?"

나는 자카른을 돌아보았다. 그녀는 우리의 놀이에 동참하지 않았다. 어린애들 놀이는 전쟁의 신의 본성과는 어울리지 않는 모양이었다. 자카른이 괜찮다는 의미로 고개를 까딱였다. 나는 얼굴을 붉히며 시선을 피했다.

"편지." 나는 어머니의 상자에 손을 올린 채 말했다. "이건……."

그러고는 잠시 주저했다. 이상하게도 말이 잘 나오지 않았다. "내 아버지가 어머니한테 보낸 편지야. 어머니가 아버지한테 썼지만 보내지 않은 편지도 있고. 내 생각엔……." 나는 마른침을 삼켰다. 갑자기 목구멍이 뜨거워지고 눈이 따끔거렸다. 슬픔에는 이유가 없다.

시에가 그런 나를 못 본 척하고는 상자 위에 있던 내 손을 밀어 내고 상자를 열었다. 내가 평정심을 되찾는 사이, 그는 편지를 하나씩 꺼내 훑어보고는 차례대로 바닥에 내려놓았다. 이윽고 바닥에 놓인 편지들이 조금씩 패턴을 형성하기 시작했다. 시에가 뭘 하고 있는지 나는 알 수가 없었다. 그러다 마침내 시에가 마지막 편지를 다섯 걸음 곱하기 다섯 걸음쯤 되어 보이는 커다란 사각형의 한구석에 내려놓았다. 그 옆에는 어머니의 편지로 만들어진 다른 작은 사각형 더미가 있었다. 시에가 바닥에서 일어나 팔짱을 끼고는 뒤죽박죽 놓인 편지들을 내려다보았다.

"없어진 게 있다." 자카른이 말했다. 놀라 고개를 쳐들자, 그녀가 내 뒤에서 서신들로 이뤄진 패턴을 응시하고 있었다.

어리둥절한 마음에 나도 같이 내려다봤지만, 여기서는 어머니의 섬세한 글씨체도 아버지의 휘갈긴 필기체도 알아볼 수가 없었다. "그걸 어떻게 알아?"

자카른이 몇몇 종이를 가리키며 말했다. "둘 다 전에 보낸 편지 이야기를 하고 있으니까."

"그리고 패턴이 너무 많은 곳에서 깨져 있어." 시에가 종이들 사이를 폴짝폴짝 뛰다가 웅크려 앉아 편지를 더 자세히 들여다보며 덧붙였다. "너희 부모님은 둘 다 습관의 동물이었어. 일주일에 한 번씩, 일 년 동안 무슨 시계처럼 꾸준히 규칙적으로 편지를 주고받았거든. 하지만 여기만 육 주일, 아니 칠 주일 동안 주고받은 편지가 없어. 편지를 못 보내 미안하다는 사과도 없고. 대신에 전에 보낸 편지에 대한 언급이 있지." 시에가 어깨 너머로 나를 돌아보았다. "너 말고 다른 사람이 상자가 거기 있다는 걸 알았을까? 아니지, 이십 년이나 지났잖아. 하늘궁 사람들 절반은 다 알고 있었겠다."

나는 인상을 쓰며 고개를 저었다. "잘 숨겨져 있었는걸. 누가 손 댄 것 같지도 않았⋯⋯"

"워낙 오래전 일이라 그 뒤에 먼지가 쌓였을 수도 있지." 시에가 허리를 펴고 나를 돌아보았다. "여기서 뭘 찾으려고 했던 거야?"

"비레인이⋯⋯" 턱에 힘이 들어갔다. "비레인이 자기가 내 어머니의 연인이었다고 했어."

시에가 눈썹을 추켜세우더니 자카른과 눈빛을 주고받았다. "나로선 키네스가 그에게 한 짓 중에 과연 '사랑'이라고 부를 만한 부분이 있을지 의심스러운데."

너무도 태연하게 비레인의 말을 확인해 주는 바람에 나는 입도 벙긋하지 못했다. 그저 털썩 주저앉았을 뿐이다.

시에가 내 옆에 배를 깔고 엎드리더니 팔꿈치를 세우고 턱을 받쳤다. "왜? 하늘궁 사람들 중 절반은 시간만 되면 나머지 절반이랑 침대에서 뒹군단 말이야."

나는 고개를 저었다. "아무것도 아냐. 그냥⋯⋯ 받아들이기가 좀 힘들어서."

"네 친부나 뭐 그런 것도 아닌걸. 혹시 그걸 걱정했다면 말이야."

나는 눈동자를 굴리며 다르인 특유의 갈색 손을 들어 올렸다. "전혀 아니거든."

"쾌락은 종종 무기로 쓰인다." 자카른이 말했다. "거기에 사랑은 없지."

나는 그 말에 놀라 자카른에게 얼굴을 찡그려 보였다. 어머니가 비레인과 한 침대에 누웠다는 사실이 여전히 마음에 들지는 않았지만, 일종의 전략으로 생각하니 확실히 약간은 도움이 됐다. 그러나 만일 그랬다면 어머니는 대체 뭘 원했던 걸까? 비레인이 하늘궁의 다른 이들은 모르는 무언가를 알고 있었던 걸까? 아니면 지금보다 젊고 어머니에게 푹 빠져 있던, 하늘궁에 온 지 얼마 되지도 않았고 자신만만하고 어머니를 만족시키고 싶어 안달이 난 그가 다른 아라메리에 비해 정보를 이끌어 내기 쉬웠던 걸까?

"마법이랑 연관된 거." 나는 혼잣말처럼 중얼거렸다. "그게 어머니가 비레인한테서 원했던 거야. 뭔가…… 당신들과 관계가 있는 걸까?" 나는 눈을 들어 자카른을 쳐다보았다.

자카른이 어깨를 으쓱했다. "그런 비밀을 알아냈을지는 몰라도, 키네스가 그런 걸 사용한 적은 없다."

"흠. 비레인이 여기서 또 무슨 일을 맡고 있지?"

"주로 마법이지." 시에가 손가락을 하나씩 꼽으며 대답했다. "일상 생활과 관련된 것부터 음, 우리에 관한 것까지 모든 걸 담당

하고 있어. 그리고 정보 전달도. 그는 데카르타와 이템파스 교단 사이의 연락책이거든. 또 중요한 의전과 의식을 감독하고……."

시에의 말끝이 뭉개졌다. 그의 얼굴에 놀라움이 서렸다. 나는 자카른을 쳐다보았다. 그녀는 뭔가를 골똘히 생각하고 있었다.

의전과 의식. 시에의 말이 무슨 뜻인지 깨닫자 뱃속이 울렁거리며 흥분감이 돌기 시작했다. 나는 허리를 세우며 자세를 고쳐 앉았다. "마지막 승계가 언제였지?"

"데카르타라면 약 사십 년 전이다." 자카른이 대답했다.

내 어머니는 돌아가셨을 때 마흔다섯이었다. "그땐 어머니가 너무 어려서 계승식에서 무슨 일이 있었는지 이해하지 못했을 거야."

"키네스는 의식에 참가하지도 않았어." 시에가 말했다. "그날 데카르타가 나한테 그녀와 놀아 주라고 명령했거든. 하루 종일 잡아 두라고 말이야."

그건 놀라운 소식이었다. 데카르타는 왜 언젠가는 어머니가 치러야 할 의식을 보지도 못하게 했을까? 똑똑한 아이라면 계승식의 목적을 이해했을 것이다. 계승식 중간에 하인을 죽일 예정이라서? 하지만 여긴 하늘궁이다. 하인은 항상 죽어 나간다. 어떤 아라메리가, 특히 데카르타라면 아무리 상대가 어린애라 한들 그런 가혹한 현실을 숨기거나 부정했을 리가 없다.

"혹시 그때 특별한 사건이라도 있었어? 그때도 대지의 돌을 얻으려고 계책을 꾸몄다든가?"

"아니, 그땐 아무 준비도 안 되어 있었어. 평소랑 똑같은 평범한 계승식이었지. 우리가 여기 감금된 뒤에 있었던 수백 번의 의식들처럼 말이야." 시에가 한숨을 내쉬었다. "적어도 내가 들은 바에 따르면 그래. 난 그 자리에 없었으니까. 사실 거기 있었던 건 나하도스뿐이야. 아라메리는 반드시 그에게 의식을 지켜보게 하거든."

나는 미간을 찌푸렸다. "왜?"

"이템파스가 참석하니까." 자카른이 대답했다. 내가 입을 멍하니 벌린 채 '하늘아버지가 여기, 바로 여기, 여기 오신다니'라는 생각을 갈무리하려 애쓰며 자카른을 쳐다보자 그녀가 말을 이었다. "아라메리 일족의 새 가주에게 개인적으로 인사를 하러 들르지. 그런 다음에는 나하도스에게 이템파스를 섬기겠다고 약속한다면 자유를 주겠다고 회유하고. 나하는 줄곧 거절해 왔지만 이템파스는 생각을 바꾸는 것이 그의 본성임을 잘 알고 있기에 계속해서 물을 거다."

나는 고개를 가로저으며 교육이 평생 동안 내게 심어 놓은 광명의 신에 대한 경외심을 떨쳐 버리려 했다. 하늘아버지가 계승식에 오신다. 모든 계승식에 참석하셨다. 그분은 내가 죽는 것을 보러 올 것이다. 그러고는 거기에 그의 축복을 얹을 것이다.

악랄해. 나는 이제껏 진심으로 그를 믿고 경배했는데.

머릿속에서 쉴 새 없이 돌아가는 생각에서 벗어나기 위해 두 손가락으로 콧잔등을 집었다. "그럼 지난번 제물은 누구였어? 어느 가엾은 친척이 우리 가문의 악몽에 끌려간 거야?"

"아니, 그건 아니지." 시에가 일어나 다시 기지개를 펴더니 몸을 반으로 접으며 물구나무를 섰다. 위태로울 정도로 몸이 휘청거렸다. 중간중간 숨을 가쁘게 내쉬며 그가 말했다. "아라메리를 이끌

가주라면…… 하늘궁에 있는 어떤 사람이든…… 죽일 수 있어야 해. 이템파스가 바란다면 말이지. 보통은 스스로를 증명하기 위해서…… 새로운 가주는 반드시…… *가까운 사람을 희생시켜야 해.*"

나는 잠시 생각에 잠겼다. "그러니까, 내가 선택된 이유는 릴래드도 시미나도 각별히 가까운 사람이 없기 때문이야?"

시에가 휘청거리다 결국 바닥으로 넘어졌다. 곧바로 발딱 일어나 아무 일도 없었다는 듯 딴청을 부리며 자기 손톱을 요리조리 들여다보았다. "음, 아마. 데카르타가 왜 하필 널 선택했는지는 아무도 몰라. 하지만 데카르타가 계승식 때 바친 제물은 이그레스였어."

왠지 모르게 친숙한 이름이었지만 바로 얼굴이 떠오르지는 않았다. "이그레스?"

시에가 놀란 눈으로 나를 쳐다보았다. "데카르타의 아내 말이야. 네 모계 쪽 할머니. 키네스가 말 안 해 줬어?"

22장

분노

아직도 나한테 화가 났니?

아니.

빠르네.

화를 내 봤자 아무 의미도 없으니까.

내 생각은 달라. 분노는 적절한 상황에서 아주 강력한 위력을 발휘할 수 있지. 이야기 하나 해 줄까? 옛날옛적에 한 어린 소녀가 있었단다. 아이의 어머니는 아이의 아버지에게 살해당했지.

끔찍하네.

그래. 너도 그런 종류의 배신감을 이해할 수 있지? 소녀는 당시에 아주 어렸기 때문에 진실을 알지 못했어. 아마도 어머니가 가족을 버렸다는 얘기만 들었을 테지. 어쩌면 실종되었다고 했을 수도 있고. 그들 세계에서는 그런 일이 빈번하니까. 그러나 소녀는 무척 영리했고, 어머니를 몹시 사랑했어. 아이는 거짓을 믿는 척

했지만 실은 적절한 시기를 고르고 있었지.

나이가 들고 더 현명해졌을 때, 소녀는 질문을 던지기 시작했어. 하지만 그녀가 선택한 건 아버지도, 또는 그녀를 돌봐 주겠다고 나선 사람들도 아니었지. 그들은 신뢰할 수 없었으니까. 소녀는 노예들에게 물었단다. 필시 그녀를 증오하고 있을 이들에게. 소녀는 자신에게 홀딱 반한 똑똑하고 다루기 쉬운 순진한 젊은 필경사에게 물었지. 그녀의 적들에게, 자신의 핏줄이 대대손손 박해한 이단자들에게 물었어. 그들은 거짓말을 할 이유가 없었고 그래서 그녀는 모든 퍼즐 조각을 맞춰 진실을 밝혀낼 수 있었지. 그러고는 복수를 위해 온 마음과 정신과 불굴의 의지를 쏟아부었단다. 왜냐하면······ 그게 바로 모친이 살해당했을 때 딸이 해야 하는 일이니까.

아, 그래. 하지만 궁금한걸. 그 어린 소녀는 아버지를 사랑했을까?

나도 궁금하단다. 한때는 확실히 사랑했겠지. 아이들은 부모를 사랑하지 않고선 못 배기니까. 하지만 나중에도 그랬을까? 사랑이 그토록 쉽게 완전한 증오로 변할 수도 있을까? 아니면 아버지에 대한 복수를 다짐하면서 속으로는 울었을까? 하지만 그녀가 심지어 자신이 세상을 떠난 뒤에도 온 세계를 무너뜨리고 부친뿐 아니라 인류 전체에 복수를 가할 사건들을 계획했다는 건 알지. 왜냐하면 결국 우리 모두는 공범이니까.

너희 모두? 그건 좀 극단적인 것 같은데.

아니야, 정말 그래. 하지만 난 그녀가 원하는 걸 얻었으면 좋겠어.

✳

그리고 이건, 아라메리 가문의 승계였다. 계승자는 가문의 수장에 의해 선택된다. 만약 유일한 후계자일 경우 그는 가문을 물려받기 위해 자신이 가장 아끼는 사람에게 스스로를 희생하도록, 즉 돌의 힘을 사용해 지배인을 옮기고 죽도록 설득해야 했다. 후계자가 한 명 이상이라면 지정된 제물이 그들 중 하나를 계승자로 선택하도록 설득하기 위해 경쟁했다. 내 어머니는 유일한 후계자였다. 만일 스스로 그 지위를 내려놓지 않았다면 어머니는 누구를 선택했을까? 어쩌면 어머니가 비레인을 연인으로 삼은 데는 하나 이상의 이유가 있었는지도 모른다. 아니면 데카르타에게 자신을 위해 죽어달라고 부탁했을 수도 있다. 어쩌면 어머니가 혼인을 하고 나를 임신한 뒤 다시는 하늘궁으로 돌아오지 않은 이유도 이때문일 것이다.

많은 조각이 제자리에 맞아떨어졌다. 그러나 여전히 맞춰지지 않은 모호한 조각이 더 많았다. 진실을 이해하는 데 얼마나 가까이 접근했는지 느껴졌지만 과연 나한테 남은 시간이 있을까? 오늘 밤. 그다음 날, 그리고 그다음 밤과 낮. 그러고 나면 밤에 무도회가 열리고, 의식이 시작되고, 그러면 끝이다.

충분하고도 남아. 나는 생각했다.

"안 돼." 시에가 다급하게 내 옆에 따라붙었다. "예이네, 나하도 나처럼 치유할 시간이 필요해. 그의 형상을 고정하는 필멸자의 눈이 있으면 그럴 수가……"

"그럼 내가 그를 안 보면 되겠네."

"그렇게 간단한 게 아냐! 나하는 약해졌을 때 특히 위험하단 말이야. 자제하는 게 어렵다고. 그러니까 잘못 건드렸다간……" 목소리가 갑자기 한 옥타브 낮아지며 변성기 소년처럼 갈라지더니 시에가 나지막이 욕설을 내뱉으며 우뚝 멈춰 섰다. 나는 멈추지 않았다. 뒤에서 그가 발을 동동 구르며 외치는 것을 들었을 때도 놀라지 않았다. "넌 내가 참아 줘야 했던 가장 고집 세고 짜증 나는 인간이야!"

"고마워." 나는 대꾸했다. 갑자기 길이 앞에서 휘어져서 발걸음을 멈췄다. "내 방에 가 있어. 나중에 옛날이야기 읽어 줄게."

시에가 신의 언어로 으르렁거리며 한 대답은 굳이 번역이 필요하지도 않았다. 하지만 벽이 무너지지도 않았고 내가 개구리로 변하지도 않았기에 그렇게 화가 심하게 난 건 아님을 알 수 있었다.

나하도스가 어디 있는지 말해 준 건 자카른이었다. 그녀는 한참 동안 나를 뜯어보며 아주 먼 옛날부터 전사의 결의를 평가하던 눈으로 내 얼굴을 읽었다. 그러니 그녀가 내게 정보를 말해 준 건 일종의 칭찬이었다. 아니면 경고였을 수도 있다. 결의는 집착으로 변하기 쉽다. 하지만 난 상관없었다.

자카른은 거주지 구역 중에서도 가장 낮은 층 중앙에 나하도스의 거처가 있다고 말했다. 영원토록 하늘궁의 그림자가 드리운 곳. 거기엔 창문조차 없었다. 모든 에네파데는 그곳에 거주하고 있었다. 잠을 자고 식사를 하고 또는 반멸의 육체를 보살펴야 하는 불쾌한 상황을 처리하기 위해서였다. 자카른은 그들이 왜 하필 그런 으스스한 곳을 골랐는지 말해 주지 않았지만 나는 알 것 같았다. 하늘궁의 가장 밑바닥, 토옥의 바로 위에 머무른다면 이템파스가 찬탈한 하늘보다 에네파의 돌에 더 가까이 있을 수 있기 때문이다. 그들이 에네파의 이름으로 그토록 가혹한 고통에 시달리고 있다는 사실을 감안하면 아직 희미하나마 느낄 수 있는 그녀의 존재가 위안이 되는지도 모른다.

승강기에서 내리자 적막한 복도가 나를 맞이했다. 하늘궁의 필멸자 중 누구도 여기에는 살지 않았다. 그들을 탓하는 게 아니다. 밤의 군주를 이웃으로 두고 싶은 사람이 어디 있겠는가? 주변이 왠지 음침해 보이는 것도 별로 놀랍지 않았다. 이곳의 벽은 다른 곳처럼 밝게 빛나지 않는다. 나하도스의 음산한 존재감이 층 전체에 스며들어 있었다.

하지만 마지막 휘어진 길을 돌았을 때 갑자기 눈부신 섬광이 하얗게 눈을 찌르는 바람에 순간 아무것도 볼 수가 없었다. 빛무리의 잔상 속에서 은발에 구릿빛 피부를 하고 거의 자카른만큼이나 키가 크고 숨 멎을 듯이 아름다운 여인이 마치 기도하듯 복도에 무릎을 꿇고 앉아 있는 것이 보였다. 하얀빛은 그녀의 등 뒤에 솟아 있는 날개에서 뿜어 나오고 있었다. 거울처럼 밝은 귀금속 깃털이 총총히 박혀 있는 날개였다. 나는 전에 저 여인을 본 적이 있다. 꿈속에서 ―

눈꺼풀을 깜박여 찔끔거리는 눈물을 털어 내고 다시 보니 빛이 사라져 있었다. 그리고 그 자리에는 수수하고 땅딸막한 쿠루에가 바닥에서 일어나며 나를 노려보고 있었다.

"미안해요." 나는 여신의 명상을 방해한 데 사과했다. "하지만 나하도스와 이야기해야겠어요."

복도에는 문이 하나밖에 없었고, 쿠루에는 그 앞에 서 있었다. 그녀가 팔짱을 끼었다. "안 돼."

"레이디 쿠루에, 언제 이런 걸 다시 부탁할 기회가 있을지 모르겠지만……"

"네 나라 말로 '안 돼'는 정확히 무슨 뜻이지? 세늠어를 못 알아 듣는 게 분명한 것 같은데……"

하지만 우리의 말다툼이 격화되기 전에 문이 살짝 열리며 빈틈이 생겼다. 그 은빛 너머로는 아무것도 보이지 않았다. 오직 어둠뿐이었다. "말하라고 해라." 안에서 나하도스의 낮고 깊은 목소리가 들렸다.

쿠루에의 미간 주름이 깊어졌다. "나하, 안 돼요." 나는 조금 놀랐다. 누군가가 그에게 반박하는 걸 처음 봤기 때문이다. "당신이 지금 이렇게 된 건 다 이 여자 잘못이야."

나는 얼굴을 붉혔지만 그건 사실이었다. 방 안에서는 아무 대답도 없었다. 쿠루에는 두 주먹을 꼭 쥔 채, 흉흉한 표정으로 어둠 속을 노려보았다.

"내가 눈가리개를 하면 도움이 될까요?" 공기 중에는 우리의 짧은 대화 외에도 뭔가 아주 오래 묵은 분노의 기운이 떠돌고 있었다. 아, 그렇지만 쿠루에는 필멸자를 싫어했고 지금처럼 노예로 전락한 데 대해 우리를 원망하는 게 당연했다. 그녀는 나하도스가 나 때문에 바보처럼 굴고 있다고 생각했다. 쿠루에가 지혜의 여신이라는 점을 생각하면 아마 그녀가 옳을 것이다. 그래서 그녀가 새로운 경멸이 담긴 눈빛으로 나를 노려봤을 때도 그다지 기분이 상하지 않았다.

"시선이 문제가 아니야. 너희들의 기대, 두려움, 욕망, 모든 게 문제지. 너희 필멸자들이 그가 괴물이 되길 바라기 때문에 그가 괴물이 되는 거다."

"그럼 아무것도 원하지 않을게요." 이렇게 말하며 슬쩍 미소도 지어 보였지만 슬슬 짜증이 일었다. 인간에 대한 쿠루에의 맹목적인 증오는 아마 현명한 처사일 것이다. 우리에게 최악의 것만 기대한다면 절대로 실망할 일이 없을 테니까. 하지만 중요한 건 그게 아니다. 쿠루에는 내 앞을 가로막고 있고, 나는 죽기 전에 해야할 일이 있다. 다른 수가 없다면 나는 그녀에게 비키라고 명령할 것이다.

쿠루에가 내 마음을 읽기라도 했는지 나를 빤히 응시했다. 이윽고 고개를 가로저으며 체념한 듯한 몸짓을 해 보였다. "좋아. 넌 멍청이다. 그리고 당신도 마찬가지예요, 나하. 둘이 참 잘 어울리기도 하지." 그러고는 투덜거리며 모퉁이를 돌아 사라져 버렸다. 나는 그녀의 발소리가 멈추기를 기다렸다. 점점 희미해지는 게 아니라 갑자기 사라질 때까지. 그런 다음에야 열려 있는 문을 향해 몸을 돌렸다.

"들어와라." 나하도스가 안에서 말했다.

갑자기 긴장감이 엄습해 일부러 목을 가다듬었다. 그는 왜 항상 잘못된 타이밍에 겁을 주는 걸까. "죄송하지만, 나하도스 님. 여기 있는 게 낫겠어요. 제 생각만으로도 당신께 해가 된다면……"

"네 생각은 언제나 내게 해롭다. 너의 두려움, 욕망. 그 모든 것이 나를 밀고 당기며 무언의 명령을 내리지."

충격적인 대답에 몸이 굳었다. "당신 고통을 가중시킬 의도는 없었어요."

침묵이 흘렀다. 나는 숨을 죽였다.

"내 여동생은 죽었다." 나하도스가 매우 조용히 말했다. "그리고 남동생은 미쳐 버렸지. 내 자식들, 적어도 남아 있는 몇 안 되는 아이들은 나를 경외하는 만큼 미워하고 두려워한다."

그제야 나는 이해했다. 시미나가 그에게 한 짓은 별것도 아니었다. 그저 순간의 고통, 그뿐이었다. 이템파스가 그에게 가한 수백 년이 넘는 비탄과 고독에 비하면 정말로 아무것도 아니었다. 그리고 지금 나는 거기에 겨우 티끌 하나 보탰다고 안절부절못하고 있었다.

나는 문을 열고 안으로 발을 내디뎠다.

방 안에는 절대적인 어둠이 깔려 있었다. 눈이 적응하길 바라며 문 앞에서 잠시 머뭇거렸지만 한참을 기다려도 눈이 어둠에 익지 않았다. 문을 닫은 뒤에 이어진 적막 속에서 조용한 숨소리만이 귀에 들어왔다. 약간 떨어진 곳에서 고르고 느릿하게 들려오고 있었다.

나는 신이 평소에 가구나 계단을 그리 좋아하지 않길 바라며 두 손을 앞으로 내밀고는 더듬더듬 소리를 향해 나아갔다.

"멈춰라. 나는…… 나와 가까이 있는 건 안전하지 않아." 그러더니 나하도스가 조금 더 부드러운 음성으로 말했다. "하지만 와 줘서 기쁘구나."

그렇다면 이건 내가 아는 또 다른 나하도스였다. 필멸자도 아니고 추운 겨울밤 이야기에 나오는 미친 짐승도 아닌 나하도스. 이건 첫날 밤에 내게 입을 맞춘 나하도스, 나를 실제로 좋아하는 것처럼 보이는 나하도스였다. 내가 거리감을 가장 덜 느끼는 존재.

나는 심호흡을 한 다음 부드럽고 텅 빈 어둠 속 한 점에 주의를 집중했다.

"쿠루에의 말이 맞아요. 미안해요. 당신이 시미나에게 벌을 받은 건 제 잘못이에요."

"실은 널 벌주려고 한 거지."

나는 얼굴을 찡그렸다. "그럼 더 나쁜 거 아닌가요."

그가 상냥하게 웃었다. 따스한 여름밤처럼 부드러운 바람이 살랑거리며 나를 스쳤다. "나한테는 아니다."

일리 있는 지적이다. "제가 도와 드릴 일이 있을까요?"

또다시 희미한 바람이 느껴졌다. 피부 위 작은 솜털들이 간지럽다. 갑자기 그가 내 뒤에 바짝 붙어 서서 나를 끌어안고 내 목에 얼굴을 묻고 체취를 들이켜는 모습이 머릿속에 떠올랐다.

그때 방 저편에서 간절한 작은 목소리가 새어 나오더니 내 주위가 정염으로 물들기 시작했다. 강렬하고, 거의 폭력적이고, 전혀 부드럽지 않은 욕망. 오, 세상에. 나는 황급히 딴생각으로 머릿속을 채웠다. 어둠. 머리 비우기. 암흑. 어머니. 그래.

아주 오랜 시간이 걸린 것 같았지만, 드디어 그 끔찍하게 느껴지던 갈망이 희미해졌다.

"아무래도." 나하도스가 다정하면서도 심란한 목소리로 말했다. "도와주려고 애쓰지 않는 편이 낫겠다."

"미안해요."

"넌 필멸자다." 그것만으로도 충분한 설명이었다. 나는 부끄러운 마음에 눈을 내리깔았다. "네 어머니에 대해 물으러 왔군."

맞아, 그렇지. 나는 가슴 깊이 숨을 들이마셨다. "데카르타가 어머니의 어머니를 죽였어요. 그게 어머니가 당신들을 돕겠다고 한 이유인가요?"

"나는 노예다. 아라메리는 노예에게 비밀을 털어놓지 않아. 전에도 말했지만 그녀는 내게 질문을 던졌을 뿐이다."

"그리고 그 대가로 당신은 도움을 요청했고요."

"아니, 네 어머니에게는 혈인이 있었다. 그러니 믿을 수가 없었지."

나는 무심코 손을 올려 이마를 만져 보았다. 표식이 거기 있다는 걸 항상 잊어버린다. 이게 하늘궁의 정치 역학적 요소 중 하나라는 사실도 잊곤 한다. "그렇다면 어떻게……"

"키네스는 비레인을 잠자리로 끌어들였다. 계승 예정자들은 대개 계승 의식에 대한 이야기를 듣게 되지만 데카르타는 딸에게 자세히 알리지 말 것을 명했지. 비레인도 내막을 잘 알지는 못했고. 그래서 키네스에게 계승 의식이 일반적으로 어떻게 진행되는지 말해 주었다. 그것만으로도 키네스는 진실을 파악할 수 있었겠지."

그래, 그랬겠지. 어머니는 데카르타가 이미…… 했을 거라고 의심했고 데카르타는 딸이 의심할지도 모른다고 두려워했을 것이다. "진실을 알고 난 뒤에 어머니는 어떻게 했죠?"

"우리에게 와서 어떻게 혈인으로부터 자유로워질 수 있는지 물었다. 만약 자신이 데카르타에게 대항할 수 있다면 돌을 사용해 우리를 자유롭게 풀어 주겠다고 했고."

나는 숨을 삼켰다. 어머니의 과감한 행동력과 그 어마어마한 분노에 놀라지 않을 수가 없었다. 나는 어머니의 복수를 위해 목숨을 버릴 각오로 하늘궁에 왔지만 운과 에네파데의 도움이 없으면 목적을 달성할 수 없었다. 그러나 어머니는 혼자서 복수를 계획하고 감행했다. 오로지 한 남자를 파멸시키기 위해서 자신의 백성들과 물려받은 유산, 심지어 자신이 믿는 신까지도 배신했다.

시미나가 옳았다. 나는 어머니의 발끝에도 못 미친다.

"나한테는 나만 돌을 사용해 당신들을 풀어 줄 수 있다면서요. 내가 에네파의 영혼을 갖고 있으니까."

"그래. 우리는 키네스에게도 그렇게 말했다. 그러나 기회가 굴러 들어왔으니…… 그녀에게 가문에서 의절당한다면 혈인에서도 벗어날 수 있다고 했지. 그러니 네 아버지를 노리라고 했다."

가슴속에서 뭔가가 출렁이는 물로 변했다. 나는 눈을 질끈 감았다. 내 부모님의 동화 같은 사랑 이야기는 여기까지였다.

"어머니가 처음부터…… 당신들을 위해 아이를 갖겠다고 약속했나요?" 내가 듣기에도 아주 작은 목소리였지만, 방 안은 매우 고요했다. "내 부모님이…… 오로지 당신들을 위해서 날 낳아 기른 건가요?"

"아니."

그의 말을 믿을 수가 없었다.

"키네스는 데카르타를 증오했다. 하지만 데카르타가 가장 아끼는 자식이기도 했지. 우리는 키네스에게 에네파의 영혼에 대해, 우리의 계획에 대해선 아무것도 말해 주지 않았어."

그건 확실히 이해할 수 있다.

"알았어요." 나는 생각을 정리하려 애썼다. "그래서 어머니는 에네파의 신도인 아버지를 만난 거군요. 목적을 달성하는 데 도움이 될 걸 알고 아버지와 결혼했고, 또 그렇게 하면 가문에서 쫓겨날 것도 알았고요. 그렇게 혈인에서 벗어난 거죠."

"그래. 그건 우리에게 시험과도 같았고 키네스가 진심임을 입증해 주었다. 또 부분적으로는 키네스도 목적을 달성할 수 있었지. 그녀가 떠났을 때 데카르타는 큰 충격을 받았고 마치 딸이 죽은 것처럼 애도했으니까. 그의 고통은 키네스에게 만족감을 안겨 주었다."

나는 이해할 수 있었다. 아, 진심으로 이해할 수 있었다.

"하지만 그러다가…… 데카르타가 '걸어 다니는 죽음'을 이용해 내 아버지를 죽이려 했고요." 나는 천천히 말했다. 이 조각 맞추기는 너무 어렵고 복잡하다. "어머니가 떠난 게 아버지 탓이라고 생각했으니까요. 아버지가 죽으면 어머니가 돌아올 거라고 여겼겠죠."

"데카르타는 다르에 '걸어 다니는 죽음'을 풀지 않았다."

나는 흠칫 굳었다. "뭐요?"

"데카르타는 마법을 부리고 싶을 때 우리를 이용한다. 그리고 우리 중 누구도 네 땅에 역병을 보내지 않았다."

"하지만 당신들이 아니면……"

아니야. 그럴 리가 없어. 아니야.

하늘궁에는 에네파데 말고도 마법을 사용할 수 있는 사람이 있다. 신의 위력에 미치지는 못해도 그 힘을 휘두를 수 있는 사람. 그해에 다르에서 '걸어 다니는 죽음'으로 죽은 사람은 겨우 열 명 남짓이었다. 어떤 기준으로 봐도 매우 미미한 사망률이다. 필멸자가 할 수 있는 최선의 기준.

"비레인." 나는 중얼거렸다. 저절로 주먹이 쥐어졌다. "비레인."

그는 순교자라는 역할을 아주 잘 연기해 냈다. 계략을 꾸미는 어머니에게 이용당하고 버려진 무고한 청년. 하지만 그는 내 아버지를 죽이려 했다. 왜냐하면 어머니가 모든 의심과 비난을 데카르타에게 향할 것임을 알았기에. 어머니가 데카르타에게 남편을 살려 달라고 간청하러 왔을 때는 복도에서 독수리처럼 숨죽이며 기다렸다. 아마 어머니가 데카르타에게 거절당한 뒤에 나타나 연민을 표현했겠지. 나중에 어머니를 유혹할 발판을 다지려고? 그래. 딱 그 작자가 할 만한 짓처럼 느껴진다.

하지만 아버지는 돌아가시지 않았다. 어머니는 하늘궁으로 돌아오지 않았다. 비레인은 그 후로도 내내 어머니를 그리워하고 아버지를 미워했을까? 그의 계획을 망친 나를 증오했을까? 어머니의 편지 상자를 뒤진 것도 비레인이었을까? 어쩌면 그는 어리석었던 젊은 시절을 잊고 싶은 마음에 자신이 언급된 서신을 찾아 태워 버렸을지도 모른다. 아니면 평생 손에 넣지 못한 사랑에 대한 환상으로 아직까지 간직하고 있을 수도 있고.

그 자식을 죽여 버릴 것이다. 그 하얀 머리카락이 붉은 커튼이 되어 얼굴에 덮이는 모습을 보고야 말 것이다.

가까운 곳에서 뭔가 희미하게 토닥거리는 소리가 났다. 하늘궁의 딱딱한 바닥에 조약돌이 떨어지는 것처럼. 아니면 발톱의 끝부분이…….

"폭풍 같은 분노구나." 밤의 군주가 깊은 골과 한기로 가득한 음성을 숨과 함께 내뱉었다. 그러고는 다음 순간, 그가 가까이 다가와 있었다. 너무 가까이. 내 바로 뒤에. "오, 그래. 내게 명령을 내리렴, 사랑스러운 예이네. 나는 너의 무기다. 네가 한마디만 하면 그가 오늘 밤 내게 가한 고통도 너그럽게 보이게끔 해 주마."

뜨겁게 끓어오르던 분노가 얼어붙어 사라졌다. 나는 천천히 심호흡을 했다. 한 번 더. 마음을 가라앉혔다. 증오는 안 된다. 두려움도 안 된다. 내가 방심한 틈을 타 밤의 군주가 무엇으로 변했든, 나는 마음속에 오직 어둠과 정적만을 간직한 채 아무 대답도 하지 않았다. 감히 그럴 수가 없었다.

한참 뒤, 실망으로 가득한 한숨 소리가 희미하게 울렸다. 이번에는 조금 멀리 떨어진 곳이었다. 나하도스가 다시 방 건너편 자리로 돌아갔다. 천천히, 나는 꼼짝 없이 굳어 있던 몸의 긴장을 풀었다.

지금 질문을 계속하는 것은 위험한 일이다. 비밀이 너무 많고 감정의 함정도 너무나 많다. 나는 애써 비레인에 대한 생각을 떨쳤다.

"어머니는 아버지를 구하고 싶어 했어요." 그랬다. 이해하고 나니 다행스러웠다. 두 사람의 관계가 처음에는 평범하지 않았더라도 시간이 지나면서 어머니는 아버지를 사랑하게 된 게 틀림없다. 나는 아버지가 어머니를 사랑했다는 것을 안다. 그분의 눈빛을 보면 알 수 있었다.

"그래." 나하도스의 목소리는 내가 실수하기 전처럼 다시 차분하게 돌아가 있었다. "절박함은 그녀의 약점이 되어 주었다. 우리는 당연히 그것을 이용했고."

하마터면 화를 낼 뻔했지만, 간신히 진정시켰다.

"그랬겠죠. 그래서 어머니를 설득해 뱃속에 든 아이에게 에네파의 영혼을 넣은 거죠. 그럼……." 나는 숨을 가슴 깊이 들이마셨다. 잠시 말을 멈추고 있는 힘을 몽땅 그러모아야 했다. "아버지도 알았나요?"

"나는 모른다."

아버지가 이 일에 대해 아는지 에네파데가 모른다면 그 누구도 알 리가 없다. 다르로 돌아가 베바에게 물어볼 수도 없다.

그래서 나는 아버지가 사실을 알았고 그럼에도 나를 사랑했다고 믿기로 했다. 어머니도 처음에는 염려했지만 결국 나를 사랑하기로 선택하지 않았던가. 어머니는 내가 다르에서 단순하고 평화로운 삶을 살 수 있을지도 모른다는 헛된 희망으로 내게 아라메리 가문의 추악한 진실을 숨겼다. 적어도 신들이 그들의 것을 요구하러 오기까지는.

평정심을 유지해야 하는데 도저히 그럴 수가 없었다. 나는 눈을 감고 웃기 시작했다. 너무도 많은 희망이 내 어깨 위에 놓여 있었다.

"내 건 아무것도 없는 거야?" 나는 중얼거렸다.

"뭘 원하지?"

"네?"

"네가 자유로워진다면." 그 목소리에는 내가 이해할 수 없는 무언가가 담겨 있었다. 안타까움? 그래. 그리고 그보다 더한 것. 다정함? 애정? 아냐. 그런 건 불가능하다. "너 자신을 위해 무엇을 원하지?"

그 질문은 가슴을 지끈거리게 했다. 그런 것을 물어보는 그가 싫었다. 내 소원은 절대로 이뤄지지 않을 테고, 그건 그의 잘못이다. 그의 잘못. 그리고 내 부모님. 데카르타. 나아가 에네파의 탓이다.

"다른 사람들이 날 이렇게 만들었다는 게 너무 싫어요. 그냥 내 자신이 되고 싶어요."

"어린애처럼 굴지 마라."

나는 깜짝 놀라 발끈하며 고개를 휙 쳐들었다. 하지만 당연히 눈에 보이는 것은 아무것도 없었다. "뭐요?"

"너는 이 우주의 다른 모든 존재들처럼 네 창조자와 경험을 거쳐 만들어진 존재다. 그러니 인정하고 받아들여라. 네가 징징거리는 것도 이젠 지겹다."

평소처럼 한기가 뚝뚝 떨어지는 목소리로 말했다면 나는 모멸감을 느끼며 나가 버렸을 것이다. 그러나 그는 정말 피곤한 것처럼 들렸고, 나는 그가 내 이기심 때문에 치러야 했던 대가를 떠올렸다.

다시 주변 공기에 파문이 이는 게 느껴졌다. 부드럽게, 거의 나를 쓰다듬듯이. 나하도스가 다시 입을 열었을 때, 그는 아까보다도 가까이 와 있었다. "그러나 미래는 네가 만드는 것이지. 지금도 말이야. 그러니 원하는 걸 말해 봐라."

솔직히 나는 복수 말고는 그런 것에 대해 깊게 생각해 본 적이 없다. 나는…… 젊은 여성이 원하는 평범한 것들을 원했다. 친구. 가족. 사랑하는 사람들의 행복.

그리고 또……

춥지 않은데도 몸이 떨려 왔다. 머릿속에 새로이 떠오른 이상한 생각에 의구심이 들었다. 이것도 에네파의 영향인 걸까?

인정하고 받아들여라.

"난……." 나는 입을 다물었다. 침을 삼켰다. 다시 입술을 달싹였다. "난…… 세상이 달라졌으면 좋겠어요." 아, 하지만 나하도스와 이템파스가 그들 사이의 문제를 해결하고 나면 세상은 어차피 달라질 것이다. 세계는 무너지고 붕괴해 폐허가 될 것이며 인류는 그 아래 깔려 붉게 물들어 몰락할 것이다. "지금보다 더 좋아지게요."

"뭐가?"

"나도 몰라요." 지금 느끼는 심정을 더 정확하게 표현하고 싶었지만 스스로도 놀랄 만큼 답답해서 주먹을 꼭 쥐었다. "지금은 모두가…… 두려워하고 있잖아요." 조금만 더, 그래. 나는 말을 이었다. "우리는 신의 자비 아래 살고 당신들의 변덕에 맞춰 살아가요. 심지어 우리와는 아무 상관도 없는 신들의 싸움에 휘말려 죽어 나가죠. 만약에…… 만약에 당신들이 그냥…… 그냥 떠나면 우린 어떻게 되죠?"

"더 많이 죽겠지. 우리를 경배하는 이들은 우리의 부재에 두려움을 느낄 것이다. 어떤 이들은 그것이 다른 필멸자의 잘못이라여길 것이고, 새로운 질서를 수용한 자들은 낡은 방식을 고수하는이들을 원망하겠지. 전쟁은 수백 년이 넘게 지속될 테고."

나는 그의 말이 진실임을 뼛속 깊이 느낄 수 있었다. 오싹한 두려움에 속이 메슥거렸다. 하지만 그때, 뭔가 나를 건드렸다. 손. 시원하고 가벼운 손길이었다. 그가 나를 달래듯 어깨를 쓰다듬었다.

"그러나 전쟁은 언젠가 끝날 것이다. 불타고 남은 자리에는 새로운 것이 자라지."

지금의 그에게서는 욕정도 분노도 느껴지지 않았다. 그건 아마 그가 지금의 내게서 아무것도 느끼지 않기 때문일 것이다. 그는 이템파스와 다르다. 이템파스는 변화를 받아들이지 못하며 주변 모든 것을 자신에 맞춰 휘거나 부러뜨린다. 반면에 이템파스는 다른 이들의 의지에 맞춰 스스로를 휜다. 그렇게 생각하자 갑자기 슬퍼졌다.

"당신 자신이 될 때가 있긴 해요? 다른 사람이 당신을 보는 모습이 아니라, 진짜진짜 당신이요."

움직이던 손이 멈추더니 내 어깨에서 떨어졌다. "언젠가 에네파도 같은 것을 물어본 적이 있지."

"미안……"

"아니." 비통한 목소리였다. 그의 슬픔은 조금도 희미해진 적이 없다. 변화의 신이 변함없는 비애를 끝없이 견뎌 내야 한다니, 이 얼마나 끔찍한 일인가.

"내가 자유로워지면 나를 형상화할 자를 스스로 선택할 수 있다."

"하지만……." 나는 눈살을 찌푸렸다. "그건 자유로운 게 아니잖아요."

"실존의 여명에 나는 나 자신이었다. 그때는 내게 영향을 줄 수 있는 이가 아무도 없었으니까. 있는 것이라곤 나를 낳은 대혼돈뿐이었고, 그것은 내게 신경 쓰지 않았다. 나는 내 살을 가르고 찢어 후에 필멸계가 될 재료들을 쏟아 냈다. 물질과 에너지와 내 차가운 검은 피였지. 나는 내 정신을 탐독하고 고통이라는 진기한 상태를 음미했다."

눈물이 왈칵 쏟아졌다. 목구멍에 뜨겁게 올라오는 것을 삼키며 참으려 했지만 갑자기 손이 나타나더니 내 턱을 붙잡고 치켜올렸다. 손가락이 내 눈꺼풀을 부드럽게 쓸어 감기더니 눈물을 훔쳤다.

"내가 자유로워지면, 나는 선택할 것이다." 그가 아주 가까운 곳에서 재차 속삭였다. "너도 그래야 한다."

"하지만 난 절대로……"

그의 입술이 내 입을 막았다. 어딘가 갈급한 그의 입맞춤은 씁쓸하면서도 짜릿했다. 그 갈급함은 내 것이었을까 아니면 그의 것이었을까? 그러나 나는 곧 깨달았다. 그런 건 중요하지 않았다. 하지만 맙소사, 신이여, 오 신들이여. 너무도 좋았다. 그는 상쾌한 이슬과도 같은 맛이 났다. 그는 나를 목마르게 했다. 내가 한층 더 한 것을 바라기 직전, 그가 뒤로 물러났다. 나는 실망하지 않으려고 애썼다. 그게 우리 둘에게 어떤 영향을 미칠지 두려웠으니까.

"가서 쉬어라, 예이네. 네 어머니의 계략은 저절로 성취될 테니 신경 쓰지 마라. 네게는 맞이해야 할 다른 시련이 있으니까."

다음 순간 나는 내 거처로 돌아와 네모난 달빛이 비치는 바닥에 주저앉아 있었다. 벽은 어두웠지만 밝은 은백색 달이 낮은 하늘에 걸려 있어 사위는 그리 어둡지 않았다. 자정이 훨씬 넘은 시간, 새벽이 오기 한두 시간 전으로 보였다. 이러다간 아예 습관이 되겠다.

침대 옆 커다란 의자에 시에가 앉아 있었다. 나를 보자마자 그가 둥글게 웅크리고 있던 몸을 일으켜 재빨리 옆으로 다가왔다. 달빛 아래에서 그의 동공이 마치 놀란 고양이처럼 크고 둥글게 부풀어 올랐다.

나는 아무 말도 하지 않았다. 잠시 후 시에가 손을 뻗어 나를 끌어당기더니 무릎에 내 머리를 뉘어 주었다. 나는 눈을 감고 머리를 쓰다듬는 그의 손을 느끼며 위로받았다. 조금 후에는 시에가 내가 꿈에서 들은 자장가를 부르기 시작했다. 나는 따스하고 편안한 기분으로 조금씩 잠에 빠져들었다.

23장

이기심

원하는 걸 말해 봐라. 밤의 군주가 말했다.

세상이 더 좋아졌으면 좋겠어요. 나는 대답했다.

하지만 또……

✳

아침이 되자 나는 라스 온치를 만날 수 있길 바라며 컨소시엄
회의가 시작되기 전에 일찍 살롱에 갔다. 하지만 그 전에 하이노
스 출신의 다른 귀족 여성인 워히 우븜이 열주(列柱)로 장식된 널
찍한 계단을 오르고 있는 것을 발견했다.

어색한 소개를 마친 뒤 궁금했던 것을 묻자 그녀가 "아." 하고
대답했다. 워히의 눈에서 연민의 감정을 읽은 순간, 나는 대답을
알 수 있었다. "소식 못 들으셨군요. 라스는 이틀 전에 잠을 자던

중 숨을 거뒀답니다." 워히가 한숨을 쉬었다. "아직도 믿을 수가 없어요. 하지만 워낙 나이가 많기도 했으니까요."

나는 하늘궁으로 돌아갔다.

✳

복도를 걸으며 죽음에 대해 생각했다.

지나가는 하인들이 내게 고개 숙여 인사했고 그때마다 나도 고개를 끄덕여 답했다. 궁정인, 즉 나와 같은 높은피들은 나를 무시하거나 호기심 가득한 눈으로 노골적으로 쳐다보았다. 내가 공개 석상에서 시미나에게 패했고 후계자로서 끝장났다는 소문이 벌써 퍼진 모양이었다. 나를 향한 모든 시선이 다정한 것은 아니었다. 어쨌든 나는 그들에게도 고개 숙여 알은체를 해 보였다. 저 인간들은 저열할지 몰라도 나는 아니니까.

그러다 좀 더 낮은 층에서 티브릴이 그늘진 발코니에 홀로 서서 손가락에 클립보드를 대롱대롱 매단 채 공중에 흘러가는 구름을 바라보고 있는 것을 발견하고는 조금 놀랐다. 아는 척을 할 겸 살짝 건드리자 티브릴이 죄라도 지은 것처럼 화들짝 튀어 올랐다.(다행히 클립보드를 떨어뜨리지는 않았다.) 그래서 그가 내 생각을 하고 있었다는 의미로 여기기로 했다.

"무도회는 내일 밤 해 질 무렵에 시작됩니다." 티브릴이 말했다. 나는 그 옆에 서서 난간 너머로 하늘궁의 전망과 티브릴의 존재에서 오는 편안함을 조용히 음미했다. "그리고 다음 날 해가 뜰 때까지 계속되죠. 그게 계승식 직전에 열리는 무도회의 전통이거든요. 내일은 초승달이 뜨는데, 원래 나하도스의 신도들이 그런 밤을 신성하게 여겨서 밤새도록 연회를 벌였죠."

저열하다니까. 나는 생각했다. 아니면 이템파스가 저열하다고 해야 할지.

"무도회가 끝나면 대지의 돌은 궁전 중앙에 있는 기둥을 통해 일광욕실 첨탑에 있는 의식의 방으로 보내집니다."

"아, 지난주에 하인들에게 경고하는 걸 들었어."

티브릴은 여전히 내게 눈길 하나 보내지 않은 채 손가락으로 클립보드를 천천히 돌렸다. "예. 일시적으로 접한다고 해서 큰 해를 입는 건 아니지만……." 그가 어깨를 으쓱했다. "어쨌든 신의 물건이니까요. 되도록 멀리하는 게 최선이죠."

도저히 참을 수가 없었다. 나는 웃음을 터트렸다. "맞아. 나도 동감이야!"

티브릴이 왜 그러냐는 표정으로 나를 쳐다보았다. 입술에 작고 희미한 미소가 맺혀 있었다. "왠지…… 아무렇지도 않아 보이네요."

나는 어깨를 으쓱했다. "걱정만 하면서 남은 시간을 보내는 건 내 성격에 안 맞아서. 이미 일어난 일은 어쩔 수 없잖아." 나하도스가 그렇게 말했었다.

티브릴이 마음이 불편한 듯 몸을 들썩이더니 바람에 흐트러진 머리카락 몇 가닥을 뒤로 쓸어 넘겼다. "군대가…… 멘체이에서 다르로 이어지는 길에 집결하고 있다고 들었습니다."

나는 머릿속에서 절규하는 목소리를 눌러 죽이고 양손 손가락을 맞대 세워 그 뾰족한 끝을 응시했다. 시미나는 이 게임에 매우 능숙했다. 내가 만일 그녀를 선택하지 않는다면 우리 동포들을 학살하라는 지시를 이미 내려놓았을 것이다. 내가 에네파데를 해방시켜도 젬드라면 그렇게 할지 모른다. 하지만 나는 신들의 전쟁이 다시 발발한다면 인간 세계가 무엇보다 생존에 정신이 팔리리라 확신한다. 시에는 대재앙이 일어나더라도 다르를 안전하게 지켜주겠다고 약속했다. 그의 약속을 전적으로 믿는 건 아니지만 적어도 아무 보장도 없는 것보다는 낫다.

어쨌든 나는 거의 백 번째로 릴래드에게 접근할 생각을 하다가 다시금 포기했다. 시미나의 부하들이 지상에 있고 그녀의 칼이 다르의 목을 겨누고 있다. 만일 내가 의식에서 릴래드를 선택한다고 해도 다르가 치명상을 입기 전에 그가 행동에 나설 수 있을까? 내가 개인적으로 존중하기도 힘든 인간에게 동포들의 미래를 걸 수는 없다.

이제 나를 도울 수 있는 것은 신들뿐이다.

"릴래드는 자기 집에 틀어박혀 있습니다." 티브릴도 나와 같은 생각을 하고 있었던 모양이다. "방문객을 받지도 않고 아무도 들여보내지 않아요. 심지어 하인들도요. 그가 뭘 먹고 마시고 있는지는 하늘아버지만이 아실 겁니다. 높은피 사이에서는 그가 무도회 전에 자살할 거라는 내기가 벌어지는 중이고요."

"여긴 내기를 할 만한 다른 재미있는 게 없나 봐."

티브릴이 나를 슥 쳐다보았다. 말할까 말까 망설이는 것 같았다. "그리고 당신이 자살할 것인지에 대한 내기도 하고 있죠."

산들바람 사이로 내 웃음이 퍼져 나갔다. "배당이 어떻게 돼? 나도 끼워 주려나?"

티브릴이 고개를 돌려 나를 마주 보았다. 갑자기 눈빛이 진지해졌다. "예이네, 만약에, 만약에 당신이……" 그러더니 말끝을 흐리며 시선을 돌려 버렸다. 마지막 단어는 아예 목구멍 밖으로 나오지도 못했다.

티브릴이 고개를 떨군 채 몸을 떨며 감정을 자제하려 애쓰는 사이, 나는 그의 손을 붙잡고 있었다. 티브릴은 하늘궁의 하인들을 감독하고 보호하는 사람이다. 눈물은 그에게 무력감을 느끼게 할 것이다. 남자들은 항상 이렇게 연약한 존재다.

잠시 후, 티브릴이 심호흡을 하며 마음을 가다듬었다. 그가 평소보다 약간 높은 어조로 말했다. "내일 밤 무도회에 파트너로 가 드릴까요?"

비레인이 같은 제안을 했을 때, 나는 그가 싫었다. 하지만 티브릴의 제안은 그를 조금 더 사랑하게 해 주었다. "아냐, 티브릴. 파트너는 필요 없어."

"옆에 한 명이라도 친구가 있으면 도움이 될 겁니다."

"그렇겠지. 하지만 몇 안 되는 친구한테 그런 걸 부탁할 수는 없어."

"당신이 부탁하는 게 아니에요. 내가 하고 싶……"

나는 그에게 조금 더 가까이 붙어 팔에 몸을 기댔다. "난 괜찮을 거야."

티브릴은 물끄러미 나를 쳐다보다가 천천히 고개를 저었다. "예,

그럴 겁니다. 그럴 거예요. 아, 예이네. 당신이 그리울 겁니다."

"당신은 여길 떠나야 해. 당신을 돌봐주고 비단과 보석을 둘러 줄 좋은 여자를 찾아야지."

티브릴이 나를 빤히 쳐다보더니 폭소했다. 이번만큼은 한 톨의 긴장감도 없이 자연스레 터져 나온 웃음이었다. "다른 여자요?"

"아니? 미쳤어? 우리가 어떤지 알잖아. 켄 여자를 찾아야지. 어쩌면 너랑 똑같이 귀여운 점이 있는 애가 생길지도 몰라."

"귀엽다니…… 점이 아니라 주근깨예요, 이 야만인 같으니. 그건 주근깨라고 하는 거라고요."

"어쨌든 간에." 나는 그의 손을 잡아 손등에 입을 맞춘 다음 놓아주었다. "안녕, 내 친구."

나는 티브릴을 남겨 두고 자리를 떴다. 마지막까지 웃음 지으며.

✳

하지만……?

하지만 그게 내가 바란 전부는 아니었다.

✳

티브릴과 나눈 대화는 다음으로 무엇을 할지 결심하는 데 도움이 되었다. 나는 비레인을 찾아 나섰다.

어젯밤 나하도스와 이야기를 나눈 뒤 비레인을 다시 만나는 걸

두고 두 가지 고민을 했다. 나는 이제 데카르타가 아니라 비레인이 어머니를 살해했다고 생각한다. 하지만 아직도 그 이유를 모르겠다. 내 어머니를 사랑했다면 왜 죽인 것인가? 그리고 왜 하필 실연을 겪은 지 이십 년이 지난 지금에야 그런단 말인가? 마음 한편으로 나는 그를 이해하고 싶었다.

하지만 또 다른 나는 그가 왜 그랬는지 상관하지 않았다. 나는 피를 원했고, 그 목소리에 귀를 기울이면 내가 아주 멍청한 짓을 할지도 모른다는 것을 알았다. 만일 아라메리의 일원에게 복수를 감행한다면 아주 많은 피가 흐르게 되리라. 제2차 신들의 전쟁은 어마어마한 공포와 죽음을 불러올 것이다. 그렇게 흘려진 선혈은 내 마음을 달래기에는 충분할 테지만…… 그러나 막상 나는 살아서 그것을 보지 못할 것이다. 우리는 그렇게 이기적이다. 우리 필멸자들은.

그래서 나는 비레인을 찾아갔다.

연구실 문을 두드려도 대답이 없었다. 기다리는 동안 이 문제를 더 깊이 파헤치는 게 정말로 옳은 일일지 망설여졌다. 그때 문 안쪽에서 깜박하면 못 듣고 놓쳤을 희미한 소리가 새어 나왔다.

하늘궁에서는 문을 잠그지 않는다. 높은피에게 계급과 정치적 역학은 충분한 안전을 제공한다. 다른 사람의 사생활을 침해할 수 있는 것은 보복의 대상이 될 수 없는 이들뿐이기 때문이다. 목숨을 부지할 시간이 하루 남짓밖에 남지 않는 나는 보복 따위를 걱정할 필요가 없었고, 그래서 문을 살짝 밀어 열었다.

처음에는 비레인을 발견하지 못했다. 내가 혈인을 받았던 작업대가 눈에 들어왔는데 깔끔히 비워져 있었다. 아니, 실은 모든 작업대가 텅 비어 있었다. 정말 이상한 일이었다. 방 안쪽에 있는 동물 우리도 마찬가지였다. 그 모습이 무척 낯설게 느껴졌다. 내가 비레인을 발견한 건 그때였다. 부분적으로는 그가 꼼짝도 하지 않고 너무 가만히 서 있었기 때문이고, 또 한편으로는 그의 흰머리와 의복이 너무도 깨끗하고 청결한 모습의 작업실과 완벽하게 어우러졌기 때문이다.

비레인은 방 안쪽에 있는 커다란 수정구 옆에 있었다. 처음에는 그가 반투명한 구슬을 더 자세히 들여다보려고 몸을 바짝 기울이고 있는 줄 알았다. 어쩌면 그게 내 감독하에 있는 국가들과의 유일한 통신 수단을 염탐하는 방법인지도 몰랐다. 하지만 이내 그가 어깨를 축 늘어뜨리고 한 손으로 반질반질한 통신구를 감싸 쥔 채 고개를 떨구고 있음을 깨달았다. 흰 커튼처럼 길게 드리워진 머리칼 때문에 다른 한 손이 무엇을 하고 있는지는 알 수 없었지만, 은근한 움직임을 보자마자 즉시 깨달음이 찾아왔다. 그가 코를 훌쩍였을 때는 거의 확신할 수 있었다. 비레인은 그의 작업실에서 홀로, 일생일대를 장식할 승리의 순간에, 울고 있었다.

그 모습을 보고 내 분노가 가라앉은 건 다르 여자답지 않은 나약함의 발로였다. 나는 그가 왜 울고 있는지 이해할 수 없었다. 어쩌면 그가 저지른 모든 죄악에도 불구하고 어느 한순간 양심의 가책이 조금이나마 되살아났을지도 모른다. 아니면 그저 발가락을 가구 모서리에 찧었을 수도 있다. 하지만 비레인이 티브릴조차 참아 낸 눈물을 흘리며 혼자 흐느끼는 모습을 보고 있노라니 궁금하지 않을 수가 없었다. 혹시 저 눈물 중 단 한 방울이라도 내 어머니를 위한 거라면? 지금까지 나 말고 어머니의 죽음을 진심으로 슬퍼한 사람은 없었으니까.

나는 조용히 문을 닫고 물러갔다.

✳

얼마나 멍청한 짓이었던지.

그래, 심지어 그때도 너는 진실을 거부했지.

내가 알았느냐고?

지금은 그래. 하지만 그때 너는 몰랐지.

왜?

죽어 가고 있었으니까. 네 영혼이 전쟁을 치르는 중이었으니까. 다른 기억들이 너를 사로잡고 있었으니까.

원하는 걸 말해 봐라. 밤의 군주는 말했었다.

✳

시미나는 자신의 거처에서 무도회에 입을 드레스를 가봉하고 있었다. 드레스는 흰색이었는데, 그녀에게는 그다지 어울리지 않았다. 피부가 흰 편인데 옷감마저 흰색이니 대조적인 색감이 부족해 전체적으로 존재감이 희미해 보였기 때문이다. 하지만 무척 아름다운 드레스였다. 반짝이는 소재로 만들어졌는데 몸통과 치마라인에 박힌 자잘한 다이아몬드 덕분에 더 휘황찬란해 보였다. 재단사들에게 시험 삼아 보여 주러 단 위에서 몸을 빙그르르 돌리자 보석들이 주변에 찬란한 광채를 흩뿌렸다.

나는 시미나가 주위에 있는 사람들에게 지시를 내리는 동안 참을성 있게 기다렸다. 방 저편에서는 인간 버전의 나하도스가 창턱에 기대앉아 이른 오후 태양을 감상하고 있었다. 내가 방 안에 들어서는 소리를 들었을 텐데도 고개를 돌리거나 나를 쳐다보지도 않았다.

"솔직히 궁금하다는 걸 인정해야겠다." 마침내 시미나가 나를 돌아보며 말했다. 그녀의 턱에 나 있는 커다란 멍 자국을 보니 솔직히 고소했다. 저런 작은 상처를 빨리 낫게 하는 마법은 없나 보지? 아쉽군. "날 왜 찾아온 거지? 네 나라를 구해 달라고 애원이라도 할 생각이니?"

나는 고개를 내저었다. "아무 소용도 없을 텐데 내가 뭐 하러."

시미나가 거의 다정하다고도 말할 수 있을 미소를 지어 보였다. "그건 사실이지. 그럼 원하는 게 뭐지?"

"당신 제안을 받아들이려고. 그거 아직 유효할까?"

또다시 작은 만족감이 찾아왔다. 그녀가 어리둥절한 표정을 지었기 때문이다. "무슨 제안 말이니, 조카야?"

나는 창가에 가만히 앉아 있는 형체를 향해 고개를 까딱였다. 그는 단정한 검은 셔츠와 바지를 입고 단순한 철제 목줄을 차고 있었다. 다행이었다. 알몸이었다면 상당히 불쾌했을 테니까. "가끔 당신 애완동물을 빌려가도 좋다고 했잖아."

시미나의 뒤편에서 나하가 갈색 눈을 커다랗게 뜨고 나를 바라보았다. 시미나도 마찬가지였다. 잠시 후 그녀가 웃음을 터트렸다.

"그렇구나!" 시미나가 허리에 손을 얹고 체중을 한쪽으로 기울이자 가봉 중이던 재단사들이 기겁했다. "네 선택에 대고 뭐라고 하진 못하겠다. 나하가 티브릴보다 훨씬 낫거든. 한데…… 이렇게 말해도 될지 모르겠지만 넌 너무 작지 않니? 내 나하는 아주…… 강하거든. 정말 괜찮겠어?"

시미나의 모욕은 내가 알아차리지도 못할 만큼 공기처럼 가볍게 스쳐 지나갔을 뿐이다. "그래."

시미나가 곤혹스럽다는 듯이 고개를 흔들었다. "좋아. 어쨌든 지금은 쓸 일이 없으니 괜찮겠지. 오늘은 상태가 다소 안 좋으니 너한테 딱 맞을 거야." 시미나가 잠깐 말을 멈추고는 창문을 힐끗 쳐다보았다. 해의 위치를 확인하는 것이리라. "해가 지기 전에 끝내야 한다는 것쯤은 알고 있겠지."

"물론." 나는 미소를 지었고, 그러자 시미나가 순간적으로 인상을 찌푸렸다. "정해진 것보다 일찍 죽고 싶지는 않거든."

시미나의 눈동자에 의심이 스치고 지나갔다. 긴장감 때문에 아랫배가 단단하게 죄였다. 이윽고 그녀가 어깨를 으쓱했다.

"저 애와 함께 가거라." 시미나의 말에 나하도스가 일어났다.

"얼마나 오래?" 감정 없는 목소리였다.

"저 애가 죽을 때까지." 시미나가 싱긋 웃으며 자비를 베풀겠다는 듯이 팔을 넓게 펼쳤다. "내가 누구라고 마지막 부탁까지 거절하겠어? 하지만 나하, 그때까지 저 애가 너무 격렬한 일은 하지 않게 하렴. 적어도 기진맥진하게 만들지는 마. 이틀 뒤에는 상태가 좋아야 하니까."

쇠사슬은 옆에 있는 벽과 연결되어 있었다. 시미나가 말을 끝내자 벽에서 사슬이 떨어졌다. 나하가 사슬을 바닥에서 집어 들더니 가만히 서서 읽을 수 없는 표정으로 나를 바라보았다. 나는 시미나에게 고개를 숙였다. 그녀는 나를 무시하고는 다시 재단사들에게 짜증을 내기 시작했다. 그중 하나가 핀을 잘못 찔렀기 때문이다. 나는 자리를 떴다. 나하도스가 뒤를 따라오든 말든 관심 두지 않은 채.

✳

만일 자유로워질 수 있다면, 나는 무엇을 원할까?

다르의 안전.

어머니의 죽음에 의미를 부여하기.

세계의 변화.

그리고 나 자신을 위해서는⋯⋯

나는 이제 이해한다. 나는 누가 내 모습을 빚을지 선택했다.

✳

"그녀의 말이 맞다." 내 거처에서 마주 보고 섰을 때, 나하가 말했다. "난 지금 별로 쓸모가 없다." 아무런 감정도 담기지 않은 담담한 말투였지만 나는 그의 참담한 마음을 짐작할 수 있었다.

"괜찮아요. 난 관심 없으니까." 나는 창가로 다가갔다.

나하는 등 뒤에서 한참 동안 침묵하다가 이윽고 내 옆으로 다가와 섰다. "뭔가 변했군." 빛의 각도 때문에 유리창에 반사된 모습이 보이지는 않았지만 그의 미심쩍은 표정이 눈앞에 선했다. "달라졌어."

"지난번에 만난 뒤로 많은 일이 있었거든요."

나하가 내 어깨에 손을 얹었다. 내가 뿌리치지 않자 이번에는 다른 쪽 어깨까지 잡은 다음 나를 조심스럽게 돌려세웠다. 나는 반항하지 않았다. 그는 내 눈을 뚫어져라 바라보며 속내를 읽으려 했다. 어쩌면 내게 겁을 주려고 한 것일지도 모른다.

하지만 가까이서 보는 그는 전혀 위험해 보이지 않았다. 움푹 팬 눈가에는 피곤에 젖은 깊은 주름이 도랑처럼 나 있었다. 눈은 충혈돼 있고 전보다 훨씬 평범해 보였다. 서 있는 자세도 구부정하고 이상했다. 그제야 알 수 있었다. 그는 지금 서 있기도 힘든 상태였다. 나하도스가 받은 고문은 나하에게도 큰 타격을 주었다.

내 얼굴에 연민의 기색이 역력했는지, 그가 갑자기 얼굴을 찌푸리며 몸을 곧게 세웠다. "나를 왜 여기로 데려왔지?"

"앉아요." 나는 침대를 손짓하며 말했다. 그러고는 다시 창밖을 내다보려 했지만 그의 손가락이 내 어깨를 파고들었다. 진심으로 힘을 줬다면 나를 다치게 할 수도 있었다. 이제 나는 안다. 그는 노예였고, 창부였으며, 심지어 자신의 몸을 온전히 통제할 수도 없었다. 그가 가진 유일한 힘은 연인, 즉 그를 이용하는 자들에게 영향력을 행사하는 것뿐이었다. 그리고 그건 별것도 아니었다.

"그를 기다리고 있는 건가?" 나하가 "그"를 말하는 어조에는 원망과 적의가 그득했다. "그런 건가?"

나는 손을 뻗어 나하의 손을 어깨에서 떼어 낸 다음 단호하게 말했다. "앉아. 지금 당장."

"지금 당장"이라는 단어 때문에 나하는 나를 놓아주고 몇 걸음 떨어진 침대로 걸어가 앉는 수밖에 없었다. 그러는 와중에도 나를 노려보았다. 나는 다시 창가로 몸을 돌렸다. 나하의 증오심이 내 등에 부딪혀 부질없이 흩어졌다.

"그래요. 그를 기다리고 있어요."

충격으로 가득한 정적이 흘렀다. "그를 사랑하는군. 전에는 안 그랬을지 몰라도 지금은 그를 사랑해. 그렇지?"

＊

너는 진실을 거부한다.

＊

나는 그 말을 곰곰이 생각해 보았다.

"그를 사랑한다고?" 나는 천천히 중얼거렸다. 그 말을 골똘히 되씹다 보니 한순간 낯선 기분이 들었다. 마치 너무 자주 읽은 시구처럼. "그를 사랑한다."

＊

또 다른 기억이 너를 사로잡는다.

＊

나는 나하의 목소리에서 진실된 공포심을 듣고 놀랐다. "멍청한 짓 하지 마라. 내가 얼마나 자주 시체 옆에서 눈을 떴는지 너는 몰라. 충분히 강하다면 그에게 저항할 수 있을 거다."

"나도 알아요. 이미 거절한 적도 있고."

"그렇다면 왜……." 당혹감.

나는 돌연 그가 어떤 삶을 살고 있는지 깨달았다. 아무도 원치 않는 또 다른 나하도스. 낮에 그는 아라메리의 장난감이었다. 그리고 밤에는 수면에 빠지는 게 아니라 망각을 겪었다. 필멸자가 겪을 수 있는 죽음에 가장 가까우면서도 그에 한참 못 미치는 것. 평온함도 없고 진정한 휴식도 없다. 매일 아침 눈을 뜨면 끔찍한 충격을 맞닥뜨린다. 원인을 알 수 없는 상처가 생겨나 있다. 옆자리에는 연인이 죽어 누워 있다. 영원토록 끝나지 않을 것임을 영혼 깊숙이 아는 삶.

"꿈을 꾸나요?"

"뭐?"

"꿈이요. 밤에 당신이…… 그의 안에 갇혀 있을 때, 그때 꿈을 꾸나요?"

나하는 내가 무슨 꿍꿍이인지 알아내려는 것처럼 미간을 좁히고 있다가 한참 후에야 대답했다. "아니."

"전혀요?"

"가끔…… 섬광처럼 잠깐 지나가는 것들이 있다." 나하는 내게서 시선을 떼고 애매한 몸짓을 해 보였다. "아마 기억이겠지. 정말로 뭔지는 모른다."

갑자기 나하가 애틋하게 느껴졌다. 나는 웃었다. 그는 나와 같았다. 하나의 몸에 두 개의 영혼, 아니 두 개의 자아를 지닌 자. 아마 에네파테는 그에게서 단서를 얻었을 것이다.

"피곤해 보여요. 잠 좀 자지 그래요."

나하가 얼굴을 찡그렸다. "아니야. 난 밤에 충분히 잔다."

"자요, 지금." 내가 말을 마치자마자 그가 옆으로 풀썩 쓰러졌다. 아마 다른 상황에서라면 웃음이 터졌을지도 모르겠다. 나는 침대로 걸어가 그의 다리를 들어 편안한 자세로 고쳐 눕힌 다음, 옆에 무릎을 꿇고 앉아 귓가에 입술을 가져다 댔다.

"좋은 꿈 꿔요." 나는 명령했다. 그의 찌푸린 표정이 미묘하게 변화하더니 전보다 한층 편안하고 부드러워졌다.

나는 만족감을 느끼며 일어나 다시 창가로 걸어가 기다렸다.

✳

그다음에 무슨 일이 있었는지 왜 기억이 안 나지?

넌 기억하고 있어 —

아니야. 왜 지금 기억이 안 나지? 이야기를 하다 보면 기억이 살아나긴 하는데, 그냥 그때뿐이야. 이야기를 하지 않을 때는 그냥 빈 공간이야. 아주 크고 어두운 구멍 말이야.

넌 기억하고 있어.

＊

태양의 붉고 둥그런 꼭대기가 지평선 아래로 가라앉는 순간, 방이 흔들리고 뒤이어 궁전 전체가 요동쳤다. 이렇게 가까이 있으니 이가 딱딱 부딪칠 정도로 유독 심하게 느껴졌다. 마치 등 뒤에서 선 하나가 바깥쪽으로 움직이면서 점차 방 전체를 집어삼키고, 그 선이 지나가고 난 자리는 이상하게 침침하고 어두워지는 느낌. 나는 계속 기다렸다. 이윽고 목덜미의 솜털이 쭈뼛 곤두서는 느낌이 들었을 때, 나는 입을 열었다. "좋은 밤이에요, 나하도스 님. 기분은 괜찮으신가요?"

내가 들은 유일한 대답은 낮고 떨리는 숨소리였다. 저녁 하늘은 아직 금빛과 붉은색, 그리고 보석처럼 깊은 보라색으로 물들어 있었다. 그는 아직 온전한 존재가 아니었다.

나는 몸을 돌렸다. 나하도스가 상체를 세우고 앉아 있었다. 그는 아직 인간처럼 보였다. 아주 평범한 인간. 그러나 나는 바람 한 점 없는 중에도 그의 머리칼이 공중에서 춤추는 것을 보았다. 그러더니 내 눈앞에서 점점 더 길고, 짙고, 두터워졌다. 빙글빙글 소용돌이를 그리며 밤의 망토로 변화해 갔다. 아름답고도 매혹적인 광경이었다. 그는 아직 남아 있는 햇빛의 여운을 피해 얼굴을 돌리고 있었기에 내가 그의 앞에 설 때까지도 내가 접근하는 것을 눈치채지 못했다. 그가 고개를 들며 마치 자신을 보호하려는 양 한 손을 쳐들었다. *나 때문인가?* 나는 궁금해하며 빙그레 미소 지었다.

나하도스의 손이 떨리고 있었다. 내가 붙든 손은 서늘하고 건조했다. 웬지 안도감이 들었다.(이제 그의 피부는 갈색이었다. 내가 그렇게 만든 걸까?) 손 너머로 보이는 눈동자가 나를 응시하고 있었다. 검은색이 된 눈은 조금도 깜빡이지 않았다. 이지(理智)도 느껴지지 않았다. 마치 짐승처럼.

나는 그의 뺨을 손바닥으로 감싼 채 그가 제정신으로 돌아오기를 염원했다. 그가 눈을 깜박이며 약간 미간을 찌푸렸다. 혼란스럽던 눈빛이 점차 안정되더니 나를 똑바로 바라보았다. 내 손에 잡혀 있는 손은 미동도 하지 않았다.

적절한 때가 됐다고 판단한 순간 나는 그 손을 놓아주었다. 그러고는 블라우스를 느슨하게 푼 다음, 어깨에서 미끄러뜨렸다. 치마를 풀고 속옷과 함께 바닥에 떨어뜨렸다. 나는 알몸으로 기다렸다. 제물이었다.

24장

내가 부탁하면

— 그러고 나서 — 그런 다음에 —

너는 기억한다.

아니, 아니야. 기억이 안 나.

왜 두려워하는 거지?

나도 몰라.

그가 너를 해쳤니?

기억나지 않아!

기억하고말고. 잘 생각해 보렴, 아이야. 나는 너를 이보다 더 강하게 만들었단다. 소리는 어땠지? 냄새는? 그 기억은 어떤 느낌이었니?

마치…… 여름 같았어.

그래, 답답하고 눅눅한 여름밤 같았지. 땅이 하루 종일 낮의 열기를 흡수했다가 밤이 되면 되돌려준다는 걸 아니? 그 엄청난 에

너지가 사용되기만을 기다리며 대기를 떠돌고 있는 거야. 그건 네 피부를 매끄럽게 만들어 주지. 입을 열면 혀를 휘어 감는 걸 느낄 수 있을 거야.

나는 기억한다. 오, 신들이여, 기억나.

그럴 줄 알았단다.

※

밤의 군주가 일어서자 방 안의 그림자가 더 짙어지는 것 같았다. 그가 나를 내려다보았다. 어둠 속에서 그의 눈이 보이지 않는 건 처음이었다.

"어째서지?"

"아직 내 질문에 대답 안 했죠?"

"질문?"

"내가 부탁하면 죽여 줄 건지."

두렵지 않은 척하지는 않을 것이다. 그것조차 지금 이 상황에서 빠트릴 수 없는 일부분이었으니까. 두근대는 심장, 빠른 숨소리. 에수이. 위험한 것에 끌리는 스릴감. 하지만 잠시 후 그가 꿈이 아닌지 의심스러울 만큼 아주 느릿느릿한 동작으로 내게 손을 뻗었고 손가락이 내 팔을 타고 슬금슬금 움직이기 시작했다. 그 단 한 번의 접촉만으로도 내 두려움은 완전히 다른 것으로 변하고 말았다. 오, 신이여. 여신이여.

어둠 속에서 하얀 이가 번득였다. 아, 그래. 이건 단순히 위험한 것 그 이상이다.

"그래. 네가 부탁한다면 죽여 주마."

"정말로 그거면 돼요?"

"너는 네 삶을 통제할 수 없기에 죽음이라도 통제하고 싶어 하지. 나는…… 이해할 수 있다." 그 찰나의 머뭇거림에는 너무도 많은 무언의 의미가 담겨 있었다. 나는 불현듯 밤의 군주도 죽음을 열망한 적이 있는지 궁금해졌다.

"당신은 내가 내 죽음을 통제하는 걸 바라지 않는 듯했는데요."

"그건 사실이다, 작은 졸아." 나는 그의 손이 내 팔을 따라 느릿한 여정을 이어 가는 것을 느끼며 애써 그의 말에 집중했다. 하지만 그건 너무 어려운 일이었다. 난 그저 인간일 뿐이므로. "자신의 의사를 다른 이에게 강요하는 건 이템파스의 방식이지. 나는 항상 자발적인 희생을 선호했다."

그는 이제 내 쇄골을 따라 손가락을 미끄러뜨리고 있었다. 견딜 수 없이 황홀한 그 느낌에, 그의 손길을 피해 달아나고 싶다는 마음이 들었다. 하지만 안 된다. 나는 그의 이빨을 보았다. 포식자에게서 도망쳐서는 안 된다.

"난…… 당신이 승낙할 줄 알았어요." 목소리가 떨렸다. 나는 정신없이 지껄였다. "왠지 모르게…… 알았어. 난 알고 있었어……." 내가 당신에게 단순한 장기말 그 이상의 존재라는 것을. 하지만 그 말은 차마 할 수 없었다.

"나는 내가 되어야 한다." 마치 내가 당연히 그 말을 이해할 수 있다는 양 그가 말했다. "자, 그럼. 지금 부탁하는 거냐?"

나는 왠지 모를 갈급함을 느끼며 입술을 핥았다. "죽여 달라고 부탁하는 건 아니에요. 하지만…… 그래, 당신을 원해요. 당신을 달라고 부탁하는 거야."

"나를 갖는다는 것은 곧 죽는 것이다." 그가 손가락 바깥쪽으로 내 가슴을 가볍게 쓸며 경고했다. 손가락 관절이 바짝 곤두선 내 젖꼭지를 건드린 순간 나는 숨을 흡 들이켜지 않을 수 없었다. 방 안이 한층 더 어두워졌다.

그러나 욕망이 솟구치는 이 순간에도 내 머릿속에는 생각 하나가 맴돌고 있었다. 내가 이 미친 짓을 하게 된 계기. 왜냐하면 이제까지 겪은 그 모든 일에도 불구하고 나는 결코 자살할 마음이 없었기 때문이다. 나는 얼마 남지 않은 시간이나마 살고 싶었다. 아라메리를 증오하지만 또한 그들을 이해하고 싶었다. 두 번째 신들의 전쟁이 일어나는 것을 막고 싶었지만 동시에 에네파데가 자유를 얻기를 바랐다. 나는 너무도 많은 것을 바랐다. 내가 바라는 것들은 제각각 모순적이었고, 모든 소원을 전부 성취하는 것은 불가능했다. 하지만 그럼에도 나는 그걸 원했다. 어쩌면 시에의 어린애 같은 유치함에 물든 것인지도 모른다.

"한때는 수많은 필멸자 연인을 취하지 않았던가요." 나는 아까보다 더 은근하게 속닥였다. 그가 내게 몸을 기울이며 체취를 맡듯 숨을 크게 들이켰다. "수십이 넘는 연인을 취했고 그들 모두 살아남아 후대에 이야기를 남겼죠."

"그건 내가 수백 년에 걸친 인간들의 증오 때문에 괴물이 되기 이전의 일이다." 일순 밤의 군주의 목소리가 서글프게 들렸다. 나도 그에게 같은 말을 한 적이 있건만 그가 직접 그렇게 말하는 걸 들으니 기분이 이상했다. 뭔가 잘못된 느낌이었다. "내 형제가 내 영혼이 지닌 모든 다정(多情)을 훔쳐 가기 전에."

그리고 그 말과 함께, 내 모든 두려움이 사라졌다.

"아니야." 내가 말했다.

그의 손이 멈췄다. 나는 손을 뻗어 그것을 잡았다. 우리의 손가락이 얽혔다.

"당신의 다정은 사라지지 않았어요, 나하도스. 난 본 적이 있는 걸. 맛본 적도 있고." 나는 그의 손을 위로, 위쪽으로 잡아끌어 내 입술에 가져다 댔다. 그의 손가락이 놀란 듯 움찔거리는 게 느껴졌다. "당신 말이 맞아요. 만약에 내가 죽어야 한다면 내가 원하는 방식으로 죽고 싶어요. 세상엔 내가 절대로 하지 않을 일이 수없이 많지만 내가 가질 수 있는 게 하나 있죠. 당신이요." 나는 그의 손가락에 입을 맞췄다. "그 다정을 한 번만 더 보여 주시겠어요, 밤의 군주여? 제발요?"

시야 한구석에서 뭔가 움직이는 게 보였다. 고개를 돌리자 검은 선들이 마구잡이로 생겨나 빙글빙글 감기며 벽과 창문, 바닥을 따라 뻗어 가는 게 보였다. 나하도스의 발밑에서 흘러나와 서로 겹치고 퍼지며 번져 나갔다. 그 선 안에서 나는 기이하고 텅 빈 광대한 공간을 보았다. 무한히 이어진 깊숙한 틈새 속에 엷은 아지랑이가 피어나고 있었다. 그가 낮은 숨을 가쁘게 몰아쉬었다. 그의 숨결이 내 혀를 휘감았다.

"난 아주 많은 걸 원한다." 나하도스가 속삭였다. "내 일부를 누군가와 공유한 지 너무 오래되었다, 예이네. 나는 굶주려 있다. 항상 허기져 있지. 그래서 나 자신을 게걸스레 삼켜야 한다. 하지만 이템파스가 나를 배신했고, 너는 에네파가 아니다. 나는…… 나는…… 두렵다."

눈물 때문에 눈이 따끔거렸다. 나는 손을 뻗어 그의 얼굴을 감싸 쥔 다음, 내 쪽으로 끌어당겼다. 입술이 차가웠고 짠맛이 났다. 그는 떨고 있는 것 같았다. "내가 줄 수 있는 건 전부 다 줄게요."

그가 숨을 헐떡이며 내 이마에 머리를 맞댔다. "직접 말로 표현해야 한다. 진짜 내가 될 수 있도록 노력하마. 노력할 테니, 하지만……" 그가 간절한 신음 소리를 냈다. "말해!"

나는 눈을 감았다. 내 아라메리 조상 중 과연 몇이나 이 말을 하고 죽었을까? 나는 살짝 웃었다. 만일 내가 그들과 같은 운명을 맞이한다고 해도 이는 다르인다운 죽음이리라.

"나를 당신 뜻대로 하세요, 밤의 군주시여." 나는 속삭였다.

손이 나를 붙잡았다.

내가 그의 손이라고 말하지 않은 까닭은 손이 무수히 많았기 때문이다. 내 팔을 붙들고, 내 엉덩이를 움켜쥐고, 내 머리칼을 휘어잡았다. 심지어 하나는 내 발목을 감아쥐었다. 방 안은 거의 칠흑처럼 캄캄했다. 창문과 그 너머에 있는 햇빛이 완전히 사라진 하늘 말고는 아무것도 보이지 않았다. 내 몸이 공중으로 들어 올려졌다가 다시 내려오는 사이 머리 위에서는 별들이 빙글빙글 회전했고 마침내 등에 침대가 느껴졌다.

우리는 서로의 허기진 열망을 채워 주었다. 그는 언제나 내가 필요로 하는 곳을 만져 주었다. 그가 대체 어떻게 알았는지, 나는 모른다. 내가 그를 만질 때는 시간적으로 약간의 지연이 있었다. 내가 빈 공간을 손으로 감싸면 거기에 미끈한 근육질 팔이 나타났다. 내가 다리로 허공을 감싸면 그제야 터질 듯이 단단한 엉덩이가 나타났다. 그렇게 나는 그를 내 환상에 맞춰 빚어냈다. 그렇게 그는 자신이 원하는 형상을 선택했다. 두텁고 숨 막히는 온기가 내 안으로 밀려 들어왔을 때, 나는 그것이 성기인지 아니면 신들만이 소유하고 있을 완전히 다른 종류의 상징적 남근인지 알 수가 없었다. 나는 후자일 것이라고 생각한다. 인간 남성의 성기로는 여성의 몸을 이렇게 가득 채울 수 없으니까. 그건 크기와는 아무 상관이 없다. 그는 내가 마음껏 교성을 지르게 내버려 두었다.

"예이네······." 뜨겁게 달궈진 육신의 몽롱함 속에서도 나는 몇 가지를 인식할 수 있었다. 별들 사이를 가로질러 질주하는 구름들. 천장을 거미줄처럼 뒤덮은 검은 선들이 점점 더 넓고 두꺼워지더니 하나의 거대한 심연으로 녹아들었다. 절박하게 절정으로 치닫는 나하도스의 움직임. 통증이 느껴졌다. 왜냐하면 내가 원했기에. "예이네, 내게 너를 열어라."

나는 그의 말을 알아들을 수 없었다. 생각 자체를 할 수가 없었다. 하지만 그가 내 머리칼을 움켜쥐고 한 손을 내 엉덩이 밑으로 미끄러뜨려 몸을 더 가까이 밀착시키자, 나는 또다시 나선을 그리며 하염없이 추락하기 시작했다. "예이네!"

그는 너무도 간절했다. 상처가 너무도 컸다. 두 개의 상처. 잃어버린 두 연인에게서 얻은, 영원토록 치유되지 못한 날것의 고통.

필멸자 여자애 하나가 치유하기에는 너무나도 거대했다.

하지만 나는 정신이 나가 있었고, 그래서 최선을 다했다. 불가능한 일이었다. 나는 평범한 인간에 불과했으니까. 하지만 그 순간만큼은 나 자신보다도 더욱 거대한 것이 될 수 있기를, 내가 할 수 있는 것보다 더 많은 것을 줄 수 있기를 염원했다. 왜냐하면 그를 사랑했으니까.

나는 그를 사랑했다.

나하도스가 몸을 휘었다. 명멸하는 별빛 속에서 나는 어렴풋이 매끈하고 완벽한 육신을 보았다. 땀에 젖어 번들거리는 탄탄한 근육. 나와 하나로 연결된 곳까지 전부 다. 긴 머리카락이 허공에 둥근 호선을 그렸다. 질끈 감은 눈과 벌어진 입, 그 순간에 도달한 남자들이 으레 그렇듯 거의 고통에 가까운 쾌감에 젖은 표정. 검은 선이 덮쳐들고 공허가 우리를 감싸 안았다.

다음 순간, 우리는 추락했다.

— 아니, 아니야. 우리는 날았다. 밑으로 떨어지는 게 아니라 앞으로, 어둠 속으로 날았다. 어둠 속에서 흰색과 금색, 붉은색과 푸른색의 선들이 어지럽게 질주했다. 그 광경에 매료돼 무심코 손을 내밀었다가 갑자기 손가락 끝에 느껴진 따끔한 통증에 화들짝 거둬들였다. 손가락 끝부분이 작게 공전하는 티끌 무리와 빙글빙글 회전하는 반짝이는 것들로 젖어 있었다. 그때 나하도스가 몸을 떨며 우렁차게 포효했고, 다음 순간 우리는 위로 올라—

— 끝없이 펼쳐진 별들을 지나, 무수한 세계들을 지나, 반짝이는 구름층을 통과해 위로, 위로, 우리는 위로 솟구쳤다. 우리의 속

도는 불가능하게 빨랐고, 우리의 크기는 불가해하게 거대했다. 우리는 지나간 자리에 빛줄기를 남기며 계속해서 날았다. 단순한 세계보다 더 낯설고 이상한 것들이 옆을 지나쳤다. 기이하게 뒤틀린 기하학적 형태들. 폭발과 동시에 얼어붙은 듯한 하얀 풍경. 이제 우리 뒤를 쫓아오고 있는 진동하는 선들. 무시무시한 눈과 오랫동안 보지 못한 친구들의 얼굴을 한 고래처럼 생긴 거대한 존재들.

나는 눈을 감았다. 그래야만 했다. 그러나 이곳에는 감을 수 있는 눈꺼풀이 없었고 심상들은 끝없이 이어졌다. 나는 방대했고, 또한 계속해서 자라나고 있었다. 나는 백만 개의 다리와 이백만 개의 팔을 가지고 있었다. 나는 나하도스가 데려간 곳에서 내가 무엇이 되었는지 모른다. 이 우주에는 그 어떤 필멸자도 할 수 없는 것, 또는 이해할 수 없는 것들이 존재하니까. 그리고 나는 지금 그 모든 것을 망라하고 있었다.

익숙한 느낌이 들었다. 나하도스의 본질이자 정수인 어둠. 그것이 나를 에워싸고, 굴복하지 않을 수 없을 때까지 누르고 압박했다. 제정신? 자아? 내 안에 있는 것이 무럭무럭 자라나 만지면 금방이라도 부서질 듯 팽팽하게 부풀었다. 아, 이제 끝이구나. 소리가 들려왔을 때도 나는 두렵지 않았다. 강렬하고 무시무시한 포효. 나하도스가 다시금 울부짖었을 때, 그 포효하는 목소리에 무언가 담겨 있었다는 것 외에는 뭐라 설명할 수가 없다. 나는 우리가 그의 절정과 동시에 우주를 가로질러 그 너머로 날아왔다는 사실을 깨달았다. 우리는 신들이 탄생한 곳, 대혼돈을 향해 가고 있었다. 나는 갈가리 찢기고 부서질 것이다.

그의 으르렁거림이 너무도 끔찍하여 내가 더는 견딜 수 없음을 깨달았을 즈음, 우리는 멈췄다. 공중에서 맴돌며 숨을 헐떡였다.

그러고는 다시 추락하기 시작했다. 모든 게 뒤죽박죽 뒤섞인 기이한 미지 속으로, 층층이 쌓인 어둠과 빛의 소용돌이, 수많은 춤추는 구체들을 지나 마침내 아름다운 청록색 구체를 향해. 새하얗게 작렬하는 불꽃을 꽁무니에 매단 채 허공을 가르며 번개처럼 낙하할 때, 새로운 포효가 울려 퍼졌다. 뭔가 창백하게 빛나는 것이 솟아올랐다. 처음에는 작고 보잘것없었지만 이내 아주 거대해져서, 뾰족뾰족한 창살과 하얀 돌과 배신으로 무장한 그것이 우리를 통째로 집어삼켰다. 하늘궁, 그건 하늘궁이었다.

알몸으로 열기를 내뿜으며 침대 속 깊이 파묻힌 순간, 비명을 질렀던 것 같다. 침실 전체로 거대한 충격파가 퍼져 나갔다. 대혼돈이 지상으로 내려오는 소리였다. 그다음은 나도 알지 못한다.

25장

기회

그는 그날 밤 나를 죽였어야 했어. 그랬다면 일이 더 간단했을 테니까.

그건 이기적이야.

뭐?

그는 네게 몸을 주었다. 어떤 필멸자 연인도 줄 수 없는 쾌락도 안겨 주었지. 그는 너를 살리기 위해 제 본성과 싸웠는데, 너는 그가 그러지 말았어야 했다고 타박해.

그런 뜻이 아니 —

아니, 그런 뜻이었어. 오, 아이야. 넌 네가 그를 사랑한다고 생각하니? 그의 사랑을 받을 자격이 있다고 생각해?

그의 생각은 몰라도 내 감정은 알아.

바보처럼 굴지 —

그리고 이게 뭔지도 알지. 질투는 너와 어울리지 않아.

뭐?

그래서 나한테 화난 거 아냐? 너도 이템파스와 똑같아. 다른 이와 공유하는 것을 참을 수가 없어서 ─

닥쳐!

─ 하지만 그러지 않아도 돼. 모르겠어? 그는 언제나 널 사랑했어. 앞으로도 영원히 그럴 거야. 그의 심장은 언제나 너와 이템파스의 손안에 있을 거야.

……그래. 그건 사실이지. 하지만 난 죽었고 이템파스는 미쳤어. 그리고 난 죽을 테지. 가엾은 나하도스.

가엾은 나하도스. 가엾은 우리들.

＊

나는 천천히 정신을 차렸다. 따뜻하고 기분이 좋았다. 얼굴 한쪽에 햇빛이 비치고 있었다. 눈꺼풀 너머로 붉은 기운이 느껴졌다. 누군가의 손이 작은 원을 그리며 내 등을 문지르고 있었다.

눈을 떴을 때, 나는 지금 보이는 게 뭔지 이해하지 못했다. 희고 둥근 표면. 일순 이것과 비슷한 무언가를 본 기억이 스치고 지나갔다. 폭발과 동시에 얼어붙은 풍경. 그 기억들은 이내 내 의식 깊숙이 파고들어 닿을 수 없는 곳으로 사라져 버렸다. 한순간 나는 이해했다. 나는 필멸자였고 어떤 지식에 대해서는 아직 준비되어 있지 않았다. 그러나 잠시 후에는 그마저도 사라져 버리고 나는 다시 내가 되어 있었다. 폭신하고 부드러운 로브를 입은 채 누군가의 무릎 위에 앉아 있었다. 나는 인상을 쓰며 고개를 들었다.

낮의 나하도스가 나를 내려다보고 있었다. 너무도 솔직하고 인간적인 눈빛으로.

생각할 겨를도 없었다. 나는 반쯤 구르듯이 그의 무릎에서 화들짝 뛰어내려 바닥에 발을 딛고 섰다. 그가 일어났다. 팽팽한 긴장감이 흘렀다. 나는 가만히 서 있는 그를 뚫어져라 응시했다.

균형이 깨진 것은 그가 침대 옆에 있는 작은 탁자로 몸을 돌렸을 때였다. 탁자 위에는 반짝이는 은제 다기 세트가 놓여 있었다. 그가 주전자를 들어 잔에 붓자, 쪼르륵 하고 떨어지는 작은 소리에 나도 모르게 어깨를 움찔했다. 그가 잔을 내밀었다.

나는 알몸으로 그의 앞에 서 있었다. 제물이었다 ─

사라졌다. 연못 속의 물고기처럼.

"기분은 어떠냐?" 나하도스가 물었다. 나는 다시 움찔했다. 무슨 뜻인지 이해할 수가 없었다. 기분이 어떠냐고? 따뜻했다. 안심이 됐다. 산뜻했다. 나는 손을 들어 손목 부근을 킁킁거렸다. 비누 냄새가 났다.

"내가 목욕을 시켰다. 그 정도는 용인해 줬으면 좋겠군." 낮고 부드러운 목소리. 마치 겁 많은 암말에게 소곤소곤 말을 거는 것처럼. 그는 어젯밤과 달라 보였다. 일단 더 건강해 보였다. 또 다른 남자처럼 피부색이 짙었다. "너무 깊이 잠들어 깨지도 않더군. 로브는 옷장에서 찾았다."

나한테 로브가 있는지도 몰랐다. 뒤늦게 그가 아직도 찻잔을 내밀고 있다는 데 생각이 미쳤다. 차를 마시고 싶다기보다는 예의상

잔을 받았다. 한 모금 홀짝이니 미지근한 찻물에서 상쾌한 민트향과 진정 효과가 있는 허브향이 짙게 느껴졌다. 내가 목이 마르다는 것을 그제야 깨달았다. 나는 허겁지겁 들이켰다. 나하가 묵묵히 주전자를 내밀어 차를 더 따랐을 때도 가만히 받았다.

"넌 정말 놀랍구나." 그가 중얼거렸다. 나는 차를 마셨다. 시끄러운 소리가 났다. 나를 뚫어져라 바라보는 눈빛이 불편했다. 입을 다물게 하려고 일부러 딴 곳을 쳐다보며 계속 차를 홀짝였다.

"눈을 떠 보니 네 몸이 얼음장처럼 차고 더러웠다. 내 생각엔 그을음 같은데, 온몸에 뭔가 잔뜩 묻어 있었지. 목욕을 하면 몸을 덥힐 수 있을 것 같았다. 저것도 도움이 됐고." 그가 우리가 앉아 있던 의자를 향해 고개를 까딱였다. "달리 있을 곳이 없어서……"

"침대." 나는 입을 열었다가 다시 어깨를 움찔했다. 목소리는 쉬어 있고 목은 칼칼하고 쓰라렸다. 민트가 도움이 됐다.

나하가 말을 멈추더니 평소처럼 차갑게 입술 한쪽을 비틀었다. "침대는 쓸모가 없었다."

나는 어리둥절하여 그의 뒤쪽으로 시선을 보냈다가 놀라 숨을 들이켰다. 침대는 엉망진창이었다. 테두리는 휘어져 밑으로 축 처졌고 다리는 부러져 있다. 매트리스는 누가 칼을 휘두르기라도 한 것처럼 난도질이 되어 있는데, 거기에 불까지 붙은 것 같았다. 매트리스에서 빠져나온 깃털과 그을린 천 조각이 방 안에 어지럽게 널려 있었다.

침대만이 아니었다. 큰 유리창 하나는 마구잡이로 거미줄 같은 실금이 가 있었다. 깨지지 않은 게 용했다. 화장용 거울은 실제로 깨져 있었다. 책장 하나는 바닥에 쓰러져 책들이 바닥에 흩어져 있었는데 그래도 부서지지는 않았다.(나는 아버지의 책을 발견하고 안도 했다.) 다른 책장 하나는 완전히 무너진 데다 거기 꽂혀 있던 책과 함께 불쏘시개가 되어 있었다.

내가 빈 찻잔을 내려놓기도 전에 나하가 내 손에서 잔을 회수해 갔다. "네 에네파데 친구 중 하나에게 이 문제를 해결하라고 해야 할 기다. 아침에 하인들을 못 들어오게 하긴 했지만 오래 숨기진 못할 테니까."

"나……난…….." 나는 고개를 흔들었다. 어젯밤 있었던 수많은 일이 마치 꿈처럼 느껴졌다. 실제로 일어난 일이 아니라 머릿속에서 일어난 일 같았다. 나는 추락하던 것을 기억한다. 한데 천장에 구멍은 없지만 침대는 부서져 있다.

내가 방 안을 기웃거리는 동안 나하는 아무 말도 하지 않았다. 슬리퍼 밑에서 깨진 유리 조각과 파편이 으직거렸다. 깨진 거울 조각 하나를 집어 들어 거기에 비친 내 얼굴을 들여다보자, 그가 말했다. "넌 내가 처음 생각했던 것만큼 도서관 벽화와 닮지 않았어."

나는 고개를 돌려 그를 쳐다보았다. 나하가 미소 지었다. 나는 전에 그를 인간이라고 생각했지만, 틀렸다. 그는 너무 오래 살았고 너무 이상했고 너무 많은 것을 알았다. 어쩌면 그는 고대의 악마와 같은 존재일 것이다. 반은 필멸자고 반은 뭔가 다른 것인 존재.

"얼마나 오래 알고 있었죠?"

"처음 만났을 때부터." 그의 입술이 실룩거렸다. "그걸 '만남'이라고 할 순 없겠지만."

나하가 말을 멈추고 나를 응시했다. 내가 하늘궁에 도착한 첫날 저녁. 그 뒤에 이어진 공포스러운 추격전 때문에 잊고 있었다. 그리고 나중에 시미나의 거처에서도 —

"연기 실력이 출중하네요."

"그래야 하니까." 이제 나하의 얼굴에는 미소가 사라져 있었다. "그때도 확신하진 못했지. 깨어나서 이걸 보기 전까지는." 그가 초토화된 방 안을 손짓했다. "그리고 용케 살아 있는 너를 발견하고야 알았다."

나도 이렇게 될 줄은 몰랐지만. 하지만 나는 살아 있고, 이제 그 결과를 감당해야 한다.

"난 그녀가 아니에요."

"물론 아니지. 하지만 네가 그녀의 일부거나 그녀가 네 일부라는 건 확실해. 거기에 대해선 나도 좀 알거든." 그가 부스스하게 헝클어진 검은 머리칼을 손가락으로 훑었다. 신의 자아였을 때 연기처럼 하늘거리는 검은 기운이 아니라 진짜 머리카락이었다. 그가 의미하는 바는 분명했다.

"왜 아무에게도 말하지 않았죠?"

"내가 그럴 거라고 생각했나?"

"그래요."

그는 웃었다. 냉정하고 날카로운 웃음소리였다. "나를 아주 잘 아나 보군."

"당신 삶을 조금이라도 편하게 할 수 있으면 뭐든 할 거잖아요."

"아. 정말로 나를 잘 아는군." 그는 방 안에서 유일하게 온전한 형태를 유지하고 있는 가구인 의자에 털썩 주저앉아 다리를 꼬았다. "아가씨, 그렇게 나를 잘 안다면 내가 왜 아라메리에게 네⋯⋯ 독특한 점에 대해 말하지 않았는지 짐작할 거야."

나는 거울 조각을 내려놓고 그에게 다가갔다. "설명해요." 나는 명령했다. 그를 측은하게 생각할지는 모르나⋯⋯ 좋아한 적은 없으므로.

나하가 내 조급함을 꾸짖듯이 고개를 설레설레 저었다. "나도, 마찬가지로 자유로워지고 싶으니까."

나는 얼굴을 찡그렸다. "하지만 밤의 군주가 풀려나면⋯⋯." 신의 육신에 내재된 인간의 영혼은 어떻게 될까? 깊이 잠들어 영원히 깨어나지 않는 걸까? 아니면 새로운 정신 속에 갇혀 의식을 유지한 채 살아가는 걸까? 아니면 그냥 사라질까?

나하가 고개를 끄덕였다. 나는 수백 년에 걸친 세월 동안 그 역시 이 모든 가정을 거쳤음을 깨달았다. "그때가 되면 나를 소멸시켜 주겠다고 그가 약속했다."

그리고 그날이 오면 나하는 크게 기뻐하리라. 나는 전율을 느꼈다. 그는 전에도 자살을 시도한 적이 있을 것이다. 하지만 신을 고문하는 마법에 묶여 다음 날 다시 부활했겠지.

만일 모든 것이 계획대로 된다면 그는 곧 자유를 얻을 수 있으리라.

나는 자리에서 일어나 깨지지 않고 남아 있는 유리창으로 다가갔다. 해가 중천에 떠 있었다. 정오가 지난 시간이다. 내 생애의 마지막 날이 벌써 절반이나 지났다. 남은 시간을 어떻게 보낼까 고민하다가 방 안에 새로운 존재가 있음을 느끼고는 몸을 돌렸다. 시에가 서 있었다. 그가 침대를 보고, 나를 보고, 나하를 보더니, 다시 내게로 시선을 돌렸다.

"이젠 괜찮은가 봐." 나는 기뻐하며 말했다. 시에는 어린아이의 모습으로 돌아왔고 한쪽 무릎에는 풀물 자국이 있었다. 그러나 나하를 노려보는 눈빛은 어린애와는 전혀 거리가 멀었다. 동공이 매섭게 가늘어졌을 때에는(이번에는 그 변화를 볼 수 있었다.) 내가 개입해야겠다는 생각이 들었다. 나는 일부러 시에의 시야를 가리며 다가가 이리 오라고 팔을 벌렸다.

시에가 나를 껴안았다. 처음에는 애정이 담뿍 담긴 몸짓으로, 그런 다음엔 내 몸을 번쩍 들어 올려 자기 등 뒤에 숨기고는 나하를 향해 돌아섰다.

"괜찮은 거야, 예이네?" 시에가 등을 둥글게 말며 물었다. 전사가 전투에 대비해 웅크리는 것이라기보다는 뛰어올라 덮칠 준비를 하는 동물의 움직임에 가까웠다. 나하는 태연하게 시에의 시선을 받아쳤다.

나는 딱딱하게 긴장한 시에의 어깨에 손을 얹었다. "난 괜찮아."

"이건 위험해, 예이네. 우린 이걸 믿지 않아."

"사랑스러운 시에." 나하의 목소리에는 다시금 잔인하고 냉혹한 기운이 서려 있었다. 그가 내 몸짓을 흉내 내며 조롱하듯 두 팔을 벌렸다. "보고 싶었단다. 이리 와라. 네 아비에게 입 맞춰 주련."

시에가 잇새로 사납게 쉭쉭대는 소리를 냈다. 혹시 그를 영원토록 껴안고 있어야 하는 무한지옥에 갇히는 건 아닌지 걱정되기 시작했다. 그때 나하가 웃음을 터트리더니 자세를 편안하게 고쳐 앉았다. 그는 어디에서 멈춰야 할지 정확하게 알고 있었다.

시에의 표정이 뭔가 아주 위험한 생각을 하고 있는 것처럼 보여서 관심을 딴 데로 돌려야겠다는 생각이 들었다. "시에." 그는 나를 쳐다보지 않았다. "시에, 나 어제 네 아버지와 함께 밤을 보냈어."

시에가 몸을 홱 돌려 나를 쳐다보았다. 너무 놀란 나머지 눈동자가 다시 인간의 것으로 돌아왔다. 시에의 뒤에서 나하가 부드럽게 웃었다.

"말도 안 돼. 벌써 수백 년이나……" 시에가 멈칫하더니 내게 몸을 기울였다. 그의 콧구멍이 미세하게 움찔거렸다. 한 번, 두 번. "하늘과 땅이여, 진짜 그와 함께 보냈구나."

나도 모르게 신경이 쓰여 옷깃을 몰래 킁킁거렸다. 제발 신들만 알아차리는 거면 좋겠는데. "응."

"하지만 그는…… 그렇다면……." 시에가 격렬하게 고개를 내저었다. "예이네, 세상에, 예이네. 너 그게 무슨 의미인지 알아?"

"너희의 작은 실험이 예상했던 것보다 더 효과가 좋았다는 뜻이지." 나하가 말했다. 의자의 어두운 그림자 속에서 그의 눈이 반짝였고, 그걸 보니 그의 또 다른 자아가 떠올랐다. "너도 저 여자랑 하지그래, 시에. 변태 노인이라면 너도 진력이 났을 테니."

시에의 몸이 흠칫 굳으며 작은 주먹에 힘이 들어갔다. 나는 그가 단순한 모욕에도 이렇게 쉽게 반응한다는 데 놀랐다. 하지만 어쩌면 이것이야말로 시에의 약점인지도 모른다. 그는 어린아이라는 제약에 묶여 있고, 어린애는 놀림을 당하면 화를 참지 못한다는 그가 지켜야 할 법칙 중 하나일지도 모른다.

나는 시에의 턱을 잡아 내 쪽으로 돌렸다. "내 방 말이야, 혹시 가능해?"

"아, 응." 시에는 주저 없이 나하를 등지더니 방 안을 한번 휘 둘러보고는 신의 언어로 무어라 말했다. 그러자 방이 아무 일도 없었다는 듯 감쪽같이 예전의 모습으로 돌아갔다. 그렇게 간단하게.

"편리하네."

"지저분한 걸 해결하는 게 내 전문이거든." 시에가 히죽 웃으며 대답했다.

나하가 자리에서 일어나더니 우리를 무시한 채 복구된 책장을 살펴보았다. 문득 시에가 나타나기 전까지는 그가 지금과 전혀 달랐다는 사실이 떠올랐다. 우리 둘만 있을 때는 자상하고 예의 발랐고 거의 친절하기까지 했다. 고맙다는 말을 하려 입을 벌렸다가, 그러지 않는 게 낫겠다는 생각이 들었다. 시에는 내게 숨기려 들었지만 나는 그에게서 잔인한 면모를 엿봤다. 이 둘 사이에는 오래 묵은 불화가 있고, 그런 감정은 대개 일방적인 경우가 드물다.

"잠깐 둘이서 얘기 좀 해. 너한테 전할 말이 있어."

시에의 말이 나를 상념에서 일깨웠다. 그가 나를 가까운 벽으로 끌어당겼다. 잠시 뒤 우리는 벽 너머 죽은 공간에 들어서 있었다.

방을 몇 개나 건넌 뒤에야 시에가 한숨을 내쉬었다. 입을 열었다 닫았다 반복하더니 마침내 결심한 듯 말했다. "내가 전할 메시지라는 거, 릴래드가 보낸 거야. 널 만나고 싶대."

"왜?"

"나도 몰라. 하지만 내 생각엔 가면 안 될 것 같아."

나는 눈시울을 찌푸렸다. "왜?"

"생각해 봐, 예이네. 내일 죽는 사람은 너뿐만이 아냐. 시미나가 가문을 계승하고 나서 가장 먼저 할 일은 자기 동생을 죽이는 거고, 릴래드도 그걸 알아. 그러니까 만약에 릴래드가 의식이 열리기 전에 지금 당장 너를 죽이는 게 자기가 며칠 더 살 수 있는 최선의 방법이라고 선택한다면 어떻게 할 건데? 물론 그래 봤자 쓸데없는 짓이겠지만. 데카르타도 다르에 무슨 일이 일어나고 있는지 알거든. 그냥 다른 사람을 제물로 지명하고 그 사람에게 시미나를 선택하라고 명령하면 되니까. 하지만 절박한 상황에 처한 사람들이 항상 이성적으로 생각하는 건 아니란 말야."

시에의 추론에는 일리가 있었다. 하지만 뭔가 이치에 맞지 않았다. "릴래드가 나한테 메시지를 전하라고 명령했어?"

"아니. 부탁했어. 그리고 너한테도 만나 달라고 부탁하는 거고. '그 애를 만나면 내가 누이가 아니라는 걸 주지시켜. 그 애는 네 말을 들을 테니까.'라고 했지." 시에가 얼굴을 찡그렸다. "주지시켜라는 부분만 유일하게 명령이었어. 릴래드는 우리한테 어떤 식으로 말을 해야 하는지 알거든. 일부러 나한테 선택권을 준 거야."

나는 걸음을 멈췄다. 시에가 앞에서 걷다 말고 의아한 표정으로 돌아보았다. "그럼 넌 왜 나한테 말해 주는 건데?" 내가 물었다.

시에의 얼굴 위로 불안의 그림자가 지나갔다. 그가 시선을 내리깔았다. "그러면 안 된다는 거 알아." 그가 천천히 입을 열었다. "쿠루에가 알았다면 절대로 허락하지 않았을 테지. 하지만 쿠루에가 모르는 것들은……." 희미한 미소가 시에의 얼굴 위로 스쳤다. "음, 그녀에게 해를 입힐 수 있지. 그런 일이 일어나지 않길 바라야겠지만 말이야."

나는 팔짱을 낀 채 기다렸다. 시에는 아직 내 질문에 대답하지 않았고, 그 자신도 알고 있었다.

시에가 볼멘 얼굴을 했다. "넌 이제 재미없어."

"시에."

"알았어, 알았어." 그는 주머니에 손을 찔러 넣고 태연하게 어깨를 으쓱했지만, 목소리만큼은 진지했다. "네가 우릴 돕기로 했으니까. 그게 다야. 그건 네가 우리와 동등한 동맹이라는 뜻이야. 단순한 도구가 아니라. 쿠루에는 틀렸어. 우린 너한테 아무것도 숨기면 안 돼."

나는 고개를 끄덕였다. "고마워."

"나한테 고마워하고 싶으면 쿠루에한테는 말하지 마. 나하도스랑 자카른한테도." 시에가 멈칫하더니 갑자기 재미있다는 듯 씨익 웃었다. "나하도스한테도 너랑 관련된 비밀이 있는 것 같긴 하지만."

뺨이 화끈거렸다. "그건 내 결정이었어." 나는 불쑥 말했다. 어떻게든 해명해야 한다는 이상한 충동이 들었다. "오히려 그가 나 때문에 놀랐을 거야. 그리고……"

"예이네, 제발. 설마 네가 '그를 이용했다'거나 뭐 그런 말을 하려는 건 아니지?"

정확히 바로 그 말을 하려던 참이었다. 나는 입을 다물었다.

시에가 고개를 도리질하며 한숨을 쉬었다. 나는 그의 미소에 묘한 비애가 서려 있는 것을 보고는 조금 놀랐다. "난 기뻐, 예이네. 네가 생각하는 것보다 훨씬 더. 전쟁을 겪은 뒤로 그는 항상 외로웠거든."

"그는 혼자가 아냐. 너희가 있잖아."

"우리는 그에게 위안이 되지. 그건 사실이야. 완전히 미쳐 버리지 않게 막아 주기도 하고. 심지어 그의 연인이 될 수도 있어. 다만 우리한테 그 경험은…… 음, 네가 경험한 것만큼이나 격렬하지만." 나는 다시 얼굴을 붉혔다. 하지만 그건 나하도스가 자기 자식들과 함께 누운 것을 상상하고 다소 당혹했기 때문이기도 했다. 그러나 따지고 보면 세 주신도 남매 사이였다. 신들은 우리의 규칙에 따르지 않는다.

내 생각을 듣기라도 한 듯이 시에가 고개를 끄덕였다. "그에게 필요한 건 동등한 관계야. 자기를 불쌍히 여기는 자식들이 아니라."

"시에, 내 안에 누구 영혼이 들어 있든 간에 난 세 주신과 절대로 동등하지 않아."

시에가 갑자기 엄숙해졌다. "사랑은 신과 인간을 평등하게 만들 수 있어, 예이네. 그게 우리가 지금껏 배우고 또 존중하게 된 사실이지."

나는 고개를 가로저었다. 신과 통정하고 싶다는 정신 나간 충동이 나를 덮쳤을 때부터 알고 있었다. "그는 나를 사랑하지 않아."

시에가 눈동자를 굴렸다. "아, 예이네, 난 널 정말 사랑하지만 넌 가끔 너무 필멸자같이 굴어."

나는 당혹한 나머지 아무 말도 하지 못했다. 시에가 고개를 가로젓더니 공중을 나는 공을 소환해 손안에서 이리저리 굴렸다. 이번 공은 녹색과 청색이 섞여 있었는데, 덕분에 내 기억을 무자비하게 자극했다. "그래서, 릴래드는 어떻게 할 거야?"

"응? 뭐…… 아." 평범한 일상과 신과 관련된 거창한 문제를 끊임없이 오가다 보니 정신이 하나도 없다. "만날 거야."

"예이네……"

"날 죽이진 않을 거야." 나는 이틀 전 내 방문 앞에 서 있던 릴래드의 얼굴을 떠올렸다. 그는 티브릴도 움직이지 않은 상황에서 시에가 고문당하고 있다는 걸 알려 주려 직접 찾아왔다. 그는 시미나가 내게 비밀을 포기하도록 강요한다면 결국 그녀가 후계 경쟁에서 이길 것임을 알았을 것이다. 그렇다면 그는 왜 그랬던 걸까?

나는 일광욕실에서의 짧은 만남을 바탕으로 가설을 세워 보았다. 나는 내심 릴래드가 티브릴보다도 더 아라메리답지 않다고 생각하고 있었다. 어쩌면 나보다도 더 말이다. 그 모든 비아냥과 자기혐오 속에서, 수천 겹의 보호막 뒤에서, 릴래드 아라메리는 실은 온화한 마음씨를 지니고 있었다.

하지만 만일 그게 사실이라면 아라메리의 후계자로서는 쓸모가 없다. 아니, 쓸모없는 걸 넘어 위험할 정도였다. 그리고 나는 바로 그런 이유로 그를 믿어 볼 용의가 있었다.

"난 지금이라도 그를 선택할 수 있어. 릴래드도 그걸 알고 있고. 물론 말도 안 되는 일이지. 그를 선택하면 내 동포들이 고통받을 테니까. 하지만 어쨌든 내가 그런 선택을 할 수 있는 건 사실이고 그런 의미에서 난 그의 마지막 희망이야."

"굉장히 확신하는구나." 시에가 미심쩍다는 듯이 말했다.

갑자기 시에의 머리를 마구 흐트러뜨리고 싶다는 충동이 들었
다. 본성을 고려하면 시에는 오히려 그걸 좋아할 터였다. 하지만
내가 그런 충동을 느낀 계기가 된 생각을 좋아하지는 않을 것이다.
시에는 본질적으로 어린아이다. 그는 필멸자를 이해하지 못한다.
수백 수천 년이 넘도록 우리들 속에서 살았지만 결코 우리 중 하나
가 될 수는 없다. 그는 희망이라는 게 얼마나 강력한지 모른다.

"그래, 아주아주 확신해. 하지만 네가 같이 가 주면 고마울 것
같아."

시에는 놀란 것 같았지만 곧바로 내 손을 잡았다. "물론이지. 그
런데 왜?"

"정신적 지지가 필요해서? 그리고 끔찍하게도 내가 완전히, 완
전히 틀렸을지도 모르잖아."

시에가 히죽 웃더니 릴래드를 찾아가기 위해 벽을 열었다.

✳

릴래드의 거처는 시미나가 사는 곳만큼이나 크고 넓었다. 내 집
의 세 배는 되는 것 같았다. 하늘궁에 온 첫날 그들이 사는 곳을
봤다면 내가 진짜 후계 경쟁자가 아님을 금세 알아차렸을 것이다.

그러나 이곳은 시미나의 거처와는 완전히 달랐다. 사방이 트인
커다란 거실 뒤편에는 다락방으로 이어지는 짧은 계단이 있었다.

바닥에는 네모난 형태로 움푹 팬 공간이 있었는데, 색색의 아름다운 세라믹 타일로 세계 지도가 그려져 있었다. 그 밖에는 가구 몇 점, 술병으로 가득한 사이드바, 작은 책장 정도밖에 없을 정도로 놀랍도록 단순하고 소박했다. 그리고 지도 옆에 서 있는 릴래드는 경직되고, 정중했으며, 어색할 정도로 진지해 보였다.

"어서 와라, 조카야." 내가 들어서자 릴래드가 말했다. 그가 멈칫하더니 시에를 노려보았다. "내가 초대한 건 예이네뿐인데."

나는 시에의 어깨에 손을 얹었다. "나한테 무슨 일이 생길까 봐 걱정하는 것뿐이에요. 나를 해칠 건가요, 삼촌?"

"뭐? 그럴 리가 없잖아!" 나는 릴래드의 놀란 표정을 보고 안심했다. 사실 이 작은 만남의 모든 면면이 그가 나를 꼬드기려 한다는 의도를 암시했고, 죽여 없앨 상대는 애초에 꼬드길 필요가 없다. "내가 왜 그러겠어? 네가 죽으면 나한테 아무 소용도 없는데."

나는 미소를 지으며 그 요령 없고 서툰 발언을 흘려보내기로 했다. "안다니 다행이네요."

"난 신경 쓰지 마." 시에가 말했다. "벽에 붙은 파리라고 생각해."

릴래드는 그 말대로 시에를 무시했다. "뭐 좀 마시겠니? 차? 술?"

"아, 그럼 말이 나온 김에……" 시에가 입을 열자마자 나는 그의 어깨를 꽉 쥐었다. 나는 릴래드에게 압박감을 주고 싶지 않았다. 적어도 아직은.

"고맙지만 괜찮아요. 하지만 물어봐 줘서 고마워요. 그저께 밤에 경고해 준 것도 그렇고." 나는 시에의 머리를 가볍게 쓰다듬었다.

릴래드는 뭐라고 대꾸해야 할지 한 3초간 씨름하다가 이윽고 중얼거렸다. "별것도 아니었는데 뭘."

"왜 날 부른 거죠?"

"제안할 게 있다." 그가 바닥을 향해 모호하게 손짓했다.

나는 바닥에 새겨진 세계 지도를 내려다보았다. 내 시선이 저절로 하이노스 대륙과 그 구석에 있는 다르를 찾았다. 납작하고 반질반질한 돌 네 개가 다르의 국경선 주변에 놓여 있었다. 내가 다르의 침공군이 아닐까 의심한 세 왕국에 하나씩, 그리고 멘체이에는 특별히 두 개. 다르 영토 중앙에는 대리석 무늬의 회색 돌이 하나 놓여 있었는데, 우리나라의 약소한 병력을 의미하는 것인 것 같았다. 그런데 멘체이의 남쪽, 하이노스와 회개의 바다가 만나는 해안을 따라 옅은 노란색 돌이 세 개 줄지어 있었다. 그게 뭘 의미하는지 알 수가 없었다.

나는 릴래드를 올려다보았다. "지금 내 관심사는 다르뿐이에요. 시미나는 내 국민들을 살려 주겠다고 했죠. 당신도 같은 제안을 하는 건가요?"

"잠재적으로는 그 이상이지." 릴래드가 지도가 그려진 바닥으로 내려오더니 하이노스 바로 밑으로 걸어와 섰다. 그의 발이 회개의 바다 한가운데 있었다. 그걸 보니 묘한 느낌이 들었다.

"흰색은 네 적들이다. 짐작하고 있겠지만 시미나의 졸들이지. 그리고 이건……" 릴래드가 노란색 돌을 가리켰다. "내 병력이고."

나는 미간을 찌푸렸다. 하지만 내가 입을 열기도 전에 시에가 콧방귀를 뀌었다. "넌 하이노스에 동맹 같은 거 없잖아, 릴래드. 관심도 없었던 주제에. 네가 그렇게 소홀했던 탓에 시미나가 이기게 된 거야."

"알아." 릴래드가 퉁명스럽게 대답했다. 하지만 그는 나를 바라
보았다. "내가 하이노스에 친구가 없는 건 사실이다. 하지만 어차
피 거기 있는 모든 왕국은 네 나라를 미워하지. 시미나는 그저 그
들이 오랫동안 염원했던 걸 부추긴 것뿐이야."

나는 어깨를 으쓱했다. "하이노스는 한때 야만의 땅이었고, 우
리 다르는 그중에서도 가장 야만적이었죠. 사제들이 우리를 문명
화하는 데 성공했을지는 몰라도 과거를 지울 수는 없어요."

릴래드가 건성으로 고개를 끄덕였다. 무슨 생각을 하는지 들
키든 말든 상관 없다는 태도였다. 상대방에게 잘 보이려는 노력
을 하는 데 전혀 소질 없는 인간이었다. 그가 노란 돌을 가리켰다.
"용병이다. 대부분은 켄과 민 해적들이고, 고르의 야간 전투병과
주렘 시의 전투대원도 있지. 난 그들에게 너를 위해 싸우라고 명
령할 수 있어."

나는 노란 돌을 뚫어져라 바라보았다. 방금 필멸자와 희망의 힘
에 대해 생각했던 게 떠올랐다.

시에가 지도가 그려져 있는 낮은 바닥으로 폴짝 뛰어내리더니
노란 돌이 상징하는 병력이 실제 눈에 보이기라도 하는 양 지그
시 응시했다. 그가 휘파람을 불었다. "이렇게 많은 병력을 고용해
시간 내에 하이노스까지 진군시켰다니 파산은 확실하겠는데, 릴
래드. 그렇게 많은 자금을 모아 뒀는지는 몰랐어." 그가 어깨 너머
로 나와 릴래드를 돌아보았다. "하지만 내일까지 다르에 도착하
는 건 무리야. 시미나의 친구들은 진즉에 출발했을 테고."

릴래드가 나를 보며 고개를 끄덕였다. "내 군대는 오늘 밤 멘체이의 수도를 급습할 수 있을 만큼 근접했고 그다음 날에는 톡랜드에 공격을 가할 수 있다. 무장도 충분하고 잘 쉬어서 힘이 넘치고, 보급도 넉넉하지. 게다가 자카른이 직접 전투 전략을 짰어." 릴래드가 다소 방어적인 태도로 팔짱을 끼었다. "멘체이를 공격하면 적 병력의 절반이 다르를 공격하는 걸 멈추고 물러날 거다. 그러면 다르군은 자렌과 아티르 반군만 상대하면 되지. 2대1로 열세긴 하지만, 적어도 싸워 볼 기회는 얻을 수 있어."

나는 릴래드를 쏘아보았다. 확실히 그는 나를 잘 파악하고 있었다. 놀라울 정도로 훌륭하게 말이다. 그는 내가 전쟁 그 자체를 두려워하는 게 아니라는 것을 알았다. 나는 전사. 그러나 이길 수 없는 전쟁, 전리품을 원하는 게 아니라 우리의 삶을 넘어 우리의 영혼을 파괴하고자 하는 적과의 전쟁은…… 내가 견딜 수 없는 건 그것이었다.

2대1이라면 승산이 있다. 힘들긴 해도 이길 가능성이 있다.

시에에게 힐끗 눈길을 보내자, 그가 고개를 끄덕였다. 내 본능은 릴래드의 제안이 합리적이라고 말하고 있었다. 하지만 시에는 릴래드의 능력을 알고 있으니 함정이 있다면 경고해 줄 것이다. 솔직히 우리는 릴래드가 이런 방법을 생각해 냈다는 데 상당히 놀라고 있었다.

"술을 자주 삼가야겠어요, 삼촌." 내가 부드럽게 말했다.

릴래드가 웃음기라곤 전혀 없는 미소를 지었다. "일부러 안 마신 게 아냐. 죽음이 눈앞에 있으면 아무리 좋은 와인이라도 시큼

한 맛이 나서 그런 거지."

나는 그의 심정을 완벽하게 이해할 수 있었다.

다시 어색한 침묵이 흘렀다. 그때 릴래드가 내게 손을 내밀며 다가왔고, 나는 놀라 그 손을 잡았다. 우리의 협상은 그렇게 완료됐다.

✳

시에와 나는 느긋하게 걸어 내 방으로 돌아왔다. 이번에는 시에가 새로운 길로 안내해 준 덕분에 지난 2주일 동안 보지 못한 하늘궁의 다른 구역을 구경할 수 있었다. 그중에서 유달리 좁고 높은 방이 있었다. 죽은 공간은 아니지만 어떤 이유에선지 밀폐되어 모두에게 잊힌 곳이었다. 그곳의 천장은 마치 신들이 건축 설계를 하다가 사고라도 낸 것처럼 보였다. 하늘궁을 구성하는 밝은 물질이 동굴 천장에 붙은 종유석처럼 흘러내려 매달려 있었는데 굉장히 섬세하고 아름다웠다. 몇 개는 손으로 만질 수 있을 만큼 길고 어떤 것들은 겨우 몇 센티미터 길이밖에 되지 않았다. 이 방의 용도가 뭔지 아무리 궁리해 봐도 도저히 알 수 없던 차에 시에가 나를 벽 쪽으로 데려갔다.

그가 벽에 있는 패널을 만진 순간 천장에 있던 구멍이 열리더니 얼음처럼 차고 예리한 돌풍이 일었다. 나는 몸을 떨었지만, 천장에 달린 것들이 바람이 지나며 일으킨 진동에 흔들려 노래를 부르기 시작한 순간 불쾌함이고 뭐고 전부 다 잊어버렸다. 그것은 내가 들어 본 어떤 음악과도 비슷하지 않았고 굉장히 생경했으며 소음이라고 하기엔 너무도 아름다운 불협화음이었다. 나는 추워서 손가락에 감각이 없어질 때까지 시에가 다시 패널을 만져 구멍을 막는 걸 말렸다.

고요한 적막 속에서 벽에 기대 손에 입김을 불어 녹이는 사이, 시에가 내 앞에 쪼그려 앉더니 나를 물끄러미 바라보았다. 처음에는 추위에 정신이 팔려 눈치채지 못했는데 갑자기 그가 몸을 내밀어 내게 입을 맞췄다. 깜짝 놀라 흠칫 굳었지만 불쾌하지는 않았다. 충동적이고 무조건적인 사랑이 담긴 어린아이의 입맞춤이었기 때문이다. 그저 시에가 진짜 어린애가 아니라는 사실만이 불편할 따름이었다.

시에가 몸을 떼고 내 얼굴에 떠오른 표정을 보고는 애달픈 한숨을 지었다. "미안." 그러고는 내 옆에 앉았다.

"사과하지 마. 왜 그랬는지만 말해 봐." 허점이 많은 명령이라는 사실을 깨닫고 서둘러 덧붙였다. "그래 줄래?"

시에가 수줍은 양 고개를 젓더니 내 팔에 머리를 기댔다. 따뜻한 체온이 느껴져 기분이 좋았지만 그가 입을 꾹 다물고 있는 게 마음에 들지 않았다. 나는 시에가 혼자 똑바로 앉지 않으면 넘어질 수밖에 없도록 내 몸을 확 빼냈다.

"예이네!"

"시에."

시에가 짜증스러운 표정으로 한숨을 내쉬고는 책상다리를 하고 앉았다. 토라져서 계속 고집을 부릴 거라고 생각했는데, 이윽고 그가 말했다. "그냥 불공평하다고 생각한 것뿐이야. 나하는 너를 맛봤지만 난 못 했잖아."

그 말은 명백하게 나를 불편하게 했다. "우리가 야만인이라는 소리를 듣긴 하지만 어린애를 연인으로 삼지는 않거든?"

시에의 얼굴에 짜증이 한층 더해졌다. "전에도 말했잖아. 난 너한테 그런 걸 원하는 게 아냐. 이걸 말한 거지." 그가 무릎으로 앉더니 갑자기 내 쪽으로 몸을 기울였다. 내가 움츠리며 몸을 피하자 시에는 움직임을 멈춘 채 가만히 기다렸다. 나는 시에를 사랑하고 내 영혼을 다해 신뢰한다. 그렇다면 그를 믿고 키스 정도는 할 수 있지 않을까? 그래서 나는 심호흡을 한 후, 긴장을 풀었다. 시에는 내가 작게 고개를 끄덕일 때까지 기다렸고 그런 뒤에도 내 결심이 확고한지 확인하려고 조금 더 기다렸다. 그러고는 몸을 기울여 다시 내게 입을 맞췄다.

이번에는 확실히 달랐다. 왜냐하면 그를 맛볼 수 있었으므로. 땀 냄새를 풍기는 약간 지저분한 어린아이 시에가 아니라 그 아래, 인간의 껍데기 아래 있는 시에 말이다. 그건…… 뭐라고 표현해야 할지 모르겠다. 잘 익은 멜론, 아니면 뭔가 상큼한 것이 폭포수처럼 터져 나오는 느낌. 급류, 세찬 해류와 같은 무언가 내 안으로 밀려 들어와 나를 관통하더니 다시 그에게로 흘러 들어갔다. 그 속도가 어찌나 빠른지 숨을 쉴 틈조차 없었다. 소금. 번개. 몸을 잡아 빼고 싶을 정도로 짜릿한 통증이 엄습했지만 몽롱한 상태에서도 시에의 손이 내 팔을 아플 정도로 조이는 게 느껴졌다. 내가 미처 비명을 지르기도 전에 차가운 바람이 온몸을 쓸며 통증과 타박상을 가라앉혔다.

시에가 뒤로 물러났다. 나는 그를 멍하니 바라보았다. 그의 눈은 아직 감겨 있었다. 마침내 시에가 만족스럽다는 듯이 긴 한숨을 내쉬고는 다시 내 옆에 앉아 마치 소유권이라도 주장하듯 내 팔을 들어 올려 제 어깨에 둘렀다.

"뭐…… 방금 뭐였어?" 약간이나마 정신을 차린 후 내가 물었다.

"나." 그거야 그렇겠지.

"나는 무슨 맛이 나?"

시에가 한숨을 내쉬며 내 어깨에 더 바짝 달라붙더니 팔로 내 허리를 감쌌다. "삐쭉삐쭉 날카로운 모서리랑 숨어 있는 색깔들로 가득한 부드럽고 몽환적인 곳."

어쩔 수가 없었다. 나는 키득거리며 웃었다. 릴래드의 술을 너무 많이 마신 것처럼 머리가 몽롱했다. "그건 맛이 아니잖아!"

"왜 아냐. 너도 나하를 맛봤잖아. 그는 마치 우주의 밑바닥으로 추락하는 것 같은 맛이 나지."

나는 웃음을 멈췄다. 그건 사실이었으니까. 우리는 잠시 동안 조용히 앉아 있었다. 말없이, 생각도 없이. 적어도 나는 그랬다. 지난 2주간 끝없는 고민과 계략으로 점철된 시간을 보낸 까닭에 이건 순수한 지복의 순간이었다. 지금 생각해 보면 그때 완전히 다른 종류의 평온함을 느꼈던 것도 그 때문이었을 것이다.

"난 어떻게 되는 걸까? 그다음에 말이야."

시에는 영리한 아이였다. 단번에 내 뜻을 이해했다.

"당분간은 떠돌아다니겠지." 시에가 아주 조용하게 말했다. "육신에서 해방된 영혼들은 처음엔 다 그래. 하지만 결국엔 그 영혼의 본성과 공명하는 장소로 이끌리게 돼. 여기 물질계랑 다르게 육신 없는 영혼한테도 안전한 곳 말이야."

"천국과 지옥?"

그는 우리 둘이 부딪치지 않도록 어깨를 아주 살짝 으쓱했다. "그건 필멸자들이 부르는 이름이고."

"그럼 거기가 아니야?"

"몰라. 그게 무슨 상관이야?" 내가 인상을 쓰자 시에가 한숨지었다. "난 필멸자가 아냐, 예이네. 네 동족들처럼 그런 것에 집착하지도 않고. 그건 그냥…… 생명체가 더는 살아 있지 않을 때 쉬어 가는 장소일 뿐이야. 한두 군데도 아니고 아주 많단 말이야. 왜냐하면 에네파는 너희들한테 다양성이라는 게 필요하다는 걸 알았거든." 시에가 다시 한숨을 쉬었다. "우린 그래서 에네파의 영혼이 계속 떠돌았다고 생각해. 그녀가 만든 공간들, 그녀와 가장 잘 공명하는 공간들이 그녀가 죽었을 때 다 사라져 버려서."

나는 부르르 떨었다. 내 몸 깊은 곳에서 뭔가 함께 떠는 것 같은 느낌이 들었다.

"그럼…… 우리 둘 다 영혼이 있을 곳을 찾을 수 있을까? 아니면 그녀의 영혼은 다시 떠돌게 될까?"

"모르겠어." 시에의 목소리에는 괴로움이 담겨 있었지만 조용하고 담담했다. 다른 사람이라면 눈치채지 못했을 것이다.

나는 그의 등을 살며시 문질렀다. "내가 할 수 있으면, 어떻게든 할 수만 있으면…… 그녀도 함께 데려갈게."

"에네파가 가고 싶어 하지 않을 수도 있지. 지금 남은 곳은 그녀의 형제들이 만든 곳들뿐이거든. 모두 에네파에게는 잘 안 맞아."

"그럼 내 안에 있으면 되지. 그편이 낫다면 말이야. 난 천국은 아니어도 꽤 오랫동안 같이 있었잖아. 하지만 대화는 해 봐야 할 것 같아. 이놈의 환영이랑 꿈 같은 것들을 어떻게 좀 해야겠어. 사람을 너무 힘들게 한단 말이야."

시에가 고개를 들고 나를 지긋이 응시했다. 나는 질색한 표정으로 가능한 오래 버텨 보려 했지만 성공하지 못했다. 게다가 시에는 나보다 솜씨가 훨씬 뛰어났다. 그야 연습할 시간이 수백 년은 있었을 테니까.

우리는 동시에 웃음을 터트렸고 서로 껴안고 바닥을 뒹굴었다. 그렇게 내 삶의 마지막 날이 지나갔다.

＊

해가 지기 한 시간쯤 전, 나는 혼자 거처로 돌아갔다. 집에 들어가니 나하가 하루 종일 꼼짝도 하지 않은 것처럼 큰 의자에 앉아 있었다. 하지만 탁자 위 음식 쟁반은 반쯤 비어 있었다. 내가 들어서자 그가 퍼뜩 놀랐다. 아마 졸고 있었거나 적어도 상념에 잠겨 있었던 것 같았다.

"오늘은 원하는 곳이 있으면 거기서 시간을 보내요. 잠시만이라도 혼자 있고 싶으니까."

그는 반항하지 않고 자리에서 일어났다. 침대 위에 드레스가 한

벌 놓여 있었다. 칙칙한 회색이라는 점만 **빼면** 길고 아름다운 식전용 드레스였다. 옆에는 어울리는 신발과 장신구도 있었다.

"하인들이 가져왔다. 오늘 밤 저걸 입으라는군."

"고마워요."

그는 내게는 눈길도 주지 않고 나를 지나 문으로 향했다. 문지방에서 그가 멈춰 서는 소리가 들렸다. 어쩌면 몸을 돌렸을지도 모른다. 내게 말을 걸기 위해 입을 열었을지도 모른다. 그러나 그는 아무 말도 하지 않았고, 잠시 후 문이 열렸다가 닫히는 소리가 들렸다.

나는 목욕을 하고 옷을 갈아입은 다음 창가에 앉아 기다렸다.

26장

무도회

저 아래, 내 조국이 보인다.

산길을 따라 서 있는 망루는 무너진 지 오래다. 그곳을 지키는 다르 군대는 전멸했다. 좁은 고갯길을 이용해 수적 열세를 보완하며 치열하게 싸웠지만 적군의 수가 너무 많았다. 하지만 봉화를 피워 전갈을 보낼 때까지 버티는 데에는 성공했다. 적이 오고 있다.

숲은 다르의 제2차 방어선이다. 많은 적이 이곳에서 뒷걸음쳐야 했다. 독사에 물리고, 풍토병에 시달리고, 끝없이 나타나는 덩굴에 가로막혀서. 우리 동포들은 항상 이 점을 활용했다. 표범처럼 은밀하게 숨었다가 불시에 기습을 가한 다음 덤불 속으로 사라지는 방법을 아는 현명한 여성 전사들을 숲에 심었다.

하지만 이제 시대가 변했고, 이번 전쟁에 적들은 특수한 무기를 소환했다. 필경사. 예전이라면 하이노스에서 이런 일은 일어나지 않았을 것이다. 마법은 아른인의 것이었고 대부분의 야만 민족에게 마법을 동원하는 것은 비겁한 행위로 여겨졌다. 야비한 짓을 마다하지 않는 나라가 있다고 해도 아믄인 필경사의 몸값은 너무 비쌌다. 하지만 물론 아라메리에게 그런 것들은 아무 문제도 되지 않는다.

(바보야. 난 정말 바보였다. 나는 부유했다. 다르의 편에서 같이 싸울 필경사를 고용해 보낼 수도 있었는데. 하지만 나는 결국 야만인이라 그런 방법은 생각조차 못 했다. 그리고 이젠 너무 늦어 버렸다.)

비레인과 동년배로 보이는 필경사가 종이에 인을 그린 다음 몇 그루의 나무에 붙이고 뒤로 물러난다. 새하얗게 작열하는 불기둥이 부자연스러울 정도로 반듯한 일직선을 그리며 숲을 뚫고 뻗어 나간다. 몇 킬로미터고 멀리멀리 뻗어 나가 아레바이아의 돌벽을 강타한다. 영리한 작전이다. 숲 전체에 불을 지른다면 몇 달은 탈 테니까. 하지만 이건 그저 좁은 길을 내는 것이다. 길이 충분히 생겼다고 판단되자 필경사가 신의 언어를 몇 개 더 그리고, 불이 꺼진다. 검게 그을려 쓰러진 나무들과 형체를 알아볼 수 없는 동물 사체를 제외하면 이제 앞길이 열렸다. 적군은 하루 만에 아레바이아까지 진군할 수 있을 것이다.

숲 가장자리가 흔들린다. 누군가 비틀거리며 걸어 나온다. 연기에 반쯤 질식해 눈이 먼 사람이다. 우리의 현명한 전사? 아니, 남자다. 아직 딸을 볼 나이도 안 된 어린 남자다. 여기서 뭘 하는 거지? 우리는 어린 사내아이들을 절대로 전투에 내보내지 않는다. 아, 그제야 깨달음이 강타한다. 내 동포들은 필사적이다. 살아남기 위해 어린아이까지 싸워야 할 정도로.

적 병사들이 개미 떼처럼 그에게 달려든다. 그들은 그를 죽이지 않는다. 대신 사슬에 묶어 보급 수레에 매달아 끌고 간다. 아레바이아에 도착하면 그들은 우리에게 심리 공격을 가하기 위해 그를 보란 듯이 전시할 것이다. 그리고 그 전략은 필시 효과적이겠지. 우리는 늘 우리의 남자들을 소중하게 여기므로. 어쩌면 그들은 사르에나넴의 계단 위에서 그의 목을 자를지도 모른다. 단순히 우리의 상처에 소금을 문지르기 위해서.

나는 필경사를 보냈어야 했다.

＊

하늘궁의 무도회장은 천장이 높고 궁의 다른 곳보다 더 생기 있게 빛나는 자갯빛과 희미한 장밋빛 색조의 벽으로 이뤄져 있었다. 하늘궁 어디서나 질릴 정도로 흰색만 봐 온 탓에 색깔이 충격적이리만큼 생생하게 다가왔다. 머리 위에서는 마치 별이 반짝이는 하늘처럼 샹들리에가 빛나고 공기 중에는 가까운 단 위에 자리 잡은 6중주 악단이 연주하는 아믄의 복잡다단한 음악이 떠다니고 있다. 놀랍게도 바닥은 하늘궁에서 평범하게 볼 수 있는 재질이 아니었다. 투명한 금빛 물질이었는데, 마치 짙고 투명한 호박(琥珀) 같았다. 하지만 이음매가 없으니 호박일 리가 없다. 게다가 이런 걸 만들려면 작은 언덕만 한 크기의 호박 덩어리가 필요할 거다. 하지만 어쨌든 겉으로 보기에는 그랬다.

그리고 이 화려한 공간을 가득 메운 사람들. 나는 엄청난 숫자의 사람들을 보고 깜짝 놀랐다. 모두 궁에 하룻밤 머무를 수 있는 특별 허가를 받았다는데 적어도 천 명은 되는 것 같았다. 멋들어지게 치장한 높은피와 살롱의 고위 관리들, 내 조국보다 훨씬 중요한 나라의 왕과 여왕들, 이름 높은 예술가와 고급 창녀, 모두 유명한 사람들이었다. 지난 며칠 동안 내 일에만 매달려 있었더니 하루 종일 마차가 오고 가는 것도 알아채지 못했다. 하늘궁에 이렇게 많은 사람이 모이려면 엄청나게 부산스러웠을 텐데. 다 내 잘못이다.

나는 기꺼이 무도회장에 발을 들이고 최선을 다해 그들 속에 섞일 것이다. 참석객은 모두 흰옷을 입고 있었다. 하늘궁에서 열리는 공식 행사에서는 그게 전통이기 때문이다. 색깔 있는 옷을 입은 건 나 하나뿐이었다. 이번만큼은 군중의 주목을 받지 않고 조용히 섞이는 게 불가능했다. 왜냐하면 내가 무도회장에 들어서 층계 꼭대기에 섰을 때, 처음 보는 이상한 하얀 정장을 입은 하인이 목을 가다듬더니 내가 움찔할 정도로 우렁차게 소리쳤기 때문이다. "십만왕국의 자비로운 수호자이신 데카르타 님께서 선택하신 후계자, 레이디 예이네 아라메리께서 드십니다! 금일 우리의 귀빈을 맞이해 주십시오!"

그 순간 회장에 있던 모든 사람의 시선이 나를 향하는 바람에 나는 하릴없이 멈춰 설 수밖에 없었다.

나는 이렇게 많은 사람 앞에 서 본 적이 없었다. 그래서 순간 공포에 사로잡혔다. 나는 여기 모인 모든 사람이 알고 있다고 확신했다. 어떻게 모를 수가 있겠어? 어디선가 절제되고 정중한 박수

갈채가 터져 나왔다. 수많은 얼굴들이 미소를 띠고 있었지만 어디에도 진실된 호감이나 호의는 보이지 않았다. 흥미라면 모를까. 그래, 저건 조금 뒤에 도살되어 특권층 앞에 놓일 접시에 오를 암송아지를 향한 흥미와 관심에 불과하다. *저건 대체 무슨 맛이 날까?* 같은 호기심. 나는 그들의 뜨겁고 열렬한 관심을 한 몸에 받으며 상상했다. 우리도 한입 먹을 수 있으면 정말 좋겠다.

입인이 비짝바짝 탔다. 무릎이 뻣뻣하게 굳어 잘 움직이지 않았다. 불편한 하이힐에도 불구하고 지금 당장 밖으로 뛰쳐나가지 않는 유일한 이유였다. 또 한 가지 깨달은 게 있다. 내 부모님은 아라메리 가문이 주최한 무도회에서 만났다. 어쩌면 바로 여기였는지도 모르겠다. 어쩌면 어머니도 지금 내가 선 바로 이 자리에서 미소 뒤에 그녀를 향한 증오와 두려움을 숨기고 있는 객들을 마주했을 것이다.

그리고 어머니라면 그들을 향해 웃어 보였을 것이다.

그래서 나는 사람들 머리 위 한 점에 시선을 고정하고 싱긋 미소 지으며, 우아하고 당당한 자세로 손을 흔들며 그들의 증오를 맞받아쳤다. 두려움을 떨치고 발을 헛디디거나 어색해 보이지는 않을지 겁내지 않고 태연하고 의연하게 계단을 내려갈 수 있었다.

층계를 반쯤 내려가 무도회장을 크게 둘러보았을 때, 데카르타가 입구 맞은편 단 위에 앉아 있는 것이 보였다. 어떻게 한 건지 그 거대한 왕좌 아닌 왕좌를 알현실에서 여기까지 가져온 모양이었다. 그는 돌의자의 딱딱한 품 안에 앉아 색깔 없는 눈동자로 나를 살피고 있었다.

나는 고개를 살짝 숙여 보였다. 그가 눈을 깜박였다. 내일. 나는 생각했다. 내일.

내 앞에서 인파가 입술처럼 열렸다가 닫혔다.

나는 내 비위를 맞추려고 말을 거는 아첨꾼들과 차갑거나 냉소적으로 고개를 끄덕이는 보다 솔직한 사람들 사이를 헤치고 지나갔다. 그러다 마침내 사람이 좀 뜸한 곳에 이르렀는데 우연히도 다과가 차려진 탁자 근처였다. 지나가는 시종에게서 와인 한 잔을 받아 들고 단숨에 들이켠 다음 다시 한 잔을 집어 들었다. 문득 방한쪽에 있는 아치 모양 유리문이 시야에 들어왔다. 제발 장식용이 아니길 바라며 다가가 봤더니 다행히 야외로 이어져 있었다. 널찍한 테라스에 이미 몇몇 손님이 모여들어 신기할 정도로 따뜻한 밤공기를 즐기는 중이었다. 내가 지나갈 때 쑥덕거리는 사람도 있었지만 대부분은 비밀 이야기나 야시시한 시시덕거림처럼 어두운 구석에서 일어나는 평범한 일에 몰두해 있었다. 난간이 있길래 그냥 그 앞에 서서 마음을 가라앉히고 손을 너무 떨지 않으려 애쓰며 와인을 마시는 데에만 집중했다.

갑자기 뒤에서 손 하나가 나타나 내 손을 감싸 쥐며 와인잔이 흔들리지 않게 도와주었다. 등에 익숙한 서늘한 감각이 느껴지기도 전에 나는 그게 누군지 알 수 있었다.

"그들은 너를 무너뜨리려고 오늘 밤을 준비한 거다." 밤의 군주의 숨결이 내 머리칼을 흐트러뜨리고, 내 귀를 간질이고, 무수한 달콤한 기억들로 피부를 따끔거리게 했다. 나는 욕망의 단순함에 감사하며 눈을 감았다.

"성공하고 있네요."

"아니지. 키네스는 너를 그보단 더 강하게 키웠다." 나하도스는 마치 자신이 마시려는 듯 내 손에서 술잔을 빼앗아 내 시야가 닿지 않는 곳까지 들어 올렸다가 다시 돌려주었다. 방금 전까지 색도 거의 없고 꽃향이 나던 가벼운 화이트와인이 발코니 불빛에 거의 검은색으로 보일 만큼 짙은 붉은색으로 변해 있었다. 와인잔을 치켜들고 흔들어 보자 짙은 버건디빛 렌즈 너머로 별빛마저 희미해 보였다. 나는 시험 삼아 술을 홀짝였다가 혀 위에 흘러드는 맛에 전율했다. 달콤하지만 거의 금속성의 쓴맛과 눈물 같은 짠맛이 느껴졌다.

"그리고 우리는 너를 더 강하게 만들었지." 나하도스의 음성이 내 머리카락 사이로 울려 퍼졌다. 그의 팔이 뒤에서 나를 감싸 안고 끌어당겨 몸을 바짝 붙였다. 나는 무심결에 몸에 힘을 뺀 채 그에게 기댔다.

그의 팔 안에서 반쯤 몸을 돌렸다가 깜짝 놀라 굳어 버렸다. 나하도스와 전혀 다르게 생긴 남자가 나를 내려다보고 있었다. 내가 아는 어떤 나하도스와도 닮지 않았다. 그는 인간처럼, 아픈 남자처럼 보였다. 머리칼은 다소 칙칙한 금발이었고 거의 나만큼 짧았다. 잘생긴 얼굴이었지만 그가 나를 만족시켰을 때 썼던 얼굴도, 시미나가 빚은 얼굴도 아니었다. 그건 그냥 얼굴이었다. 그리고 흰 옷을 입고 있었다. 다른 무엇보다 내가 충격을 받은 것도 바로 그 부분이었다. 나는 말문을 잃었다.

나하도스는(왜냐하면 그건 정말로 그였기에, 그가 어떤 외관을 하고 있든 나는 그렇게 느꼈기에) 재미있는 모양이었다. "밤의 군주는 이템파스 추종자들의 제전에서는 결코 환영받지 못하지."

"난 그냥……." 나는 그의 소매를 만져 보았다. 평범한 옷이었다. 어딘지 모르게 군복을 연상시키는 잘 재단된 상의였다. 나는 소매를 쓰다듬으며 그것이 내 손길을 반기며 손가락을 휘감지 않는다는 데 약간 실망했다.

"우주의 물질을 만든 나인데, 겨우 흰 옷감이 문제가 될 것 같으냐?"

그 말에 나는 웃음을 터트렸고, 다음 순간 나 자신의 웃음소리에 놀라 황급히 입을 다물었다. 나는 그가 농담을 하는 것을 한 번도 본 적이 없다. 이건 무슨 의미일까?

나하도스가 손을 올려 내 뺨을 감쌌다. 인간인 척하고 있지만 낮의 나하도스와는 전혀 다른 존재라는 생각이 들었다. 외모를 빼면 그 무엇도 인간처럼 느껴지지 않았다. 움직이는 동작도, 얼굴 위 표정이 변화하는 속도도. 특히 그 눈은 절대로 인간일 수가 없었다. 인간의 껍데기로는 결코 그의 본질을 감출 수가 없었다. 내게는 너무도 명백하고 확연해 보여서 발코니에 있는 사람들이 밤의 군주가 이토록 가까이 있는 데 놀라 지금 당장 비명을 지르며 도망치지 않는 게 신기할 정도였다.

"내 아이들은 내가 미쳐 가고 있다고 생각한다." 나하도스가 내 얼굴을 다정하게 매만지며 말했다. "쿠루에는 내가 우리의 모든 희망을 네게 걸었다고 하더군. 그 애의 말이 옳다."

나는 당황해서 얼굴을 찡그렸다. "내 목숨은 당신들 거예요. 후계 경쟁에서 지긴 했지만 그렇게 약속했으니까. 당신들은 신의를 지켰고요."

그가 한숨을 내쉬었다. 그러고는 놀랍게도 머리를 기울여 내 이마에 맞댔다. "지금도 네 목숨을 우리의 '신의'를 얻기 위해 파는 상품처럼 말하는구나. 우리가 네게 저지른 일은 부당했다."

뭐라고 답해야 할지 알 수가 없었다. 나는 너무 놀라 할 말을 잃었다. 찰나의 통찰력으로, 나는 이것이야말로 쿠루에가 가장 두려워했던 것임을 깨달았다. 나하도스의 변덕스럽고도 지극한 도의심. 그는 에네파의 죽음에 슬퍼하여 전쟁을 일으켰다. 이템파스를 용서하지 못하고 아집을 부려 그 자신과 자식들을 노예로 만들었다. 그는 우주 전체를 위험에 빠트리지 않고도, 그토록 수많은 목숨을 잃게 하지 않고도 남동생을 완전히 다른 방식으로 대할 수도 있었다. 하지만 결국은 이게 문제다. 밤의 군주가 마음을 주게 되면, 그의 결정은 비합리적이고 행동은 극단적이 된다.

그리고 그는 그러지 말아야 할 모든 이유에도 불문하고 이제 내게 마음을 주고 있다.

뿌듯했다. 두려웠다. 이제 그가 어떻게 할지 짐작조차 할 수가 없다. 그보다 더 중요한 건 이게 단기적으로 어떤 의미인지 내가 안다는 것이다. 불과 몇 시간 후면 나는 죽을 테고 그는 또다시 슬픔에 잠길 것이다.

그렇게 생각하니 내 가슴도 미어지는 것 같았다.

나는 밤의 군주의 얼굴을 두 손으로 부여잡고 한숨을 내쉬었다. 두 눈을 감고 가면 아래에 있는 존재를 온몸으로 느꼈다. "미안해요." 나는 진심이었다. 그를 고통스럽게 할 생각은 없었다.

나하도스는 움직이지 않았다. 나도 움직이지 않았다. 그의 단단한 몸에, 든든한 품에 안겨 있는 건 정말이지 좋았다. 잠깐의 꿈에 불과할망정 이렇게 안전하다는 느낌을 받은 것은 너무도 오랜만이었다. 얼마나 오래 그러고 있었는지 모른다. 문득 우리는 음악이 바뀌었다는 걸 깨달았다. 나는 허리를 세우고 주변을 둘러보았다. 테라스에 있던 몇 안 되는 손님들도 벌써 무도회장으로 돌아가고 없었다. 무도회의 꽃이라 할 수 있는 춤이 시작되는 자정이 되었다는 의미였다.

"들어가고 싶니?"

"전혀요. 여기가 좋아요."

"그들은 이템파스를 경배하는 의미로 춤을 추지."

나는 어리둥절한 표정으로 그를 쳐다봤다. "그게 나랑 무슨 상관이죠?"

그의 미소는 내 마음을 따스하게 덥혀 주었다. "네 조상들의 신앙을 완전히 저버리기로 한 거냐?"

"내 조상들은 당신을 숭배했는데요."

"그리고 에네파와 이템파스와 우리 아이들을 믿었지. 다르는 우리 모두를 경배하는 몇 안 되는 민족 중 하나였다."

나는 한숨을 쉬었다. "아주 오래전이었죠. 그사이에 많은 게 변했고요."

"너도 변했고."

아무 말도 할 수 없었다. 사실이었으니까.

나는 충동적으로 한 발짝 뒤로 물러났다. 그의 손을 잡고 춤을 추는 자세로 섰다. "신들을 위해. 그들 모두를 위해서 나랑 춤을 춰요."

그를 놀라게 했다는 데 뿌듯한 기분이 들었다. "나 자신을 경배하기 위해 춤을 춰 본 적은 없는데."

"지금 하면 되죠." 나는 어깨를 으쓱한 다음, 새 곡이 시작되길 기다렸다가 그를 이끌었다. "모든 것에는 처음이 있기 마련이잖아요."

나하도스는 재미있어하는 것 같았다. 복잡한 스텝인데도 금방 쉽게 따라왔다. 모든 귀족 자녀들은 사교춤을 배우지만 나는 진심으로 좋아해 본 적이 없다. 아믄 춤은 아믄인과 비슷하다. 차갑고, 경직되고, 정말로 즐기기보다는 겉으로 보이는 모습을 더 중시하니까. 하지만 여기, 달도 뜨지 않은 하늘 아래에서 나는 신과 손을 맞잡고 앞뒤로 스텝을 밟고 빙글빙글 돌며 웃음을 터뜨렸다. 그의 손이 내 손과 등을 부드럽게 누르며 이끌어 준 덕분에 스텝을 기억하는 게 그다지 어렵지 않았다. 바람처럼 움직이는 파트너와 함께하니 정확하고 우아하게 맞아떨어지는 타이밍을 만끽할 수 있었다. 나는 눈을 감은 채 몸이 움직이는 대로 턴을 하고, 음악과 함께 마음이 한껏 고조되는 것을 느끼며 기쁨의 탄성을 질렀다.

음악이 멈추고 난 뒤에도 그에게 몸을 기댄 채 오늘 밤이 영원히 끝나지 않기를 바랐다. 새벽에 나를 기다리고 있을 운명 때문은 아니었다.

"내일 나와 같이 있을 건가요?" 낮의 나하도스가 아니라 진짜 나하도스를 묻는 것이었다.

"계승 의식이 진행될 때는 낮에도 나로 있을 수 있다."

"그래야 이템파스가 자기한테 돌아오라고 애원할 수 있으니까?"

나하도스의 숨결이 내 머리카락을 간질였다. 낮고 서늘한 웃음소리가 들렸다. "이번엔 드디어 그의 부탁을 들어주게 되겠지만, 그가 바랐던 방식은 아닐 테지."

나는 나하도스의 묘하게 느릿한 심장박동을 들으며 고개를 끄덕였다. 그의 심장 소리는 마치 몇 킬로미터 밖에서 울리는 것처럼 들렸다. "이기면 어떻게 할 거죠? 그를 죽일 건가요?"

그가 대답하기 전의 짧은 침묵은 경종이나 다름없었다. "모르겠군."

"지금도 그를 사랑하잖아요."

나하도스는 대답하지 않았다. 그저 내 등을 한번 쓸었을 뿐이다. 나는 속지 않았다. 그가 안심시키려는 건 내가 아니었다.

"괜찮아요. 이해하니까."

"아니. 필멸자는 이해하지 못한다."

나는 더 이상 아무 말도 하지 않았고, 그 역시 아무 말도 하지 않았다. 그렇게 기나긴 밤이 흘러갔다.

며칠간 잠을 거의 자지 못한 까닭에 선 채로 깜박 잠이 든 게 틀림없다. 문득 눈을 깜박이며 고개를 들었더니 하늘이 다른 색으로 변해 있었다. 흐리멍텅한 회색에서부터 무겁고 걸쭉한 검은색에 이르기까지 단계적인 색조로 층층이 물들어 있었다. 지평선 바로 위에는 초승달이 떠 있고 밝아 오는 하늘에는 침침한 얼룩이 묻어 있다.

나하도스의 손가락이 다시 부드럽게 내 살을 쥐었다. 그제야 그가 나를 깨웠다는 것을 알았다. 그는 발코니 문을 응시하고 있었다. 비레인이 서 있었다. 시미나와 릴래드도. 그들이 입고 있는 흰옷이 빛을 반사해 얼굴에 음영을 드리웠다.

"시간 됐습니다." 비레인이 말했다.

나는 내 마음을 뒤져 보고, 두려움이 아닌 평온함을 발견하고 기뻤다.

"그래요. 가죠."

무도회는 아직 한창이었지만 춤을 추는 사람들은 꽤나 줄어 있었다. 회장 건너편에 있는 데카르타의 왕좌는 비어 있었다. 의식을 준비하기 위해 일찍 자리를 떴는지도 모른다.

하늘궁 특유의 조용하고 기이한 빛을 발하는 홀에 들어서자 나하도스가 그의 위장을 벗어 던졌다. 머리카락이 길게 자라나고 걸음을 뗄 때마다 옷의 색상이 쉴 새 없이 변화했다. 피부도 다시 밝은색으로 바뀌었다. 아마 주변에 내 친척이 너무 많기 때문일 것이다. 우리는 승강기를 타고 위로 올라가 하늘궁에서 가장 높은 꼭대기에 도달했다. 승강기를 나서자 일광욕실로 이어진 문이 열려 있는 것이 눈에 들어왔다. 어두운 틈새로 정성스레 키우고 다듬은 고요한 숲이 보였다. 일광욕실 중앙에 우뚝 솟아 있는 중앙 첨탑에서 흘러나오는 유일한 빛이 달빛처럼 환했다. 발밑에 난 희미한 길이 나무 사이를 지나 첨탑의 기저부로 이어졌다.

그러나 내 눈길을 사로잡은 것은 문 양쪽에 선 이들이었다.

쿠루에. 바로 알아볼 수 있었다. 그 아름다운 금과 은과 백금 날개는 잊을 수가 없으니까. 자카른도 있었다. 인이 새겨진 화려한 은빛 갑옷을 걸치고 있었고, 머리에 쓴 투구는 빛무리 속에서도 밝게 빛났다. 나는 꿈속에서 그 투구를 본 적이 있다.

그리고 그들 사이에 있는 세 번째 형체는 두 신보다 덜 인상적이고 더 이상했다. 내 고향에 사는 표범과 비슷하지만 덩치는 그보다 큰, 늘씬하고 윤기가 흐르는 고양잇과 동물이었다. 세상 어떤 숲에도 이런 표범이 존재할 리가 없다. 털가죽이 보이지 않는 바람에 물결치며 무지갯빛 광택과 내게 익숙한 불가해할 만큼 새까만 어둠의 색으로 쉴 새 없이 변화하고 있었기 때문이다. 그러니까 그는 결국 제 아버지와 닮아 있었던 것이다.

웃음이 새어 나왔다. 고마워. 나는 입을 벙긋거렸다. 대형 고양이가 도저히 위협적이라고는 할 수 없는 모양새로 히죽 웃으며 이빨을 드러냈다. 가느다란 녹색 동공을 가진 눈이 찡긋 윙크를 보냈다.

나는 그들이 여기 와 있는 이유를 착각하지 않았다. 자카른은 우리에게 깊은 인상을 주려고 찬란한 광휘를 두른 전투 갑옷을 차려입은 게 아니다. 그들은 두 번째 신들의 전쟁을 준비하고 있었다. 시에는, 음, 시에는 그냥 나를 위해 온 것일 수도 있다. 그리고 나하도스는…….

나는 어깨 너머로 그를 돌아보았다. 그가 보고 있는 것은 나도, 자식들도 아니었다. 그의 시선은 첨탑 꼭대기를 향해 있었다.

비레인은 신들에게 반문하지 않기로 결심한 듯 그저 고개만 설레설레 저었을 뿐이다. 그가 시미나를 쳐다보자 그녀가 어깨를 으쓱했다. 릴래드는 내가 뭐 하러 저런 것까지 신경 써야 하는데?라고 말하듯이 비레인을 노려봤다.

(나와 릴래드의 시선이 마주쳤다. 그의 낯빛은 창백했고 윗입술에는 땀이 송글송글 맺혀 있었다. 그러나 그는 내게 살짝 고개를 까딱해 보였고, 나도 똑같이 화답했다.)

"어쩔 수 없군요." 비레인이 말했다. 우리 모두는 일광욕실을 향해, 중앙 첨탑을 향해 걷기 시작했다.

27장

계승식

첨탑 꼭대기에는 방이 하나 있었다. 그렇게 불러도 될지는 모르
겠지만.

초대형 유리 덮개를 씌워 놓은 것처럼 사방이 유리로 둘러싸인
공간이었다. 유리벽에 비친 희미한 반사광만 없었다면 우리는 실
외에, 꼭대기가 평평하게 깎인 첨탑 위에 서 있는 것처럼 보였을
것이다. 바닥은 하늘궁의 다른 곳과 똑같은 하얀 재질이고 지난
2주간 봤던 다른 방들과는 달리 완벽한 원형이었다. 그렇다면 이
곳은 이템파스를 위한 신성한 공간이라는 의미다.

우리는 희고 거대한 궁전의 본채보다 한참 높은 곳에 있었다.
각도 때문에 전정광장은 언뜻 보이는 정도에 불과했는데, 정원의
초록색 얼룩과 밖으로 돌출된 잔교 덕분에 그나마 알아볼 수 있
었다. 나는 하늘궁이 전체적으로 원형이라는 것을 이제야 처음 알
았다. 그 너머에 있는 대지는 어두운색 덩어리로 보였고 우묵한

대접처럼 우리를 중심으로 휘어 있었다. 원 안의 원 안의 원. 이곳은 진정 성스러운 곳이다.

입구 맞은편에 데카르타가 서 있었다. 멋들어진 다르목 지팡이에 힘겹게 기대서 있는 걸로 보아 이 방으로 이어진 가파른 나선형 계단을 올라오려면 저 지팡이가 필수적이었을 것 같다. 그의 뒤와 위쪽에 동트기 직전의 하늘을 덮은 구름이 마치 진주를 꿴 목걸이처럼 잇따라 뭉쳐 물결치고 있었다. 구름은 내가 입고 있는 드레스처럼 회색이었는데 동쪽만 누르스름한 흰색으로 밝아 오고 있었다.

"서둘러라." 데카르타가 방 주변 곳곳을 고갯짓으로 가리켰다. "릴레드는 저기, 시미나는 그 맞은편. 비레인은 이쪽으로 오고, 예이나는 여기다."

나는 그의 지시에 따라 내 가슴 높이로 솟아 있는 희고 밋밋한 대좌 앞에 섰다. 표면에 한 뼘 너비 정도의 구멍이 뚫려 있는 게 보였다. 토옥과 연결되어 있는 수직 통로였다. 그리고 그 몇 센티미터 위에 작고 어두운 물체가 공중에 떠 있었다. 보기 흉하게 말라비틀어진 흙덩어리와 비슷한 모습이었다. *이게 대지의 돌이야? 이런 게?*

어쨌든 적어도 토옥에 갇혀 있던 그 불쌍한 영혼이 해방되었다는 사실을 위안으로 삼기로 했다.

데카르타가 갑자기 동작을 멈추더니 내 뒤에 있는 에네파데들을 노려보았다. "나하도스, 너는 평소와 같은 자리에 서라. 나머지는 참석하라고 명한 적이 없는데."

놀랍게도 그 말에 대답한 것은 비레인이었다. "이들이 참석하는 것도 나쁘지 않을 것 같습니다, 데카르타 님. 아무리 배신자라 한들 하늘아버지께서도 그분의 자식들을 보면 기뻐하실 테니까요."

"배신한 자식을 보고 좋아할 아버지는 없다." 데카르타의 시선이 내게 날아와 꽂혔다. 나를 보고 있는 건지 아니면 내 얼굴에 박힌 키네스의 눈을 보고 있는 건지 궁금해졌다.

"내가 그들을 원해요."

이미 얇은 그의 입술이 팽팽하게 당기는 것 외에 눈에 띄는 반응은 없었다. "네가 죽는 걸 보러 굳이 걸음 하다니, 참 좋은 친구들이구나."

"이들이 없다면 많이 힘들 것 같거든요. 말해 봐요, 할아버지. 이그레스를 죽였을 때도 누군가를 옆에 둘 수 있게 허락해 줬나요?"

데카르타가 몸을 곧게 폈다. 드문 일이었다. 처음으로 나는 과거 언젠가 키가 크고, 아른인다운 오만함을 갖췄으며, 내 어머니처럼 위풍당당했던 사내의 그림자를 보았다. 신기할 정도로 어머니와 닮은 모습에 놀라지 않을 수 없었다. 그러나 지금 그는 키에 비해 너무 말라서 병약해 보이는 수척함만이 강조될 뿐이었다. "내 행동을 네게 해명해야 할 이유는 없다, 손녀야."

나는 고개를 끄덕였다. 시야 가장자리에서 다른 이들이 우리를 주시하는 게 보였다. 릴래드는 안절부절못하는 것 같았고 시미나는 짜증이 나 있었다. 그리고 비레인은, 속내를 읽을 수는 없었지만 의아할 정도로 강렬한 눈빛으로 나를 바라보고 있었다. 하지만 거기에 대해 깊이 생각할 여유는 없다. 지금이야말로 어머니가 왜 죽어야 했는지 알아낼 마지막 기회다. 나는 아직도 비레인이 그랬다고 믿지만 그럼에도 도저히 이해할 수가 없다. 그는 어머니를 사랑했다. 하지만 만약 그가 데카르타의 명령에 따른 거라면……

"해명은 필요 없어요. 대충 짐작할 수 있으니까. 젊었을 때 할아버지는 이 둘과 같았겠죠." 나는 릴래드와 시미나를 가리켰다. "자아도취적이고, 향락적이고, 잔인하고. 하지만 이들만큼 무정하지는 않았을 거에요. 그렇죠? 이그레스와 혼인하고 또 매우 아꼈으니까. 그게 아니라면 때가 되었을 때 당신 어머니가 이그레스를 제물로 지명했을 리가 없잖아요. 하지만 당신은 권력을 더 사랑했기 때문에 기꺼이 그 둘을 맞바꿨죠. 그렇게 가문의 수장이 되었고요. 그리고 그 결과 친딸을 당신의 가장 큰 적으로 돌리고 말았죠."

데카르타의 입술이 씰룩거렸다. 감정적인 반응인지, 아니면 간혹 그를 괴롭히는 경련에 불과한 건지 모르겠다. "키네스는 나를 사랑했어."

"물론 그랬겠죠." 왜냐하면 내 어머니는 그런 여자였으니까. 어머니는 사랑하면서 동시에 증오할 수 있었다. 하나를 이용해 다른 하나를 감추고, 그 밑에서 그 감정을 더욱 뜨겁게 불태울 수도 있었다. 내 어머니는 나하도스의 말처럼 진정한 아라메리였다. 다만 다른 친척들과 다른 목표를 갖고 있었을 뿐이다.

"어머니는 할아버지를 사랑했어요. 그리고 난 당신이 어머니를 죽였다고 생각해요."

이번만큼은 명백히 노인의 얼굴에 고통이 스쳐 지나갔다고 확신했다. 나는 짧은 만족감을 느꼈지만, 그뿐이었다. 나는 전쟁에졌다. 이 사소한 전투는 대규모의 전쟁에 비하면 아무 의미도 없다. 나는 죽을 것이다. 그리고 내 죽음이 많은 이들, 그러니까 내 부모님, 에네파데, 그리고 나 자신의 소원을 이뤄 주더라도 막상 임상적 종말에 이른 나는 승리를 맛보지 못할 것이다. 두려움이 마음을 가득 채웠다.

나도 모르게 고개를 돌려 내 뒤에 나란히 서 있는 에네파데를 바라보았다. 쿠루에는 나와 눈을 마주치지 않았지만 자카른은 나를 직시하며 존경심을 담아 고개를 끄덕였다. 시에는 지금처럼 비인간적인 상태에서도 슬픔이 덜하지는 않다는 듯 고양이처럼 부드럽게 목을 울렸다. 눈물이 고이는 게 느껴진다. 바보 같다. 설령 내가 오늘 죽을 운명이 아니었대도 나는 그의 무한한 삶에서 잠시 스쳐 지나가는 존재에 불과하다. 나는 곧 죽을 테지만 그럼에도 그를 지독히 그리워할 것이다.

내가 마지막으로 쳐다본 것은 나하도스였다. 그는 내 뒤에서 사슬처럼 꼬인 회색 구름을 배경으로 한쪽 무릎을 꿇고 있었다. 그래, 당연히 그를 강제로 무릎 꿇리겠지. 이곳은 이템파스의 집이므로. 그러나 그가 보고 있는 것은 밝아 오는 동쪽 하늘이 아니라 나였다. 나는 그가 무표정한 얼굴을 하고 있으리라 생각했다. 하지만 아니었다. 그의 눈동자에는 치욕과 슬픔, 그리고 행성도 파괴할 수도 있을 격한 분노가 서려 있었고, 그와 더불어 감히 이름 붙일 수 없는 다른 감정들도 담겨 있었다.

내가 본 것을 믿어도 될까? 정말 그래도 될까? 어쨌든 그는 조금 있으면 예전처럼 강력한 존재로 돌아갈 것이다. 내가 그들의 계획에 따르도록 지금 나를 사랑하는 척하기 위해, 그는 어떤 대가를 치렀을까?

가슴이 찢어질 것 같아 시선을 떨궜다. 이젠 나 자신도 믿지 못할 만큼 하늘에 너무 오래 있었다.

"난 네 어머니를 죽이지 않았다."

나는 흠칫 고개를 들어 데카르타를 쳐다보았다. 목소리가 너무 작아 순간 내가 잘못 들은 줄만 알았다. "뭐라고요?"

"난 그 아이를 죽이지 않았다. 난 그 애를 해칠 수가 없었어. 키네스가 날 미워하지만 않았다면 하늘궁으로 돌아오라고 애원했을 거다. 심지어 널 데려와도 상관없었을 테지." 나는 데카르타의 뺨에 축축한 물기가 묻어 있는 걸 보고 놀랐다. 그는 울고 있었다. 눈물에 젖은 눈으로 나를 노려보고 있었다. "그 애를 위해서라도 너를 사랑하려고 노력했을 거다."

"삼촌." 시미나가 말했다. 무례할 정도로 건방진 말투였지만, 조급한 마음을 감추지 못하고 떨리고 있었다. "삼촌이 우리 사촌을 얼마나 사랑했는지 알지만……"

"닥쳐라." 데카르타가 으르렁거렸다. 다이아몬드처럼 창백한 눈동자가 매섭게 째려보자 시미나가 어깨를 움찔했다. "키네스가 죽었다는 소식을 들었을 때 내가 너를 얼마나 죽이고 싶었는지 모를 거다."

시미나가 데카르타의 자세를 흉내 내듯 **빳빳하게** 굳었다. 하지만 이미 짐작했던 대로, 그녀는 더 이상 데카르타의 명령에 순종하지 않았다. "그건 삼촌이 가진 특권이죠. 하지만 난 키네스의 죽

음과 아무런 관련도 없어요. 그 애한테 관심도 없었고, 그 애의 잡
종 딸은 더더욱 관심 밖이었지요. 삼촌이 오늘 저 애를 왜 제물로
선택했는지도 이해가 안 된답니다."

"저 애가 진정한 아라메리인지 알아보기 위해서지."데카르타
가 매우 조용하게 말했다. 할아버지의 눈동자가 나와 마주쳤다.
심장이 세 번 뛴 뒤에야 그게 무슨 뜻인지 깨달았다. 내 얼굴에서
핏기가 가셨다.

"내가 어머니를 죽였다고 생각했어?"나는 속삭였다. "만물의
아버지시여, 정말로 그렇게 믿었군요."

"가장 사랑하는 사람을 죽이는 건 우리 가족의 전통이니까."

✳

우리의 등 뒤에서 동쪽 하늘이 시시각각 밝아 오고 있었다.

✳

나는 떠듬거렸다. 들끓는 분노에 장악된 나머지 뜻이 통하는 문
장을 만들어 내기까지 몇 번이고 시도했다가 거듭 실패했고, 결국
내 입에서 나온 말은 다르어였다. 내 욕설을 들은 데카르타가 불
쾌해하는 게 아니라 어리둥절해하는 것을 보고야 그 사실을 깨달
았을 정도였다. "난 아라메리가 아니야!" 나는 비로소 문장을 완
성하며 말아 쥔 주먹에 힘을 주었다. "당신은 자기 자식을 잡아먹

고, 고통을 먹고 사는 존재야. 옛날이야기에 나오는 괴물처럼! 핏
줄로 연결되어 있다는 것만 빼면 난 당신들과 전혀 달라. 할 수만
있다면 이 몸에 흐르는 피도 기꺼이 태워 버리고 싶다고!"

"그래, 어쩌면 넌 아라메리가 아닐지도 모르지. 네가 결백하다
는 걸 알겠다. 그리고 지금 너를 죽임으로써 나는 내 자식이 남긴
마지막 흔적을 파괴하는 것이겠지. 참으로 애석한 일이로다. 하지
만 거짓말은 않겠다, 손녀야. 내 마음속 다른 부분은 네 죽음을 기
뻐하고 있단다. 넌 내 딸을 나에게서 빼앗아 갔다. 키네스는 네 아
버지와 함께 있으려고, 너를 키우려고 이곳을 떠났으니까."

"왜 그랬는지 궁금해요?" 나는 유리방을 둘러보며 내가 죽는 것
을 보러 온 친족과 신들을 손짓했다. "당신이 어머니의 어머니를
죽였으니까. 그런 주제에 어머니가 어떻게 할 거라고 생각한 거
야? 그냥 잊어버릴 줄 알았어요?"

그를 만나고 처음으로, 데카르타의 자조적이고 애처로운 미소에
인간적인 기색이 스쳤다. "그랬나 보다. 참으로 바보 같지 않느냐?"

아, 어쩔 수가 없다. 나는 그와 똑같은 미소로 대답했다. "네, 할
아버지. 그래요."

비레인이 데카르타의 어깨에 손을 얹었다. 동쪽 지평선 너머 황
금빛 덩어리가 솟아오르고 있었다. 밝고, 불길한 기색을 띤. 새벽
이 오고 있다. 고해의 시간은 지났다.

데카르타가 고개를 끄덕이더니 나를 한참 동안 바라보았다. 오
랜 침묵이 지나고 그가 입을 열었다. "미안하구나." 아주 부드러
운 말투였다. 수많은 죄를 덮는 단 한 번의 사과였다. "이제 시작

해야 한다."

✳

  그때까지도 나는 내가 품고 있었던 생각을 소리 내어 말하지 않았다. 비레인을 어머니의 살해범이라고 공개적으로 지목하지 않았다. 아직 시간이 있었다. 나는 데카르타에게 계승식을 완료하기 전에 사건의 진상을 조사해 보라고 부탁할 수도 있었다. 마지막으로 키네스를 기리는 의미로서. 내가 왜 안 그랬는지 모르겠다. 아니야. 나는 안다. 왜냐하면 복수도 해답도 이제 내게는 아무 의미도 없었기 때문이다. 어머니가 어떻게 돌아가셨는지 알면 뭐가 달라지나? 어차피 어머니는 죽었다. 그분의 살해범을 처벌한다고 해서 내게 무슨 도움이 될까? 어차피 나도 곧 죽을 텐데. 지금 여기서 뭘 한다고 해서 내 죽음에, 혹은 어머니의 죽음에 무슨 의미라도 생기나?

  죽음에는 항상 의미가 있단다, 아이야. 너도 곧 이해하게 될 거야.

✳

  비레인이 느릿한 걸음으로 방 안을 둥글게 돌기 시작했다. 고개를 쳐들고 두 손을 들어 올린 채 계속 걸으며 기도문을 읊었다.

  "하늘과 그 아래 땅의 아버지, 모든 피조물의 주인이시여, 당신의 은총을 받는 종복들의 말을 들어 주소서. 변화의 혼돈 속에서 우리를 인도해 주소서."

그가 회색 불빛 아래 밀랍처럼 창백한 얼굴의 릴래드 앞에서 발을 멈췄다. 비레인이 뭔가 몸짓을 하자, 갑자기 릴래드의 이마 위 표식이 하얗게 빛나기 시작했다. 마치 그의 이마에 작은 태양이 새겨지기라도 한 것 같았다. 하얀빛 때문에 얼굴이 아까보다 더욱 창백해 보였지만 릴래드는 움찔거리지도, 고통스런 기미를 내비치지도 않았다. 비레인이 고개를 끄덕이고는 다시 방 주위를 돌아 내 뒤를 지나갔다. 나는 그의 움직임을 따라 고개를 움직였다. 왠지 모르게 그를 시야에서 놓치고 싶지 않았다.

"당신의 적을 제압하기 위해 도움을 청합니다." 내 뒤에서 나하도스가 새벽빛을 피해 고개를 돌렸다. 그를 둘러싼 검은 기류가 희미해지기 시작했다. 마치 시미나가 고문하던 밤과도 같았다. 비레인이 나하도스의 이마를 만지자 하얗게 이글거리는 인이 홀연히 나타났고, 나하도스는 지독한 고통을 느낀 듯 날카로운 숨소리를 냈다. 그러나 새어 나오던 오라가 멈추고 그가 헐떡대며 고개를 들었을 때, 새벽빛은 더 이상 그에게 고통 주지 않는 것 같았다. 비레인이 다시 발을 옮겼다.

"새로 선택받은 이에게 당신의 가호를 내려 주시길 기원하나이다." 비레인이 시미나의 이마를 어루만졌다. 인이 하얗게 빛나자 그녀가 미소 지었다. 희고 밝은 빛이 만들어 낸 뚜렷한 음영 밑에서 시미나의 표정은 한층 더 사납고 열렬해 보였다.

다음으로 비레인이 발을 멈춘 곳은 내 앞이었다. 우리 둘 사이에는 받침대가 있었기 때문에 그가 그 뒤로 돌아가자 내 시선이 대지의 돌에 닿았다. 나는 대지의 돌이 이렇게까지 초라하고 평범할 줄은 몰랐다.

진흙 덩어리가 진동하기 시작했다. 그러더니 다음 순간, 그곳에는 세상에서 가장 완벽하고 아름다운 은빛 씨앗이 둥둥 떠 있었다. 그러더니 눈 깜짝할 새에 다시 칙칙한 덩어리로 돌아갔다.

만일 그때 비레인이 나를 봤다면 모든 게 수포로 돌아갔을 것이다. 나는 방금 무슨 일이 일어났는지 깨달았다. 얼음장처럼 싸늘한 기운과 함께 불길한 예감이 엄습했다. 그리고 그것은 내 표정에 적나라하게 드러났다. 저 돌은 나하도스와 똑같았다. 이 땅에 결박된 신들과 똑같았다. 그것은 가면 뒤에 진정한 형상을 감추고 있었다. 겉으로는 평범하고 전혀 중요하지 않은 것처럼 보이지만 그것을 꿰뚫어 보고 더 많은 것을 기대하는 이들, 특히 돌의 진정한 본질을 아는 이들에게는 그 이상의 존재가 될 수 있었다. 보는 사람이 무엇을 알고 있느냐에 따라 그들의 생각이 반영되어 변화하는 형태를 지니고 있었다.

나는 사형 선고를 받았고, 대지의 돌은 내 사형 집행인이 사용할 검이 될 것이다. 그러니 나는 저것을 끔찍하고 위험한 것으로 인식해야 했다. 그러니 내가 돌에서 아름다움과 가능성을 봤다는 사실은 의식에 참석한 다른 아라메리들에게 내가 오늘 단순히 목숨을 내놓는 것 말고 다른 의도를 갖고 있다는 뚜렷한 경고가 될 수 있을 터였다.

다행인 것은 비레인이 나를 보고 있지 않았다는 것이다. 그는 동쪽 하늘을 바라보고 있었고 방 안의 다른 모든 이들도 그랬다.

나는 모두의 얼굴을 하나씩 뜯어보며 그 안에서 긍지와 불안감, 기대, 그리고 침통함을 보았다. 마지막은 나하도스였는데 그는 나와 함께 유일하게 하늘을 올려다보고 있지 않은 자였다. 그의 시선이 나를 더듬어 찾더니 계속 머물렀다. 태양이 지평선 위로 떠올랐을 때 우리 둘만이 아무 영향도 받지 않은 것은 아마 그래서였을 것이다. 거대한 힘이 마치 큰 충격을 받은 거울처럼 온 세상을 뒤흔들었다.

*

태양이 필멸자의 시야에서 사라진 순간부터 그 마지막 빛이 사라질 때까지 그때를 황혼이라 부른다. 태양이 지평선 위로 고개를 내민 순간부터 지평선을 벗어날 때까지 그것을 여명이라 부른다.

*

깜짝 놀라 주위를 둘러봤다가 숨을 흡 들이켰다. 내 눈앞에서 대지의 돌이 피어나고 있었다.

그게 지금 내가 보고 있는 것을 표현할 수 있는 유일한 단어였다. 못생긴 덩어리가 부르르 떠는가 싶더니 겹겹이 벗겨지고 펼쳐져 빛이 드러났다. 그러나 그 빛은 이템파스의 희고 눈부신 빛도 아니요, 나하도스의 검게 너울거리는 빛의 부재와도 같은 무언가도 아니었다. 내가 토옥에서 봤던, 왠지 주변 모든 색채를 흐릿하게 하는 회색의 기분 나쁜 이상한 빛이었다. 이제 돌은 형체를 지니고 있지 않았다. 은색으로 빛나는 살구 씨앗처럼 보이지도 않았다. 그것은 분명히 별이었고, 빛을 발하고 있었지만 이상하게도 무기력했다.

하지만 나는 그 돌에 내재된 진정한 힘을 느낄 수 있었다. 그 힘이 내뿜는 강렬한 파동 때문에 피부에 소름이 돋고 뱃속이 뒤틀렸다. 나도 모르게 뒤로 주춤 물러났다. 티브릴이 왜 하인들에게 피하라고 경고했는지 알 것 같았다. 이 힘에는 올바른 것이 하나도 없다. 대지의 돌은 생명의 여신의 일부분이지만 그녀는 이미 죽었다. 돌은 그저 음산하고 섬뜩한 성유물(聖遺物)일 따름이었다.

"앞으로 누가 우리 가문을 이끌 것인지 네가 선택한 자의 이름을 말해라, 손녀야."

나는 돌에서 시선을 뗐다. 돌에서 새어 나오는 빛 때문에 한쪽 얼굴이 간지러웠다. 순간 시야가 흐릿해졌다. 몸이 나른했다. 아직 손도 대지 않았는데 저것이 나를 죽이고 있다.

"리, 릴래드. 릴래드를 선택합니다."

"뭐라고?" 시미나의 목소리는 경악과 분노로 가득했다. "방금 뭐라고 한 거야, 이 잡종아?"

등 뒤에서 움직임이 느껴졌다. 비레인이었다. 그가 받침대를 돌아 내 옆으로 다가왔다. 내 등에 손을 대는 것이 느껴졌다. 돌의 힘 때문에 어지러워 흔들리는 몸을 받쳐 주고 있었다. 나는 그 손길에서 위안을 느끼며 있는 힘을 다해 똑바로 섰다. 그때 비레인이 약간 몸을 움직였고, 그 바람에 쿠루에가 눈에 들어왔다. 그녀의 표정은 비장하고 결의에 차 있었다.

왜 그런지 알 것 같다는 생각이 들었다.

✳

언제나 그렇듯이, 태양은 빠르게 움직였다. 벌써 지평선 위로 절반이나 떠올랐다. 이제 곧 새벽이 아니라 낮이 될 것이다.

✳

데카르타는 시미나의 갑작스러운 항의에도 전혀 동요하지 않고 고개를 끄덕일 뿐이었다. "그렇다면 돌을 쥐어라." 그가 내게 명령했다. "네 선택을 현실로 만들어라."

내 선택. 나는 떨리는 손을 들어 올려 돌을 움켜쥐었다. 죽으면 아플지 궁금해졌다. 내 선택.

"어서 해." 릴래드가 속닥였다. 그는 온몸에서 긴장감을 뿜어내며 내 쪽으로 몸을 기울이고 있었다. "어서, 어서, 어서……."

"안 돼!" 시미나가 비명을 질렀다. 시야 구석에서 그녀가 내게 달려드는 것이 보였다.

"미안합니다." 비레인이 내 뒤에서 속삭였다. 그러고는 갑자기 모든 것이 멈췄다.

나는 눈을 깜박였다. 무슨 일이 있었던 건지 알 수가 없다. 뭔가가 나로 하여금 고개를 숙여 내려다보게 했다. 거기, 내가 입고 있는 못생긴 드레스의 몸통 부분에 뭔가 튀어나와 있었다. 칼날의 끝부분이었다. 내 흉골 오른쪽, 가슴 바로 옆에서 삐쭉 돌출되어 있다. 주변의 천이 이상한 검은색으로 젖어 들고 있었다.

피였다. 대지의 돌에서 나온 빛이 심지어 거기에서마저 색을 앗아 간 것이다.

팔이 납처럼 무거웠다. 내가 뭘 하고 있었더라? 기억나지 않았다. 피곤했다. 눕고 싶었다.

그래서 나는 그렇게 했다.

그렇게 나는 죽었다.

28장

황혼과 여명

나는 이제 내가 누구인지 기억한다.

나 자신을 붙들어 매어 그 앎을 놓지 않을 것이다.

내 안에는 진실이, 과거와 미래가 담겨 있다.

나는 끝까지 지켜볼 것이다.

*

유리벽으로 둘러진 방에서 여러 가지 일이 한꺼번에 발생한다. 나는 방금 전까지 나와 함께 있던 자들 사이를 거닌다. 보이지 않는 몸이 되어, 그러나 모든 것을 지켜보면서.

바닥에 쓰러진 내 육신은 움직이지 않는다. 주변으로 핏물이 번져 나간다. 데카르타가 나를 멍하니 바라보고 있다. 아마 과거에 죽은 다른 여성을 보고 있는 것이리라. 릴래드와 시미나는 둘 다 흉하게 일그러진 얼굴로 앞뒤를 다퉈 비레인에게 고함을 질러 대고 있다. 그들의 말은 내 귀에 닿지 않는다. 비레인이 기묘할 정도로 텅 빈 표정으로 나를 내려다보며 역시 무언가를 외친다. 그러자 모든 에네파데가 그 자리에 얼어붙는다. 시에가 부들부들 떤다. 대형 고양이의 근육이 경련한다. 자카른 역시 바들거리면서 커다란 주먹을 움켜쥔다. 둘 모두 움직일 생각을 하지 않는다. 내가 그 사실을 알아차리고 그들에게 가까이 다가가 살펴본다. 쿠루에는 등허리를 똑바로 세운 채 서 있다. 표정은 차분하지만 체념으로 가득하다. 슬픔의 그림자가 등 뒤에 달린 날개처럼 그녀를 감싸 안고 있지만, 다른 이들에게는 보이지 않을 것이다.

나하도스. 아. 경악 어린 표정으로 나를 바라보던 얼굴이 애통함에 자리를 내어준다. 그가 응시하고 있는 피 흘리며 바닥에 쓰러져 있는 나. 그리고 그런 그를 바라보고 있는 나. 어떻게 내가 둘일 수가 있지? 살짝 궁금해지지만 의문은 금세 사라진다. 그런 건 중요하지 않다.

중요한 것은 나하도스의 눈에 고통이 깃들어 있다는 것이고, 그것이 자유를 되찾을 기회를 잃은 데 대한 공포와 두려움 그 이상이라는 것이다. 하지만 순수한 고통은 아니다. 그 역시 과거에 죽은 다른 여자를 보고 있으니까. 만일 내가 여동생의 영혼을 갖고 있지 않았다면 과연 그가 지금처럼 슬퍼했을까?

부당한 질문이다. 유치하기는.

비레인이 허리를 굽혀 내 주검에서 칼을 빼낸다. 피가 울컥 솟지만 많지는 않다. 심장은 이미 멈췄다. 나는 옆으로 쓰러져 마치 잠이라도 든 듯 몸을 반쯤 둥글게 말고 있다. 그러나 나는 신이 아니다. 나는 깨어나지 않을 것이다.

"비레인." 누구지? 데카르타. "설명해라."

비레인이 몸을 일으켜 하늘을 바라본다. 태양은 지평선에서 4분의 3쯤 떠올라 있다. 그의 얼굴에 기이한 표정이 스친다. 두려움. 그러나 그 감정은 금세 사라지고 그가 손바닥에 놓인 피 묻은 칼을 내려다보더니 바닥에 떨어뜨린다. 희미하게 짤그랑하는 소리가 나지만 내 시선은 그의 손에서 떨어지지 않는다. 그의 손가락에 내 피가 묻어 있다. 손가락이 떨린다.

"필요한 일이었습니다." 비레인이 혼잣말처럼 중얼거린다. 그러더니 문득 정신을 가다듬고 말한다. "저 아이는 무기였습니다. 키네스 님이 당신께 보내는 마지막 공격이었지요. 에네파데도 함께 공모했고요. 지금은 설명할 틈이 없습니다. 다만 그녀가 돌에 손을 대고 소원을 빌었다면 온 세계가 고통받았을 것이라는 말로 충분하겠지요."

시에가 간신히 자세를 바로잡는다. 아마 비레인을 죽이려는 시도를 그만둔 덕분일 것이다. 큰 고양이의 모습을 하고 있을 때의 목소리는 평소보다 더 낮고 반쯤 으르렁거리는 것에 가깝다.

"넌 그걸 어떻게 알았는데?"

"내가 말해 주었다."

쿠루에.

에네파데들이 믿을 수 없다는 표정으로 그녀를 바라본다. 하지만 그녀는 여신이다. 설령 배신자라 한들 그녀는 결코 위엄을 잃지 않는다.

"너희는 우리가 누군지 잊어버렸어." 쿠루에는 같은 에네파데를 한 명씩 차례대로 바라보며 말한다. "우린 너무 오랫동안 이들의 자비에 의존해 왔다. 예전이었다면 우리는 절대로 필멸자들에게 몸을 낮추고 굽실대지 않았겠지. 특히 우리를 배신한 바로 그 필멸자의 후손에게는 더더욱." 그녀는 죽어 있는 나에게서 샤하르 아라메리를 본다. 내 어깨에는 너무도 많은 죽은 여성들이 실려 있다. "난 저 여자에게 자유를 구걸하느니 차라리 죽겠다. 차라리 그녀를 죽이고 그 죽음을 이용해 이템파스의 자비를 살 것이다."

쿠루에의 말에 돌아온 것은 죽은 듯한 정적뿐이다. 충격 때문이 아니다. 분노 때문이다.

가장 먼저 정적을 깨트린 것은 시에다. 그가 그르렁거리며 낮고 씁쓸한 웃음을 터르린다. "그렇군. 키네스를 죽인 건 너였어."

방 안에 있던 모든 인간이 흠칫 놀란다. 비레인만 빼고. 데카르타가 지팡이를 떨어뜨린다. 앙상한 손이 저도 모르게 반쯤 주먹을 쥔 까닭이다. 그가 무언가 말하지만 내게는 들리지 않는다.

쿠루에도 그의 말에 신경 쓰지 않는 것 같다. 그녀는 시에에게 고개를 까딱해 보인다. "그게 논리적으로 타당했으니까. 이 아이는 여기서, 새벽에 죽어야 했거든." 쿠루에가 대지의 돌을 가리킨다. "영혼은 육신의 잔해 옆에 머물 것이고 잠시 후면 이템파스가 거두어 마침내 완전히 파괴될 것이다."

"그리고 우리의 희망도 같이." 자카른이 이를 으드득 간다.

쿠루에가 탄식한다. "우리의 어머니는 죽었다, 자매여. 승리를 거둔 건 이템파스고. 나도 그게 마음에 안 드는 건 마찬가지야. 하지만 이제는 인정할 때가 되지 않았나? 이제 와 풀려나 봤자 우리가 어떻게 될 것 같아? 우리는 넷이고 저쪽에는 광명의 주신과 수십에 달하는 우리 형제자매가 있지. 그리고 돌은, 너도 알다시피 우리에겐 저것을 사용할 자가 없으나 이템파스에게는 애완용 아라메리가 수도 없이 많아. 우리는 끝내 다시 노예로 전락할 테고 어쩌면 그보다 더 나빠질 수도 있어. 그건 안 되지."

쿠루에가 몸을 돌려 나하도스를 바라본다. 어떻게 저 눈빛을 지금까지 눈치채지 못했을 수가 있지? 항상 저기 있었는데. 쿠루에는 내 어머니가 데카르타를 볼 때와 똑같은 눈빛으로 나하도스를 본다. 경멸, 그리고 거기에 동반된 슬픔. 그것만으로도 내게 충분한 경고가 되었을 것이다.

"원한다면 날 미워해도 좋아, 나하. 하지만 당신이 어리석은 자존심을 삼키고 이템파스가 원하는 걸 줬더라면 우리 중 누구도 지금 이 자리에 없었을 거라는 걸 명심해. 난 그가 원하는 것을 줄 것이고 그는 나를 자유롭게 해 주겠다고 약속했어."

나하도스는 몹시 부드럽게 말했다. "이템파스가 내게서 완전한 굴종이 아닌 다른 것으로 만족할 것이라고 생각한다면, 너는 바보다, 쿠루에."

그가 고개를 들어 올려다본다. 지금 이 환영 속에서 내게는 육신이 없지만, 갑자기 몸을 떨고 싶다. 그의 눈은 온통 새까맣다. 눈 주위의 피부가 깨지기 직전의 도자기 가면처럼 무수한 실금으로 뒤덮여 있다. 그 틈새 사이로 삐쳐 나오는 빛은 피도 살도 아니다. 심장박동처럼 팔딱거리는, 불가능하리만큼 새까만 암흑이다. 입 벌려 웃고 있는데도 치아가 보이지 않는다.

"그렇지 않니…… 동생아?" 그 목소리에서 공허가 울려 퍼진다.

그는 비레인을 보고 있다. 비레인. 새벽 햇살에 반쯤 윤곽으로만 보이는 비레인이 고개를 돌려 나하도스를 본다. 그러나 막상 그와 눈이 마주친 것은 나인 것 같은 느낌이 든다. 허공을 떠돌며 그들을 지켜보는 나. 비레인이 미소 짓는다. 그 미소 속에 담긴 슬픔과 두려움은 오직 나만이 이해할 수 있는 것이다. 본능적으로 알 수 있다. 그 이유는 모르겠지만.

태양의 아래쪽 곡선이 지평선을 벗어나기 직전, 나는 그제야 내가 무엇을 보고 있는지 깨닫는다. 두 개의 영혼. 이템파스. 형제자매처럼 이템파스도 두 번째 자아를 갖고 있다.

비레인이 고개를 뒤로 젖힌다. 비명과 함께 목구멍에서 뜨겁게 작열하는 하얀 빛이 쏟아져 나온다. 공간을 가득 메우는 빛줄기에 눈앞이 새하얗게 변한다. 저 아래 도시와 인근에 사는 사람들도 저 빛을 볼 수 있을 것이다. 그들은 아마 태양이 지상에 강림했다 생각할 테지. 그들이 옳다.

눈부신 빛무리 속에서 나는 데카르타를 제외한 아라메리들이 마구잡이로 소리치는 것을 듣는다. 오직 데카르타만이 이 장면을 전에도 본 적이 있다. 눈부신 빛이 사라졌을 때 내가 보고 있는 것은 광명과 하늘의 군주, 이템파스다.

도서관에 조각되어 있던 부조는 놀랍도록 정확했지만 실물과의 차이 또한 확연하다. 이템파스의 얼굴은 수려한 선과 대칭적인 비율 덕분에 조각가가 수치심을 느낄 만큼 지극히 완벽하다. 눈은 한낮에 이글거리는 태양 같은 금빛이다. 머리칼은 비레인처럼 하얬지만 나보다 더 짧고 더 심하게 곱슬거렸다. 피부색도 더 어두웠지만 흠잡을 데 하나 없이 매끄러웠다.(그러면 안 될 테지만 나는 꽤 놀랐다. 아믄인들은 꽤나 속이 쓰릴 것이다.) 나는 첫눈에 나하가 왜 그를 사랑하는지 알 수 있었다.

이렘파스의 눈에도 사랑이 담겨 있었다. 그는 내 시신 옆을 지나 굳어 가는 피 구덩이 위로 발을 디뎠다. "나하도스." 이렘파스가 미소 지으며 손을 내밀었다. 나는 존재하지 않는 몸을 떨었다. 아, 그의 혀가 나하도스의 이름을 발음하는 방식이라니. 그는 만반의 준비를 갖춘 채 유혹의 신을 유혹하러 왔다.

언제부턴가 자유로워진 나하도스가 일어나 섰다. 하지만 그는 이렘파스가 내민 손을 잡지 않는다. 그는 이렘파스를 지나 내 몸뚱이가 누워 있는 곳으로 걸어간다. 몸 한쪽이 온통 피투성이인데도 아랑곳하지 않고 무릎을 꿇고 나를 바닥에서 들어 올린다. 내 몸을 끌어안고 힘없는 목에서 머리가 달랑거리지 않도록 머리를 조심스레 받쳐 든다. 나하도스의 얼굴에는 아무런 표정도 없다. 그저 묵묵히 나를 바라볼 뿐이다.

그의 행동이 이렘파스를 모욕하기 위해 신중히 계산한 것이었다면, 효과는 탁월했다. 이렘파스가 천천히 손을 내린다. 얼굴에서 미소가 사라진다.

"만물의 아버지시여." 데카르타가 지팡이도 짚지 않은 채 부들거리는 몸으로 위태롭게 절한다. "다시금 찾아와 주시어 영광입니다." 방 양쪽에서 중얼거림이 들린다. 데카르타를 따라 인사를 올리는 릴래드와 시미나다. 그들은 내게 관심 밖의 존재다. 그래서 나는 인식 범위에서 그들을 아예 지워 버린다.

나는 이렘파스가 대답하지 않을 거라고 생각했지만 그때 그가 나하도스의 등을 노려보며 대답한다. "아직도 인을 달고 있구나, 데카르

타. 하인을 불러 의식을 끝마쳐라."

"그렇게 하겠습니다, 아버지시여. 하지만⋯⋯."

이템파스가 쳐다보자 그 이글거리는 건조한 시선 아래에서 데카르타가 점차 말꼬리를 흐린다. 그럴 만도 하다. 그러나 데카르타는 아라메리다. 신은 그를 오랫동안 겁줄 수 없다.

"비레인, 네가⋯⋯ 그분의 일부였다니."

이템파스는 데카르타가 침묵에 빠질 때까지 기다린다. "네 딸이 하늘궁을 떠난 후부터 그랬지."

데카르타가 쿠루에를 향해 퍼뜩 고개를 돌린다. "알고 있었나?"

그녀가 고개를 까딱인다. 여전히 위엄 있는 태도다. "처음엔 아니었다. 하지만 어느 날 비레인이 찾아와 지상의 이 지옥에서 영원히 저주받을 필요가 없다고 알려 주었지. 우리가 충성심을 증명하면 아버지가 우리를 용서해 주실 것이라고도 했다." 그러고는 힐끗 이템파스를 바라본다. 심지어 당당하게 구는 그녀조차 불안감을 감추지는 못한다. 그녀는 이템파스의 호의가 얼마나 변덕스러운지 안다. "그때도 확신하지는 못했지만 짐작은 했다. 내가 계획을 세운 것도 그때였지."

"하지만 그렇다는 건⋯⋯." 데카르타가 말을 멈췄다. 깨달음과 분노, 체념이 그의 얼굴 위를 순서대로 빠르게 지나갔다. 무슨 생각을 하고 있을지 알 것 같다. **광명의 이템파스가 키네스의 죽음을 획책했다.** 내 할아버지는 두 눈을 질끈 감고 그가 신봉하던 신앙의 죽음을 애도한다. "왜?"

"비레인은 실연의 아픔을 겪었지." 만물의 아버지는 자신이 그렇게 말하면서 나하도스를 쳐다봤다는 걸 자각하고 있을까? 그의 표정이 무엇을 말해 주는지 알고 있을까? "그는 키네스가 돌아오길 바랐고 내가 목표를 이루게 돕는다면 무엇이든 바치겠다고 했다. 그래서 그 대가로 그의 육신을 받았지."

"넌 변함이 없군." 나는 나하도스의 품에 안겨 있는 내 몸으로 옮겨간다. 나하도스가 내 위쪽에서 말한다. "그를 이용했어."

"그가 원하는 걸 줄 수 있었다면 그랬을 거다." 이렘파스가 너무도 인간처럼 어깨를 으쓱하며 대답한다. "하지만 에네파는 이것들에게 스스로 선택할 능력을 주었지. 심지어 우리조차 그들이 마음을 정하고 나면 되돌릴 수 없지 않은가. 비레인이 어리석었던 거야."

경멸이 나하도스의 입술을 휘게 한다. "아니야, 템파. 내가 말한 건 그런 뜻이 아니다. 너도 알 텐데."

그리고 무슨 이유에서인지, 내가 더는 살아 있지 않고 더는 육신의 두뇌로 생각하지 않기 때문인지, 나는 이해한다. 에네파는 죽었다. 그녀의 살과 영혼의 일부가 남아 있다는 사실은 중요하지 않다. 그것들은 그저 그녀였던 것의 그림자일 뿐이다. 그러나 비레인은 살아 있는 신의 본성을 자진하여 자기 몸에 받아들였다. 나는 진실을 깨닫고 몸서리친다. 이렘파스가 강림한 순간은 곧 비레인이 죽은 순간이었다. 그는 알고 있었을까? 돌이켜 보면 이상하게 느껴졌던 비레인의 많은 부분이 설명된다.

하지만 그 전에 비레인의 영혼과 정신으로 위장한 이렘파스는 관음증 환자처럼 나하도스를 지켜볼 수 있었다. 그는 나하도스에게 명령할 수 있었고 그가 순종하는 것을 보며 환희에 떨었을 것이다. 그는 데카르타의 뜻을 행하는 척하면서 상황을 조작해 나하도스에게 미묘한 압력을 가할 수도 있었다. 나하도스는 까맣게 모르고 있는 동안.

이렘파스의 얼굴에는 아무 변화도 일지 않지만 그럼에도 그가 노여워하고 있음을 알 수 있다. 금빛 눈에 반질거리는 그늘이 드리운다. "넌 항상 너무 감상적이지, 나하." 이렘파스가 가까이 다가선다. 그의 주위를 두르고 있는 하얀 광휘가 나하도스의 들끓는 그림자와 부딪칠 정도로 가깝게. 두 힘이 맞닿는 곳에는 빛과 어둠이 모두 사라져 아무것도 남지 않는다.

"그 고깃덩이가 뭐라도 되는 듯이 붙들고 있군."

"실제로 그러하니까."

"그래그래, 그 애의 그릇이었지. 나도 알아. 하지만 이제 그것의 목적은 달성됐다. 그것이 목숨을 걸고 네 자유를 샀는데, 보상을 받지 않을 거냐?"

천천히, 나하도스가 내 몸을 내려놓는다. 나는 그의 격렬한 분노가 파도처럼 덮치는 것을 누구보다 먼저 느낀다. 심지어 이렘파스조차 나하도스가 두 주먹으로 바닥을 내려쳤을 때 깜짝 놀란 것 같다. 내 피 웅덩이가 두 개의 선을 그리며 날아오른다. 바닥에 불길한 금이 가고, 몇 개의 균열이 유리벽을 타고 올라가지만 다행히 상흔만 남길 뿐 깨지지는 않는다. 하지만 이를 보정하듯 대신 방 중앙에 있는 받침대가 갑자기 산산조각으로 터지며 불경하게도 대지의 돌을 바닥으로 내던진다. 방 안에 있는 사람들에게 하얀 파편이 쏟아진다.

"그 이상이었다." 나하도스가 숨을 내쉰다. 그의 살갗에 금이 가고 갈라지고 있다. 그의 감옥인 육신은 간신히 그를 붙들고 있을 뿐이다. 나하도스가 일어나 몸을 돌리자, 손에서 피라고 하기에는 너무도 겁은 것이 뚝뚝 떨어진다. 몸을 감싼 망토가 작은 토네이도처럼 주변 공기를 집어 삼킨다.

"그녀는…… 훨씬…… 더 중요한 존재였어!" 나하도스의 말은 더 이상 조리 있게 들리지도 않는다. 그는 언어가 발명되기 전부터 무구한 세월을 살아온 존재다. 그러니 극단적인 상황에 치달았을 때 본능적으로 언어를 포기하고 분노를 포효하는 것일 테다. "단순한 그릇이 아니었다. 그녀는 내 마지막 희망이었어. 너를 위해서도."

의지와는 전혀 상관없이 내 시선이 쿠루에를 향한다. 그녀가 앞으로 나서며 반론하려는 듯이 입을 달싹인다. 자카른이 경고의 의미로 그녀의 팔을 붙잡는다. 현명한 행동이다. 적어도 쿠루에보다 더 현명하다고 생각한다. 나하도스는 지금 완전히 정신이 나간 것 같으니까.

하지만 그건 이템파스도 마찬가지다. 그는 분노한 나하도스를 지긋이 내려다본다. 전사의 팽팽한 긴장감 아래 절대로 착각할 수 없는 노골적인 갈망이 담긴 눈빛이다. 하지만 그럴 만도 하다. 그들은 참으로 오랜 영겁의 시간 동안 서로 대치하고 싸우고 경쟁했을 것이며, 종내 날것의 폭력은 그보다 더 불가사의한 열망에 자리를 내어주었을 것이다. 어쩌면 이템파스는 나하도스의 사랑 없이 너무도 오랜 세월을 견뎌 왔기에 무엇이든, 차라리 증오라도 기꺼워할지 모른다.

"나하." 이템파스가 다정하게 말을 건다. "네 모습을 봐라. 겨우 필멸자 하나 때문에 이러는 거냐?" 그가 고개를 저으며 탄식한다. "우리 누이의 유산인 버러지들 사이에 던져 두면 네 방식이 잘못되었다는 걸 깨달을 줄 알았는데, 지금 보니 감금 생활에만 익숙해지고 있는 것 같구나."

그러고는 앞으로 걸어 나가, 여기 있는 모든 이들이 자살행위라고 여길 만한 일을 감행한다. 나하도스를 만진 것이다. 나하도스의 얼굴 위, 도자기처럼 쩍쩍 벌어진 균열에 손가락 끝을 살짝 스치는 짧고도 단순한 동작이었다. 거기에는 왠지 모를 지독한 그리움이 사무쳐 있어 내 마음을 아프게 한다.

하지만 그게 중요할까? 이템파스는 에네파를 죽이고 자기 자식들을 죽였다. 나를 죽였다. 나하도스의 안에 있는 무언가도 죽여버렸다. 그는 그걸 모른단 말인가?

어쩌면 알고 있을지도 모른다. 왜냐하면 이내 아련한 표정이 사그라들더니 그가 손을 거두어 버렸기 때문이다.

"어쩔 수 없지." 이템파스가 싸늘하게 내뱉는다. "이젠 나도 염증이 난다. 에네파는 역병이었다, 나하도스. 너와 내가 만든 순수하고 완벽한 우주를 망쳐 버린 역병. 내가 돌을 보관한 건 네가 어떻게 생각하든 나 역시 그 애를 아꼈기 때문이야. 그리고…… 너를 흔드는 데 도움이 될지도 모른다고 생각했지."

그러더니 그는 내 시체에 눈길을 주고는 순간 멈칫한다. 대지의 돌은 내 몸에서 흘러나온 피웅덩이에 떨어져 있다. 내 어깨에서 한 뼘도 안 되는 곳이다. 나하도스는 내 몸을 조심스레 바닥에 내려 놓았지만 머리가 한쪽으로 쏠려 있다. 한쪽 팔은 마치 대지의 돌을 감싸려는 듯 위쪽으로 향해 둥그스름하게 말려 있다. 아이러니한 광경이다. 여신의 힘을 손에 넣으려다 살해된 필멸자 여성. 신의 연인.

이템파스가 나를 우주에서 가장 끔찍한 지옥으로 보낼 것이라는 생각이 든다.

"하지만 이제 우리 누이는 없어져야 한다." 이렘파스가 보고 있는 것이 나인지 돌인지 모르겠다. "우리 사이에 끼어든 저 기생충도 같이 죽어 버려야지. 그래야 우리 삶이 예전으로 돌아갈 수 있을 테니까. 그 시절이 그립지 않니?"

(나는 데카르타가 그 말에 몸을 경직시키는 것을 본다. 여기 있는 세 필멸자 중 오직 그만이 이렘파스가 뜻하는 바를 알아차린 것이다.)

"렘파, 나는 너를 증오할 거다." 나하가 숨을 들이켠다. "너와 내가 이 우주에 유일하게 살아 있는 것이 된다고 해도."

다음 순간 그는 격렬하게 포효하는 검은 돌풍이 되어 무시무시한 속도로 돌진하고, 이렘파스는 하얗게 타오르는 불꽃으로 그를 맞이한다. 두 힘이 충돌한 순간 발생한 거대한 충격파에 의식의 방을 둘러싼 유리벽이 박살 난다. 인간들이 비명을 내지르지만 그들의 목소리는 차갑고 희박한 공기가 진공을 채우며 울부짖는 소리에 파묻힐 뿐이다. 필멸자들은 바닥에 쓰러지고 나하도스와 이렘파스는 창공을 향해 비상한다. 그때 내 의식이 시미나를 포착한다. 그녀의 시선이 내 목숨을 빼앗은 칼에 못 박혀 있다. 그녀와 멀지 않은 바닥에 뒹굴고 있는 비레인의 칼. 릴래드는 유리 파편과 깨진 받침돌 덩어리 사이에 망연히 널브러져 있는 중이다. 시미나의 눈이 가느스름해진다.

시에가 으르렁거린다. 그 음성은 나하도스가 전투 중에 내지르는 호전적인 함성과 닮아 있다. 자카른이 쿠루에를 돌아보자 그녀의 손에 창이 나타난다.

그리고 이 모든 혼돈의 중앙에는 아무도 관심 두지 않고 손도 대지 않는 내 시신과 대지의 돌이 가만히 누워 있다.

＊

그리고 여기, 우리가 있다.

그래.

무슨 일이 일어난 건지 이해하겠니?

내가 죽었지.

그래. 돌 앞에서. 내 마지막 힘이 담긴 것 앞에서.

그게 내가 아직 여기 머무르면서 이 모든 걸 볼 수 있는 이유야?

그래. 돌은 살아 있는 것을 죽인다. 그리고 너는 이미 죽었지.

그 말은…… 내가 다시 살아날 수 있단 의미야? 놀랍네. 비레인이 날 배반한 게 이렇게 다행일 줄이야.

난 그걸 운명으로 여기고 싶군.

어떻게 하면 되지?

네 몸은 변할 거야. 그리고 더는 두 개의 영혼을 담을 수 없겠지. 그건 필멸자에게만 있는 능력이거든. 나는 너희를 그렇게 만들었단다. 우리에게 없는 다른 능력을 지닌 존재로 말이야. 하지만 그게 너희를 이토록 강하게 만들 줄은 몰랐어. 내 모든 노력에도 불구하고 나를 내리누르고 이길 정도로, 날 대신할 수 있을 만큼 강하게.

뭐? 아니, 난 널 대신하고 싶지 않아. 넌 너고 난 나야. 난 이제껏 그걸 위해 싸운걸.

아주 잘 싸워 줬지. 하지만 이 세상을 유지하려면 나의 본질, 나를 나로 만들어 주는 모든 것이 필요하단다. 내가 그 본질을 되찾는 자가 아니라면 그건 너여야만 해.

하지만 —

나는 후회하지 않는다, 내 딸. 나의 여동생아. 너는 합당한 계승자야. 너 또한 후회해서는 안 돼. 내가 원하는 건 그저……

네 소원이 뭔지 알아.

정말?

그래. 저 둘은 자존심에 눈이 멀었지만 그 기저엔 항상 사랑이 있지. 셋은 언제나 함께해야 해. 내가 그렇게 만들 거야.

고마워.

아니, 내가 고마워. 그럼 안녕.

＊

나는 영겁의 시간 동안 생각에 잠길 수 있다. 나는 죽었다. 그러니 원하는 만큼 시간을 들일 수 있다.

하지만 나는 항상 참을성이 부족했지.

＊

이제 유리벽도 없고 방이라고도 할 수 없는 유리방 안팎에서, 치열한 전투가 벌어진다.

이템파스와 나하도스는 한때 그들이 공유했던 하늘을 전장으로 삼는다. 둘 다 티끌처럼 작아 보인다. 눈으로는 따라갈 수도 없는 검은

선이 마치 아침 위로 쌓이는 밤의 띠처럼 순차적으로 밝아 오는 새벽 하늘을 가로지른다. 태양처럼 눈부시지만 그보다 천 배는 밝은 하얀 선이 그것을 뚝 갈라 파쇄한다. 여기엔 아무 의미도 없다. 지금은 낮 시간이다. 이렘파스가 가석방을 해 주지 않았다면 나하도스는 육신의 감옥에 갇혀 잠들어 있었을 것이며, 이렘파스는 내킬 때면 언제든 가석방을 취소할 수 있다. 그는 그저 지금을 즐기고 있는 게 분명하다.

시미나가 비레인의 칼을 움켜쥔다. 번개같이 릴래드를 향해 달려든다. 신체적으로는 릴래드가 더 강하지만 시미나에게는 행동력과 결단력이 있고, 야망 역시 그녀의 편에 서 있다. 릴래드의 눈이 공포로 부릅뜨인다. 그는 늘 이런 상황을 두려워했을 것이다.

시에와 자카른, 쿠루에는 치고 빠지고 빙빙 돌면서 금속과 발톱이 난무하는 죽음의 춤을 추고 있다. 쿠루에는 자기 방어를 위해 번득이는 청동검 한 쌍을 소환했다. 하지만 이 다툼 역시 결과는 뻔하다. 자카른은 전투의 화신이고 시에에게는 어린아이 특유의 잔인함이라는 능력이 있다. 하지만 대신에 쿠루에는 교활하고 이미 자유의 맛을 알고 있다. 그녀는 쉽게 죽지 않을 것이다.

그리고 이 와중에 데카르타가 바닥에 누워 있는 내 시신을 향해 움직인다. 그가 발을 멈추고 힘겹게 무릎 꿇으려 하지만 핏물 구덩이에 미끄러져 반쯤 내 위로 엎어진다. 데카르타의 얼굴에 단호한 표정이 떠오른다. 그는 한창 신들이 전투 중인 하늘을 올려다봤다가, 다시 아래를 내려다본다. 돌을 본다. 그것은 아라메리 혈족이 가진 힘과 권력의 근원이다. 그것은 또한 그들의 의무를 뜻하는 물질적 상징이기도 하다. 어쩌면 그는 그 의무를 다함으로써 이렘파스에게 생명의 귀중함을 일깨워 줄 수 있기를 바랄지도 모른다. 어쩌면 약간의 신앙심을 간직하고 있을지도 모른다. 어쩌면 사십 년 전에 자신의 충성과 헌신을 증명하기 위해 아내를 죽였을지도 모른다. 지금 그때와 다른 일을 하는 것은 그녀의 죽음을 조롱하는 행위다.

그는 대지의 돌을 향해 손을 뻗는다.

돌이 사라진다.

하지만 방금 전까지는 거기 있었다. 내 핏물 구덩이 속에. 데카르타가 미간을 찌푸리며 주변을 두리번거린다. 그의 시선이 움직임을 포착한다. 내 가슴에 나 있는 칼자국. 찢어진 천 사이로, 그는 본다. 벌어져 있던 상처가 오므라들어 닫히고 있다. 상처가 붙고 있다. 데카르타는 희미한 회색빛을 포착한다. 내 안에서.

나는 앞으로, 아래로 갑작스레 끌려가고 —

그래. 실체 없는 영혼으로 떠도는 건 이제 됐다. 다시 살아날 시간이다.

✳

나는 눈을 뜨고 일어나 앉았다.

뒤에서 데카르타가 목이 졸리는 건지 숨을 헐떡이는 건지 모를 소리를 내는 게 들렸다. 내가 바닥에서 일어섰을 때까지도 데카르타 말고는 아무도 알아차리지 못했기에, 나는 그를 바라보았다.

"무슨…… 이 세상 모든 신들이시여, 도대체 이게……" 그의 입이 움직였다. 휘둥그런 눈으로 나를 쳐다본다.

"모든 신이 아냐." 나는 말했다. 그리고 내가 아직 나이기 때문에, 고개를 기울여 그의 얼굴에 바짝 대고는 씨익 웃어 보였다. "나지."

눈을 감고 가슴을 만져 보았다. 손가락 밑에는 아무것도 뛰고 있지 않았다. 심장이 사라졌다. 그러나 뭔가 다른 것이 내 육신에 생명을 불어넣고 있었다. 나는 그게 뭔지 느낄 수 있었다. 대지의 돌. 죽음에서 태어난 생명의 상징. 무한의 가능성으로 가득 찬 것. 씨앗.

"자라나라." 나는 속삭였다.

29장

셋

뭔가 태어날 때면 으레 그렇듯, 고통이 찾아왔다.

소리를 질렀던 것 같다. 많은 일이 일어난 것 같다. 하늘이 머리 위에서 회전하고 순식간에 낮과 밤, 그리고 아침까지 시간이 순환하는 것이 어렴풋이 느껴진다. (이게 진짜로 일어난 일이었다면 움직인 것은 하늘이 아니었을 것이다.) 머나먼 우주 저 어딘가에서 헤아릴 수 없이 무수한 새로운 종이 수백만 개의 행성에서 폭발하듯이 탄생했다는 느낌이 든다. 그리고 내 눈에서 눈물이 흘러내렸다는 상당한 확신도 든다. 눈물이 떨어진 곳에 지의류와 이끼들이 바닥을 뒤덮기 시작했다.

하지만 그 어떤 것도 명백하게 확신할 수는 없었다. 어딘가에서, 필멸자의 언어가 없는 차원에서 나 역시 변화하고 있었다. 내 인식의 상당 부분이 거기에 쏠려 있었다.

그리고 변화가 끝났을 때, 눈을 뜬 나는 새로운 색을 보았다.

방 안이 다채로운 색으로 빛나고 있었다. 무지개빛 광택을 내는 하늘궁의 바닥재. 바닥에 흩어진 유리 파편에 반사되는 금빛. 푸른 하늘. 전에는 물빛 같은 청백색이었다면 지금은 너무도 짙고 강렬한 암청색이라, 나는 멍하니 그 광경을 응시했다. 이제껏 한 번도, 적어도 내 생전에는 단 한 번도, 이처럼 새파란 하늘은 존재한 적이 없었다.

다음으로 내가 알아차린 것은 냄새였다. 내 몸은 이제 완전히 다른 것이 되었다. 이것은 몸이 아니라 화신(化身)이었다. 그러나 여전히 인간의 형체를 띠었고 느낄 수 있는 감각도 마찬가지였다. 다만 여기에도 달라진 게 있었다. 나는 숨을 들이마실 때마다 옷을 적신 혈흔에서 나는 금속성 냄새와 그 아래에 존재하는 산뜻하면서도 얼얼한 기운을 맡을 수 있었다. 그것을 손가락으로 찍어 맛을 보았다. 짠맛. 금속맛, 약간의 씁쓸함과 신맛. 당연히 그렇겠지. 나는 죽기 전 며칠 동안 굉장히 불행했다.

새로운 색깔. 공기 중에 느껴지는 새로운 냄새. 나는 이제까지 3분의 1이 부족한 우주에 산다는 게 어떤 의미인지 전혀 알지 못했다. 신들의 전쟁은 우리에게서 단순한 생명보다 더 많은 것을 앗아 갔다.

더 이상은 안 돼. 나는 다짐했다.

내 주변에는 모든 혼란이 멈춰 있었다. 말도 생각도 하고 싶지 않았지만 책임감이 자꾸만 내 사색을 몰아내려 했다. 나는 결국 한숨을 흘리며 주위 상황으로 관심을 돌렸다.

내 왼쪽에 빛나는 세 개의 생명체가 서 있었다. 다른 것들보다 더 강하고, 형태적으로도 훨씬 유연했다. 나는 그들 안에 내 본질이 깃들어 있음을 깨달았다. 그들은 무기를 손에 든 채, 또는 긴 발톱을 치켜든 채 얼어붙어 입을 떡 벌리고 나를 응시했다. 그중 하나가 다른 형태, 어린아이로 변신하더니 앞으로 걸어 나왔다. 그의 눈이 휘둥그레졌다. "어, 어머니?"

그건 내 이름이 아니었다. 그 말을 무시하고 등을 돌릴 경우 이 아이가 마음 다칠 것이라는 생각만 들지 않았다면 나는 무시했을 것이다. 그런데 그게 왜 중요하지? 이유는 알 수 없지만 왠지 신경이 쓰였다.

그래서 나는 말했다. "아니야." 그러고는 충동적으로 손을 뻗어 그의 머리를 쓰다듬었다. 아이의 눈이 커다래지더니 눈물이 주르륵 흘렀다. 아이가 얼굴을 가리며 뒤로 물러났다. 나는 그 행동을 어떻게 해석해야 할지 몰라 다른 이들에게로 눈을 돌렸다.

오른쪽에 세 개, 아니 두 개의 형체가 더 있었다. 그 하나는 죽어 가고 있었으니까. 그것들 역시 빛을 내고 있었다. 다만 그 빛은 안쪽에 숨겨져 있고 그들의 신체는 나약하고 조잡했다. 그리고 유한했다. 죽어 가는 것이 점점 희미해지고 있었다. 장기가 너무 많이 훼손되어 더는 생을 유지할 수 없었다. 나는 그 광경에 슬퍼하면서도 그들의 유한성이 온당하다고 느꼈다.

"이게 뭐지?" 그중 하나가 물었다. 어린 것. 여자. 그녀의 손과 옷에 동생의 피가 묻어 있었다.

나이가 많고 죽음에 더 가까운 또 다른 필멸자는 나를 쳐다보며 고개를 저을 뿐이었다.

그러더니 갑자기 두 개의 형체가 내 앞에 나타났고, 나는 그것을 보고 숨을 삼켰다. 그들은 너무도 아름다웠다. 심지어 이 차원과 교감하기 위해 뒤집어쓴 껍데기 너머로도 아름다웠다. 그들은 내 일부이고 혈육이었으나, 그럼에도 무척 달랐다. 나는 그들과 함께 하기 위해 태어났고, 둘 사이의 간극을 메우고 그들의 목적을 완성하기 위해 태어났다. 지금 이들과 함께 서기 위해서. 너무도 기쁜 나머지 고개를 한껏 젖히며 환희의 노래를 부르짖고 싶어졌다.

하지만 뭔가 잘못됐다. 빛과 안정과 고요함의 느낌이 나는 자. 그는 완전했고 영광스러웠다. 그러나 그의 중심에는 무언가 불온한 것이 있었다. 가까이 들여다보니 지독하게 광대한 외로움이 있어 그의 마음을 사과 속 벌레처럼 파먹고 있었다. 덕분에 정신이 번쩍 들었다. 왜냐하면 나는 그러한 외로움이 어떤 기분인지 아주 잘 알기에.

그 옆의 존재에게도 똑같이 손상된 부분이 있었는데, 그자의 본성은 어둡고 야성적인 모든 것이었다. 하지만 그는 뭔가 끔찍한 일을 겪었다. 영혼은 으깨지고 망가져 있었고, 날카로운 사슬에 칭칭 묶인 다음 너무도 작은 그릇에 강제로 쑤셔 박아졌다. 끝없는 고통. 그는 한쪽 무릎을 뚫은 채 둔탁한 눈과 땀에 젖은 머리칼 사이로 나를 직시했다. 심지어 그는 숨을 쉬며 헐떡거릴 때마다 고통을 느끼고 있었다.

추악하고도 역겨운 일이었다. 그러나 그보다 더 역겨운 사실은 사슬의 근원을 따라갔을 때 거기에 나 자신의 일부가 있었다는 것이다. 다른 세 존재를 죄고 있는 목줄도 마찬가지였다. 그중 하나는 나를 어머니라고 부른 것의 목에 연결되어 있었다.

나는 구역질을 느끼며 내 가슴에서 사슬을 잡아 뜯어 냈다. 으스러뜨렸다.

내 왼쪽에 있던 세 존재가 모두 숨을 헐떡였다. 힘이 제자리로 돌아오는 것을 느끼며 괴로운 듯 허리를 접고 비틀었다. 하지만 그들의 반응은 어둠에 비하면 아무것도 아니었다. 그는 일순 꼼짝도 하지 않았다. 사슬이 느슨해졌다가 끊어졌을 때 눈을 크게 떴을 뿐이다.

그러나 다음 순간, 그는 머리를 뒤로 젖히며 포효했고 이 세상 모든 존재가 함께 들썩였다. 지금의 차원에서 그것은 소리와 진동의 거대한 충격파로 발현되었다. 온 세상의 사위가 사라지고 심장이 한 번 뛸 동안보다 더 길게 지속됐다간 나약한 영혼들은 실성할 만큼 완전하고도 완벽한 어둠이 밀려왔다. 그러나 어둠은 나타났을 때보다도 더 빨리 사라졌고 곧이어 새로운 것이 그 자리를 차지했다.

균형. 나는 관절이 탈구되었다 돌아온 것처럼 세상의 균형이 회복되는 것을 느꼈다. 우주는 세 신이 존재함으로써 구성된다. 그리고 오랜 세월이 지난 지금 드디어, 셋이 다시 함께 세상을 걷고 있었다.

삼라만상의 고요 속에서 나는 어둠의 존재가 온전해진 것을 보았다. 한때 그의 주위에서 어두운 그림자가 쉴 새 없이 꿈틀거렸다면 이제 그는 대혼돈처럼 검고 불가능한 음(陰)의 후광을 발하며 빛났다. 내가 전에 그를 그저 아름답다고만 생각했던가? 아, 하

504

지만 이제 그에게는 저 아름다운 권능을 걸러 줄 인간의 육신이 없다. 그의 눈은 수백만 개의 미스터리처럼 검푸르게 빛나고, 무시무시하고 강렬하고 아름답다. 그가 미소 짓자 온 세상이 전율했고 나 또한 거기에는 면역되지 못했다.

그러나 그것은 나를 완전히 다른 수준으로 동요시켰다. 갑자기 무수한 기억들이 솟구쳤기 때문이다. 엷고, 반쯤 잊힌 듯이 흐릿한 기억이었지만 내 안으로 밀려들며 어서 빨리 받아들이라는 강한 요구가 빗발쳤다. 나는 신음하고 머리를 도리질하며 거세게 반항했다. 그것은 나의 일부였다. 그 기억들은 내 동족에게 이름이라는 것이 형태처럼 덧없다는 것을 알면서도 어두운 존재에게 이름을 주어야 한다고 강력하게 주장했다. 그의 이름은 나하도스.

그리고 밝은 것은 이템파스.

그리고 나는─

나는 혼란스러운 마음에 눈살을 찌푸렸다. 두 손을 눈앞으로 들어 올려 마치 처음 보는 양 응시했다. 어떤 면에서 그것은 사실이었다. 내 안에는 내가 그토록 싫어하던 회색빛이 있었고, 그것은 이제 존재로부터 앗아 온 온갖 색에 물들어 있었다. 나는 피부를 통해 그 모든 색상이 내 신경과 혈관을 타고 춤추는 것을 보았다. 아무리 숨겨져 있다 한들 그 힘은 전혀 약해지지 않았다. 그것은 내 힘이 아니었다. 그러나 이것은 내 육신이었다. 잠깐만. 난 누구지?

"예이네." 나하도스가 경이감이 흘러넘치는 목소리로 말했다.

온몸에 전율이 일었다. 방금 느꼈던 것과 똑같은 균형을 느꼈다. 아, 이제 나는 이해할 수 있었다. 이것은 내 육신이며 나의 힘이었다. 나는 필멸의 삶이 만들어 낸 것이며 또한 에네파의 피조물이었지만, 그건 모두 과거의 일이었다. 이제 나는 원하는 무엇이든 될 수 있었다.

"그래." 나는 그에게 미소 지으며 말했다. "그게 내 이름이야."

＊

변화는 필수적이었다.

나와 나하도스는 토파즈처럼 굳은 눈으로 우리를 바라보는 이템파스를 마주했다.

"이런, 나하." 이템파스가 말했다. 그러나 그의 눈빛에 담긴 증오는 전부 나를 향해 있었다. "축하해야겠구나. 아주 훌륭하게 쿠데타를 성공시켰어. 저걸 죽이는 것만으로도 충분할 줄 알았는데, 지금 보니 완전히 소멸시켜 버려야 했다."

"그러려면 네가 가진 것보다 더 많은 힘이 필요했을 거야." 내 말에 일순 이템파스의 얼굴이 일그러졌다. 이템파스는 알까? 그는 너무도 읽기가 쉽다. 그는 나를 여전히 필멸자로 여기고 있고, 그에게 필멸자는 하찮은 존재였다.

"넌 에네파가 아니야." 이템파스가 짧게 응수했다.

"그래, 아니야." 나는 미소 짓지 않을 수가 없었다. "에네파의 영혼이 왜 인간계에 계속 머물렀는지 알아? 돌 때문이 아니었어."

언짢다는 듯 그의 미간이 더 깊어졌다. 왜 이리도 까탈스러운지. 나하는 도대체 왜 그를 좋아하는 걸까? 아니야, 이건 질투심이다. 위험해. 나는 과거를 반복하지 않을 것이다.

"삶과 죽음은 나에게서 시작되어 나를 통해 흐르고 순환하지." 나는 가슴을 매만지며 말했다. 그 안에는 심장이 아닌 무언가가 고르고 힘 있게 뛰고 있었다. "에네파조차도 자기 자신에 대해 진정으로 알지 못했어. 어쩌면 그녀는 언젠가는 늘 죽을 운명이었을 거야. 그리고 난 우리 중에서 유일하게 진정한 불멸의 존재가 아닐지도 모르지. 하지만 같은 이유로 나는 또한 진정으로 죽을 수도 없어. 나를 죽인대도 내 일부는 항상 영원토록 지속될 테니까. 영혼, 육신, 어쩌면 기억일 수도 있지만…… 그것만으로도 내가 다시 돌아오는 데에는 충분하겠지."

"그렇다면 내가 그저 일을 제대로 처리하지 못했단 뜻이군." 이 템파스가 끼어들었다. 무언가 끔찍한 행위를 암시하는 말투였다. "다음번에는 반드시 바로잡겠다."

나하도스가 앞으로 나섰다. 그가 움직일 때마다 주위를 둘러싼 검은 후광이 희미하게 타닥거리는 소리를 냈고 공기 중의 습기가 얼어붙어 생긴 하얀 알갱이들이 바닥 위에서 춤을 췄다.

"다음번은 없을 거다, 템파." 무시무시하리만큼 다정한 목소리였다. "이제 돌은 없고 나는 자유다. 감옥에 갇혀 있던 기나긴 밤 동안 생각하고 또 곱씹었던 대로, 너를 갈기갈기 찢어 주마."

이템파스의 오라가 하얀 불꽃처럼 이글거리며 불타오르고 그의 눈이 한 쌍의 태양처럼 찌를 듯이 빛났다. "형제여, 난 너를 지상으로 내던졌고 지금도 다시 할 수 있……"

"그만." 내가 말했다.

나하도스는 사납고 공격적인 숨소리로 대답을 대신했다. 그가 몸을 둥글게 오므렸다. 허리 옆에 머물던 손이 갑자기 거대하고 흉포한 발톱으로 변했다. 뭔가 흐릿한 것이 움직이는가 싶더니 다음 순간 맹수의 형태를 띤 그림자처럼 시에가 그 옆에 나타났다. 쿠루에가 이템파스의 옆에 서려는 듯 몸을 움직였지만 그 즉시 자카른의 창이 그녀의 목에 닿았다.

아무도 내게는 관심을 주지 않았다. 나는 한숨 지었다.

내 안에는 내가 가진 힘에 대한 지식이 있었고, 그것은 *생각하고 호흡하는 것*만큼이나 본능적이었다. 나는 눈을 감고 그것을 향해 마음을 뻗었다. 내 안에서 힘이 풀려나며 점점 자라나는 것을 느꼈다. 내 부름에 기껍게, 열렬히 호응하면서.

아주 재미있을 터였다.

내가 하늘궁 전체로 흘려보낸 힘이 일으킨 최초의 폭발은 모두를 깜짝 놀라게 할 만큼 무시무시했다. 내 형제들조차 놀라 입을 다물었다. 나는 그들을 무시한 채 눈을 감고 내 의지를 놀려 에너지를 모으고 형성했다. 아, 이 강력하고도 엄청난 힘이란. 조심하지 않으면 창조하는 게 아니라 파괴하게 될 것이다.

다양한 색채의 빛이 내 주위를 둘러싸는 것이 어렴풋이 느껴졌다. 희뿌연 회색, 일몰과도 같은 장밋빛과 새벽녘의 연한 녹색. 머리카락이 환한 빛을 발하며 세차게 휘날렸다. 드레스가 발목에 감겨서 짜증이 났다. 약간의 의지를 흘려 넣자 드레스가 다르 전사의 옷이 되었다. 몸에 딱 달라붙는 소매 없는 튜닉과 종아리 길이의 활동적인 바지. 현실에는 없을 법한 은색으로 빛나고 있지만 어쨌든 난 이제 여신이니까.

갈색이고, 거칠고, 나무껍질 같은 벽이 갑자기 주위에 솟아났다. 방 주위를 완전히 에워싼 것은 아니고 여기저기 틈이 있었지만 그 틈새도 시시각각 메워지고 있었다. 가지가 자라나고, 갈라지고, 새 이파리가 돋아났다. 머리 위로는 여전히 하늘이 내다보였으나 어둡고 침침했다. 천장처럼 위를 뒤덮은 무성한 나뭇잎 때문이었다. 잎사귀 천장 너머로 굽고 옹이 진 거대한 나무줄기가 하늘을 찌를 듯이 솟아올랐다.

가장 높은 곳에 있는 가지는 실제로 하늘을 찌르고 있었다. 저 위에서 지상을 내려다본다면 흰 구름과 푸른 바다, 갈색의 땅, 그리고 행성의 완만한 곡선을 방해하는 장엄한 한 그루 나무가 눈에 들어올 것이다. 더 가까이 다가와 살펴보면 태산처럼 거대한 뿌리를, 그리고 갈라진 뿌리 사이에 박혀 있는 하늘도시를 볼 수 있을 것이다. 강처럼 길게 이어진 나뭇가지를 보게 될 것이다. 놀라고 겁에 질린 지상의 인간들이 집에서 기어 나와 하늘아버지의 궁전을 휘감은 거대한 나무를 경외하며 올려다보는 모습을 볼 수 있을 것이다. 실제로 나는 이 모든 광경을 눈을 뜨지 않고도 볼 수 있었다. 잠시 후 나는 눈을 뜨고 나를 멍하니 쳐다보고 있는 내 형제들과 자식들을 발견했다.

"그만." 나는 다시 말했다. 이번에는 모두가 내 말에 집중했다. "인간계는 신들의 전쟁을 다시 감당할 수 없어. 내가 허락하지 않겠다."

"네가 허락할 수 없다······고?" 이템파스가 주먹을 꽉 쥐었다.

나는 무겁고 뜨겁게 들끓는 그의 힘을 느꼈다. 순간적으로 덜컥 겁이 났다. 그럴 만한 이유가 있다. 이템파스는 태초에 우주를 자신의 뜻대로 휘고 굴복시킨 존재다. 경험과 지혜라는 측면에서도 그는 나를 훨씬 능가했다. 나는 신들이 어떤 방식으로 싸우는지도 몰랐다. 이템파스가 공격을 하지 않는 유일한 이유는, 그는 혼자인데 반해 우리는 둘이었기 때문이다. 오직 그것만이 그를 가로막고 있을 뿐이다.

그렇다면 희망이 있지. 나는 생각했다.

내 생각을 읽기라도 한 듯 나하도스가 고개를 저었다. "아니다, 예이네." 얼굴에 블랙홀처럼 박혀 있는 그의 눈은 금세라도 세상을 집어삼킬 준비가 되어 있었다. 복수를 원하는 절실한 갈증이 연기처럼 그의 주위를 휘감고 있었다. "그는 에네파를 사랑했으면서도 그녀를 살해했다. 너를 죽이는 데에도 전혀 거리낌이 없을 거다. 우리가 그를 파멸시키지 않는다면 우리가 파멸될 것이다."

진퇴양난의 상황이다. 나는 이템파스에게 원한이 없다. 그가 죽인 것은 에네파지 내가 아니다. 하지만 나하도스는 천 년이 넘는 세월 동안 자아를 잃는 고통을 겪었다. 그는 마땅히 정의를 행할 권리가 있다. 그보다 더 나쁜 것은 그의 말이 옳다는 것이다. 이템파스는 미쳤다. 질투심과 공포에 중독되어 있다. 광인을 자유롭게 풀어 두면 타인이나 자기 자신을 해칠 뿐이다.

그러나 그를 죽이는 것은 불가능하다. 셋이 함께 이 우주를 구성하기에. 셋이 함께하지 않으면 이 세상은 끝이다.

"한 가지 해결책이 있어." 나는 부드럽게 말했다. 실은 불완전한 대책이었다. 충분한 힘과 시간만 있다면 한 명의 필멸자라고 해도 이 세계에 엄청난 피해를 끼칠 수 있으므로. 우리가 할 수 있는 일은 그저 최선의 결과가 도출되기를 바라는 것뿐이다.

나하도스가 내 의도를 읽고 미간을 좁혔지만 그가 뿜어내는 증오심이 약간이나마 가시는 게 느껴졌다. 그래, 그가 이 방법에 만족할 줄 알았다. 나하도스가 동의의 의미로 고개를 한번 끄덕였다.

우리가 무슨 짓을 하려는지 깨달은 이템파스가 몸을 경직시켰다. 언어는 그의 발명품이다. 우리에게는 말이 필요 없다. "나는 절대로 용납하지 않을 것이다."

"하게 될걸." 나는 이렇게 말하고 내 힘을 나하도스의 것과 융합시켰다. 그건 별로 어렵지 않았다. 우리 셋은 애초에 서로 대립하는 것이 아니라 협력해야 하는 존재기에. 이템파스가 그에게 주어진 고행을 마치고 나면 우리는 다시 진정한 셋이 될 수 있을 것이다. 그때가 되었을 때 우리는 또 얼마나 놀라운 것들을 함께 창조할 수 있을 것인가! 아, 나는 그날을 고대한다. 또한 희망한다.

나하도스가 이템파스에게 말했다. "너는 섬길 것이다." 율법의 무게가 실린 그의 음성은 무겁고 냉혹했다. 나는 현실이 새로이 구성되고 조립되는 것을 느꼈다. 우리에게는 별도의 언어도 필요 없었다. 우리 중 하나가 말할 수 있다면 어떤 언어든 상관없었으니까. "너는 한 가문이 아니라 온 세계를 섬기고 봉사할 것이다. 필멸자가 되어 그들 사이를 헤맬 것이며 아무도 네가 누군지 알지 못하리라. 너는 오직 네가 행한 일과 말로써만 얻을 수 있는 재물과 존중만을 구사할 수 있을 것이다. 오직 절실히 필요할 때에만 네 능력을 소환할 수 있으며, 그마저 오로지 네가 경멸하는 필멸자들을 돕기 위해서만 사용할 수 있으리. 너는 네 이름으로 행해진 모든 잘못을 바로잡을 것이다."

그런 다음 나하도스는 미소 지었다. 그는 이제 자유였고, 더는 잔인해질 필요가 없었기에 그 미소는 잔인하지는 않았으나 그렇다고 자비롭지도 않았다. "이 과업을 달성하려면 시간이 좀 걸리겠지."

이템파스는 아무 말도 하지 않았다. 왜냐하면 말할 수 없었기 때문이다. 나하도스의 말은 그를 붙들어 매었고, 내 권능의 도움을 받아 필멸자는 볼 수도 끊을 수도 없는 사슬을 엮었다. 그는 결박되지 않으려 격렬하게 반항했다. 한 번은 격분을 참지 못하고 우리에게 힘을 휘둘렀지만 아무 소용도 없었다. 하나가 둘을 상대하는 것은 불가능하다. 그러한 진리를 스스로 오랫동안 자기중심적으로 사용해 온 자이기에 더욱 잘 알고 있으리라.

그러나 이렇게 끝낼 수는 없다. 올바르고 정당한 형벌은 단순히 피해자를 달래는 것이 아니라 가해자 또한 구제해야 한다.

"형벌이 빨리 끝날 수도 있다." 내 입에서 나온 단어들이 이템파스의 주위를 휘휘 돌며 서로 물리고 엮여 단단히 묶인다. "진정으로 사랑하는 법을 배운다면 말이야."

이템파스가 나를 노려보았다. 우리의 힘에 짓눌린 그는 아직 무릎 꿇고 굴복하지는 않았지만 그러기 직전이었다. 등이 휘어지고 몸이 바들바들 떨린다. 하얀 불꽃과도 같은 오라는 사라졌고 얼굴은 필멸자처럼 진땀으로 번들거린다. "나는…… 절대…… 널……

사랑하지 않을 것이다." 그가 이를 악문 채 잇새로 내뱉었다.

나는 놀라 눈을 깜박였다. "내가 왜 너의 사랑을 원하겠어? 넌 괴물이야, 이템파스. 넌 네가 아끼는 모든 걸 파괴하잖아. 네 안에는 고통과 괴로움이 있지만 전부 다 네가 자초한 일이야."

그가 움찔거리며 눈을 부릅떴다. 나는 한숨을 내쉬고 고개를 저으며 그에게 다가가 손바닥으로 뺨을 감쌌다. 이템파스가 내 손길에 또다시 움츠렸지만 나는 그가 진정될 때까지 계속 어루만졌다.

"하지만 난 네 연인 중 하나일 뿐이야." 내가 속삭였다. "다른 이가 그립지 않았어?"

그리고 내가 예상했던 대로, 이템파스의 눈길이 나하도스에게 향했다. 아, 그 눈빛에 담긴 욕망이라니! 조금이라도 희망이 있었다면 나는 나하도스에게 이 순간을 함께 나누자고 부탁했을 것이다. 다정한 말을 단 한마디만 들을 수 있다면 이템파스는 훨씬 빨리 치유될 수 있을 터였다. 그러나 나하도스의 상처가 치유되려면 수백 년은 필요할 것이다.

나는 한숨을 내쉬었다. 어쩔 수 없지. 나는 두 형제가 최대한 원만하게 회복할 수 있도록 최선을 다할 것이고, 시간의 마법이 지나고 나면 다시 한번 시도할 것이다. 어쨌든 약속했으니까.

"다시 우리와 함께 할 준비가 되면, 적어도 나는 너를 기쁘게 받아들일 거야." 속삭인 나는 이템파스에게 키스하고 내가 할 수 있는 모든 약속으로 그 입맞춤을 채웠다. 하지만 그 찰나에 우리를 스쳐 간 놀라움 중 일부는 내 몫이었다. 왜냐하면 단호한 선을 그리며 딱딱하게 굳은 그의 입술이 놀랍도록 부드러웠기 때문이다.

나는 그 밑에서 매운 향신료와 따스한 바닷바람을 맛보았다. 그는 내 입에 군침이 흐르고 내 몸이 그리움으로 안달하게 했다. 나는 처음으로 나하도스가 그를 사랑한 이유를 이해했다. 내가 살짝 벌어져 있는 이템파스의 입술을 놓고 뒤로 물러났을 때, 그도 같은 감정을 느꼈던 것 같다.

나는 나하도스를 돌아보았다. 그가 너무도 인간과 비슷한 피곤한 한숨을 내쉬었다. "그는 변하지 않을 거다, 예이네. 본성이 그러하니까."

"원한다면 할 수 있어." 나는 단호하게 말했다.

"넌 순진해."

어쩌면 그럴 수도 있다. 하지만 그렇다고 내가 틀린 건 아니다.

나는 이템파스에게 시선을 고정한 채 나하에게 다가가 그의 손을 잡았다. 이템파스는 마치 폭포가 보이는 곳에서 갈증으로 죽어가는 사람처럼 우리를 응시했다. 앞으로 그에게는 가시밭길이 펼쳐져 있지만, 그는 강했다. 우리 중 하나였으니까. 그리고 언젠가 그는 다시 우리의 것이 될 것이다.

거대한 꽃의 꽃잎처럼, 이템파스의 주위를 둘러싼 힘이 번쩍였다. 빛이 사라진 후 그는 인간이 되어 있었다. 머리카락은 더 이상 빛나지 않았고 눈은 평범한 갈색이었다. 잘생겼지만 완벽하지는 않았다. 평범한 인간 남자. 그는 변화가 일으킨 충격에 정신을 잃고 바닥으로 쓰러졌다.

그렇게 모든 일이 끝난 뒤 나는 나하도스를 돌아보았다.

"안 돼." 나하도스가 얼굴을 찌푸렸다.

"그도 같은 기회를 얻을 자격이 있어."

"이미 그에게 석방을 약속했다."

"그래, 죽음. 하지만 난 더 많은 걸 줄 수 있어." 나는 나하도스의 뺨을 어루만졌다. 내 손바닥 밑에서 그의 뺨이 실룩거렸다. 이제 그의 얼굴은 매 순간 쉴 새 없이 변화하고 있고, 어떤 모습이든 아름다웠다. 하지만 필멸자들은 그렇게 생각하지 않을 것이다. 그의 어떤 얼굴들은 인간이 아니었기에. 하지만 나 역시 더는 인간이 아니라 나하도스의 모든 모습을 받아들일 수 있었기에 그는 이제 자신의 형태를 고정시켜 줄 다른 이가 필요하지 않았다.

나하도스가 한숨을 내쉬고 내 손길을 음미하며 눈을 감았다. 그 모습이 기쁘기도 하고 걱정스럽기도 했다. 그는 너무 오랜 세월 동안 홀로 지내야 했다. 그러니 그의 약점을 악용하지 않게 각별이 조심해야 할 것이다. 그러지 않으면 나중에 나를 미워하게 될 테니까.

하지만. 그래도. 해야 할 일은 해야 하는 법. "그도 너처럼 자유를 누릴 자격이 있어."

나하도스가 다시금 묵직한 한숨을 뱉었다. 그러나 그 한숨은 아주 자그마한 작은 별이 되었다. 신기할 정도로 밝고, 반짝이고, 증식하면서 다시 합쳐지더니 인간의 형태로 화했다. 어둠의 신을 뒤집어 놓은 모습의 환영이 내 앞에 서 있었다. 내가 거기 생명을 불어넣자 그것은 인간이 되었다. 낮 동안의 나하도스였다. 그가 주위를 둘러보더니 오랫동안 자신의 반쪽이었던 빛나는 존재를 물끄러미 바라보았다. 그들은 한 번도 서로를 만나 본 적이 없었다.

상대의 정체를 깨달은 그의 눈이 커다래졌다.

"신이여." 너무도 경이감에 사로잡힌 나머지 자신이 한 말이 얼마나 아이러니한지도 모르고 있었다.

"예이네……"

고개를 돌리자 어린아이 형상을 한 시에가 있었다. 긴장감이 역력한 자세로 서서 녹색 눈을 움직여 내 얼굴을 면밀히 살폈다. "예이네?"

나는 시에에게 손을 뻗었다가 멈칫했다. 내가 느끼는 소유욕에도 불구하고 그는 내 것이 아니었다. 하지만 시에는 조금의 주저함도 없이 손을 뻗어 내 팔과 얼굴을 만지작거렸다. "너 정말…… 그녀가 아니야?"

"응, 난 예이네야." 나는 손을 밑으로 내리고 선택을 기다렸다. 시에가 나를 거부한다면 나는 그 선택을 존중할 것이다. 하지만…… "이게 네가 원했던 거야?"

"원해?" 시에의 얼굴에 떠오른 표정은 나보다 훨씬 더 냉정하고 차가운 마음마저도 따뜻하게 녹일 수 있을 것이다. 그는 팔을 벌려 나를 꼭 껴안았고 나는 그를 가까이 끌어당겨 힘주어 안았다. "아, 예이네. 넌 아직도 너무 필멸자답구나." 그가 내 가슴에 대고 속닥였다. 하지만 나는 그가 떨고 있는 것을 느낄 수 있었다.

시에의 머리 위로 나는 다른 아이들을 바라보았다. 의붓자식이라고 해야 할지도 모르겠다. 그래, 그렇게 생각하는 편이 좋을 것이다. 자카른은 새로 부임한 사령관을 인정하는 군인처럼 내게 고개를 숙여 보였다. 그녀는 순종할 것이다. 엄밀히 말해 내가 바라는 건 그게 아니지만 지금은 그것만이라도 좋다.

그러나 쿠루에는 완전히 다른 문제다.

나는 부드러운 몸짓으로 시에를 떼어 놓고 쿠루에에게 다가갔다. 그녀는 즉시 한쪽 무릎을 바닥에 대고 고개를 숙였다.

"용서를 구하진 않을 겁니다." 오직 그 목소리만이 그녀가 두려워하고 있음을 알려 주었다. 평소처럼 강하고 맑은 음색이 아니었다. "내가 옳다고 생각한 일을 한 것뿐이니."

"당연히 그랬겠지. 현명한 일이었다." 나는 시에에게 그랬던 것처럼 쿠루에의 머리를 쓰다듬었다. 머리칼은 길고, 은빛이었다. 마치 금속을 가늘게 뽑아 물결치게 만 것 같았다. 아름다웠다.

쿠루에가 바닥에 쓰러져 숨을 거두자 그녀의 머리카락이 내 손가락 사이로 흘러내렸다.

"예이네." 시에는 놀란 것 같았다. 나는 잠시 그의 말을 못 들은 척했다. 내가 고개를 들었을 때, 자카른과 시선이 마주쳤기 때문이다. 그녀가 다시 고개를 숙였고 그제야 나는 그녀의 존경을 얻었음을 깨달았다.

"다르는?"

"제가 가 보겠습니다." 자카른이 대답하고 사라졌다.

안도감이 급격히 밀려오는 바람에 꽤 놀랐다. 어쩌면 나는 인간성을 그리 멀리 던져 버리지는 않은 모양이다.

나는 남아 있는 사람들을 향해 돌아섰다. 커다란 가지 하나가 방 중앙을 가로질러 자라고 있다가 내가 만지자 방향을 틀며 길을 내어주었다. "그래, 너도 있었지." 내 말에 시미나가 핏기가 가신 얼굴로 주춤 뒷걸음질 쳤다.

"아니." 나하도스가 불쑥 끼어들었다. 그가 시미나를 돌아보며 미소 지었다. 방이 한층 더 어두워졌다. "저 여잔 내 거다."

"안 돼." 시미나가 한 걸음 더 물러서며 작게 속삭였다. 도망칠 방법만 있었다면(나뭇가지 하나가 계단 입구를 막고 있었다.) 그녀는 기꺼이 그랬을 것이다. 물론 그래 봤자 아무런 의미도 없을 테지만. "그냥 죽여."

"이제 명령은 불가하다." 나하도스가 손을 올려 보이지 않는 목줄을 움켜잡듯 손가락을 구부리자 시미나의 몸이 앞쪽으로 휙 쏠리더니 그의 발밑에 무릎을 꿇고 쓰러졌다. 목줄에서 벗어나려는 듯 자신의 목을 쥐고 손가락으로 마구 긁었지만 거기에는 아무것도 없었다. 나하도스가 몸을 숙이더니 손가락 끝으로 그녀의 턱을 치켜올렸다. 그러고는 그녀의 입술에 상냥하면서도 오싹하고 섬뜩한 입맞춤을 남겼다. "두려워하지 말렴, 시미나. 난 널 죽일 거다. 다만 지금이 아닐 뿐이지."

연민 따위는 느껴지지 않았다. 그 또한 내 인간성의 잔재였다.

이제 남은 것은 데카르타뿐이었다.

내 나무가 무럭무럭 자라나는 사이, 그는 몸을 일으켜 바닥에 앉아 있었다. 가까이 다가가자 부러진 엉덩이에서 욱신거리는 통증과 불안하게 팔딱이는 심장이 보였다. 그는 충격을 너무 많이 받았다. 오늘 밤은 그에게 그다지 좋은 시간이 아니었다. 하지만 내가 앞에 쪼그려 앉자 그는 놀랍게도 미소를 지어 보였다.

"여신이라니." 데카르타가 큰 소리로 웃음을 터트렸다. 거기에는 비아냥도 억울함도 없었다. "키네스는 절대로 일을 어설프게 하는 애가 아니란 말이지, 안 그러냐?"

나도 모르게 그에게 미소로 화답했다. "정말 그랬지."

"그렇다면." 데카르타는 턱을 치켜들고 고압적인 눈빛으로 나를 바라보았다. 약한 심장 때문에 숨을 헐떡이고 있지 않았다면 효과가 훨씬 좋았을 것이다. "우리는 어떻게 됩니까, 예이네 여신 이여? 당신의 인간 친척들은요?"

나는 두 팔로 무릎을 감싸 안고 발끝으로 균형을 잡았다. 그러고 보니 신발을 만드는 걸 까먹었다.

"당신은 다른 후계자를 선택하고, 그는 당신의 힘을 최대한 물려받게 될 거야. 새로운 후계자가 성공하든 말든 우리는 떠날 거다. 나하, 나, 그리고 이템파스는 이제 너희들에겐 아무 쓸모도 없어. 우리의 지속적인 개입이 사라졌을 때 필멸자들이 그들이 사는 세상을 어떻게 만들어갈지 지켜보는 건 상당히 흥미로울 테지."

데카르타가 공포와 불신으로 점철된 표정으로 나를 빤히 바라보았다. "신들이 없다면 이 행성의 모든 국가가 들고 일어나 우리를 멸망시키려 들 거요. 그다음엔 서로를 향해 무기를 돌릴 거고."

"아마도."

"아마도라고?"

"당신 후손들이 멍청하다면 그렇게 될 거야. 하지만 에네파데는 아라메리가 소유하고 있는 유일한 무기가 아냐. 누구보다 당신이 가장 잘 알 텐데, 할아버지. 당신들은 군대를 고용하고 모든 병사를 무장시킬 수 있는, 어떤 국가보다도 방대한 부(富)가 있잖아.

이템파스 교단도 있고. 그들이라면 당신들이 원하는 형태의 진실을 퍼트릴 아주 강력한 동기를 갖고 있지 않겠어? 이젠 그들도 위협을 느낄 테니까. 거기에 더해 지금까지 정교하게 연마해 훌륭한 무기로 활용해 온 당신들의 악랄함도 있지." 나는 어깨를 으쓱했다. "아라메리는 살아남을 거야. 어쩌면 앞으로 몇 세대 동안은 권력을 유지할 수도 있고. 그동안이면 세상 사람들의 노여움도 어느 정도는 가라앉겠지."

"변화가 있을 것이다." 갑자기 내 옆에 나타난 나하도스가 말했다. 데카르타가 깜짝 놀라 몸을 뒤로 물렸지만 나하도스의 눈빛에 적개심은 느껴지지 않았다. "변화해야 할 것이다. 아라메리는 너무도 오랫동안 아무런 변화도 동요도 없는 세상을 유지했다. 이치를 거스르는 일이었지. 앞으로는 피를 흘려서라도 그것을 바로잡아야 할 것이다."

데카르타는 천천히 고개를 저었다. "나는 아니오. 죽어 가고 있으니까. 그리고 내 후계들은 당신의 말대로 통치할 힘을 갖고는 있으나……." 그는 릴래드를 힐끗 쳐다보았다. 릴래드는 목구멍에 칼이 꽂힌 채 두 눈을 부릅뜨고 바닥에 널브러져 있었다. 나보다도 더 피를 많이 흘렸다.

"삼촌……" 시미나가 입을 열었지만 나하도스가 목줄을 세게 잡아채자 입을 다물었다. 데카르타는 그녀를 한번 쳐다보고는 시선을 돌려 버렸다.

"또 다른 후계자가 있다, 데카르타. 영리하고 유능하며, 또한 강하지. 비록 본인은 내가 추천한 것을 감사해하지 않겠지만 말이야."

나는 시각이 아닌 다른 능력으로 하늘궁 전체를 낱낱이 훑어보며 슬그머니 웃었다. 정신적 사위 속에서 하늘궁은 평소와 별로 달라 보이지 않았다. 곳곳에서 나무줄기와 가지가 하늘궁의 진줏빛 재질을 대신하고 있었고 죽은 공간의 일부는 살아있는 나무로 메워져 있었다. 그러나 이 단순한 변화조차도 높은피든 낮은피든 하늘궁의 주민들을 공포에 떨게 하기에는 충분했다. 그리고 그러한 혼란의 중심에는 티브릴이 있었다. 그는 하인들을 모아 대피 계획을 세우고 있었다.

그래. 그러면 훌륭하게 해낼 것이다.

데카르타가 눈을 크게 떴다. 그러나 그는 권유를 가장한 명령을 구분할 줄 안다. 그가 고개를 끄덕이자 나는 답례로 그에게 손을 뻗었다. 데카르타의 엉덩이가 회복되고 심장이 안정적으로 뛰기 시작했다. 며칠은 더 살 수 있을 것이다. 계승 의식을 끝마칠 수 있을 만큼만.

"난…… 이해가 안 돼." 나하도스와 내가 일어나자, 인간 나하가 입을 열었다. 그는 몹시 당혹스러워하고 있었다. "왜 이런 거지? 이제 나는 어떻게 하지?"

나는 놀란 눈으로 그를 쳐다보았다. "살아야지. 내가 널 왜 꺼냈다고 생각해?"

*

해야 할 일이 많았지만 이것들은 그중에서도 특히 중요했다. 너라면 틀림없이 이 모든 과정을 즐겼겠지. 네 죽음에서 비롯된 불균형을 바로잡고, 존재를 새롭게 다시 빚고. 아마 네가 간 곳에서도 흥미로운 것들을 발견했을 거야.

내가 이런 말을 하는 게 놀랍지만 네가 그리울 거야, 에네파. 내 영혼은 혼자 있는 것에 익숙하지 않거든.

하지만 난 다시는 진정으로 혼자가 되지 않겠지. 네 덕분에.

✳

우리가 하늘궁과 이템파스와 필멸계를 떠나고 얼마 지나지 않아, 시에가 내 손을 잡았다. "우리랑 같이 가자."

"어디로?"

나하도스가 내 얼굴을 다정한 손길로 상냥하게 어루만졌고, 나는 그의 눈빛에 담긴 애정에 찬탄과 겸허함을 느꼈다. 내가 정말로 저런 극진한 다정을 그에게서 얻어낸 것일까? 아니. 하지만 곧 그렇게 될 것이다. 나는 이렇게 다짐하며 얼굴을 들어 그의 입맞춤을 받았다.

"넌 배워야 할 게 아주 많다." 그가 내 입술에 대고 속삭였다. "네게 보여 주고 싶은 경이로운 것들도 아주 많고."

나는 인간 소녀처럼 씩 웃지 않을 수가 없었다. "그럼 날 데려가 줘. 시작해야지."

그래서 우리는 우주 너머로 날아갔고, 이제 더 남은 이야기는 없다.

*

어쨌든 이 이야기는.

용어 및 인물

걸어 다니는 죽음(Walking Death): 빈번히 발생하는 치사율 높은 유행성 역병. 사회적 지위가 낮은 이들만 감염된다.

광명(The Bright): 신들의 전쟁 이후에 시작된 이템파스의 단독 치세를 가리키는 말. 선, 질서, 율법, 올바름을 의미하는 보편적 용어.

귀족 컨소시엄(Nobles' Consortium): 십만왕국의 통치 기구.

나하도스(Nahadoth): 세 주신 중 하나. 밤의 군주.

나쉬(Nash): 수세기 전 톡이 점령한 하이노스 민족.

다르(Darr): 하이노스 대륙에 있는 국가.

대혼돈(Maelstrom): 세 주신의 창조자. 불가지(不可知)의 존재.

데카르타 아라메리(Decarta Arameri): 아라메리 가문의 수장.

대지의 돌(Stone of Earth): 아라메리 가문의 가보.

릴래드 아라메리(Relad Arameri): 데카르타 아라메리의 조카. 시미나의 쌍둥이 남동생.

마법(Magic): 물질과 비물질 세계를 변형할 수 있는 주신과 소격신의 권능. 필멸자들은 신의 언어를 사용해 이 능력에 근접할 수 있다.

멘체이(Menchey): 하이노스 대륙의 국가.

비레인 아라메리(Viraine Arameri): 아라메리 가문의 일등 필경사.

사르에나넴(Sar-enna-nem): 다르의 에누와 전사의회의 소재지.

살롱(Salon): 귀족 컨소시엄의 본부.

샤하르 아라메리(Shahar Amareri): 신들의 전쟁 당시 활약했던 이템파스의 대사제. 그녀의 후손이 아라메리 가문이다.

세늠(Senm): 세계의 최남단에 있는 가장 큰 대륙.

세늠어(Senmite): 십만왕국에서 공용어로 사용하는 아믄 언어.

셋의 시대(Time of the Three): 신들의 전쟁이 발발하기 전.

소격신(Godling): 세 주신이 낳은 불멸의 자식들. 때때로 '신'이라고도 부른다.

수직이동 게이트(Vertical Gate): 하늘도시와 하늘궁을 오가는 마법을 이용한 교통 수단.

승강기(Lift): 하늘궁 내에 있는 마법을 이용한 운송 수단. 수직이동 게이트의 하위 버전.

시미나 아라메리(Scimina Arameri): 데카르타 아라메리의 조카. 릴래드의 쌍둥이 누나.

시에(Sieh): 소격신. '트릭스터'라고도 불린다. 모든 소격신 중 맏이.

신(God): 대혼돈이 낳은 불멸의 자식들. '주신'이라고도 부른다.

신계(Gods' Realm): 우주 너머.

신들의 전쟁(Gods' War): 광명의 이템파스가 두 형제자매를 패퇴시키고 천상의 지배권을 획득한 대재앙적 분쟁.

십만왕국(Hundred Thousand Kingdoms): 아라메리 가문의 통치하에 통일된 세계를 통칭하는 단어.

아라메리(Arameri): 아믄인 통치 가문. 귀족 컨소시엄과 이템파스 교단의 고문(顧問).

아레바이아(Arrebaia): 다르의 수도.

아믄(Amen): 세늄인 중 인구수가 가장 많고 강한 세력을 지닌 민족.

악마(Demon): 신과 인간 사이의 금지된 결합으로 탄생한 자손. 현재는 멸종되었다.

어둠의 족속(Darkling): 신들의 전쟁 이후에 정치적 압박에 의해 이템파스를 유일신으로 받아들인 민족. 대부분의 하이노스 및 제도 주민들이 해당된다.

에네파(Enefa): 세 주신 중 하나. 배신자. 사망함.

에네파데(Enefadeh): 에네파를 기억하는 자.

예이네 다르(Yeine Darr): 데카르타의 손녀이자 키네스의 딸.

우서(Uthr): 섬 국가.

유혈의 자카른(Zhakkarn of the Blood): 소격신.

이그레스(Ygreth): 데카르타의 아내. 키네스의 모친. 사망함.

이단자(Heretic): 이템파스 이외의 신을 숭배하는 자. 범법자.

이어트(Irt): 섬 국가.

이템파스(Itempas): 세 주신 중 하나. 빛의 군주. 천상과 지상의 주인. 하늘아버지.

이템파스 교단(Order of Itempas): 광명의 이템파스를 섬기는 사제단. 영적 가르침과 더불어 법과 질서, 교육, 이단 박멸에 앞장서고 있다.

이템파스 신도(Itempan) : 이템파스를 경배하는 이들을 통칭하는 말. 이템파스 교단의 구성원을 지칭할 때에도 사용된다.

인(印, Sigil) : 신의 언어를 나타낸 표의문자. 필경사가 신의 마법을 모방할 때 사용한다.

제단자락 장미(Altarskirt rose) : 매우 특이하고 희귀한 흰 장미 품종으로 굉장히 귀하게 취급된다.

제도(The Islands) : 하이노스와 세늠 대륙 동쪽에 있는 방대한 군도(群島).

지옥(Hells) : 필멸계 너머에 있는 영혼들의 쉼터.

천상(Heavens) : 필멸계 너머에 있는 영혼들의 쉼터.

켄 : 가장 큰 섬나라로 켄과 민 민족의 본토.

쿠루에(Kurue) : 소격신. 지혜의 신이라고도 불린다.

키네스 아라메리(Kinneth Arameri) : 데카르타 아라메리의 외동딸.

테마(Tema) : 세늠 대륙에 있는 왕국.

톡랜드(Tockland) : 하이노스 대륙의 국가.

티브릴 아라메리(T'vril Arameri) : 데카르타의 종손(從孫).

필경사(筆經士, Scrivener) : 신의 문자를 연구하는 학자.[*]

필멸계(Mortal realm) : 세 주신이 창조한 우주.

---

[*] 본디 필경사의 한자는 '筆耕士'이나, 작품의 의미에 맞춰 번역 시 농경 경(耕)이 아닌 글 경(經)으로 바꿨다. — 옮긴이

하늘(Sky) : 세늠 대륙에서 가장 큰 도시. 아라메리 가문의 궁전 또한 같은 이름으로 불린다.

하이노스(High North) : 행성 최북단에 있는 대륙. 낙후 지역.

혈인(Blood sigil) : 아라메리 가문의 일원임을 나타내는 표식

용어의 정의*

광명이시며 평화이신 이템파스 하늘아버지의 이름으로.

이는 매우 적절한 명칭이라 할 수 있겠는데,** 공모자(Conspirator)
들은 물질 세계뿐만 아니라 대부분의 영적인 것에 있어 완전한
지배권을 행사한다는 점***에서 다른 모든 신들과 같다. 비록 전능
하지는 않으나(이는 오직 세 주신이 한뜻으로 함께할 때에만 가능하다.) 그들
각자의 힘은 필멸자에 비하면 몹시 강대하기에, 그 차이를 논하는
것은 이론적으로만 가능한 일이다. 그러나 지혜로우신 광명의 주
님께서는 공모자들의 권능을 크게 제한하는 것이 형벌로 합당하

---

* 최초 작성자: 일등 필경사이자 백색 화염 교단 서품자인 세핌 아라메리, 광명기(光明紀)
55년. 후속 개정자: 일등 필경사 코먼 노른/아라메리(170). 라티즈 아라메리(1144), 비르
겟/아라메리(1721), 비레인 드레이/아라메리(2224)

** 대상들은 스스로를 그렇게 지칭하지 않으나 광명기 230년, 제7회 '무네이 스크리반'에
서 해당 용어의 사용이 합의되었다.

*** 제1차 리타리아 표준 용어에 따라 '마법'으로 정의한다.

다 여기셨고, 그리하여 그들을 필멸자의 삶을 향상하기 위한 도구로 활용할 수 있게 되었다.

그들 각자가 지닌 고유의 본성에 따라 제약이 추가로 부여된다. 신의 언어에는 이에 합당한 용어가 존재하지 않는 듯 보이기에 우리는 이를 '친화력(affinity)'이라 부른다. 친화력은 물질적인 것과 관념적인 것으로 분류되며, 또는 이 둘의 조합일 수도 있다.[*] 그 예로 무기(물질), 전략(관념), 무술(양쪽 모두 해당) 등 전투와 관련된 모든 영역을 관장하는 음모자 자카른을 들 수 있다. 실제 전투에서 그녀는 자신의 몸을 수천 개로 복제하는 고유한 능력을 발휘하여 문자 그대로 한 명으로 이뤄진 군대를 구성할 수 있었다.^{**} 그러나 동시에 축제와 같은 평화로운 목적으로 다수의 필멸자가 모이는 자리를 기피하는 행위가 관찰되었는데, 실제로 그녀는 우리 교단 최고 신도들이 착용하는 백옥반지처럼 평화를 상징하는 종교 용품과 가까이 있을 때 극심한 불편함을 경험한다.

음모자들은 실질적으로 전쟁 포로이고 우리 가문은 그들의 간수이기에 친화력의 개념을 이해하는 것은 그들을 훈육하는 유일한 수단이므로 반드시 필요한 일임을 유의하라.

또한 우리는 주님께서 그들에게 부과한 제약을 이해해야 한다. 공모자들을 구속하는 가장 기본적이고 일반적인 수단은 '육화성(肉化性, corporeality)'이다. 신의 자연 상태는 비물질이며,^{***} 따라서 신

---

* 『마법에 관하여』 12권 참조.

** 펠스 전쟁, 울란 폭동 및 기타 사건에서 관찰된 바 있다.

*** 이하 제4차 리타리아 표준 용어에 따라 '에테르'라고 지칭한다.

은 존재의 유지와 정상적인 기능을 위해 비물질적 자원(예: 천체의 이동, 생명체의 성장)을 이용할 수 있다. 그러나 공모자는 에테르 상태로 들어가는 것이 허용되지 않으며 항상 물리적 장소에 소재해야 한다. 이는 그들의 활동 범위를 인간의 감각이라는 한정된 형태로 제한하고 그들의 능력 또한 이러한 물질적 형태가 내포할 수 있는 수준으로 제약한다.[*] 이 제약은 또한 그들이 힘을 유지하기 위해 필멸자의 방식으로 음식과 음료를 섭취하도록 강요한다.

실험[**]에 의하면, 양분이 공급되지 않거나 신체적 외상을 입었을 경우 음모자들의 마법 능력이 건강 능력을 회복할 때까지 크게 또는 완전히 감소하는 것으로 나타났다. 그러나 그들의 구속 상태와 관련하여 대지의 돌의 역할로 인해 그들은 노화되거나 손상된 육체를 재생하고 육체가 사실상 파괴된 경우에도 명백한 죽음으로부터 소생하는 능력을 영구적으로 보유한다. 그러므로 그들이 "필멸의 형태"를 지녔다고 말하는 것은 잘못된 표현이다. 그들의 육체는 오로지 피상적인 죽음만을 겪을 뿐이다.

다음 장에서는 각 공모자의 구체적 특성과 더욱 유용한 통제 수단에 대해 논하도록 하겠다.

---

[*] 필경사 피요어스는 『죽음의 한계』(무네이 스크리반, pp. 40-98)에서 어떤 인간도 이에 필적할 수 있는 힘을 얻을 수 없고 따라서 공모자들의 능력이 물질 세계를 능가한다고 주장한다. 이에 대해 필경 대학과 리타리아는 공모자들이 남겨진 신성과 권능을 이용하여 신들의 전쟁이 남긴 여파를 해결하는 데 유용하게 쓰이도록 우리 주님이 안배하신 행동이라는 데 의견이 일치하고 있다.

[**] 가문 비망록, 다수 저자, 12, 15, 24, 37권

사료: 아라메리 가문 비망록 제1권

데카르타 아라메리 소장

(광명기 724년 필경사 아람 버넘 번역, 그분께서 천상에서 우리를 영원히 비추시길 기원하나이다. 경고: 이단적인 내용이 포함되어 있으며, 상기 부분은 "HR"로 표기. 리타리아의 허가하에 사용됨)

너희는 나를 에이터, 샤하르의 딸로 알게 될 것이다. 어머니는 돌아가셨고 이는 그분의 죽음에 관한 기록이자 내 마음의 평온을 위한 것이다.

우리는 문제가 있다는 것을 몰랐다. 내 어머니는 가장 좋은 시절에도 당신의 말씀을 스스로 실천하시던 분이었다. 그것은 모든 사제, 특히 우리 가장 밝으신 광명을 모시는 이들에게 반드시 필요한 자질이다. 그러나 대사제 샤하르는 참으로 이상한 분이셨다.(나는 여기서 그녀를 '어머니'가 아니라 이렇게 부를 것이다. 그분은 언제나 전자보다 후자에 가까웠기에.)

언니오빠들은 당신께서 낮아버지(HR)를 어린 시절에 뵌 적이 있다고 했다. 대사제는 어떤 부족에도 속하지 않으며 어떤 신이나 율법에도 따르지 않는 추방자들 사이에서 태어났다. 그분의 어머니가 가까운 관계를 맺은 사내는 아내와 자식을 재산처럼 취급하였다. 자주 심한 학대를 당한 샤하르는 어느 날 세 주신(HR)의 오래된 신전으로 도망쳤고, 그곳에서 깨달음을 얻기 위해 기도하였다. 그러자 낮아버지(HR)가 샤하르 앞에 모습을 드러내어 칼의 형태로 깨달음을 내려 주셨다. 샤하르는 계부가 잠들었을 때 그것을 사용하여 삶에 드리워져 있던 어둠을 영원히 물리쳤다.

내가 이 이야기를 하는 것은 대사제의 삶에 흠집을 내기 위해서가 아니라 반대로 빛을 비추기 위해서다. 샤하르는 그러한 종류의 빛을 무척 귀중히 여기었다. 무자비하리만큼 밝고도 밝아 아무것도 감출 수 없는 빛. 우리의 주님께서 샤하르를 소중히 여긴 것도 이상한 일이 아니다. 그녀는 밝으신 분과 참으로 닮아 누가 사랑받을 자격이 있고 누가 그렇지 않은지 빠르게 판단할 수 있었기 때문이다.(HR)

나는 모든 것이 쇠약해지고 죽어 가기 시작한 그 끔찍한 날에 그분께서 샤하르에게 모습을 드러내신 이유도 바로 이 때문이라고 생각한다. 그분은 '일출맞이'가 한창일 때 나타나 그녀에게 하얀 수정구에 봉인되어 있는 무언가를 내려주셨다. 당시에 우리는 그것이 지금은 황혼으로 돌아간 레이디 에네파의 마지막 살점(HR)이라는 것을 알지 못했다. 그저 그 수정의 힘이 비록 우리 사원의 벽 안쪽에만 한정되어 있긴 해도 세상이 무너지는 것을 막아 주고 있다고 알았을 뿐이다. 벽 너머에서는 거리 가득 사람들이 쓰러져 헐떡이고, 들판에서는 농작물이 시들어 가고, 목초지에서는 가축들이 죽어 가고 있었다.

우리는 힘닿는 한 많은 이들을 구해 냈다. 아, 태양이여. 하지만 더 많은 이들을 도울 수 있었다면 얼마나 좋았을까.

우리는 기도했다. 그것이 샤하르의 명령이었고, 우리는 극심한 두려움에 그에 복종하였다. 무릎을 꿇고 울고 애원하고 우리 주님께서 세상을 파탄 내는 저 전투에서 승리하시기를 간절히 기원했다. 우리의 기도는 교대로 이루어졌다. 모든 이들이 동참했다. 모든 성직자와 수행사제, 교단의 수호자들과 일반 시민들. 동지들이 지쳐 쓰러지면 기진맥진한 몸을 옆으로 밀어내고 그 자리에서 대신 기도를 이어 갔다. 그러다 용기를 내어 밖을 내다보았을 때, 우리는 악몽을 보았다. 낄낄거리는 검은 것들, 고양이처럼 생겼지만 괴이한 어린아이 같은 것이 마치 사냥감을 노리듯 거리에 밀려들었다. 멀찍한 곳에 태산처럼 거대한 불기둥이 내리박혔다. 우리는 딕스시(市) 전체가 불길에 휩싸이는 것을 보았다. 신의 자식들의 빛나는 몸뚱이가 하늘에서 떨어져 내리는 것을, 땅에 닿기도 전에 비명을 지르며 에테르로 화해 사라지는 것을 보았다.

이 모든 일이 일어나는 내내 어머니는 탑의 방에 꼼짝도 않고 틀어박혀 악몽 같은 하늘만을 응시하고 있었다. 잘 계신지 확인하러 갔을 때(우리 중 상당수가 절망에 사로잡혀 스스로 목숨을 버리기 시작할 때였다.) 어머니는 바닥에 다리를 꼬고 앉아 무릎에 놓인 하얀 구를 들여다보고 있었다. 나이가 들고 있었으니 그리 앉아 있으면 몸이 힘들 터였다. 하지만 샤하르는 기다리고 있다고 말했다. 내가 무엇을 기다리고 있는지 묻자, 당신은 특유의 서늘하고 하얀 미소를 지어 보였다.

"공격을 가하기에 적절한 순간이지."

그제야 나는 당신이 죽을 결심을 하고 있음을 깨달았다. 하지만 내가 무엇을 할 수 있겠는가? 난 평사제일 뿐이고 샤하르는 내 상관이었다. 가족은 샤하르에게 아무 의미도 없었다. 우리 교단의 길이 결혼을 하고 자녀들을 빛의 율법에 따라 키우는 것이라면, 어머니는 우리 주님만이 당신의 유일한 배우자라고 선언하였다. 샤하르는 그저 장로들을 만족시키기 위해 적당한 남성 사제를 골라 아이를 가졌을 뿐이다. 그 결과가 나와 내 쌍둥이 남동생이었고 당신은 결코 우리를 사랑하지 않았다. 원망하는 마음은 없다. 사실을 냉정하게 받아들일 시간이 삼십 년이나 있었으니까. 하지만 이 때문에 나는 선택한 길로 가지 말라고 말려 봤자 샤하르가 내 말을 듣지 않을 것임을 알고 있었다.

그래서 나는 문을 닫고 다시 기도를 하러 돌아갔다. 다음 날 아침, 우리 '한낮 하늘' 신전을 이루고 있는 모든 돌을 날려 보낼 것 같은 무시무시한 굉음과 거센 충격이 몰아닥쳤다. 우리가 정신을 차렸을 때 그리고 아직 살아있다는 데 놀랐을 때, 내 어머니는 죽어 있었다.

그녀를 발견한 것은 나였다. 나, 그리고 문을 열었을 때 시신 옆에 서 있던 낮아버지(HR)였다.

나는 당연히 즉각 무릎을 꿇고 그분을 뵙게 되어 영광이라 중얼거렸지만 내 시선은 마지막으로 당신을 뵀던 바로 그곳 바닥에 쓰러져 계신 어머니에게 못 박혀 있었다. 주변에는 깨진 수정구 조각이 널려 있고 손에는 회색빛을 발하는 무언가가 들려 있었다. 어머니의 얼굴에 손을 대고 눈을 감기는 우리 주 이템파스의 눈에 슬픔이 어려 있었다. 나는 그것을 보고 기뻤다. 그건 어머니가 주님의 마음을 기쁘게 하고 싶다는 가장 바라 마지않던 소원이 성취되었다는 의미였기 때문이다.

"너는 참된 자노라." 그분이 말씀하셨다. "다른 자들은 모두 나를 배신했건만, 오직 너만은."

나중에야 나는 그분께서 왜 그렇게 말씀하셨는지 알게 되었다. 레이디 에네파(HR)와 나하도스 주(HR)께서 불멸의 자식들 수백과 함께 그분을 배신한 것이다. 후에 이템파스 주께서는 보이지 않는 사슬로 속박한 타락한 신들을 전쟁 포로로 데려왔고, 세상을 바로잡는 데 그들을 이용하라고 명하시었다. 내 남동생 벤티르는 이를 감당하지 못했다. 그날 밤 우리는 그가 수조실에서 칼로 자른 손목을 세탁수 통에 담근 채 쓰러져 있는 것을 발견했다. 그 광경을 목격하고, 후에 동생의 짐을 물려받고, 눈물을 흘린 것은 오직 나뿐이었다. 신이 내 어머니에게 영광을 내려 주셨다 한들 그게 무슨 소용인가? 어차피 어머니는 죽었는데.

이것이 바로 광명의 대사제 샤하르 아라메리가 세상을 떠나게 된 진실된 이야기다.

어머니, 당신을 위해 나는 계속하여 살고, 우리 주님께서 명하신 대로 행하고, 세상을 다시 세울 것입니다. 내가 진 짐을 함께 나눠 질 수 있는 강한 남편을 찾아 내 자식들을 당신처럼 강인하고 냉철하고 무자비하게 키울 것입니다. 그것이 당신이 남기기를 바란 유산이니까. 그렇지요? 우리 주님의 이름으로, 당신의 뜻대로 될 것입니다.

부디 신들께서 우리 모두를 도와주시길.

감사의 말

감사할 분들은 너무 많은데 주어진 공간은 너무 작다.

무엇보다 내 인생 최초의 편집자이자 글쓰기 스승이었던 아버지께 가장 먼저 감사드린다. 제가 열다섯 살 때 쓴 그 모든 엉터리를 읽게 해서 미안해요, 아빠. 이 책으로 그 잘못을 덮을 수 있으면 좋겠네요.

수년에 걸쳐 내 글쓰기 실력을 향상시켜 준 작가 모임인 바이어블 파라다이스 워크숍, 사변문학 재단, 칼 브랜던 소사이어티, 크리터스닷오알지(Critters.org), 보스턴 지역 작가 모임, 블랙빈스, 시크릿 카발 및 얼터드 플루이드에도 감사한다. 내가 여기까지 올 수 있으리라고는 전혀 생각지도 못했고, 여러분 모두가 빨리 행동으로 옮기라고 내 엉덩이를 걷어차 주지 않았다면 절대로 해내지 못했을 거다.(그건 그렇고 멍은 잘 빠지고 있답니다. 고마워요.)

그리고 지구상에서 가장 열심히 일하는 에이전트인 루시엔 다

538

이버도 빠트릴 수 없다. 날 믿어 줘서 고마워요. 편집자인 데비 필라이에게도 감사한다. 그녀는 편집자도 재미있을 수 있고, 재미있는 사람들이며, 한 번의 윙크와 미소만으로도 원고에서 쓸데없는 부분을 쏙쏙 빼낼 수 있다는 걸 알려 주었다. 더불어 훌륭한 제목을 골라 준 데 대해서도 감사한다.

그리고 이 모든 게 내 어머니(안녕, 엄마!), 단짝친구 데어드리와 캣짱, 그리고 TU의 모든 멤버들 덕분이라고 말하고 싶다. 내가 수년간 일했던 대학의 모든 직원과 학생들에게도 감사 인사를 보낸다. 원래 직장이란 재미있는 곳이 아니어야 하는데 어쩌다 그렇게 됐는지. 또한 앞선 길을 개척하여 우리에게 어떻게 해야 할지 알려 주신 고(故) 옥타비아 버틀러에게도 감사와 존경을 표한다. 그리고 내게 창작에 대한 사랑을 불어넣어 주신 하느님께도 늘 감사할 것이다.

룸메이트인 누쿠누쿠에게도 고맙다는 말을 해야 할 것 같다. 누쿠는 항상 나를 머리로 들이받고, 얼굴에 솜방망이를 날리고, 키보드에 털을 왕창 뿌리고, 쉴 새 없이 울어 대면서 내 정신머리를 산만하게 하는 수법으로 아낌없는 격려를…… 아니, 잠깐. 내가 왜 얘한테 고마워해야 하지? 신경 쓰지 마시길.

저자와의 인터뷰

작가가 되기 전에는 어떤 일을 했나요?

저는 상담 심리학자이자 교육자로, 10대 청소년을 위한 직업 상담을 전문으로 하고 있어요.(다른 연령대와도 함께 일한 경험이 있지만.) 여러 대학에서 행정직원 및 교직원으로 근무했고 사회봉사 단체에서 무보수로 일했으며 개인 진로 지도도 한 적이 있습니다. 최근에는 좀 애매한 게, 많은 학생이 제가 작가라는 걸 몰랐던 탓에 제가 집필에 전념하자 조금 불만스러워하는 것 같아요. 하지만 또 많은 이들이 제 책이 무척 기대된다고도 말해 줬답니다.

글을 쓰지 않을 때는 여가 시간에 무엇을 하며 시간을 보내나요?

심심풀이 영화를 보는 걸 좋아합니다. 애니메이션과 형편없는 더빙이 붙은 외국 영화도요. 비디오게임도 하고(스퀘어에닉스랑 아틀러스 게임 시나리오를 쓸 기회가 있다면 내 장기라도 내다 팔 겁니다!) 자전거도 타고 등산도 해요. 하지만 뉴욕으로 이사 온 뒤에는 지하철 계단을 오르락내리락하는 거 빼고는 야외 활동을 많이 못 하고 있지요. 블로그스피어 곳곳에서 사회적 불의에 맞서 큰 소리로 외치는 것도 포함된다면 또 모르겠지만요.

본인이 누구 혹은 무엇의 영향을 크게 받았다고 생각하나요?

음, 복잡한 질문이군요. 저는 많은 것에서 아이디어를 얻는데, 전부 문학적인 건 아닙니다. 예술적인 면에서 저는 스톰 콘스탄틴과 타니스 리, 스티븐 킹, 요시나가 후미, 뮤지션 존 콜트레인과 인상파 화가들(시각예술)을 가장 존경합니다. 영적인 면에서 제게 전문 작가를 꿈꾸고 글쓰기 능력을 갈고닦도록 동기를 부여한 건 개인적으로 대스승으로 여기고 있는 옥타비아 버틀러예요. 그리고 지적인 부분에서는 지그문트 프로이트군요. 네, 그 사람은 정말 많은 것들에 관해 완전히 틀렸죠. 하지만 제 생각에 인간의 정신 구조가 세 부분으로 이뤄져 있다는 이론만큼은 핵심을 짚었다고 생각해요. 그리고 꿈에 대한 이론도 좋아하고요.

『십만왕국』은 굉장히 독창적인 이야기입니다. 이 소설에 대한 발상은 어디서 얻었나요?

앗, 칭찬 감사합니다! 그런데 솔직히 말하자면 어디라고 콕 집어 말할 수가 없군요. 처음 이 이야기를 생각해 낸 건 아마 한 십 년 전이었을 거예요. "아직 덜 쓴 졸업 논문에 대한 생각을 지우려면 뭐든, 무슨 생각이든 끄집어내야 해" 중에 하나였을 걸요. 처음엔 머릿속에 떠오른 여러 이미지의 조합이었어요. 행성을 장난감처럼 갖고 노는 어린아이, 머리카락에 별을 달고 눈에는 공허를 담고 있는 남자, 그리고 까마득한 하늘 높이 말도 안 되게 가느다란 돌기둥 위에 지어진 궁전 같은 것들요. 제 아이디어의 대부분은 허황되고 무작위적인 이미지로 시작됩니다. 그러면 그것들과 어울리는 이야기를 상상하기 시작하고요. 전 아마 전생에 만화가였을 거예요.

밤의 군주와 광명의 이템파스에 대한 창조 신화는 고전적인 신화를 참조하면서도 동시에 완전히 독특한 이야기를 들려줍니다. 관련 분야에 대해 조사를 얼마나 많이 했나요?

제가 익숙하게 잘 아는 종교는 기독교가 유일했지만, 독자들에게 낯선 느낌을 주면서도 신빙성 있게 보이게 하고 싶었기 때문에 현존하는 모든 종교를 살펴보았습니다. 이 "하늘과 땅" 세계관의 기본 핵심은 힌두교에서 가져왔어요. 힌두교에서는 창조신과 파괴신, 유지신이 존재한다고 가정하죠. 또 이 삼주신(三主神)은 때때로 하나로 결합하기도 하고 둘이나 셋으로 분리되기도 해요. 여기에 제가 오랫동안 매료되어 있었던 융의 집단 무의식 같은 정신역학적 개념을 추가했어요. 만약 전지전능한 신이 아주 강력하지만 본질적으로 철저한 인간의 힘에 의해 그 형태가 빚어지고 능력 또한 제약받게 된다면 어떻게 될까? 무엇보다 인간은 신들을 그들이 알고 이해하는 세상에 끼워 맞추려고 할 겁니다. 낮과 밤으로 나뉘어 있고, 그 사이에 황혼과 새벽이라는 과도기가 있는 세계관 말이에요. 물론 이건 신들을 본질적으로 더 복합하게 만들 겁니다. 왜냐하면 우리 인간들은 낮과 밤, 그리고 그 중간에 있는 시간에 너무도 많은 개념을 연결하니까요. 빛과 어둠, 회색 그림자. 더위와 추위, 변화. 질서와 혼돈, 그리고 생명. 또 인간이 하느님의 형상대로 창조되었다는 기독교적 사상도 같이 고려했어요. 그걸 문자 그대로 이해하고 뒤집어 보면 (제 생각에) 우주를 움직이는 수준의 권능과 이런저런 능력들을 빼고 나면 신들이 지독히도 인간적일 거라는 것을 의미하죠. 그들은 서로 사랑하고, 증오하고, 관계를 맺고 또 오해도 할 겁니다. 거기에 우주적인 차원의 힘과 인간 가족의 전형적인 감정과 역기능을 '결합'한다면 어떻게 될까? 여기서부터 이야기가 눈덩이처럼 굴러가기 시작했죠.

가장 좋아하는 등장인물이 있나요? 만약 있다면 그 이유가 뭔가요?

네, 지금 가장 좋아하는 캐릭터가 있어요. 원래는 나하도스를 제일 좋아했는데 가장 모순적인 인물이기 때문이죠. 강력하지만 나약하고, 불가해한 존재지만 동시에 매우 인간적이에요. 음침하지만 사악하지는 않죠. 그래요, 짐작하겠지만 전 그런 걸 정말 좋아한답니다. 하지만 스토리를 쓰다 보니 점점 예이네에게 빠지게 되더군요. 그 애는 "나"를 거의 극단적으로 만든 인물이거든요. 저보다 더 화가 많고, 더 냉정하고, 더 상처받기 쉽고, 더 충동적이죠. 전 예이네보다는 더 착한 사람이지만 가끔은 안 그랬으면 한단 말이죠. 또 시에도 제 마음에 점점 스며들었답니다. 예이네만큼 좋아하게 될 거라곤 생각도 못 했는데 결국엔 그렇게 되고 말았죠. 전 시에가 그렇게 오래 살았으면서도 늘 어린아이처럼 삶에 덤벼든다는 게 좋아요. 가끔 그가 노인이 됐다가 다시 어린애로 돌아가야 한다는 것도 좋아합니다. 등장인물 중에서 제가 실제로 만나 보고 싶은 유일한 사람이 있다면 그건 시에일 거예요. (만약에 진짜 존재한다면 말이지만요.)

이제 세 신 중 둘이 제자리로 돌아갔는데, 다음 편 이야기는 어떻게 되나요?

2권에서는 이템파스가 힘을 잃은 후 어떻게 되는지, 그리고 신들의 전쟁이 시작됐을 때 그가 왜 다른 신들과 척을 지게 됐는지 이유를 알게 될 겁니다. 이 "하늘과 땅" 세계에 대해서도 더 자세히 알게 될 거고요. 『십만왕국』에서는 이 사회의 지배 계층을 다뤘기 때문에 필연적으로 권력과 특권층의 생활방식만을 주로 보여 줄 수밖에 없었죠. 하지만 두 번째 책에서는 이 세계에 사는 보다 평범한 사람들에게 초점을 맞춰서, 거대하게 솟은 나무가 하늘을 가리고 모퉁이에 있는 식료품점 주인이 실은 정체를 숨기고 있는 신일지도 모르는 세상이 되었을 때 사람들이 거기 어떻게 대처하는지 보여 주고 싶어요. 다음 이야기는 어느 날 새벽 쓰레기 더미에서 마치 떠오르는 태양처럼 빛나고 있는 부랑자를 발견한 한 젊은 맹인 여성이 주인공이에요. 그녀는 그를 거두는데, 이 작은 친절한 행동 때문에 신들을 파멸시키려는 거대한 음모에 휘말리게 되죠. 1권의 등장인물 중 많은 이들이 다시 등장하지만 어떤 면에서는 아주 다른 이야기가 될 겁니다. 그리고 1권과 똑같이 만족스러울 거예요.

마지막으로, 첫 책을 출간하게 된 작가로서 그 과정에서 가장 마음에 들었던 부분은 무엇인가요?

에이전트가 제 책이 팔렸다고 전화한 날이요! 하지만 그건 엄밀히 말해 출간 과정이 아니겠죠. 음, 좋아요. 편집자인 데비가 저랑 처음 만난 날, 이 책이 정말 마음에 든다고 흥분해서 말해 주더라구요. 제 책이요! 그래서 민망하게 꺅꺅대지 않으려고 안간힘을 썼는데 처참하게 실패하고 말았죠. 출간 과정이 아직 덜 끝났기 때문에 어떤 부분이 최고가 될지는 아직 짐작밖에 못하겠네요. 아마 출간 후에 제 책에 대한 독자들의 반응을 보는 거겠죠. 솔직히 조금 떨리는데, 긴장되면서도 마음이 설레서 기다리기가 힘들어요. 아참, 이 책을 읽으실 거면, 그리고 『십만왕국』에 대해 어떻게 생각하는지 제게 말해주고 싶다면 제 홈페이지인 nkjemisin.com을 방문해 주세요. 칭찬이 됐든 불평이 됐든 뭐든 좋으니까, 신나게 풀어 놓으세요. 아셨죠?

옮긴이 | 박슬라

연세대학교에서 영문학과 심리학을 전공했으며, 현재 전문 번역가로 활동 중이다. 옮긴 책으로는 『스틱!』, 『부자 아빠의 투자 가이드』, 『페이크』, 『골리앗의 복수』, 『숫자는 거짓말을 한다』, 『구름 속의 죽음』, 『패딩턴발 4시 50분』, 『사라진 내일』, 『샤르부크 부인의 초상』, 『한니발 라이징』, 『아머』, 『칼리반의 전쟁』, 「몬스트러몰로지스트」 시리즈, 「부서진 대지」 3부작 등이 있다.

유산 시리즈 I

십만왕국

1판 1쇄 찍음 2024년 10월 7일
1판 1쇄 펴냄 2024년 10월 18일

지은이 | N. K. 제미신
옮긴이 | 박슬라
발행인 | 박근섭
편집인 | 김준혁
책임편집 | 장은진
펴낸곳 | 황금가지

출판등록 | 2009. 10. 8 (제2009-000273호)
주소 | 06027 서울 강남구 도산대로 1길 62 강남출판문화센터 5층
전화 | 영업부 515-2000 **편집부** 3446-8774 **팩시밀리** 515-2007
홈페이지 | www.goldenbough.co.kr

도서 파본 등의 이유로 반송이 필요할 경우에는 구매처에서 교환하시고
출판사 교환이 필요할 경우에는 아래 주소로 반송 사유를 적어 도서와 함께 보내주세요.
06027 서울 강남구 도산대로 1길 62 강남출판문화센터 6층 민음인 마케팅부

한국어판 ⓒ ㈜민음인, 2024. Printed in Seoul, Korea
ISBN 979-11-7052-469-4 04840(십만왕국)
ISBN 979-11-7052-468-7 04840(세트)

㈜민음인은 민음사 출판 그룹의 자회사입니다.
황금가지는 ㈜민음인의 픽션 전문 출간 브랜드입니다.